Ralf Beyer

Ungefähr die Hälfte

Ralf Beyer

Ungefähr die Hälfte

Geschichte eines ostdeutschen Lebens

Roman

Bibliografische Information der Deutschen Nationalbibliothek:
Die Deutsche Nationalbibliothek verzeichnet diese Publikation
in der Deutschen Nationalbibliografie; detaillierte bibliografische Daten sind im Internet über dnb.dnb.de abrufbar.

© 2024 Ralf Beyer
Einbandgestaltung: Hanna Baldauf
Einbandfoto: unbekannte Quelle
Verlag: BoD · Books on Demand GmbH, In de Tarpen 42,
22848 Norderstedt
Druck: Libri Plureos GmbH, Friedensallee 273, 22763 Hamburg

ISBN 978-3-7597-6688-5

Zugang

Unter dem frei erfundenen Namen Ralf Beyer durchlebe ich noch einmal meine fast vierzig Jahre in der DDR. Nein, das ist nicht ganz richtig. Das erste Jahr fehlt mir, weil ich zu spät geboren wurde und das letzte ist nicht vollständig, weil ich mich schon kurz vorher abgewendet habe. Ansonsten waren wir beide aber immer fast gleichalt.

Ursprünglich wollte ich den Text nur für unsere Kinder und Enkel aufschreiben, weil sie auf Berichte angewiesen sind, wenn sie irgendwann einmal dieses Land und diese Zeit mit uns darin verstehen wollen. Bald wurde mir bewusst, dass der Lebensverlauf vieler in der DDR ebenso oder ähnlich gewesen sein konnte. Und was nicht nur für mich gilt, soll auch nicht meinen Namen tragen.

Die beschriebenen Ereignisse sind hingegen tatsächlich weitgehend so verlaufen. Manches Mal habe ich sie in der Reihenfolge ein wenig verändert, um dem Lauf der Erzählung zu dienen. Im Wesentlichen stimmen sie jedoch mit dem jeweiligen Jahr überein, die politischen sowieso. Beim Schreiben lebten die Jahre in meiner Erinnerung wieder auf, als wären sie heute. Deshalb sind sie meist in der Gegenwartsform beschrieben. Frühere Jahre fügen sich im Perfekt kursiv ein und das Glossar am Ende des Buches lädt erklärend zur eigenen Wahrnehmung ein.

Als Kind und Thälmann-Pionier hat mich der Staat freundlich an die Hand genommen. Später haben wir gemeinsam pubertiert, er ging mir furchtbar auf die Nerven und ich habe ihn verlacht. Mit achtzehn ließ er mich erwachsen sein und mit zweiundzwanzig eine Familie gründen. Dann war er mir zunehmend egal und oft verstand ich ihn nicht. Unser Leben wurde fröhlich, der Alltag erträglich. Die Familie bestimmte den Tag und die Arbeit das Einkommen. Das fanden wir gut. Mit dreißig gab ich der Versuchung nach und der Staat griff erneut nach meiner Hand, fester als früher, und ließ sie nicht wieder los. Das waren die prägenden, bedrängenden, unsteten Jahre. Zehn Jahre später, kurz vor seinem Ende, hatte ich ihn satt und mich abgewandt.

Sein früher Tod kam unerwartet. Bis dahin glaubte ich an sein ewiges Leben.

Meine Begleiter durch die Geschichte kann man sich zeitbezogen so vorstellen, auch wenn es sich bei ihnen um fiktive Personen handelt oder sie stellvertretend für eine Gruppe stehen. Sie alle tun es ebenfalls unter erfundenen Namen. Ähnlichkeiten mit lebenden oder verstorbenen Personen sind rein zufällig und keine Absicht.

Echt ist nur meine Familie.

Ganz voran stehen meine Frau Sophie, genannt Sonny, und unsere gemeinsamen Kinder Kathrin, Lutz und Meike. Dann begegne ich auf der Wohnungssuche Franz Noth, der in der Geschichte mehrere Personen verkörpert und später ebenso wie ich am Land verzweifelt. Falk Steinert steht stellvertretend für unsere Freunde im FDJ-Jugendklub. Frau Veilchen und Familie Müller spielen nur kurz eine Rolle als zweitweise Nachbarn, mit denen wir das Klo teilen. Erich Hartmann ist mir ein guter langjähriger Kollege, dessen Rat ich oft schätze und der meinen Übermut bremst. Mit ihm beginnen die wichtigsten zehn Jahre, die das Buch vor allem prägen. Dietmar Apfelstädt und Martin Gottschalk sind gemeinsam als Produktions- und Betriebsdirektor maßgeblich an meiner Entwicklung beteiligt. Paul Schäfer, Manfred Seifert und Helmuth Fuhrmann gewinnen mich als APO- und BPO-Sekretäre für die SED. Gotthold Rümmler steht als Fuhrmanns Nachfolger für eine schwer erträgliche Funktionärsriege. Rudolf (Rudi) Baumgarten und Janette Brückner überwachen mein Tun bis in die Wohnung und Franz

Noth gelingt es als erzwungenem IMS, mich vor Schlimmerem zu bewahren. Herbert Schultheis ist als Haupttechnologe mein wichtigster technischer Kollege und Ratgeber. Alle anderen Personen sind namenlos mit ihrer beruflichen Funktion genannt und so der Handlung leicht zuzuordnen. Und wenige andere Namen verkörpern eher bedeutungsarme Personen, die in Randrollen in mein Leben eingreifen.

Bis auf einen, meinen Bruder Wolfgang, den es tatsächlich so gibt und der, wie alle im Buch, anders heißt.

Sie alle erlebten die DDR. Jeder auf seine Weise. Viele sind inzwischen gestorben. Woran die DDR am Ende entscheidend zugrunde ging, blieb ihnen unbeantwortet, so wie mir und vielen anderen auch.

War es der wirtschaftliche Bankrott? War es der technische Verfall? War es der technologische Rückstand? War es die zerstörte Industriestruktur, die maßlosen Reparationsleistungen in frühen Nachkriegsjahren? Der kaputte Start? Die zerstörte Umwelt? War es die behinderte Chance zur Digitalisierung? War es die repressive Politik im Inneren? Waren es die extremen Grenzschutz- und Verteidigungskosten? Waren es die Lügen und Falschdarstellungen in den Medien? Waren es die Rede- und Denkverbote? War es die Reglementierung der Sprache und des Sagbaren? War es die Einengung in den geografischen Grenzen? Oder die in der persönlichen Freiheit? War es die Bevormundung? War es die permanente und paranoide Dauerüberwachung der eigenen Bevölkerung? War es der abrupte Rauswurf aus der sowjetischen Elternschaft? Die betrogene Wahl? War es die bunte unerreichbare Auslage der vollen westlichen Schaufenster? War es? War es? War?

Am Ende waren es knapp siebzehn Millionen Gründe im Inneren und ganz viele außen herum.

Und ist das wichtig? Ja, ist es wohl. Zumindest für die Forschung und Geschichtsschreibung. Inzwischen gibt es dazu unzählige Bücher und Artikel. Es gibt immer mehr tatsächliches Wissen und kluge Erkenntnis und es gibt immer mehr Schlaumeier. Aber es gibt immer weniger Menschen, die die vierzig Jahre erlebt haben. Vielleicht kann die Summe ihrer Erinnerung zur Antwort beitragen. Interessant sein kann sie allemal.

Das Land hatte vielleicht eine Chance, einige Jahre am Anfang und einige Wochen am Ende.

Egal wie alt Sonny und ich einmal werden. Statistisch waren unsere ersten vierzig Jahre ungefähr die Hälfte.

1979

Es ist zu warm für die Jahreszeit. Der Regen könnte auch endlich nachlassen. Das hatten wir uns für die letzten zwölf Tage des Jahres 1978 anders gewünscht. Zwar sind unsere Kinder geduldig und vertreiben sich die Zeit meist spielend in ihrem kleinen Zimmer, doch zunehmend werden sie quengelig. Sie sind nicht fürs Zimmer geschaffen und raus können sie bei dem Wetter nicht. Wir sind gespannt, wie lange das noch gut geht. Heute waren sie bei Oma, der man aber die Erleichterung über die vollzogene Rückgabe ansieht.

Zwei Tage noch bis Weihnachten und kein Schnee in Aussicht. Im Erzgebirge. Hier, wo Weihnachten die wichtigste Zeit des Jahres ist und White Christmas als Rechtsanspruch verstanden wird. Ausgerechnet jetzt liegt keiner und ist auch nicht zu erwarten. Sagen die Meteorologen jeden Abend kurz vor acht zum Ende der Aktuellen Kamera. Auch wenn die vorangehenden Nachrichten wieder geprägt von Optimismus sind, gilt beim Wetter nüchterner Realismus.

Zum Glück haben meine Frau Sonny und ich ein paar Tage Urlaub vor uns. Die haben wir über das Jahr aufgespart. Weihnachten liegt günstig, die beiden Feiertage fallen auf Montag und Dienstag. Silvester wird am Sonntag sein und somit Neujahr wiederum montags. Die erste Arbeitswoche hat deshalb nur vier Tage. Alles also prima. Bis auf das Wetter.

Von unseren achtzehn Tagen Jahresurlaub müssen wir nur drei einsetzen, um zehn Tage zusammenhängend zuhause zu sein. Meine Frau sogar elf Tage, weil sie gestern ihren monatlichen bezahlten Haushaltstag genommen hat. Seit 1968 gilt in unserem Land die Fünftage-Woche, sodass Samstage nicht mehr zum Urlaub zählen. Klar haben wir dafür ein paar Feiertage eingebüßt, aber darüber werden wir erst wieder zu Ostern schimpfen, weil der Zweite Feiertag flöten ging.

11

Dass wir heute beide noch einmal zur Arbeit waren, zählt nicht wirklich. Freitag vor Weihnachten findet nicht mehr viel statt. Zwischen Kaffee, Glühwein und Stollen wird pro forma nur das Allernötigste erledigt. Dafür wäre ein Urlaubstag zu schade.

Jetzt sind wir also erst einmal zu Hause. Das ist auch dringend notwendig. Zwei Kinder, sechs und bald drei Jahre alt, eine Dreizimmerwohnung und Vollbeschäftigung verlangen meiner Frau viel ab. Auch wenn sie wegen der zwei Kinder nur vierzig Wochenstunden arbeiten muss, dreidreiviertel Stunden weniger als ich, bleibt doch manches liegen und wartet auf den Haushaltstag. Klar teilen wir uns Hausarbeit und Kinderbetreuung, aber stets ist ihr Anteil größer als beabsichtigt. Und jetzt ist Weihnachten im Erzgebirge. Also besonders viel zu tun.

Das begann schon Ende November mit den Vorbereitungen auf die Adventszeit, die in diesem Jahr spät liegt. Früher hätten wir es gar nicht geschafft. Die Wohnung war zu putzen, Wohnzimmer, Küche und Fenster zu schmücken. Weil wir nur wenige Sachen dazu haben, muss das gut überlegt sein. Einen Räuchermann habe ich mit in die Ehe gebracht, ebenso einen Nussknacker. Wenn wir Andeutungen meiner Mutter richtig verstanden haben, gibt es einen weiteren als Weihnachtsgeschenk. Der Platz kann also schon vorgehalten werden. Einen zweiten Räuchermann, ein Wichtel mit blauem Mantel, weißen Bart und roter Mütze, haben wir uns vor sechs Jahren gekauft. Er hatte einen kleinen Makel, war damit nicht tauglich für den Westexport und blieb im Inland zum Verkauf. Ebenso ein Weihnachtsleuchter, der allerdings schlimm geschludert und nur wenig besser war als zwei gekreuzte Leisten. Zum Glück war er schlecht verleimt und mit einem Stemmeisen ließen sich auch die vier Kerzendellen leicht lösen. Anschließend konnten alle Teile gerade ausgerichtet und neu verleimt werden, zusammen mit einem Strahlenstern, der gleich in losen Teilen in der Verpackung lag.

Jetzt aber stehen darin vier rote Kerzen hell leuchtend auf dem Couchtisch, ein Räuchermann qualmt und der Nussknacker blickt grimmig. Das ist sogar erzieherisch sehr wertvoll, weil unser Sohn Lutz darauf gut reagiert. Wenn sein Elan die räumlichen Grenzen des Wohnzimmers und unserer Nerven zu sprengen droht, hat dieser Blick eine wohltuend dämpfende Wirkung. Eine kleine Ausrichtung der Figur auf sein Tun, und Lutz hält inne, wenn auch nur kurz.

Höhepunkt und Blickfang unserer Dekoration ist eine selbstgebaute Pyramide aus dem Jahr 1972. Einem Kauf standen damals zwei unumstößliche Argumente entgegen, es gab keine und wir hätten kein Geld dafür gehabt. Nach meiner Konstruktionsskizze mit maßstäblich entworfenen Figuren habe ich sie mit dünnem, feinem Blatt aus Sperrholz ausgesägt. Mit dem Ergebnis bin ich zufrieden. Mit Wasserfarbe bunt bemalt und zum Schutz farblos lackiert, passen die Figuren gut in das zweistufige Stativ aus Naturholz. Die Flügel sind aus Furnierholz geschnitten, das ein Tischler aus der Nachbarschaft freundlich beigestellt hat. Sie sieht hübsch aus und hat den Platz auf dem Wohnzimmertisch ehrlich verdient. Auch wenn sie dort ständig im Weg steht. Ein kleiner Mangel haftete ihr jedoch zunächst an. Da ich keine Ahnung von konstruktiven Prinzipien solcher Pyramiden hatte, stimmten zwar ihre gestalterischen Proportionen, mit gut dreißig Zentimetern war sie aber zu hoch für Anzahl und Stellung der Flügel. Das zeigte sich beim Erstbetrieb. Die vier brennenden Kerzen entzündeten lediglich nach kurzer Zeit die ruhenden Flügel. Erst mit doppelter Kerzenzahl begann sie sich zu drehen. So haben wir im Bekanntenkreis die einzige Weihnachtspyramide dieser Größe mit acht Kerzen auf gleicher Ebene. Sie wärmt damit nicht nur die Herzen, sondern auch den Raum. Das sollte sich noch als Vorteil erweisen.

Nach dem Frühstück steht sie nun wieder genau da positioniert, wo sie am meisten stört, und schmeichelt meinem handwerklichen Geschick. Abgelenkt von diesem Anblick bemerke ich meinen Sohn nicht, der sich hinter mich gestellt hat und ein wichtiges Gespräch eröffnet: „Ich will Schlitten fahren."

Das geht natürlich nicht und ich erklären es ihm: „Es liegt doch gar kein Schnee."

„Warum liegt kein Schnee?"

Das ist leicht zu beantworten: „Weil es noch nicht geschneit hat."

Schwieriger wird es bei: „Warum hat es nicht geschneit?" Tatsächlich sagt er gesneid, weil er noch ein wenig lispelt und ein „t" im heimatlichen Dialekt nicht vorgesehen ist.

Meine Antwort: „Es ist leider noch zu warm dafür", mag er nicht akzeptieren und kontert: „Ich will aber Schlitten (er spricht es Sliddn) fahren."

Jetzt wird es anspruchsvoll, denn da waren wir ja gerade schon. „Weißt Du", sage ich zu ihm, „wir warten einfach noch ein bisschen. Dann fällt bestimmt Schnee und er bleibt extra für Dich ganz lange liegen."

Er denkt kurz darüber nach. „Ich will aber jetzt Schlitten fahren".

In diesem Moment kommt seine Schwester Kathrin dazu: „Darf ich mit dem Farbkasten malen?"

„Das wollte ich gerade machen" antwortet Lutz an meiner Stelle. Die Betonung liegt auf ICH. Alles deutet auf einen harmonischen Tag hin. Ich gehe besser zu meiner Frau in die Küche.

Sie hat den Abwasch erledigt und endlich Zeit für die Erfolge in der ‚Freie Presse', unserer Tageszeitung. Mich hoffte sie noch einige Zeit bei den Kindern. „Sonny", sage ich entschuldigend zu ihr, „sie streiten schon wieder". Mama kann besser schlichten als ich. Das wissen wir beide, eigentlich wir alle vier. Sie löst das Problem auf eine Art, wie es nur Mütter können. Ich bin wahrscheinlich der bessere Erklärer, aber was nützt das, wenn bei einem knapp Dreijährigen zwischen zwei Wünschen zu vermitteln ist, die sich gegenseitig ausschließen.

Meine Frau heißt zwar Sophie, aber viele nennen sie Sonny. Zurück geht das auf das amerikanische Sängerduo Sonny and Cher, dessen Musik sie liebt. Und auf dem einzigen Foto in ihrem Besitz, einem BRAVO-Ausriss, zeigt sich einige Ähnlichkeit mit Cher. Auch in den verrauschten Westfernseh-Bildern vom Beatclub wurden beide stets als Duo genannt und so war lange nicht ganz klar, wer von beiden Sonny ist. Es konnte also auch der weibliche Part sein. Und als dann ein Bekannter am Foto irrtümlich feststellte: „Du siehst aus wie Sonny", blieb es dabei. Betont man beide Namen auf dem o, ergibt sich sogar eine klangliche Anlehnung. Ich finde es schön und so belassen wir es.

Wir wohnen seit gut zwei Jahren hier, wenige Tage vor Lutz' Geburt im Sommer 1976. Es war nicht einfach, diese Wohnung zu bekommen. Noch immer ist Wohnraum in der DDR rar und staatlich bewirtschaftet wird er ohnehin. Das heißt, die zuständigen Kommissionen der kommunalen Verwaltungen entscheiden, wer welche Wohnung bekommt oder eben auch nicht. Dafür gibt es weitgehend starre Kriterien mit wenig Entscheidungsspielraum. Zum Teil erfüllten wir sie, zum anderen eben nicht. Wir begannen unser Bemühen vor vier Jahren mit unserer Hochzeit. Ein Pluspunkt, hervorgehoben in unserem ersten Antrag. Negativ punktete dagegen, dass wir erst kurz verheiratet waren und andere Antragsteller mit höherer Priorität schon mehrere Jahre warteten. Zudem gehörten unsere Eltern eher zu den Angestellten und wir nicht zu den Schichtarbeitern oder wenigstens zur Arbeiterklasse. Das war zu viel von „eben nicht". Entscheidung negativ! Da half auch der Zusatzpunkt nicht, dass meine Frau aus dem Ort stammt und wir somit keine Zuzügler sein würden.

15

Breitenwalde ist eine schöne Kleinstadt im mittleren Erzgebirge. Ich studierte noch, aber meine Frau arbeitete hier und wir wollten auch hier wohnen.

Wenig später die Geburt unserer Tochter. Zweiter Pluspunkt und zweiter Antrag. Negativ dagegen weiterhin die gleichen Gründe wie 1972.

Vor drei Jahren in Erwartung unseres Sohnes: dritter Pluspunkt, dritter Antrag, große Hoffnung.

Und erneute Ablehnung.

Das hat Geduld und Verständnis erschöpft. Seit vier Jahren lebten wir recht beengt in zwei kleinen Zimmern, die wir uns selbst ausgebaut hatten. Sie lagen im Dachgeschoss des Wohnhauses von Sonnys Oma. Sie beräumte dafür ihren Dachspeicher. Viel gab das nicht her. Der vordere Raum war ein winziges Schlafzimmer, durch das man die Wohnung betrat. Es war so breit wie die Länge unserer Liege, neben die gerade eben ein Gitter-Kinderbett passte. Davor ein Schrank. Mehr Platz war nicht. Davon abgehend hatten wir einen etwas größerer Raum abgeteilt. Dort konnte auch ein Ofen stehen. Die Decke fiel zur Hälfte bis zur Dachtraufe ab. Den Anteil mit gerader Decke nutzten wir als Küche und Wohnzimmer, den abfallenden Teil als Studierstube und, bis zur jeweiligen Körperhöhe unserer Tochter, als Kinderzimmer. Fließendes Kaltwasser gab es. Zum Baden mussten wir zur Oma. Die Toilette war ein Trockenklo, zwei Etagen und vier Türen von unseren Räumen entfernt im hinteren Anbau des Hauses.

Dennoch haben uns sauwohl gefühlt. Aber es war eben eng. Sehr eng.

Die beiden ersten Jahre wohnte ich während der Woche als Student im Internat der Technischen Hochschule Karl-Marx-Stadt. Nunmehr lebten wir jedoch seit zwei Jahren nicht nur während der Wochenenden oder Semesterferien zu dritt hier. Unsere Tochter wuchs und passte gerade noch zwischen die Gitterstäbe ihres Bettes. Und Kind zwei kündigte sich an. Das gab der Platz nicht her.

Wir brauchten eine Lösung.

Mit Ablehnungsbescheid und Wut machte ich mich auf den Weg ins Rathaus. Heute war Sprechstunde der Wohnungskommission. Das waren gutwillige Menschen, ausgestattet mit der undankbarsten Aufgabe kommunaler Selbstverwaltung. Sie waren über die Kommunalwahlen freiwillig in dieses Amt geraten und es bleibt schleierhaft, was sie dazu getrieben hatte. Es kann keinen Spaß machen, vor einer unlösbaren Aufgabe zu stehen und regelmäßig für das unvermeidliche Scheitern beschimpft zu werden. Jeder Wohnungssuchende wusste das, ich auch. Aber Mitgefühl und eigenes Leid hatten sich über die Jahre gegenläufig entwickelt.

Und unser Leid wollte behoben sein.

Ich bin meist höflich und freundlich, zunächst eigentlich immer. Leider liegt meine Reizschwelle oft niedriger, als ich das möchte. Dann nimmt zunächst meine Freundlichkeit ab, bis sich meine Wortwahl verschlechtert und mein Ton schärfer wird. Gut ist das nicht.

Beauftragter der Wohnungskommission war an diesem Tag Herr Noth. Kein Wunder, dass man ihm sehr schnell den Spitznamen „Wohnungs-Noth" verpasst hatte. Gesprochen war nur am Artikel zu erkennen, ob damit Mann oder Situation gemeint waren. Wahrscheinlich hörte er ab dem dritten Bier sogar darauf. Ich kannte Herrn Noth nur flüchtig und schätzte ihn eigentlich. Nur nicht in seiner Wahlfunktion. Nach meinem „Guten Tag" und seinen Gegengruß kam ich rasch zu meinem Anliegen: „Zunächst erkläre ich förmlich den Widerspruch zum Ablehnungsbescheid unseres dritten Wohnungsantrages. Mir ist nicht klar, was Sie sich dabei gedacht haben. Ich will Ihnen mal unsere Situation beschreiben. Seit vier Jahren leben wir zusammengepfercht in zwei winzigen Zimmern, die gar nicht als Wohnraum geeignet sind", erklärte ich ihm unsere Wohnverhältnisse und ließ mich auch von seinem versuchten Einwand, nicht helfen zu können, nicht unterbrechen. Ich fand kein Ende, bevor er nicht im Detail informiert war. „Unser Schlafzimmer ist so schmal, dass wir auf einer

17

Doppelbettcouch schlafen, die quer gerade so in den Raum passt. Ich muss jeden Abend über meine Frau steigen, um auf meine Liegestelle zu gelangen." Sofort wurde mir die Doppeldeutigkeit bewusst und ihm wohl auch. Er unterdrückte noch immer ein Schmunzeln, als ich zur Stimmungsaufhellung anknüpfte: *„kein Wunder, dass Sie wieder schwanger ist!"*

„Oh", antworte er, *„das wusste ich gar nicht. Im wievielten Monat denn?"*

„Im dritten, genauer in der neunten Woche. Wir wissen beide, dass ihr noch maximal drei Wochen bleiben, um straffrei abzutreiben. Wir wollen das Kind, brauchen aber Platz dafür, also eine Wohnung! Wenn Sie uns die nicht geben wollen, dann unterschreiben Sie mir jetzt, dass Sie die Abtreibung herbeiführen!" Ich war sehr aufgeregt und er sehr hilflos. Natürlich bestand keine Pflicht für ihn zu solcher schriftlichen Erklärung. Aber der Ort war klein, gerade einmal rund viertausend Einwohner. Jeder kannte Jeden. Wenn man wollte, sprach sich etwas rasch herum: *„Die Stadtverwaltung verweigert Wohnraum und treibt eine wohnungssuchende Frau zur Abtreibung ihres Kindes. Was ist das für ein Land?!"*

Wir brauchten eine Pause und verabredeten uns neu für die Folgewoche. Mehr war heute wohl nicht zu erreichen.

Seit 1972 war der Paragraf 218 modifiziert und bis zur zwölften Woche die Abtreibung für die Frauen in unserem Land straffrei. Die Volkskammer hatte das mehrheitlich beschlossen. Alle Volksvertreter hatten dem zugestimmt, egal ob sie der SED, der LDPD, der NDPD, der DBD angehörten, dem DFD oder den Vertretern von Gewerkschaft und anderen Massenorganisationen. Nur die Abgeordneten der CDU votierten dagegen. Die staatlichen Medien feierten das gleich doppelt. Zum einen als ein weltweit fortschrittliches Gesetz, das den Frauen der DDR die Hoheit über ihren Körper juristisch bestätigte und eine Familienplanung erleichterte. Zum anderen als einen Beleg für die Parteienpluralität und die demokratische Entscheidungs-

findung im politischen System. Unsere ,Freie Presse' erklärte uns dies von nun an mindestens einmal im Jahr anhand dieses Beispiels. Ein weiteres sollte auch in den Folgejahren nicht hinzukommen.

Wir wollten unser kommendes Kind. Wir waren uns einig, das Kind würde geboren werden und hofften sogar auf einen Jungen. Große Schwester und kleiner Bruder, Abstand knapp vier Jahre, Eltern im passenden Alter, im Beruf und Leben angekommen, Kindergarten und Kinderkrippe verfügbar. Alles also prima. Nur keine Wohnung.

Die Tage bis zum Folgetreffen währten ewig. Ich war pünktlich. Das war mir wichtig. Fünf Minuten vor der vereinbarten Zeit zur Stelle sein. Bis zum genauen Zeitpunkt abwarten. Und mit dem Zeigersprung anklopfen und eintreten. So saßen wir uns nach kurzem Gruß wieder gegenüber. Nur fühlte sich die Situation anders an, gleichzeitig angespannt und entkrampft. Gleichzeitig Partner und Widersacher. Gleichzeitig Bittsteller und Mitbürger. Sonderbar. Ich wollte das Gespräch nicht eröffnen, meine Sorge, mit falschen Worten die erhofften Chancen zu zerstören, war zu groß. Vielleicht ahnte mein Gegenüber das, als er seinerseits begann: „Ich muss Sie leider enttäuschen, wir haben einfach keine Wohnung für Sie. Momentan steht im ganzen Ortsgebiet keine Wohnung leer. Ich habe sogar in den Nachbarorten bei den Wohnungskommissionen angefragt. Auch da nichts. Es tut mir wirklich leid." Noch bevor mein Ausbruch kam, setzte er fort: „Was ich Ihnen anbieten kann, ist ein Objekt zum Selbstausbau. Es gehört der Stadt und wir würden die Kosten für den Ausbau übernehmen. Nur machen müssen Sie das selbst, da fehlt uns die Möglichkeit. Es liegt zentral in Marktnähe und ist groß genug für eine Wohnung mit Kinderzimmer. Ich kann Ihnen das gern zeigen. Was halten Sie davon?"

*„Groß genug **für** eine Wohnung", hörte ich heraus, „was bedeutet das?"*

19

„Nun ja, es muss eben noch etwas daran gemacht werden. Ich schlage vor, wir gehen nachher gemeinsam hinüber und sehen es uns an."

Was blieb mir anderes übrig, also stimmte ich zu. Und ich kann sagen, die Hoffnung war stärker als die Sorge, was er mir wohl zeigen wird, ob er mit einer fadenscheinigen Lösung vor allem die angedrohten Gerüchte loswerden will. Ich wäre zurück in der Defensive. All das ging mir durch den Kopf, während ich im Vorzimmer auf das Ende seiner Sprechzeit wartete. Es war wieder laut in seinem Zimmer geworden. Als die letzten Besucher den Raum verließen, kam auch er heraus.

„Gehen wir", schlug er vor.

„Ja, klar. Ich sehe mir das gern mal an. Ohne meine Frau will ich es aber nicht entscheiden."

„Weiß ich doch", wir sahen das beide als notwendig an, „warum ist sie denn nicht mitgekommen?"

„Es ging ihr nicht gut", log ich. In Wahrheit scheute sie sich vor einer möglichen Auseinandersetzung, falls es wieder nichts wird. Sie mag keinen Streit, schon gar nicht mit Behörden. Dafür bin jeweils ich zuständig.

„Wissen Sie", schlug er mir vor, „wir schauen uns die Räume jetzt an und wenn Sie möchten, lasse ich Ihnen die Schlüssel bis kommenden Dienstag. Dann können Sie sich alles noch einmal in Ruhe mit Ihrer Frau ansehen. Wir treffen uns zur nächsten Sprechstunde und Sie teilen mir Ihre Entscheidung mit." Heute war Donnerstag, also blieben uns das Wochenende plus zwei Tage zur Entscheidung. Das fand ich anständig, das würde genügen.

Inzwischen hatten wir die Rathaustür erreicht und traten ins Freie. Für die zweite Januarwoche war es 1976 relativ mild, gefühlt um null Grad. Unsere Anoraks knöpften wir zu, Mütze und Handschuhe behielten wir in der Hand. Es war nicht weit. „Es liegt im Handelshof", hatte er mir bereits gesagt. Den Handelshof kannte jeder im Ort. Er beginnt direkt am Markt und heißt nicht wirklich so. Benannt ist er im ortsüblichen Sprachgebrauch in Anlehnung an das altehrwürdige Messehaus-Karree' in der leipziger Innenstadt. Die großspurige Namensgebung verdankt das kleine breitenwalder Pendant seinem HO-Geschäft für Haushaltswaren und Werkzeuge im Erdgeschoss des Vorderhauses. Das Sortiment reicht vom Teelöffel, Tafelgeschirr und Einkochtopf über Bügeleisen und Waschmaschinen bis zu Hammer, Hackstock, Beil und Beton-Mischmaschine. Es versorgt auch das Umland mit diesen Artikeln. Ein stets freundlicher, agiler Verkaufsstellenleiter wird von drei Verkäuferinnen unterstützt. Nur selten müssen sie den Kopf schütteln, wenn Kunden nach Artikeln fragen, die schwer zu bekommen sind. Meist können sie das Begehrte doch irgendwie beschaffen oder eine vermutet sichere Quelle dafür benennen. Im groben Rechteck mit drei Hinterhäusern stehend, ist die Namengebung also durchaus gerechtfertigt.

Und in dieses Rechteck waren wir unterwegs. Herr Noth und ich. Der Platz zwischen den vier Häusern stieg leicht an. Sie alle hatten mehrere Etagen, offensichtlich aber ganz unterschiedliche Vergangenheiten.

Links ein normales Wohnhaus. Das kleinere Gebäude halblinks dahinter erinnerte an ein früheres Kutscher- oder Dienstbotenhaus. Rechts die Rückseite des wuchtigen Vorderhauses mit dem Ladengeschäft und geradeaus liefen wir auf das Objekt zu, in dem ich unsere künftige Wohnung vermutete. Das Haus war weit über zwanzig Meter lang und etwa acht Meter breit. Nicht nur, dass es schon bessere Zeiten gesehen hatte, erschlossen sich auch Zweck und Wandlung seiner Funktionen nicht sofort. Die drei Etagen waren überraschend hoch, nicht nur das Erdgeschoss. Dort fanden sich ein breites Tor und drei weitere Eingangstüren. Herr Noth erklärte: „Das war früher das Fabrikgebäude einer Weberei, alle Etagen. Das gesamte Erdgeschoss dient jetzt als Warenlager des HO-Geschäfts im Vorderhaus."

In diesem Moment kreuzte der Verkaufsstellenleiter unseren Weg und verschwand in diesem Lager.

„In den beiden oberen Etagen befinden sich jetzt Wohnungen", setzte Herr Noth fort. „Eine muss noch vorgerichtet werden, die könnten Sie haben."

Während wir zur Haustür schritten, kam der Verkaufsstellenleiter zurück, eine Wäscheschleuder auf der Sackkarre vor sich herschiebend. Das sollte nicht das letzte Mal sein, dass er unseren Weg kreuzte. Inzwischen hatte kalter Schneeregen eingesetzt und er trug nur seinen Verkaufskittel. Der Mann musste wetterhart geworden sein.

Wir stiegen die Treppe ins Obergeschoss. Sie führte von der Giebelseite her zu einem Absatz vor der ersten Wohnetage. Dort war nur eine Tür. Wir traten ein und standen in einem langen schmalen, fensterlosen Korridor.

„Hier liegen drei Wohnungen hintereinander, zur dritten läuft man durch die beiden vorderen, die Leute sind aber nett", erklärte Herr Noth.

Mein „Hä ?!" klang ernüchtert.

„Kommen Sie erst mal mit", machte er mir wieder Mut, „Ihre liegt ja ganz hinten".

Ja, so war es. Wir durchschritten die beiden vorn liegenden Wohnungen, Küche und Wohnzimmer jeweils rechts, Schlaf- und Kinderzimmer jeweils links gegenüber. Da der Korridor deutlich links der Mitte lag, mussten diese Zimmer recht schmal sein.

„Wissen Sie", setzte Herr Noth wieder ein, „nach dem Krieg fehlte überall Wohnraum. In den Städten war vieles zerstört und nach Kriegsende wurden Hunderttausende Menschen aus Böhmen und Mähren, Schlesien und Pommern hierher vertrieben und mussten irgendwie untergebracht werden. Da stand Komfort nicht an erster Stelle. Direkt neben Ihnen wohnt eine alte Frau, eine Kriegswitwe aus dem Ersten Weltkrieg, mit ihren beiden Töchtern. Sie stammen aus Schlesien und sind mit nichts hier angekommen. Das sind sehr stille, freundliche Menschen. Ihre Nachbarn vorn sind inzwischen eine junge Familie von hier mit zwei Kindern."

*Wir hatten das erreicht, was Herr Noth jetzt offenbar
schon als unsere Wohnung bezeichnete. Seine frühere Benennung als ‚Objekt zum Selbstausbau' schien mir pas-
sender. Der Korridor mündete dort in einen einzigen großen Raum über die gesamte Breite des Hauses. Seine beinahe fünfzig Quadratmeter wirkten wegen der fast vier
Meter Raumhöhe eher bedrohlich. Mehr war da zunächst
nicht. „Wissen Sie", war erneut Herr Noth zu vernehmen.
Das „Wissen Sie" schien seine Eröffnungsfloskel zu sein.
„Wissen Sie", sagte er also, „den Raum und die beiden da-
vorliegenden Zimmer können Sie zu einer Wohnung verbinden. Wenn Sie den Korridor abtrennen und eine Eingangs-
tür setzen, haben Sie sogar eine abgeschlossene Wohnung. Was meinen Sie dazu?"
Erst einmal meinte ich gar nichts. Wir setzten die Besichtigung fort. Es stimmte, der Korridor ließ sich abtrennen,
dann hätten wir eine abgeschlossene Wohnung. Die beiden zugehörigen Zimmer konnten Küche und Kinderzimmer werden. Jetzt bemerkte ich auch noch einen kurzen
Gang, der vom Korridor abbiegend zu einem Hausfenster
führte. Mit einer Wand abgeteilt, könnte das ein Badezim-
mer werden. Und der große Raum ließe sich in ein Wohn-
und ein Schlafzimmer teilen. All das versuchte in meiner
Fantasie Gestalt anzunehmen. Herr Noth zeigte mir noch
den zugehörigen Speicherraum und den gemeinsamen Trockenboden im Dachgeschoss, einen Schuppen für Kohlen,
Brennholz und Gerät, eine Lagerstelle im Keller und das
gemeinsame Waschhaus. Ich hatte es jetzt eilig, mich kom-
mentarlos zu verabschieden. Ich wollte mir das in Ruhe
und vor allem mit meiner Frau ansehen.
Als wir uns zum Abschied die Hand reichten, fiel mir jedoch noch eine Frage ein: „Ich habe gar kein Klo gesehen?"
„Nun ja", auf sein 'Wissen Sie" verzichtete er diesmal,
„das ist ganz vorn im Treppenhaus. Das teilen sich die drei
Wohnungen. Ich zeige es Ihnen noch schnell." Es lag auf
gleicher Etage, über den Treppenabsatz hinweg, hatte*

einen Vorraum und sogar zwei Kabinen. Das würde das Warten in Stoßzeiten verkürzen.

„Da sind auch eigene Fenster und durch die beiden Türen riecht man gar nichts", bemerkte Herr Huth.

Ein Trockenklosett, gemeinsam mit anderen zu benutzen, den langen Weg durch den Korridor, quer durch das Treppenhaus, drei Türen von der eigenen Wohnung getrennt. Toll war das nicht. Der einzige Vorteil gegenüber unserer derzeitigen zwei Zimmer-Unterkunft: Es waren nicht auch noch zwei Etagen zu überwinden.

Wir vereinbarten unser Treffen für den kommenden Dienstag um 17.00 Uhr. Das war gut, weil das nach unserem Feierabend lag und weder meine Frau noch ich eine Freistellung von der Arbeit beantragen mussten. Nur Oma mussten wir bitten, Kathrin aus dem Kindergarten abzuholen. Das würde sie aber gern tun.

Ich wusste, dass Sonny meine Rückkehr dringend erwartet. Dennoch lief ich langsam, um die wenigen hundert Meter nachzudenken, wie mein erster Eindruck zu schildern sei. Das entfiel, weil Sonny eben in dem Moment aus der HO-Kaufhalle trat, als ich dort entlangkam. „Und, wie war es?", kürzte sie meine Überlegung ab.

Auch gut, dachte ich: „Ich weiß es noch nicht. Ich muss das für mich erstmal sortieren. Es ist ein Hintergebäude im Handelshof. Groß genug für uns ist es. Die Zimmer sehr hoch. Aber eigentlich gibt es noch gar keine. Es wird nicht einfach." Wir drehten gemeinsam um, das Objekt zumindest von außen kurz anzusehen.

„Die Lage ist schön", urteilte Sonny, „schau mal, der Blick ist frei bis zum Neumarkt und dahinter zum Neubaugebiet und zur Schule." Tatsächlich, der Neumarkt lag weiter unten und danach stieg das Gelände wieder an. Die Sicht aus dem Obergeschoss wäre komplett unverbaut.

„Wir sehen uns das morgen mal richtig an", einigten wir uns rasch, weil Oma mit Kathrin wartete.

Der Freitag verging langsam. Endlich Feierabend, holte ich Kathrin aus dem Kindergarten und Sonny kaufte das

24

Nötigste ein. Beim Bäcker war die Nachricht bereits angekommen: „Ihr zieht in den Handelshof?"

„Wir wissen es noch nicht".

„Ach so, Frau Klammroth hat gesagt, das sei so."

„Nein, wir wollen uns das erst richtig ansehen. Deshalb muss ich jetzt auch gehen."

„Na dann viel Erfolg". Die anderen Kundinnen hörten interessiert zu. Das würde sich also schnell verbreiten. Beim Verlassen konnte Sonny noch hören: „Und die Stadt bezahlt das alles!"

Sie drehte sich noch einmal um: „Ja, weil das Haus der Stadt gehört. Sie ist der Vermieter."

Für Neid war also auch bereits gesorgt.

Wir gingen los. Es war schon dunkel. Im Handelshof angekommen, war uns die Situation recht peinlich. Wir mussten durch zwei fremde Wohnungen, deren Mieter wir bislang nicht kannten und die wahrscheinlich nur gerüchteweise von unserem Interesse wussten. Unangenehm. Also versuchten wir die Räume ohne viel Lärm zu erreichen. Und wie immer bei solch krampfhaften Bemühen ging das schief. Auf der Suche nach einem Lichtschalter stieß ich gegen einen kleinen Schuhschrank. Die Türen beider Wohnungen öffneten sich synchron. Ganz vorn ein kleiner Junge nach seiner Mutter rufend und neben uns die Besitzerin des malträtierten Schrankes.

„Entschuldigung. Guten Tag. Ich bin versehentlich... ich fand den Lichtschalter nicht... also wir bekommen möglicherweise die Wohnung hier hinten,...ach so, ich heiße Beyer, Ralf Beyer,... und das ist meine Frau Sonny, also Sophie, ... und wir wollen nur mal kurz die Räume hier ansehen." Subjekt, Prädikat, Objekt: starker Satz.

„Schön, Sie gleich kennenzulernen", reagierte eine Frau um die Fünfzig mit ruhiger Stimme und stellte sich als Frau Veilchen vor, „wir haben schon davon gehört." Und nach kurzer Pause, ohne auf den Fehltritt gegen ihren Schrank einzugehen, „Wir werden dann wohl Nachbarn sein. Ich

25

wohne zusammen mit meiner Mutter und meiner Schwester hier". Aha, dachte ich, die Vertriebenen. Stille, freundliche Menschen, wie von Herrn Noth beschrieben. Mit ihnen muss ich mir also das Klo teilen, war mein ungehöriger Gedanke, als sie fortfuhr: „Sie werden aber nichts sehen, es gibt kein Licht in diesen Räumen." Ich verstand, dass sie nicht das Klo meinte, sondern unsere mögliche Wohnung. Na prima.

„Ich kann Ihnen höchstens eine Stecklampe leihen", schlug eine Männerstimme von hinten vor. Der kleine Junge hatte wohl nicht nur seine Mutter alarmiert. „Viel wird die aber nicht nützen. Ich glaube, hier drin gibt es gar keine Steckdose". Nett, wie von Herrn Huth beschrieben, sind auch die scheinbar. Dass zumindest eins der beiden Kinder ein Junge ist, fand ich ebenfalls gut. „Wir heißen Müller. Naja, wir werden uns ja wohl öfter treffen. Jetzt sehen Sie sich erstmal um." Fein, den Namen werden wir uns merken können, den haben wir schon mal gehört. Wie wir uns ohne Licht umsehen sollten, hatte er sicherlich nicht bedacht. Natürlich war das auch für ihn eine ungewöhnliche Situation. Vielleicht war aber auch ihm die gemeinsame Klo-Nutzung durch den Kopf gegangen. Überraschung hatten beide nicht gezeigt. Gerüchte erreichen mitunter ein hohes Tempo. Frau Veilchen war stehen geblieben.

„Herr Noth hat uns informiert, dass Leute in den nächsten Tagen die Räume ansehen werden, um hier vielleicht einzuziehen. Wir wussten aber nicht, wer das sein wird. Haben Sie Kinder?"

Jetzt kam Sonny ins Spiel. „Ja eins, ein Mädchen. Guten Tag", reichte sie Frau Veilchen die Hand, „wir bekommen aber bald noch ein zweites. Und deshalb brauchen wir jetzt dringend eine Wohnung. Wir suchen schon seit vier Jahren."

„Wir haben Kinder gern. Ich werde es meiner Mutter erzählen, die wird sich freuen. Dann schauen Sie sich mal *um". Wir standen wieder allein im Korridor und hatten kein Licht.*

"Lass uns morgen wieder herkommen", entschied meine Frau, "heute bringt das nichts". Sie kann sich schneller mit solchen Gegebenheiten abfinden. Ich suche immer erst noch nach einer möglichen Lösung, bevor ich ihr rechtgebe. Wir verbrachten den Abend in unseren zwei Zimmern. Sonny räumte nach dem Abendbrot auf, bevor sie nach der Zeitung griff. Kathrin besprach mit ihrer Puppe, dass wir bald in eine riesengroße Wohnung umziehen und ob sie mitkommen möchte. Und ich setzte mich in den Dreimeter-Studierbereich und notierte mir alle Punkte, die morgen zu prüfen sind: Raumgröße und Höhe, mögliche Aufteilung, Gesamtfläche der Wohnung, Badeinbau, Strom und Licht, Wasser und Abwasser, Heizung, Speicherkammer, Waschhaus, Trockenboden, Kellernutzung, Brikett-Schuppen, Nebenflächen.

Dann legte ich Zollstock, Papierblock und Stifte zurecht. Die Aktuelle Kamera hatten wir heute verpasst. Kathrin verabschiedete sich ins Bett. Wir gönnten uns ein Flaschenbier, wurden müde und folgten ihr recht bald. Auf Morgen! "Meinst Du, dass wir die Wohnung nehmen?"

"Ich weiß es noch nicht".

Kaum auf meiner Seite unseres Bettersatzes liegend, war ich wieder wach. Ich kletterte behutsam über meine Frau hinweg und ging in das Multifunktionszimmer zurück, skizzierte auf meinen Zeichenblock den grob gemerkten Grundriss und legte alle Maßpfeile an. Das würde uns morgen Zeit sparen. Wieder im Bett schlief ich endlich ein.

Wir wachten beide fast gleichzeitig und viel zu früh auf. Kathrin hingegen schlief besonders lange, wie immer, wenn wir zeitig wegwollten. Zum Glück stand Oma bereit. Wir konnten also gleich nach einem schnellen Frühstück aufbrechen.

Das Haus lag günstig. Wir zählten uns die Vorteile während des Gehens gegenseitig auf. Alle Läden waren in unmittelbarer Umgebung: die HO-Kaufhalle, drei Fleischer,

zwei Bäcker, ein Gemüseladen, ein Molkereiwarenge-
schäft, der Buchladen, die Apotheke, ein Spielzeug-, Schul-
und Büromaterialladen, ein Damen- und ein Herrenkon-
fektionsgeschäft, ein Laden für Kinderbekleidung, ein
Raumausstatter, ein Geschäft für Kleinmöbel, Radios und
Fernsehgeräte, zudem ein privater Händler für Unterhal-
tungselektronik, Schallplatten und Leuchten, ein Schuhge-
schäft, ein privater Händler für Dekorationsartikel, in der
Drogerie gibt es auch Farben, ein Uhrmacher und natürlich
das Haushaltswaren- und Werkzeuggeschäft im Vorderhaus. Nichts davon weiter als zehn Gehminuten entfernt.
Ebenso das betriebseigene Klubhaus und das Kulturhaus
der LPG sowie die insgesamt fünf weiteren Gaststätten,
ein Restaurant und eine Bar. Gut, zu zwei davon brauchte
es fünfzehn Minuten, aber das würde nur beim Nachhau-
seweg ins Gewicht fallen. Besonders schön war, dass
auch Kindergarten und Kinderkrippe nur gut zehn Minuten
entfernt lagen und noch dazu am Weg zu unserer Arbeitsstelle. Wir waren alle keine Frühaufsteher, da konnten
dies entscheidende Minuten sein.

Das Kino lag gleich gegenüber und zum Freibad war es
nicht weit. Auch Hausarzt und Zahnarzt waren nah. Alles
Notwendige vorhanden.

Für Besorgungen musste man den Ort nur selten verlassen. Das war auch gut so, denn nur wenige besaßen ein
Auto, manche ein Motorrad oder Moped. Die meisten fuhren mit Bus oder Bahn. Das einheitliche Preissystem
machte Vergleichswege unnötig, die Kaufentscheidung fiel
im Wesentlichen zwischen gut oder nicht gut, zu bekommen oder momentan nicht zu haben. Wobei ‚momentan' als
temporäre Kategorie schwer zu definieren war.

Für eine junge Familie, ganz am Anfang, in Vollzeit ar-
beitend und ohne eigenes Fahrzeug, wäre diese kleine
Stadt ein idealer Lebensort, wenn man denn eine Wohnung hat.

Das Wetter war schön, die Sonne schien, der Tag war
hell und somit auch die Räume. Als erstes zeichneten wir

mit Kreide eine Linie quer in den Korridor. Wir brauchten einen Eindruck, wie unsere mögliche Wohnung abgeschlossen aussehen würde. Und tatsächlich hielt dieser Strich auch unsere potenziellen Nachbarn vor einem überraschenden Zutritt ab.

Als nächstes erfassten wir alle Maße, d.h. ich maß, rief die Zahlen Sonny zu und sie trug sie in die Skizze ein. Gute Vorbereitung macht sich in Zeitersparnis bezahlt. Zuerst der große Raum: „Breite acht Meter zwanzig, Länge fünf Meter sechzig.". Die Außenwände über sechzig Zentimeter dick. „Das Haus ist breiter als ich dachte". Insgesamt neun Fenster, jedes einen Meter zwanzig breit und einen Meter achtzig hoch. „Einscheiben-Verglasung! Keine Doppelfenster. Wir brauchen neue Fenster." „Raumhöhe drei Meter sechzig."

„Wenn wir kleiner wären, könnten wir einen Zwischenboden einziehen", fasste Sonny den Eintrag zusammen. Nachdem die Maße für Küche, Kinderzimmer, Bad und Korridor erfasst waren, überlegten wir, wie der große Raum in Wohn- und Schlafzimmer geteilt werden könnte.

„Wir müssen uns nach dem Schornstein richten", war ich der pragmatische Denker.

„Da ist gar keiner!" stellte Sonny nüchtern beobachtet fest.

„Scheiße, wie sollen wir denn heizen?", waren wir uns einig. Einen Schornstein fanden wir endlich in der Außenwand der Küche. Klar, eine frühere Fabrik brauchte offene Flächen, keinen zentralen Schornstein. Als wir auch vergeblich nach Strom-, Wasser- und Abwasseranschluss gesucht hatten, wurde uns klar, warum dieser Gebäudeteil noch frei war. Außer Fläche gab es hier nichts. Herrn Noths: „Groß genug **für** eine Wohnung" und sein „Nun ja, es muss eben noch etwas daran gemacht werden", leuchtete durchaus ein. Egal wie die Raumteilung ausgehen würde, das Wohnzimmer hätte mehr Fläche als unsere bisher beiden Zimmer zusammen. Und es musste noch etwas daran gemacht werden.

29

Wir lehnten uns an die Wand und blickten aneinander vorbei aus den Fenstern.

Ich: „Wenn wir die Wohnung ablehnen, ist der Noth raus. Wenn wir sie nehmen, haben wir das an der Backe und müssen uns um alles kümmern".

Sonny: „Manches kannst Du doch selbst machen und beim Rest helfen uns bestimmt unsere Freunde".

Ich: „Ich habe von solchen Dingen aber keine Ahnung".

Sonny: „Ich kenne auch noch ein paar Leute, die bestimmt mit anpacken".

Ich: „Du möchtest die Wohnung gern, oder."

Sonny: „Klar, wir brauchen ja eine."

Da waren wir uns wieder einig: Wir brauchten eine, sogar dringend. Mein Kompromissvorschlag: „Lass uns die Nebenräume noch ansehen und dann schreiben wir auf, was alles notwendig ist. Damit gehen wir am Dienstag zu Herrn Noth. Mal sehen, was der dazu sagt. Und dann entscheiden wir".

Gut, dass meine Frau perfekt Stenografie beherrscht. Das gehört zu ihrem Beruf und jetzt hilft es uns auch privat: „Schreib mal bitte alles mit. Zuhause sortieren wir".

Sonny liebt ihren Beruf: „Ich werde es dann mit der Maschine schreiben, ein Exemplar für uns und eins für Herrn Noth. Er heißt übrigens Franz, hat Oma gesagt. Sie kennt ihn."

Also weiter:

„Trennwand im Korridor. Trennwand Wohn- zu Schlafzimmer und Trennwand am Bad"

„Vergiss die Türen nicht."

„Vier Türen. Korridor, Wohnzimmer, Schlafzimmer, Schiebetür zur Küche (sonst schlagen die gegeneinander. Nein, fünf: Badtür brauchen wir auch."

„Kinderzimmer?"

„Die geht noch, oder? Doch, schreib sechs, sonst sieht das albern aus. Neun Verbundfenster".

„Neun?"

„Die sechs vom großen Raum plus Kinderzimmer, Bad und Küche. Und Fensterbänke innen und außen."

„Fußbodenausgleich und Belag für alle Zimmer. Hast Du gesehen, wie fertig die Holzdielung ist. Das sind zwar dicke Bretter, aber total rundgelaufen und über die Äste kann man stolpern. Ich weiß nicht, ob man das glattschleifen kann. Ich kann es jedenfalls nicht. Und schreib mal noch eine Trennwand mit einem Durchgang innerhalb unseres Korridors dazu."

„Wozu denn das?"

„Am Eingang vorn Kohlen, Holz, Gasflasche, Schuhe und solches Zeug. Dann die Trennung, hier alles sauber. Und irgendetwas wird die Kommission sicherlich auch ablehnen wollen. Da haben sie gleich eine ganze Wand".

„Kohlen klingt gut. Wir wissen noch gar nicht, wo ein Ofen stehen kann."

„Wir brauchen eine Etagenheizung, die wir von der Küche aus heizen können. Damit ist auch klar, dass dort die Küche wird und der andere Raum das Kinderzimmer. Schreib mal auf: Etagenheizung mit Heizkessel, sechs Heizkörper und alles Zubehör, Rohre und so weiter."

„Wird so auch Warmwasser?"

„Wasser haben wir noch gar nicht. Schreiben wir als nächstes. Warmwasser in der Küche: ein Fünf-Liter- Elektroboiler, oder besser zehn Liter. Fünf Liter haben wir jetzt, die sind ständig aufgebraucht. "

„Das stimmt. Und im Bad?"

„Das wird nicht einfach. Ich glaube, es gibt große Boiler mit achtzig oder einhundert Litern. Aber ob die zu bekommen sind?! Schreib mal einen auf. Vielleicht ist auch der Anschlusswert zu hoch. Muss man bestimmt beantragen. Hast Du irgendwo einen Zählerkasten gesehen."

„In der Etage über uns war einer mit mehreren Zählern. Es ist eigenartig, dass oben der Gang an der Fensterfront liegt. Alle Wohnungen gehen von dort ab. Die über uns ist, glaube ich, auch nicht fertig."

Das sahen wir uns erst noch einmal an. Ja, die Raum-aufteilung war komplett anders. Man hatte immer etwas abgetrennt, wenn eine Wohnung dort entstehen sollte. Und ja, es gab dort einen Zählerkasten mit freien Plätzen. Ein Kabel zu unserer Wohnung gab es nicht.

Also die Liste fortsetzen:

„Stromanschluss herstellen und gesamte Wohnungsinstallation"

„Mit Wasser sind wir noch nicht weiter."

„Ergänze mal bitte bei Heizung, dass die mit Umwälzpumpe sein muss. Schwerkraft geht hier nicht. Bestimmt muss auch der Schornsteinfeger prüfen, ob der Anschluss möglich ist. War bei uns auch so. Schreib das mal dazu."

„Wasser nicht vergessen."

„Ja, gleich. Notiere erstmal noch Wanne und Waschbecken und Armaturen. Und Fliesenverkleidung bis oben. Das ist noch etwas zum Ablehnen. Jetzt Wasser: Eine Leitung liegt sicherlich bis zur Nachbarwohnung. Die kann vielleicht verlängert werden. Abwasser muss aber fließen, mit Gefälle, nach unten. Und unter uns ist das Lager vom Haushaltsgeschäft. Ob die eine Abwasserleitung an der Decke haben wollen, vor allem im Winter, bei Frost. Das muss Franz Noth klären."

„Bist Du jetzt fertig?"

„Hier, glaube ich, ja. Wir müssen aber nochmal in den Schuppen schauen. Nein, erst noch, wo wir eine Fernsehantenne montieren können."

„Gut, aber dann ist hier Schluss. Ich muss mich um Kathrin kümmern. Und Oma ist neugierig. Mit ihr müssen wir dann nochmal hergehen."

Beim Verlassen trafen wir noch einmal auf unsere künftigen Nachbarn. Es blieb bei einem kurzen „Guten Tag. Haben Sie sich alles nochmal angesehen."

„Ja, Guten Tag. Wir kommen nachher noch einmal mit der Oma."

Vorn öffnete sich die Tür und ein kleines Mädchen schaute durch den Spalt. Egal, was unser zweites Kind

sein wird, Spielkameraden wären also für beide Ge-
schlechter da.

Oma war recht still auf dem Rückweg. Viel Platz, nichts
nutzbar. Nach Wohnung sah das in ihren Augen so bald
nicht aus.

Zuhause legten wir Buntstifte zurecht und begannen zu
sortieren: gelb=Ausführung und Genehmigungen, grün=
Eigenleistung mit Freunden, blau=Fremdleistungen durch
Handwerker, rot=Baumaterial und Ausrüstung.
„Ich werde das am Montag in meinen Pausen mit der
Maschine schreiben. Vielleicht darf ich sogar einen Teil
während der Arbeitszeit erledigen", übernahm Sonny
diese Aufgabe.
„Fein, am besten als Tabelle. Nummeriere bitte alles,
das macht die Besprechung mit Herrn Noth einfacher. Un-
ter jedem Punkt lässt du ausreichend Platz, um einzutra-
gen wer zuständig ist für Material und Ausführung, An-
träge und Genehmigungen. Und wer es bezahlt."
Ich setzte mich an den Studiertisch, holte mein Reißzeug
hervor und zeichnete einen maßstäblichen Wohnungs-
grundriss auf Papier. Dann teilten wir den großen Raum in
ein vier Meter achtzig breites Wohnzimmer und ein drei Me-
ter zwanzig breites Schlafzimmer. Zwanzig Zentimeter für
eine Holzsparschalung und beidseitig Gipskartonplatten
sollten für die Trennwand ausreichen.
„Mit Mauersteinen wäre das nicht möglich, das würde
zu schwer, weil keine tragende Wand im Lagerraum da-
runter steht."
Beide Zimmer würden fünf Meter sechzig lang werden,
das Wohnzimmer fast siebenundzwanzig Quadratmeter
groß, acht mehr als unsere jetzigen zwei Zimmer zusam-
men. Jedenfalls, wenn man den Anteil abzog, der nur Ka-
thrins Höhe hatte. Sonny bekam glänzende Augen. Ich
zeichnete die Wand zum Bad ein. Das würde recht klein
sein, also nur eine kurze Wanne und ein Waschbecken

aufnehmen. Dann folgte der Strich quer zum Korridor und eine abgeschlossene Wohnung entstand. Sonnys Gesicht strahlte.

„Ach du Scheiße", dachte ich, „sie hat sich schon entschieden. Das wird Arbeit geben." Also versuchte ich es behutsam: „Das Kinderzimmer ist recht klein und mit der Küche tauschen geht nicht wegen des Schornsteins."

„Die ersten drei Jahre bleibt es („ES", weil wir das Geschlecht nicht wussten) sowieso bei uns im Schlafzimmer und dann stellen wir ein Doppelstockbett. Oder wir ziehen nochmal um".

Mit schwachen Argumenten würde ich nicht weiterkommen:

„Da ist nur Fläche. Da ist nichts."

„Ja, aber wir haben noch ein halbes Jahr. Helfer haben wir auch und die Stadt bezahlt alles." Im Privaten ist Sonny schon immer die rascher Entschlossene, sie sieht die Dinge pragmatisch und kann auch mal mit einem Provisorium leben. Ich bin eher der Perfektionist und will, dass pünktlich alles fein und fertig ist. In diesem Konfliktfeld ergänzen wir uns nicht nur prima, manchmal fliegen auch die Fetzen. Diesmal nicht, weil ich die ganze Zeit auf den Grundriss blickte, der mir immer besser gefiel. Wir sagten nicht, ob wir die Wohnung nehmen werden. Wir waren uns wortlos darüber einig geworden.

Endlich Dienstag. Wir waren pünktlich. Herr Noth nicht. Nach zehn unruhigen Minuten im Warteraum hörten wir ihn endlich auf der Treppe. „Entschuldigung, ich wurde aufgehalten. Bitte kommen Sie rein", rief er uns zu, während er schon vorging, seinen Mantel auszog und an die Garderobe hängte, „nehmen Sie schon mal Platz, ich komme gleich wieder".

„Jetzt geht er erst noch pinkeln", vermutete ich leise, was meine Frau mit einem scharfen „Ralf!" quittierte. Recht hatte ich trotzdem. Nach wenigen Minuten kam er mit noch feuchten Händen und frisch gekämmtem Haar zurück. Bisher hatte ich ihn immer nur in Strickjacke oder

Pullover gesehen, im Freien mit Anorak. Heute im Mantel und nun sogar mit Sakko und Krawatte, am linken Revers das SED-Parteiabzeichen. Na klar, dachte ich, warum auch nicht.

Er kam gleich zum Thema: „Na, wie haben Sie sich entschieden". So leicht wollte ich es ihm nicht machen. „Das hängt davon ab, wie wir das bewohnbar machen. Die Fläche gibt es her. Ob wir das rechtzeitig hinbekommen, entscheiden Sie. Und bezahlen müssen Sie das natürlich als Vermieter auch." „Nun mal langsam. Sie möchten die Wohnung also. Erklären Sie mal, was Sie sich vorstellen." Wir beschrieben es und gaben ihm unsere Aufstellung. „Das ist ja schon recht konkret, bekomme ich selten so gut vorbereitet", lobte er Sonny. „Ich muss das alles natürlich noch mit dem Bürgermeister und der Abteilung Finanzen besprechen, aber ich denke, das wird so klappen", machte er uns Zuversicht, um das sofort wieder zu begrenzen. „Hier steht aber Fliesen im Bad, und dazu noch bis oben. Daraus wird natürlich nichts. Wo sollen die denn herkommen?" Er las weiter: „Etagenheizung? 100-Liter-Boiler! Wir werden uns mit der Wohnungskommission ansehen, ob es nicht auch anders geht. Die Abwasserleitung sehe ich nicht als Problem, der Verkaufsstellenleiter ist kooperativ, den kenne ich." Er kam zum Ende: „Wissen Sie, (da war es wieder), wir treffen uns nächste Woche nochmal. Gleicher Tag, gleiche Zeit. Dann kann ich das intern besprechen, wir haben uns die Wohnung nochmal angesehen und ich kann Ihnen antworten, was unsererseits möglich ist."

Wieder Dienstag, gleiche Zeit. Diesmal ist auch er pünktlich. Die Begrüßung ist kurz. Oma konnte heute nicht helfen. Sonny blieb deshalb mit Kathrin zuhause und ich war allein mit ihm und wartete auf sein „Wissen Sie,…". „Wissen Sie", begann er, „wir haben das besprochen, das geht seinen Gang." Kurze Unterbrechung, dann: „Es ist aber so", (Scheiße, denke ich, geht es nicht einmal ohne ein

35

,aber'.), „wir können das machen, wie Sie es sich wünschen. Die Stadt wird das bezahlen. Alles andere liegt aber
bei Ihnen. Wir haben kein Material und keine Leute, die
helfen können. Darum müssen Sie sich selbst kümmern.
Die Anträge für den großen Boiler und die Heizung sollten
Sie bald stellen. Das wird dauern. Es wird bestimmt eine
„Forster Heizung". Ich weiß gar nicht, wo man die bekommt. Für den Boiler muss vorher noch ein Elektriker prüfen, ob der Anschluss das hergibt. Mit den Anträgen kommen Sie zuerst zu uns. Wir bestätigen Ihnen den dringen-
den Bedarf. Dann gehen Sie zur Energieversorgung und
lassen sich das Stromkontingent für den Boiler bestätigen.
Damit suchen Sie sich einen Elektriker, der den Boiler für
Sie bestellt und die Anschlüsse macht. Sie brauchen sowieso jemanden, der die Wohnung installiert. Wenn wir
den Antrag für die Forster Heizung befürwortet haben, gehen Sie zum Schornsteinfeger und lassen sich den Anschluss bestätigen. Prüfen muss der das aber vorher
schon, also bevor Sie den Antrag stellen. Der weiß dann
vielleicht auch, wo man so eine Heizung bekommen kann."

Dieser lange Text war ihm möglich, weil mich die abrupte Erkenntnis, für alles selbst zuständig zu sein, zunächst sprachlos machte.

„Wenn wir bei irgendetwas helfen können, machen wir
das natürlich", schob er nach, „nur wie gesagt, wir haben
weder Material noch Leute."

Die Ausführung bereitete mir keine Sorge mehr. Sonny
und ich hatten während der Vorwoche schon mal unsere
Freunde angesprochen und Hilfe zugesagt bekommen. Seit
meinem Arbeitsbeginn 1974 waren wir beide Mitglieder im
betrieblichen FDJ-Jugendklub und hatten dort viele nette
Leute kennengelernt. Das waren Werkzeugmacher,
Schlosser, Konstrukteure, Stenotypistinnen, Stanzer, technische Zeichnerinnen. Manche in unserem Alter, manche
jünger, manche verheiratet, die meisten noch ledig. Gemeinsam organisierten wir Veranstaltungen der FDJ-
Grundorganisation des Betriebes. Dazu stand uns ein Etat

zur Verfügung, den wir mit Einnahmen aus Diskothek-Tanzveranstaltungen auffüllten. Zwei von uns hatten nach einem kurzen Lehrgang und bestandener Prüfung vom Rat des Kreises, Abteilung Kultur, die Auftrittserlaubnis als DJ erhalten. Seit Kathrin da war, schränkte das unsere Teilnahme ein, aber dank Oma war noch vieles möglich. Mit Kind und auf Wohnungssuche waren im Moment nur wir. Und jetzt konnten wir auf Hilfe zählen.

Handwerksbetriebe gab es im Ort genug, nur waren sie alle überlastet. Aber auch das wäre zu schaffen. Kompliziert würde die Materialbeschaffung werden. Dazu fehlten uns die notwendigen Kontakte oder alternative rare Gegenleistungen. Trinkgelder würden wir gegenüber der Stadtkasse sicherlich nicht geltend machen können.

Herr Noth holte mich aus meinen Gedanken: „Sie sind recht still geworden. Was meinen Sie, nehmen Sie die Wohnung?"

„Ja", überraschte mich meine Antwort. Wir unterschrieben den Vertrag, den er schon vorbereitet hatte. Sonny würde das morgen ihrerseits nachholen.

Mir war noch immer nicht ganz wohl dabei. Dennoch waren wir beide erleichtert. Herr Noth wohl noch mehr als ich und das schien ihn in Redestimmung zu versetzen. Das Wartezimmer war leer und er begann zu erzählen: „Wissen Sie, wir kennen uns ja eigentlich noch gar nicht. Ich wohne auch hier im Ort. Sie habe ich nur ab und zu gesehen. Ihre Frau kenne ich aber schon seit sie noch ganz klein war.

Ich bin froh, dass wir eine Lösung für Ihr Wohnungsproblem gefunden haben. Das ist oft nicht leicht, viel mehr Anträge als Wohnungen. Sie glauben gar nicht, wie manche Leute noch wohnen müssen. Und eine junge Familie muss doch einen guten Start in unserer Republik haben. Ich mach mir erstmal einen Kaffee, wollen Sie auch einen?"

Ohne meine Antwort abzuwarten, verließ er den Raum, um kurz darauf mit zwei dampfenden Tassen zurückzukehren. Das würde jetzt wohl länger dauern. „Wissen Sie,

*warum ich die Wohnungskommission übernommen habe?
Viel Freude ist ja nicht damit verbunden, aber jemand
muss das schließlich machen. Ich wollte es sogar." Kurze
Pause: „Ich weiß, was Wohnungsnot bedeutet. Wir stammen aus der Nähe von Komotau, liegt heute in der CSSR,
heißt jetzt Chomutov. 1938 sind meine Eltern mit uns Kindern hierher umgezogen. Mein Vater war Gürtler und hat
hier eine gute Arbeit gefunden. Als Musterbauer der Firma
Schmittig & Wabe. Tolle Sachen haben die anfangs gemacht, viel aus Messing. Allerdings begann bereits 1935
parallel dazu die Herstellung von ‚Heeresgegenständen'.
Im Kriegsverlauf waren dann immer mehr Rüstungsgüter
darunter und am Ende fast ausschließlich. Geschoss-
körbe, Zünderteile, Munitionskisten, Bombenmäntel und
solche Sachen. Ich hieß damals noch Frantisek, viele unsere Nachbarn waren Tschechen und mein Opa mütterli-
cherseits auch. Ich bin am 20. April 1933 geboren, Zwan-
zigster April, wie Hitler und 1933 wie Machtergreifung.
Das ging natürlich nicht als Frantisek. Also wurde ‚Hitler-
junge Frantisek' eingedeutscht zu Franz. Und 1938 kehrten wir gewissermaßen ‚heim ins Reich', nur eben in umgekehrter Richtung als Deutschland, das sich nach dem
Münchener Abkommen unser Böhmen einverleibte." Wieder eine kurze Pause, dann: „Es ging uns gut, auch in den
Kriegsjahren. Wir hatten eine schöne Wohnung in der Karl-
Liebknecht-Straße, hieß damals noch Prinz-Albrecht-
Straße. Vater war zu alt für die Wehrmacht und ich zu
jung. Meine zwei Schwestern haben ihre Freunde aber im
Krieg verloren. Waren bei der Waffen-SS und wollten ganz
vorn dabei sein. Dann kamen der Zusammenbruch und die
Vertreibung der Sudetendeutschen. Naja, vielleicht haben
es ein paar wenige sogar verdient. Das weiß ich nicht. Es
waren aber fast drei Millionen Deutsche, von denen zwischen 1945 und 1946 viele hier eintrafen und dazu die
vielen, vielen Tausende aus Pommern, Schlesien und Ost-
preußen. Alle mussten unterkommen. In den Städten war
alles zerbombt. Wir mussten zusammenrücken. Die*

Russen und ihre deutsche Nachkriegsverwaltung bestimmten, wer Umsiedler aufzunehmen hatte. Uns blieben zu fünft zwei Zimmer unserer Wohnung, die anderen beiden Zimmer waren größer, dort lebte nun eine fremde Familie mit vier Kindern. Das war nicht schön, können Sie mir glauben. Wir waren froh, als sie nach fast drei Jahren zu Bekannten ins Saarland zogen. Für uns war die Wohnung aber inzwischen zu groß geworden. Meine Schwestern hatten geheiratet und waren weggezogen. Die damalige Wohnungskommission hat uns 1951 eine andere Wohnung zugewiesen. Kurz danach ist dort dann auch unser erster Sohn geboren, Harald. Ich glaube, er ging in die Parallelklasse Ihrer Frau.

Ich weiß also, wie wichtig eine gerechte Wohnungsvergabe ist, auch wenn ich das oft noch nicht gewährleisten kann. Das wird noch ein paar Jahre brauchen. Aber die Partei wird auch das lösen. Das ist doch wichtig für unser Land."

Ich wäre auch ohne die letzten Sätze ausgekommen.

Während er erzählte, hatte ich Gelegenheit ihn genauer zu betrachten. Normalfigur und kräftige Hände, leichter Bauchansatz, bestimmt, weil es nach den darben Nachkriegsjahren wieder gutes Essen gibt. Er war etwas kleiner als ich, wirkte im Sitzen aber größer, wahrscheinlich hatte er kurze Beine. Das Gesicht rund, die Haare dunkelblond, lichter werdend und mit Grauanteilen, helle Augen. So könnte auch sein tschechischer Opa ausgesehen haben.

Er stand auf. Offensichtlich war sein Redebedarf gedeckt. (Es stimmte, sein Oberkörper war relativ lang). „Jetzt muss ich aber. Wir sehen uns bestimmt öfter, wenn Sie mit dem Ausbau beginnen. Grüßen Sie Ihre Frau."

„Na, sag mal", empfing mich Sonny, „das hat aber lang gedauert." Ich begann mit dem positiven Teil: „Wir können alles so haben, wie wir es uns vorstellen. Sogar die

Zwischenwand wurde genehmigt und die Durchreiche von der Küche zum Wohnzimmer, die du noch ergänzt hast. Nur die Badfliesen sind abgelehnt. Die wollten wir aber sowieso nicht. Holz sieht viel schöner aus." Dann berichtete ich, dass die Stadt nur zahlen würde und wir für alles selbst zuständig sind.

„Ich habe unterschrieben und du musst das morgen nachholen."

„Gut", beschied sie, „wir werden das schaffen."

Kathrin informierte ihre Puppe und Sonny die Oma.

Die restlichen Januartage dienten an Feierabenden und Wochenenden der Vorbereitung: Raumaufteilung, Trennwände anzeichnen, ebenso Leitungsführungen, Kabelkanäle, Schalter und Dosen, Bedarfsliste erstellen. Als einfach erwies sich die Zustimmung des Verkaufsstellenleiters zur Abwasserführung: „Geht ja nicht anders", beschied er an sich selbst gerichtet, „wir räumen das Lager an den Stellen bisschen um, damit nichts Schaden nehmen kann. Vor März/April wird das aber nichts, jetzt ist es mir zu kalt da drin."

Meist war ich allein in der Wohnung. Meine Frau war nach der Arbeit im Beruf mit Haushalt und Kathrin auch so gut ausgelastet.

In diesen Tagen lernte ich alle unsere künftigen Nachbarn nach und nach kennen. Die Kommunikation versuchte ich auf das Nötigste zu beschränken, ohne unhöflich zu sein. Unterhaltung nur des Redens willen, kann ich nicht so gut. Das ist vertane Zeit. Also antwortete ich freundlich auf gestellte Fragen, achtete jedoch darauf, dass sich daraus keine neuen ergaben. Unsere Gespräche beschränkten sich im Wesentlichen auf den Tageszeitgruß, das Wetter und die Feststellung, dass ich wieder da bin, was eindeutig richtig war und keine Antwort erforderte. So kam ich gut voran.

Sonny hatte die Zusage einer Fußbodenfirma für Mai erhalten. Sie kannte deren Mitarbeiter von ihrer Arbeitsstelle her. Drei Männer, die einer attraktiven jungen Frau nichts abschlagen konnten. Auch die örtlichen Handwerker suchte sie auf. Man kennt sich. Ich bin ein Zugezogener, da wäre es mindestens vier Wochen später möglich geworden. Damit waren Wasser, Türen und Durchreiche gesichert. Stromversorgung und Heizung blieben meine Aufgabe, ebenso die Wanne und der gesamte Ausbau.

Ich begann mit dem Schornsteinfeger, der recht bald kam, prüfte und den Anschlusswert des Schornsteins mit 36 kW bestimmte. Ich hatte keine Ahnung, ob das viel ist. Seine Anschluss- und Abstandvorgaben musste ich bei der Raumaufteilung beachten. Nun begann die Suche nach einer Heizungsanlage. „Forster Heizung", hatte ich mir Herrn Noths Hinweis notiert. Aber müsste ich nicht vorher wissen, welche Leistung notwendig ist? Während meines Studiums schlug ich mich ein Semester lang auch mit den Grundlagen der Wärmelehre herum, fand aber keinen Bezug dazu und kam nur mit Mühe und Spickzettel durch die Prüfung. Darauf war nicht aufzubauen, ich brauchte fremden Rat.

Zunächst suchte ich vergeblich unter Bekannten und Kollegen danach. Später erweiterte ich den Personenkreis und wurde zunächst im Handelshof-Geschäft fündig. Eine Verkäuferin kannte jemanden, der eine solche Heizung eingebaut hatte und würde ihn nach der Vorgehensweise fragen. Die Auskunft eines vorher befragten Klempnermeisters reduzierte sich auf: „Eine Forster Heizung brauchen Sie. Das wird schwierig!"

Die Verkäuferin hatte hingegen Erfolg. Einem Herrn Schreiter aus dem Nachbarort war das tatsächlich gelungen und er war zur Auskunft bereit. „Das ist eigentlich ganz einfach", erklärte er. „Wenn Ihr Antrag genehmig ist, wenden Sie sich an die PGH Heizungstechnik in Karl-Marx-Stadt, die verwalten das Kontingent für unseren Bezirk. Zuerst geben die Ihnen eine Berechnungsgrundlage für den Wärmebedarf und ein Formblatt des zugehörigen Materials. Das müssen Sie ausfüllen und zurücksenden. Sie bekommen dann alles als Selbstbausatz, also mit

Heizkörpern, Halterungen, Rohren, Bogen usw. Wenn dann der Heizkessel für Sie da ist, wird das dazugelegt, auch notwendige Werkzeuge zum Zuschneiden, Biegen und Verpressen der Rohre. Um den Transport müssen Sie sich selbst kümmern."

„Biegen und Verpressen? Ich dachte, das wird heißgelötet."

„Nein, das ist ganz einfach. Das können Sie alles selbst machen."

„Gibt es den Kessel in mehreren Größen?"

„Das weiß ich nicht, Sie müssen aber die Brennstoffe angeben, wahrscheinlich auch Braunkohlebriketts, oder? Die Berechnungsgrundlagen kann ich Ihnen schon mal leihen. Das ist ganz leicht: Raumvolumen, Raumnutzung, Innen- oder Außenwände, Fensterart und -flächen, angrenzende Räume und deren Beheizung. Ich glaube, das war es schon."

„Wie lange werde ich warten müssen?"

„Das kann ich Ihnen nicht sagen. Sie können das aber beeinflussen, wenn Sie wissen, was ich meine." Klar wusste ich das, es würde ein buchmäßig nicht erfasster Betrag sein.

„Wollen Sie meine Anlage mal sehen?" Auch bei ihm stand der Kessel in der Küche, rechteckig, schick, weiß lackiert, der Feuerraum hinter einer Türklappe, Schalter, Kontrolllampe und Temperaturanzeige chromgefasst darüber. Viel kleiner als erwartet. Ich war begeistert, so etwas wollte ich haben. Ein notwendiges Ausdehnungsgefäß konnte man geschickt verborgen daneben verbauen.

Eine wichtige Frage blieb noch: *„Wie haben Sie das besorgt?"* Jetzt druckste er herum, diese Auskunft schien nicht vorgesehen.

Dann jedoch: *„Sie kennen doch Martin Freitag, der fährt doch für Ihren Betrieb. Fragen Sie den mal, er hat den Transport für mich gemacht."*

Martin Freitag kannte ich. Als wir vor vier Jahren Dämm-material für den Dachausbau unserer zwei Zimmer benö-tigten, konnte er schon einmal helfen. Ein freiberger Be-trieb stellte Kühlkammern her und schnitt die Dämmung aus geschäumten Blöcken. Der Verschnitt ging auf Deponie oder unter der Hand an private Nutzer. Mit seinem LKW holten wir eine Ladung davon ab.

Neben dem eigenen Fahrzeugpark fuhren drei private Spediteure für unseren volkseigenen Betrieb. Martin Frei-tag war einer davon. Alle drei besaßen einen H3A, einen unverwüstlichen LKW mit Planenaufbau, selbst ausgestat-tet und gut gepflegt. Leertouren waren selten. Sie alle wa-ren gut vernetzt, kannten Gott und die Welt und wussten, wo es Rares zu bekommen gibt. Martin Freitag war der Versierteste, er konnte mit Jedem und kannte jede Quelle. Ihn sprach ich also an.

„Klar, sag mir, wenn du die Zuweisung hast, dann ma-chen wir das." Martin Freitag war mit allen per Du. „Ich sag Dir schon mal, was Dich das kostet. Außer meiner Leistung natürlich. Also, wenn du es schnell brauchst, sind das zwei Hunderter, wenn alles fein aussehen soll, also keine Dellen, Kratzer oder so, nochmal einer und für gutes Werkzeug noch einmal fünfzig. Das solltest du machen, sonst geben sie dir ausgeleiertes Zeug, da biegst du dich tot."

Das würden gut investierte dreihundertfünfzig DDR-Mark werden.

Beim VEB Energieversorgung hatte ich zwischenzeitlich den Antrag auf Erteilung einer Genehmigung zum Einbau eines 100 Liter-Warmwasserboilers gestellt. Bei positivem Bescheid würde damit ein Installationsbetrieb den Antrag auf Zuweisung dieses Boilers stellen. Zunächst aber woll-ten die Energieversorger vom städtisch zuständigen Elekt-romeister den Nachweis eines ausreichenden Anschluss-wertes und Leitungsquerschnittes haben. Bei ihm wurde ich vorstellig und wusste sofort, wir würden keine Freunde werden. Mein „Guten Tag", quittierte er mit einem „Was wollen Sie?" Dabei wendete er sich nicht extra zu mir um und kramte in einer Kiste.

Ich informierte seinen Rücken im Auftrag der Wohnungskommission über mein Anliegen.

„Dafür habe ich jetzt keine Zeit."

„Sie sollen das auch nicht jetzt machen, sondern möglichst bald."

„Wer sagt denn das?!"

„Herr Noth sagte es mir und ich sage es Ihnen."

„Ach, der Noth. Nächste Woche komme ich nicht dazu, diese sowieso nicht. Ich gebe dem Noth Bescheid. Aber ausführen kann ich die Installation ohnehin nicht, dafür müssen Sie sich einen anderen suchen." Er drehte sich um und sein Blick sagte mir, dass die Audienz beendet war.

Ich hatte schon vorher von ihm gehört, er war wirklich gut in seiner Arbeit, hielt sich für den Star der Branche und benahm sich oftmals wie ein Arschloch.

Zwei Wochen später lag der positive Bescheid von ihm vor. Ich suchte einen Installationsbetrieb. Im Ort gab es nur Meister Arschloch. Die LPG hatte jedoch eine eigene Elektriker-Brigade und die sagten Hilfe zu.

Die Versorgung war gesichert, nachdem ich auch Kanthölzer, Gipskartonplatten, Zement und Sand aufgetrieben hatte. Sand war einfach gewesen. Alles andere erforderte mangels Gegengebotes ein förderndes Handgeld. Sonny war bei Tischler und Klempner erfolgreich, der sogar eine kurze Wanne besorgen konnte. Jetzt begann der Ausbau. Gemeinsam mit unseren Freunden montierten wir die Kanthölzer zu einer Sparschalung für die Trennwände und schraubten die Gipsplatten dagegen. Wir verspachtelten Schrauben und Stöße und verschliffen sie von Hand. Gemeinsam bekamen wir eine Sehnenscheidenentzündung und ein Lob meiner Frau.

Wir stemmten die Kabelkanäle und Dosenlöcher ins Natursteinmauerwerk und putzen sie nach getaner

Elektrikerarbeit wieder zu. Den ersten Strom begrüßten wir mit zwei Stück Flaschenbier und waren stolz auf uns. Die Fenster hatte Sonny bereits im Februar bestellt. Das war gut, weil wir zu dieser Jahreszeit nicht mit anderen darum konkurrieren mussten und auch der Tischler in den Winterwochen froh über solchen Auftrag war. Ende März lieferte er an: neun Verbundfester mit kippbarem Oberlicht, Kämpfer und einteiligem Dreh-/Kippflügel, 120 mal 180 cm, unlackiert. Der Anstrich musste warten, bis es ein bisschen wärmer war. Wir griffen zum Neusten am Markt: PUR-Farbe, hochdeckend, reinweiß strahlend, wetterbeständig. Als Zweikomponentenfarbe mit extra zuzusetzendem Härter und begrenzter Verarbeitungsdauer. Das erhöhte den Bedarf. Unsere Freunde winkten ab, Fenster streichen war nicht ihr Metier. Und ich war ebenfalls ungeübt und entsprechend langsam. Aufgeklappt standen Rahmen und Flügel auf dem Fußboden, schmale Leisten als Abstandshalter untergelegt. Vergaß ich die richtige Reihenfolge der Drehung, musste ich die unteren Schenkel auf dem Bauch liegend streichen. Das ertüchtigt zwar Bauch- und Schultermuskulatur, ermüdete aber den Mann. Irgendwann war ich fertig und der Einbau stand an. Kollegen aus der Firma kannten sich aus und waren dazu bereit. Ich hatte keine Vorstellung mit welcher Sauerei das verbunden war. Die alten Fenster heraushacken und das Mauerwerk anstemmen verursachte eine Staubwolke und Dreckschicht ungeahnter Dichte. Viel zog nach außen ab und schlug sich zum Nachteil der Anwohner auf deren Fenstern nieder. Das meiste füllte ich in Eimer. Die trug ich tapfer ins Freie und freute mich auf unser künftiges Bad.

Mit Martin Freitag holte ich Kessel, Material und gutes neues Leihwerkzeug aus Karl-Marx-Stadt ab. Die Kollegen an der Ausgabe zögerten mit fragendem Blick wortlos bis zur Geldübergabe, zeigten sich dann eingeübt überrascht und dankbar. Der Einbau war tatsächlich einfacher als erwartet. Von unseren Freunden war vor allem Falk Steinert mit dabei. Als Schlosser machte er das gern. Wir stellten die Heizkörper auf. Das waren kompakte Blechtruhen für Konfektionsheizung mit innenliegenden Rohrpaketen, für eine große Oberfläche spiralförmig mit schmalen gewellten Blechstreifen umwickelt, Luftaustritte nach vorn oben, mit rotbrauner Rostschutzfarbe vorgestrichen. Den Wärmeaustritt regelte ein langes Blech in Truhenbreite, über den Rohren mit zwei Anschlägen drehbar auf einer Längsachse gelagert. Quer gelegt wurde der Wärmefluss weitgehend unterbunden und in senkrechter Stellung unbehindert ermöglicht. Drehstellungen dazwischen regulierten nach Wunsch.

„Im Schlafzimmer brauchen wir eigentlich gar keinen", überlegte ich laut. „Es darf aber auch nichts abfrieren." Dass Wärme im Winter auch der Erotik dienlich wäre, behielt ich für mich. Das wusste er selbst.

Mit kurzen Rohstücken übten wir das Biegen, dann ging es zügig und mit wenig Abfall. Am Stoß wurde ein Kupferrohr auf wenige Zentimetern mit einem Spezialwerkzeug aufgeweitet. Dieses Ende nahm das ankommende Rohr auf. Mittels eingelegten Konus verpresste ein weiteres Werkzeug beide Enden sicher miteinander. Alle Heizkörper wurden im Vorlauf in Reihe verbunden. Die beiden letzten hatte ich deshalb etwas höher dimensioniert. Der Rücklauf erfolgte vom letzten Heizkörper aus im geschlossenen Rohrkreis direkt zurück zum Kessel. Für den Umlauf sorgte eine am Kessel verbaute elektrische Pumpe mit überraschend geringem Anschlusswert. Nach einer Woche Feierabend- und Wochenendarbeit konnten wir den Schornsteinfeger um Abnahme bitten.

Inzwischen war der April vorüber. Der Klempner war fertig und wir verputzen die Durchbrüche. Die Wanne würde er erst nach gelegtem Fußboden stellen. Die Wasserleitungen strich ich zusammen mit den Heizungsrohren und den Konfektionstruhen.

Die Fußbodenleger kamen Ende Mai, schliffen, gossen aus und glätteten, ließen aushärten und legten den Belag, den Sonny ausgewählt hatte.

Noch vor Ostern hatten wir uns um Möbel gekümmert. Busse fuhren stündlich in die nächstgrößeren Orte. Dort fragten wir nach Wohn- und Schlafzimmermöbel. Mit der Auswahl für das Wohnzimmer waren wir schnell fertig: es gab zurzeit nur die Modellreihe ‚Frankfurt', allerdings mit zahlreichen verschiedenen Schrankelementen, die man beliebig zusammenstellen konnte. Das ermöglichte Schrankwände in fast jeder Länge, Breite, Höhe und Nutzungsmöglichkeit. Die Fronten stellten Rechtecke, Quadrate und Kreisausschnitte auf glatt poliertem Holzimitat. Hier hatte eindeutig das Bauhaus Pate gestanden. Wir waren zufrieden und stellten für uns zusammen. Beim Schlafzimmer war die Auswahl größer. Wichtige Kriterien waren hell, breites Bett und großer Schrank. Das war zu machen. Wir baten den Verkäufer um den Gesamtpreis und atmeten auf. Unsere wenigen Ersparnisse waren um die Handgelder geschrumpft, der Rest musste die Wohnungsausstattung und den Umzug finanzieren. Weitere viertausend Mark hatten wir uns zwar in den vergangenen drei Jahren nebenher in der Gastronomie verdient. Die würden aber unberührt bleiben, als Stockbetrag für ein bestelltes Auto, auf das wir in zirka zwölf Jahren hofften. In der Zweigstelle der Kreissparkasse baten wir deshalb um einen Kredit. Er wurde uns zweckgebunden bis zur maximalen Höhe von dreitausend Mark für den Möbelkauf gewährt und war nur anhand der Kaufbelege verfügbar. Der Zinssatz lag bei drei Prozent, die monatliche Rate bei fünfzig Mark.

Leider hatten wir wenige Wochen zu früh geheiratet. Kurz danach führte die DDR-Regierung den sogenannten „Ehekredit" ein. Junge Ehepaare erhielten einen zinslosen Kredit von fünftausend Mark zur Anschaffung ihres Hausstandes. Den Alters- und Einkommensgrenzen wären wir gerecht geworden, nur dem Stichtag nicht. So blieb uns auch keine Möglichkeit des „abkinderns", umgangssprachlich für die Regelung, den Kredit innerhalb der Tilgungsfrist mit der Geburt des ersten Kindes um eintausend Mark, des zweiten um eintausendfünfhundert und des dritten um zweitausendfünfhundert Mark zu tilgen. Zu diesen Zeitpunkten bereits überzahlte Beträge wurden erstattet.

Man konnte den Kredit also im Bett tilgen und hätte auch noch seinen Spaß dabei.

Wir leider nicht. Unsere Kinder würden unentgeltlich auf die Welt kommen.

Trotzdem war der Ehekredit eine gute Sache.

Herr Noth kam, um die Wohnung in Augenschein zu nehmen und hielt uns für Nutznießer: „Ist das nicht schön, dass Sie für Ihre Möbel fast nichts bezahlen werden. Wenn ihr zweites Kind geboren wird, tilgt sich Ihr Kredit bereits um die Hälfte. Sie haben doch den Ehekredit? Ach, ich sehe noch gar keine Möbel." „Nein", antwortete ich, „wir haben zu früh geheiratet. Wir bekommen ihn nicht. Und die Möbel werden erst in zwei Wochen geliefert."

„Das tut mir leid. Der Kredit ist aber eine gute Sache. (Hierin waren wir uns also einig). Wissen Sie, die Geburtenraten müssen wieder steigen. Nach dem Krieg gab es starke Jahrgänge, jetzt bekommen manche Frauen nur ein Kind oder gar keins. Das geht doch nicht. Wer soll denn künftig die Arbeit machen. Dazu fehlen uns die vielen Menschen, die die Republik bis 1961 in den Westen verlassen haben. Und trotzdem haben sie auch dort nicht genug. Sie versuchen das mit Gastarbeitern zu lösen, erst Italiener, dann Griechen. Das ging ja noch. Danach aber immer mehr Türken, die sind doch ganz fremd dort, auch religiös. Und die Nächsten kommen vielleicht von noch weiter her. Oder sie gehen alle wieder. Wenn das mal gut geht. Kann uns ja egal sein. Aber ausgebeutet werden die, sieht man immer in den Nachrichten. Das sind doch Arbeiter wie wir. So etwas wollen wir nicht in unserer Republik. Unsere eigenen Kinder sollen den Aufbau fortführen. Wir wollen die jungen Familien stärken."

„Vielleicht liegen die Geburtenrückgänge daran, dass die Eltern nicht wissen, wohin damit: Keine Wohnung, keine Kinder."

„Ja, ja, Sie kommen immer wieder darauf zurück. Aber hier ist's schön geworden. Das freut mich für Sie. Ich denke, ab ersten Juli können wir mit der Miete beginnen, zweiundfünfzig Mark hatten wir, glaube ich, vereinbart. Denken Sie auch an die Stundenabrechnung, das müssen wir vorher noch abschließen."

Himmel, ja, das hatte er ganz zu Beginn beiläufig gesagt: fünf Mark pro Stunde für unsere Helfer und uns, nachzuweisen mit Tag, Zeit, Leistung und Unterschrift, nur für reine Bauleistungen. Ich hatte das an diesem Tag gar nicht mitbekommen und von unseren Helfern hatte auch keiner danach gefragt. Man half sich und gut.

Bis Freitagabend bereitete ich noch eine Liste vor. Für 18.00 Uhr hatten wir uns alle zu einem letzten Einsatz verabredet. Der würde aber nur aus Schaschlik, Wurst, Brot und Bier bestehen und einer Flasche Asbach Uralt, aufgespart für Besonderes aus einem Westpaket an Oma. Nun kam noch ein Kasten Limonade hinzu, damit wir zunächst die Liste mit klarem Kopf ungefähr wahrheitsgemäß nachtragen konnten. So wurde auch unser Etat weitgehend wieder ausgeglichen.

Mitte Juni wurden unsere Möbel geliefert. Anfang Juli waren wir fertig eingerichtet. Und wenige Tage später kam Lutz zur Welt, 54 Zentimeter lang und fast neun Pfund schwer.

Und Lutz krakelt jetzt durch die Wohnung. Er muss dringend ins Freie, und sei es um einen Schnupfen mehr. Schnell zieht er seine Sachen an. Natürlich verknöpft er sich in der Eile und ist nicht zur Korrektur bereit. Wir stülpen ihm ein Regencape über, dann sieht man das nicht. Mütze, Handschuhe, Stiefel, dann raus.

Sein erster Weg gilt einer großen Pfütze knapp zwei Meter vor dem Haus. Der Verkaufsstellenleiter umgeht sie immer mit schlafwandlerischer Sicherheit. Lutz steuert sie ebenso zielsicher an. Er bleibt trocken, ich nicht. Wir gehen noch einmal zurück und ich wechsele die Hose. Neuer Start, es hat etwas aufgeklart und wir machen eine lange Wanderung, er rennt über nasse Wiesen, tritt gegen Steine und ist endlich wieder innenraumtauglich. Sonny ist mit Kathrin zuhause geblieben. Ich glaube, das hat beiden gutgetan.

Es ist das dritte Weihnachtsfest in unserer Wohnung. Gestern war Bescherung, wie stets am Heiligen Abend. Vorher gingen wir zur Christmesse in die Kirche. Wie immer an diesem Tag war es rappelvoll. Christen, Atheisten, Agnostiker, Anhänger der Kirche und ihre Gegner, Genossen und Mitglieder aller Parteien, friedlich vereint und festlich gestimmt. Wir alle wollten uns mit der Laienaufführung von Jesus Geburt in die richtige Stimmung für die Weihnachtstage versetzen lassen. Viele hielten Marias unbefleckte Empfängnis zwar für eine argumentative Dreistigkeit gegenüber Joseph und ihn selbst für einen Depp. An diesem Tag spielte das aber keine Rolle, die Wirkung war wichtig. Nicht allerdings für unsere Kinder, die kein Wort verstanden und endlich Geschenke sehen wollten. Auch in anderen Sitzreihen ließen Unruhe und verstohlene Blicke auf die Armbanduhren vermuten, dass es mit der Besinnlichkeit bald vorbei sein würde.

Wir sind heil über die Weihnachtstage gekommen. In unserem Alter ist man noch stressresistent. Am ersten Feiertag besuchten uns Oma und meine Eltern zum Essen, spielten mit den Kindern und blieben bis weit in den Abend. Am zweiten Feiertag wiederholte sich das mit Sonnys Vater und seiner neuen Frau. Am 27. herrscht nun Ruhe und sogar die Kinder wollen still für sich im Zimmer spielen. Das ist gut, weil es im Freien noch immer mild und regnerisch ist. Auch für die Folgetage ist keine Veränderung in Aussicht. Irritiert sind wir am 29. Dezember von Nachrichten der Aktuellen Kamera aus dem Norden unserer Republik. Dort gibt es einen Kälteeinbruch und den massiven Schneefall, auf den wir hier im Gebirge seit Tagen warten. Das bleibt auch bis zu Silvester so und nimmt auf Rügen offenbar bedrohliche Ausmaße an. In unserer Wohnung ist es hingegen schön warm. Die Forster Heizung macht uns Freude. Über unser Deputat an verbilligen Braunkohlebriketts hinaus – mehr als bisher, weil wir jetzt vier Personen sind – haben wir noch eine ordentliche Menge zum höheren Preis bevorratet und sogar die maximal erhältliche Menge an Braunkohlenkoks erhalten. So feuern wir morgens mit brennbaren Abfällen und ein paar Holzscheiten an, legen tagsüber immer wieder Briketts nach, um am Abend eine dünne Koksschicht zum Glühen zu bringen, die dann bis zum nächsten Morgen anhält. Den Heizkörper im Schlafzimmer haben wir mit einer Decke zusätzlich abgedeckt, wir schlafen bei offenem Fenster. Momentan nützt er uns auch in Zweitnutzung nichts, weil Lutz bei uns schlafen will, wir also ganztags unter Aufsicht stehen.

Heute ist Silvester. Wir werden in Familie feiern, die Kinder sind noch zu klein, um an diesem Abend allein zu bleiben. Aus allen Sälen des Ortes aber hören wir Musik und zunehmende Feierlaune. Kathrin und Lutz dürfen heute so lange aufbleiben, wie sie möchten. Elterliche Großzügigkeit hat noch einen zweiten Aspekt, zu dem das Schlafzimmer endlich mal wieder beheizt wird. Die Nachrichten fallen für uns heute aus, wir werden den Fernseher erst später einschalten. Immer wieder gehen wir gemeinsam ans Fenster, sehen fröhliche Menschen und die ersten Feuerwerksraketen. Und immer wieder blicken wir dabei auch auf das Außenthermometer, das zügig fällt, seit heute Nachmittag bereits um zwölf Grad. Das hatten wir lange nicht. Kurz nach Mitternacht gehen wir ins Bett, die Kinder schlafen schon lange, beide in ihrem Zimmer.

Gegen neun Uhr wache ich auf. Es ist noch ruhig in der Wohnung. Und unangenehm kühl. Trotz des spät aufgelegten Kokses. Ich ziehe die Vorhänge am Fenster auf und blicke auf Eisblumen. Ungewöhnlich für Verbundfenster, die muss ich noch nachstellen. Das Blickfeld zum Thermometer ist frei: Minus achtzehn Grad. Ach du Scheiße, denke ich, morgens neun Uhr. Sonny steht hinter mir: „Wie kalt ist es denn?" Ich sage es ihr und denke an die Nässe des Vortages, die jetzt wahrscheinlich überall einen Eisfilm gebildet hat.

„Wir müssen dann aber mal raus", meint Sonny, „die Kinder brauchen das und ich, ehrlich gesagt, auch."

„Stimmt", gebe ich ihr recht, „wir hätten es bei einer Flasche Sekt belassen sollen. Ich lege erstmal die Heizung nach."

Wir frühstücken in Ruhe. Gegen Mittag setzt Schneefall ein und am Nachmittag fällt das erste Mal der Strom aus.

„Ich habe gerade noch einmal Briketts nachgelegt und die Pumpe läuft ohne Strom nicht", fasse ich die Situation zusammen. „Das kleine Ausdehnungsgefäß kann das nie ausgleichen."

„Dann lösch halt das Feuer", trägt Sonny bei.

„Wie denn ?!"

„Gieß Wasser drauf!"

Mein Gott, sage ich mir, wir sind ohne Streit über die Feiertage gekommen, lass es so bleiben. Zum Glück fallen mir fünf Eimer Sand ein, die von der Renovierung übriggeblieben sind und, für Lutz bestimmt, aufs Frühjahr warten. Ich trage sie neben die Heizung und bringe das Feuer zum Erlöschen. Nun wird es jedoch rasch kalt in der Wohnung. Wir rücken in der Küche zusammen, hier strahlt der Heizkessel noch Restwärme ab.

Am frühen Abend fließt wieder Strom. Wir heizen erneut an und stellen zudem ein elektrisches Heizgerät von AKA elektric im Wohnzimmer auf. Das gibt es nicht im Handel, auch nicht im Laden des Vorderhauses. Sonny fährt für unseren Betrieb zweimal jährlich mit dem Standpersonal zur Leipziger Messe. Sie reicht Kaffee und Snacks, stenografiert die Verhandlungen und tippt die Verträge. In ihren Pausen streicht sie über die Etagen des richtigen Handelshofes und kommt mit den Kollegen an anderen Ständen ins Gespräch. So bleibt am letzten Tag dieses kleine Gerät als Erinnerung. Rechteckig, schlank, kippbar, selten, mit zwei Heiz- und zwei Strömungsstufen.

Die Raumhöhe ist jetzt ein Nachteil, es braucht lang zum Erwärmen und am wärmsten ist es ganz oben. Wir beschleunigen das durch Kerzen. Alle Leuchter sind bestückt und besonders verweise ich auf meine achtkerzige Pyramide, bisher bespottet, jetzt bewährt. Die Nachrichten verheißen nichts Gutes für die nächsten Tage. Zum Beleg fällt gleich danach der Strom wieder aus und kommt auch bis zur Schlafenszeit nur dreimal kurz wieder. Ich heize jeweils behutsam an, bleibe achtsam und streue Sand auf die Briketts, auf Koks habe ich vorausschauend verzichtet. In den kommenden Tagen und dann noch einmal im Februar werde ich das mehrfach wiederholen.

*

Der zweite Januar 1979 beginnt verhalten. Zwar fließt Strom, aber anheizen trauen wir uns nicht. Der Blick aus dem Fenster zeigt, dass ein anderer Ortsteil noch ohne Strom ist. Auf der Straße finden sich nur wenige Menschen auf dem Weg zur Arbeit. Normalerweise sind das um diese Zeit eine Menge Leute, die zur Frühschicht gehen. Die ersten kommen sogar schon wieder zurück. Kein Strom und kalt, das Heizhaus nur mittels Dieselaggregaten im Notbetrieb. Die ersten Mütter kehren heim, Kindergarten und Kinderkrippe bleiben geschlossen. Spätestens 06.30 Uhr müssten auch wir starten, unsere

Arbeitszeit beginnt dreiviertel Sieben. Uns bleiben knapp vierzig Minuten zum Entscheiden.

Sonny wird mit den Kindern zunächst zuhause bleiben. Am Vormittag wird sie in die Firma gehen und nach dem weiteren Verfahren fragen. Ich muss in jedem Falle. Heute beginnt meine Arbeit im neuen Tätigkeitsfeld, als Hauptdispatcher in der Produktionsleitung. Zwar gibt es keine Neben- oder Unterdispatcher, aber ‚Haupt' klingt wichtiger und ist auch besser dotiert. Außerdem bin ich direkt dem Produktionsdirektor, korrekt Direktor für Produktion, unterstellt, was auch fein ist. Zu meinen Aufgaben zählt die Kommunikation in den Fragen der täglichen Plan- und Produktionsabläufe. Das betrifft die Arbeitsebene mit meinen Kollegen der Direktorate Produktion (kurz: F...Fertigung), Absatz und Beschaffung (K...Kaufmännisch), Technik (T), Ökonomie (Ö), Personal und Ausbildung (P), Organisation und EDV (O) und Hauptbuchhaltung (H).

Inzwischen weiß ich, dass diese Strukturen landesweit sowohl in übergeordneten Industriekombinaten und deren Kombinatsbetrieben wie auch in allen staatlich oder halbstaatlich geführten Betrieben gelten, einschließlich der bezirksgeleiteten Industrie. Das sind kleine verstreut liegende, volkseigene oder halbstaatliche Firmen unterschiedlicher Branchen, die in der zentral geleiteten Industrie niemand haben will. Je kleiner die Firma, desto mehr geschieht in Personalunion. Außer der Buchhaltung, das beugt Versuchungen vor. In den sehr großen spaltet sich zudem die Entwicklung (E) von T ab.

Zu meinen Aufgaben zählen auch die tageweise Einsatzplanung abteilungsfremder Mitarbeiter in den Produktionsbereichen und die buchmäßige Zusammenführung unfertiger Erzeugnisse (UE) mit ergänzenden Zulieferprodukten zu Fertigerzeugnissen (FE). Bei uns betrifft das im Wesentlichen fertig montierte Leuchtenkörper, also die Armaturen, die mit Beleuchtungsgläsern,

Leuchtmitteln und Verpackungen zur Industriellen Warenproduktion (IWP) komplettiert werden, der wichtigsten Plankennziffer sozialistischer Betriebe in der DDR. Ergänzt wird mein Tag durch all die operativen Arbeiten innerhalb der Produktionsleitung, zu denen ansonsten niemand Lust hat. Mein Vorgänger hat mir alles vor seinem Wegzug in den letzten Tagen des Vorjahres erklärt.

Gern habe ich nicht gewechselt. Seit 1974 arbeite ich im Betrieb. Im Sommer dieses Jahres hatte ich meine Abschlussarbeit an der Technischen Hochschule Karl-Marx-Stadt erfolgreich verteidigt und war nun Diplom-Ingenieur. Das Thema fand ich spannend: ‚Einfluss von Behandlungsdauer und Werkstoff beim Gaskarbonitieren auf Schichtaufbau und Verschleißverhalten bei Stählen'. Ich hatte Werkstoffkunde und Oberflächentechnik studiert und war nun reif für die Industrie. Alle Absolventen der Universitäten, Hoch- oder Fachschulen wurden zentral vermittelt, ebenso wie die Studienplätze zu Beginn zentral vergeben wurden. Jeder Absolvent bekam unter Beachtung seiner Studienrichtung drei Optionen zur Auswahl angeboten. In einem dieser Betriebe musste er mindestens drei Jahre arbeiten, bevor er selbst auf Suche gehen durfte. Trotzdem war es meiner Frau zusammen mit dem Kaderleiter gelungen, mich davor zu bewahren und gleich im selben Betrieb wie sie zu starten. Dabei spielte eine Rolle, dass ledige Absolventen vielleicht irgendwo in einem Zimmer zur Untermiete wohnen konnten, wir aber verheiratet waren und ein Kind hatten. Meine angebotenen Stellen lagen weit vom Heimatort entfernt und zu keiner davon gehörte eine Wohnung, nicht im Betrieb, nicht im Ort, nicht in Aussicht. So begann mein Berufsleben als Technologe für Fertigungsbereich Oberflächentechnik (FB 2) des VEB Leuchtenfabrik Breitenwalde. Mit nahezu eintausend Mitarbeitern ist das nach unserem Wissen die größte Wohnraumleuchten-Fabrik Europas.

Meine letzten Projekte waren 1978 der Aufbau des Galvanischen Verchromens von Stahlbauteilen und des Elektrolytischen Polierens von Aluminium gewesen. Das hatte dem Produktionsdirektor gefallen und er bot mir meine neue Arbeitsstelle an. Bereits seit der fünften Klasse wurde mir in jedem Schulzeugnis Organisationstalent bescheinigt. Ebenso wie mangelhaftes Betragen, das mir trotz guter Leistungen Schulurkunden vorenthielt. Von den technischen Prozessen würde ich auch in der neuen Tätigkeit nicht abgekoppelt sein, organisieren konnte und mehr Geld brauchte ich, also stimmte ich zu.

Ich werde mir das Büro mit Erich Hartmann teilen, einen älteren sonoren Kollegen, verantwortlich für die Produktionsdurchlaufplanung, Genosse der SED und Angehöriger der Kampfgruppen der Arbeiterklasse, nervenstark, zuverlässig, freundlich. Wir werden gut miteinander auskommen. Zur Produktionsleitung gehören weitere fünf Kolleginnen und Kollegen sowie drei Bereichsleiter und sieben Meister mit ihren Werkstattschreiberinnen in den produzierenden Abteilungen. Dazu ein Bereichsleiter für die Kooperation mit externen Produktionspartnern. Und natürlich die mehr als 450 Kolleginnen und Kollegen in den Meisterbereichen der Produktion.

Aus dem Fenster kann ich Erich Hartmann jeden Morgen mit vielen anderen auf dem Weg vom Neumarkt hoch an unserem Haus vorbei zum Betrieb gehen sehen. Ich warte immer ab, bis sie vorbei sind, früh bin ich gern allein. Auch das Radio bleibt bei uns morgens stumm, die Frühprogramme sind unerträglich. So viel gutgelauntes Streben in den sozialistischen Arbeitstag ist nicht auszuhalten.

Unsere Kinder schlafen noch, als ich mich von Sonny verabschiede. „Mach's gut", gibt sie mir auf den Weg, „und guten Start heute."

„Danke", ich nehme sie kurz in die Arme, „mal sehen, was der Tag bringt."

Für Sonny bringt er die Gewissheit, dass sie heute nicht arbeiten muss und morgen ist es noch ungewiss. Sie lässt die Kinder ausschlafen. Dann macht sie sich mit ihnen auf den Weg zur Oma. Dort ist es warm. Oma hat einen Gewerbeschein als selbstständige Damenschneiderin und einen Kachelofen. Sie arbeitet zu Hause und kann sich den Tag selbst einteilen. Sie werden bis zu meinem Feierabend dortbleiben.

Erich Hartmann begrüßt mich: „Guten Morgen, Ralf. Ich bin Erich. Wir duzen uns hier alle, bis auf Hans Scheider, der ist da albern und den Chef. Bei dem musst Du warten, bis er es Dir anbietet."

„Guten Morgen ... ich zögere kurz...Erich." Ich setze mich an meinen neuen Schreibtisch und versuche in Gedanken meinen Tag zu strukturieren.

„Kollege Beyer, schön dass Sie endlich da sind. Kommen Sie mal zu mir und machen Sie die Tür zu." Damit verschwindet mein neuer Chef in seinem Büro. In den ersten fünf Minuten kann ich noch nichts falsch gemacht haben, pünktlich war ich auch, also folge ich ihm entspannt.

„Wir haben folgende Situation", beginnt er mich zu instruieren, „das Heizhaus ist seit Silvester im Notbetrieb, das heißt, es herrscht nur Grundlastversorgung in Galvanik, Beizerei und Metallwaschanlage, diese Bäder dürfen nicht zu sehr abkühlen, es braucht sonst ewig, bis wir dort wieder produzieren können. In allen anderen Produktionsbereichen ist es kalt, gerade so, dass die Heizungen nicht abfrieren. Wir haben den Kollegen dort freigestellt, ob sie heute hierbleiben und arbeiten oder wieder nach Hause gehen. Viele sind leider gegangen, eine ganze Menge aber auch geblieben. Es ist wie bei einer Herde: Wenn ein Wortführer geht, laufen die anderen hinterher. Wir sind aber Menschen, die entscheiden eigentlich selbstständig für sich. Gut, wir müssen also jetzt sehen, wie wir damit umgehen. Erich habe ich schon gesagt, dass er schauen soll, was heute montiert werden kann, und auch in den nächsten Tagen, falls das so bleibt. In beiden Meisterbereichen des Fertigungsbereichs drei, Vormontage und Montage, sind viele Frauen dageblieben, die warten noch, ob sie etwas tun können. Das ist schon verrückt: die Frauen sind geblieben und viele Männer sind wieder gegangen, weil es ihnen zu kalt ist. Sie schauen jetzt mal, was wir noch an UE haben und wie wir daraus schnell IWP bekommen.

Klären Sie auch mit der Konstruktion, dass die schnell Unterarten zustande bringen, damit wir die vorhandenen Armaturen gegebenenfalls mit anderen Gläsern abrechnen können, geht nur BV. BV ist Bevölkerungsbedarf, das lernen Sie schon noch. Und bei Ö sollen sie Preise dafür beantragen. Um zehn kommen alle Bereichsleiter zum Rapport, die haben dann eine Übersicht, wie viele Leute fehlen und was heute überhaupt möglich ist.

Mit T kläre ich nachher, wann wir wieder genug Dampf haben werden, um einigermaßen konstant zu produzieren. Und Strom natürlich. Vielleicht weiß der inzwischen auch, wie es mit der Versorgung in den nächsten Tagen weitergeht. Wir haben nur sieben Arbeitstage bis zum Dekadenende nächsten Mittwoch und keine Ahnung, was wir produzieren können. Spätestens übermorgen ist bestimmt eine erste VE-Einschätzung fällig. Im Kombinat sind sie wahrscheinlich schon heute nervös. VE-Meldung ist auch Ihre Aufgabe, also die voraussichtliche Erfüllung aller wichtigen Plankennziffern melden, immer mit den Dekaden-Meldungen. Damit die uns rechtzeitig am Arsch kriegen können, wenn es mau aussieht. Hat Ihnen das Ihr Vorgänger erklärt? Gut, also dann machen Sie mal."

Ich habe mir den Beginn meiner neuen Tätigkeit geschmeidiger vorgestellt. Zunächst gehe ich in die Fertigungsbereiche, um mir selbst ein Bild zu machen. Dabei kann ich nachdenken, was als Nächstes zu tun ist.

„Erich", bitte ich danach mein Gegenüber, „Du hast doch die Übersicht, welche Leuchten in diesem Monat geplant und materiell gesichert sind. Kann ich das mal bitte haben." Erich Hartmann heißt auch für mich inzwischen nur noch Erich. Not verbindet.

„Geplant weiß ich, materiell gesichert weiß ich nicht. Du siehst selbst, was hier los ist. Ich nehme mir jetzt erstmal die Inventurlisten vom Jahresabschluss 1978 und schaue, was schnell umsetzbar ist."

Das scheint auch für mich ein guter Ansatz zu sein. „Danke, Erich, gute Idee, ich prüfe mal die Überbestände an Gläsern und UE auf Verwendbarkeit." Unser Hausstandard sieht für alle Leuchtentypen eine einheitliche Kennzeichnung vor. Das sind vierstellige Nummern, deren erste Ziffer den Typ bestimmt, zum Beispiel Ziffer eins für Hängeleuchten, sechs für Wandleuchten oder acht für Ständerleuchten Die drei folgenden Ziffern stehen für die laufende Nummer der Gestaltungsserie. Dann folgt ein Bindestrich und dahinter eine zweistellig ‚Abarten-Nummer', für die Unterart, zum Beispiel -01 für Leuchten galvanisch Messing mit honiggelben Gläsern oder -02 für gleiche Leuchten vernickelt, Gläser opal-weiß. Für all das gibt es Absatzverträge und Preise. Und wenn es zusammenpasst, wird es IWP. Meine Suche gilt buchmäßigen Überbeständen der Jahresinventur und Möglichkeiten, diese ohne schwerwiegenden Gestaltungsfrevel zu neuen Unterarten zu kombinieren. Dazu braucht es rasch neue Konstruktionsunterlagen, EDV-Dokumente und bestätigte Preisanträge. Die praktische Umsetzung ist dann einfach, weil Armaturen und Gläser in separaten Verpackungen ausgeliefert werden. Der Binnenhandel akzeptiert diese Varianten meist als Alternativlieferung innerhalb laufender Verträge. Mehr als das Äquivalent eines halben Produktionstages ist damit jedoch nicht abzudecken. Wenn es uns gelingt, die Leuchtstoff-Stablampen dafür zu besorgen, kann sich die zweite Hälfte aus Zweckleuchten ergeben, die in Kooperationsleistung Dritter hergestellt wurden. In den Wintermonaten montieren Frauen der LPG Pflanzenproduktion in den umliegenden Dörfern für uns solche Leuchten. Das sind rechteckige oder quadratische weiße Blechkonstruktionen für Hallen- und Saaldeckenbeleuchtung. Wir deponieren sie in Außenlagern und liefern sie im Jahresverlauf aus. Vorausgesetzt, wir haben rechtzeitig die zugehörigen Leuchtstoffröhren 20, 40 oder 65 Watt. Das Wetter war 1978 lange Zeit offen, so dass die Frauen spät begonnen haben. Viel wird also noch nicht fertig sein und der Röhrenbestand ist Null. Da sie in einem Schwesterwerk unseres Industriekombinates hergestellt werden, sollte aber zumindest die Menge für einen halben Tag IWP beschaffbar sein. Für einen Tag Planerfüllung kann uns das insgesamt helfen.

„Zu jedem Dekadenende, also per zehnten, zwanzigsten und letzten Tag des Monats, müssen Sie folgende Kennziffern an das Kombinat melden", hatte mir mein Vorgänger erklärt. „Als Wichtigstes die IWP, also Industrielle Warenproduktion, das ist die Gesamtmenge im Zeitraum produzierter Fertigerzeugnisse. Danach die Anteile daran für NSW, das ist Fertigware für den Export ins Nichtsozialistische Wirtschaftsgebiet, für SW, also das Gleiche für das Sozialistische Wirtschaftsgebiet, für die Bevölkerungsversorgung (BV). Für den Industriebedarf (IB) im Wesentlichen die Zweckleuchten. Schließlich unsere Kooperationsleistungen, die wir für Dritte erbracht haben. Alles in Tausend Mark.

Zusammen mit den Dekaden-Meldungen ist für diese Kennzahlen die VE, die Voraussichtliche Erfüllung zum Monatsende zu melden. Das setzen Sie jeweils per Fernschreiben ab. Und jetzt kommt's: Der Monatsplan ist in allen Positionen in genau dem Anteil der Werktage je Dekade zu erfüllen. Es nützt also nichts, wenn zum Beispiel die IWP geschafft ist, aber der NSW-Anteil nicht. Das sind ohnehin die wichtigsten beiden Kennziffern. Wenn es da hängt, gibt es sofort Ärger. Danach kommen BV, SW und

Industriebedarf. Manchmal verlangt dies Kreativität. Und irgendwie muss das auch zu den Zahlen passen, die K zum Absatz meldet."

Verstanden habe ich das. In sieben Tagen ist die erste Meldung fällig. Mein Chef rechnet wegen der republikweiten Probleme mit ersten Fragen dazu aber schon übermorgen. Weder die Stahl- oder Rohrproduzenten noch die Kabel-, Installationsmaterial- oder Glaswerke können uns heute sagen, wann wir mit welchen Lieferungen rechnen können. Alle brauchen dafür sehr viel Strom und der ist zurzeit knapp. Ebenso die Kohle. Unsere drei Heizkessel werden mit Braunkohlenbriketts beheizt. Täglich verbrennen wir im Winterhalbjahr die Lademengen von drei bis vier LKW W50. Umgeladen aus Offenen Wagons der Deutschen Reichsbahn, werden sie vom Güterbahnhof des Nachbarorts angefahren. Heute kam noch keiner, wir heizen aus dem Bestand unserer Kohlenspeicher schräg über den Kesseln.

Aus der Zuarbeit der Bereichsleiter hat Erich einen Notproduktionsplan erstellt. Der geht davon aus, dass zumindest die Hälfte der Arbeiter in den kommenden zwei Tagen produzieren wird und sich die Lage zum Wochenende hin einigermaßen normalisiert. Gespannt warten wir auf den Beginn der zweiten Schicht. Es ist nicht besser als heute früh. Die meisten kommen, finden es zu kalt und gehen wieder. Die Nachtschichtarbeiter benachrichtigen wir gleich unsererseits, dass sie ausfällt. Einzig die Frauen in den Montageabteilungen arbeiten heute fast alle und werden bis Feierabend bleiben. Bis zur Mittagspause saßen sie in Winterjacken und Pullovern an den Montagebändern, danach wurde es etwas wärmer, weil der verfügbare Heizdampf zu ihnen gesteuert wurde. Die beiden Stromunterbrechungen haben sie zu ihren Pausen genutzt.

Am Nachmittag erscheint unser Chef wieder in der Tür. Wir sitzen im Nachbarbüro und haben ihn lange telefonieren hören.

„Eine halbe Stunde lang hat der Wirtschaftssekretär der SED-Kreisleitung jetzt mit mir diskutiert. Er wollte wissen, wie es bei uns läuft. Natürlich läuft es beschissen, kann er sich doch denken. Wir haben keine Ahnung, wann die Leute wieder arbeiten können, wir wissen nicht, ob wir Material bekommen, wir frieren uns den Arsch ab und er verlangt Sonderschichten, um den Ausfall wieder aufzuholen. Und dann agitiert er mich, wie wichtig das für unser Land und die Partei ist und besonders in diesem dreißigsten Jahr unserer Republik, der wir alle Anstrengungen und den Sozialistischen Wettbewerb in diesem Jahr widmen."

Er unterbricht kurz, weil sein Telefon schon wieder läutet, kommt aber rasch zurück.

„Natürlich hat er recht. Die Wettbewerbslosung steht. Wir werden auch Sonderschichten fahren müssen, eine ganze Menge wahrscheinlich. Aber damit kann er uns doch heute nicht kommen. Habt ihr mir etwas anzubieten?"

Wir wissen, dass sich diese Frage auf den Produktionsplan bezieht, und erstatten Bericht: „In der Montage werden wir heute fast das Tagessoll erreichen", beginnt Erich, „die Vorabteilungen haben aber alle kaum gearbeitet. Im FB 1 waren nur..."

„Das weiß ich selbst", unterbricht unser Chef, „ich war den ganzen Tag im Betrieb unterwegs." „...wenige Leute da", setzt Erich unbeeindruckt fort. „Die Galvanik konnte noch nicht arbeiten, weil die Bäder noch zu kalt sind. Ich denke, dass morgen wieder alle Abteilungen normal produzieren können. Allerdings wird das Material knapp. Die Einkäufer haben noch keine Information, wann wieder Stahl kommt. Zwei Tage halten wir durch, dann wird's aber eng. Wechseln kann ich im Sortiment nichts, sonst fehlen die Gläser. In der Montage haben wir heute aus dem Teilebestand gearbeitet. Wir brauchen schnell Nachschub aus den Vorbereichen."

„Und bei Dir?", geht die Aufforderung an mich. Das war jetzt wohl nur ein Stress-Duzen, glaube ich, und beginne: „Mit den Abarten und den Zweckleuchten erreichen wir ungefähr ein Tagesvolumen, aber eben nur BV und IB. Mit den Leuten bei K habe ich mich zur Abstimmung vereinbart, sobald wir unsere Materialsituation kennen und wissen, was produziert werden kann."

„Gut. Lasst Euch etwas einfallen", damit verschwindet er zum Betriebsdirektor.

Unser Chef erinnert mich an Franz-Joseph Strauß, nur eben sozialistisch. Ansonsten aber kräftige Statur, kurzer dicker Hals, Stiernacken, gedrungener Oberkörper, dunkles gewelltes Haar, oftmals derbe Ausdrucksweise und rüdes Auftreten. Ebenso kann er freundlich und charmant sein, je nach Gesprächspartner, Stimmung und Situation. Das Geschlecht spielt dabei keine Rolle. Sein Name Dietmar Apfelstädt klingt harmloser als der Mann ist.

Den Heimweg treten Erich und ich gemeinsam an. „Mach's gut", verabschieden wir uns vor meinem Wohnhaus, „hoffen wir, dass es morgen besser wird."

Sonny ist mit den Kindern schon zuhause. „Ich habe viele Kerzen gekauft", teilt sie mir mit, „wenigstens etwas, womit wir heizen können, wenn der Strom wieder ausfällt." Das stimmt, mit Kerzen wird es rasch warm. Wir müssen aber häufig lüften und bei den Außentemperaturen kühlt es noch schneller wieder ab. Ein Teufelskreis, den wir während des Abendessens bereits erneut starten müssen. Danach sitzen wir im Pullover bei Kerzenschein im Wohnzimmer und lesen den Kindern Gutenachtgeschichten vor, damit sie bald müde werden. Später reden wir über den Tag, Gott und die Welt und die Leute. Wir gehen zeitig schlafen, morgen beginnt der Tag für uns Vier wieder halb sechs.

Heute sind alle zur Arbeit erschienen. Es ist zwar immer noch recht frisch, man hat sich jedoch passend gekleidet. Alle Meisterbereiche arbeiten wieder. Der Hauptenergetiker erfährt rechtzeitig bevorstehende Stromabschaltungen, so dass die Pausen entsprechend gelegt und Arbeitsunterbrechungen gesteuert werden können. Die zwei großen Galvanikautomaten EUA und GGA vom VEB Galvanotechnik Leipzig haben immerhin Umlaufzeiten von zirka einer Stunde. Gelingt es uns nicht, die Bäder rechtzeitig leerzufahren, ergibt das eine Menge Ausschuss, der später aufwendig nachbearbeitet werden muss. Weniger Sorgen macht uns die elektrostatische Lackieranlage, bei der wir die Neubestückung nach der Trocknung kurzfristig unterbrechen können.

Mit Sonny treffe ich mich zum Mittagessen im Speiseraum.

„Wie läuft's bei Euch?", erkundigt sie sich.

„Geht so, sieht aber alles nach Sonderschichten aus. Wird uns zwei wohl auch betreffen."

Das Essen ist lecker und die siebzig Pfennige allemal wert.

Der Chef hatte Recht, schon zum Arbeitsbeginn am Donnerstag ruft die Produktionsleitung des Kombinatsstammbetriebes die erste Meldung zur VE ab. Wahrscheinlich bleiben unsere Schwesterwerke genau so vage, denn unsere verhaltenen Angaben werden hingenommen.

Von unseren Lieferanten kommen die ersten Zusagen für die nächsten Tage. Viel ist es nicht. Das wird nicht ausreichen, vor allem nicht bei Stahl und Gusseisen. Wir benötigen stattliche Mengen zahlreicher Formate, Dicken und Breiten von tiefziehfähigen Stahlblechen und Bandstahl in hoher Oberflächenqualität. Eisenmaterial für die konstruktiven Innenteile der Leuchten haben wir noch für gut eine Woche im Bestand. Runde Gusseisenplatten montieren wir als Beschwerung in die Standfüße von Tisch- und Stehleuchten, die bis zu einem Neigungswinkel von mindestens fünfzehn Grad nicht umkippen dürfen. Die Bleche werden im Meisterbereich Stanzerei zu Kappen, Abdeckungen, Reflektoren und Zierteilen verarbeitet. Das sind die Bauteile, die den Leuchten gemeinsam mit den Gläsern das Design geben. Und der Meister ist stinksauer: „Kann mir jemand sagen, was das hier werden soll. Das sind die falschen Blechformate. Wenn ich die in Streifenbreiten schneiden lasse, wie wir sie jetzt brauchen, bekomme ich Abfall ohne Ende. Alles Schrott, der uns dann an Bilanzanteilen fehlen wird. Und die Bandstahlbreiten sind auch Mist, die passen nicht zu den Werkzeugen für die aktuellen Bauteile. Ich muss auf die alten Werkzeuge zurückgreifen, die gehen aber nicht für Bandvorschub und Mehrmaschinenbedienung. Ich brauche mehr Leute für weniger Ergebnis und mehr Schrott. Prost Neujahr."

Im zweiten Meisterbereich des FB 1, der Klempnerei, sieht es besser aus. Rohre für Leuchtenarme und Stative haben wir noch im Lagerbestand und vorgeformte Blechteile zum Löten und Punktschweißen liegen aus dem Vorjahr zur Weiterverarbeitung vor.

Erich hat trotzdem Sorgen.

„Was wir jetzt im FB 1 produzieren, braucht mindestens drei Tage, wenn nicht vier, bis diese Teile in der Montage verfügbar sind. Und selbst wenn wir es schneller schaffen, lasten wir nicht alle zehn Montagebänder aus. Das kann bedeuten, dass wir für die Frauen, die uns an diesem Dienstag halfen, schon bald nicht mehr genug Arbeit haben."

Das war mir klar, im FB 2 lag mein bisheriger Arbeitsbereich. Stahlbauteile mit metallischer Veredlung mussten noch durch Metallwäsche, Schleiferei, Galvanik, Poliererei und zum großen Teil zur abschließenden Schutzlackierung. Farbige Teile konnten erst nach Beizen und

65

Phosphatieren lackiert werden und das erfolgte großenteils in Handspritzständen mit limitiertem Ausstoß.

Zehn Montagebänder bedeuten die gleichzeitige Montage von zehn verschiedenen Leuchtentypen aus zahllosen Einzelteilen. Die müssen erst einmal bereitstehen. Heute ist schon Freitag. Zum Glück treffen die ersten Lieferavis der Glaswerke zu den Leuchtengläsern ein. Die Lieferung wird schrittweise Mitte kommender Woche einsetzen, genaue Mengen kennen wir noch nicht, die Sorten korrespondieren aber weitgehend mit den Leuchtentypen, die wir im Montageplan haben. Wir werden somit vor Donnerstag und der fälligen Dekaden-Meldung Gläser im Haus oder im Zulauf haben, die zur Kennziffer IWP führen.

Niemand mag den Montag. Der heutige Wochenstart ist besonders unangenehm. Wir sehen anhand der zögerlichen Vorproduktion, dass spätestens ab Mittwoch die Versorgung der Montage nicht mehr durchgehend gewährleistet ist. Bereits in der Vorwoche gab es häufige Unterbrechungen, diese Woche werden aber einzelne Bänder ganztags stehen. Ihre Besatzungen werden dann zwar Vorlauf in der Kabelkonfektionierung schaffen, oftmals aber auch nur zum Durchschnittslohn die Zeit absitzen.

„Frag mal in den FB 1 und 2, wieviel zusätzliche Leute sie brauchen, um mehr zu produzieren", raunzt mich mein Chef an. „Pass aber auf, dass die auch das Material dafür haben. Um zehn Uhr will ich die Übersicht, dann muss L das anweisen." L steht für Leitung, den Betriebsdirektor.

Ich weiß, was das bedeutet: Je Meisterbereich werden zusätzliche Arbeitskräfte verlangt, die aus den nichtproduzierenden Abteilungen des Betriebes dorthin abzustellen sind. Das Arbeitsrecht erlaubt dies für jeden Beschäftigten für maximal vier Wochen im Jahr, auch in mehrfacher Folge von Einzeltagen. Es ist ebenso unbeliebt wie demoralisierend. Aber IWP hat Vorrang. Zudem weiß ich, dass es zu meinen Aufgaben gehört, dies umzusetzen und zu kontrollieren. Ich mag diese Maßnahme genauso wenig, wie die Betroffenen. Und ich bin nicht gern der Arsch. Was ich noch nicht weiß: Das wird sich von nun an ständig wiederholen und auch in den Folgejahren niemals enden.

Natürlich weist L das an und selbstverständlich versuchen die Angewiesenen das zu verhindern oder ihren Anteil als unrealistisch, ungerecht, nicht leistbar oder sowieso unsinnig zu reduzieren. Meine Aufgabe wird wiederum sein, sie davon zu überzeugen, dass all die Argumente nutzlos sind und auf meiner Liste bis 15.00 Uhr Namen stehen müssen. Der Verhandlungsspielraum liegt nur im Tausch mit anderen Leidtragenden hinsichtlich einzelner Tage oder zugewiesener Meisterbereiche. Im kleinen Umfang allerdings streiche ich Anforderungen, wissend, dass die zur Sicherheit der Meister ohnehin zu hoch angesetzt wurden. Das trägt mir ein gewisses Maß an Dankbarkeit ein.

In der Zeit dazwischen versuche ich mit meiner Kollegin bei K eine gemeinsame Zuordnung eingehender Gläser zu den Leuchtentypen aus unserer Produktion. Ich merke schnell, dass das schwierig wird. Nicht nur habe ich mich gerade erst wegen der Abstellungen ihrer Kollegen in die Produktion unbeliebt gemacht, wir haben auch unterschiedliche Ansätze. Zu viele Planpositionen sind mit zu wenigen Produkten zu erfüllen. Ich die Produktionskennziffern, sie die Absatzzahlen. Morgen werde ich es noch einmal versuchen.

Nein, erkenne ich, das wird nichts. Nicht, solange irgendetwas fehlt. Uns beiden liegt die Übersicht vor, was an Leuchten montiert wurde, also UE ist. Uns liegt auch vor, welche Leuchtengläser dafür vorhanden sind und somit FE, also Fertigerzeugnisse daraus machen können. Das ist zunächst eine recht einfache Gleichung:

$$UE + Gläser = FE = IWP = Absatz$$

Unser Problem liegt darin, dass nicht ausreichend viele Gläser verfügbar sind und wir die unterschiedlich zuordnen wollen.

„Unsere Absatzverträge sehen die Lieferungen im Sortiment vor, zum Beispiel die gemeinsame Zustellung von fünfflammigen und dreiflammigen Kronenleuchten zusammen mit den zugehörigen Wand-, Tisch- und Ständerleuchten einer Gestaltungsreihe", konstatiert meine kaufmännische Kollegin hartnäckig. Das ist ihre logische Herangehensweise und ja, sie hat recht. Unser Produktionsplan korrespondiert ebenfalls damit, schon wegen der vielen gleichen Bauteile, die so effizienter herzustellen sind.

Bleiben Zulieferungen aber aus, kommen nur anteilig oder verzögert, greift noch eine zweite Logik. Die Wertsumme von fünf Einzelleuchten mit je einer Brennstelle ist höher als der Einzelwert einer fünfflammigen Leuchte. Mein Ansatz ist es daher, zunächst buchmäßig alle werthöchsten Ständerleuchten zu bestücken und danach den Rest des Sortiments entsprechend ihres absteigenden Wertes pro Brennstelle. Das ist zwar kein gleichberechtigtes, für meine Aufgabe aber unstrittig nützliches Herangehen. Vor allem dann, wenn der Produktionslauf immer wieder stockt, Glaszulieferungen noch fehlen und der Meldetermin zur Planerfüllung naht.

Ich schaffe mir als Hilfsmittel eine handschriftlich geführte Tabelle, in der ich nach diesem Prinzip arbeitstäglich die Zulieferungen dem produzierten UE-Bestand des Vortages zuordne.

Da der Absatz körperlich erfolgt, IWP jedoch nur eine Kennziffer ist, kommt es somit vor, dass unser Betrieb Produkte ausliefert, die buchmäßig noch gar nicht produziert wurden. Besonders tritt das vor Dekaden- und Monatsenden auf.

„Genosse Apfelstädt, es gibt eine Ausnahmeregelung zur Abrechnung der ersten Dekade", hören wir unseren Betriebsdirektor sagen, als er ins Büro unseres Chefs geht.

„Kein Wunder", kommentiert Erich, „es herrscht doch im ganzen Land dieselbe Misere. Wir werden bestimmt gleich erfahren, was damit gemeint ist."

So ist es. „Für die erste Dekade müssen wir nur die IWP von sechs Arbeitstagen schaffen, nicht sieben. In der zweiten ist das aber aufzuholen und spätestens zum Monatsende auszugleichen. IWP und Bedarfsträgeranteile, also NSW, BV, SW usw. Erich, Du siehst Dir mal den Produktionsplan dazu an. Und auch gleich, wann wir zu Sonderschichten in der Montage fähig sind – nützt ja nichts, wenn uns dafür die Teile fehlen."

„Ralf, Du errechnest mal die VE, lass Dir von der Materialbeschaffung sagen, wo es am meisten mit den Zulieferungen klemmt, und stimme alles mit K ab."

Wir wussten alle drei, die Kennziffer NSW würden wir nicht erfüllen, das war uns noch nie gelungen und dafür fehlten auch die Verträge.

Der Rest wäre kreativ und mit Sonderschichten vielleicht zu schaffen.

Im Zulauf befindliche Gläser lassen sich im Notfall schon als eingetroffen interpretieren, überlege ich mir bei der Zusammenstellung der Kennziffern am Tag meiner ersten Dekaden-Meldung. Dass sie das Lieferwerk verlassen haben, bestätigt deren Versandavis per Fernschreiben. Unterwegs sein, könnte man wie ein Außenlager betrachten. In Klammern gesetzt (um sie nicht versehentlich doppelt zu buchen) ordne ich sie meiner Handliste zu. Damit würde es reichen. Fatal wäre, wenn auch das Avis in gleicher Absicht ein wenig zu früh abgesetzt wurde oder unsere Eingangskontrolle die Lieferung sperrt. Dafür muss ich reaktionsfähig sein.

Schaute jemand genau auf die Zahlen, würde er neben gelieferten, aber nicht produzierten Erzeugnissen nun auch produzierte finden, die nicht geliefert werden können. Das könnte leicht Verwirrung stiften.

Aus der bisherigen Gleichung war eine Ungleichung geworden. Zum Monatsende, spätestens im Folgemonat würde sich das bestimmt wieder ausgleichen, hoffe ich.

Nein, das wird es nicht. Auch nicht in den nächsten Monaten und Jahren. Gefangen in Staatsplanvorgaben mit unzähligen Kennziffern, lebensfremd aufgeteilt in gleiche Dekaden-, Monats- und Quartalsscheiben, waren diese Rechenoperationen immer wieder eine kleine Beihilfe, um ohne permanente Fremdeingriffe von übergeordneten Organen - Kombinat, Staat oder Partei - engagiert und unermüdlich unserer Arbeit nachzugehen.

Ende der zweiten Januardekade haben wir nur wenig aufgeholt. Sie war wieder sieben Tage lang. Am Samstag, den zwanzigsten Januar arbeiten wir in Sonderschicht in der Stanzerei. Erstaunlich viele Arbeiter der Frühschicht sind heute noch einmal angetreten, um endlich einen Teilevorlauf für die Montage zu schaffen. Die letzten beiden Wochen hatten sie viel Stillstand, weil Material fehlte. Zudem mussten die Maschinen immer wieder umgerüstet werden, da der Anschluss nicht gesichert war und ausgewichen werden musste. Heute soll das aufgeholt werden, hat Erich vorgeschlagen. Wir werden dennoch unsere Planvorgaben zum Dekadenende nicht erfüllen. Am nächsten Samstag soll zusätzlich in der Montage gearbeitet werden, um zumindest das Monatsziel der IWP zu erreichen.

Sonderschichten haben einen eigenen, mehrschichtigen Charakter. Partei und Medien feiern Sie als Kampfbeitrag der Werktätigen für die Planerfüllung im Rahmen des Sozialistischen Wettbewerbes zu Ehren des 30. Jahrestages der Deutschen Demokratischen Republik. Die so gewürdigten Werktätigen sehen das nur in Teilen so. Für Viele ist es die Möglichkeit für ein zusätzliches Einkommen, das sie näher an den ersehnten PKW „Trabant" bringt oder andere Wünsche erfüllen hilft. Neben dem regulär erarbeiteten Lohn gibt es immerhin fünfzig Prozent Sondervergütung. Auch das ist nur ein Aspekt. Ein weiterer, man fühlt sich seinen Kolleginnen und Kollegen sowie dem Betrieb verbunden. Dieses Zusammengehörigkeitsgefühl treibt an. Und noch eines: man möchte gern stolz auf und zufrieden mit seiner Arbeit sein, etwas erreicht und abgeschlossen haben, Wettbewerb hin oder her.

Ökonomisch sind Sonderschichten nur sinnvoll, wenn sie zusätzliche Werte schaffen. Wird bloß Versäumtes mit erhöhtem Aufwand nachgeholt, steigen die Kosten und das Ergebnis sinkt.

Hauptziel der Planerfüllung ist die Staatliche Auflage der Industrielle Warenproduktion (STAL IWP), eine reine Mengenkennziffer, wenn auch ausgewiesen in Tausend Mark. Errechnet auf Basis der Industrieabgabepreise IAP. Alle anderen Plankennziffern, leider auch die ökonomischen, sind nachrangig. Das kann schnell fatal werden.

Am Samstag, den 27. Januar, ist Sonderschicht an allen Montagebändern und ab Montag werden die Bänder mit Beschäftigten der nichtproduzierenden Bereiche aufgefüllt. Mit Mann und Maus und aller Kraft erreichen wir das Planziel IWP. Rücksicht auf die Bedarfsträgerstruktur und die Kosten konnten wir dafür nicht nehmen.

Ein ungewollter Nebeneffekt, wir haben alle Teile aufgebraucht und das mühsam geschaffene Gleichgewicht ist wieder gestört. Erneute Personalabstellungen in die Fertigungsbereiche 1 und 2 werden mit Sonderschichten ergänzt, während die Frauen der Montagebereiche still auf neue Arbeit warten.

„Geht das denn so weiter?", frage ich Erich.

„Sieht ganz so aus," meint er lakonisch.

Mitte Februar sind wir ein wenig zuversichtlicher, als uns ein erneuter Kälteeinbruch trifft. Weit weniger heftig als im Januar, aber ungewöhnlich kalt. Zu kalt für die noch immer fragile Situation vieler Betriebe im Land. In diesem Monat werden wir auch mit der Hauptkennziffer scheitern.

*

Sonny hat beide Kinder aus den Einrichtungen abgeholt und in unserer Heizung prasselt schon ein Feuer. Sie ist noch schnell zum Einkaufen geeilt. Ich komme wie immer verspätet nach Hause, lege Briketts nach und übernehme die Kinderbetreuung. So schön unsere Heizung ist, bleibt sie tagsüber ungenutzt, kühlen die Räume spürbar aus. Wir nehmen die Schlitten und gehen auf den Rodelhang. Das wird uns aufwärmen und bei Rückkehr ist auch die Wohnung warm.

„Mein Gott," empfängt Sonny uns, „ist das noch einmal kalt geworden. Ich kann mich nicht erinnern, dass wir dies schon einmal gehabt hätten."

Ich erinnere mich schon. Damals ging ich noch zur Schule. Die Winterferien waren bereits vorüber und wenige Tage danach wurden wir für einige Tage nach Hause geschickt, weil es zu kalt war und Kohlen fehlten. „War das bei Euch nicht auch so?"

„Nein, das wüsste ich noch. Schulausfall ist viel zu schön, als dass man den vergisst."

Sie hat wohl recht. Mein Herkunftsort liegt zwar per Luftlinie nur zirka zehn Kilometer entfernt, jedoch über 150 Meter höher. Das macht im Gebirge viel aus.

Als die Kinder im Bett liegen beginne ich davon zu erzählen.

„Es muss irgendwann zwischen fünftem und achten Schuljahr gewesen sein, also zwischen 1962 und 1965.

Wir waren eine Gruppe Jungen, die jeden Tag mit den Skiern zu Abfahrtshängen ins Nachbardorf zogen. Das liegt noch zirka einhundert Meter höher. Der Schnee war prima, die Grundschicht verharscht und darüber bester Pulverschnee. Der Schulausfall kam also gelegen. Ganz in der Nähe lag eine kleine Jugendherberge, in der wir schon einmal zum Klassenausflug übernachtet hatten. Eine Schulklasse, mehr passten dort nicht rein. Meine Mutter stammt ganz aus der Nähe und der Herbergsvater war ihr Nachbarjunge und Kindheitsfreund gewesen. Bei sonntäglichen Familienspaziergängen haben wir ihn oft besucht. Zusammen mit seiner Frau führte er diese Herberge. Sie waren freundliche bescheidene Menschen. Manchmal war ich auch allein dort, sie kannten mich gut. Das brachte mich auf die Idee, mit ein paar Freunden für zwei, drei der gewonnenen Tage dort einzuziehen.

Mein Vater fand das nicht so toll und hatte auch sofort das passende Gegenargument: „Das geht schon deshalb nicht, weil auch alle Beherbergungsstätten im Umkreis geschlossen wurden. Max darf Euch also gar nicht aufnehmen. Einen Verstoß dagegen kann er sich nicht leisten, auf keinen Fall. Das kann ihn wieder ins Gefängnis bringen."

Ins Gefängnis kommen, weil er ein paar Kinder beherbergt, der spinnt ja wohl, war mein erster Gedanke. Mein Vater war meistens dagegen, wenn ich eine hervorragende Idee hatte.

Dann erinnerte ich mich an die gedämpfte Tonlage und die abgebrochenen Sätze, wenn über den Herbergsvater geredet wurde. Ich sprach die vier Jungs, die mich begleiten wollten, darauf an. Auch sie hatten diese Erfahrung gemacht. Wir beschlossen, Jeder würde zuhause nachfragen und aus der Summe der Antworten, könnten wir vielleicht das Geschehene rekapitulieren.

Freund 1: „Mein Vater sagt, das stimmt, der hat gesessen."

Freund 2: „Meiner auch. Da war etwas beim Dorffriseur. Mehr wollte er nicht sagen."

73

Freund 3: „Meiner hat gar nichts verraten und meine Mutter sagte, dazu musst Du den Papa fragen."

Freund 4: „Das hing mit Flugblättern zusammen, ist schon paar Jahre her und war auch nur Untersuchungshaft, aber sehr lange. Wer weiß, wozu man ihn dabei gezwungen hat, sagte mein Vater." Mit diesem Wissen ging ich zurück zu meinem Vater. „Ja, das war so", bestätigt er, „Max hatte westliche Flugblätter im Wald aufgelesen. Damals wurden mehrfach welche abgeworfen, wahrscheinlich aus Ballons. Im Wald blieben die lange unentdeckt liegen. Ziemliche Hetzblätter gegen unser Land. Er hat sich nichts dabei gedacht und einige mit zum Dorffriseur genommen. Das war neben dem Gasthof der zweite Treffpunkt im Ort. Irgendjemand hat ihn an die Stasi verraten und dann war er weg. Das muss schlimm gewesen sein. Wir reden da nie mit ihm darüber. Und Du hältst die Klappe, versprich mir das!"

Gleich nach diesem Versprechen informierte ich meine Freunde. Ich kannte diese Flugblätter, kleine graurosa oder schmutzigweiße Zettel aus dünnem Papier, eng beschrieben mit viel Text, manches groß und fett hervorgehoben. Ich hatte selbst einige vom Stöbern im Wald mit nachhause gebracht und vom Inhalt kein Wort verstanden. Mein Vater fand sie bei seiner Heimkehr auf unserem Küchentisch und hat sie sofort verbrannt. Angedrohter Prügel konnte ich mich nur durch Flucht entziehen. Das war ein paar Jahre her und meinerseits längst vergessen.

Wir entschieden, dass wir schließlich mal fragen können.

„Mhhhum", dachte Herbergsvater Max kurz nach. „Eigentlich darf ich in diesen Tagen niemanden aufnehmen. Offiziell haben wir geschlossen. Aber Skifahrer kann ich doch nicht einfach wegschicken, die könnten ja erfrieren. Heizen darf ich aber nicht und auch zu essen darf ich Euch nichts geben. Das müsst ihr alles mitbringen. Wann wollt Ihr denn kommen?"

Wir einigten uns auf morgen und für zwei Nächte.

74

Zuhause erbettelten wir dafür je drei Scheite Brennholz und drei Braunkohlenbriketts. Die stopften wir in Zeitungen eingeschlagen in unsere Rucksäcke. So hatten wir auch gleich noch Anzündmaterial und Klopapier dabei. Mit Essen musste jeder für sich selbst sorgen.

Angekommen machten wir Inventur. Offensichtlich hatten sich unsere Mütter abgestimmt. Unser Bestand umfasste 15 Tüten ‚Suppina'- Päckchensuppen, 10 vorgekochte Kartoffeln, 10 hartgekochte Eier, 5 belegte und 25 unbelegte Scheiben Brot, zusammen eine bescheidene Menge Leberwurst, ein wenig Margarine und vier kleine Stückchen Butter. Dazu drei Äpfel, Renetten, die keiner von uns gerne aß, die wir aber aufteilten.

Zum Heizen hatten wir insgesamt 15 Holzscheite und 23 Briketts. Wir hatten den freiwillig gesponserten Bestand illegal um je zwei erweitert, außer Nummer drei, der dazu zu feig war und Nummer vier, der gleich fünf Stück verlangt hatte.

Nach einem langen Tag im Schnee waren wir müde. Wir heizten den kleinen Ofen im Aufenthaltsraum, wärmten unser Essen und gingen bald nach oben ins Zimmer. Wir krochen in die Betten, merkten schnell, dass es zu kalt sein würde, holten weitere Decken aus dem Nachbarzimmer und hüllten uns bis zum Kinn ein. Der Mund blieb frei, wir wollten quatschen. Ziemlich rasch kamen wir auf das, was uns am meisten bewegte:

„Wisst Ihr, was die Stasi ist?"

„Bestimmt so etwas wie die Polizei"

„Warum heißt es dann anders?"

„Die tragen vielleicht keine Uniformen."

„Woran erkennt man die dann?"

„Gar nicht, das sind ganz Geheime."

„Und was machen die?"

„Das weiß ich auch nicht."

Nummer drei: „Aber den Herbergsvater haben die eingesperrt. Ob die uns auch verhaften, weil wir hier schlafen? Das ist doch jetzt verboten."

Er würde beim nächsten Mal wohl nicht wieder mit dabei sein.
Auf alle Fälle mussten die gefährlich sein. Max hatten sie verhaftet. Mein Vater wollte mich verhauen, ohne dass ich verstanden habe, wofür. Dem konnte ich entgehen. Aber es blieb da etwas verborgen Bedrohliches in meinem Kinderhirn haften.
Damit schlief ich ein."

Auch wir gehen schlafen. Noch zwei Tage bis zum Wochenende. An den Stress mit der Planerfüllung habe ich mich einigermaßen gewöhnt. Wir fühlen uns wohl und sind wieder zufrieden mit uns und der Welt.

Inzwischen sind Sonny und ich erneut im FDJ-Jugendklub aktiv, wenn auch nicht so stark wie früher. Wenigsten bis zu unserm dreißigsten Geburtstag wollen wir das fortführen. Und am Samstagabend wird unsere Gruppe wieder die Diskothek im Betriebsklubhaus ausrichten. Einlass, Theke, Bedienung, DJ, Ordnungsdienst und Putzen erledigen die Klubmitglieder. Zwischendurch tanzen, geht auch. Wir freuen uns darauf.

Die Titelliste der Diskomusik füllen wir gemeinsam mit dem DJ schon vorher aus, so ist es für Sonny einfacher, sie sauber abzuschreiben. Wir beachten penibel das vorgeschriebene Verhältnis von mindestens 60 Prozent Osttiteln zu maximal 40 Prozent aus dem Westen. Das ist immer dann schwierig, wenn uns nicht ausreichend Ostlieder einfallen. Spielen werden wir ohnehin nur wenige davon, außer einige Titel der Puhdys oder von Karat. Und City „Am Fenster". Frank Schöbel, Andreas Holm, Monika Herz und viele andere werden ihre Tantiemen ungerechtfertigt beziehen. Die Gema muss aber nur 40 Prozent in Valuta zahlen. Auch das ist Planerfüllung.

Kathrin und Lutz werden allein zuhause bleiben, nachbarschaftlich bewacht von den drei Umsiedlerfrauen. Wir haben inzwischen ein gutes Verhältnis zu unseren Nachbarn, auch zu denen in der vorderen Wohnung. Die

Kinder spielen zusammen auf dem langen Korridor, man grüßt sich, hilft auch mal, lässt aber jeden sein Leben führen.

Wie fast jeden Sonntag werden wir heute Essen gehen. Der Kopf ist noch schwer von gestern Nacht. Bis zum Restaurant im Betriebsklubhaus sind es nur wenige Meter. Sonst wechseln wir reihum die Gaststätten, heute sind kurze Wege wichtig. Mit dem Essen sind wir überall zufrieden. Manches Mal sind die Gasträume so voll, dass wir weiterziehen, um nicht ewig warten zu müssen. Wir treffen dort quer durch die Firma unsere Kolleginnen und Kollegen mit ihren Familien. Fast alle Erwachsenen im Ort arbeiten in Vollzeit, auch die Frauen. Nur wenige von ihnen stundenweise. Oft kommen an Samstagen die Sonderschichten dazu. Der Sonntag muss das ausgleichen, da will man nicht noch in der Küche stehen. Zudem ist es preislich attraktiv. Mit 2,50 bis 4,20 Mark für ein Hauptgericht, Kinderportionen etwas über die Hälfte, kostet uns der Restaurantbesuch einschließlich Getränken und Trinkgeld stets weniger als zwanzig Mark.

Kathrin wird im September eingeschult. Wir nehmen unseren Urlaub in der Vorsaison. Die achtwöchigen Schulferien liegen im ganzen Land zur gleichen Zeit. Urlaub erhalten dann vorzugsweise Familien mit schulpflichtigen Kindern.

Im vorigen Jahr waren wir zwei Wochen lang im betriebseigenen Feriendorf in Kolberg, östlich von Königs-Wusterhausen am Wolziger See gelegen. Fünfzehn Bungalows mit Küche, Wohnzimmer, WC und zwei kleinen Schlafzimmern mit Doppelstockbetten liegen in Kaskaden angeordnet hangseits mitten im Kiefernwald. Für drei tägliche Mahlzeiten, abendliches Beisammensitzen und zwei Kulturabende geht man viele Stufen hinab in den Gemeinschaftssaal. Wer nicht im PKW anreist, fährt mit einem betriebseigenen Bus. Unsere Fahrräder, beide vorn mit Kindersitz, haben wir mit der Bahn zum Bahnhof im Nachbarort gesendet. Wir nutzten sie oft zu Fahrten zum See oder ins Umland. Meistens wanderten oder spielten wir mit den Kindern im Wald. Zweimal waren wir auch in Berlin, mit den Fahrrädern bis Königs-Wusterhausen und ab da mit der S-Bahn. Einmal im Tierpark und im Freizeitpark Plänterwald, beim zweiten Mal Unter den Linden und am Alexanderplatz. Vor dem Fernsehturm war die Warteschlange leider zu lang. Zum Schluss stehen wir beim Brandenburger Tor, weit vorher bogenförmig abgesperrt mit einer bauchhohen Mauer. Die tatsächliche ‚Berliner Mauer' im Hintergrund, Tor und Anschlussflächen unüberwindlich verschließend. Im Feld dazwischen Volkspolizisten, zurückgenommen abseitsstehend. Trotz vieler Besucher eine leblose Atmosphäre. Kathrin brach das Schweigen und alle Nachbarn hörten interessiert zu: „Warum dürfen wir hier nicht weitergehen?"

„Weil dort die Grenze ist, dahinter liegt Westberlin."

„Du hast aber gesagt wir gehen ans Brandenburger Tor."

„Nein, ich habe gesagt, wir gehen zum Brandenburger Tor."

„Wohnt Onkel Wolfgang in Westberlin?"

„Kommt, wir müssen los, sonst verpassen wir die S-Bahn."

Nächstgelegen war der Bahnhof Friedrichstraße. Wir gingen die wenigen hundert Meter nördlich, unterquerten die S-Bahngleise und betraten den Bahnhof. Auch er geteilt in die Inlandbahnsteige und den Transitbereich. Und auch hier fühlte es sich zwischen den hunderten Reisenden sonderbar bedrückend an, nicht still, nur eben auch nicht laut wie sonst auf vollen Bahnsteigen. Unsere Kinder freuten sich auf die Bahnfahrt, die Grenze spielte keine Rolle mehr.

Dieses Jahr haben wir ein anderes Ziel. Rechtzeitig beantragten wir bei der BGL, der Betrieblichen Gewerkschaftsleitung des FDGB, einen Urlaubsplatz in Schierke im Harz. Schierke liegt im Grenzgebiet zur Bundesrepublik. In diesen zehn Kilometer breiten Grenzstreifen darf man nur mit Passierschein einreisen. Uns ist schon klar, wer sich dafür vorher alles mit uns beschäftigen wird. „Ich bin unsicher, ob ich das möchte", zweifle ich. Sonny sieht das gelassener: „Sollen Sie doch, die Hauptsache, sie beeilen sich und geben uns den Schein." Und der lässt auf sich warten. „Klar, die Passstelle gehört garantiert zur Stasi. Also suchen sie in der Kreisdienststelle jetzt unser gesamtes Umfeld ab. Sie fragen unsere Kaderleitung und die Spitzel und gucken uns auch sonst unters Hemd. Und wenn sie irgendetwas finden oder wir Ungehöriges gesagt haben, können wir den Passierschein vergessen. Die brauchen auch nicht lange, um auf meinen Bruder zu stoßen. Wir haben nicht mal ein Ersatzquartier."

Dann fällt mir ein: „Es hat aber auch Vorteile. Das bringt uns Klarheit. Werden die Scheine verweigert, ist zumindest einer von uns momentan im Visier. Bekommen wir sie, gelten wir zurzeit als unbescholten. Vermutlich gilt das dann sogar für unsere Angehörigen und Freunde. Warten wir mal ab."

Es hat jetzt sogar eine reizvolle Komponente.

Zwei Wochen vor Reiseantritt erhalten wir die Aufforderung, unsere Passierscheine unter Vorlage unseres Personalausweises in der Passstelle des Volkspolizeikreisamtes abzuholen.

„Ich habe es doch gesagt!", triumphiert Sonny.

„Du hast ja auch keinen schwerkriminellen Bruder", halte ich ihr scherzhaft entgegen.

Wir sitzen im Zug, gut mit Proviant und Beschäftigungsmitteln versorgt. Das wird eine mehrstündige Fahrt. Der Fahrschein mit unseren vier handschriftlich eingetragenen Namen ist Bestandteil der rund 250 Mark, die uns der zweiwöchige Urlaubsplatz inklusive der drei Mahlzeiten am Tag kostet. Vor Abfahrt haben wir zum wiederholten Mal kontrolliert, dass Personalausweise und Passierscheine sicher verwahrt dabei sind. In Leipzig steigen wir das erste Mal um. Kinder, Gepäck: alles da. Weiter nach Halle/Saale und umsteigen nach Wernigerode. Immer noch alles da. Umsteigen in die Schmalspurbahn mit uralter Dampflok: Schusch, Schusch, Pfiiiiep. Die Kinder erwachen zu neuem Leben. Leider braucht es nur ein paar Stationen. Schierke! Wir steigen aus. Noch immer alles dabei. Lutz sowieso, den hört man. Kathrin beobachtet still. Puppe, Teddy, Koffer. Zum Quartier nehmen wir ein Taxi.

Wir haben ein Zimmer mit vier Betten, einem Schrank, einem Tisch mit vier Stühlen, einem Waschbecken und Blick zum Brocken. Klo ist auf halber Treppe, Bad im Keller. Sei es darum, Urlaub mit den Kindern, ansonsten um nichts kümmern. Auch nicht um das Essen. Dazu gehen wir dreimal täglich ins Kurzentrum. „Vermutlich gibt es auch Einheimische", fasse ich meinen Eindruck zusammen. Schierke besteht im Wesentlichen aus Ferienquartieren und Kurheimen, großen, kleinen, betrieblichen, gewerkschaftlichen, privaten, modernen, weniger modernen und solchen, wie unseres. Trotz Vorsaison ist der Ort mit Gästen überfüllt.

„Alles zuverlässige Bürger der Deutschen Demokratischen Republik", stelle ich spöttisch fest, „ich wusste gar nicht, dass es so viele davon gibt." Besonders bewusst wird uns das bei den Mahlzeiten. Der Saal ist geräumig und gegessen wird an Vierertischen in drei Durchgängen, jeweils um die zweihundert Menschen. Wir gehören zum mittleren Durchgang, was mit zwei kleinen Kindern recht anspruchsvoll ist. Durchgang eins bleibt gern etwas länger und drei kommt etwas früher. Trödelnde Kinder in den verbleibenden Zeitstrang gepresst, kosten Nerven. Ab Tag drei sind wir gelassener und nutzen unsere Zeit aus.

Brauchen wir etwas länger, verweisen wir unsere Nachfolger schamlos auf angeblich säumige Vorgänger. Auch heute ist das Wetter wieder prima, das funktioniert bisher gut. Die vorangegangenen Tage waren wir meist im Wald wandern. Unser heimatliches Erzgebirge ist ein Pultschollengebirge, an dessen nördlichem Fußende Karl-Marx-Stadt liegt. Von dort steigt es stetig in Bergen und Tälern an, oft von Bächen und Flüssen gegraben. Vom Gebirgskamm, zugleich der Grenze zur Tschechoslowakischen Sozialistischen Republik, der CSSR, fällt es deutlich steiler nach Süden ab, bis an die Eger, tschechisch jetzt Ohre. Der Harz ist anders, die Berge steiler, die Täler schroff und tief eingeschnitten, beides überraschend plötzlich vor uns auftauchend. Wir sind tapfer unterwegs, rasten mit Proviant, verzichten auf die Kurhaus-Mahlzeit, spielen Verstecken, üben klettern, balancieren über Baumstämme und Bäche, ermüden uns und unsere Kinder. Dabei bleiben wir stets auf den erlaubten Wegen. „Darf ich mal dort in den Wald laufen?", unsere Kinder haben diese notwendige Frage rasch erlernt und ahnen unsere Antwort bereits.

„Nein, bleib hier, das ist verboten."

„Ich muss mal!"

„Geh hier hinter den Busch, aber nicht weiter!"

„Ich will mich dort drüben verstecken. Hier findet ihr mich doch gleich."

„Aber nur bis zu diesen Bäumen, nicht weiter. Hier sind doch auch Sträucher, viel größer als Du, da müssen wir ganz lange suchen."

Wir wurden gründlich belehrt, kein Missverständnis möglich: Bei Verlassen des erlaubten Terrains droht die sofortige Heimreise. Und ein paar wenige Plätze im Speisesaal bleiben inzwischen dauerhaft leer. Ab und zu treffen wir nahe am Weg auf feldgrüne Grenzsoldaten. Meist beobachten sie uns nur, im Zweifel halten sie uns höflich von Fehltritten ab. Das stört mich schon. Sonst jedoch ist alles prima. Noch mehr Erholung würde schon weh tun.

Mit dem Bus sind wir nach Thale gefahren. Zu Fuß steigen wir auf zum Hexentanzplatz.

„Papa, ich kann nicht mehr."

„Komm, ein bisschen geht noch."

Jetzt Kathrin: „Ist es noch weit, ich kann auch nicht mehr."

„Gut, wir machen eine Rast."

Kaum sitzen wir, können sie wieder rumtollen. Wir brechen wieder auf.

„Papa, ich kann nicht mehr."

„Gerade ging es doch noch."

„Aber jetzt nicht mehr."

„Komm, wir nehmen sie auf die Schulter", gibt Sonny nach. Ich hätte damit gern noch ein bisschen gewartet, aber gut: „Wir machen es so: Du übernimmst den Rucksack, ist nicht mehr viel drin, und ich trage abwechselnd die Kinder."

„Ich zuerst", legt Lutz fest. Der Aufstieg ist gar nicht so lang oder beschwerlich. Die Wanderungen der letzten Tage stecken aber noch in den Kinderbeinen.

Ein großer Hinweispfeil weist zum Bergtheater. Das Plakat darunter wirbt für die tägliche Nachmittagsvorstellung auf der Naturbühne: Dornröschen. Erst nach fest zugesagtem Besuch, sind die Kinder zum Weitergehen bereit. Mein wirkliches Ziel ist der Hexentanzplatz. Im elften Schuljahr haben wir beide Teile von Goethes ‚Faust' behandelt. Jetzt zieht es mich zum berühmten Walpurgisnacht-Schauplatz aus Teil eins der Tragödie. Während unseres Aufstiegs versuche ich mit altem Schülerwissen zu glänzen: „Auf diesem Weg sind wir noch weit vom Ziele. Solang ich mich noch frisch auf meinen Beinen fühle, genügt mir dieser Knotenstock." Ich greife nach einem losen Ast. Die Kinder fühlen sich nicht angesprochen und lassen sich weiterhin tragen. Jetzt aber, kurz vorm Ziel: „So geht es über Stein und Stock, es f-t die Hexe, es st-t der Bock." Trotz Sonny bremsenden Blicks: „Die alte Baubo kommt allein; sie reitet auf einem

Mutterschwein." Jetzt hören sogar die Kinder zu, das interessiert sie. „Reite Mutterschwein!", tönt Lutz wiederholt von meinen Schultern. Ich finde es schön und Sonny hofft, dass die so Informierten nicht uns, sondern den berühmten Dichter dafür verantwortlich wissen. Ich lege nach: „Wir nehmen das nicht so genau, mit tausend Schritten macht's die Frau; doch wie sie auch sich eilen kann, Mit einem Sprunge macht's der Mann."

„Ralf!", beendet Sonny meine Zitate. Ich gebe zu, Schüler merken sich nicht immer die klassischen Passagen.

Für den Rückweg nehmen wir die Seilbahn. Fast eine Stunde stehen wir an, ersparen uns aber den Abstieg durch ein tolles Erlebnis. Die rund dreißig Gondeln, im Wechsel rot, gelb und blau, nehmen jeweils vier Personen auf. Für uns also ein Familienausflug. Zweihundertfünfzig Höhenmeter durchschwebten wir knapp vier Minuten lang in luftiger Höhe bei traumhafter Aussicht. Begeisterte Kinder: „Guck mal dort"

„Sieh mal da"

„Ein Mast"

„Können wir nochmal fahren"

„Noch ein Mast"

„Die Häuser sind ganz klein".

Sonny sitzt still in sich gekehrt, weit weg aus dieser beängstigenden Welt. Ausstieg. Sie atmet wieder.

Rückfahrt mit dem übervollen Bus.

Zwei Tage danach treten wir die Heimreise an, viel erlebt, gut erholt.

„Es war richtig schön", sage ich zu meiner Frau. „Nur etwas hat mich gestört: Der Blick aus unserem Zimmer zum Grenzstreifen." Breit und bewuchsfrei, nachts hell beleuchtet, schlängelte er sich weit sichtbar durch den Wald und hielt uns auch vom Brocken fern.

„Meine Fresse, vor dreißig Jahren war das noch ein Land. Und jetzt getrennt und befestigt, wie es schlimmer nicht sein kann."

Kathrin geht nun jeden Tag zur Schule. Festlich gekleidet und maßlos aufgeregt hat sie ihre Einschulungsfeier bewältigt. Es gibt zwei Klassen im neuen Jahrgang, knapp fünfzig Mädchen und Jungen, feierlich angetreten zum Empfang der Zuckertüte. Die Rede der Direktorin schien sie nicht interessiert zu haben. Mit ihrer Klassenlehrerin wird sie vermutlich klarkommen.

„Fünfzig Kinder im Jahrgang. Wir waren deutlich mehr", sage ich zu meiner Frau. „Und der Ort genauso groß". Ich suche mein Klassenfoto aus Schuljahr vier hervor. Klasse 4b, die mittlere von drei, angetreten auf den Stufen unserer Schule. Ich zähle siebenundzwanzig Kinder, ein paar waren immer krank.

„Siebenundzwanzig mal drei Klassen. Wir waren über achtzig Kinder im Jahrgang. Inzwischen sind die Einwohnerzahlen zurückgegangen. Umsiedler und Vertriebene haben sich über Deutschland verteilt. Manche sind in die Westsektoren gegangen, andere ihrer Arbeit in die Wismut-Gebiete gefolgt. Die meisten sind jedoch geblieben und einige auch zugezogen. Bei all dem sind das jetzt um mehr als ein Drittel weniger Kinder."

„Noch immer fehlen Wohnungen, viele Frauen arbeiten, Kinder sind teuer und Autos alternativ auch. Nicht alle Familien haben zwei Kinder oder mehr."

Meine Frau hat recht. Franz Noth hatte recht, als er von der politischen Notwendigkeit sprach, junge Familien zu unterstützen, und die Regierung hatte recht mit der Einführung des Ehekredits. Nur ob das ausreicht?

Uns würden die Menschen knapp werden, bereits ab der zweiten Nachkriegsgeneration.

Das zeigt sich auch jeden Tag im Betrieb. So mancher Arbeitsplatz bleibt unbesetzt, vor allem in der Produktion. Sonderschichten sind weiterhin der teure und Personalabstellungen der verhasste Weg zur Planerfüllung.

Dennoch schaffen wir kaum einmal das Monatsziel. Der Einbruch vom Jahresanfang ist nicht aufzuholen. Gern würden wir das Soll der ersten Dekade auch nur in einem oder zwei Monaten aussetzen, um den monatlichen Teufelskreis zu durchbrechen und ausreichend Teilevorlauf für die Montage zu schaffen. Es bleibt uns untersagt. Vielleicht wären wir tatsächlich ins Gleichgewicht gekommen. Wahrscheinlich hätte es aber ohnehin nichts gebracht, weil der Materialzulauf ebenfalls immer wieder stockt.

Alle geben ihr Bestes und hin und wieder bin ich kreativ.

*

An manchen Freitagen hat sich viel in mir angestaut. Alle drei, vier Wochen gehe ich deshalb nach Feierabend nicht direkt nach Hause. Am Weg liegt das Klubhaus unseres Betriebs mit Restaurant und frischgezapftem Wernesgrüner Pilsner. Sonny toleriert das, nicht ganz uneigennützig, weil ich ihr sonst mit meinem übervollen Kopf auf die Nerven gehen würde. Nach ein paar Bier hingegen sind Gläser und Kopf wieder leer und wir verleben einen harmonischen Abend.

Freitagabend ist der Gastraum fast immer voll. Hauptsächlich Kollegen aus unserem Betrieb, aus benachbarten VEB und der LPG. Fast alle kennen sich, fast jeder ist an jedem Tisch willkommen. Verweildauer und Gesprächsthemen richten sich nach der Tischbesetzung. Man rückt auch mal weiter. Falk Steinert sitzt schon da, als ich eintrete. Eben wollte er den Tisch wechseln, weil seine drei Nachbarn früh gegangen sind. Nun bleibt er mit mir sitzen, zwei Plätze bleiben zunächst frei. Nach Ernsthaftem steht uns heute nicht der Sinn und als ich ins Kleingeldfach meines Portemonnaies schaue, sind dort zwei Pfennige und ein Hosenknopf. Mir kommt eine Idee. Wenn man die zwischen beiden Händen eingeschlossen schüttelt und auf den Tisch fallen lässt, ergibt sich jedes Mal ein neues Muster. Wie beim Becherwürfeln. Jetzt braucht es noch Regeln.

Wir arbeiten daran.

„Der Knopf ist nur einmal da, der bestimmt die Wertung", einigen wir uns rasch.

„Die Pfennig-Münzen haben Kopf- und Zahl-Seite. Das ist einfach: Kopf vor Zahl."

Dann wird es komplizierter. Auch der Knopf hat zwei Seiten. An der Hose sind die vorn und hinten, auf dem Tisch jedoch oben und unten. Wir brauchen eine Zuordnung und griffige Bezeichnungen.

„Oberseite, Unterseite?"

„Ist zu lang und klingt blöd. Dann lieber vorn und hinten."

„Gut, und dann?"

„Wir trinken ein Bier, dann fällt es uns ein."

Stimmt!

„Die drei fallen immer irgendwie von links nach rechts. Es muss ja nicht in Linie sein. Wie beim Zeitungsfoto, dort stehen auch nicht alle ausgerichtet. Trotzdem steht darunter: ‚Paul - Franz - Otto (v.l.n.r.)'."

„Da geht aber vorn und hinten nicht, weil das dann gleichzeitig auch rechts und links sein kann."

Es braucht noch ein wenig Zeit, bis Falk die Lösung hat.

„Knopfvorderseite ist ‚oben, die Rückseite ‚unten'. ‚O' und ‚U'. ‚Knopf' und ‚Knupf'."

JAA!!!

Jetzt der Rest.

Wir greifen nach einem Kugelschreiber und drehen den Bierdeckel um.

„Ich schreibe mal mit. Höchste Wertung ist ‚Knopf – Kopf – Kopf'. Dann ‚Knopf – Kopf – Zahl', danach ‚Knopf – Zahl – Kopf' und ‚Knopf – Zahl – Zahl'. Dann rückt der Knopf in die Mitte. Also fünftens ‚Kopf – Knopf – Kopf'. Und so weiter, bis der Knopf rechts fällt. Das müssten bis

‚Zahl – Zahl – Knopf' zwölf Versionen sein. (Ich habe nicht umsonst studiert!) Dann beginnt Platz dreizehn links mit ‚Knupf' und das ganze wiederholt sich zu insgesamt vierundzwanzig Werten. Da sieht kein Schwein mehr durch. Gib mir mal deinen Deckel."

„Ich hole rasch zehn Bierdeckel. Der Verlierer bekommt je einen und wer am Schluss die meisten hat, bezahlt die nächste Runde."

„Bringe lieber zwanzig. Das halten wir sonst nicht lange durch."

„Los, wir probieren."

Immer wieder kommen wir durcheinander und diskutieren das Ergebnis. Schließlich geht es darum, wer das nächste Bier bezahlen muss. Bei ‚Knopf', ‚Kopf' und ‚Knupf' verhaspeln wir uns schlimmer als bei „Fischers Fritze...". Wir haben zunehmend einen Heidenspaß dabei und das lockt weitere Gäste an unseren Tisch. Inzwischen spielen wir zu sechst, zwei Stühle vom Nachbartisch dazu gerückt. Dass keiner die Wertung durchschaut, auch wir oft nicht, geht im Gelächter unter. Ebenso, dass immer wir gewinnen. Die Zeche bleibt für unsere Mitspieler.

Kultur ist auch im Sozialismus teuer.

„Es ist heute ein bisschen später geworden", entkräfte ich Sonnys kritischen Ansatz, „aber wir haben ein tolles Spiel erfunden. Ich zeige es Dir mal schnell. Guck, hier, zwei Pfennige und ein Knopf. Also das geht so...."

„Steck den Scheiß ein, ich bin müde", klingt sie nicht wirklich interessiert. Sie verabschiedet sich ins Bett und ich versuche noch einmal mir die Regeln einzuprägen. Dann gehe auch ich schlafen.

Am Montag ist der Spaß rasch wieder vorbei. Nur noch zwei Wochen bis zum Jahresende. Der Dezember hat ohnehin nur neunzehn Arbeitstage, Heiligabend und Silvester nur jeweils halb, also achtzehn. Das Planziel ist dem angepasst, aber spätestens ab Neunzehnten nehmen die

Frauen ihren Haushaltstag und die letzte Woche besteht im Grunde nur aus Donnerstag und Freitag mit hohem Urlaubsanteil. Dazu kommt die Jahresinventur, zu der alle Mitarbeiter des Betriebes herangezogen werden. Wir kratzen alle Möglichkeiten zusammen und erfüllen den Staatsplan in den meisten Positionen, außer beim NSW-Export. Bei der IWP hat uns der Stammbetrieb des Kombinats zum Schluss einen kleinen Nachlass eingeräumt.

Am Silvester- Nachmittag sitzen wir noch kurz zusammen: Erich, ich, ein Bereichsleiter, eine Disponentin der Produktionsplanung. „Gott sei Dank, dass dieses Jahr vorbei ist", seufzt Erich. Wir stimmen zu. „Glaubst Du das nächste wird besser?", orakelt der Bereichsleiter.

„Hoffen wir es!"

1980

Am Mittwoch treffen wir uns wieder zur Arbeit. Zum Glück hat die erste Januarwoche nur drei Arbeitstage. Die erste Stunde vergeht mit gegenseitigen Gutwünschen für das beginnende Jahr. Dann bringen wir uns auf den aktuellen Stand und die neue Woche startet, wie die alte endete. Am späten Vormittag kommt unser Chef von der Leitungsberatung beim Betriebsdirektor zurück.

„Na Dietmar, das war wohl nicht so toll?", fragt Erich sofort.

„Nein, das war es nicht. Alles Gute aber erstmal."

Wie immer zum Jahresbeginn liegen die neuen STAL-Kennziffern vor. Von der Zentralen Plankommission waren sie an unser Ministerium gegangen, von dort auf die nachgeordneten Kombinate aufgeteilt worden und von diesen wiederum auf die einzelnen Betriebe. Unsere IWP-Vorgabe liegt um vierkommadrei Prozent über dem Vorjahr. Die Bedarfsträgerstruktur folgt dieser Steigerung im Wesentlichen. Außer beim NSW-Exportanteil, den wir ohnehin nicht erfüllen könnten. Er verbleibt auf Vorjahresniveau. SW-Export ist dafür entsprechend erhöht worden.

Zum ersten Mal bekomme ich Einblick in weitere Untergliederungen. Besonders frappierend sind die Rentabilitätsvorgaben: NSW=0,40, SW=1,20, Inland=1,00.

Natürlich weiß ich, was Rentabilität bedeutet. Zunächst einmal eine Verhältniszahl, meist angegeben in Prozent, seltener als Dezimalwert. Im Allgemeinen vergleicht sie den erwirtschafteten Gewinn mit den dafür aufgewendeten Kosten. So ähnlich jedenfalls hatte ich das während des Studiums im Teilfach Sozialistische Betriebswirtschaftslehre gehört. Unsere Planvorgaben müssen etwas anderes bedeuten.

Ich fragte Erich: „Sag mal, was bedeutet NSW-Rentabilität = 0,40?"

„Na vierzig Prozent! Unser Verkaufserlös muss im Durchschnitt des Sortimentes im NSW-Export vierzig Prozent unserer dafür erforderlichen Kosten decken."

„Das bedeutet doch aber sechzig Prozent Verlust."

„Ja."

„Dann ist es doch das Beste, wenn wir gar nichts ins NSW verkaufen."

„So darfst Du das nicht sehen. Dem liegt der Betriebspreis zugrunde, den wir zwei gar nicht kennen, weil wir die Produktion zum IAP abrechnen. Wir wissen auch nicht, wie die Exporterlöse in unsere Mark umgerechnet werden. Drittens gleicht die höhere SW-Rentabilität das wieder aus.

Und außerdem ist der NSW-Export für unser Land ganz wichtig. Wir brauchen die Devisen. Zur Not eben auch zu vierzig Prozent. Nicht schön, aber schwer zu ändern."

„Ich verstehe: die Bedarfsträgerstruktur verlangt, dass im Inland die Läden vor allem voll sind. In das NSW verkaufen wir alles unter Wert, egal ob sich das rechnet, wir brauchen die Valuta. Und unsere sozialistischen Bruderländer dürfen wir im RGW zwar nicht enttäuschen, aber bescheißen."

„Du und Dein loses Maul! Irgendwann bekommst Du damit mal richtigen Ärger. Sei froh, dass nur wir zwei im Raum sind."

„Ja, ich weiß. Das bin ich auch. Aber weißt Du, ich lebe hier, in unserem Land. Es ärgert mich, wenn wir unser Zeug verramschen müssen."

Am Abend setzte ich mich zuhause hin und rechne. Unabhängig der absoluten Zahlen und vorausgesetzt wir würden die Rentabilitätsvorgaben erreichen, was gar nicht sicher schien, wäre von unserem Gesamtvolumen ein SW-Anteil von mindestens vierzig Prozent notwendig, um insgesamt kostendeckend zu produzieren. Der Plan gibt aber nur ungefähr die Hälfte davon vor. Das hieße doch aber, unser Plan sähe gleich Verlust vor. Im Westen wären wir schon vom Ansatz her bankrott. Die ‚Freie Presse' publiziert zu jedem Quartalsende die aktuelle Anzahl der in der BRD in Konkurs gegangenen Unternehmen, egal wie klein die mitunter waren. Wir würden dort eine ganze Seite füllen. Das konnte nicht sein, das lag außerhalb meines SBWL-Wissens.

Zwei Wochen trage ich diesen Zweifel vor mir her, dann frage ich den Planungsleiter im Direktorat Ökonomie. Der Direktor selbst würde mir die Antwort wahrscheinlich verweigern. Nicht nur, weil er die Kommunikation in seiner Leitungsebene bevorzugt, sondern weil er es auch gar nicht darf. Aller interne Schriftverkehr und alle wichtigen Dokumente unterliegen Geheimhaltungskategorien. Die kompletten Plandokumente rangieren dabei als ‚VVS' ganz oben. In vollem Umfang sind sie nur dem Betriebsdirektor, dem Direktor für Ökonomie und dessen Planungsleiter bekannt. Alle anderen Fachdirektorate erhalten nur die sie betreffenden Kennziffern, mit deren vertraulichem Umgang sie ebenfalls verpflichtet sind. So setzt sich das nach unten fort. Ich stelle meine Frage deshalb alternativ: „Habe ich das richtig verstanden, dass....", ich erläutere meine Überlegungen zu Rentabilität und Verlust.

„Das darf ich Ihnen leider nicht sagen. Sie wissen doch, diese Angaben gelten als Vertrauliche Verschlusssache", weicht er aus.

Einfach mit „Ja" oder „Nein" hat er nicht geantwortet, dann ist es wohl tatsächlich so. Er denkt noch einmal kurz nach und ergänzt: „Ganz so schlimm ist es aber nicht, weil die Exportstützung NSW das zum Teil beim Nettogewinn wieder ausgleicht."

„Wir machen planmäßig Verlust und bekommen den bezahlt?", bin ich ehrlich erstaunt. „Wo kommt denn das Geld dafür her? Und was ist, wenn wir die Rentabilitätsvorgaben nicht erreichen?"

Er neigt den Kopf leicht zur Seite. Antworten bekomme ich nicht mehr.

Wir stehen uns noch einen Moment gegenüber. So bald ergibt sich ein Gespräch mit ihm nicht wieder, überlege ich. Also lege ich noch einmal nach: „Selbst, wenn der NSW-Verlust beim Nettogewinn zum Teil ausgeglichen wird, machen es aber doch die erhöhten Herstellungskosten durch die ständigen Sonderschichten, Maschinenumstellungen und Produktionsunterbrechungen wieder schlimmer."

„Ja, das stimmt leider. Das sehen wir dann immer bei der Nachkalkulation."

Dann verabschiedet er sich besser, bevor ich weiterfragen kann: „Ich muss jetzt aber wieder."

Alle Mitarbeiter sind mit ihrem Arbeitsvertrag verpflichtet, betriebliche Belange vertraulich zu behandeln. Das gilt umgangssprachlich als „Geheimhaltungserklärung" und wird weitgehend beachtet. Dann gibt es Schriftverkehr und Dokumente mit aufgestempeltem „NfD". Das betrifft das ingenieurtechnische Personal und alle sonstigen Mitarbeiter dieser Bereiche. Dazu gehören zum Beispiel auch Konstruktionszeichnungen, die alle ‚Nur für Dienstgebrauch' bestimmt sind und nicht beliebig vervielfältigt werden dürfen. VD-Dokumente sind den Mitarbeitern der höheren und oberen Leistungsebene vorbehalten, die zur Einsicht und Verfassung ‚Vertraulicher Dienstsachen' berechtigt sind. Und Vertrauliche Verschlusssachen dürfen nach meiner Kenntnis nur die drei Personen unseres Betriebes einsehen, die die kompletten Planunterlagen erhalten. „Gibt es in unserem Betrieb jemanden mit GVS-Berechtigung?", frage ich Erich.

„Du fragst Sachen, GVS, was meinst Du damit?"

„Na, Geheime Verschlusssachen."

„Ach so. Nein, ich glaube nicht. Du auf keinen Fall."

Das weiß ich selbst, aber interessant wäre es schon, wenigstens die Berechtigung für VVS zu erhalten. All Jene, die das dürfen, sind in wichtigeren Positionen als ich, die meisten zudem in der Partei. Sie arbeiten alle mit hohem persönlichem Einsatz. Überhaupt habe ich in den vergangenen Monaten viele Frauen und Männer kennengelernt, denen unsere Wirtschaft und unser Land wichtig sind, im Betrieb, im Kombinat oder unter unseren Geschäftspartnern. Fleißige Arbeiter, keine Polit-Schleimer, wie sie die Presse porträtiert.

Das Tagessoll reist mich aus meinen Überlegungen. Wieder einmal läuft es nicht rund. Materialmangel. Wenn es von allem zu wenig gibt, helfen auch strukturelle Maßnahmen nicht. Die Abteilung Einkauf gehörte viele Jahre zum Direktorat Produktion. Der Direktor musste also das Material selbst beschaffen, um planmäßig produzieren zu können. Der Direktor für Absatz konnte frei von dieser Sorge nach Kundenbedarf verkaufen. Das führte immer wieder dazu, dass Produkte in den Produktionsplan gelangten, für deren Ausgangsmaterial die Bilanzanteile fehlten. Seit zwei Jahren ist das anders, jetzt sind Absatz, der eigentlich Verkauf sein müsste, und Beschaffung, also Einkauf, beim Kaufmännischen Direktor vereint. Er wird sich also hüten, Produkte zu verkaufen, deren Ausgangsmaterial er nicht besorgen kann. Eine bizarr originelle Basis für das, was eigentlich Kundenwünschen folgen müsste.

Im Tagesgeschäft kommt beides auf dasselbe heraus. Materialmangel führt zu Unterbrechungen und Umstellungen im Sortimentsplan, daraus resultieren Mehraufwand, höhere Kosten, Planrückstände, viel Stress, viel Streit und viel Ärger.

*

Das Frühjahr ist da, das Wetter offen. Zeit ein privates Objekt anzugehen. Unser Fernsehprogramm beschränkt sich auf die beiden Programme des DFF. Eine alte Eisenleiter führt als Relikt der Fabrikvergangenheit an unserem Wohnzimmerfenster vorbei. Daran haben wir kleine

Wandantennen montiert. Eine hohe schlanke Stabschleife, versteckt neben unserer Schrankwand, verhilft nur selten zu verrauschten Programmfetzen der ARD.

Das wird sich bald ändern. An einem Klubhaus-Freitagabend habe ich einen jungen Mann aus der Nachbarschaft kennengelernt, der im Nebenerwerb Fernsehantennen herstellt und installiert. Wir haben Platz eins seiner Warteliste erreicht.

„In zwei Wochen kommen Deine Antennen aufs Dach. Ich bin schon bei der Herstellung", war sein erfreulicher Bescheid. Zeit für mich, die Genehmigung des Vermieters einzuholen. Wieder einmal treffe ich auf Franz Noth. Inzwischen begegne ich ihm zurückhaltend.

„Überlege Dir, was Du dem sagst, der Wohnungs-Noth ist Polizeihelfer", hatte mich Falk Steinert gewarnt, „und wer weiß, wem der sonst noch alles hilft."

Höflich begründe ich mein Anliegen. „Ich bitte um die Genehmigung einer Antennenanlage auf dem Dach meines Wohnhauses. Unser Fernsehempfang ist sehr schlecht. Die kleinen Wandantennen an der Feuerleiter übertragen einfach ungenügend. Manches Mal fällt der Empfang sogar während der Aktuellen Kamera aus. Ich will aber wissen, was in unserem Land und der Welt geschieht. Das zweite Programm sehen wir kaum einmal an. Der Empfang ist noch schlechter. Und jetzt geht doch meine Tochter zur Schule und möchte gern an Nachmittagen die Kindersendungen sehen, in der Pioniergruppe kann sie oftmals gar nicht mitreden."

Ich höre auf, das war mir selbst zu reichlich. Für Franz Noth wohl auch, entnehme ich seinem Blick. Nur, gegen mein Anliegen ist nichts einzuwenden. Den schriftlichen Antrag habe ich dabei, er unterschreibt und ich gehe froh nach Hause.

„Das hat geklappt", informiere ich Sonny schon von der Tür aus. „Fein", freut auch sie sich, „und wie groß wird die Anlage?"

„Sehr groß!"

Das ist nicht zu viel versprochen. Sie überragt alle umliegenden Antennen bei weitem. DFF1 und DFF2, KW und UKW, seitlich weit ausragend der „Ochsenkopf" und ganz oben liegend und riesig lang SFB. Die Ochsenkopf-Antenne kennt jeder in der Region. Sie verdankt ihren Namen dem Umsetzer auf eben diesem Berg im Fichtelgebirge, irgendwo südlich von Hof. Und sie empfängt das ARD- Programm aus Bayern. Ihre charakteristische Form mit der hohen schlanken Aluminiumschlinge und den Senkrechtstäben rechts und links davon, zeugt eindeutig vom Westfernsehen. Sonny ist beeindruckt vom Gesamtbauwerk: „Jetzt sieht aber Jeder im Vorbeigehen, welche Sender wir empfangen."

„Stimmt. Viele haben auch selbst einen ‚Ochsenkopf'. Ich meine als Antenne. Mitte der sechziger Jahre malten wir sie als Schüler sogar im Zeichenunterricht. Ihr nicht?"

„Nein, ich glaube nicht."

„Das war meines Wissens eine bezirksweite oder sogar DDR-weite Aktion. Alle Schüler malten mit Wasserfarbe ein Bild, auf dem ihr Vater diese Antenne vom Dach holt und sie selbst aus einer Luke heraus dabei helfen. Peinlich nur, das Bild ist statisch, man kann also nicht erkennen, ob die Antenne entfernt oder angebracht wird. Das haben irgendwann wohl sogar die Initiatoren erkannt: ‚Bürger der DDR: Setzt West-Antennen aufs Dach!', war nicht das Ziel ihrer Aktion. Du bist ein Jahr jünger, Euch hat das wohl nicht mehr betroffen. Erfolgreich war es dennoch. Viele demontierten in dieser Zeit den Ochsenkopf tatsächlich, um ihn versteckt im Dachraum wieder anzubringen. Im Trockenboden. Zurufe ohne sichtbaren Konterpart waren ein klarer Beleg dafür: ‚weiter, weiter, langsam, Halt, bisschen zurück, jetzt, nein nochmal weiter, jetzt, Ja, so ist es gut!'. Dass der Empfang schlechter geworden war, nahm man seiner Ruhe wegen in Kauf. Belastend war es für die Frauen, wenn sie beim Wäscheaufhängen drumherum turnen mussten. Und richtig Ärger bekamen sie, wenn sie dabei versehentlich die Position verändert hatten. Seit der KSZE-Schlussakte 1975 sind fast alle wieder auf den Dächern. Es sei denn, man ist feig oder Genosse oder feiger Genosse."

Franz Noth wartet schon auf mich, als ich nachhause komme. „Herr Noth? Guten Tag. Zu mir?"

„Guten Tag, ja, zu Ihnen. Ich muss mir doch die Befestigung der Antenne im Dachraum ansehen. Die ist ja riesig. Ich muss kontrollieren, ob die Stange auch bei Sturm halten wird. Wissen Sie, das kann gefährlich sein, wenn die kippt. Nicht nur fürs Dach. Stellen Sie sich vor, die bricht runter. Was da passieren kann. Rudi Baumgarten hat mich darauf aufmerksam gemacht. Den kennen Sie doch bestimmt. Er ist auch bei Euch im Betrieb, geht jeden Tag hier vorbei zur Arbeit. Da hat er das gesehen und sich Sorgen gemacht."

„Aha. Rudolf Baumgarten, ja. Gehen wir halt hoch."

Ich teile dessen Sorgen nicht. Die Stange reicht tief in den Dachraum. Sie steck in einer Hülse, verschraubt auf einem Balken der Speicherdielung und steht doppelt schellengesichert in Querriegeln aus dickem Bandeisen zwischen den Dachsparren. Dachblech und Gummihülse dichten gegen Wassereintritt vom First ab.

Auch Franz Noth kann nichts beanstanden. „Das ist schon alles ordentlich gemacht. Trotzdem war es richtig, es anzusehen. Wissen Sie, wir hatten ja über DFF1 und 2 gesprochen, und UKW, klar. Da sind aber zwei ganz große zusätzlich angebracht. Wofür sind die denn?"

„Ich hatte zwar von diesen Programmen gesprochen, weil sie mir wichtig sind, aber mit keinem Wort erwähnt, dass ich nur diese beiden empfangen möchte. Auch der Antrag ist Ihrerseits für eine Dachantennenanlage genehmigt. Von einzelnen Programmen steht da nichts drin."

Ein Punktsieg!

„Ist ja gut. Sie werden schon wissen, was Sie tun."

„Stimmt. Fernsehen gucken."

„Ach Herr Beyer, ich habe immer das Gefühl wir reden aneinander vorbei oder Sie wollen mich nicht verstehen. Ich kenne Sie kaum, Sie sind ja nicht von hier. Ist das in Ihrer Familie so üblich?"

„Was meinen Sie damit, ich antworte korrekt auf Ihre Fragen."

„Mehr aber auch nicht.... Und ihre Geschwister? Sie haben doch Geschwister?" Jetzt fragt er nach Sachen, die ihn wirklich nichts angehen. Mit der Antenne hat das schon gar nichts mehr zu tun. Also weiterhin: Nicht lügen, nichts sagen.

„Ja, einen Bruder."

„Und wohnt der auch hier in der Nähe?"

„Nein, weiter weg."

„Weiter weg. Dann grüßen Sie ihn mal, wenn Sie ihn sehen. Er besucht Sie doch?"

„Eher selten."

„Also dann, bis zum nächsten Mal. Die Antenne kann so bleiben."

„Was wollte denn der Noth jetzt von Dir?", fragt Sonny.

„Ich weiß es nicht. Angeblich kam er wegen der Antennenbefestigung. Die hat er aber nur kurz angesehen, nicht mal versucht daran zu rütteln. Das kann nicht alles gewesen sein. Nach meiner Familie hat er gefragt, besonders nach meinem Bruder. Er schien unzufrieden, weil er nichts erfahren hat. Falk hat wohl recht, der Mann ist mehr als nur Polizeihelfer. Und natürlich haben ihm die zwei großen Antennen gestört. Mach Dir nichts draus, der kann uns mal."

Für uns haben diese beiden enorme Vorteile. Der Empfang ist zwar noch immer nicht an allen Tagen stabil, dafür sind die Sender zu weit entfernt. Auch scheint das wetterabhängig zu sein. Besonders betrifft das den SFB im Norden. Aber dann empfangen wir über den ‚Ochsenkopf', der das ARD-Programm aus dem südlich liegenden Bayern recht zuverlässig überträgt. Wenn wir uns nach der Aktuellen Kamera nicht für ein Angebot des DFF entscheiden, sehen wir uns im Anschluss die Tagesschau der ARD an. Zeitlich ist das sehr gut abgestimmt, die einen beenden ihre Nachrichtensendung punkt zwanzig Uhr und die anderen beginnen genau dann damit. Beim Wetterbericht gibt es nur regionale Abweichungen. Der ist bei beiden ungenau. Ansonsten aber ergänzen sich beide Ost- und Westprogramme in der Themenauswahl. Zu identischen Ereignissen bekommen wir meist recht unterschiedliche Interpretationen nahegelegt. Auf der gedanklichen Suche nach dem Wahrheitsgehalt verorten wir den mal östlich, mal westlich der medialen Mitte.

Lutz nimmt das leichter. Für ihn ist der Sandmann des DFF1- Abendgrußes ebenso spannend wie das wenig später folgende Sandmännchen des SFB. Was er daraus schnell lernt: Westkinder dürfen länger aufbleiben. Von nun an gilt auch im Osten: friedlicher Bettgang erst nach dem SFB oder Ärger, wenn der Empfang gestört ist. Zudem merkt er sich des Sandmännchens Begrüßungsspruch und wiederholt ihn fortan morgentlich vor seinen Spielkameraden im Kindergarten: „Liebe Kinder gebt fein acht. Ich hab' Euch etwas mitgebracht."

Achtung aufgemerkt: Bei Beyers schauen selbst die Kinder Westfernsehen!

*

Heute ist das einzig Schöne die bequeme Fahrt im B1000-Kleinbus unseres Betriebes. Alle Plätze sind besetzt. Wer den Termin selbst entscheiden konnte, hat ihn mit dieser bequemen Variante verbunden. Die Alternative wäre eine sehr frühe Bahnfahrt in übervollen Zügen gewesen. Alle sieben Mitreisenden sind noch still. Auch der Fahrer schweigt bisher, nur das Radio leiert leise vor sich hin. Das wird die nächsten zwei Stunden bis zur Raststätte Freienhufen so bleiben. Dann tanken, pinkeln, Kaffeetrinken. Die restlichen zwei Stunden bis zum

Stammbetrieb in Berlin setzten die Gespräche ein. Der Technische Direktor sitzt vorn neben dem Fahrer. Dieser Platz steht dem Ranghöchsten zu. Danach verteilt sich das absteigend auf die beiden hinteren Sitzreihen. Unbeliebt sind die Mittelplätze in den Reihen zwei und drei. Niemand möchte schlafend den Kopf auf seine Kolleginnen oder Kollegen legen und die solchermaßen Geehrten schätzen das auch nicht besonders. Ich muss heute den Produktionsdirektor vertreten, was mir einen Fensterplatz in Reihe zwei garantiert. Ich überlege, wie sich das wohl regelt, wenn zwei Fachdirektoren zusammen reisen. Vorn ist nur ein Platz, sitzt der andere dann auf dem Motorblock? Vermutlich sind Dienst- oder Lebensjahre entscheidend, vielleicht auch Körpervolumen oder Vertretungsfolge des Betriebsdirektors. Geschlecht kann es nicht sein, bei uns sind alle Direktoren Männer.

„Was habt Ihr denn heute in Berlin vor?" dreht sich der Technische Direktor zu uns um.

„Wir sind beim Grundfonds-Chef verabredet", antworten die beiden Kollegen der Investitionsabteilung. Das weiß der Direktor natürlich, er hat schließlich ihren Dienstreiseauftrag genehmigt.

Ein Kollege der EDV-Abteilung hat fachlich etwas mit seinem Pendant im Kombinatsbetrieb zu klären, jung, hübsch und weiblich. Vielleicht wäre es ansonsten auch telefonisch gegangen.

Zwei Kolleginnen der Einkaufsabteilung wollen die Erhöhung eines Bilanzanteiles für ihr jeweiliges Ressort erreichen.

Ich muss zur Planberatung beim Direktor für Produktion. Er ist zugleich zweiter Stellvertreter des Generaldirektors, groß, kräftig, sachorientiert, gnadenlos.

„Ich muss Dietmar Apfelstädt vertreten", begründe ich meine Mitfahrt, „heute ist Produktionsdirektoren-Tagung zur voraussichtlichen Monatsplan-Erfüllung."

„Ach Du Scheiße", versichern mich alle Mitreisenden ihres Mitgefühls, „und wie sieht es bei uns damit aus?"

„Ganz gut, wenn nicht noch etwas dazwischenkommt. Außer NSW-Anteil, wie immer."

„Da kannst Du doch ganz entspannt sein."

„Nicht wirklich. Wenn ich gleich zu Beginn erkläre, dass wir voraussichtlich erfüllen werden, bekomme ich sofort eine Erhöhung aufgebrummt. Die schaffen wir dann nicht und sind wieder die Angeschissenen. Also druckse ich erstmal herum, erkläre alle möglichen Probleme, und sage maximal neunzig Prozent zu, mit Sonderschichten und allen Anstrengungen fünfundneunzig Prozent. Ich glaube, das machen die anderen auch so. Als nächstes werde ich gründlich abgebürstet, was überhaupt keinen Spaß macht, und am Schluss kann ich mit neuem Ziel abtreten: Erfüllung ohne Abstriche plus zwei Prozent. Das werden wir vielleicht tatsächlich schaffen, aber sonst würde die Aufstockung weitaus höher ausfallen."

Wir versinken wieder in unsere Gedanken. Die restliche Fahrt kleckert das Gespräch zwischen Wetter, Familie, Wochenende und Kleingarten dahin. Die Heimfahrt wird ruhiger verlaufen, weil alle erschöpft sind und kurz nach der Abfahrt fest einschlafen. Einmal noch halten wir vorher in Berlin an. In einer großen Kaufhalle an der Ausfallstraße bekommt man oftmals Dinge, die wir noch aus der Erinnerung kennen.

Meine Erfahrungen mit den Produktionsdirektoren-Tagungen resultieren aus Monat März. Stolz und naiv nahm ich erstmals als Stellvertreter teil. Natürlich hatte mich keiner der Kollegen aus den anderen Betrieben vor der üblichen Verfahrensweise gewarnt. Neulingen wurde gern ein Schnellkurs ermöglicht. Auch damals war ich mit guter Prognose angereist. Ein gravierendes Problem gab es zwar, aber das wäre im Tagungsverlauf zu beheben. Die LPG-Frauen der Kooperationsbetriebe hatten im vergangenen Winter früh begonnen und einen stattlichen Bestand an Zweckleuchten montiert. Unser Plan sah im März ohnehin einen höheren Anteil für Industriebedarf vor. Das Dilemma war, dass diese Leuchten erst zu IWP werden, wenn auch die Leuchtmittel beigepackt sind. Und daran fehlte es. Hergestellt wurden sie in unserem Stammbetrieb, verbindliche Verträge lagen vor. Das wusste ich von meinem Chef.

„Mach Dir keine Sorgen" sagte er mir, bevor er sich mit einer schweren Erkältung nach Hause verabschiedete, „wir stehen ganz gut da. Der Genosse Wuttke muss uns nur die Lampen liefern und schon erfüllen wir den Plan. Also wird er das tun. Ich wäre froh, wenn ich es jemals so einfach gehabt hätte."

Genauso trug ich es vor: „Kollege Wuttke, wir werden das Planziel IWP in diesem Monat erreichen. Voraussetzung ist nur, dass Sie vertragsgemäß liefern. Uns fehlen dreitausend Leuchtstoff-Stablampen 20 Watt, viereinhalbtausend 40 Watt und zweitausenddreihundert Stück 65 Watt. Die Leuchten dazu sind fertig montiert. Wir müssen nur noch Ihre Lampen dazu packen und die Schachteln verschließen. Können Sie bitte veranlassen, dass wir sie schnell erhalten. Ihr Absatzdirektor war dazu recht unverbindlich, sagte mein Chef, bevor er ausfiel."

„Sie wollen mir doch nicht weißmachen, dass so viele Leuchten fertig bei Euch rumliegen."

„Nein, das stimmt. Die sind alle mehrflammig, die 20 Watt brauchen je vier und die 40- und 65-Wattleuchten je zwei Stablampen."

„Ich kann Euch trotzdem nur maximal Tausend Stück von jeden geben. Der Rest geht in den Export."

„Wir haben aber doch Verträge dazu."

„Vergiss die Verträge, ich kann Euch diesen Monat nicht mehr geben. Wir brauchen sie für NSW."

„Das heißt, wir erfüllen den Plan nicht, weil Sie hier ‚Osram' oder ‚Phillips' draufdrucken wollen? Ich kenne das von zuhause. Zwanzig Kilometer entfernt produziert ein dkk-Werk Haushaltskühlschränke. Anderer Griff, ‚Privileg' drangeklebt, schon suggerieren sie im Quelle-Katalog hohe Westqualität."

„Hör mal zu: NSW-Export ist wichtig, das sollte Dir der Genosse Apfelstädt beigebracht haben. Wir müssen die Lampen zusätzlich ins NSW liefern, weil ihr Eure Auflagen dahin nie schafft. Anstatt mir heute zu sagen, wie ihr den Plan erfüllt, hältst Du mir einen Vortrag über Kühlschränke. Richte dem Apfelstädt aus – nein, der ist ja krank – richte Deinem Betriebsdirektor aus, rhetorisch warst Du gut, inhaltlich schwach. Musst Du ihm aber auch nicht verraten. Aber eins sagst Du ihm, er soll mich morgen anrufen und die Planerfüllung bestätigen."

Auf der Rückfahrt war ich eher still. Das verlangte Telefonat führte zu keinen weiteren Stablampen, jedoch zu einer leichten Absenkung der Planauflage zulasten eines anderen Kombinatsbetriebs und einem kritischen Hinweis auf meine fragwürdigen Argumente. Was ich darüber hinaus erfuhr, Kollege Wuttke ist nie nachtragend. Er verlangt von allen, dass sie sich den Arsch aufreißen, und den gleichen Anspruch hat er auch an sich.

*

Für mich fängt in zwei Wochen die ‚Sommerpause‘ an. Zum letzten Mal in meinem Leben fahre ich ins Kinderferienlager.

Dietmar Apfelstädt hatte bei meinem Wechsel nicht beachtet, dass ich schon seit zwei Jahren Lagerleiter des Betriebskinderferienlagers bin. Klar hätte ich ihn darauf aufmerksam machen können, vielleicht wäre es sogar meine Pflicht gewesen, aber soweit wollte ich nicht gehen. Und als einziger Mitarbeiter mit abgeschlossenem Lehrgang und aktuell gültigem Ausweis für Leiter von Ferienlagern, war ich nicht zu ersetzen.

Kurz nach Beginn der Sommerferien veranstalten viele Betriebe eigene Ferienlager für die Kinder ihrer Mitarbeiter. Kleinere Betriebe schließen sich als Partner an. Auf diese Weise können Schulkinder zwischen zehn und vierzehn Jahren zwei bis drei Wochen ihrer Ferien weit weg von zuhause verbringen. Sehr große Betriebe haben dafür eigene Immobilien, die sie manchmal in Wechselnutzung mit anderen sehr großen tauschen. Wir betreiben unser Lager gemeinsam mit zwei kleineren Kombinatsbetrieben. Wie die meisten anderen auch, nutzten wir dazu Schulgebäude in entfernten Städten. Terminlich ist das unproblematisch, weil die Schulferien landesweit in gleicher Zeit liegen und jährlich nur abhängig vom ersten Montag zwischen Anfang Juli und Ende August schwanken. Ihre achtwöchige Dauer ermöglicht zwei Durchgänge zu drei Wochen oder drei Durchgänge zu zwei. Das richtet sich nach der Bewerberanzahl und der Kapazität der Beherbergungsschule. Die erste Woche dient diesen Schulen zur Beräumung ihrer Zimmer und die letzte Woche zur Renovierung und Vorbereitung auf das nächste Schuljahr. Wir fahren seit mehreren Jahren nach Grevesmühlen im Bezirk Schwerin. Die Peter-Göring-Oberschule bietet ideale Bedingungen. Unsere drei Wochen wechseln wir jährlich mit einem anderen Betrieb, dessen Kinder entweder im Durchgang vor oder nach uns anreisen. So bleiben Auf- oder Abbau ebenfalls in Jahreswechsel für das Lagerpersonal des einen oder anderen Nutzungspartners. Das Inventar gehört beiden zu gleichen Teilen.

Meine Erinnerung reicht in das Jahr 1960 zurück. Betreiber war der HO-Kreisbetrieb. Ich war zwar erst knapp zehn Jahre alt, durfte aber schon mit. Durchgang eins von drei zu je zwei Wochen. Hohnstein am Nordrand der Sächsischen Schweiz. Schon die Anreise war ein kindliches Abenteuer. Ein HO-eigener LKW mit Planenaufbau erhielt auf seiner Ladefläche zwei Bankreihen. Dort saßen wir dicht gedrängt zwischen unserm Gepäck und Proviant, an der Heckklappe unsere Betreuer. Zwei Stunden lang wurden wir ordentlich durchgeschüttelt. Das Objekt war damals noch keine Schule, sondern ein Zweckbau aus der Vorkriegszeit. Über einem massiven Erdgeschoss mit

Küche und Speiseraum war das Spitzdach zu einem holz-
verschalten Schlafraum ausgebaut. Betten gab es nicht.
Dafür bekamen wir lange Jutesäcke und große Strohballen
zugewiesen. Jedes Kind begann seinen Schlafsack zu
stopfen. Die Anleitung war schon klar gewesen: fest und
gleichmäßig stopfen, Spleißen vermeiden. Nur war das für
zehnjährige Kinder schwer zu bewältigen. Sie mussten mit
ihren Strohbündeln in die Tiefen des Sackes kriechen, wo
alle Empfehlungen vergessen waren. Liegen konnte man
darauf nicht. Also mit Unterstützung der großen Jungs
noch einmal von vorn. Zum Schluss das Verschließen mit
grober Nadel und dickem Faden. Für eine Nacht würde
das gehen. Die Betreuer meinten zwar, dass am Folgetag
weitgehende Überarbeitung notwendig würde. Dazu kam
es jedoch nicht. Lieber gekrümmt schlafen, als das noch
einmal machen. Damit könnte sich der nächste Durchgang
quälen, wenn es ihm danach verlangt.

Für mich war alles spannend. Zum ersten Mal in meinem
Leben hatte ich unseren Wohnort verlassen, zudem gleich
ganz allein, ohne Eltern. Urlaubsreisen waren generell sel-
ten, für die meisten auch unerschwinglich, die Löhne viel
zu gering und Quartiere Mangelware. Die fremde Stadt, die
andere Landschaft, über zwanzig Kinder und jeden Tag
wandern, spielen, singen. Abenteuer fesselten mich tags
und ließen mich scheintot in die Nacht sinken. Meinen
Schatz aus elterlichem Taschengeld trug ich gut bewahrt
im braunledernen Brustbeutel mit eingestempelter An-
schrift. Die beiden Omas hatten meine Barschaft auf ins-
gesamt sechs Mark aufgestockt, das Vielfache meines
sonstig monatlichen Taschengeldes von fünfzig Pfennigen.
Davon waren Ansichtskarten und Porto zu finanzieren und
– in kindlichem Pflichtbewusstsein – tolle kleine Andenken
mitzubringen: Porzellantässchen mit Ortssymbolik oder
winzige Foto-Faltbogen mit Stadtansichten. Zum Glück
war die Vollverpflegung gut und reichlich, Tee stand ganz-
tags zur Selbstbedienung. So kam ich im Eigenbedarf mit

insgesamt zwei, drei Flaschen Limonade und ebenso vie-
len Kugeln Eis aus.

Ich war der jüngste und spillrig dünn. Kein Partner für
die großen Jungs. Das wurde aufgewogen durch ein Mäd-
chen in meinem Alter. Zu Hause war es für Jungs ehrrüh-
rig, mit Mädchen zu spielen. Da wurde man schnell ver-
spottet und aus eigenen Spielrunden ausgeschlossen, im
schlimmsten Fall sogar verhauen. Deshalb hatte ich sie im-
mer nur aus dem Verborgenen angeblickt. Sie wohnte
schräg gegenüber, keine fünfzig Meter von mir entfernt.
Ihre Eltern waren die Wirtsleute des dortigen HO-Restau-
rants. Sie gefiel mir und ich hätte gern mit ihr gespielt. Sie
selbst anzusprechen, fehlte mir der Mut. Im Ferienlager
war das anders, wenn auch sie die Initiative ergriff. Dann
war es aber ganz einfach, wir schlossen Freundschaft, wie
es Kinder tun. Ich war fest entschlossen, das zuhause bei-
zubehalten, Spott und Häme zum Trotz. „Wollen wir auch
miteinander spielen, wenn wir wieder zuhause sind?"

„Das geht nicht, wir ziehen gleich danach weg. Meine
Mutter und ich zuerst. Mein Vater und meine große
Schwester kommen nach."

Schlimmer konnte es mich nicht treffen.

„Wohin zieht ihr denn?" Vielleicht lag das ganz in der
Nähe, dann wäre ich eben dorthin gelaufen.

„Nach West.." Pause „..falen. Das darf ich aber gar nicht
sagen. Versprich mir, dass Du mich nicht verrätst."

Zwei Dinge wusste ich genau: Westfalen lag weit weg,
sehr weit. Und dieses Mädchen würde ich nicht verraten,
nicht bei meinem Leben.

Diese zwei Wochen in meinem ersten Kinderferienlager
waren so schön und das Ende so traurig, dass mir dies
heute noch in Erinnerung ist.

In den Folgejahren verbrachte ich jeweils drei Wochen in
Kinderferienlagern der HO. Inzwischen lag unser Quartier
in Schulen, die Kapazität reichte für mehr Kinder und län-
geren Aufenthalt. Zweimal fuhren wir – inzwischen in

Bussen - nach Bad Köstritz im Bezirk Gera und dazwischen einmal nach Colditz an der Mulde. Die Orte bestimmten über meine Souvenirs, wiederum abgespart vom Taschengeld: aus Bad Köstritz je Sorte eine Flasche Bier der dortigen Brauerei und aus Colditz irgendetwas aus ansässiger Porzellanherstellung. Mit der Ausnahme, dass es in diesen Lagern schön war, habe ich keine direkte Erinnerung daran. Doch! Zwei Dinge aus Bad Köstritz. Im ersten Jahr haben mir die großen Jungs in der letzten Nacht eine Flasche Bier leertrunken und damit meine Geschenkeplanung zerstört. Im dritten Jahr kaufte ich mir einen Goldhamster. Seit Jahren hatte ich mir einen gewünscht, aber nie erhalten. Inzwischen fühlte ich mich ausreichend handlungsfähig gegenüber meinen elterlichen Verweigerern. Über Nacht biss er sich aus der Hartpappschachtel und stürzte aus meinem Doppelstockbett in den Tod.

Im nächsten Jahr war ich zu alt, die Ferienlagerzeit für mich zu Ende.

Bis 1975. Seit neun Monaten arbeitete ich als Fertigungstechnologe in unserem Betrieb. Rasch hatte ich vom Ferienlager gehört und der Möglichkeit, dort als Gruppenleiter teilzunehmen. Ich durfte. Seitens des Betriebes und seitens Sonny.

Sammelpunkt war der heimatliche Bahnhof. Die Bahnfahrt würde insgesamt über acht Stunden dauern. Die Aufgabe der Begleiter bestand im Wesentlichen darin, die Kinder während der Fahrt bei Laune und von Unfug abzuhalten sowie die Umstiege in Karl-Marx-Stadt, Leipzig und Bad Kleinen ohne Abgang zu bewältigen. Trotz reservierter Plätze ist das in rappelvollen Zügen und Bahnhöfen in der Hauptreisezeit eine Vollbeschäftigung.

Gleich nach der Ankunft wurden die Gruppen ein- und die Zimmer zugeteilt, vier Mädchen- und vier Jungengruppen, acht Zimmer. Lager- und Gruppenleiter nach Geschlecht sortiert in Zimmer neun und zehn, Küchenpersonal im Küchen-/Speisesaal-Gebäude, Sanitäterin in der

Behandlungsstelle, Fahrer im Lehrmittel- und Sportwart im Geräteraum. *Dann Zimmer einrichten, den Streit um die oberen Betten im Doppelstock schlichten, fertig machen zur Abendmahlzeit, essen, waschen, schlafen. Tatsächlich, sie schliefen rasch ein. Der frühe Start und die lange Fahrt hatten sie müde gemacht. Alle böse Absicht für die erste Nacht blieb unverwirklicht.*

Der neue Tag begann mit den Eröffnungsritualen. Alle Pioniere wählten ein Kind ihrer Gruppe zum Gruppenratsvorsitz und diese acht ihrerseits einen Freundschaftsratsvorsitz. Dabei folgten sie den Empfehlungen der Gruppenleiter, die die Bereitschaft der Kandidaten vorab gesichert hatten. Dann wurde gruppenweise auf dem Appellplatz der Schule angetreten, die Freundschaftsratsvorsitzende legte ihre Handkante zum Pioniergruß auf den Scheitel und meldete dem Lagerleiter: „Herr Rehfeld, ich melde Ihnen, das Kinderferienlager des VEB Leuchtenfabrik Breitenwalde ist vollständig angetreten." Woraufhin er ihr dankte und die Teilnehmer begrüßte: "Ich begrüße Euch in unserem Kinderferienlager mit dem Gruß der Pionierorganisation Ernst Thälmann: Für Frieden und Sozialismus: Seid bereit!" Dass auch die kindlichen Nichtpioniere diesem Aufruf folgen sollten, spielte dabei keine Rolle.

Nach gemeinsamer Antwort: „Immer bereit!", setzte er zu seiner Ansprache an.

„Ich eröffne hiermit unser Kinderferienlager 1975. Ich freue mich, dass Ihr alle gut angekommen seid. Ich hoffe, ihr werdet hier viele schöne und erholsame Tage verleben. Eure jeweiligen Gruppenleiterinnen und Gruppenleiter habt Ihr bereits kennengelernt, nun stelle ich Euch das gesamte Personal vor.... Mein Stellvertreter und Wirtschaftsleiter ist Erich Dorsch.....Gruppenleiter der Jungengruppe zwei ist Ralf Beyer,........usw. usf. .....Ihr habt sicherlich bemerkt, dass dies alles Mütter und Väter aus dem VEB Leuchtenfabrik sind. Normalerweise arbeiten sie als Montiererin, Technische Zeichnerin, Schleifer, Schlosser,

Klempner, Elektriker, Konstrukteurin, Technologe, Kraft-
fahrer und Köchin in unserem Betrieb. Jetzt wurden sie für
drei Wochen von ihrer beruflichen Arbeit freigestellt, um
Euch allen schöne und erlebnisreiche Ferientage zu ermög-
lichen.
   Es ist ein großes Verdienst unseres sozialistischen Hei-
matlandes. Nicht überall auf der Welt haben Kinder diese
Chance. Vor allem in den kapitalistischen Ländern, wie
der Bundesrepublik, ist so etwas unmöglich. Dort müssen
die Eltern ausschließlich für den Profit der Kapitalisten ar-
beiten. Dort gibt es keine freien Tage für die Betreuung
fremder Kinder, jedenfalls nicht bezahlt. Nur durch die flei-
ßige Arbeit Eurer Eltern und all ihrer Kolleginnen und Kol-
legen in unserem Betrieb ist das möglich. Denkt immer da-
ran und seid ihnen dankbar dafür. Am besten könnt ihr
das tun, indem ihr Euch hier freundschaftlich, kamerad-
schaftlich und diszipliniert verhaltet. Wir mussten in den
vergangenen Jahren kein Kind wegen Verstößen gegen die
Lagerordnung nachhause schicken und hoffen, das bleibt
auch in diesem Jahr so. Unsere Partei, die SED, tut viel für
die sozialistische Erziehung der nächsten Generation. Das
seid ihr. Wir wollen, dass ihr in Frieden aufwachst, Euch
gut, gesund und kräftig entwickelt. Eure Aufgabe ist das
erfolgreiche Lernen in der Schule. Jetzt habt Ihr Ferien. Ihr
sollt Euch hier gut erholen, um Eurer Aufgabe im nächsten
Schuljahr wieder gewachsen zu sein.
   Ihr habt vorhin die Fahne der Pionierorganisation ge-
hisst. Sie wird während unseres Lagers hier über Euch
wehen und Euch daran erinnern.
   Nach diesem Appell gehen wir gemeinsam zum Ehren-
mahl für die Opfer der ‚Cap Arkona' und legen dort einen
Kranz nieder.
   Die Gruppenleiter übernehmen bitte ihre Kinder und fol-
gen mir dorthin. Seid bereit!"
   „Meine Fresse", denke ich mir, „was war das denn jetzt?
Wahrscheinlich hat er mit vielem davon recht. Aber muss
er so dick auftragen? Das hier sind Kinder." Ich sammle

meine Gruppe ein und laufe ihm wie alle anderen nach. Die kleinen Erstteilnehmer sind noch etwas verängstigt, die Großen kennen das schon und nehmen es entspannt. Es ist nicht weit zur Gedenkstätte. Gehört hatte ich schon davon, mich aber nicht wirklich damit beschäftigt. Es wäre richtig gewesen. Zwar ging es auch jetzt nicht ohne ,wir sind gut, die sind böse' ab, inhaltlich brachte uns Torsten Rehfeld alle zum Nachdenken. Im Wald gelegen, stehen wir der Gedenkstätte im Halbkreis gegenüber. Lagerleiter Rehfeld und der hinzugekommene Ortsparteisekretär auf den Stufen vor der großen Gedenkplatte und der gewölbten rotbraunen Steinwand mit eingelassenen Widmungstafeln.

„Wir gedenken hier der Opfer der ,Cap Arkona'. Dieses Schiff und die in der Nähe befindliche „Thielbek" waren am 3.Mai 1945 unweit von hier mit rund 6.400 KZ-Häftlingen auf der Ostsee unterwegs. Sie waren in den letzten Tagen des Zweiten Weltkrieges von der SS auf diese Schiffe getrieben wurden. Noch immer versuchte die SS ihre Verbrechen zu verbergen und Zeugen zu beseitigen, indem sie KZ-Insassen in andere Lager verlegte, wenn sie nicht auf dem Marsch dahin umkamen. Britische Jagdbomber hielten die beiden Schiffe für Truppentransporter und bombardierten und beschossen sie. Die „Thielbek" sank innerhalb weniger Minuten. Auch die „Cap Arcona" geriet in Brand und kenterte. Die Menschen verbrannten, ertranken oder wurden erschossen. Die Leichen trieben über die Ostsee bis an die Strände der Insel Poel. 460 Leichen fanden später hier ihre letzte Ruhestätte.

Wir wollen diese Opfer des Nationalsozialismus mit unserem Kranz und einer Gedenkminute ehren. Wir wollen ihrer gedenken, im Bewusstsein, dass sie Großmütter und Großväter, Mütter und Väter, Töchter und Söhne, Ehefrauen und Ehemänner waren. Oder dass sie hätten Eltern sein können, wie ihr sie habt. Diese Chance wurde ihnen genommen, in einem grausamen Krieg und von

Verbrechern der SS. Kinder wie ihr blieben ungeboren. Stellt Euch das vor! Und jetzt lasst uns schweigen." Das Schweigen hielt auch auf dem Rückweg an und löste sich erst allmählich beim Mittagessen.

Zu Apellen kam es dann nur noch zwei Mal. Meine Sorge vor dauerhafter Wiederholung war unbegründet geblieben. Beim ersten Mal wurde eine Delegation aus dem Betrieb unter Leitung des Direktors für Ökonomie begrüßt und beim zweiten das Lager offiziell beendet und die Regeln für die Heimfahrt erklärt. Der ,Ökonomische Direktor' wollte sich nicht nur vom gewünschten Verlauf des Lagers informieren. Er wollte auch sicher gehen, dass das Geld des Betriebes gut angelegt wurde. Immerhin deckten die Elternbeiträge von rund achtzig Mark für das erste und rund fünfzig Mark für jedes weitere Kind die Kosten nur zu einem sehr geringen Teil.

Zwei Jahre später war ich der Lagerleiter. Torsten Rehfeld begann als hauptamtlicher Kulturleiter unseres Betriebes bereits mit den Vorbereitungen des baldigen K-Wagen-Rennens im Ort sowie des Programms zum Tag des Metallarbeiters im April und konnte das nicht drei Wochen unterbrechen. Mir war es recht. Im Folgejahr sollte ich ohnehin übernehmen und hatte die Ausbildung bereits absolviert.

Einige Sachen würde ich anders machen. Das Personal durfte abends in Ausgang gehen, wenn alle Kinder im Lager waren und mindestens die Hälfte der Betreuer verblieben. Bisheriges Ausgangsverbot hatte oft zu Ärger geführt. Und schlechte Laune bleibt ungern allein.

Unseren Schützlingen gab ich mehr Freiraum. Ich glaubte ohnehin nicht an Kinder, die drei Wochen von zuhause wegfahren, um ihre Erziehung nachzubessern.

Und das Pathos würde ich rausnehmen.

Zum Eröffnungsappell fiel mir auf, dass relativ viele kein Pionierhalstuch trugen. Mit der Mitgliederzahl konnte es nicht zusammenhängen, die lag üblicherweise nahe 100 Prozent. Ebenso war Vergessen auszuschließen, denn auf

der empfohlenen Packliste -rechtzeitig allen Eltern bei Ein-
zahlung ihres Geldanteiles ausgehändigt - stand es weit
oben. Platzgründen im Gepäck war es vermutlich auch
nicht zum Opfer gefallen. Elterliche Opposition? Eher nicht.
Wahrscheinlich hatten manche einfach keine Lust es sich
umzubinden. Sie waren lockerer geworden.
Dann ging mir durch den Kopf, dass mein verkürzter
Aufforderungsgruß „Seid bereit!", wie auch ihre kategori-
sche Bestätigung „Immer bereit!" interessanterweise ohne
Substantiv geblieben waren. Das stand selbstverständlich
im Programmheftchen der Thälmann-Pioniere und hieß
korrekt „Für Frieden und Sozialismus: Seid bereit!" Jeder
wusste das. Mit dem abkürzenden Verzicht konnte sich
aber jeder etwas anderes vorstellen, zu dem er jederzeit
bereit war. Was, wollte ich lieber gar nicht wissen.
So etwas durfte mir nicht noch einmal unterlaufen,
wenn ich keinen Ärger haben wollte. Ich musste mich auf
meine Rede konzentrieren.

Nun fahre ich zum letzten Mal. Noch einmal werde ich
ein Betriebsferienlager verantworten, in dem 150 Kinder
drei Wochen lang zum Ostseestrand fahren, das Mittagessen am Strand aus Thermobehältern erhalten, bevor
sie um jede einzelne der folgenden sechzig Minuten Ver-
dauungspause außerhalb des Wassers diskutieren. Sie
werden in Spaßwettkämpfen um Medaillen ringen, den
Wismarer Hafen besuchen und mit dem Schnellboot
durchs Hafenbecken auf die offene See hinausfahren. Sie
werden danach die Innenstadt erkunden und in große
Kirchen gehen, einige von ihnen zum ersten Mal. Sie werden die besondere Atmosphäre spüren und Ehrfurcht vor
der Baukunst früher Meister entwickeln. Sie werden ins
Außenlager wandern, dort kochen und in Zelten schlafen,
am dritten Tag von der Kreishygieneinspektion mit An-
drohung hoher Geldstrafen geschlossen, weil es dort weder Klo noch fließendes Wasser gibt und alle ins angrenzende Maisfeld kacken. Sie werden ins Kino gehen und

zur Diskothek im Speisesaal der Schule. Sie werden tags auf Post von zuhause warten und abends im Sani-Bereich auf die Behandlung angeblichen Sonnenbrandes. Sie werden Briefe und Karten nachhause senden, freudig oder wehklagend wegen Heimweh. Sie werden Souvenirs für die Eltern kaufen, nutzlos wie seinerzeit meine. Sie werden zu viel Limonade aufs Eis trinken und das Klo verstopfen. Sie werden neue Freundschaften schließen und andere beenden. Sie werden zur Feueralarm-Übung schrecklich vor der Handsirene erschrecken, dann aber die anrückende Ortsfeuerwehr begeistert empfangen, die Fahrzeuge entern und die lange Drehleiter hochsteigen. Sie werden ihre Grenzen ausreizen, über die Stränge schlagen und ihre Strafe dafür kassieren.

Sie werden sich hoffentlich gut erholen und viele Jahre gern daran zurückdenken.

*

Vorher gibt es für mich noch eine Überraschung. Der Direktor für Technik wird unseren Betrieb zum Jahresende verlassen. Ersatz wird gesucht. Bewerber fehlen. Ich soll das machen. Das erfahre ich vom Betriebsdirektor, der mir neben meinem Chef und dem Parteisekretär gegenübersitzt.

„Sie wissen aber doch, dass ich keiner Partei angehöre", ist meine erste Reaktion. „Das kann man ändern", erfahre ich daraufhin. Diesmal von meinem Chef. Der Parteisekretär erinnert mich an diesbezügliche Gespräche, die er mit mir bereits hatte.

Will ich das? Muss ich das? Möchte ich Fachdirektor für Technik werden? Eigentlich nicht. Ich erbitte Entscheidungsfrist. „Gut, das ist verständlich", räumt der Betriebsdirektor ein, „sagen wir bis Montag. Da liegt das Wochenende dazwischen, Sie können es mit Ihrer Frau besprechen. Viel mehr Zeit kann ich Ihnen aber nicht geben. Ich will ganz offen sein, wir wollen, dass Sie es machen. Lehnen Sie ab, müssen wir jemanden von außen suchen. Für diese Leute gelten mindestens dreimonatige Kündigungsfristen, für Berufungskader noch länger. Uns bleibt nicht viel Zeit. Sie kennen zudem unseren Betrieb. Mit dem Generaldirektor habe ich das schon geklärt. Er wird Sie berufen. Jetzt liegt es nur an Ihnen. Überlegen Sie gründlich und entscheiden Sie richtig. Oft bekommt man so eine Chance nicht."

Klar bin ich stolz auf dieses Angebot, froh bin ich darüber nicht. Mein Fachgebiet aus dem Studium hat mich interessiert. Noch immer träume ich gelegentlich davon, nach Karl-Marx-Stadt zurückzukehren und als Diplomingenieur eine Stelle als Wissenschaftlicher Mitarbeiter an der Technischen Hochschule anzutreten. Ich mag die Großstadt lieber als unseren kleinen Ort. Mit Sonny habe ich darüber gesprochen, sie würde mitkommen.

Jetzt soll ich mich davon verabschieden. Gut, dann ist es wohl so. Aber nicht nur das. Die Feierabende, die Wochenenden gehören weitgehend meiner Familie. Ich trage einen Teil zur Hausarbeit bei und viel Zeit verbringe ich mit unseren Kindern. Meine Freizeit ist kalkulierbar, auch für Sonny. Das würde sich ändern, gravierend sogar. Meine lukrativere Arbeit im Betrieb wäre zu guten Teilen durch Sonnys höhere Belastung im Haushalt zu kompensieren. Darf man das, will ich es überhaupt?

Der berufliche Druck würde sich vermutlich auch anderweitig auf die Familie auswirken, häufig schlechte Laune eingeschlossen. Sonny macht es mir leicht: „Mach es. Ansonsten ärgerst Du Dich irgendwann, es nicht getan zu haben."

Beim Aufräumen kommt mir meine Konfirmationsurkunde in die Hand: „Kämpfe den guten Kampf des Glaubens, ergreife das ewige Leben, dazu Du berufen bist! 1.Tim. 6,12", lautet mein Spruch.

Dann glaube ich mal, dass es gut gehen wird. Ich sage zu. Ein knappes halbes Jahr verbleibt uns noch bis dahin.

Jedenfalls glaubte ich das. Es blieben nur zwei Monate. Noch immer steht es nicht gut um unsere Planerfüllung, so dass Kombinatsleitung und Ministerium meinten, das würde sich am ehesten mit der Entlassung unseres Betriebsdirektors ändern lassen. Er wird zum Jahresende ausscheiden. Weil aber nicht noch gleichzeitig ein Fachdirektor wechseln soll, werde ich bereits am 1. Oktober übernehmen müssen. Meinem Vorgänger ist das recht. Seine neue Aufgabe wartete schon. Und mir bleibt der Jahresabschluss von IWP und Folgeziffern erspart. Wie es heute aussieht, werden wir keine davon erfüllen.

Gedanklich beschäftige ich mich inzwischen schon mal mit meinem kommenden Zuständigkeitsbereich. Gegliedert ist das Direktorat in drei Bereiche und zwei direkt unterstellte Abteilungen. Die Bereichsleiter, zugleich Stellvertreter des Direktors, sind froh, dass sie nicht in dieser Funktion amtieren müssen, weil auf den Nachfolger gewartet wird. Selbst hatten sie kein Interesse, fühlen sich also nicht übergangen und werden wahrscheinlich gut mit mir zusammenarbeiten. Den Bereich Technologie, geführt vom Haupttechnologen kenne ich aus meiner früheren Arbeit recht gut. Neben der Fertigungstechnologie gehören der Werkzeugbau und der Rationalisierungsmittelbau mit ihren Konstruktionsabteilungen dazu. Dem Bereich Forschung und Entwicklung sind Gestaltung, Konstruktion und Musterbau unserer Erzeugnisse zugeordnet. Die Verantwortung des größten Bereichs, der Grundfondswirtschaft, ist recht komplex. Zum einen ist das die Realisierung aller betrieblichen Investitionen. Dann selbstverständlich die Wartung und Erhaltung der Gebäudesubstanz und der Grundstücke. Dem dient auch die eigene Bauabteilung für Werterhaltung und Neubau. Zur Abteilung Energiewirtschaft gehören das Heizhaus und die gesamte Medienversorgung. Und schließlich die

Hauptmechanik mit Elektrowerkstatt, Klempnerei, Reparaturschlosserei und Zimmerei. Direkt unterstellt sind die Abteilungen Neuererwesen und Standardisierung.

Insgesamt sind das zweihundert Kolleginnen und Kollegen, darunter 42 Ingenieure und Diplomingenieure. Meine Güte. Worauf habe ich mich da eingelassen.

Der erste Oktober, ein Mittwoch, beginnt für mich mit besten Wünschen des Betriebsdirektors, der kurzen Übergabe meines Vorgängers und zwei Flaschen Wodka mit den direkt nachgeordneten Leitern. Kaltgestellt und ausgeschenkt von meiner Sekretärin. Im Grunde freue ich mich auf die neue Aufgabe und bin recht zuversichtlich. Das trübt ein wenig ein, als ich mir die unendlich vielen Plankennziffern ansehe, für die ich jetzt zuständig bin. Der Plan Wissenschaft und Technik gibt im Wesentlichen vor, in welchem Umfang Arbeitszeit, Material und Energie im laufenden Jahr einzusparen sind. Der Entwicklungsplan schreibt fest, von welchen Zielen ausgehend neue Leuchten entwickelt werden dürfen und wie viele das zu sein haben. Für das laufende Jahr sieht er mit einem Anteil von 45 Mio. Mark bei Neu- und Weiterentwicklungen rund 50 Prozent an der STAL IWP vor. Und gemeinsam mit dem PWT muss im Produktionsbereich der Arbeitszeitaufwand pro tausend Mark IWP auf maximal sieben Stunden bei Zweck- und zehn Stunden bei Wohnraumleuchten begrenzt sein. Der Investitionsplan beschränkt gleichzeitig unsere Hoffnungen auf tiefgreifende Erneuerung. Der Neuererplan verlangt turnusmäßige gute Ideen mit viel Einsparpotential, usw.

Irgendwie fühle ich mich vom Regen in die Traufe gekommen, als mir die monatlichen geforderten Erfüllungsmeldungen bewusst werden.

Ich sehe mir an, was im laufenden Jahr noch abzuschließen ist, welche Vorbereitungen für 1981 bereits getroffen wurden und was noch erforderlich ist.

Und dann beginne ich damit, die angewiesenen Abstellungen meiner Mitarbeiter in die Produktion zu organisieren. Von dieser Handlungsseite ist das neu für mich. Die Einsatzlisten erstellt nun mein Nachfolger als Hauptdispatcher. Jetzt lerne ich auch die damit verbundene Demotivierung und Verärgerung der Betroffenen kennen. Ewig darf das nicht so weitergehen.

Kopf hoch und optimistisch bleiben. Wir hoffen auf das neue Jahr, den neuen Betriebsdirektor und neue Vernunft.

*

Etwas gilt es in diesem Jahr noch zu entscheiden. Das habe ich lange vor mir hergeschoben. Als erster sprach mich Erich Hartmann schon vor Monaten an. Er meinte, es sei doch richtig für mich, in die SED einzutreten: „Hör mal Ralf, wir arbeiten jetzt schon weit über ein Jahr ordentlich zusammen. Du gibst Dir alle Mühe, die Planerfüllung zu unterstützen. Du weißt, wie wichtig das für unser Land ist. Auch Sonderschichten hast Du schon einige mitgemacht. Warum bist Du nicht in unserer Partei?"

Das waren überhaupt keine typischen Erich-Hartmann-Sätze. Er war ein ordentlicher, fleißiger, zuverlässiger Mann, kein Agitator. Das machte ihn doch gerade so sympathisch. Überrumpelt hatte er mich damit außerdem. Ich saß ihm ganztags gegenüber. Durch Weglaufen war eine Antwort nicht zu umgehen. Höchstens Aufschub war zu schaffen: „Ich muss erst mal schnell zur Materialwirtschaft, wir reden dann darüber."

Ich versuchte es mit einem Konter: „Also Erich, das ist doch vorhin nicht auf Deinem Mist gewachsen. Das klang gar nicht wie Du. Wer hat denn das von Dir verlangt?"

„Wieso denn nicht. Das wäre doch richtig von Dir, oder meinst Du etwa nicht?" Das machte es jetzt schwieriger. Ich sah ihn einfach weiter fragend an. „Na gut, unser APO-Sekretär hat mich beauftragt. Du weißt doch APO, also Abteilungsparteiorganisation, und Paul Schäfer kennst Du auch."

„Kennen nein, ich weiß nur, wer er ist: Gütekontrolleur, fachlich gut, ziemlich alt.... Und er hat Dich auf mich gehetzt?"

„Jetzt werde nicht albern! Gehetzt?! Bleib sachlich. Er hat mich darum gebeten, hat ja auch recht. Und jetzt habe ich Dich gefragt. Denk einfach darüber nach."

Das war noch einmal gutgegangen. Erich würde das Thema nicht wieder ansprechen. Er hatte getan, was verlangt war und unser Verhältnis würde keinen Schaden daran nehmen. Geradlinig wie er war, empfand er Parteizugehörigkeit als eine persönliche Entscheidung. Mit Paul Schäfer hatte ich häufig Kontakt, ausschließlich jedoch, wenn es um Qualitätsfragen ging. Hatte er mich bisher nicht selbst wegen eines Parteieintritts angesprochen, würde er es wahrscheinlich auch künftig nicht tun. Er stammte aus einer früheren Generation. Die Produktionsleitung, der ich angehörte, empfand er als ‚übergeordnetes Organ', das man nicht ungefragt ansprach. Auch wenn ich diese Ansicht nicht teilte, würde ich es zum Selbstschutz dabei belassen.

Dennoch begann ich darüber nachzudenken. Meinerseits sprach nichts dafür. Ich gehörte bereits einer Menge gesellschaftlicher Organisationen an, seit 1967 dem FDGB und der GST, seit 1970 der FDJ und seit 1974 der DSF.

Dem Freien Deutschen Gewerkschaftsbund FDGB war ich 1967 beigetreten, gleich nach meinem Lehrbeginn.

Schule war mir immer leichtgefallen, mit geringstmöglichem Aufwand waren meine Leistungen recht gut. Was mir schwerfiel, war die disziplinierte Struktur meiner

Schülertage. Der wäre ich im Liebsten bereits nach dem achten Schuljahr entgangen. Meine Eltern zeigten sich entsetzt und ein Jahr vorher führte die DDR die Mittlere Reife als Pflichtschulzeit ein. Damit waren weitere zwei Jahre bis zum Abschluss der zehnten Klasse der Polytechnischen Oberschule entschieden. Ausnahmen bildeten der Übergang in die Erweiterte Oberschule bis zum Abitur (das kam für mich überhaupt nicht in Frage!) oder eine sachlich begründete Entlassung, am besten wegen massiver Lernprobleme und dafür war ich nicht dumm genug. Bereits zu Beginn des neunten Schuljahres gab es mehrere Berufsberatungen und in der zweiten Hälfte begannen die Bewerbungen für eine Lehrausbildung nach Schuljahr zehn. Berufswünsche hatte ich nicht, das war mir egal, darum müsste sich mein Vater kümmern. Ich hatte längst begriffen, welcher antiquierten Ansicht er nachhing: Ich war ihm relativ egal, was zählte war die Meinung seiner Mitmenschen von ihm. (,Was sollen denn die Leute dazu sagen?!')Also nicht ich, Ralf Beyer, sondern der Sohn von Herrn Beyer hat... und darauf musste Gutes folgen! Jetzt konnte er sich bewähren. Er entschied sich zunächst zu einer Optiker-Ausbildung. Als das nicht klappte, weil den Meistern im betreffenden Jahr keine Ausbildungserlaubnis vorlag oder sie eigene Kinder bevorzugten, versuchte er es mit Feinmechaniker. Ebenfalls negativ: zu weit weg und keine Wohnung. Danach Elektroniker: noch weiter weg und ohne Wohnung oder Internatsplatz.

Ich gebe zu, das war für ihn nicht einfach. Auch für mich nicht. Nach jeder Ablehnung war ich froh darüber. Das hätte ich sowieso nicht gewollt. Es wurde klar, ich musste noch nachreifen. Am besten ginge das mit weiterer Schulzeit. Wir einigten uns auf eine Bewerbung bei der Deutschen Reichsbahn: Dreijährige Berufsausbildung mit Abitur zum Facharbeiter für den Betriebs- und Verkehrsdienst. Ich wurde angenommen, Schule und theoretische Berufsausbildung waren in Karl-Marx-Stadt, ein Internatsplatz vorhanden. Die praktische Berufsausbildung fand in wohnortnahen Bahnhöfen statt. Besonders fein: Ich wäre nicht festgelegt. Nach dem Abitur könnte ich in jedem beliebigen Fach studieren, mein Facharbeiterabschluss wäre aber auch zum Verbleib im Beruf gut.

Gesetzt jedoch war die Mitgliedschaft im FDGB.

Wenig später trat ich in die Gesellschaft für Sport und Technik ein, die GST. Zu meinem schulischen Lernprogramm gehörten nunmehr auch drei Wochen vormilitärischer Ausbildung pro Jahr, ausgerichtet durch ebendiese Gesellschaft. Dazu fuhren die Jungs unserer Klassen gemeinsam mit denen anderer Schulen im Sommer in entsprechende Lager. Im ersten Jahr nach Prerow an der Ostsee. Einige unserer Lehrer fungierten als Ausbilder und wir empfanden diese Zeit als Abenteuerurlaub.

„Wenn Du nicht in der GST bist, kann es sein, dass Du mit den Mädchen hier in Karl-Marx-Stadt in Zivilverteidigung ausgebildet wirst", hatten mich Mitschüler höherer Jahrgänge gewarnt. Ein zwingendes Argument zum sofortigen Eintritt.

Im Jahr darauf fuhren wir ins Zittauer Gebirge. Auch dort war es schön. Tagsüber robben durch einen Stacheldrahtverhau, verstecken im Gebüsch, klettern über die Eskaladierwand, kämpfen gegen imaginäre Feinde aus der Nachbarschule. Oder Schießübungen mit einem KK-Gewehr. Beim ersten Schuss den Kolben schmerzhaft am Gesicht, den muss man fester anpressen. Und: Einatmen – Restluft anhalten – Schießen, sonst wird das nichts.

Abends Bier trinken. Das gab es dort in Bügelverschlussflaschen. Kurzer Druck mit beiden Daumen: „Plopp!" Ein feines Geräusch.

„Bring mal ‚ne Flasche Klaren mit!", war ein gern gehörter Befehl. Oder 22.00 Uhr: „Nachtruhe!", womit klar war, dass die Ausbilder-Lehrer schlafen gingen und wir nun unbeaufsichtigt fortfahren konnten.

GST war schön in diesen Tagen.

In der Betriebs-GO konnte sogar der LKW-Führerschein kostenlos erworben werden, richtig im mattfeldgrün getarnten W 50. Durch uns leider nicht, unsere drei Wochen dienten allein der Landesverteidigung. Weniger gern erinnere ich mich an das dritte Jahr. „Hast Du schon gehört, in diesem Jahr fahren wir nach Breege, ganz oben auf Rügen. Und unser letztes Mal, da können sie uns alle mal", teilten wir unsere Begeisterung. Dann kamen wir an. Ein großes Barackenlager mit einer Wache am Eingang und Profis als Ausbilder. Ein Interessenskonflikt. Nach zwei Stunden bereits antreten in Uniform. Die sah richtig Scheiße aus, Hose und Jacke in feldgrau gingen gerade noch. Der Horror waren die Schiffchen auf unseren Köpfen. So stellten wir uns die Heilsarmee vor hundert Jahren vor. Irgendjemand hatte deren vordere Spitze nach unten geknickt. So war es erträglicher und alle im Block Karl-Marx-Stadt machten es nach. So standen wir auch zum Eröffnungsappell. Die Blöcke aus Dresden, Leipzig und Gera waren korrekt bekappt.

Die Ausbilder-Profis ließen es durchgehen, jedoch nur bis zum Ende des Appells. Dann wurden wir einzeln zum Gespräch geladen. Der Politoffizier und Stasi-Genosse rüdete uns an: „Was bedeutet das! Wer hat das angestellt! Sind Sie gegen unseren Staat! Sind Sie etwa Wehrdienstverweigerer! Wollen Sie mir endlich antworten, wir bekommen das sowieso heraus! Waren Sie das! Bilden Sie sich ein, Sie könnten hier rebellieren!" Jede Frage mit einem Ausrufezeichen versehen.

Wegen eines Knicks am Schiffchen. War der noch klar im Kopf? Wir hielten das durch, obwohl Zusatzwachen und repressive Zimmerkontrollen folgten und wir uns in der Freizeit jeden Strandbesuch erzwingen mussten. Nach der Heimfahrt waren Schule und Ausbildungsbetriebe bereits informiert. Es folgten noch einmal sachverhaltsklärende Gespräche und die Parteisekretäre beäugten uns mit Argwohn.

Mit der FDJ tat ich mich deutlich schwerer. Jungpionier war ich schon im zweiten Schuljahr geworden. Mit Stolz trug ich das blaue Halstuch zum weißen Hemd. Als mir dieses Hemd ein Jahr später zu kurz geworden war, bekam ich kein neues in Weiß. Stille Opposition meines Vaters. Erst als Thälmann-Pionier mit rotem Halstuch, konnte ich meine Mutter im Schuljahr fünf zum Neukauf überreden.

Im dritten Schuljahr hatten wir Anfang Oktober im Fach Heimatkunde über unser Land und seine Geburt gesprochen. Ich lernte, dass sie am siebten Oktober 1949 erfolgte, in Reaktion auf die illegale Gründung der Bundesrepublik Deutschland aus den drei westlichen Besatzungszonen. Die vierte, unsere liebevoll sowjetisch besetzte, war ein eigener Staat geworden. Das war notwendig, das war großartig, das nützte uns allen, das feierten wir jährlich mit einem freien Tag.

Auch mein Geburtstag lag im Oktober, nicht am siebten und ein ganzes Jahr später. Das fand ich schade, gern wäre ich am selben Tag wie unsere Republik geboren worden. So würde mir immer ein ganzes Jahr fehlen.

Im dritten Schuljahr darf man so denken.

Einmal in der Woche besuchte ich die Christenlehre. Wie auch meine Mutter, war ich evangelisch-lutherisch getauft und sie meinte, dass es nicht schaden kann, wenn auch ein Höherer auf mich Acht gibt. Ich weiß nicht mehr, wie gläubig ich war. Allemal ärgerlich waren nur die zwei zusätzlichen Stunden. Meinem Vater war es recht, Christenlehre führte hin zur Konfirmation und Konfirmation führte vorbei an der Jugendweihe. Diese weltliche Alternative setzte sich immer breiter durch und wurde staatlich zunehmend gern gesehen. Ich begann zu pubertieren, was auch hieß, auf keinen Fall zu tun, wozu mein Vater riet. Und obwohl mein Bruder im Frühsommer 1965 schon nicht mehr da war, spielte auch er dabei eine Rolle. Also Jugendweihe. Im kommenden Jahr konnte ich die Konfirmation zusammen mit dem nächsten Schülerjahrgang nachholen. Das machten viele, so dass sich der Konfirmandenanteil nach einem kleinen Einbruch im ersten Jahr forcierter Jugendweihe wieder weitgehend ausglich. Viele weltliche Weihlinge eines Jahrgangs schlossen sich im Folgejahr den geistlichen Konfirmanden an. Das war zwar opportunistisch, hielt aber Kritik von beiden Seiten fern und brachte sogar zweifach Geschenke ein. Mein Konfirmationsfoto zeigt saldiert mehr als zwei Drittel der Jahrgangsschüler. In den Folgejahren schmolz dieser Anteil sukzessive ab.

1963 veröffentlichten The Beatles "She loves you", 1964 "A hard day's night" und 1965 "Help!" (I need somebody). Im selben Jahr kamen The Rolling Stones mit "(I can't get no) Satisfaction") groß heraus. Auch wir brauchten jemanden, auch wir konnten keine Befriedigung finden. Wir pubertierten wie wild. Viele Stunden verbrachten wir am Radio, bei schwankendem Empfang auf den nächsten Titel hoffend. Zur alles entscheidenden Frage wurde: „Bist Du Beatles- oder Stones-Fan?"

Walter Ulbricht beschäftigte sich auf dem XI. Plenum des ZK der SED 1965 ebenfalls mit diesem Thema: „Ist es denn wirklich so, dass wir jeden Dreck, der vom Westen kommt, nu kopieren müssen? Ich denke, Genossen, mit der Monotonie des Je-Je-Je, und wie das alles heißt, [...] sollte man doch Schluss machen."

Wir waren entsetzt: „Schluss machen? Dieser Idiot."

„So ein blöder Arsch, glaubt der, wir hören nun seine Jahrmarktsmusik."

„Ich höre immer RIAS. Den kann der nicht verbieten. Kai Bloemer, Lord Knud, samstags ‚Rias-Treffpunkt', das fetzt!"

„Bayern drei ist auch gut."

In dieser Gemengelage sprach mich die neue Pionier-Leiterin unserer Schule an: „Ralf, meinst Du nicht, es ist Zeit für Dich in die FDJ einzutreten."

„In den Verein, der mir gerade meine Lieblingsmusik verbieten will?! Nein", ich hatte nicht mehr die Absicht, zu Jemandes Gefallen zu handeln. Damit war auch die FDJ für mich gegessen.

Wenig später war mein Lehrvertrag unterschrieben und der Weg zum Abitur gesichert. Zur Aufnahmefeier hatte ich mir neben das Abzeichen der Jungen Gemeinde eine Injektionskanüle in den Hemdenkragen gesteckt. Alle kannten die subtile Botschaft, die anders als im Westen besagte: „Wir lassen uns den Sozialismus nicht einimpfen!" Klare Verhältnisse schaffen.

Meine bisherigen Lehrer waren in Ordnung gewesen, selbst in Staatsbürgerkunde. Nunmehr begegnete ich immer wieder auch Pädagogen und Ausbildern, von denen auch Mitschüler empfanden: „Die kann ja gar nichts außer Phrasen dreschen", oder „Der hat's nicht im Kopf, sondern am Revers."

Das Abitur legte ich ab, ohne FDJ-Mitglied geworden zu sein.

Im Sommer 1970 änderten sich die Voraussetzungen. Als Eisenbahner trug ich bisher Uniform und einigermaßen gestutzte Haare. Nun nicht mehr. Beim Studium war das nicht nötig. Zum Ende des Sommers waren sie schulterlang und nichts an mir erinnerte auch nur ansatzweise an uniformiertes Aussehen.

Das galt es abzusichern.

Als ersten Schritt redete ich auf einen Volkspolizisten ein, meinen Personalausweis ungültig zu stempeln. „Du brauchst einen neuen Ausweis", hatten mir Freunde geraten, „es ist schon mehrfach passiert, dass die Polizei kontrolliert. Und wenn Dein Foto kurze Haare zeigt, ziehen sie den ein und zwingen Dich zum Friseur zu gehen. Die Ausweisstelle gibt Dir vor Gültigkeitsablauf keinen neuen. Das bringt nur Ärger. Wenn Dein Ausweis aber ungültig gestempelt ist, müssen sie Dir einen geben. Da kann dann ein Passbild mit langen Haaren rein." Ob das stimmte, *wusste ich nicht. Der Volkspolizist wusste es auch nicht, aber um mich loszuwerden, erhielt ich den Eintrag.*

Im zweiten Schritt bastelte ich mir einen großen runden Sticker, weiße Schrift in lila Fonds, aus einer Westzeitung im Zug aufgelesenes Selbstklebeetikett (irgendwann kann ich es bestimmt mal gebrauchen), aufgeklebt auf eine Weißblechscheibe mit hartangelöteter Sicherheitsnadel: „Studenteneinheit gegen Imperialismus". Den steckte ich an meine Kutte. Zwar trug der zusätzlich den ISB-Hinweis und der Internationale Studentenbund war staatlich nicht beliebt. Gegen Imperialismus zu sein, ging aber in Ordnung. Das wusste ich aus dem Staatsbürgerkunde-Unterricht, Klasse 9b: „Imperialismus ist die monopolistische, parasitäre, sterbende Stufe des Kapitalismus, seine höchste und letzte Phase. Ihre Merkmale sind die Monopolbildung durch Produktions- und Kapitalkonzentration, der Kapitalexport sowie die Entstehung von Finanzoligarchien durch Verschmelzung von Industrie- und Bankkapital." (Das hatte ich mir gemerkt, weil ich bei der schriftlichen Leistungskontrolle beim Spicken erwischt, mit ‚ungenügend' bewertet und zum auswendig lernen verdonnert wurde.)
Als drittes trat ich in die FDJ ein.

DSF-Mitglied wurde ich kurz nach Arbeitsantritt im Betrieb. Die Vorsitzende bat mich darum, sie war jung und nett, es kostete nur 1,50 Mark im Monat und war mit keinem sonstigen Aufwand verbunden.

Das alles ist einige Jahre her. Meine Lust zur Provokation hat sich gelindert. Nächstes Jahr werde ich dreißig Jahre alt. Unser Leben hat klare Konturen angenommen. Der Alltag macht uns Freude. Wir arbeiteten gern in unseren Berufen. Das Umfeld ist in Ordnung.
Ich bin in der DDR angekommen.
Inzwischen finde ich auch die FDJ-Mitgliedschaft richtig. Der betriebliche Jugendclub ist eine feine Truppe. Ich

fand einige neue Freunde. Im Betrieb und im Ort habe ich mich durch sie schneller eingelebt. Nächstens würden sie als Besucher zur Leipziger Messe fahren und dabei auch Sonny auf unserem Messestand treffen. Ich muss bei den Kindern zuhause bleiben.

Die Organisation von Diskonächten läuft ohne uns weiter, begeisterte Gäste blieben wir dennoch. Meine Aufgaben haben sich erweitert. 1975 war ich Leitungsmitglied der FDJ-Grundorganisation des Betriebes geworden, mit Zuständigkeit für MMM. Die Messe der Meister von Morgen dokumentiert Verbesserungsvorschläge, Ideen, technische Entwicklungen und Modelle, hervorgebracht durch die jungen Mitarbeiter. 1977 erhielten wir als größte GO der Branche vom Zentralrat der FDJ das Zentrale Jugendobjekt „Leuchten für die Jugend" übertragen. Unterstützt durch unseren Betriebsdirektor, war ich seitens der FDJ dafür verantwortlich. Wir konnten viele Wohnraumleuchten-Hersteller unseres Landes einbinden und ein ordentliches Sortiment auf den Markt bringen.

Auf der Abschlussveranstaltung in Leipzig habe ich vor einem breiten Publikum gegenüber einem Stellvertretenden Ministerpräsidenten und dem FDJ-Chef Egon Krenz Rechenschaft darüber abgelegt.

Das alles ging auch ohne SED-Mitgliedschaft, überlege ich mir. Falls Erich doch noch einmal fragt.

Es war nicht Erich, sondern Helmut Fuhrmann, der hauptamtliche Sekretär der Betriebsparteiorganisation BPO, der mich wenige Tage später ansprach. Ihm war nicht so einfach zu entgehen. Als Mitglied er ersten Leitungsebene und oberstes Parteiorgan im Betrieb, ist er auf politischer Ebene dem Betriebsdirektor gleichgestellt. Es empfiehlt sich, seinem Ruf zu folgen. In der SED duzt man sich. Ich gehörte nicht dazu und er wollte das ‚Sie' vermeiden, also sprach er mich in der dritten Person an:

„Ich will gleich auf den Punkt kommen, wir möchten gern, dass Ralf Beyer unserer Partei beitritt." Danach wartete er auf meine Antwort. Auch wenn mir klar war, weshalb er mich zu sich rief, rechnete ich nicht mit so einer kurzen Ansprache. Ich hatte auf endlose Werbeargumente spekuliert, die ich dann einzeln umgehen oder aufweichen konnte, um am Ende abzulehnen, ohne dass er das bemerkt, bevor ich wieder weg bin. Ein nicht vorhandener Plan B war gefragt.

„Ach, Kollege Fuhrmann, es geht auch ohne Parteizugehörigkeit. Sie wissen doch, ich bin auch so gesellschaftlich sehr aktiv. Denken Sie nur an den Jugendklub und meine Arbeit beim Zentralen Jugendobjekt. Dafür habe ich sogar den Jugend-Neuererpreis erhalten". Ich setzte das fort, bis mir nichts mehr einfiel. „Stimmt alles", fasste er zusammen, „und genau deshalb wäre es richtig – und ich sage bewusst: notwendig – in unsere Partei einzutreten. Ich denke, Du wirst selbst auch noch darauf kommen. Warum also nicht jetzt?!"

Wir waren scheinbar beim Du angekommen und ich hatte mir ein Eigentor zusammenargumentiert.

„Gleich jetzt?", sah ich meine Chance, „da muss ich wirklich erst nachdenken."

„Nachdenken ist gut. Vielleicht auch darüber, wie Du die Dinge manchmal ansprichst. Ich will Dir sagen, nicht jedem gefällt Deine spöttische Art. Besonders dann nicht, wenn Du vielleicht recht hast. Zu arrogant!"

„Ist es dann so, dass ich in der Partei jedes Wort abwägen und nichts mehr kritisieren darf?"

„Doch genau das sollst Du, nur sachlich konstruktiv. Wir brauchen Genossen, die mitdenken, auch kritisch, das bringt uns voran."

Wir waren wieder da angekommen, wo wir begonnen hatten. Mit „Gut, ich denke darüber nach", verabschiedete ich mich. Mir fällt ein, dass er auch Franz Noth, den ‚Wohnungs-Noth', erwähnte, als es um meine mitunter ungehörige Wortwahl ging. Mit dem hatte ich seit damals nichts mehr zu tun gehabt. Manchmal saßen wir im Klubhaus an benachbarten Tischen, nie gemeinsam an einem, und an ein direktes Gespräch konnte ich mich nicht erinnern. Offenbar hat man sich auch bei der Ortsparteiorganisation über mich erkundigt und Franz Noth scheint gute Ohren zu haben.

Das war nicht unser letztes Gespräch zum Thema. „Bevor ich dreißig Jahre alt bin, auf keinen Fall," war meine Antwort gewesen. Bis dahin dauerte es noch einige Wochen, die er mich in Ruhe lassen würde. Und wer weiß, was dann ist. Vor dem dreißigsten Geburtstag graute es mir. Dann war die Jugend endgültig vorbei. „Trau keinem über dreißig!", galt bis dahin als feste Lebensregel. Danach war man langweilig, angepasst, alt.

„Das ist ja schon bald", akzeptierte er, „dann ist es aber an der Zeit."

*

Inzwischen habe ich mich in der neuen Funktion einigermaßen zurechtgefunden und der Spaß ist auch im Wortsinn vorbei. Scherze, Spott, Ironie werden plötzlich ganz anders bewertet: „Wenn der schon, dann....", „Was denkt der sich denn, ...?", „Und so einer will..."

Die Arbeitstage sind randvoll gefüllt. Die Sorgen und Probleme begleiten mich gern nach Hause, wo ich meiner Familie dann lieber ausweiche.

Und sie mir gelegentlich auch.

Und selbstverständlich haben weder ich noch Helmut Fuhrmann den Stichtag dreißigster Geburtstag vergessen. Er ist fast zwei Monate vorüber und ich denke nun wirklich nach. Ich wiege das Für und Wider ab und komme zu keinem Entschluss.

127

Ich brauche fremden Rat. Kurz vor Weihnachten werde ich meine Überlegungen möglichst beiläufig Falk Steinert bei unserer nächsten Begegnung im Klubhaus vortragen. „Du, Falk", beginne ich dann aber bereits beim ersten Bier, „ich werde vielleicht in die SED eintreten."

Er sieht mich zweifelnd an: „Bist Du schon besoffen?"

„Natürlich nicht, wir haben uns doch gerade erst hergesetzt. Nein, ich meine das im Ernst." Zwei kräftige Schlucke und ein zweites auf Vorrat bestellt. „Wir leben in diesem Land und das wird auch ewig so bleiben. Vieles ist ganz schön, selten sehr schön und Einiges geht einem furchtbar auf die Eier."

Kurzer Rundumblick: Franz Noth ist heute nicht da.

„Seit Lehre und Abitur bin ich den verschiedensten Leuten aus der Partei begegnet. Da war alles darunter:

Alte Kämpfer, KPD-Genossen schon seit jungen Jahren, verfolgt, klassenbewusst. Manche beäugen uns heute misstrauisch, geprägt durch eine andere Zeit. Vielleicht glauben sie, dass wir so leben wollen, wie sie es sich vorgestellt hatten, bevor das Dritte Reich sie durchorganisiert und gleichgeschaltet hat. Die Zeit ist aber fortgeschritten. Nur wenige unserer Generation wollen mit erhobener Faust durch ihren Alltag schreiten.

Dann ehemalige SPD-Mitglieder, die sich eines morgens überrascht in der SED wiederfanden, damit fremdeln, den Austritt aber scheuen, aus Überzeugung, Opportunismus oder Furcht vor Konsequenzen. Mit einem habe ich mehrere Jahre zusammengearbeitet. Ein prima Kerl und total angeschissen.

Die sind in Ordnung. Vor denen habe ich Respekt."

Weiter:

„Es gibt die neuen Klassenkämpfer, die nur zwischen gut (Wir, Sozialismus, DDR, SED) und böse (Die, Kapitalismus, BRD, ‚Bonner Ultras') unterscheiden.

Die politischen Schleimbeutel, die alles hier prima finden und jede neue Phrase abrufbereit speichern. Keine Ahnung, was die wirklich denken. An zwei Lehrer und einen Lehrmeister erinnere ich mich mit Grausen. Darunter mein Klassenlehrer: dumm wie ein Hackklotz, aber rot und intrigant. Der hat sogar den geachteten Direktor vergrault und das selbst übernommen.

Auch aus dieser Zeit: Schüler, die auf der Kippe standen und sich mit dem Parteieintritt bei eben diesen Lehrern mündlich geprüft das Abitur gesichert haben.

Dann die ‚Zinker'. Zuträger, stets auf der Jagd nach verachtenswertem, unverlässlichem, schädlichem und schändlichem Verhalten. Ganz anders zu werten als ihr eigenes löbliches Tun, wenn sie fremdes Böse verraten.

Die finde ich alle so furchtbar zum Kotzen."

Und dann:

„Die bierernsten Dogmatiker. Furchtbare Stimmungsbremsen, die jeden Witz, jeden Spott, jede Satire, selbst jedes kritische Nachdenken für sozialismusfeindlich halten.

Am schlimmsten sind die blanken Ideologen. Sie leben ihr Erweckungswissen wie eine neue Religion. Absolut und fundamentalistisch dulden sie keine anderen Götter neben sich. Für jeden Zweifel, jede erahnte Abweichung an ihrer wahren Lehre fordern sie unterwürfige Selbstkritik. Die können nicht ruhen ohne Andere ausreichend bekehrt zu haben. Gern auch gesellschaftlich oder politisch vernichtet, wenn es nicht anders geht. Die fordern Dir jedes Glaubensbekenntnis ab, selbst wenn es noch so dämlich ist. Niemals würden sie Mephisto ihre Seele andienen. Weil sie schließlich schon alles wissen, ihre Wahrheit ewig ist.

Das sind die Gefährlichsten. Der Hass, den sie erzeugen, schadet sogar ihrer gepriesenen Partei.

Meine Fresse, man muss doch frei im Kopf bleiben können. Selbstironie folgt der Erkenntnis und umgekehrt. Aber doch keine klosterstrenge Selbstkasteiung!"

Gedanken sammeln:
„Dann gibt es Leute, denen nichts recht ist. Die haben immer zu maulen, die wissen alles besser, die können alles besser. Die kümmern sich um nichts und sind mit nichts zufrieden. Ganz schlimm die ‚Treppenhaus-Diskutanten'. Blitzschnell das leere Umfeld sichernd, tun sie hinter vorgehaltener Hand und immer ‚im Vertrauen' einzelnen Zuhörern ihre wirkliche Meinung kund. Niemand weiß, was sie tatsächlich denken. Und niemand weiß, ob sie einen anschließend verraten. Die sind auch nicht besser."

Auch das:
„Es gibt die, die in politischen oder gesellschaftlichen Ämtern ihr Brot verdienen. Ist das Amt sinnvoll und machen sie es gut und aus Überzeugung, ist das okay. Drücken sie sich nur vor richtiger Arbeit oder können einfach nichts anderes, ist das Scheiße. Gute Regel: Hör sie Dir an. Sind sie nützlich und argumentieren sie eigenständig, lebensnah und realistisch, Kategorie eins. Sondern sie nur vorgekackte Scheiße ab: zwei."

Aber auch viele andere:
„Zum Beispiel diejenigen, die wissen, dass sie ansonsten keine Chance zum beruflichen Fortkommen haben. Klar ist das Opportunismus, aber soll man das verurteilen? Sie haben doch recht. Karrieristen schimpfen sie nur diejenigen, die sie vorher zu diesem Handeln gezwungen haben.
Es gibt die Braven, immer bemüht alles richtig zu machen. Die Ehrlichen, geradlinig im Denken und Handeln. Vollkommen aufrichtig nötigen sie selbst ihre Kinder, in der Partei-Spur zu laufen.

Es gibt die Klugen. Wissenschaftler, Philosophen. Sie stellen den Sozialismus auf die Grundlage des Marxismus, wissend, dass jedes Leben und jede Gesellschaft sich ständig weiterentwickelt und deshalb auch die marxsche Lehre nichts ewig Statisches sein kann. Sie beruht auf analytischen Erkenntnissen aus der frühen Phase des Kapitalismus. Ihre Philosophie ist tiefgründig, tragend, komplex und langlebig. Aber ewig und unveränderlich? Die programmatischen Schlussfolgerungen von damals sind es jedenfalls nicht. Real existierenden Sozialismus, nennen wir das heute. Das beinhaltet nicht nur die Abweichung von der ‚klassischen Lehre' schon im Wort. Es suggeriert auch, dass es ist, wie es ist und gern so bleiben kann. „Die Partei, die Partei, die hat immer recht."

Sag das mal den weniger Klugen, die Marx und Lenin zu jeder Gelegenheit zitiersicher abrufen können und den Weg zur Wahrheit gläubig in deren Schriften suchen. Wie der Pfarrer in der Bibel. Von denen ist es nicht weit zu den Gerissenen, die ihre neue Wahrheit in die alten Schriften zwingen."

Und die gibt es auch:
„Die Realisten, für die auch sozialistisches Schwarz nicht rot ist, sondern dunkel. Sie wünschen es sich heller und wissen, dass das nicht von allein geschieht. Ich habe in den letzten Jahren sehr viele Leute aus der Partei kennengelernt, die wirklich alles tun, damit es diesem Land gut geht. Auch in unserem Betrieb. Du kennst sie alle. Zu denen zu gehören, ist doch nicht schlecht, oder?"

„Ja, das stimmt schon – ich bestelle mal schnell noch ein Bier – es gibt aber doch auch andere Parteien, harmloser als die SED. Tritt doch da ein, wenn Dir schon danach ist."

„Du meinst die sogenannten Blockparteien, CDU, LDPD, NDPD und so weiter? Die halte ich für eine ziemlich verwaschene Truppe. Ihre Vorsitzenden sind seit Jahren die gleichen Personen. Sie haben sich im Rahmen der Nationalen Front bequem eingerichtet. In der Volkskammer sind sie – mit einer Ausnahme durch die CDU beim § 218 – immer, ewig und einstimmig dafür. Sie bringen nicht nur keine äußerlich sichtbaren Impulse ein, sondern richten nicht einmal Schaden an. Sie sind ein politisch verbrämtes Alibi für Pluralismus und leben davon recht gut. Peinlich geht auch ohne die."

Bier drei ist da:
„Die SED hat über zwei Millionen Mitglieder. Die DDR knapp siebzehn Millionen Einwohner. Das heißt, zirka jeder Siebte über achtzehn Jahren - jedenfalls so ungefähr – ist in der SED. Das ist doch keine homogene Masse, die vor lauter Klassenkampf nicht aus noch ein weiß. Das erzählen uns nur die Funktionäre und die Medien. Jeder siebte, viel besser kann man statistisch den Bevölkerungsquerschnitt gar nicht abbilden. Die sind kein bisschen besser oder schlechter. Genau, wie ich es vorhin dargestellt habe. Da ist alles darunter, von mustergültig bis verrottet. Die Mehrzahl ist wie Du und ich.

Unser Wahlsystem ist so angelegt, dass die SED immer dominant bleiben wird. Wir leben hier und werden immer hier leben. Ich möchte gern, dass es ein bisschen aufwärts geht und dass wir Spaß an unseren Tagen haben. Wenn ich auch nur ein wenig Einfluss darauf haben möchte, geht das nur als Mitglied dieser Partei. Den Rest kannst Du vergessen. Und vielleicht kann ich ein paar der Idioten ab und zu daran hindern, Schaden anzurichten."

Und noch etwas:
„Ich habe den neuen Job angetreten ohne Mitglied zu sein. Der Parteisekretär hat mir gleich prophezeit, dass das nicht lange so bleiben wird. Zugehörigkeit,

Vorbildwirkung, lauter so Sachen. Irgendwie war mir wohl auch klar, dass er recht hat.

Er weiß, dass ich kein Klassenkämpfer bin. Ich will etwas erreichen, für den Betrieb und für mich. Das Land, ja, dem soll es auch gut gehen. Das ist mir aber zu viel Pathos.

Ich weiß nicht, ob ich den Job wieder verliere, wenn ich ablehne. Kann sein. Bin ich deshalb auch Karrierist, Opportunist, wenn ich eintrete? Vermutlich.

Das höhere Gehalt spielt jedenfalls kaum eine Rolle. Die Mitgliedsbeiträge sind so hoch, dass mir netto kaum einhundert Mark mehr bleiben. Nicht zu verachten, aber unsinnig viel zu kaufen ist weder Sonnys noch mein Ziel. Wir kommen aus der Nachkriegsgeneration, haben mit wenig angefangen. Während des Studiums war ich Freizeit-Hippie. Das ging in der DDR prima. Ich habe die bescheidenen Konsumansprüche unserer Elterngeneration zwar verstanden und war ganz sicher froh, als es endlich ein Fernsehgerät im Haushalt gab. Oft habe ich sie dennoch verlacht. (Was braucht es eine zweite Hose, wenn man doch eine hat.) Und das Letzte waren prahlende Westbesucher, vor allem, wenn sie sich über die Marke ihres Autos definierten, was sie besser nicht tun sollten. Kartoffeln im Auspuff holten sie rasch in hilflose Ratlosigkeit zurück.

Heute leben wir ganz gut, sind zufrieden. Unseren Kindern erfüllen wir Wünsche, nicht alle. Wir sparen auf ein Auto. Die Hippiezeit ist durch. Auf die hundert Mark kann ich verzichten.

Ich will etwas tun, dabei sein, wenn es geschieht. Ich will ein bisschen Einfluss haben. Ich will zu denen gehören, die mich beeindrucken. Ich will den Schleimern, den Ideologen, den penetranten Missionaren, den Zinkern und all den anderen Arschlöchern wenigstens hier bei uns vor die Beine treten können. Von außen geht das nicht."

Während Falk langsam an seinem Bier nippt, denke ich still für mich weiter nach. Dann gehe ich aufs Klo und setze mich rauchend auf den Deckel.

Marx Lehren interessieren mich wirklich. Der Mann war unendlich klug. Sein ‚Kapital' schrieb er als Auftragswerk, weil der Kapitalismus sich selbst nicht mehr verstanden hat. Marx schrieb es ihnen auf und sie waren damit unzufrieden. Dann okkupierten die Kommunisten die Deutungshoheit für sich. Besonders seit Lenins Eingriffen.

Ich finde unser Gesellschaftsmodell im Prinzip gar nicht so schlecht. Hier haben nicht Wenige sehr, sehr viel von dem, was anderen dann zwangsläufig fehlt. Bei uns sind die Einkommensunterschiede weitaus geringer. Das wirkt sich auf die Gesellschaft aus, die friedlicher und harmonischer miteinander umgeht. Nicht nur im Privaten. Wäre bloß der Staat nicht so wahnsinnig paranoid.

Ich glaube, das könnte theoretisch sogar weltweit der Fall sein. Marx kannte das wichtigste Kriterium dafür: Der Weg zum Kommunismus muss in allen Ländern gleichzeitig eingeschlagen werden, sonst geht das schief. Lenin war anderer Meinung und es ging schief. Jetzt haben wir den Salat. Zwei Blöcke die sich gegenseitig nichts gönnen.

Marx Erkenntnisse kommen aus dem Anfang des industriellen Zeitalters. Das unglaubliche Entwicklungstempo konnte wahrscheinlich auch er sich nicht vorstellen. In seiner Utopie des Kommunismus gilt: ‚Jeder nach seinen Fähigkeiten, jedem nach seinen Bedürfnissen!' Er meinte mit Bedürfnissen wohl das, was wir heute Bedarf nennen. Bis dahin jedenfalls: Jedem nach seiner Leistung! Sind aber schließlich die individuellen Fähigkeiten leistungsentscheidend, funktioniert das am ehesten auf Basis eines im allgemeinen Konsens bestehenden Bedarfs, der nur allmählich steigt. Ist das

Entwicklungstempo stattdessen sehr hoch oder neuer Bedarf wird ständig künstlich werbeerzeugt, spornt das die Konsumtion zyklisch und rasant an. Und diejenigen mit der höchsten Deckung zwingen alle anderen, ihnen zu folgen. Das erleben wir heute in der wirtschaftlichen Auseinandersetzung mit dem Westen, besonders in Deutschland, wo alle überall Verwandte haben. Und schon funktioniert es eben nicht mit baldigem Kommunismus. Der bleibt wohl eine Illusion. Nach Marx steht er als Höhepunkt am Ende der gesellschaftlichen Entwicklung der Menschheit und löst alle antagonistischen Widersprüche auf. Wenn ich an deren Anfang denke, möchte ich mir das weltweit revolutionäre Ende lieber gar nicht vorstellen. Also weiterhin realer Sozialismus, geringerer Bedarf, noch geringere Deckung, homogene Gesellschaft und einigermaßen gerechte Verteilung. Auch nicht so toll, aber insofern in Ordnung. Wir müssen das Beste daraus machen.

Wieder zurück setzte ich fort:
„Es gibt auch recht profane Gründe für mich. Ich muss wissen, was an wichtigen Stellen im Direktorat und Betrieb gesprochen, gedacht und politisch entschieden wird. Ich muss dabei sein und das gegebenenfalls auch beeinflussen können. Ich muss mich vor Misstrauen bewahren, hier bei uns, im Kombinat und bei allen Institutionen. Zwei Millionen Mitglieder heißt doch, die SED ist überall.

Mir wird bei Weitem nicht alles gelingen. Mancher wartet bestimmt schon darauf sagen zu können: ‚Kein Wunder, er ist ja nicht einmal in unserer Partei‘. Weißt Du, Misserfolg wegen politischer Unzuverlässigkeit, das ist sehr gefährlich!"

Und dann ist noch etwas:
„Ich will endlich Ich sein, nicht Bruder."
„Bruder?"

„Vergiss es. Was meinst Du generell dazu?"

„Prost."

Wirklicher Widerspruch klingt anders. Ich habe vorgetragen, was mir seit vielen Tagen durch den Kopf geht und mir dabei gut zugehört. Es klang vernünftig. Und notwendig sowieso.

„Die Antenne bleibt aber auf dem Dach", ergänze ich noch. „Ich mache mich nicht krumm und kann auch weiterhin selbständig denken."

1981

Am ersten Montag im neuen Jahr teile ich Helmut Fuhrmann meine Entscheidung mit. So einfach ist es dann aber doch nicht. Ich muss einen schriftlichen begründeten ‚Antrag auf Mitgliedschaft in der SED' stellen, der von zwei Bürgen unterstützt wird, langjährigen Mitgliedern der SED, die meinen, mich ausreichend zu kennen. Danach beginnt meine einjährige Kandidatenzeit, während der ich das Recht und die Pflicht habe, an allen Parteiversammlungen der zuständigen Grundorganisation ohne Stimmrecht teilzunehmen und Kandidatenaufträge eifrig zu erfüllen. Meine Kandidatenkür wird auf den 20. März 1981, 15.30 Uhr gelegt, Ort: Saalstube im Klubhaus des Betriebes. Ebenso unvorbereitet wie gutgläubig trete ich vor die Genossinnen und Genossen meiner künftigen Grundorganisation. Was soll schon passieren? Selbst der Dümmste muss wissen, dass unter zwei Millionen Mitgliedern nicht nur die Avantgarde vertreten ist. Wenn kein Schaden zu erwarten ist, erfolgt die Auswahl wohl eher nach quantitativen Gesichtspunkten. Mein Geist ist rein, meine Absichten lauter. Sie werden sich also freuen, dass ich den Saldo erhöhe.

Wir sitzen uns gegenüber. Ich allein in Front. Sie als erwartungsvoller Pulk. Fast eine Verhörsituation. Bisschen gruselig.

„Kollege Beyer", spricht mich der neue APO-Sekretär Manfred Seifert an, „wir sind heute hier zusammengekommen, weil Du um Aufnahme in unsere Partei bittest. Wir möchten jetzt gern von Dir hören, was Deine Beweggründe dafür sind. Danach werden wir über Deine Kandidatur abstimmen. Beginne bitte mit Deinen Personalien und einem kurzen Lebenslauf und dann begründest Du uns Deinen Wusch, in die SED einzutreten."

(Ach Du lieber Gott, so einen Sermon habe ich nicht erwartet.)

„Mein Name ist Ralf Beyer. Die meisten hier kennen mich ja schon. Geboren bin ich am 10. Oktober 1950. Nach der Polytechnischen Oberschule, usw., usw....... Meine Gründe habe ich bereits schriftlich im Aufnahmeantrag dargelegt. Sie werden Euch bekannt sein."

„Das ist richtig, wir haben das gelesen. Wir möchten sie trotzdem noch einmal persönlich von Dir hören."

Ich wiederhole also Bekanntes mit neuen Worten und setzt noch nach: „Besonders stolz auf unser Land macht mich die Anerkennungswelle, die unsere DDR seit den siebziger Jahren auch auf diplomatischer Ebene zu einem international geachteten eigenständigen Staat erklärt. Ich möchte unserem Land dienen. Das kann ich am besten als Genosse der Partei."

(Nun muss es aber gut sein.)

Ist es nicht. Es beginnt mit Rudolf Baumgarten: „Warum kommst Du erst jetzt zu dem Entschluss, um Aufnahme in unsere Partei bitten?"

Als läge ein Haltbarkeitsdatum auf solchem Verlangen. Baumgarten ist Mitarbeiter der Investitions-Abteilung, gehört also zu meinem Direktorat. (Diese Zusammenarbeit wird wohl schwierig werden).

„Bevor Du antwortest, habe ich eine weitere Frage, vielleicht gehören beide zusammen", ergänzt Elfriede Haueis aus der Montageabteilung hämisch grinsend, „erzähle uns doch auch gleich etwas über Deinen Bruder. Lebt der nicht in Westdeutschland?"

(Die können es nicht lassen. So geht es mir seit 17 Jahren immer wieder.)

Sie wissen von ihm, weil in solch kleinem Ort nichts ungewusst bleibt. Die Genossen aus der Personalabteilung wissen es aus meiner Personalakte. Die ist zwar fett aufgedruckt ‚streng vertraulich!'. Bei höherem Interesse hat Vertraulichkeit jedoch ihre Grenzen. In jedem handschriftlich vorzulegenden Lebenslauf sind Ehepartner, Eltern, Geschwister und Kinder mit ihrem Beruf und ihrer aktuellen Tätigkeit anzugeben. Vor eventuellem Versäumnis bewahrt Seite 4 des auszufüllenden Formblatts „Personalbogen". Sie erhebt diese Angaben für alle gleich noch einmal in Tabellenform: Spalte 1: Verwandtschaftsgrad. Spalten 2, 3 und 4: Name, Vorname, Geburtsdatum. Spalte 5: Wohnanschrift. 6: Angabe des Jahres bei illegalem Verzug (kap. Ausland einschl. BRD u. WB). 7: Wo und als was beschäftigt. 8: Zugehörigkeit zu Parteien u. Massenorganisationen a) vor 1945 b) nach 1945. Ein kopiertes Zusatzblatt will zudem wissen, ob Verwandte 1. Grades oder 1. Grades des Ehepartners im kapitalistischen oder sozialistischen Ausland leben oder als Zugang oder Rückkehrer aus Westdeutschland oder Westberlin stammen.

Der Rest weiß es aus meinem Aufnahmeantrag, der die gleichen Angaben sogar noch zu allen Angehörigen meiner Frau erhebt.

Und nun versuchen mir diese Arschgeigen gerade wieder ein Bein damit zu stellen. Wenn möglich sogar beide.

„Ja, mein Bruder lebt in Westdeutschland", bestätige ich ihr Wissen, „zu meinem Antrag steht das in keinem Zusammenhang."

„Wie ist er denn dort hingekommen? Du musst uns schon etwas mehr dazu sagen."

„Legal, im Rahmen eines Gefangenenaustauschs, soweit ich weiß."

„Er war bei uns im Gefängnis? Was hatte er verbrochen?"

„Ich glaube wegen Spionage. Genaues dazu weiß ich aber nicht. Ich rede mit meinen Eltern nie darüber."

„Als was arbeitet er in Westdeutschland?"

„Auch das weiß ich nicht genau. Ich glaube er ist Doktor, also Arzt."

„Ihr habt doch sicherlich Kontakt miteinander."

139

„Nein. Er war wohl 1979 zum letzten Mal bei meinen Eltern. Wir haben uns aber nicht getroffen. Im vorigen Jahr war er meines Wissens nicht noch einmal in der DDR. Ihr wisst doch, dass ich in meiner Tätigkeit einem Kontaktverbot unterliege."

„Hoffen wir, dass das alles so stimmt."

(Und hoffen wir, dass ihr jetzt fertig seid, sonst könnt ihr mich mit Eurem Scheiß am Arsch lecken.)

Bevor Helmut Fuhrmann mich zum ersten Mal ansprach, hatte er sich dazu die Genehmigung seiner Kreisleitung eingeholt und die ihrerseits wiederum die Bezirksleitung befragt. Das weiß ich und das weiß auch Manfred Seifert, dem man seine Sorge über den bisherigen Verlauf ansieht. „Ich denke, Ralf hat uns jetzt alle Fragen beantwortet. Wegen seines Bruders müsst ihr Euch keine Sorgen machen. Kreis- und Bezirksleitung haben Ralfs Kandidatur bewilligt. Ihr müsst natürlich jetzt eigenständig entscheiden, ob ihr dem zustimmen könnt.......Ralf, Du wartest bitte kurz draußen, wir stimmen jetzt ab und rufen Dich dann wieder herein."

Sie stimmen für meine Kandidatur, ich erhalte allerbeste Wünsche und meine Kandidatenaufträge.

Die lege ich erst einmal zur Seite. Ein ganzes Jahr ist Zeit dafür und sie betreffen im Wesentlichen meine Arbeit. Es ist also das gleiche, was ich ohnehin tun muss, nur klassenbewusster.

Geirrt habe ich mich in der Höhe des Mitgliedsbeitrages. Irgendjemand sprach seinerzeit davon, dass seien zehn Prozent von allen Einkünften, wie bei den Mormonen. Vorstellen konnte ich mir das. Der Partei geht es gut. Überall im Land umfassende Leitungsebenen: Bezirks-, Kreis-, Orts-, Betriebsleitungen, besetzt mit vielen hauptamtlichen Funktionären. Ordentliche Immobilien, gute Ausstattung. Parteischulen in allen Bezirksstädten. Vollzeitstudenten. Das alles kostet eine Menge Geld. Also bin ich davon ausgegangen, zehn Prozent vom Nettoeinkommen zu berappen. Es ist jedoch deutlich weniger. Neben meinen Kandidatenaufträgen habe ich auch das ‚Statut der Sozialistischen Einheitspartei Deutschlands' erhalten, 1976 im Auftrag des Dietz Verlags Berlin gedruckt. In rote Folie dick gebunden und DIN A7-klein, lese ich auf Seite 100 für meine Einkommensgruppe: drei Prozent vom Bruttoeinkommen. Es ist zwar immer noch recht viel, belässt mir aber mehr als ich ursprünglich geglaubt habe. Das erlaubt mir die Liste meiner Mitgliedschaften um eine weitere zu bereichern. Gern und aus völlig eigenem Antrieb bin ich der Kammer der Technik, KdT, beigetreten, der Techniker- und Ingenieursorganisation unseres Landes.

Franz Noth kommt mir wieder in den Sinn. Auch er hatte versucht, mehr über meinen Bruder zu erfahren. Franz Noth und Rudolf Baumgarten, vor denen ist Vorsicht geboten. Das wird mir erneut deutlich, als ich mich am Freitag darauf mit Falk Steinert im Klubhaus treffe, um von dieser schrägen Kür zu berichten. Vermutlich sollte ich an solch gelegentlichen Freitagabenden im Klubhaus nicht mehr teilnehmen. Vorbildwirkung geht am besten ohne Bier. Vorbild will ich aber gar nicht sein. Wem auch? Die Leute sollen selbst mit sich klarkommen, dafür brauchen sie mich nicht. Vorbild ist zudem oft abstoßend, wie Freizeiterziehung. Auch davon gibt es ohne mich genug im Land. Am Teilauftrag ‚Vorbild sein' werde ich hoffentlich scheitern. Seit Antritt meines neuen Jobs spüre ich ohnehin vorsichtiges Distanzverhalten. Das ist nicht schlimm, fällt aber auf. Auch ich werde oft als distanziert empfunden, weil ich kaum persönliches preisgebe und das auch von anderen nicht erwarte. Zum lustig sein genügen die Satire des Alltags, schräge Ideen und am Start auch mal ein Bier in guter Runde. Der Austausch privater Belange oder gar Sorgen gehört nicht dazu. Vielleicht werde ich künftig meist froh sein, wenn ich das Wochenende erreicht habe, so dass Ruhe und Familie weit vor Kurzweil und Kneipengesprächen rangieren. Zu Lasten meiner Familie gehen die gelegentlichen zwei, drei Stunden an Freitagabenden bisher nicht. Hoffe ich jedenfalls. Und mir machen sie Spaß und den Kopf frei. Das sieht auch Sonny weiterhin so.

Heute sitzen wir also wieder zusammen: „Ich habe mir den Aufwand meiner Kandidatur geringer vorgestellt. Es war zeitweise auch ziemlich ärgerlich. Im kommenden Jahr soll ich anlässlich des 1. Mai in feierlichem Rahmen im Saal der SED-Kreisleitung als Vollmitglied aufgenommen werden. Mal sehen, was bis dahin alles sein wird. Ach, lass uns von etwas anderem sprechen."

Je ein Kollege aus dem Werkzeugbau und der Schleiferei setzt sich zu uns und das Gespräch wird allgemeiner und lustiger. Irgendwann muss ich zur Toilette. Ich hasse gemeinsames Pinkeln an der Wand, also nutze ich eine WC-Kabine. Die Tür lasse ich angelehnt, so dass sie von außen frei wirkt. So höre ich Rudolf Baumgartens Stimme vorn bei den Pissbecken.

„Du glaubst nicht, wen wir jetzt alles in die Partei aufnehmen. Vorigen Freitag ist der Beyer Kandidat geworden. Den kennst Du auch, Ralf Beyer, unser neuer Direktor für Technik. Dass der Direktor geworden ist, konnte ich schon nicht fassen. Nicht in der SED und Bruder im Westen. Wo sind wir bloß hingekommen."

„Denkst Du, der schafft das nicht", höre ich Franz Noth antworten. Offensichtlich fühlen sich die beiden allein und ich lasse sie dabei.

„Keine Ahnung. Das meine ich aber nicht. Können wir dem trauen?"

„Das kann ich Dir nicht sagen. Als es um den Ausbau seiner Wohnung ging, sind wir ganz gut miteinander klargekommen. Nur seine Wortwahl hat mich gelegentlich gestört. Manchmal saß ich später hier am Nachbartisch. Es hat mir oftmals nicht gefallen, wenn es um unser Land ging. Nicht wirklich falsch, was er sagte, nur eben ironisch überspitzt und spöttisch. Böse Späße oft. Dir würde sein Humor nicht gefallen. Habe ich Dir ja schon mal erzählt. Und er blockt ab, wenn man ihm zu nahekommt. Weißt Du, ich habe ihn auf seinen Bruder angesprochen, als ich die Antenne abgenommen habe. Ich wusste doch, dass der im Westen lebt. Eine Antwort bekam ich nicht. Und die Anlage hat zwei großen Antennen fürs Westfernsehen. Genau wie Du gesagt hast."

„Ja, die kenne ich. Und um den Bruder ging es bei seiner Bewerbung auch, Elfriede Haueis hat danach gefragt. Er hat herumgeredet, aber nichts geantwortet. Manfred Seifert hat dann unterbrochen. Die Kreisleitung und die Bezirksleitung wären informiert und mit der Kandidatur einverstanden. Das geht doch nicht, dass sich der Beyer uns kleinen Genossen gegenüber so verhält. Du kennst mich. Ich habe eine positive Einstellung und einen gefestigten Klassenstandpunkt. Meine Söhne habe ich so erzogen, dass sie beide einen dreijährigen Ehrendienst in der NVA ableisten. Und dann so etwas! Wir müssen wachsam sein."

„Er ist noch jung, spottet gern und macht sich lustig, auch über unser Land. Es ist nicht leicht für ihn mit seinem West-Bruder. Ich glaube nicht, dass er Schaden macht. Wir müssen nur ein bisschen auf ihn aufpassen. Aber lass ihn machen, das wird schon noch."

Ich höre das Wasser fließen. Sie waschen sich die Hände und dann schlägt die Tür zum Flur zu.

Einen kurzen Augenblick warte ich noch, dann folge ich ihnen. Als ich den Gastraum betrete, sitzen sie wieder an getrennten Tischen und sehen zu mir herüber. Falk Steinert fragt nach meiner langen Abwesenheit.

„Ich war noch kurz vor dem Haus, hab geraucht."

Als Franz Noth aufbricht, bringe ich das Gespräch auf ihn. Zur Zeit meiner Wohnungszuweisung hatte ich ihn ganz anders wahrgenommen. Als fleißigen und zuverlässigen Mitmenschen, der seine undankbare Aufgabe mit Anstand erfüllte. Was also hat ihn so verändert? Ich nicke in die Richtung seines Weggangs und sage allgemein vor mich hin: „Guter Mann."

Die drei Anderen am Tisch nehmen meinen Blick auf.

„Kann man so sehen", antwortet der Werkzeugbauer, „ich verdanke ihm meine Wohnung. Du doch auch Ralf, oder?"

„Ja, stimmt, ich auch. Daher kenne ich ihn. Da war er gut."

„Polizeihelfer ist er auch schon sehr lange. Schaut, dass niemand falsch parkt oder passt beim Schwimmbadfest auf, dass keiner ins Becken pinkelt oder in den Kabinen poppt. Solche Sachen halt. Man könnte denken, er sucht sich lauter Aufgaben, die sonst niemand gern macht."

Hier unterbricht der Schleifer: „Da ist aber noch etwas anderes. Genaues weiß auch ich nicht, eben nur so Hörensagen. Er hat wohl bei einer Wohnungsvergabe seine Nichte bevorzugt. Die brauchte dringend eine Wohnung, war schwanger. Es gab noch keinen Wohnungsantrag. Seine Frau hat ihn bedrängt, sein Bruder, seine Schwägerin. Wie das so ist. ‚Jeden Dienstag sitzt Du in Deiner Kommission. Du verhilfst allen möglichen Leuten zu eigenen vier Wänden. Aber wenn Dich Deine Familie mal braucht, bist Du nicht dazu bereit.' Kann ich mir gut vorstellen. War nicht einfach für ihn. Dann soll er das Eingangsdatum ihres rasch gestellten Antrags gefälscht haben, um eine Zuweisung zu rechtfertigen. Über die Registriernummer ist es aber rausgekommen. Er hat mächtig Ärger bekommen. Die Kommission darf er trotzdem weiterhin leiten, weil es niemand anderes machen will."

„Es gab wohl auch noch andere Konsequenzen für ihn", setzt Falk Steinert fort. „Mit seinem Vergehen hätte er staatliches Handeln in Verruf gebracht. Die sind wirklich so blöd. Ich meine, was hätte er denn tun sollen? Seine

Familie hängen lassen? Man vermutet, dass er nun für die Stasi spitzeln muss. Ich weiß es natürlich auch nicht, will nichts gesagt haben."

„Nur seitdem läuft er mit traurigem Blick und hängendem Kopf herum", nimmt der Schleifer den Faden wieder auf. „Ihr habt es doch gerade gesehen, er kommt ins Lokal, setzt sich still dazu, trinkt zwei, drei Bier und geht wieder. Rudi Baumgarten scheint er zu meiden. Der läuft ihm aber jedes Mal aufs Klo hinterher und bald danach geht Wohnungs-Noth nach Hause. Wenn stimmt, was Falk vermutet, dann macht er das wohl nicht gern."

Jetzt bin ich also etwas klüger. Franz Noth ist wahrscheinlich eine arme Sau, doppelt vergewaltigt gegen sein geradliniges Naturell. Trotzdem oder gerade deswegen werde ich ihm vorsichtiger begegnen. Bei Helmut Fuhrmann hat vermutlich nicht er mich verzinkt, sondern Rudolf Baumgarten, mit dem er über mich gesprochen hatte. Baumgarten ist ein Mistkerl. Beruflich ist er mir unterstellt. Ich werde darauf achten, dass er nicht näher rückt. Bisher liegen drei Leitungsstufen zwischen uns und das wird so bleiben. Fachlich kann ich ihn überwachen. Sollte er Fehler begehen, kann er vielleicht zur Kündigung bewogen werden. Politisch aber überwacht er mich. Und damit ist er in der einfacheren und gefährlicheren Position.

Auch in vielerlei anderer Hinsicht waren die ersten Monate des Jahres 1981 recht turbulent gewesen. Von den ursprünglichen drei Hoffnungen: neues Jahr, neuer Betriebsdirektor und neue Vernunft, hatten sich nur die ersten beiden erfüllt.

Das neue Jahr kam ohne weiteres Zutun und der neue Betriebsdirektor trat am Freitag, den 02. Januar pünktlich 06.45 Uhr seinen Dienst an. Zunächst amtierte er nur, denn seine Berufung durch den Generaldirektor stand noch aus. Das würde angeblich im April in besonderem Rahmen nachgeholt werden. Näheres war nicht bekannt. Wie auch zu seiner Person nicht.

Punkt 08.00 Uhr stellte er sich auf einer Betriebsversammlung im Speisesaal der Belegschaft vor: „Guten Morgen liebe Kolleginnen und Kollegen. Ich wünsche Ihnen ein gutes, erfolgreiches neues Jahr und persönliches Wohlergehen. Mein Name ist Martin Gottschalk. Ich bin Genosse unserer Partei, der SED und Ihr neuer Betriebsdirektor. Ursprünglich war ich Offizier der Nationalen Volksarmee. Wegen eines Motorradunfalls kurz nach meinem Offiziersstudium war das nicht mehr möglich. Unser Staat hat mir dann sofort ein Anschlussstudium ermöglicht, das ich als Diplom-Ingenieurökonom abgeschlossen habe.

Seit dreiundzwanzig Jahren bin ich verheiratet und Vater zweier Kinder. Meine Tochter studiert an der leipziger Universität und mein Sohn wird im kommenden Jahr sein Abitur machen. Zurzeit wohnen wir noch in Dresden. Das wird bis zum Schulabschluss unseres Sohnes so bleiben. Bis dahin werde ich dann sicherlich im Neubaugebiet der Kreisstadt eine Wohnung gefunden haben. Für die Übergangszeit nutze ich eine Einzimmerwohnung im Ihrem Betriebswohnhaus schräg gegenüber. Ihre Firma ist nicht der erste Betrieb, den ich leite. Ich wurde von der Partei schon zweimal beauftragt Betrieben zu helfen, die Probleme mit der Planerfüllung haben. Ich verspreche Ihnen, mein möglichstes zu tun, dass auch Sie bald wieder zu den erfolgreichen Firmen gehören werden. Von meinen Fachdirektoren und den Leitungskadern aller Ebenen erwarte ich dazu jederzeit volle Unterstützung. Ihre, nein falsch, unsere Betriebsparteiorganisation hat mir das ihrerseits bereits fest zugesagt.

Ich bitte Sie alle, mit ganzer Kraft für die Erfüllung unserer Planziele und damit zum Wohle unseres sozialistischen Vaterlandes zu arbeiten.

Ich werde Ihnen allen jederzeit verfügbar sein, wenn Sie sich mit Ihren Vorschlägen, Hinweisen und Kritiken von Ihren direkten Vorgesetzten nicht ausreichend ernstgenommen fühlen. Die Fachdirektoren und alle Leiter der ersten Leitungsebene treffen sich um 10.00 Uhr in meinem Büro. Alle anderen bitte ich jetzt an Ihre Arbeitsplätze zurückzugehen. Vielen Dank."

Gleich im Anschluss traf ich mich mit meinen Bereichs- und Abteilungsleitern in meinem Büro. Wir tauschten pflichtgemäß Neujahrswünsche und kamen rasch zum Thema: „Und, was haltet ihr vom Neuen?", begann der Grundfondschef. Schweigen. Nachdenken. „Optisch ist er in Ordnung", lockerte das Neuererwesen auf. „Mittelgroß wie ich, schlank wie ich, blondes glattes Haar wie ich. Besser hätte es ihn gar nicht treffen können."

„Und alt wie Du", ergänzte die Standardisierung, „23 Jahre verheiratet, also irgendwo zweite Hälfte vierzig."

„Hört auf hier herumzuspinnen", brach der Hauttechnologe die Blödelei ab. „Der ist mir irgendwie unheimlich. Überlegt mal: Offiziersausbildung, dann Anschlussstudium und am Schluss Diplom-Ingenieurökonom. Wahrscheinlich hat man ihm die Armeesemester angerechnet. Ingenieurökonom, was ist denn das? Er weiß von beidem etwas und nichts richtig?"

„Was uns egal sein kann, wenn er den Betrieb gut leitet", schaltete ich mich ein. „Mir macht etwas anderes Sorgen. Er wurde mit Parteiauftrag jetzt schon in den dritten Betrieb geschickt, der Planprobleme hat. Im Westen heißen die Sanierer, glaube ich. Hier hat er die gleiche Ausgangsbasis wie sein Vorgänger. Und Ökonom hin oder her, er wird sich auf die IWP konzentrieren. Wenn wir Pech haben, mit gewohnten Befehlsstrukturen: Alle Mann an die Erfüllungsfront."

Schweigen. Nachdenken.

147

Auf die Minute pünktlich beginnt er mit seiner ersten Leitungsberatung, zehn null null. (Gut, das lässt sich einrichten.) Danach erfahren wir, dass er der Erste unter Gleichen sein möchte. (Schöne Floskel ohne Wert. Er wird uns zur Sau machen, wenn die IWP-Erfüllung klemmt.) Das bestätigt er auch sofort: „Unsere wichtigste Aufgabe ist die Erfüllung der Industriellen Warenproduktion! Alles andere hat Nachrang. Darum kümmern wir uns später. Ich will, dass wir spätestens ab März unser Planziel erreichen. Jeder von Ihnen ist mir dafür in seinem Zuständigkeitsbereich persönlich verantwortlich. In den nächsten Tagen werde ich mich mit Ihnen allen einzeln beraten. Sie werden mir dann erklären, wie Sie Ihre Plankennziffern umsetzen wollen und was Ihr Beitrag zur Gesamterfüllung ist. Wir wollen das jetzt nicht unnötig ausdehnen. Sie können an Ihre Arbeit gehen. Viel Erfolg."

Das Büro des Betriebsdirektors ist nicht anders eingerichtet als unseres, nur komfortabler. Sein Schreibtisch steht quer zum Raum, an die Vorderkante angerückt der lange Besprechungstisch. Dort sitzen wir. Ganz vorn – und das ist zum Glück nur bei ihm so – sitzen links von ihm der Betriebsparteisekretär und rechts der Vorsitzende der Betriebsgewerkschaftsleitung. Wirtschaft, Partei und Gewerkschaft, die sozialistische Dreifaltigkeit.

Helmut Fuhrmann sieht nicht glücklich aus. Vielleicht hat man auch ihn angezählt, vielleicht teilt er meine Sorgen, vielleicht ist er die Sprüche leid. Den BGL-Vorsitzenden plagen diese Fragen nicht, solange die Arbeiterrechte gewahrt sind.

Uns allen ist klar, dass das Planziel der IWP Ende März zu erfüllen ist, koste es was es wolle. Martin Gottschalk hat uns das vorgegeben. Wahrscheinlich hatte er dies vor Antritt auch andernorts wichtigen Leuten versprochen und im April steht seine offizielle Berufung an. Da will er nicht mit heruntergelassener Hose dastehen. Dietmar

Apfelstädt und Bernd Schuster, unser Kaufmännischer Direktor, richten den Produktions- und Absatzplan so aus, dass alle Bestände und Reserven ein mögliches dazu beitragen werden. Ab April würde man weitersehen. Ich berate mich zunächst mit dem Grundfondschef zu Möglichkeiten im Rahmen laufender Investitionen. Alle Eingriffe in die konzipierten Abläufe wären mit enormen Störungen verbunden. Das würden wir nicht machen. Danach setze ich mich mit dem Haupttechnologen, dem Entwicklungsleiter und deren beiden Planern zusammen. Das sind zwei Diplomingenieure, die sich vorher an Leitungsaufgaben verschlissen haben. Lehrreich aus diesen Jahren ist ihnen die Bedeutung der Zahlenerfüllung und der Weg dahin. Sie wissen verborgene Aktiva zu generieren und blinden Zahlen strahlenden Glanz zu verleihen. Dazu gehören die gleichmäßigen Monats- und Quartalsscheiben bei Rationalisierungsmaßnahmen und Neuentwicklungen. Oft sogar bei Investitionen. Unsinnig im Ziel, notwendig in der Erfüllung.

Vor allem aber haben sie gelernt, dass nur ein irgendwie dargestelltes positives Ergebnis Voraussetzung dafür ist, ungestört und zielstrebig an tatsächlichen Lösungen zu arbeiten. Meine Erfahrungen als Hauptdispatcher nutzend, greifen wir in ein bevorstehendes Projekt ein. Es ist noch nicht weit fortgeschritten und basiert auf einem vereinfachten Pflichtenheft in eigener Verantwortung. Es beinhaltet die gesamte Palette einflammiger Leuchten und wird somit hohe Werte pro Brennstelle ergeben. Zwar ist es frühestens ab März wirksam, dann aber mit ganzer Kraft. Zur Sicherheit ergänzen wir das Entwicklungsziel gleich um Unterarten mit vorhandenen Bestandsgläsern sowie mit solchen, die von den Herstellern mit Freude auch außerhalb der Bilanzen geliefert würden. Weil sie nicht optimal dazu passen, rufen wir unseren Designer aus dem Urlaub zurück und bitten ihn, diesen Frevel mit Zierteilen aus Bestandswerkzeugen zu mildern. Als Bedarfsträger geben wir BV und UdSSR vor. Dem NSW brauchten wir mit so etwas nicht zu kommen, aber die Russen lieben manchmal schräges Design.

Eine komplexe Automatisierungsmaßnahme für Bandvorschub und Mehrmaschinenbedienung in der Stanzerei splitten wir in drei Teilobjekte. Der damit verbundene Effektivitätsverlust würde durch die optimal darstellbaren Abrechnungsscheiben eliminiert. Da fällt sogar doch etwas für den Investitionsplan ab. Dann überlegen wir, welche Zielstellungen wir dem neuen Chef übertragen können. Wir wägen die Bedeutung zahlreicher Bilanzmaterialien ab, deren ungenügende Verfügbarkeit uns an effektiven Lösungen hindert. Wir belassen es bei hochpreisigen mundgeblasenen Beleuchtungsgläsern sowie Kunststoffen für Gelenke, Konstruktionsteile und Reflektoren. Beides scheint uns auch sinnvoll für eine höhere NSW-Rentabilität.

Zudem einigen sich alle Direktorate stillschweigend auf relativ friedfertige Produktionsabstellungen ihrer Mitarbeiter im Laufe des ersten Quartals.

Tatsächlich erfüllen wir unseren IWP-Plan per 31. März in der Monatszielstellung und sogar per Quartalsvorgabe. Das wird sich wenige Tage später als sehr notwendige Grundlage erweisen.

„Einladung.
Hiermit werden Sie für Montag, den 06. April 1981, 11.00 Uhr zu einer außerordentlichen Beratung mit dem Stellvertretenden Minister für Elektrotechnik und Elektronik in die Saalstube unseres Klubhauses eingeladen. Ihre persönliche Teilnahme ist Pflicht. Vorher wird sich der Genosse Minister ab 09.00 Uhr in einem Rundgang mit unserem Betrieb vertraut machen. Sie halten sich bitte in dieser Zeit auf Abruf bereit. Begleitet wird der Genosse Minister von einem Genossen der Gewerkschaftsleitung des Ministeriums.
Mit sozialistischem Gruß
Gottschalk, Amt. Betriebsdirektor - Fuhrmann, Sekretär der BPO
Stölzig, Vorsitzender der BGL."

Mit dieser liebreizen Aufforderung beginnt der 1. April für alle Mitglieder der ersten Leitungsebene sowie die APO-Sekretäre des Betriebes. Keiner hält es für einen Scherz.

Wieder bevorraten wir uns mit Stellungnahmen. Den Rest warten wir ab. Der beginnt mit dreißigminütiger Verspätung erst um 09.30 Uhr. Der Genosse Minister hat sich verspätet. Dennoch ist er vermutlich seit vor 06.00 Uhr unterwegs. Wir benötigen vier Stunden nach Berlin, also wird er in der Gegenrichtung nicht viel schneller gewesen sein. Das lässt auch die marode Autobahn nicht zu. Gebaut im Dritten Reich, verursachen die Dehnungsfugen der Fahrbahnplatten mittlerweile Stöße, die Gebisträgern die Zähne aus dem Mund rütteln und Dreieckslenker aus den Buchsen lösen. Die maximal erlaubten 100 km/h sind insofern kaum zu überschreiten.

Der 11.00 Uhr-Termin bleibt unverändert, der Besichtigungsrundgang wird beschleunigt. Er hat um 14.00 Uhr eine Fertigungslinie für Stellmotoren in einer Elektromotoren-Fabrik im oberen Erzgebirge einzuweihen. Durch unsere Produktionsbereiche dürfen ihn nur unser Betriebsdirektor und der Parteisekretär begleiten. Und der BGL-Vorsitzende, weil der Genosse Ministeriumsgewerkschafter ebenfalls dabei ist.

Beide sind Ende vierzig Jahre alt und gut zu unterscheiden. Der Minister groß, schlank, blond bürstenhaarig, konzentriert, der Gewerkschafter klein, schmächtig, dunkel dünnhaarig mit Scheitel, cholerisch. Schon in der ersten Besichtigungsstation, der Stanzerei, regt sich der kleine Mann furchtbar auf.

Bissig wie ein Spitz krawallt er vor den Exzenterpressen: „Was sind denn das hier für furchtbare Arbeitsbedingungen. Jedes Teil von Hand einlegen. Das ist doch überhaupt nicht zumutbar! Der Lärm, geht denn das nicht leiser! Die ganze Schicht, den ganzen Tag. Jede Woche dasselbe. Was denkt ihr Euch dabei."

Bei jeder seiner Schimpftiraden schwingt er auf den Fußballen auf und ab. Das sieht hübsch aus und einige Arbeiter umringen ihn, um sich das anzusehen. Einen greift er sich: „Du, Kollege, Du arbeitest hier? Machst Du das etwa gern?"

„Ja, klar. Deshalb mach ich es doch." Unzufrieden mit dieser Antwort hastet die Führung zur nächsten Station.

Heilige Einfalt, in welcher Welt lebt der. Unsere Stanzerei ist gut strukturiert. Exzenterpressen, Hydraulische Pressen, Fließdrückmaschinen und Handdrückbänke stehen im Fertigungsfluss vom Blechlager ausgehend in Richtung der nachfolgenden Bearbeitungsstufen. Technologisch belegt werden sie entsprechend ihres Einsatzzweckes. Mehrmaschinenbedienung gibt es bei den langsamer laufenden Fließdrückmaschinen. Ebenso an Pressen mit Bandvorschub. Dort ist aber der Rüstaufwand sehr hoch, so dass sich dies nur bei adäquaten Stückzahlen lohnt und - mindestens genauso wichtig - Bilanzanteile und Liefervolumen an Bandstählen es erlauben.

Und daran hapert es oftmals, lieber Springzwerg.

An unseren Eigenbau-Automaten war er achtlos vorbeigehüpft. Er hätte gesehen, wie dort Ziehränder effektiv von den Kappen getrennt werden, zugeführt über ein lärmreduziertes Rüttelmagazin.

„Liebe Genossinnen und Genossen", beginnt Betriebsdirektor, „ich begrüße Euch zu unserer außerordentlichen Zusammenkunft. Besonders begrüße ich den Genossen Minister sowie den Genossen der Gewerkschaftsleitung unseres Ministeriums. Die beiden Genossen müssen uns in spätestens eineinhalb Stunden verlassen. Sie haben sich bei einem Betriebsrundgang mit unserem Werk vertraut gemacht. Sie wollen jetzt mit uns das gemeinsame Vorgehen zur dauerhaften Erfüllung unserer Planziele beraten. Genosse Minister, bitte sehr."

„Genossinnen und Genossen, zunächst darf ich Sie in Kenntnis setzten, dass die Berufung des Genossen Martin Gottschalk zum Direktor Ihres Betriebes zum Ersten dieses Monats erfolgt ist. Seine Berufungsurkunde wird ihn der Generaldirektor in der kommenden Woche in Berlin übergeben. Genosse Gottschalk, ich beglückwünsche Sie und wünsche Ihnen allzeit Kraft und Gesundheit für die Bewältigung dieser verantwortungsvollen Aufgabe."

Wir applaudieren und freuen uns, dass die ersten zehn Minuten geschafft sind.

Als nächstes lobt er uns für die langzeit-erstmalige Planerfüllung in IWP, BV und SW-Export per Monat März und erstem Quartal. Das ist schnell erledigt und führt zur Nichterfüllung NSW. Eindringlich beschreibt er dessen Bedeutung für unser Land und den Devisennachschub. Auch auf die Rentabilitätsvorgaben geht er ein. Scheinbar hat er sich in Vorbereitung tatsächlich unsere Kennziffern angesehen. (Wahrscheinlich, überlege ich mir, ist unsere Rentabilität zwar miserabel, wird durch andere Betriebe des Ministeriums jedoch saldiert ausgeglichen. Betrachtet man das Gesamtexport-Sortiment als untrennbares Paket, wäre das vielleicht schlüssig.)

Im Weiteren referiert er über seine Eindrücke aus dem Rundgang. Und siehe, der Mann hat Ahnung und einen guten Blick für Schwachstellen: viele lange Transportwege durch den schlanken Ypsilon-Grundriss unserer Gebäude und die drei Produktionsetagen, unendlich viele Einzelteile (stets mit Stückzugaben produziert, um Ausschussquoten aller Arbeitsschritte aufzufangen), Abhängigkeiten von Zulieferern innerhalb und außerhalb des eigenen Ministeriumsbereiches und aus der bezirksgeleiteten Industrie. Auf den Schwachsinn seines Reisebegleiters kommt er nicht zurück.

Danach sind wir dran, jeder mit seinem Standpunkt zur Planerfüllung der Ressortkennziffern und des Gesamtplanes. Es ist etwas Erstaunliches eingetreten.

Voller ehrlichen Elans tragen wir vor, was wir beabsichtigen, und sind mit voller Überzeugung dabei. Wir lassen nicht aus, was uns hindert und zeigen Lösungen auf. Nichts mehr von bevorrateter Stellungnahme. Klar, man hat nicht jeden Tag einen Minister zu Besuch, wenn auch nur einen Stellvertreter. Das ist nicht nur etwas Besonderes. Der Mann kennt sich aus und agiert hierarchisch weit oben. Bei denen, die Kennziffern vergeben und Bilanzanteile ausreichen. Er ist nicht nur gekommen, um uns rundzumachen, er will auch unsere Sorgen und Lösungswege hören. Bei dieser Euphorie ist manche unbedachte Selbstverpflichtung nicht weit. Vermutlich kennt er aber auch das und weiß es einzuordnen. Allein die Stimmung aufzuhellen, ist nicht seine Absicht. Schmallippig wird er, als es um die Bilanzanteile für Plaste- und Kunststoffteile geht, deren Beschaffung spürbar schwieriger wird und die deshalb konstruktiv auch dann zu vermeiden sind, wenn die Alternative mit hohem technologischem Einsatz und enormen Kosten verbunden ist. Mein Entwicklungsleiter hat mir als Beispiel ein Dreh-/Kippgelenk für Tischleuchten mitgegeben, einmal als bisherige Baugruppe zweier Kunststoff-Formteilen und das gleiche spangebend aus Aluminium gefertigt. Ich stelle Aufwand und Kosten gegenüber. Die störungsbehaftete Bandstahllieferung hat der Produktionsdirektor schon erwähnt und dabei den Gewerkschaftsmann fixiert.

Zum Schluss bekommen wir doch noch unsere Abreibung. Wir hätten uns von solchen Forderungen und Wunschvorstellungen zu lösen. Unsere Aufgabe sei es, mit verfügbaren Bilanzen und Materialien für eine dauerhafte und verlässliche Planerfüllung zu sorgen. Auch wenn er es gern getan hat, er unsere Arbeit wertschätzt und es sehr interessant war, musste er heute früh den Umweg zu uns antreten, bevor er zu einem mustergültigen Elektromotorenwerk im oberen Erzgebirge gelangen könne. Dort sieht man also, dass es geht. Wir sollen wissen, dass es nicht seine Absicht sei, das zu wiederholen.

Es ist jetzt an uns, unserem Staat ein verlässlicher Partner zu sein.

„Und, wie war es?", fragen mich meine Mitarbeiter am Nachmittag. Über die Wuthopser des Gewerkschafters sind sie bereits voll informiert. „Recht gut, der Minister", fasse ich zusammen, „er weiß, wovon er spricht, er kennt die Probleme, mit denen wir täglich kämpfen. Er hat aber auch nichts zu bieten, was uns helfen würde. Dafür hat er uns am Schluss dann bissel ausgeschimpft. Wir sollen uns selbst helfen. Der Plan hat Bestand, ansonsten gibt es Ärger. Ach so, und Martin Gottschalk ist als Betriebsdirektor berufen."

*

Was Dietmar Apfelstädt weder uns noch dem Minister verraten hat, ab heute bekommen wir Helfer in allen Produktionsabteilungen. Rund dreißig Sowjetsoldaten aus der Kaserne in Karl-Marx-Stadt werden uns unterstützen. Wie er das geschafft hat, bleibt sein Geheimnis. Allein, dass er gut russisch spricht, kann es nicht sein. Vielleicht ist auch Martin Gottschalk als Ex-Offizier daran beteiligt. Angeblich hat er in der Sowjetunion studiert. Das ist auch egal. Es wird uns helfen und erklärt die optimistische Erfüllungs-Zusage beim gestrigen Ministerbesuch. Ihn selbst bei seinem Rundgang mit befreundeten Rotarmisten zu konfrontieren, wäre dann aber zu viel gewesen.

Noch eine Überraschung gibt es heute. Helmut Fuhrmann, unser geachteter hauptamtlicher Betriebsparteisekretär gibt sein Ausscheiden aus gesundheitlichen Gründen bekannt. Gesundheitliche Ausscheidungsgründe sind populär für den Rückzug aus Partei- und Regierungsämtern. Jetzt hat es auch ihn erwischt. Viele bedauern das, auch viele Nichtmitglieder. Er kam aus dem richtigen Leben, hatte einen ordentlichen Beruf und war ein nahbarer Praktiker. Der ständige Schlamassel unseres Betriebes hatte ihn zermürbt. Vielleicht gab man auch ihm einen Schuldanteil an bisher steten Planrückständen. Nachfolger ist ein Berufsfunktionär, großgeworden in der FDJ-Kreisleitung, studiert an der Bezirksparteischule, nachgelegt in der SED-Kreisleitung, irgendeinmal einen Beruf erlernt, nie ausgeübt, Endlosredner. Gotthold Rümmler. Mit diesem Vornamen hatten sich seine Eltern wahrscheinlich eine andere Karriere für ihn erhofft. Genosse Gotthold hat sofort eine prima Idee. Wir erleben auch gleich, dass er diese nicht einfach in kurzen klaren Worten erläutern kann. Die eingeübte Reihenfolge ist: Ideologische Grundlagen schaffen → Klassenauftrag ableiten → Parteitagsbeschlüsse zugrunde legen → mit Systemgegnern auseinandersetzen → gesellschaftliche Notwendigkeit begründen → Spannungspause einlegen → mit der Wucht des Gedankens konfrontieren. Und dieser Gedanke ist ein roter Stern, mannshoch und fünfzackig wie der Sowjetstern. Anzubringen hoch oben über der Fassade, vom Haupteigang ausgerichtet zum Marktplatz, weit leuchtend bei erfülltem Staatsplan IWP. Er weiß auch schon, wann und wie lang der leuchten soll: „Jeweils ab dem ersten Werktag eines Folgemonats, bei dem wir am Monatsende des vorangegangenen Monats unserer Verpflichtung zur Erfüllung des Staatsplanes in vollem Umfang nachgekommen sind, also bezogen auf die Industrielle Warenproduktion. Das wird ein weiterer Ansporn für die Arbeiter und Bauern - nein, hier nur die Arbeiter natürlich, also ich meine, für die Beschäftigten unseres Betriebes - sein, - obwohl dies natürlich auch auf die Landwirte ausstrahlen kann - alle Anstrengungen auf die Planerfüllung auszurichten."

Das wäre auch kürzer gegangen.

Die Ironie des Einwurfs: „Wir gehen auf den Sommer zu, da ist es lange hell aber zumindest die Nachtschicht wird leuchtend informiert", ignoriert er zwar, macht sich aber die energetische Seite bewusst.

„Das ist ein wichtiger Hinweis des Kollegen", verdeutlicht er uns, „wir müssen sparsam und effektiv mit dem Strom umgehen, so wie unsere Partei das vorgibt, Genossen. Dieser Stern wird abends ein- und morgens wieder ausgeschaltet. Er soll nur in der Zeit leuchten, in der man das auch sieht. Wir könnten sonst die Kritik unserer Gegner auf uns ziehen. Das müssen wir verhindern."

Ein weiterer Teilnehmer versucht den ersten Satz zu entflechten: „Liegt zwischen Folgemonat und vorangegangenem Monat noch einer dazwischen? Das wäre dann der laufende, dessen Ergebnis wir noch gar nicht kennen. Das kann Verwirrung stiften."

„Nein, natürlich nicht. Wir gehen da ganz praxisorientiert heran, so wie Arbeiter denken. Sagen wir beispielsweise, der Monat April ist erfüllt. Dann bedeutet das, am ersten Mai leuchtet, wenn das ein Werktag ist, der Stern für den gesamten Monat und zeigt das allen an. Auch die Busreisenden sehen das, hier führen doch mehrere Linien vorbei. Das hat Ausstrahlungswirkung."

„Der erste Mai ist nie ein Werktag."

„Ich habe das ja auch nur anhand eines fiktiven Beispiels erläutern wollen. Natürlich ist der Erste Mai, der Internationale Kampf- und Feiertag der Werktätigen, ein arbeitsfreier Tag in unserm sozialistischen Heimatland, also kein Werktag. Wäre er einer, würde dann aber der Stern leuchten."

„Das finde ich problematisch", entgegnet Teilnehmer eins wieder, „die Mai-Demonstration führt hier vorbei und dann brennt der Stern nicht, weil wir ihn erst einen Tag später einschalten. Wir tragen ‚Es geht aufwärts!'-Losungen vor uns her und alle denken: Ha! Wieder nicht erfüllt!"

„Dann bringen wir ihn eben vor solch wichtigen Tagen bereits am Vorabend zum Erleuchten."

Wenn jetzt noch jemand die Frage stellt, wie das zu regeln ist, wenn der Vorabend auf einen Sonntag fällt, pinkele ich mich ein. Auf den Freitagabend freue ich mich aber schon. Ich werde mal wieder ins Klubhaus gehen. So schöne Geschichten gibt es selten zu erzählen. Mit Bier ist sie dann noch lustiger. Irgendwie erinnert das an die verworrene Regelsuche für unser Knopf-Knupf-Kopf-Spiel. Nur, er meint das ernst.

Zu verhindern ist diese Idee nicht, der Auftrag geht an mich und ich gebe ihn am ‚nächsten darauffolgenden Werktag' an die Konstruktionsabteilung und den Musterbau weiter. Sie werden sich mit den Handwerkerabteilungen der Hauptmechanik abstimmen. Alles in allem kostet uns das zwölf Manntage, dann ist der Stern durch die Schlosser ans neue Dachstativ geschraubt und von den Elektrikern angeschlossen.

Als problematisch erweist sich das Einschalten. Der Schalter wurde im Kopierraum, gleich unterhalb des Dachs, installiert. Dort ist er vor unbefugtem Zugriff geschützt. Eine Wendeltreppe endet an der Tür zur dortigen Kollegin, die in Teilzeit arbeitet. Sie übernimmt die verantwortungsvolle Zusatzaufgabe gegen einen Gehaltszuschlag von monatlich dreißig Mark. Die Meldekette führt von der Produktionsleitung über mein Sekretariat zur Entwicklungsabteilung, dann die Treppe hoch zur Kopierkollegin. Wenn sie noch da ist. Aus Sicherheitsgründen hat nur sie die Zutrittsberechtigung. Niemand soll in Versuchung illegaler Vervielfältigungen kommen! Nach 14.00 Uhr verschiebt sich somit die Planerfüllung auf den Folgetag. Drei Wochen später ist sie im Urlaub und die Vertretung vergisst es ganz. Wir entschließen uns zu einem Dämmerungsschalter unter der Traufe des Aufzugsschachts. Von nun an wird eine durchgängige Planerfüllung nur noch von den Hellphasen der Tage

158

unterbrochen. Und nach drei Monaten schaut kein Mensch mehr hin.

*

Heute erwarten wir also die Sowjetsoldaten. Allerdings ist es bereits nach zehn Uhr. Von meinem Büro im Obergeschoss habe ich einen freien Blick über die Werksstraße bis zur Pforte. Zudem würde ich die fremden rauen Motorgeräusche russischer Militär-LKW sofort bemerkt haben. Die kenne ich noch von früher. 10.45 Uhr treffen sie ein. Nur ein LKW, das werden nicht dreißig Leute sein. Stimmt, heute kommt erst einmal nur ein Teil von ihnen mit drei Offizieren an der Spitze. Das ist klug, die zwölf Soldaten werden heute eingewiesen und ihre Vorgesetzten können dies beaufsichtigen. Klappt alles gut, kommen morgen alle weiteren und die Einweisung wiederholt sich für den zweiten Teil. Dietmar Apfelstädt empfängt sie und führt sie in den Speisesaal. Bei einem späten Frühstück werden sie mehr zu ihrer temporären Sonderverwendung erfahren. Ab 11.30 Uhr nehmen sie ihre Arbeit in den Vorfertigungsbereichen auf. Schichtführer und Einrichter staffeln ihre Mittagspause so, dass die Einweisung zügig vorangeht.

Am Nachmittag sehe ich mir die Soldaten an den Maschinen an. Alles recht junge Männer, fast Teenager. Vor allem die sechs Blonden noch mit Pubertätspickeln. Alle Haarfarben. Und ganz verschiedene Gesichtsformen, schmal, oval, rund. Die Augen groß bis schmal und schlitzförmig. ‚Russen' nennen wir sie flapsig im allgemeinen Sprachgebrauch, Sowjetbürger sagen Staat und Funktionäre. Beides ist gleichermaßen oberflächlich und muss für viele von ihnen bitter sein. Die Mehrheit sind sogar Russen, aber heute sitzen hier mindestens ein Balte, drei Kaukasier und zwei von weit aus dem Osten, mit mongolischen Zügen. Vereint hat sie das Riesenland mit seinen vierzehn Teilrepubliken. Vereint hat sie die Rote Armee für lange Zeit weit weg von zuhause in der DDR. Und vereint sitzen sie in unserer Stanzerei und helfen bei der Planerfüllung. Balten, Russen, Kaukasier und Männer aus dem tausende Kilometer entfernten russischen Osten. Wie mag ihnen zumute sein. Ihr Blick ist leer. Stoisch verrichten sie, was ihnen befohlen wurde. Rosette einlegen oder Rohling, zwei Hebel synchron drücken, wumm, Teil entnehmen, neu beginnen. Sie haben bereits den Takt gefunden.

Wir atmen auf. Produktionsabstellungen werden sich in diesem Monat auf das Nötigste reduzieren.

Es ist nicht meine erste Begegnung mit Soldaten der Roten Armee. Als Kind hörte ich oft die Berichte meines Vaters. Er war im Zweiten Weltkrieg als Wehrmachtssoldat ab 1942 an der Ostfront im Einsatz und mit seiner Einheit bis nahe Orel, das russische Orjol, vorgedrungen. Nach ewigem Hin und Her der Front und langem Stellungskrieg wurde er 1944 von Granatsplittern schwer am rechten Oberarm verwundet. „Heimatschuss" nannten sie das. Nicht mehr fronttauglich, bewachte er danach bis Kriegsende französische Kriegsgefangene. Wenn er erzählt oder Kameraden ihn besuchen, höre ich immer auch vom Schießen und was das mit einem macht. Er wird mit diesen Jahren vermutlich nie abschließen können.

Gleich darauf kommt er fast immer auf die frühe Besatzungszeit in der sowjetischen Zone zu sprechen. Bei Familienwanderungen erfahre ich von den Stellen, wo meine Mutter sich als junge Frau versteckt hat, um nicht von den Besatzern vergewaltigt zu werden. Ich erfahre von Plünderungen und sie zeigt mir am Bahnhof die Stelle, an der ihr das Fahrrad aus der Hand gerissen wurde und verschwand.

Danach höre ich von brutalem Vorgehen und willkürlichen Verhaftungen und Verschleppungen. Ich höre von

Beschränkungen und Passierscheinen, die selbst der Weg ins Nachbardorf voraussetzte. Und ich höre davon, dass deshalb die Sommerfrische meiner Oma verloren ging. Kein Passierschein, keine Gäste, nichts zu essen, kein Quartier. So einfach ging das.

Wenn ich mir jetzt die armen Kerle in unserer Stanzerei ansehe, kann ich mir all das nicht vorstellen. Hier sitzen Besatzer an den Maschinen der Besetzten und formen für drei ordentliche Mahlzeiten am Tag deren Bauteile. Das sind nicht mehr die Russen von damals. Für die kann man schon ein offenes Herz haben und 1,50 Mark monatlich für die DSF-Mitgliedschaft beitragen.

Am 30. April 1945 haben meine Eltern geheiratet. Anfang Mai ist mein Vater nach Hause gegangen, seine Franzosen auch. Gemeinsam mit der Oma lebten sie bis 1947 noch in deren ehemaliger Pension, abgelegen im Hochtal am oberen Waldrand des Nachbardorfes. Dann mussten sie raus. In dieser Zeit arbeitete mein Vater unter russischer Kommandantur bereits in meinem Geburtsort. Seinen Passierschein vom 22. Mai 1945, handschriftlich kyrillisch ausgestellt vom Stadtkommandanten und mit maschinengeschriebener deutscher Übersetzung zeigt er mir manchmal:

„Ausweis. Der Bürger Kurt Beyer, wohnhaft in Ansberg, ist bei der Ortskommandantur beschäftigt. Er fährt täglich mit seinem Fahrrad nach seiner Dienststelle. Er darf ungehindert passieren, insbesondere ist ihm sein Fahrrad zu belassen....Ort, Datum, Unterschrift, Stempel. Diese Radfahrten werden später noch einmal Bedeutung haben.

Das nächste Mal ist mir die Rote Armee 1968 begegnet. Es sollte ohnehin ein aufregendes Jahr werden. In der Bundesrepublik und Westberlin steuerten die Sudentenunruhen gefühlt auf einen Höhepunkt zu, nachdem am 02. Juni 1967 der Student Benno Ohnesorg von der Polizei erschossen wurde. Ohnesorg war Pazifist und Mitglied der Evangelischen Studentengemeinde. Das merkte ich mir unterbewusst, und als ich 1970 mein Studium in Karl-Marx-Stadt begann, gab es zu meiner Überraschung die ESG auch dort mit ihrem Domizil an der Straße der Nationen und ich trat bei.

Am 11. April 1968 erfolgte ein Attentat auf den Studentenführer Rudi Dutschke, das er mit schweren Kopfverletzungen überlebte. Das Foto mit seinem am Straßenrad liegenden Damenfahrrad und den verlorenen Schuhen ging durch alle Medien in beiden deutschen Staaten. Selbst die Berichterstattung in Ost und West wies Ähnlichkeiten auf. Außer bei den Chefkommentatoren des Kalten Krieges Gerhard Löwenthal im Westen und Karl-Eduard von Schnitzler mit seinem „Schwarzen Kanal" im Osten, die sich und ihre Zuschauer mit Gift und Galle bespuckten. Uns siebzehn-, achtzehnjährige Zuschauer konnten sie mit ihren Schimpftiraden aber ohnehin nicht erreichen. Und was im Westen geschah, war für uns weit weg, sehr weit.

Für uns war eine andere Entwicklung spannend, genau wie für unsere Eltern und Großeltern. Und die spielte sich schon seit einiger Zeit hinter unserer Grenze im Süden ab, in der Tschechoslowakischen Sozialistischen Republik. Schon zu Jahresbeginn braute sich dort etwas immer mehr zusammen, dessen Ausgang niemand voraussehen konnte. Die inländischen Radio- und TV-Programme hielten sich dazu genauso bedeckt, wie die Zeitungen. Bestenfalls gab es kurze negative Kommentare. Ganz anders die Sender im Westen. Die Radioprogramme des Deutschlandfunks und des Bayrischen Rundfunks waren fast immer gut zu empfangen, oft auch SFB und RIAS. Man muss sich das Unvorstellbare vorstellen: Siebzehn-, Achtzehnjährige, die den Deutschlandfunk hören! Schlechter war es mit dem Empfang des ARD-Fernsehen. Der seinerzeitige Rückbau der meisten Antennen in den Dachraum führte zu oft grießigen Bildern und Empfangsschwankungen. Wichtig war der Inhalt. Selbst, wenn man gewohnheitsmäßig den

Wahrheitsgehalt auf Wahrscheinlichkeit reduzierte, war jenseits unserer Südgrenze etwas ganz Bedeutsames im Gange. Nur weniger als zehn Kilometer Luftlinie entfernt und emotional so unglaublich nahe, fühlbar, spürbar, fast greifbar. Dort geschah etwas für Teenager Fassbares. Sozialismus sollte Spaß machen. Das würde etwas anderes sein als staatlich organisierte Fröhlichkeit und beschwingt lachende Planerfüller. Das wären keine Verbote mehr von Westmusik und Yaeh, yeah, yeah. Das könnten mehr Freiheiten sein und weniger Misstrauen. Das könnte Vieles sein, alles schöner als das Erstarrte Altmänner-Jetzt. Unseren Eltern sahen wir den Zweifel an, auch wenn sie nur verhalten darüber sprachen. Die Nervosität der Funktionäre war sichtbar und die Aktivitäten in der Kreisdienststelle des MfS, gleich links in der früheren Villa am ersten Bahnübergang. Ihre Ohren standen weit auf, wenn sie früh mit dem Zug zum Dienst fuhren und abends schlecht gelaunt und übermüdet heimkehrten. Vielleicht auch angstgetrieben, und das macht unberechenbar. Also besser nur mit Leuten unterhalten, denen man vertraute und die die Hoffnung auf ein Überschwappen teilten.

Im März bekam diese Hoffnung neue Nahrung. Der Tscheche Ludwig Swoboda wurde am 30. März Staatspräsident und damit nach dem Slowaken Alexander Dubcek zweitmächtigster Mann. Dubcek war als Generalsekretär der KPC zugleich der mächtigste Politiker des Landes. Zwei Führer der Kommunistischen Partei an der Spitze des „Prager Frühlings". Wenn es die Kommunisten jetzt selbst machten, dann konnte es gut gehen. Bei uns wurden die staatlichen Töne schärfer, seitdem sich die nachbarschaftliche Entwicklung im Bruderland verselbständigte. Immer wieder klang Konterrevolution für das an, was man dort als Reform vorantrieb und für Folgegenerationen vielleicht Evolutionscharakter trug. Es würde wohl kein gutes Ende damit nehmen.

Diese Sorge trieb gewiss auch den Verfasser des „Manifest der Zweitausend Worte", Ludvik Vaculik, um und dessen siebzig Unterzeichner aus allen Schichten und Betätigungsbereichen des tschechoslowakischen Volkes. Eine Abschrift der deutschen Übersetzung von Andeas Razumowski, „Frankfurter Allgemeine Zeitung" vom 6.7.1968 bekam ich von einem entfernt familiären Westbesucher hinter dem Rücken meines Vaters in die Hand gedrückt. Zehn Seiten DIN A4, maschinengeschrieben. Am nächsten Tag setzte ich mich an Vaters Reiseschreibmaschine. Ich konnte sie zwar bedienen, aber nur mit den beiden Zeigefingern schreiben. Für die ersten Seiten würde ich sogar die Buchstaben einzeln suchen müssen. Zunächst testete ich die möglichen Durchschläge. Aus väterlichem Bestand griff ich leichtes Maschinen- sowie dünnes Durchschlag- und neues Kohlepapier. Original und fünf noch eben lesbare Durchschläge wären zu schaffen, wenn ich ordentlich auf die Tasten einschlug. Die Vorbereitung rundete mein Wecker ab, groß, blau lackiert, zwei silbermetallene Glocken, nicht zu überhören. Zwanzig Minuten vor Vaters üblicher Heimkehr signalisierte er mein Arbeitsende. Dann musste ich rasch alles beräumen und eine harmlose Tätigkeit vortäuschen. Hausaufgaben wären dafür ideal, das ergäbe sogar noch ein Lob. Nur in den Ferien machte ihn das eher misstrauisch.

„Ursprünglich hat der Krieg das Leben unseres Volkes bedroht. Dann kamen weitere schlechte Zeiten, die die seelische Gesundheit unseres Volkes und seinen Charakter bedrohten. Mit Hoffnung hatte die Mehrheit des Volkes das Programm des Sozialismus aufgenommen. Dessen Leitung ist indessen in die Hände der falschen Leute geraten. Nicht so sehr hätte es geschadet, daß es diesen Leuten an genügender staatsmännischer Erfahrung mangelte, an sachlicher Kenntnis und philosophischer Bildung, wenn sie diese Mängel durch ein wenig mehr an bürgerlichem Verstand und Anstand ausgeglichen hätten, wenn sie imstande gewesen wären, die Meinung anderer anzuhören, und wenn sie sich der allmählichen Auslese der Besseren unterworfen hätten."

Einschließlich Überschrift, Autoren- und Übersetzerangaben gerade einmal die halbe Seite eins. Elf Tippfehler (die ich so belassen würde, besser kann ich es nun mal nicht), zwei schmerzende Finger, ein verspannter Nacken und die Erkenntnis, dass ich allein wegen dieser ersten Zeilen mächtigen Ärger bekomme, wenn mich jemand erwischt.

Seite 2: „…Noch schlimmer aber war, dass wir einander, einer dem anderen so gut wie gar nicht mehr vertrauen konnten… Es war die Macht einer kleinen Gruppe, die mit Hilfe des Parteiapparates von Prag aus hineinwirkte in jeden Bezirk und in jede Gemeinde."
Zwei Seiten geschafft und noch vier Stunden verfügbar.

„…Während viele Arbeiter sich einbildeten, sie regierten, regierte in ihrem Namen eine auserwählte Clique von Funktionären des Partei- und Regierungsapparates. Diese usurpierte in Wirklichkeit den Platz der entrechteten Klasse und installierte sich selbst zu einer neuen herrschenden Schicht…..Vom Beginn dieses Jahres an befinden wir uns in einem gewaltigen Prozess der Demokratisierung. Er hat in der Kommunistischen Partei begonnen. Wir müssen das anerkennen, und das wissen auch die Nichtkommunisten unter uns, die von dort her schon nichts Gutes mehr erwartet haben. Allerdings muß man hinzufügen, daß dieser Prozeß auch nirgend sonst hätte beginnen können."

Seite 3 beendet, ich brauche eine Pause.
Seite 4 geht wieder lockerer und ab Seite 5 lege ich ein transparentes Lineal unter die Zeile, das lässt den Anschlusstext durchscheinen und macht es leichter.

„…Es hat einige Monate gebraucht, bis viele von uns daran zu glauben begannen, daß sie nun ungestraft ihre Meinung aussprechen konnten, viele allerdings glauben es bis heute noch nicht.

Aber wir haben schon so viel ausgesprochen, daß wir diesmal mit unserem Entschluß, das alte System zu vernichten, bis zum Ende gehen müssen. Sonst fiele die Rache der alten Gewalten grausam aus. Wenden wir uns hauptsächlich jenen zu, die bisher nur abgewartet haben. Die Zeit, die jetzt anbricht, wird für viele Jahre entscheidend sein....... Vor allem werden wir allen Ansichten widersprechen, falls sie auftreten sollten, daß es möglich wäre, irgendeine Erneuerung ohne die Kommunisten, eventuell sogar gegen sie durchzusetzen."

Die Hälfte habe ich geschafft. Meine Finger sind treffsicher geworden. Das Schriftbild sieht sauberer aus. Der Text aber ändert seinen Ton.

Seite 6: „...In letzter Zeit ist das Volk beunruhigt, weil der Fortschritt der Demokratisierung abzunehmen scheint. Dieses Gefühl kommt teilweise von der Ermüdung nach dem aufregenden Geschehen der letzten Monate, teilweise entspricht es aber der Wirklichkeit: Die Saison der bestürzenden Offenbarungen, der allerhöchsten Demissionen und berauschenden Proklamationen von noch nie dagewesener Kühnheit ist jetzt vorbei..."

Seite 7 beginnt mit der Überschrift: „Das Hauptproblem bleibt die Wirtschaft" *und führt zu der Erkenntnis des Primats der Ökonomie.*

„....Wir können jetzt mehr Geld verlangen, das sich beliebig drucken und damit entwerten läßt. Fordern wir daher lieber von den Herren Direktoren und Vorsitzenden, uns Zahlen vorzulegen, Rechnung zu legen darüber, was und zu welchem Preis sie zu produzieren gedenken, wem und zu wieviel sie es zu verkaufen beabsichtigen, welcher Gewinn dabei herausgewirtschaftet werden soll, welcher Teil davon investiert werden soll in Modernisierung der Produktion und was davon aufgeteilt werden soll..."

Und ab Seite 8 werden die Sorgen deutlich: „Es müssen aber Aktionen verhindert werden, die nach dem Gesetz nicht erlaubt, die unanständig und grob sind, sonst könnten sie zur Beeinflussung Alexander Dubceks mißbraucht werden…"

Wenig später wird die Brücke zur neuen Funktion der Presse geschlagen: „…Die Bezirks- und lokale Presse, die in ihrer Mehrheit zu einer amtlichen Trompete degeneriert ist, müssen wir in eine Tribüne aller positiven politischen Kräfte verwandeln."

Und kurz danach: „…Hüten wir uns vor nachbarschaftlichen Zänkereien, lassen wir uns nicht zu politischen Denunziationen verführen. Aber entlarven wir die Spitzel!"

Aus den Sorgen wird auf Seite 9 die Angst vor dem, was kommen könnte: „Außerordentliche Beunruhigung geht in letzter Zeit von der Möglichkeit aus, daß sich ausländische Mächte in unsere Entwicklung einmischen könnten. Im Angesicht aller Übermächte bleibt uns lediglich übrig, ruhig auf unserm Standpunkt zu beharren und niemanden herauszufordern. Unserer Regierung müssen wir zu verstehen geben, daß wir hinter ihr stehen, wenn nötig mit Waffen, solange sie das tun wird, wofür wir ihr unser Mandat gegeben haben. Und unseren Verbündeten können wir versichern, daß wir unsere vertraglichen, freundschaftlichen und wirtschaftlichen Abkommen einhalten werden…"

Habe ich es bis hierhergeschafft, dann auch noch Seite 10 mit dem „Aufruf an alle".
Auf die meisten Unterzeichner am Ende der Seite werde ich verzichten. Tschechische Namen sind für mich schwer zu schreiben und meine Zeit läuft ab. Vorher jedoch der verzweifelte Aufruf und die traurige Erkenntnis:
„In diesem Frühling ist uns von neuem, wie nach dem Kriege, eine große Chance geschenkt worden. Wir haben jetzt aufs Neue die Möglichkeit, unsere gemeinschaftliche Sache, die den Arbeitstitel „Sozialismus" trägt, in unsere eigenen Hände zu nehmen und ihr ein Profil zu verleihen, das besser unseren ursprünglichen, einst vortrefflichen Vorstellungen entspräche und der einigermaßen

guten Meinung, die wir ursprünglich von uns selber hatten. Dieser Frühling ist soeben zu Ende gegangen und kehrt schon nimmer wieder. Im Winter werden wir wissen, woran wir sind."

Mein Wecker hatte längs geklingelt, mir blieben noch acht Minuten. Ich riss die letzten Blätter aus der Schreibmaschine und warf alles geschriebene weit unters Sofa. Morgen muss ich es aufwändig sortieren. Die Maschine bekam ihren Deckel und den üblichen Standort. Den Wecker legte ich auf meinen Platz, als ob er zu ölen wäre. Dann ging ich aufs Klo und hörte meinen Vater kommen. Das geknüllte Kohlepapier raschelte in die Tiefen des Trockenklosetts.

Ich hatte mich für elf Empfänger entschieden. In den Folgetagen musste ich mich noch ein zweites Mal an diesen verbotenen Text setzen.

Mein Vater hätte nichts gegen den Text an sich, nur gegen dessen Besitz und seine Vervielfältigung. Ich kann das verstehen, er ist durch ein familiäres Ereignis mit meinem Bruder geprägt, das erst knapp drei Jahre zurückliegt. Und erwischte man mich, würde sich das in ähnlicher Weise wiederholen.

Ich teilte diese Angst nicht. Ich war Teenager, dreist, unbedarft und überheblich. Außerdem hatte ich gründlich überlegt. Die Empfänger schrieb ich nirgends auf. Einige hatte ich bei kirchlichen Rüstzeiten während der letzten beiden Schulferien kennengelernt, andere kannte ich schon länger und wusste um ihr Interesse. Als Absender suchte ich die Adresse meines verhassten Klassenlehrers der Reichsbahnschule aus dem Telefonbuch. Würden die Briefe abgefangen oder bei den Sicherheitsorganen abgegeben, wäre er um viele Antworten verlegen. Und gingen sie als unzustellbar an den Absender zurück, dürfte er sich ganz besonders darüber freuen. Kurz überlegte ich, dies selbst herbeizuführen, ließ es aber lieber. Man soll sein Glück auch nicht herausfordern.

Es war bereits dunkle Nacht, als sich Mitte August 1968 ein raues Dröhnen und Kettenrasseln unserem kleinen Ort näherte und kurz darauf auf den Marktplatz einbog. Russische LKW und Schützenpanzer stellten den Platz zu. Von allen Seiten näherten sich die erschreckten Einwohner. Bald begannen sie in kleinen Gruppen, dieses Ereignis zu diskutieren. Niemand zweifelte daran, dass die Rote Armee Stellung bezog, um in Kürze in die CSSR einzumarschieren. Nur in der Einordnung dieser bevorstehenden Invasion war man unterschiedlicher Meinung. Die Befürworter, deutlich in der Minderheit, hielten sich abseits. Die Gegner sahen sich um ihre Hoffnung eines Überschwappens der tschechischen Reformen betrogen und argumentierten untereinander entsprechend aggressiv. Die Mehrheit stand nur still entsetzt um die Fahrzeuge herum und ging bald wieder stumm nach Hause.

Inzwischen hatte es sich herumgesprochen, dass sich in vielen umliegenden Orten das gleiche ereignet hatte. Hunderte Fahrzeuge, tausende Soldaten.

Am Folgetag wurden diese auch auf dem Übungsgelände der NVA-Kaserne nahe der Kreisstadt sichtbar. Und wenn man genau hinsah, konnte man zwischen Bäumen und Büschen die getarnten Geschützrohre schwerer Panzer erkennen.

Wir wohnten am Markt, somit war ich Anwohner und durfte die Fahrzeug-Stellung jederzeit passieren. Auch andernorts ließen die Soldaten Bewohner und Schaulustige ungehindert an ihren rabiaten Fuhrpark heran. Glücklich wirkten sie nicht, eher angstgeprägt. Betretene, traurige Gesichter, gesenkte Blicke, stumme Bitten. Und dankbar, wenn ihnen jemand Essen reichte. Ab fünftem Schuljahr gehörte Russisch zu den Pflichtfächern in den DDR-Schulen. Auch wenn es nur einige gut beherrschten, genügten die wenigen Worte, um den Kummer zu begreifen, mit dem die Soldaten auf ihren bevorstehenden Befehl warteten. Manche entschuldigten sich in deutschen Sprachbrocken und weltweiten Gesten. Es waren nicht sie, es war ihre Regierung. Es war die eine große kommunistische Partei, die bald eine kleine kommunistische in die Knie zwingen und disziplinieren wird. Missbraucht von ihrer Regierung, werden die Soldaten in eine Auseinandersetzung geschickt, die nicht die ihre ist. Sie werden zu Handlungen gezwungen sein, die sie freiwillig niemals begingen. Und diejenigen, die sie zwangen, saßen gut versorgt und sicher geschützt weit weg und feierten ihr aufgesetztes Heldentum, wissend, dass sie nie dafür zur Verantwortung gezogen werden.

„Arme Schweine, das", fasste ein Passant dies zusammen.
Arme Schweine hin oder her, die dumpfe Wut galt ihnen dennoch.

In der Nacht zum 21. August marschierten sie in die Tschechoslowakische Sozialistische Republik ein, ihr im Warschauer Vertrag fest verbundenes Bruderland, um ihr Brudervolk um seine Hoffnung eines besseren Sozialismus zu bringen. Die KPC leistete keinen militärischen Widerstand. Wie auch? Die sowjetische Nachrichtenagentur TASS verbreitete einen angeblichen Hilferuf von Persönlichkeiten der Partei und des tschechoslowakischen Staates an die Sowjetunion und andere verbündete Staaten, einschließlich der Bitte, mit bewaffneten Kräften Hilfe zu gewähren. Zu dieser Bitte kam es offensichtlich erst Tage nachdem die Helfer schon geflissentlich in den Bereitstellungsorten harrten.

Die Lüge war so unfassbar dreist und durchschaubar. Mir kam der inszenierte angebliche Überfall regulärer polnischer Soldaten auf den deutschen Senders Gleiwitz als Hitlers Begründung für den Überfall der Wehrmacht auf Polen im Jahr 1939 in Erinnerung. Wenn auch die Dimension nicht vergleichbar war, so war es die verlogene

Begründung. Hielt man unsere Vorfahren damals und hält man heute uns für so dumm, das nicht zu durchschauen? Ich fragte einen älteren Bekannten.

„Das glaube ich nicht", war seine Antwort, „das ist eine unglaublich arrogante Machtdemonstration. Die jeweiligen Politiker wissen natürlich, dass ihre Lüge niemand glaubt. Sie zeigen damit aber, dass ihnen das egal ist, weil sie die Macht dazu haben und Gegenwehr nicht fürchten müssen. Tatsächliche Ereignisse hätten dieses Potential nicht."

Im Herbst kehrten die ersten sowjetischen Militärkolonnen in die DDR zurück. Die Sommerferien waren vorbei und ich wieder bei der Ausbildung im Bahnhof des Nachbarortes. Gleich daneben die Transitstraße. Als sich die Nachricht von einem schweren Unfall im Konvoi verbreitete, ging ich mir dies ansehen: Die verdammten Russen haben Schaden erlitten, hoffentlich großen! So groß wie erhofft war der Schaden dann gar nicht. Zwei LKW waren aufgefahren und hatten sich in den Straßengraben geschoben. Daneben saßen die unglücklich verzweifelten Fahrer, ahnend was ihnen drohte. Jungs, wenig älter als ich, in Uniformen gezwungen und entmündigt. Arme Schweine, nicht ‚Verdammte Russen'.

Ich kehrte zum Ausbildungsbahnhof zurück und traf auf meinen linientreuen Lehrmeister. Wir hegten seit Anbeginn eine schwelende Abneigung gegeneinander. Heute konnte er mich rankriegen!

„Kollege Beyer, wo kommen Sie während der Ausbildungszeit her. Niemand wusste etwas, Sie haben sich einfach unerlaubt von ihrem Arbeitsplatz entfernt. Das wird Konsequenzen für Sie haben!"

Du mich auch, ging mir durch den Kopf, während ich in unschuldiger Demut antwortete: „Ich habe die ruhmreiche Sowjetarmee bei ihrer Rückkehr begrüßt. Meinen Sie, das hätte ich besser nicht tun sollen?" Er erkannte die scheinheilige Begründung ebenso wie meinen Punktsieg. Er ließ mich wortlos stehen.

Dreizehn Jahre danach sitzen mir nun wieder Sowjetsoldaten gegenüber. Und wenn ich mir jetzt die armen Kerle in unserer Stanzerei anschaue, sehe ich auch die unglücklichen Soldaten von damals auf ihren Panzern harrend oder später verunfallt im Graben sitzend. Ihre Tage möchte ich nicht teilen. Jungs, fast zehn Jahre jünger als ich, Balten, Russen, Kaukasier und Männer aus dem tausende Kilometer entfernten russischen Osten. Keine ‚Verdammten Russen'!

Der achte Mai 1945 gilt als Endtermin des Zweiten Weltkrieges. Die Kapitulationsurkunde vom siebten Mai sieht das Ende aller Kampfhandlungen für 8. Mai 1945, 23.01 Uhr vor. In der DDR war dieser ‚Tag der Befreiung' bis 1967 gesetzlicher arbeitsfreier Feiertag. Dann ging die Arbeitsfreiheit zugunsten der Fünftagewoche verloren. Die Sowjetunion hat einen hohen Blutzoll im Krieg entrichten müssen. Ihr Sieg wird in der UdSSR jedes Jahr landesweit am neunten Mai als ‚Tag des Sieges' im ‚Großen Vaterländischen Krieg' arbeitsfrei gefeiert.

Die Stationierten der sowjetischen Garnison in Karl-Marx-Stadt feiern beide Tage. Alle territorialen staatlichen, gesellschaftlichen und parteilichen Institutionen und alle größeren Betriebe überbringen ihre Gratulationen und Glückwünsche. Für unseren Betrieb nimmt das meist der Betriebsdirektor wahr. In diesem Jahr wird er jedoch gemeinsam mit dem Produktionsdirektor und einer Delegation der SED-Kreisleitung erst zum Abendbankett nach Karl-Marx-Stadt fahren. Für die Nachmittagsveranstaltung bin ich vorgesehen.

Viele aus unserer Vätergeneration haben ihre Niederlage noch nicht verwunden. Ich soll nun also mit den Nachfahren derer feiern, die meinem Vater den Heimatschuss verpasst haben. Dann wird mir bewusst, indirekt verdanke auch ich ihnen mein Leben. Und – ach, Du Scheiße – hätte Deutschland gesiegt, wäre jetzt ich

Besatzungssoldat, irgendwo im fernen Osten. Gruseliger Gedanke. Grund zum Feiern. Meine Gedanken wandern zurück in meine Kindheit und die damaligen Erzählungen. Berichte von Knechtung, Verhaftung, Drangsalierung, von Diebstahl, Plünderung und Vergewaltigung. Überall im Land sind die Folgen hemmungsloser Reparationen noch immer zu spüren. Auch in unserem Betrieb. Mit denen soll ich feiern? Ich schweife ins Jahr 1968. Sie haben meine Hoffnung auf Reformen zerstört. Ich bin zurück im Heute und sehe die Soldaten an unseren Maschinen sitzen, sehe, wie sie in ihren Kasernen gehalten werden, abgeschottet von der Öffentlichkeit ihres Besatzungslandes. Ich sehe die Zurückgezogenheit ins Nichtsichtbare, um keine Unbill zu erregen. Die Zeit ist fortgeschritten, wir sind mündiger geworden, wenn auch nicht laut und schon gar nicht stark. Ich sehe die Blockspaltung in West und Ost, in NATO und Warschauer Vertrag, in EWG und RGW. Ich sehe mich teilzufrieden in meinem friedlichen Leben stehen, mit Sonny, Kathrin und Lutz. Deutschland gibt es wieder, wenn auch jetzt zweimal. Uns geht es gut, ebenso unseren Freunden und Bekannten.

Ich werde hingehen. Vielleicht wird es ganz lustig!

Am achten Mai treffe ich um 14.30 Uhr ein. Leninstraße stadtauswärts rechts, schräg gegenüber der Kaserne. Ein neutrales Stadthaus aus der Gründerzeit, fünfgeschossig. Erkennbar nur an den wartenden PKW und den schwankenden Zivilisten. Verrückt finde ich nur noch, dass heute von überall ‚Besiegte' anreisen, um den Siegern zur eigenen Niederlage zu gratulieren. Im Foyer empfängt mich ein alter Oberst, groß, schlohweißes lockiges Haar, ordentlicher Bauch, fantastische Paradeuniform und viel Ordensbehang. Das Bild eines guten Väterchens aus russischen Märchen.

„Genosse Oberst", reiche ich ihm die Hand, „im Namen von Werktätigen des VEB Leuchtenfabrik Breitenwalde überbringe ich Ihnen zu Ihrem Ehrentag die besten

Grüße." Ich bin zufrieden mit mir: Gratulation und Glückwunsch vermieden und im Namen von Werktätigen gegrüßt. Im Namen **von** Werktätigen, habe ich gesprochen, das sagt nichts zur Menge aus, es können auch nur zwei sein. Im Namen **der** Werktätigen, das wären alle gewesen. Dennoch bin ich freundlich und höflich gewesen. Er sieht das wohl auch so, denn er zieht mich kräftig heran, legt beide Arme um meine Schultern und drückt mir je einen dicken Kuss auf beide Wangen und den Mund. Ohh! Ein nächster Grußüberbringer steht wartend hinter uns und wird gleichbehandelt. Danach führt uns Väterchen Oberst in den kleinen Festsaal. Ein großer Rechtecktisch für dreißig Personen voller Speisen, Gläser und Geschirr. Wir setzten uns, genau genommen werden wir gesetzt, er in der Mitte, wir beidseitig mit seinem Arm auf den Schultern. Dann steht er wieder auf, sucht drei halbwegs frische Weißweingläser und füllt sie mit 100 ml Wodka. Zwei hebt er uns so hoch entgegen, dass auch wir aufstehen. Seinen Toast verstehen wir schon deshalb nicht, weil wir konzentriert nach einer unbenutzten Stelle am Glasrand suchen. Ein kräftiger Zug und ich bin um sto Gramm Wodka voller. Nach zwei Wangenküssen setzen wir uns wieder. Er reicht uns Brot, Stücke von Kochschinken und grüne Paprikaspalten. Dann sind wir dran. Sto Gramm, Toast, Kussempfang, setzten, Schinken, Brot und Paprika. Innerhalb der nächsten Stunde wiederholen wir das noch viermal.

Ich will jetzt heim, bevor die verheerende Wirkung mit voller Wucht einsetzt. Der Fahrer freut sich über meine rasche Rückkehr. Dass ich ihm möglicherweise bald ins Auto kotze, verschweige ich ihm. Wir schaffen es bis nach Hause und noch immer fühle ich mich weniger schlecht als erwartet. Nur sehr betrunken. Zum Glück ist morgen Samstag.

Zwei Wochen später ist wieder Samstag, fünf Tage bis Himmelfahrt. Auch dieser Feiertag ging im Saldo der Fünftagewoche unter. Das wäre nicht weiter schlimm gewesen, wenn er nicht auch der „Männertag" ist. Viele sind es nicht mehr, die extra Urlaub nehmen und mit Brot und Schnaps auf Tagestour gehen. Allein, dass es nicht gern gesehen wird, spornt aber an.

„Willst Du da etwa mitgehen?", fragt Sonny widerspruchheischend.

„Nein, ich will nicht". Wollte ich ohnehin nicht: keine Zeit und keine Lust. Nur kann ich das nicht so stehen lassen: „Und wenn, könnte es Dir auch egal sein. Es ist der Männertag, da habt ihr gar nichts zu melden."

Bevor es eskaliert, erinnert Kathrin uns an die gemeinsame Absicht fürs kommende Wochenende. Die erste Familienausfahrt mit dem eigenen Auto. Heute Nachmittag werde ich es in Karl-Marx-Stadt abholen. Angesehen und mit Handschlag vereinbart haben wir den Kauf schon vorige Woche. Per Zeitungsannonce hatten wir vor Wochen unseren Wunsch inseriert: „Suche gut erh. PKW Skoda S 100 zu kfn. Angebote unter Chiffre: 917345". Es gab nur ein Angebot: moosgrün, 93.622 km, ganz knapp unter Neupreis. Wir akzeptierten und heute Abend wird er im Tausch gegen ein Bündel Geldscheine vor unserem Haus stehen.

Dass er außer verschiedenen Altersmängeln auch unterschiedliche Reifen hat, werde ich erst in fünf Wochen merken, wenn ich auf regennasser Straße beim Bremsen in einer leichten Kurve gegen den Leitpfosten ausbreche und mich zwischen einem nachfolgenden LKW und entgegenkommenden Omnibus in die Gegenrichtung drehe. Mit Kathrin und Lutz im Fond. Wir wollen Sonny bei ihrem Kuraufenthalt besuchen. Lutz, den ich zum Stillschweigen verpflichtet habe, umarmt Sonny dann auch sofort grußlos: „Mama, wir haben uns auf der Straße gedreht. Ich soll das aber nicht sagen."

„Was habt ihr?", schaut sie mich finster an.

„Es war nicht schlimm, ist nichts weiter passiert."

„Und wie ist das ‚Nichts weiter' passiert?"

Ich heuchle Demut: „Ich habe bisher keine Erklärung dafür", sage ich ihr und sehe mir dabei die Reifen an. Vorn radial, hinten diagonal, insgesamt drei verschiedene Profile. Ich glaube nicht, dass das bei der Besichtigung so war. Der Kaufvertrag ist ein handschriftlicher Vierzeiler ohne juristischen Wert und übernommen habe ich das Auto mit dieser originellen Bereifung. ‚Gekauft wie gesehen' steht im Vertrag. Schöner Scheiß, jetzt muss ich sehen, wo ich einen Komplettsatz neuer (und gleicher!) Reifen bekomme und wer mir die aufzieht.

Heute weiß ich davon noch nichts. Wir sind einfach nur glücklich. Am Wochenende werden wir durchs Umland fahren, dieses und jenes aufsuchen und Spaß haben. Kathrin wird mich zum Überholen auffordern und Sonny mich davon abhalten. Lutz wird bei jedem Zwischengas synchron gegen meine Sitzlehne treten.

Noch bin ich der einzige Fahrer, Sonnys Fahrschule beginnt erst nach unserem Urlaub. Und der startet bereits in sieben Wochen mit unserer Fahrt nach Klütz. Ganz nah zur Ostsee hat unser Betrieb den Stellplatz für einen Wohnwagen gemietet, den großen zweiachsigen Bauwagen gekauft und dort dauerhaft abgestellt. Die drei Kilometer zum Strand in Boltenhagen fahren wir im Skoda. Und wenn das Wetter mies ist, suchen wir uns viele Ziele in der Umgebung, die zu Fuß oder mit Öffentlichen Verkehrsmitteln schwer zu erreichen wären. In familiärer Einigkeit ist jetzt auch für uns der Weg das Ziel. Nur die strandnahen Orte westlich Boltenhagens lassen war aus. Das empfehlen uns die zahlreichen Schilder, die kategorisch vor Annährungsversuchen an die Westgrenze warnen. Insider wissen zudem, dass sich dort Urlaubs- und Erholungsobjekte des SED-Zentralkomitees und der Bezirksfürsten der Partei befinden, gut bewacht und abgeschottet. Fluchtgedanken erwartet man bei ihnen nicht.

Zwei durchgehende Starkregentage verbringen wir im Wohnwagen, endlich wieder ungestörte Zeit für uns und die Kinder. Alle anderen Tage sind wir unterwegs. Kacken gehen Lutz und ich gemeinsam vor 07.30 Uhr. Dann ist das große Männer-Plumpsklo noch sauber. Die Frauen können ihres ganztags unversehrt nutzen. Mittags stehen wir ungeduldig vor Restaurants an, in denen es dieses Jahr etwas länger dauert. Die kleinen Kartoffeln werden mit Pelle serviert. Oft weichen wir deshalb zum Imbiss aus. Auch das nicht ohne Überraschung. Mangels Wurst wird Spiegelei verkauft, auf Brotscheibe liegend und auf Papptellern ohne Besteck ausgereicht. Nach der Mahlzeit schaben wir uns gegenseitig den Dotter vom Kinn.

„Papa, warum müssen wir so etwas essen, ich wollte doch eine Bockwurst haben, nur ohne Senf. Das ist aber ohne Wurst", hat Lutz das richtig erfasst.

„Wir wollten mal etwas anderes ausprobieren. Wenn man es nicht versucht, weiß man auch nicht, ob es geht und wie es schmeckt. Das kennst Du doch aus dem Kindergarten. Die Küchenfrauen kochen auch immer abwechslungsreich für Euch. Manchmal ist da Neues dabei, erst wollt ihr das nicht, aber dann schmeckt es gut."

Was er von meiner Begründung hält, erfahre ich nicht. Er greift das Thema Kindergarten auf, berichtet, dass er dort nur Fisch und Gräupchen ungern isst, dass er den Kindern von hier erzählen wird und dass er Frau Veilchen gernhat. Unsere Vertriebenen-Nachbarin arbeitet inzwischen in der dortigen Küche und bereichert den Speiseplan mit Gewürzen und Gerichten aus ihrer früheren Heimat.

Sonny ist froh über meine ablenkende Antwort, Kathrin schaut mich misstrauisch an: „Bei unserem Fleischer gibt es doch auch Vieles nicht", schimpfst Du immer, „und Spiegelei ohne Besteck ist Mist und macht eine richtige Schweinerei. Sieh mal, wie meine Hände aussehen, das klebt ganz eklig. Wo soll ich mich denn waschen. Hier ist doch nichts."

Zu unserem Quartier gehört ein Strandkorb in Boltenhagen. Wir vier nutzen ihn abwechselnd. Im Sichtfeld
puddeln die Kinder im Sand, suchen sich Freunde, spielen Ball. Wenn sie ins Wasser wollen, gehen wir mit,
manchmal zusammen, manchmal abwechselnd. Unbeaufsichtigt erlauben wir ihnen das nicht. Auch am Strand
lassen wir sie nie ganz aus dem Blick. Vor uns das Meer
und um uns herum tausende Urlauber verlangen Acht-
samkeit. Immer wieder verschwindet Lutz im Gewusel.
Auf Kathrin ist mehr Verlass. Sonny und ich wechseln
uns ab.

Während meiner Freiwache schweifen die Gedanken
ab. Das Jahr hat bisher schon einiges für uns bereitge-
halten. Wie mag es weitergehen? Wird es ein bedeutendes Jahr. Ist wichtig und bedeutend dasselbe? Nein,
denke ich, wichtig kann es sofort sein, Bedeutung bekommt es erst im Nachhinein. Oder es bezieht sie aus der
Vergangenheit, wenn sich ein bedeutendes Ereignis jährt.
Und was für mich Bedeutung hat, kann für andere vollkommen belanglos sein. Oder umgekehrt.

In Gedanken beginne ich zu sortieren.

1981 ist für mich das erste Jahr im neuen Job mit
mehr Verantwortung. Wichtig für mich, bedeutend für
meine Familie, belanglos für andere. Das kann ich vergessen.

1981 haben wir unser erstes Auto gekauft. Das ist
schön, mehr nicht.

Und ansonsten? Wird 1981 selbst noch etwas Bedeutendes hervorbringen?

Ich überlege Jubiläen? Oh, ja. Da fällt mir einiges ein.

Vor 15 Jahren hat mein Bruder die DDR für immer verlassen. Bedeutung hat das hier im Land nur für mich.
Nein, es war 1967, also erst vor vierzehn Jahren. Oder
vor siebzehn, je nachdem, wie man rechnet.

Aber jetzt! Zwanzig Jahre ist es her, dass man in Berlin, Hauptstadt der DDR, die Grenze nach und um Westberlin abgeriegelt hat. So wie sich jeder Slogan

irgendwann unbewusst eingeprägt, war auch die dauernde Erklärung von „Westberlin, das nicht zur Bundesrepublik gehört und nicht von ihr regiert werden darf" unverzichtbares DDR-Nachrichtenwissen. Die ehemals grüne Grenze zur Bundesrepublik war schon seit vielen Jahren fast unüberwindbar geworden. Um für DDR-Bürger nun auch die Fluchtmöglichkeit mit öffentlichen Verkehrsmitteln zu beenden, wurde beginnend in der Nacht zum 13. August 1961 quer durch die Stadt eine Mauer errichtet, die den Ostsektor von den drei westlich alliierten Besatzungssektoren trennt. Zwanzig Jahre her und noch immer weltweit bedeutend.

Ich bin gedanklich in der Wirklichkeit zurück und blickte Richtung Nord-Nord-West. Es gehört schon sehr viel Fantasie dazu, sich dort das verbotene Land vorzustellen. Für die letzten acht Tage werden wir uns dieses Gedränge hier nicht mehr antun. Richtung Osten besteht Freizügigkeit. Mit unserem Auto werden wir bei Badewetter ins Wohlenberger Wieck fahren. Der Strand dort ist schön, das Wasser flach und deutlich weniger Leute. Die Stelle kenne ich aus Kinderferienlagertagen.

Wieder zuhause sieht es auch hier noch nicht wieder besser mit der Fleisch- und Wurstversorgung aus. Obwohl das Sortiment breiter verteilt in der Auslage liegt, sind nicht alle Lücken zu verdecken und viele Wurst- und Fleischhaken sind leer.
Scheinbar ist auch in Kürze keine Besserung zu erwarten. Klar, Schweine müssen erst nachwachsen, ehe sie zu Wurst werden. Bei Rindern dauert es noch länger. Oder sind sie gar nicht rar, sondern dienen momentan vorzugsweise der devisenträchtigen Versorgung des Klassenfeindes im Westen? Jedenfalls haben sich Partei und

Medien auf eine erstaunliche Erklärung geeinigt. Nichts ist knapp! Schuld sind die Verkäuferinnen!

„Hat nicht jeder von uns schon oft erlebt, dass er eine bestimmte Menge Wurst oder Fleisch erbittet. Die Verkäuferin schneidet ab, legt auf die Waage und dann kommt die Frage: ‚darf's ein bisschen mehr sein?' Natürlich sagt da niemand nein. Das wäre aber richtig und notwendig. Das ‚Bisschen' für den einzelnen Kunden oder die Kundin addiert sich im gesamten Land zu gewaltigen Mengen, die dann hier oder da für kurze Zeit an den Verkaufstheken fehlen. Achten wir also gemeinsam darauf, dass wir genau die Menge erhalten, die wir uns wünschen."

Eingedenk dieser simplen Lösung habe ich heute das Einkaufen übernommen. Gern machen wir das beide nicht. Da Sonny aber immer vor mir Feierabend hat, trifft es sie öfter. In den Fleischereigeschäften stehen die Kunden in verschlungener Dreierreihe. Nur langsam nähert man sich dem Tresen. Zwar werden in dieser Zeit gern zwischenmenschliche Gerüchte und Gehässigkeiten ausgetauscht, die meisten sind aber feierabendmüde und wollen schnell wieder raus. Unbeliebt ist, dass viele Rentnerinnen den Höhepunkt ihrer Ganztagsfreizeit in diese zwei Feierabendstunden legen. Soll man sie dafür schelten? Ihr lebenslang erlernter Arbeitsrhythmus gibt ihnen das innerlich noch immer vor. Drei Verkäuferinnen bedienen. Gleich bin ich am Ziel: „Ich möchte bitte genau 175 Gramm von der Leberwurst dort im Stück." Mangels Sortenkenntnis zeige ich mit dem Finger zum Wunschobjekt.

Die Verkäuferin folgt meinem Blick jedoch nicht, sondern verharrt bei mir: „Genau 175 Gramm! Wie soll ich das denn machen?"

„Keine Ahnung. Ich will nur nicht, dass Sie die Ernährungslage im Land weiter gefährden."

Nur wenige in den Reihen hinter mir teilen meine Ironie, erkenne ich am zaghaften Gelächter.

„Ach so, weil's in der Zeitung steht," kommt mir eine andere Verkäuferin feixend zu Hilfe, „die spinnen ja. Stellt Euch das mal vor", wendet sie sich nun an die Wartegemeinschaft, „175 Gramm genau! Werden es 180, müssen wir ein Scheibchen wieder abschneiden, wird es etwas weniger ein anderes dazulegen. Was machen wir dann mit all den Resten am Abend? Selbst essen? Wegwerfen? So ein Nonsens. Außerdem fragen wir doch immer und wem es nicht passt, bekommt es bisschen korrigiert. Aber genau?! Das dauert dann eben länger, Ihr wartet doch alle gern, oder?! Und noch eins: Esst Ihr deshalb mehr oder reicht es einfach nur etwas länger, wenn's doch mal etwas mehr sein darf?"

„Sind alles nur dumme Ausreden der Parteiclowns, weil's nicht genug zu fressen gibt," schließt ein Mann in Reihe drei die Diskussion ab.

Hierrüber lacht sicherheitshalber niemand.

Wie auch immer. Die boltenhagener Spiegelei-Episode war ziemlicher Mist. Das eingeschränkte Sortiment ist nicht schön. Aber satt werden wir jederzeit. „Gut schmecken doch auch die Gerichte, die unsere Mütter oftmals auf den Tisch brachten. Es muss nicht immer Fleisch sein", hat Sonny recht. Wir kommen klar damit und unsere Kinder merken es gar nicht. Ohnehin wollen wir gern schlank bleiben. Das Leben lassen wir uns davon nicht verderben.

Gotthold Rümmler spreche ich jedoch hinterlistig darauf an: „Genosse Rümmler, hast Du selbst schon mal mit den Verkäuferinnen gesprochen, hast ihnen persönlich gesagt, dass sie Schuld an der Misere tragen? Stand doch so in der Zeitung. Ich hab's mal gemacht. Kam nicht gut an." Natürlich erkannte er das Heucheln nicht. Die erwartete Interpretation ist dann auch so daneben, dass es schon fast schmerzt. „Habe ich schon gehört. Das war sehr gut von Dir. Ich selbst habe dazu leider noch nicht die Gelegenheit gefunden. Aber die Linie unserer Partei, das klar und deutlich anzusprechen und die Ursachen zu benennen, ist richtig. Dazu stehe ich. Wir lassen uns beim Aufbau des Sozialismus von nichts abbringen. Da heißt es standhaft bleiben."

Idiot, denke ich beim Abschied. Ich hatte es lustiger erwartet, etwas, dass dem Freitagabend dienlich wäre. Auch Sonny war bereits informiert: „Was hast Du denn beim Fleischer wieder angerichtet? Du weißt genau, dass Deinen Humor nicht jeder teilt, vor allem, wenn Du das mit ernster Miene vorträgst. Ich habe von mehreren Leuten davon gehört, manche fanden es lustig, andere haben geschimpft. Nur Elfriede Haueis war zufrieden und hat Dich gelobt. Hätte sie gar nicht von Dir gedacht."

„Ich habe doch nur die Linie der Partei vertreten."

„Spinner! Pass auf, dass Du nicht mal Ärger kriegst. Denk auch an uns."

Zwei Tage vor dem Wochenende treffe ich wieder einmal Erich Hartmann im Treppenhaus. Ich bin auf dem Weg zur Toilette, er kommt die Treppe hoch. In Kampfgruppenuniform.

„Hallo Erich", begrüße ich ihn, „schön Dich mal wieder zu sehen. Alles gut bei Dir? Willst Du eine Mauer bauen?"

„Eine Mauer bauen?"

„Na heute, 13. August, und in Kampfgruppenuniform, da macht Ihr so etwas doch immer."

„Du hast immer noch dasselbe Schandmaul. Irgendwann bekommst Du das gestopft. Pass bisschen auf, Mensch."

„Umso mehr freue ich mich, Dich zu treffen. Bei Dir traue ich mich das noch."

„Nein, wir haben am Wochenende Ausbildung und ich muss ein paar Dinge vorbereiten. Deshalb die Uniform. Übrigens Dietmar Apfelstädt ist auf Dienstreise und nachher kommt Manfred Seifert zu mir, der jetzt als neuer Chef der Gütekontrolle häufig bei uns ist. Kann sein, er trägt auch noch die Uniform, dann hältst Du die

Klappe. Wir haben ein Qualitätsproblem, dass Dich vermutlich auch betrifft. Wir lösen das Problem gemeinsam und dann quatschen wir noch zehn Minuten. Wäre schön, wenn Du die Zeit hast." Die habe ich eigentlich nicht, aber eine störungsfreie Stunde mit Erich ist es mir wert.

Das Qualitätsproblem betrifft die Dicke der galvanischen Messingschicht. Die schwankt während des Arbeitstages leicht, ebenso wie die chemische Zusammensetzung des Bades. Regelmäßige Analysen unseres Labors und anschließende Korrekturen sorgen für Ausgleich. Den Takt der Veredlung gibt das Programm der Automaten unveränderlich vor. Also kein Arbeitsfehler. Das Dickenmessgerät allerdings ist ebenso simpel wie ungenau. In einer stiftförmigen Kunststoffhülse ist eine Spiralzugfeder verbaut, an deren äußerem Ende eine magnetisierte Stahlkugel sitzt. Sie wird auf das galvanisierte Stahlbauteil aufgesetzt und dann über leichte Drehung einer Feingewinde-Spindel abgezogen. Der Skalenweg bis zum Lösen vom Bauteil steht bei nichtmagnetischen Oberflächen in Relation zu deren Schichtdicke.

„Die Messung ist ungenau und die Dicke schwankt prozessbedingt. Wenn sie sich im Toleranzrahmen befindet, ist doch alles gut. Die geschlossene gleichmäßige Anmutung ist entscheidend. Galvanisch liegt immer eine Nickelschicht darunter, die gemeinsam mit der anschließenden Farbloslackierung den Korrosionsschutz gewährleistet. Darauf zu achten, ist wichtiger", sind wir uns schließlich einig.

„Weißt Du Manfred", drängt es mich zu ergänzen, „das ist wie beim Wurstverkauf, mal ist es bisschen mehr, mal weniger. Nur kritisierst Du das ‚Weniger', die Partei das ‚Mehr'"

„Du kannst es nicht lassen", kontert er. „Bist Du für den Sozialismus, dann spotte nicht ständig darüber."

„Klar, fein der Sozialismus, aber da müssen wir noch bisschen was dran machen. Und wenn das heißt, dass es nichts mehr zu essen gibt, muss ich nochmal darüber nachdenken", feixe ich ihn an.

Erich beendet diesen Gesprächsteil: „Halts Maul!"

Nach kurzem Schweigen greift er das vorhin erwähnte Jubiläum wieder auf. „Du hast Recht, Ralf, morgen jährt sich der Bau der Berliner Mauer zum zwanzigsten Mal. Noch immer ist das ein Thema, das die Welt bewegt. Morgen werden wir das in allen Medien wieder erleben. Die Kampfgruppen waren damals ganz vorn mit dabei, Karl aus unserem Fuhrpark auch, ich nicht, auch Manfred nicht. Es lässt uns aber alle nicht los. Was denkst Du darüber?"

Ich weiß, dass er es ehrlich meint, zumindest bin ich überzeugt davon. Wissen kann ich es nicht. Gefährliches Thema aber.

„Nicht schön, aber damals wohl unvermeidlich", beginne ich, „ewig wird sie sicherlich nicht stehen. Ich glaube aber nicht, dass wir das noch erleben."

„Unvermeidlich, das stimmt", beteiligt sich jetzt Manfred. „Wir wären ausgeblutet. Die vielen Tausenden Menschen, die unser Land über Westberlin verlassen haben, fehlen uns noch heute. Nicht nur, dass sie nicht mehr da sind. Wir haben sie alle teuer ausgebildet, als Lehrlinge in notwendigen Berufen und als Studenten in wichtigen Fachrichtungen. Lehrer, Ingenieure, Chemiker, Ärzte. Kostenlos vom Staat finanziert, letztlich von uns allen. Und dann gehen sie von heute auf morgen weg."

„Der Westen nahm sie doppelt gern", greift Erich den Faden auf. „Er bekam gratis Fachleute und uns konnte er massiv schaden. Deshalb warb er auch auf allen Kanälen zur Flucht. Manchmal ganz offen. Das musste ein Ende haben."

„Blöd finde ich die Bezeichnungen dafür", bin ich wieder dabei, „das regt die Leute nur zusätzlich auf und sie fühlen sich verarscht. Stimmt alles, was ihr sagt. Warum sprechen wir es dann nicht einfach offiziell aus. ‚Antifaschistischer Schutzwall', so ein Scheißwort. Der Westen nennt sie ‚Schandmauer', das ist auch nicht besser, doch wenigsten kommt ‚Mauer' drin vor."

„Ist alles nicht so einfach", erwidert Erich. „Ein Schutz ist sie inzwischen auch geworden. Schaut mal, ich bin doch Kleingärtner, habe einen Schrebergarten mit Laube oben am Ortsausgang. Schöne Lage. Es sind viele Parzellen dort und alle haben einen Zaun. An meiner Grenze habe ich ihn gebaut. Und wisst Ihr was? Der hilft nicht nur, dass meine Enkel nicht ausbüxen, der hält auch meinen Nachbarn von ungebetenem Besuch ab."

Wir denken nach. Erich ist direkt und geradlinig in seinen Aussagen, nun kommt er uns mit dieser Metapher. Das kling nicht spontan. Auch er hat wohl immer wieder über den Sinn der Mauer nachgedacht und lädt uns jetzt zu seinen Überlegungen ein. Die Mauer grenzt fremde Territorien physisch voneinander ab, wie ein Zaun. Und wie ein Zaun, funktioniert sie von beiden Seiten, obwohl nur eine die Kosten trägt. Es ist billig darüber zu schimpfen, wenn man sie nicht errichtet hat, den Schutz jedoch ebenso genießt. In der Metapher geht es um zwei Parzellen, an der Mauer um zwei Blöcke und Systeme. Aus den ehemals Alliierten sind längst Allergiker geworden, jede Handlung des anderen mit unverhohlenem Abscheu registrierend. Kapitalismus gegen Sozialismus, EWG gegen RGW, USA gegen UdSSR. All das steht sich unversöhnlich mit den weltweit stärksten Militärblöcken NATO und Warschauer Vertrag gegenüber. In Berlin so dicht, wie nirgends anders, nur um ein paar Meter getrennt. Und alle halten die Stimmung ihrer Bevölkerung am Köcheln. Eine besoffene Männergruppe auf der einen Seite und ein nervöser Grenzoffizier auf der anderen könnten Furchtbares auslösen.

„Du hast wohl recht", stimmen wir ihm zu, „gebaut wurde sie vor zwanzig Jahren, damit uns die Menschen nicht weglaufen. Das ist noch immer ihr Hauptzweck. Inzwischen ist die Schutzfunktion tatsächlich hinzugekommen, wenn auch nicht gerade antifaschistisch. Der Westen hebt das erste hervor und wir das zweite. Wie immer sind sie sich nicht einig."

„Was aber gar nicht geht, sind die Toten. Man darf die Menschen doch nicht erschießen, nur weil sie wo anders leben möchten. Auch wenn der Grenzdurchbruch unter Strafe gestellt ist, darf das doch nicht den Tod bedeuten. Selbst ein Jahr in Hoheneck oder Bautzen ist doch schon furchtbar."

„Schlimm!"

„Ja schlimm!"

Wir verabschieden uns jetzt besser.

*

Ich werde weitergebildet. Ende August erfahre ich von meinem Lehrgang zum SW-Reisekader. Für NSW komme ich auf keinen Fall infrage. Dem steht mein abtrünniger Bruder im Weg.

Schulungsort ist unser Ferienheim in Kolberg. Teilnehmer aus allen Kombinatsbetrieben kommen für eine Woche zusammen, um fit gemacht zu werden für geschäftliche Verhandlungen im Sozialistischen Ausland. Dass wir im Schulobjekt auch unsere Freizeit gemeinsam verbringen werden und abends sicherlich zusammensitzen, gefällt mir. Wir werden Kontakte knüpfen, Meinungen austauschen, Aufgaben und Probleme diskutieren. Und mancher hat vielleicht bereits eine Lösung für Sorgen, die andere noch quälen.

Sonny ist nicht ebenso begeistert davon: „Eine Woche Kolberg. Dort sollten wir auch mal wieder im Urlaub hinfahren. Schön für Dich. Dumm nur, ich bin mit den Kindern allein. Du kommst ohnehin kaum noch dazu im Haushalt zu helfen und mein Tag reicht so schon nicht aus."

„Am Freitag werde ich nicht so spät heimkommen. Unser Absatzleiter ist auch dabei und nimmt mich in seinem PKW mit. Was Du nicht schaffst, lässt Du einfach bis zum Wochenende liegen. Ich mache das dann."

Als erstes lerne ich, dass wir nie ohne Begleitung durch Mitarbeiter des Außenhandelsbetriebes unseres Ministeriums reisen werden, des AHB E/E. Ökonomische und finanzielle Belange liegen ausschließlich in deren Zuständigkeit. Technische Fragen liegen in meiner Verantwortung.

Damit bin ich zufrieden.

Tag zwei beschäftigt sich mit dem Organisatorischen. Lang und breit erklärt die Referentin, dass man vor Beginn eine Reisedirektive zu erarbeiten hat, die vom Betriebsdirektor genehmig werden muss. Sie muss Zielland, Zielort und Zeitraum enthalten, zudem welchem Zweck die Reise dient und welche Ziele erreicht werden sollen. Die mitreisenden Personen sowie die beabsichtigten Besuchspartner sind aufzulisten. Mitgeführte Unterlagen und deren Vertraulichkeitsstufen sind detailliert aufzuführen, usw..

Anschließend bestätigt sie noch einmal, dass immer mindestens eine Mitarbeiterin oder ein Mitarbeiter des AHB mitreisen. Sie ergänzt deren Pflicht, die Direktive und mein Tun zu überwachen. Nach Rückkehr ist ein Reisebericht zu verfassen, der die Reise und deren Ergebnisse umfänglich bewertet, einschließlich des Verhaltens aller anderen Beteiligten, die man gern auch verpfeifen darf.

Das finde ich nicht so toll.

An dieser Stelle setzt am dritten Tag ein Sicherheits-Genosse an. Er lässt mich nicht im Zweifel daran, dass der Klassenfeind überall lauert. Man muss stets wachsam sein. Oft verbergen sich hinter harmlosen Worten böse Absichten, politische Unterwanderung, An- und Abwerbungsversuche, Spionage. Abends beim Wein wird man zu lockerem Verhalten animiert und später damit erpresst.

Ich bin überrascht. Als SW-Reisekader komme ich nur in sozialistische Bruderländer. Dort hatte ich meine Gefährdungslage geringer eingeschätzt. Während ich das denke, erklärt er uns: „Glauben Sie nicht, Sie seien vor all dem sicher, weil Sie ins sozialistische Ausland reisen werden. Auch westliche Unternehmen und Institutionen sind dort aktiv und Sie werden ihren Vertretern begegnen. Gerade im Ausland suchen sie die Kontakte, die ihnen in unserem Land selbst verwehrt sind. Lassen Sie sich nie mit Leuten ein, die nichts mit Ihrer Direktive zu tun haben. Gehen Sie nie allein aus. Reagieren Sie nicht auf weibliche Annäherungsversuche. Trinken Sie nur wenig Alkohol. Sie reisen als Vertreter unseres Landes. Vergessen Sie das nie und halten Sie auch Ihre Mitreisenden stets dazu an."

Tag vier macht endlich Spaß. Ein älterer Herr referiert über Verhaltensregeln. Früher war er im diplomatischen Dienst tätig, heute verhilft er dem Reisenachwuchs zu gutem Benehmen. „Meine sehr verehrten Damen und Herren, Sie glauben gar nicht, was man alles falsch machen kann", beginnt er. „Sie werden überrascht sein. Manchmal wissen es Ihre Gesprächspartner auch nicht besser. Das ist der einfachste Fall. Da haben Sie Glück. Manchmal werden sie es tolerieren. Manchmal werden sie sich äußerlich unbeeindruckt zeigen, Sie aber als ungehörigen Menschen registrieren. Im schlechten Fall beeinflusst das Ihr geschäftliches Ziel negativ. Und beinahe noch schlimmer ist es, wenn Sie Ihren Fauxpas selbst bemerken und deshalb unsicher werden. Dann ist es oft nicht weit zum nächsten Fehltritt und der Erfolg Ihrer Reise rückt in weite Ferne. Dem wollen wir in den nächsten zwei Tagen gemeinsam vorbeugen.

Gehen Sie stets davon aus, dass Ihr Gegenüber Kontakte zu anderen Menschen hat, vielleicht sogar in anderen Ländern. Menschen, denen Sie zu späterer Zeit ebenfalls begegnen könnten. Haben Sie sich gute Referenzen erworben, werden die sich als Knoten in einem stetig wachsenden Netzwerk erweisen. Ein schlechter Ruf eilt Ihnen hingegen rascher voraus als Sie glauben und ist nur mühsam zu beheben. In diesem Fall bleiben Sie lose Maschen im fremden Netz.

Ich werde Ihnen nicht nur eine Menge erklären – vieles wissen Sie vielleicht auch bereits – sondern wir werden das gemeinsam üben und perfektionieren. Heute Abend simulieren wir einen Empfang. Die Küche wird Ihnen dazu ein Büffet präsentieren. Morgen werten wir Erlebtes aus und schleifen gewissermaßen die Kanten ab. Am Wochenende können Sie dann Ihre Partnerinnen, die Damen Ihre Partner, zuhause beeindrucken. Laden Sie sich gern auch Freunde ein und testen Sie Ihr Wissen und Können an Ihnen."

Das kann nur gut werden, denke ich. Egal was alles die Zukunft bringt, es wird mir helfen.

„Überlegen Sie einmal kurz", greift er seinen Faden wieder auf, „mit wem würden Sie gerne Geschäfte machen? Mit jemandem, der Ihnen sympathisch ist, oder mit jemanden, der sich schlecht benimmt, Sie vielleicht sogar brüskiert?" Nach kurzer Pause für unsere Entscheidung: „Sehen Sie. So ist das. Dabei spielt es keine Rolle, ob es bewusst oder unbewusst geschieht. Es spielt auch keine Rolle ob im Osten oder Westen, im Sozialismus oder Kapitalismus. Es gibt Regeln, die gelten überall. Natürlich werden die ergänzt durch länderspezifische und kulturelle Besonderheiten. Die kann ich Ihnen hier nicht vermitteln, damit müssen Sie sich im Vorfeld gründlich vertraut machen.

Wir werden miteinander behandeln, was Sie tun müssen, um einen guten Draht zu Ihrer Verhandlungspartnerin oder Ihrem Verhandlungspartner zu bekommen und was Sie lassen müssen, damit dieser Draht nicht reißt. Die Umgangsformen sind dabei ein wichtiger Aspekt. Das andere ist der persönliche Bezug. Was interessiert ihn, welche Hobbys hat sie, wo liegen seine geschäftlichen Interessen, welche Probleme beschäftigen sie? Bedrängen Sie nicht, werden Sie nicht zu privat. Stellen Sie fest, dass sich die Antwort um Nuancen verzögert, wechseln Sie unauffällig das Thema. Und noch etwas möchte ich Ihnen nahelegen: Achten und beachten Sie stets auch die Interessen Ihres Gegenübers! Es ist ganz einfach. Wer nur haben will, bekommt am Ende gar nichts!"

Er entlässt uns in eine kurze Pause, die wir vor dem Haus verbringen. Nach unserer Rückkehr konfrontiert er uns mit allem, was er dort als falsch beobachtet hat. Als erstes haben wir die Zeit um zwei Minuten überschritten. Wir erfahren die Bedeutung der Pünktlichkeit. Und gleich danach schließen sich Punkt für Punkt Verhaltensregeln an, die uns fit für unsere Aufgabe machen werden.

Ich lerne wie man sich vorstellt oder besser vorgestellt wird.

„Es ist immer ratsam, beim Erstkontakt einen gemeinsamen Bekannten darum zu bitten. Er wird den Ranghöchsten ansprechen, zum Beispiel: ‚Verehrter Herr Müller, ich möchte Ihnen gern Herrn Schulze von der Firma Meier aus der DDR vorstellen. Herr Schulze ist Absatzdirektor der Firma Meier. Er interessiert sich für günstige und schnelle Transportwege in Ihr Land, um bei Interesse zuverlässig liefern zu können' Oder: ‚Herr Schulze liebt Tschaikowsky' Oder, oder, oder... Wichtig ist es, sofort ein Thema anzubieten, auf dessen Basis der Ranghöhere ein Gespräch eröffnen kann. Ebenso wichtig ist, dass beide mit diesem Vorschlag etwas anfangen können. Wissen Sie also nicht sicher, dass Herr Schulze Musikliebhaber ist oder Tschaikowsky eher für den Linksverteidiger von Roter Stern Belgrad hält, sollten Sie ein anderes Thema wählen."

„Dann wendet man sich der Gegenseite zu und wiederholt das in umgekehrter Reihenfolge, obwohl die beiden doch nun schon voneinander wissen. Beispiel: ‚Herr Schulze' – Sie weisen auf Herrn Müller und sprechen in seine Richtung – ‚Herr Direktor Müller. Er ist Ihr heutiger Verhandlungspartner und hat gern zwei Stunden Zeit für Sie.' Damit ist auch die Gesprächsdauer höflich begrenzt. Es kommt auf keiner Seite zu Peinlichkeit, wenn Herr Müller aufbrechen muss."

Ich lerne, wie man zunächst unverfänglich und aufmerksam plaudert, um gemeinsame Interessen zu eruieren und daran anknüpfend allmählich zum eigentlichen Zweck der Begegnung überzuleiten. Dies wird die größte Herausforderung für mich werden. Small Talk kann ich nicht, wir werden rasch zum Eigentlichen kommen müssen.

So geht es weiter. Floskeln vermeiden. Klare Sätze bilden, die der Fremdsprachler versteht oder die fachfremde Dolmetscherin richtig übersetzen kann. Dabei anblicken. Und so weiter und so weiter.

Nach der zweiten Pause sind wir pünktlich zurück.

Der Themenschwerpunkt hat sich zum Essen verlagert. Da habe ich Vorkenntnisse. Ich kann aufrecht am Tisch sitzend in der richtigen Reihenfolge mit dem richtigen Besteck essen, die Arme angewinkelt. Erlernt habe ich das als Teenager auf Vaters Empfehlung mittels unter die Oberarme geklemmter Bücher; heimlich, damit er nicht glaubt ich würde auf ihn hören. Ich kann Kartoffeln drücken, Klöße zupfen, Fisch entgräten, Spaghetti drehen, Suppe schöpfen.

Heute Abend werden wir es perfektionieren.

Neu lerne ich, wie man am Büffet Stielglas, Besteck und Teller in einer Hand hält, während die andere zum Auftun freibleibt. Und wie man das geduldig auf den Zugriff wartend aushält.

Ich lerne, woraus der Ausspruch ‚Etwas unter den Teppich kehren' entstanden ist und dass er heute noch gilt.

Ich lerne, dass man fremde Peinlichkeit gelassen

ignoriert. Ich lerne, wie man ein Tischgespräch aufrechterhält. Leider lerne ich nicht, wie man es aushält.

Der Abend verspricht anstrengend zu werden. Ich fühle mich wie bei der Fahrprüfung. Einzeln betreten wir den Raum, in dem uns der Referent mit einem Begleiter empfängt. Der stellt den nächst Eintretenden wie erlernt vor und tritt ab. Der Vorgestellte übernimmt die Begleiterrolle und so geht es bis zum letzten weiter. Mit dem Rücken stehen wir hungrig zum leckeren Essen. Die Küchenfrauen haben ein großartiges Büfett aufgebaut. Den verführerischen Duft ignorierend, ertragen wir zunächst die Manöverkritik. Endlich ergreifen wir Besteck, Teller und Weinglas. Fast zehn Sekunden lang bin ich stolz auf mein Können. Dann spleißt das Besteck in meiner Hand, das Glas kippt um dreißig Grad und der Korrekturversuch stellt den Teller schräg. Aufgetan wäre jetzt reichlich ‚unter den Teppich zu kehren'.

Es wird meine Hausaufgabe und bietet Sonny allen Grund zu Heiterkeit. Ihr Gelächter lockt unsere Kinder an, die ich sogleich zurück in ihr Zimmer verweise. Ich will jetzt nicht ihr Clown zu sein.

Gerüstet trete ich meine erste Auslandsdienstreise an. Mein Ziel ist ein Leuchtenbetrieb in Tallinn, der Hauptstadt der Estnischen Sozialistischen Sowjetrepublik, mit dem wir eine technologische Partnerschaft eingehen sollen, geknüpft vom AHB E/E.

Als kulturelle Besonderheit stellt sich heraus, dass meine estnischen Partner nichts von den russischen Mitbewohnern ihres Landes halten. Meine Vorbereitungslektüre sagte etwas anderes und so ist es nicht weit zum ersten Fauxpas. Er wird mir nachgesehen. Mein Partner ist etwa gleichalt. Wir verstehen uns auf Anhieb und kommen ohne Small Talk aus. Die Begleiterin des AHB wie auch ihr estnisches Pendant kennen sich schon länger und verzichten ebenfalls auf diplomatische Umwege.

Erst als der Betriebsdirektor erscheint, kann ich mit Erlerntem aufwarten.

Die vier Tage sind rasch vergangen. Heute Abend treffen wir uns zum Abschluss in einem estnischen Restaurant. Die drei freien Stunden vorher nutze ich für Einkäufe. Zwei Wochen vor Weihnachten kommt das gelegen. Für Sonny einen goldenen Ring, hier überraschend günstig zu haben. Für Lutz ein Schachspiel, er hat früh damit begonnen. Und für Kathrin eine Gitarre, die sie sich gewünscht hat, eine russische. Dass die ‚Russische Gitarre' statt der erwarteten sechs Saiten sieben hat, werden wir erst zuhause merken, als unser Musiklehrer nicht damit zurechtkommt.

Der Abend beginnt ein wenig steif, lockert sich dann aber proportional zur Wodkamenge auf. Eingedenk meiner Erfahrung vom achten Mai trinke ich vorsichtig und dennoch zu viel. Auch an die Balten denke ich zurück, beim Einmarsch in die CSSR, an den Maschinen in unserem Betrieb. Vielleicht waren es Esten, wie meine Tischpartner. Ich werde nicht fragen, das Thema mögen sie nicht. Bevor wir den Abend beschließen, vereinbaren wir den Gegenbesuch im kommenden Jahr und die Wiederholung des Ganzen in zwei oder drei Jahren.

Halb acht werden wir in Tallinn zum Inlandflug nach Moskau starten und drei Stunden später von dort nach Berlin Schönefeld. Wenn alles gut geht, werde ich heute Abend zuhause sein. Morgen ist schon wieder Montag und der dritte Advent vorbei. Wer weiß, was mich im Betrieb erwartet. Im Flugzeug nach Moskau denke ich über das Erlebte nach. Geschäftlich hat es nicht sehr viel gebracht. Im Grunde haben beide Seiten die gleichen Nöte, zu wenig passendes Material und zu wenig Geld, um teure Technologie zu kaufen. Allerdings setzen die Esten viel Messingblech ein und galvanisieren nur wenig. Das würden wir auch gern.

„Was denken Sie über unseren Besuch?" fragt mich die AHB-Kollegin. Ich wiederhole kurz meine Gedanken und setzte fort: „Im Übrigen haben wir ungefähr den gleichen technologische Stand. Für die Kabelzuschnitte setzten wir allerdings selbstgebaute Automaten ein, relaisgesteuert und pneumatisch betrieben. Bei den Esten müssen es zahlreiche Frauen von Hand machen. Wir können ihnen beim Gegenbesuch unsere Konstruktionsunterlagen zum Kauf anbieten. Überrascht hat mich der geringe Anteil an Kunststoffbauteilen. Russland verfügt doch über gewaltige Erdölreserven, während wir es von dort importieren müssen. ‚Unsere Bilanzanteile sind in den letzten beiden Jahren gesunken, wir müssen sehr genau überlegen, wofür wir Plaste einsetzen', haben sie mir geantwortet. Das kenne ich von zuhause. Unsere Anteile sind zwar konstant zum Vorjahr geblieben, es gibt aber zunehmend Engpässe oder wir müssen auf rußschwarzes Regranulat zurückgreifen. Und für nächstes Jahr sind erneut Reduzierungen angekündigt."

„Das habe ich in letzter Zeit schon mehrfach gehört", bestätigt sie, „und sonst?"

„Nicht viel. In der Stanzerei sind mir allerdings Maschinen aufgefallen, Exzenterpressen, ganz hinten, nur für Rosetten- und Blechteilstanzung genutzt. Vielleicht haben Sie die auch bemerkt. Ich glaube, da war das Logo von Schmittich & Wabe dran, dem Vorgänger unseres VEB. Ob die aus Kriegsreparationen stammen?"

„Das sollten Sie aber nicht in Ihrem Bericht erwähnen. Jedenfalls nicht, wenn Sie erneut reisen möchten!"

„Nein, das sollte ich wohl nicht."

„Die Stadt ist schön", beginne ich unverfänglich wieder, „viele alte Häuser, kaum Kriegsschäden. Und wunderbare Menschen habe ich kennengelernt, freundlich, gastlich, unkompliziert."

Nach kurzer Unterbrechung versuche ich meine Begleiterin herauszufordern: „Ihr Verhältnis zu den Russen im Land schien mir jedoch schwierig zu sein."

„Auch nichts für den Reisebericht", weicht sie einer direkten Antwort aus.

„Nein, auch nichts.", bestätige ich. Das Motorengeräusch macht uns schläfrig. Wir führen unsere Unterhaltung nur fort, um die restlichen dreißig Minuten bis Moskau nicht noch einzuschlafen.

„Gut fand ich die Großraumtaxis. Irgendwo zwischen Großraumlimousine und Kleinbus konzipiert, interessantes Fahrzeugmodell."

„Ja, die fahren in den Spitzenzeiten alle zehn Minuten und vernetzten die Wohngebiete außerhalb der Hauptlinien im Nahverkehr. Das ist eine prima Lösung. Die Fahrpreise sind etwas höher, aber nicht sehr viel. Du hast ja gesehen, wie gern sie genutzt werden."

„Was meinst Du, wie viele Leute reinpassen. Wir haben immer dicht gedrängt vorn gestanden, bis nach hinten konnte ich nicht sehen."

„Ich denke so um zwölf Sitzplätze und Stehplätze bis die Tür nicht mehr schließt."

„Gut fand ich auch, dass es donnerstags überall in Gaststätten, Betriebs- und Schulküchen nur Fischgerichte gibt. Unser Kochfisch war richtig lecker. Warum zeigten sich alle so unzufrieden mit dieser Regel? Ich dachte, in den Ostseeländern ist Fisch seit ewig die natürliche Speisegrundlage."

„Ja, das ist so, und geschmeckt hat es sehr gut. Das Gebot gilt übrigens für die gesamte UdSSR. Und das ist das Problem, nicht der Fisch, sondern die Vorschrift, der gesetzliche Zwang."

„Der Staat diktiert den Speiseplan und das kotzt sie an", sinniere ich.

Wir setzen zur Landung an. Wieder geht die Maschine so steil nach unten, dass der Druckausgleich versagt.

„Die landen wie die Stukas", schimpfe ich, bevor meine Ohrenschmerzen alles andere überlagern.

Wir nehmen unsere Koffer vom Band und suchen nach einem Platz für die Wartezeit zum Anschlussflug. Ich freue mich auf zu Hause, Sonny, die Kinder. Ich habe viel erlebt und eine Menge zu erzählen.

Die Halle ist erstaunlich voll und es herrscht eine eigentümliche Unruhe. Wer weiß, denke ich, betrifft mich nicht, ich bin zufrieden. Alle Bänke sind belegt. Wir setzen uns auf einen Wandvorsprung. Noch knapp zwei Stunden. „Ich schau schon mal, wo unser Flug abgefertigt wird." Eigentlich will ich zum Klo, das lässt sich aber verbinden. Nach dem Blick auf die Anzeige schließe ich mich der allgemeinen Unruhe an. Hinter allen Flügen steht ‚cancelled'. Ich lasse meine Begleiterin teilhaben. Sie spricht viel besser russisch als ich, geht zum Interflug-Schalter und fragt nach den Gründen. Man gibt vor, es nicht zu wissen. Auch die sowjetische Aeroflot gibt keine Auskunft.

Erst allmählich verbreitet sich die Ursache unter den Passagieren: In Polen gilt seit dieser Nacht der Ausnahmezustand und der Luftraum ist gesperrt. Andere sprechen von verhängtem Kriegsrecht, was noch schlimmer klingt. Sofort werden Erinnerungen an 1968 und den russischen Einmarsch in die CSSR lebendig. Jetzt also Polen. Seit dem Sommer 1980 hörten wir immer wieder von inneren Unruhen, ausgelöst durch Aktionen der in Danzig gegründeten freien Gewerkschaft Solidarnosc unter Führung des Werftelektrikers Lech Walesa. Doch anders als 1968 hielt sich die Rote Armee bisher scheinbar zurück. Und anders als in der CSSR führte die kommunistische PVAP die Reformbewegung nicht an, sondern ging entschieden dagegen vor. Und ausgerechnet heute scheint ein Höhepunkt erreicht.

Gegen Nachmittag heben die ersten Flugzeuge wieder ab. Sie gehen auf Ausweichrouten um Polen herum. Die Aufrufe erfolgen überraschend und korrespondieren oft nicht mit den Anzeigen. Das Boarding eilt, weshalb Kontrollen weitgehend entfallen. Kein Wunder, dass mich eine Stewardess vor ihrem Gate zum Abflug nach Paris auffordert. Blitzschnelle Gedanken: Paris? Sonny? Kinder?

„Nein", antworte ich ihr. „Berlin."

Noch vier Abfertigungen vor uns, dann starten wir. In Berlin erreiche ich gerade noch den Nachtzug nach Karl-Marx-Stadt und von dort den Frühzug nachhause. Zum Schlafen bin ich zu aufgewühlt. Unruhig warte ich auf Sonny und meine Kinder.

1981 ist doch noch ein bedeutsames Jahr geworden. Für mich, für uns, für das Land, für die Welt. Dieses Mal muss man für diese Wertung nicht auf die historischen Folgen warten, es genügten zwei Tage in Polen.

1982

Erneut bewährt sich unsere Antennenanlage. Es ist wieder außerordentlich sinnvoll, die Nachrichten der Aktuellen Kamera sowie der Tagesschau und beider Sender Kommentare zu verfolgen. Wie so oft wird das Geschehen entweder durch Übertreibung verfälscht oder durch Weglassen zur Lüge verbogen. Irgendwo dazwischen ist die Wahrheit über die Ereignisse in Polen zu vermuten. Einig sind sich beide über geschlossene Grenzen. Im Norden haben wir die Ostsee. Und neben unserer Südwest- und Westgrenze zum Kapitalismus bleibt das Land künftig auch zum brüderlichen Osten dicht. Keine Reisen, kein Urlaub, kein Tagestourismus mehr. Allmählich wird es eng um uns herum. Fahrten in die CSSR werden durch repressive Kontrollen ebenso erschwert, wie durch den maximalen Umtauschbetrag von zwanzig Mark pro Person und Tag, zum Kurs von 1:3 in der Wechselstelle der Staatsbank-Kreisfiliale nahe der Grenze in Kronen getauscht. Zudem werden die in einem Faltbogen vermerkt, eingeklebt in den Personalausweis. Häufige Wiederholung führt misstrauisch beäugt zu noch gründlicheren Kontrollen. Die kleine Lücke im Südosten bleibt somit zwar offen, tröpfelt aber nur noch spärlich. Und was soll man dort auch?

Der Westen spricht von einer brutalen Niederschlagung der Reformbewegung in Polen durch die staatlichen Sicherheitsorgane, obwohl die Solidarność zu Kompromissen bereit gewesen sei. Wenig später nennt er es Militärputsch, weil die polnische Volksarmee wesentlich beteiligt war und General Wojciech Jaruzelski die Staatsgewalt an sich riss. Wahrscheinlich liegt das dichter an der Wahrheit als unsere Interpretation notwendiger Maßnahmen zur Wiederherstellung von Sicherheit und Ordnung im Land. Ein ‚Militärrat der Nationalen Rettung‘ und die Verhängung des Kriegsrechts führen unbedingt zu Sicherheit und Ordnung. Das stimmt ohne Zweifel. Ob die ordnungsgemäß Gesicherten dies wirklich schätzen, bleibt unerwähnt. Allerdings ähneln die brachiale Art und die Verhaftungswelle eher einem Putsch.

Aufhorchen lässt, dass auch frühere Spitzenfunktionäre der PVAP verhaftet worden seien, darunter deren ehemaliger Erster Sekretär Edward Gierek. Also waren doch Teile der kommunistischen Führungspartei abtrünnig geworden, um das Land und seinen Sozialismus zu reformieren. Ebenso wie 1968 in der CSSR. Und ohne Einverständnis, eher wohl massiven politischen Drucks der UdSSR, hätte das polnische Militär nicht gehandelt. Anders als 1953 in der DDR, 1956 in Ungarn und 1968 in der CSSR, wollte sich die Sowjetunion dieses Mal aber offiziell heraushalten. Die Unterzeichnung der KSZE-Schlussakte im Jahr 1975 spielt dabei sicher eine Rolle. Mindestens gleichwertige Bedeutung hat der 1978 gewählte Pabst Johannes Paul II. Der Pole mit bürgerlichem Namen Karol Wojtyła ist seitdem Oberhaupt der katholischen Kirche. Nicht nur, dass er den Polen damit endlich weltweit zum ihnen gebührenden Respekt verholfen hat. Sie sind auch mehrheitlich katholisch. Und vor die Entscheidung zwischen katholisch oder kommunistisch sollte man sie lieber nicht stellen. Schon gar nicht von einem Nachbarn, der ihnen gemeinsam mit andern seit Jahrhunderten die Eigenstaatlichkeit verwehrte, ihr Land vor zirka vierzig Jahren vertraglich mit dem faschistischen Deutschland aufteilte und es nach Kriegsende um fast ein Drittel nach Westen verschob.

Ja, die Rote Armee würde sich diesmal vermutlich heraushalten, solange es möglich wäre. Und solange kein erneutes Überschwappen auf die CSSR, die VR Ungarn und besonders auf unser Land zu befürchten ist.

Plötzlich fühle ich mich wieder wie das handlungsbeschränkte Kind meines Vaters. Ich spüre unterschwellig eine quälende Einengung. Ohne, dass ich tatsächliche Reisewünsche ins Ausland hege, weiß ich, es wäre mir in

199

alle Richtungen verwehrt. Ohne, dass ich aktuelle politische Reformen im Land für möglich halte, würde mich die kompakte Macht der sozialistischen Staatengemeinschaft treffen. Ohne, dass ich mir wirklich Sorgen mache, sollte ich meine Worte besser wählen. Scheiße!

Inzwischen ist jede Hoffnung auf eine baldige Normalisierung in Polen gewichen. Wojciech Jaruzelski ist Staatspräsident geworden und verfestigt das neue Regime auf unabsehbare Zeit.

*

In unserem Land führen die Ergebnisse der KSZE-Schlussakte hingegen zu erstaunlichen Aktivitäten.

Vor drei Jahren hatten sich die Eigentümer und Bewohner der Privathäuser einer Seitenstraße zusammengeschlossen, um auf einem nahen Hügel mit guten Westempfang eine Gemeinschaftsantenne zu errichten. Was bis dato unvorstellbar schien, war durch die Helsinkier Konferenz möglich geworden. Die Anlage wurde genehmig. Rund dreißig Männer zogen Feierabend für Feierabend und Wochenende für Wochenende mit Hacke und Schaufel los, bis das Fundament gegossen und der Graben gezogen war. Ein Mast wurde errichtet, die Antennenanlage – viel größer als meine – errichtet, ein Stromanschluss gelegt und das Übertragungskabel bis zum ersten Haus in der Erde verlegt. Von da ab führte es als Freileitung von Haus zu Haus. Jeder zahlte seinen Anteil, die Inbetriebnahme war ein Straßenfest.

So ein gemeinsames Projekt hatte es seit Jahren nicht mehr gegeben. Na klar leisteten die Mitglieder der Sportvereine und deren Sektionen viele freiwilligen Arbeitseinsätze für den Bau und Erhalt ihrer Stätten. Das gleiche taten die Freiwillige Feuerwehr für ihr Gerätehaus oder das DRK für seine Ausrüstung. Das Antennenprojekt aber geschah auf rein private Initiative und bei fragwürdig staatlichem Wohlwollen. Zudem schlossen sich alle Bewohner einer Region dafür freiwillig zusammen. Gemischt wie Heiligabend in der Kirche.

Das erinnert mich an eine Urkunde, vor langer Zeit verliehen und sicherlich irgendwo aufbewahrt. Gut zwanzig Jahre ist es her, dass ich sie für freiwillige Aufbaustunden im Nationalen Aufbauwerk erhielt, unterzeichnet von unserem Bürgermeister als örtlichem Beauftragten des NAW und in Faksimile vom Präsidenten des Nationalrates der Nationalen Front des Demokratischen Deutschland. Und dazu noch ein Abzeichen! Ich war unendlich stolz damals. Das NAW, das war bedeutend fürs Land. Also ich auch!

Die Urkunde trägt das Datum vom 20.03.1961. Da war ich gut zehn Jahre alt. Mein Beitrag zum NAW bestand in einem Kleister, den ich als Gleit- und Dichtungsmittel mit meinen kleinen Kinderhänden besonders gut in Muffen streichen konnte, die jeweils zwei Rohrstücke einer neuen Trinkwasserleitung verbanden. Mehrere Sonntage war ich in der Frühe im Mannschafts-LKW mit vielen Männern unseres Ortes die sechs Kilometer zum Einsatzort gefahren. Unser Vorhaben war eine neue Trinkwasserleitung. Sie sollte endlich eine stabile Zentralversorgung gewährleisten. Überall im Land beteiligten sich Zehntausende an Maßnahmen des NAW. Unentgeltlich schufen sie Objekte, die allen Einwohnern des Territoriums zugutekamen. So entstanden enorme Werte. Das Material stellten Land und Kommunen, die Arbeitsleistung war freiwillig und unentgeltlich. In unserem kleinen Ort liefen sogar zwei Maßnahmen parallel. Die Sportbegeisterten bauten ein neues Stadion, die anderen die neue Wasserversorgung. Und deren einer Initiator war mein Vater. Noch immer arbeitete er in der städtischen Verwaltung. Inzwischen nicht mehr unter russischer Kommandantur. Trinkwasser war oft rar, weil die einst erschlossenen Quellen nicht für die gewachsene

Bevölkerung ausreichten und weil die porösen Rohre hohe Verluste brachten. Die Folge waren geringer Druck, häufige lange Unterbrechungen und trübe Brühe. Die Suche nach einem neuen stabilen Quellgebiet dauerte schon einige Zeit an. Zudem sollte ein langer Streckenanteil ein natürliches Gefälle aufweisen, wollte man nicht endlos Stromkabel verlegen und Pumpstationen errichten.

„Kurt, kennst Du nicht ein Quellgebiet im Wald, dort, wo Ihr früher gewohnt habt?", wurde er oft angesprochen.

„Klar kenn ich eins", war seine stete Antwort, „das wollt ihr aber nicht wahrhaben."

„Weil das Wasser nicht natürlich fließen kann, dass weißt Du ganz genau. Ein Tal und ein zu hoher Berg dazwischen."

Die Umgebung von Omas ehemaliger Sommerfrische ist waldreich und von Wasserläufen durchzogen. Über lange Phasen des Jahres waren Waldpilze eine wichtige Speisegrundlage. Und wer am Waldrand wohnte, war der erste vor Ort und kannte jede Stelle. Natürlich wusste er auch von allen Quellen, die das ganze Jahr sprudelten. Man musste sie im Prinzip nur erschließen und einbinden. Dazu aber waren neue Rohrleitungen notwendig, tief eingegraben gegen die langen harten Fröste im Gebirge. Das wiederum setzte viele Helfer voraus, die mit Hacke und Schaufel diese Gräben schufen. Und die Voraussetzung dafür war wiederum der Glaube an das Gelingen des Projektes. Sein kritischer Punkt. Beobachtet und analysiert waren Quelle und Wasserqualität schon mehrfach: ausreichend, rein, sauber, klar, stetig. Massive Zweifel gab es am Leitungsverlauf.

Und an dieser Stelle spielte der Passierschein des russischen Stadtkommandanten vom 22. Mai 1945 wieder eine entscheidende Rolle, weil der befahl, meinem Vater insbesondere sein Fahrrad zu belassen. Unbestohlen dieses Rades fuhr er täglich von Omas Sommerfrische zur Ortskommandantur und zurück. Es war nahezu der gleiche Weg, dem jetzt die neue Wasserleitung folgen sollte. Von seinen hunderten Fahrten wusste er ganz sicher, dass der Gefäl-leanteil der Hinfahrt deutlich den Anteil der Heimfahrt überwog. Das konnte also nur bedeuten, dass in Summe auch das Wasser das Geländeprofil überwinden und na-türlich fließend sein Zeil erreichen würde. Nur an einer Stelle wäre eine Pumpstation notwendig und dort ist Strom vorhanden.

„Wahrscheinlich warst Du heimwärts müde", bekam er als bürgermeisterliche Reaktion, „und deshalb sollen wir jetzt den Wald umgraben. Ich bestelle mal den Gutachter der Wasserwirtschaft, der soll das beurteilen. Dann gibst Du aber Ruhe!"

Das Ergebnis war positiv. Dank des belassenen Fahr-rads begann ein großes gemeinsames Werken und an sei-nem Ende fließt noch heute herrlich waldklares Wasser aus allen Hähnen.

Die Bereitschaft für solche Gemeinwohl-Projekte im Rah-men des NAW nahm in den Jahren danach sukzessive ab. Öffentliche Aufgaben und Maßnahmen der Daseinsfür-sorge wurden wieder zu regulären staatlichen oder kom-munalen Pflichten.

Zu Beginn dieses Jahres erwacht die Ortsgemeinschaft wieder, um ein vergleichbar großes Gemeinschaftsprojekt anzugehen. Die kleine Antennenanlage der Seitenstraße hat Begehrlichkeit in der gesamten Stadt geweckt. Zu-nächst baten die direkten Anrainer der Nachbarstraßen um eine Erweiterung zu ihren Häusern. Als dies erledigt war, gab es jedoch neue Anrainer und danach wieder neue. Wie beim Schneeballprinzip. Die Anlage war dafür nicht ausgelegt, Größe, Verstärker, Querschnitte bald er-schöpft. Das Drängen der Unversorgten aber wuchs. Aus der Sraßengemeinschaft erster Stunde wurde schließlich ein Verein und aus den frühen Initiatoren dessen Vor-stände. Für heute Abend haben sie alle Interessierten der Stadt in den größten Saal eingeladen. Die vierhundert Sitzplätze sind bereits belegt, als ich eintrete. Obwohl nur eine Person pro Haushalt erbeten ist, stehen schon eine ganze Menge Leute. Franz Noth und Rudolf Baumgarten sind auch da, nur Gotthold Rümmler kann ich nirgends sehen.

„Versprich mir, dass Du Dich zurückhältst", gibt mir Sonny mit auf den Weg. Es besteht auch kein Grund für mich. Die Erläuterungen zum Vorhaben sind klar und deutlich. Jeder Interessent kann sich beteiligen. Wer in der Lage ist, sich mit Bauleistung einzubringen, soll das freiwillig und unentgeltlich tun. Wem das nicht möglich ist, zahlt einen Ausgleichsbetrag. Der Vorstand hat das bewährte Prinzip der Wohnungsgenossenschaften aufgegriffen: Wer nichts leisten kann, darf zahlen. Alles prima.

„Wir hoffen, dass auch die Eigentümer der Häuser, die keinen Anschluss wünschen, kooperativ agieren und die Kabelführung durch ihr Haus, zumindest aber über ihr Grundstück, gestatten", gibt es die erste Einschränkung.

„Auch mit den Wohnungsgenossenschaften und den betrieblichen Eigentümern von Wohnhäusern haben wir noch nicht gesprochen", setzt der Vorsitzende fort. „Wir erwarten allerdings hierbei keine Probleme. Erfahrungen aus den Nachbarorten belegen das. Warum soll es hier anders sein?"

Das betrifft auch mich, fällt mir ein, unser Betrieb hat mehrere Wohnhäuser für seine Beschäftigten, verwaltet durch meinen Bereich Grundfondswirtschaft. Unter den Gästen sehe ich mehrere Mieter. Sollen sie für ihre Wohnung entscheiden, denke ich, den Hausanschluss werden wir erlauben. Dann können wir fehlende Wohnungsanschlüsse bei Mieterwechsel ergänzen. Für unser Ferienheim östlich Berlins gibt es bisher keine vergleichbare Initiative. Dort sind die Westprogramme ohnehin empfangbar.

Der Vorstand hat ein gutes Finanzierungskonzept. Kostenpflichtig sind die Wohnungsanschlüsse, alles andere wird aus den Jahresbeiträgen der Nutzer umlagefinanziert. Der vorgesehene Standort oben am Berg wird beschrieben. Die Zustimmung des Eigentümers liegt vor. Die Materialbereitstellung ist im Wesentlichen gesichert. Bilanzanteilen bedarf es dafür nicht. Es würde beigesteuert. Auch notwendig professionelle Handwerkerleistungen sind ohne Wartezeit zugesagt. Baustart ist mit Beginn der offenen Jahreszeit. Nachdem der Applaus abgeklungen ist, gehen Listen von Tisch zu Tisch. Wir tragen uns ein, verpflichten uns zur Übernahme der Anschlusspauschale und der Mitgliedsbeiträge und erklären unsere Bereitschaft zu Eigenleistung oder Gegenfinanzierung. „Wir haben alle Bewohner eingeladen. Den Hinweis zur unbedingten Teilnahme aller Interessierten haben Sie gelesen. Nur wer sich also heute hier einträgt und unterschreibt, wird dabei sei können", sollte wohl den Prozess nur beschleunigen. Denn wie würde mit Kranken, Gehschwachen, Schichtarbeitern verfahren werden? Oder mit Gotthold Rümmler? Aber der wohnt in einem unserer Betriebshäuser und kann ohne Aufheben nachträglich teilhaben.

Unsere Nachbarin hat mich gebeten, auch Ihr Interesse zu bekunden. Ich überlege kurz, dann trage ich sie in die nächste Zeile ein und unterschreibe mit ‚Veilchen‘.

*

Privat läuft es gut. Die Kinder sind glücklich. Sonny liebt ihren Beruf. Ich habe mich an meinen zumindest gewöhnt. Die Versorgung hat sich stabilisiert. Der Staat hält sich zurück. Unsere Freizeitaktivitäten weiten sich aus, Lutz ist groß genug und der Skoda fahrtüchtig. Es lebt sich gut im Ort und im Spätsommer werden wir einen Kleingarten übernehmen. Der bisherige Pächter fühlt sich zu alt und vom Ortsverein des Verbands der Kleingärtner, Siedler und Kleintierzüchter, dem VKSK, liegt uns die Zusage vor. Die Enge der Grenzschließung werden wir absehbar dank des Antennenvereins zumindest im Äther überwinden, stabiler als mit unserer Anlage.

Schlechter läuft es im Betrieb. Die ‚Russen' kommen nicht mehr. In den Produktionsabteilungen fehlen wieder mehr Arbeitskräfte und Martin Gottschalk ist deutlich rascher als unser ehemaliger Betriebsdirektor bereit, alle anderen Bereiche mit Abstellungen ihrer Mitarbeiter zu beauflagen. Entsprechend sinkt die Stimmung der Betroffenen.

„Kann der sich nicht denken, was ein Ingenieur oder eine Konstrukteurin empfinden, wenn der Chef davon ausgeht, sie könnten schadlos mal eben vier Wochen etwas anderes machen. Sie werden danach einen Scheiß tun, sich nach Höchstleistung im eigenen Job zu strecken", raunzt Haupttechnologe Herbert Schultheis.

Hinzu kommt, dass der neue Personaldirektor ein ausgedienter Musterungsoffizier der NVA ist. Er ist gewohnt, dass ihm Personal zwangszugeführt wird. Zwei NVA-Offiziere an der Betriebsspitze lassen auch für die Zukunft nichts Gutes erwarten. Ich fahre deshalb zur Abteilung Arbeit beim Rat des Kreises. Die Chefin empfängt mich freundlich und hört sich mein Anliegen geduldig an: Mehr Arbeitskräfte für unsere Produktion, um die eigenen Ressourcen davon zu befreien. „Ich verstehe ihr Anliegen, Kollege Beyer", beginnt sie mit betrübter Miene. „glaube aber nicht, dass ich Ihnen helfen kann. Es gibt im gesamten Kreisgebiet nahezu niemanden ohne Arbeit. Und die ganz, ganz wenigen, die bisher geregelter Arbeit entgehen, wollen Sie bestimmt gar nicht. Sogar alle Frauen, die es möchten, - und das sind die meisten von ihnen - sind berufstätig. Sie kennen die doppelte Prämisse unseres Arbeitsgesetzes, Kollege Beyer: ‚Das Recht auf Arbeit und die Pflicht zur Arbeit'. Das heißt eben für alle, sich selbst um ihren Broterwerb zu kümmern. Unser Staat garantiert statistisch jedem einen Arbeitsplatz, auch wenn es nicht immer der liebste ist. Die Auswahl ist jedem Bürger überlassen und ein Wechsel zur Wunschtätigkeit jederzeit möglich. Das ist sogar real meist gegeben, weil überall Stellen offen sind. Vorrausetzung ist ein geeigneter Berufsabschluss. Aber auch das ist kein Problem mehr. Die jetzige Generation kommt aus unserem Bildungssystem, fast alle sind Facharbeiter oder haben studiert. Wer Arbeit sucht, findet auch eine. Und wer die Arbeit verweigert – und das sind extrem wenige – muss mit Sanktionen rechnen, bis hin zum Gefängnis. Die Regel ist ganz einfach: ‚Wer nicht arbeitet, soll auch nicht essen!' Das gilt selbstverständlich nicht für unsere Mitbürger, die gesundheitlich nicht imstande sind. Sie beziehen eine Rente. Die ist Aufgabe anderer Abteilungen. Meine Aufgabe ist es, offene Stellen zu registrieren und Stellensuchenden vorzuschlagen. Meine Aufgabe ist es auch Säumige und Verweigerer auf die Konsequenzen hinzuweisen und Hartnäckige zu sanktionieren. Meine Abteilung verwaltet zudem das Schlechtwettergeld für die Arbeiter im Baugewerbe und deren Wintergeld. Im Grunde alles, was den regionalen Arbeitsmarkt betrifft. Wie gesagt, fast überall freie Stellen. Das Einzige, was ich nicht habe, sind freie Arbeitskräfte. Es tut mir leid, ich kann Ihnen nicht helfen."

Ich war ohne große Hoffnungen zu ihr gefahren und die haben sich bestätigt. Wahrscheinlich wird sie bei nächster Gelegenheit unserem Personaldirektor davon berichten. Sei es darum.

Ein weiteres Feld sind die eigenen Planvorgaben. Deren Ziel ist die Optimierung aller betrieblichen Prozesse und Erzeugnisse durch Steigerung der Arbeitsproduktivität und Effektivität, nachzuweisen als Einsparung von Arbeitszeit, Material und Energie. Alles relativ zur Steigerung der Industriellen Warenproduktion.

„Für die engagierte Umsetzung bedarfs es zuallererst der Mitarbeiter, deren Moral wir jährlich mit vier Wochen produzierend auf die Probe stellen, anstatt sie produktiv einzusetzen", so ähnlich jedenfalls formuliert es der Entwicklungsleiter.

Natürlich weiß er, dass genau diese Motivation seine Aufgabe ist und ebenso sicher ist, dass er es tun wird. Es wird ihm nicht einmal schwerfallen. Fast alle kommen gern zur Arbeit, sie sind Designer, Konstrukteure, Zeichnerinnen, Musterbauer und mögen ihre Aufgabe. Es ist gerade der Reiz, neue effektive Lösungen zu finden. Schimpfen, fluchen und streiten gehören dazu. Man baut Frust ab und kommt ins Reine mit sich und der Welt. Und am Ende wird man gelobt, ist stolz auf seinen Einfall, fühlt die eigene Wertigkeit und geht zufrieden nach Hause. Auf dem Weg dahin erledigt man seine Einkäufe, schimpft auf das Land, flucht über Mängel im Sortiment und im System, streitet mit der Verkäuferin, die nur drei knappe Bananen freigibt, obwohl man Anspruch für vier Personen hat. Den Rest des Weges begleitet man seine Kollegin, der es genauso ergangen ist. Man teilt den Frust und wenn der Weg lang genug ist, kommt man wieder soweit mit sich ins Reine, dass es der Partnerschaft guttut.

Meine Wege sind dafür leider oft zu kurz. Sonnys auch. Und so gehen wir Sofortkontakt lieber aus dem Weg. Die Kinder kommen allein nach Hause, sogar Lutz hat einen eigenen Schlüssel.

Die Familie taut erst beim Abendessen allmählich auf.

Meine Vorgaben sind an vielen Stellen voller Widersprüche. Zunächst einmal sind es zu viele Einzelkennziffern, noch detaillierter als in den Jahren zuvor. Zum Teil bedingen sie sich gegenseitig, zum Teil heben sie sich gegenseitig auf und zum dritten entspringen sie statistischem Wunschdenken praxisferner Rechenkunst. Wohnraumleuchten sind Modeartikel. Ihre Form folgt den Gesetzen der Gestaltung und dem kurzlebigen Zeitgeschmack. Erstaunlich daran, er überwindet die massive physische Grenze von Westen her mit Leichtigkeit, hauptsächlich getragen von postversendeten Quelle-, OTTO-, Neckermann-Katalogen. Als Leuchtmittel gibt es hier wie dort im Wesentlichen die Allgebrauchsglühlampen mit E27-Sockel. E14-Lampen sind rar und leistungsbegrenzt, Leuchtstoffstablampen sind im Wohnraum unbeliebt und Halogenlampen noch weit vom Großserieneinsatz entfernt. Generell erfordern Glühlampen physikalische Anpassungen. Ihr höchster Anteil am Wirkungsgrat ist die Wärmeerzeugung, und die muss abgeleitet werden. Das setzt eine Mindestbaugröße der Brennstellen voraus. Zum anderen sind die Duroplast-Fassungen nur für Leistungen bis 60 Watt zugelassen. Höhere Lampenleistungen mit höheren Temperaturen würden sie brüchig machen. Deshalb wäre beispielsweise die Reduzierung von fünf Brennstellen auf vier nicht nur ein gestalterischer Frevel, sondern die verlorene Lichtleistung der fünf 60 Watt-Lampen könnte nicht technisch durch vier leistungsstärkere 75 Watt ausgeglichen werden. Vielleicht sollte ich Gotthold Rümmler mal darauf ansprechen. Mit Parteibeschluss ginge es vielleicht.

Für die Gestaltung von Wohnraumleuchten gelten unabhängig modischer Einflüsse zwei unumstößliche Regeln, die sich beide aus der natürlichen Umwelt ableiten. Bei mehrflammigen Leuchten bestimmt die Fibonacci-Folge die Anzahl der Brennstellen. Mit zweimal eins beginnend, ist jede folgende Zahl die Summe der beiden vorherigen, also (1) – 2 – 3 – 5 – 8 -13 usw. Die vier kommt darin nicht vor.

Das andere ist der ‚Goldene Schnitt‘, bestimmt durch die Zahl Phi mit rund 1,618. Jeder Verstoß dagegen ist eine Beleidigung des gestalterischen Empfindens. Rechnerisch kann man sich einfach behelfen, indem man ein Gesamtmaß durch 13 teilt und in den Anteilen 8 und 5 zusammenstellt. Das ist zwar nicht ganz korrekt, hilft aber der Prüfung und fällt kaum auf.

Größe und Anzahl der Brennstellen, wie auch der gesamten Leuchten sind also nicht beliebig. Hinzu kommt die Mode. Und die zeigt gerade eine neue Tendenz, weg von mehrflammigen Pendelleuchten und hin zu Kronen.

Damit ist ein höherer Stahleinsatz für Kappen und Rohre verbunden. Die Bilanzanträge unserer Einkaufsabteilung für das laufende Jahr haben das zum Großteil berücksichtigt. Die ausgereichten Anteile geben es aber nicht her. Von Buntmetallen, wie Messing und Kupfer ganz zu schweigen. Darauf liegen sogar massive Einsparvorgaben. Aluminium ist bestätigt. Für Plaste sind die Bilanzanteile deutlich reduziert. Als Ursache munkelt man davon, dass die Sowjetunion die Liefermengen Erdöl massiv gesenkt hätte. Andere Stimmen wussten von angeblichem Kraftstoffexport der DDR nach Westdeutschland, in Schwedt raffiniert aus russischem Erdöl.

Erhöht wurden nur die Planziele für IWP und NSW. Ich fühle mich an meinen damals dreijährigen Sohn Lutz erinnert, dem es egal war, ob Schnee lag, er wollte Schlitten fahren.

Ich treffe auf Gotthold Rümmler. „Und Ralf, wie sieht es aus bei Euch, kommt Ihr voran?" Er hat mir gerade noch gefehlt. Ausweichend antworte ich mit einer Liedzeile, die ich kürzlich so ähnlich im Radio gehört habe: „Es ist ein kleines Land, es ist kein reiches Land, aber meins!" Zum Satzende hebe ich die Stimme, als wäre es, anders als im Liedoriginal, eine Frage. Das gefällt ihm nicht, wir trennen uns wortlos.

Kurze Zeit später ruft mich Erich Hartmann an: „Sag mal, was ist Dir bei Gotthold eingefallen. Der ist sehr unzufrieden."

„Ich komme nachher mal kurz runter zu Dir." Es wird erst am Nachmittag: „Hallo Erich, was war denn los, was hat der zu meckern?"

„Du kennst ihn ja, er sieht sich überall von Abweichlern umgeben. Und Dein Humor ist nichts für ihn. Hast Du Zweifel genannt, ob das noch Dein Land ist?"

„Nein, ich habe ihm eine Liedzeile vorgesungen."

„Und daraus zieht er diese Schlussfolgerung?"

„Vielleicht habe ich versehentlich falsch betont."

„Deine Versehen kenne ich. Mach das nicht bei Rümmler!"

„Erich, ich hasse solche Typen. Sie wittern überall den Umsturz, übergießen uns mit vorgekochter Sprechsuppe und leben für Sprachgebrauchsregeln und Redeverbote."

Ich weiß, mein Ärger ist überzogen, aber Gotthold Rümmler führt mich immer wieder zu Erinnerungen an Schultage in Karl-Marx-Stadt. Übergangslos verwundere ich Erich: „In einer Klassenarbeit in Staatsbürgerkunde sollte die Verwerflichkeit des bundesdeutschen Alleinvertretungsanspruchs begründet werden. Zu Hause am Rathaus hing zu dieser Zeit der Spruch: ‚Die DDR, der einzige rechtmäßige Staat auf deutschem Boden'. Den habe entgegengestellt. Mit Note fünf und einem Tadel vor der Klasse war ich noch gut bedient. Dann ‚Überholen, ohne einzuholen", so ein Schwachsinn, ‚Die Partei hat immer recht', noch größerer Mist. Und Rümmler kann nur solchen Scheiß in seiner schnurgeraden Einheitslinie denken. Man muss aber akzeptieren, dass hundert Meinungen möglich sind. Guck doch mal: es gibt bestimmt hundert Meinungen im Betrieb, aber am letzten Samstag im Monat sind alle hundert zur Sonderschicht da, um den Plan zu erfüllen. Verteufelt man hundert Meinungen, werden zweihundert daraus, hundertfünfzig davon still gelebt und abgewendet. Und wenn man die bekämpft und bespitzelt, werden es dreihundert. Dreihundert Tschechen 1968, jetzt aktuell dreihundert Polen.

Willst Du das? Will ich das? Wir hätten keinen Pabst! Mein Gott, regt mich der Rümmler auf."

„Komm wieder runter. Ich sag ihm, wir haben darüber gesprochen. Du wusstest gar nicht was er meint. Wahrscheinlich habt ihr Euch falsch verstanden."

„Danke Erich. Ich brauche das manchmal mit Dir. So bleibt es auch Sonny erspart."

Nein, bleibt es nicht. Ich stehe so unter Dampf. Es verdirbt uns den Abend.

Mit oder ohne Rümmler, die Materialeinsparung würde schwierig werden. Der Haupttechnologe sieht jedoch gute Möglichkeiten zur Einsparung von Arbeitszeit. Seine Konstrukteure haben in Lehrgängen Ideen für einen modifizierten Werkzeugaufbau entwickelt und veränderte Werkstoffe können deren Standzeit erhöhen. Das häufige Umrüsten bei Modeartikeln hat ohnehin einen hohen Arbeitszeitanteil, dann sollen zusätzliche Verluste durch Werkzeugverschleiß künftig vermieden werden. „Ideal wäre es natürlich, ließen sich die Stückzahlen so stark erhöhen, dass eine teilweise Automatisierung möglich würde. Denk mal an den Gewerkschaftszwerg im vorigen Jahr."

„Das würde aber unser Sortiment einschränken und am Ende hingen überall die gleichen Leuchten. Noch mehr als die aktuellen Wiederholteile werden die Designer nicht unterbringen."

Nein, sind wir einig. Selbst in einer ideal homogen sozialistischen Gesellschaft wird eines niemals einheitlich sein: der Geschmack.

Mit einem beauflagten Versuch waren wir schon einmal gescheitert. Die Wohnungsbauserie „WBS 70" sorgt republikweit für weitgehend einheitliche Platten-Neubauten. Zwar sind Modifizierungen enthalten, das Grundprinzip aber bleibt. Der Versuch, dem mit ebenso ähnlichen Leuchtenserien zu folgen, ging ordentlich schief. Wenn jeder Mieter straßenweit den Wohnungsschnitt aller seiner Nachbarn kennt, will er sich nicht auch noch genauso einrichten wie die anderen.

Wir sind aus dem Urlaub zurück. Ein betrieblicher Ferienplatz stand uns in diesem Jahr nicht schon wieder zu. Wir waren einige Tage bei Bekannten in Rostock. Wegen des schlechten Wetters sind wir jedoch bald wieder abgereist und haben die restlichen Tage zuhause verbracht. Zwei reichliche Wochen mit der Familie taten uns allen gut. Auch Sonny wirkt erholt. Abschließender Höhepunkt ist Lutz' Schulanfang. Gleich danach hat uns das Leben wieder zurück.

Bereits seit Mai arbeiten wir an einem neuen Produkt, der ‚Federzugleuchte'. Martin Gottschalk wurde kurz nach seiner Berufung zum Betriebsdirektor auch NSW-Reisekader. Davon macht er gern Gebrauch. Und meistens nützt es uns auch. Er hat eine solche Leuchte als Muster gekauft und unser neuer Artikel ist schlicht ein Nachbau für den Binnenmarkt. Das Funktionsprinzip ist ebenso genial wie simpel und bedarf nur weniger Teile: eine Tischklemme mit drehbarer Aufnahme, zwei Doppelrohrgestänge mit Kippgelenken als Ausleger in Reihe montiert, an einem Dreh-/Kippgelenk eine Reflektorbaugruppe mit Druckschalter und E27-Fassung. Alle Metallteile in beliebigen Farben lackierbar. Je zwei parallele Spiralfedern an den Kippgelenken der Gestänge halten alles selbst dann im Gleichgewicht, wenn die Lichtquelle weit über den Tisch auslädt. Schade, dass es nicht unsere Idee war. Die Konstruktionszeichnungen sind rasch erledigt und ein nachgebautes Prüfmuster läuft zügig und positiv beschieden durch die Außenstelle des Amtes für Standardisierung, Messwesen und Warenprüfung, das ASMW. Problematisch ist wieder einmal die Materialbeschaffung. Die Kabelführung verläuft durch die beiden Rohrgruppen. Schutzklasse II verlangt dort Isolierstopfen und das sind Plasteteile, ebenso wie die Spannbolzen für die Zugfedern und die Gelenkteile am Reflektor. Die Spritzgießwerkzeuge stellen wir selbst her, das ist kein Problem. Aber unsere Bilanzanteile sind durch das sonstige Sortiment bereits überbucht und die überraschende Senkung ohnehin nicht einzuordnen. Anstatt ihrer staatsplanmäßigen Senkungsvorgabe nachzukommen, hat unsere Entwicklungsabteilung eine Erhöhung fabriziert. Sichern werden diesen Mehrbedarf die guten Kontakte unserer Kolleginnen vom Einkauf zu ihren

Lieferanten und die republikweite Bereitschaft sich gegenseitig irgendwie außerhalb von Plan und Bilanzanteilen zu helfen. Als wesentlich schwieriger erweisen sich die Gestänge, weil hierfür Vierkantrohre notwendig sind, und die gibt es auf keinen Fall in dieser Menge. Pro Leuchte benötigen wir 140 cm mit Mindestquerschnitt 10 x 10 mm. Ungefähr viertausend Leuchten wollen wir monatlich produzieren, achtundvierzig Tausend pro Jahr. Das wären fast siebzig Kilometer. Unvorstellbar. Der quadratische Querschnitt ist unverzichtbar. Es bedarf einer Lösung. Wir setzen uns zusammen: Haupttechnologe Herbert Schultheis, Entwicklungsleiter, Konstruktionsleiter und ich. In gleicher Runde hatten wir schon über die Grobkonstruktion eines Eigenbau-Automaten zum Sägen und Bohren der Vierkantrohre nachgedacht. Den können wir jetzt also vergessen.

„Wir haben wieder einmal aus Scheiße Gold zu machen", formuliert der Haupttechnologe brachial unsere Aufgabe. Er hatte sich bereits tiefergehend mit dem Automaten beschäftigt und kann sich nicht so schnell davon trennen.

„Eher eine klassische DDR-Bürger-Aufgabe", hält der Konstruktionsleiter dagegen, „den Mangel nutzen, um etwas Neues zu generieren. Wir machen das doch landesweit täglich bei verschiedensten Gelegenheiten, beruflich wie privat. Guter Schulbildung mit praktischem UTP sei Dank. Wir vier haben zusätzlich noch eine kostenlose Ingenieursausbildung. Das muss sich jetzt mal rechnen. Also lasst uns neu ein Rohr erfinden."

„Interessante Formulierung für's Pflichtenheft ‚Die Neuerfindung des Vierkantrohres auf Basis planmäßigen Mangels' ", leistete der Entwicklungsleiter bei.

„Scheiße. Kommt, geht los", mache ich meinen Leitungsanspruch geltend. Die Grundlagen unserer Aufgabe hatten wir soeben ausreichend besprochen.

„Not macht erfinderisch", war schon meiner Großeltern Credo. Sie wandten es immer final an, wenn sie uns ihre Lebenssituation in den schweren Jahren während und nach beiden Weltkriegen beschrieben. Unsere Aufgabe ist ungleich einfacher. Wir wohnen, wir heizen, wir essen, wir kaufen, wir kleiden. Wir haben Freizeit, fahren in Ferien, pflegen Hobbys. Unsere Kinder wachsen, spielen, lernen, studieren. Not besteht für uns momentan nur an Vierkantrohren 10 x 10 mm.

Die Lösung liegt wie oft im selbst machen. Wir werden sie aus Bandstahl fertigen, senkrecht zur Durchlaufrichtung mit Verbundwerkzeugen in Hydraulischen Pressen mit automatischem Vorschub geformt. Vier Schritte: Zuschnitt, Steg und Lochung stanzen – Vorbiegen - Fertigbiegen - Abhacken im Gitterverbund. Die Umformung in Fünfergruppen, das Gitter mit zwanzig Stück, verbunden durch beidseitige Randstreifen und kurze Haltestege. In diesem Verbund werden sie alle weiteren Bearbeitungsstufen durchlaufen und erst am Montageband in Einzelrohre getrennt. Die Rohre liegen mit minimal reduzierter Länge quer im Stahlband. Sonderbreite ist für Liefersicherheit zu vermeiden. Verschnitt ist gering zu halten.

Der Konstruktionsleiter wird die Umsetzung veranlassen, der Haupttechnologe den Werkzeug- und Vorrichtungsbau und beide die Erfassung und Abrechnung des Nutzens innerhalb ihrer Kennziffern im Plan Wissenschaft und Technik sowie im Entwicklungsplan.

Vom Ergebnis sind wir überrascht. Den Arbeitszeiteffekt durch die automatisierte Fertigung hatten wir erwartet. Jetzt finden die beiden Planer aber noch vieles Weitere heraus. Mit dem neuen Leuchtentyp geht eine teilweise Sortimentsverschiebung einher. Wir sparen Rundrohre und Gussbeschwerungen, weil wir den Anteil an bisherigen Schreibtischleuchten reduzieren. Wir sparen Transportzeiten, weil die Gitterverbünde einfacher zu handhaben sind. Wir sparen Elektrodenmaterial in der

Galvanik, weil nur die Gelenke veredelt werden. Wir sparen Arbeitszeit beim Montieren, denn die Installation der durchgeschleiften Anschlussleitung geht schnell und einige Schraubverbindungen sind durch Biege- Niet- und Bördel- Lösungen ersetzt. Alles Einsparungen in Relation zum Gesamtvolumens der IWP. „Allerdings werden wir durch den höheren Ausnutzungsgrad nunmehr das Planziel für Stahlschrott verpassen", ergänzen die Planer ihre freudige Prognose. Ich spüre einen Hauch von Ironie. Mit den ersten Serienprodukten zeigt sich, was wir nicht erwartet haben. Unsere Rohrsubstitute neigen wegen des Längsspaltes bei weiter Auslage zu Torsionsbewegung. Die Leuchten hängen dann ein wenig müde verdreht über dem Arbeitsplatz. Bei der Nachauflage werden wir die Schnittkante verzahnen.

Da die Planer gerade in Hochstimmung verfallen sind, orten sie auch an anderer Stelle deutliche Überraschungseffekte. Die erwartete Einsparung an Rundrohren wird durch den gestiegenen Anteil von Kronenleuchten anstelle von Deckenpendeln zwar kompensiert. Wir verbrauchen jedoch weniger Kupferlitze-Kabel, wenn nur eine Leitung vom Deckenanschluss zu den Brennstellen führt, statt deren drei oder fünf. Und noch einen Effekt verdanken wir der Mode: Verkupferte Oberflächen verlieren an Zuspruch, wir sparen Galvanik-Elektroden. Argumentativ gut verpackt, werden wir das alles als intellektuelle Spitzenleistung zum Wohle unseres Landes verkaufen. Und dafür hoffentlich im nächsten Jahr mit zusätzlichen Plaste-Bilanzen belohnt.

Auch an anderer Stelle läuft es gut. Der Bereich Grundfonds ist rascher als erwartet mit einem Zwischenbau in der Ypsilon-Kehle im Grundriss unseres Hauptgebäudes vorangekommen. Im Mittelgeschoss werden wir noch in diesem Jahr eine neue Lackiererei in Betrieb nehmen. Damit können wir zwei Quartalsscheiben im Investitionsplan für Grundmittel aktivieren. Ein zusätzlicher

Galvanikautomat im Erdgeschoss wird erst im Folgejahr in Betrieb gehen. Je nach Inbetriebnahme wird die Arbeitszeiteinsparung gegenüber der bisherigen Handgalvanik anteilig in die Jahresscheiben des nächsten und übernächsten Jahres einfließen.

Rudolf Baumgarten hat bei der Investitionsbetreuung ordentlich etwas geleistet. Schade, dass er ansonsten so hinterhältig ist.

1983

Unsere Hoffnung auf höhere Bilanzanteile an Plastematerial bleibt unerfüllt. Im Gegenteil erfahren wir eine weitere Senkung, absolut und relativ. Im PWT sind weitere drastische Rationalisierungskennziffern enthalten. Steigerungen gibt es auch in diesem Jahr nur in der IWP und deren Bedarfsträgeranteilen, vorrangig für NSW-Export. Während ich die Zahlen durchsehe, ruft bereits der Grundfondsleiter an: „Sag mal, Ralf, hast Du schon nach den Zuweisungen für Spezialbauleistungen gesehen? Ist unsere Anmeldung bestätigt worden?"

Ich war noch nicht so weit gekommen, blättere aber rasch und finde hinter dieser Position ein leeres Feld: abgelehnt!

„Abgelehnt", antworte ich ihm also wahrheitsgemäß und halte den Hörer weg vom Ohr, um sein Schimpfen auszublenden.

„Die spinnen derartig. Das geht so lange bis uns der ganze Bettel um die Ohren fliegt. Ich habe die Schnauze dermaßen voll!" Ich kann seinen Ärger verstehen.

„Lass uns kommende Woche darüber sprechen", schlage ich ihm vor. „Ich brauche erst einmal den Gesamtüberblick über die Jahresvorgaben. Und ihr müsst Eure Anteile auch erst insgesamt bewerten."

Es sind nie schöne Tage, wenn die Staatsplan-Kennziffern kurz nach Jahresbeginn vorliegen. Die mentale Vermengung aus Frust, Ratlosigkeit und Ärger ist ein hochexplosives Gemisch. Nicht gut für Kollegen, nicht gut für Mitarbeiter und nicht gut für das Familienleben, das in diesen Tagen ruht.

Nach dem Wochenende geht es mir wieder besser. Wegen unseres Bedarfs an Spezialbau werde ich zu unserem Stammbetrieb fahren, entscheide ich mich. Das hat nur in persönlicher Verhandlung eine Chance, wenn sie auch minimal ist. Für Donnerstag stelle ich einen Fahrantrag. Dieser Wochentag scheint mir für mein Anliegen geeignet. Montags sollte man die Menschen weltweit unbehelligt von groben Problemen lassen. Dienstags ist der Grundfondsplaner in Beratungen. Mittwoch wäre mir recht, aber sein Chef nicht im Haus. Das weiß ich von seiner Sekretärin. Und im Negativfall will ich sofort beim Technischen Direktor des Kombinates intervenieren. Also Donnerstag, da sind beide im Haus und vielleicht versetzt sie die Aussicht aufs baldige Wochenende in Geberlaune. Am Freitag werden wir das Ergebnis in unserem Betrieb besprechen. Rasch begründe ich meinen Fahrantrag und ebenso schnell lehnt Martin Gottschalk ihn ab. Nicht wegen des Zwecks, sondern wegen unseres neuen Kraftstofflimits. PKW-Fahrten werden nur noch für ihn selbst möglich sein oder für Ziele, die mit öffentlichen Verkehrsmitteln nahezu unerreichbar sind. Damit habe ich nicht gerechnet, nur, was bleibt mir anderes übrig.

Den Reiseverlauf kenne ich schon. Ich werde 04.34 Uhr vom Heimatbahnhof starten müssen, zwei Fußkilometer von unserer Wohnung entfernt. In Karl-Marx-Stadt steige ich in den Städteexpress-Zug nach Berlin um und werde gegen 10.00 Uhr im Stammwerk sein. Auf der Hinfahrt ist unter Umständen sogar ein Sitzplatz zu bekommen. Anders sieht es auf der Rückfahrt aus. Diese Zuggattung wurde vor allem geschaffen, um Bauarbeiter aus der ganzen Republik zum neuen Stadtteil Berlin-Marzahn zu transportieren und am Donnerstagabend fahren sie auf dauerreservierten Plätzen wieder heim. Normalreisenden bleibt der Gang, auf dem sie in Presspassung stehen und im Zweiminutentakt den Bauch einziehen, weil ein weiteres Bauarbeiterbier zur Toilette drängt. Glaubt denn jemand dieser Planidioten, solche Reisen heben die Stimmung? Oder ist die Kacke so am Dampfen und wirklich kein Benzin mehr da.

Die erste Antwort bekomme ich noch im Zug, der diesmal auch auf der Hinfahrt voll ist. Bedauernswerte

Zeitgenossen wie ich. Gleicher Weg, gleiches Pech, andere Branchen, anderes Ziel. Obwohl niemand es sicher weiß, schwappt die Botschaft von Mann zu Mann durch die Gänge. Die Sowjetunion habe ihre Erdöllieferung nicht nur erneut deutlich reduziert. Sogar den Preis habe sie erhöht und wir müssten jetzt mehr bezahlen als auf dem Weltmarkt. Lediglich die Verrechnung in der RGW-Pseudowährung Transfer-Rubel bliebe erhalten. Addierte man das Strafpotential aller darauffolgenden Kommentare käme allein in unserem Zug mehrfach lebenslänglich zusammen.

Dabei hätte ich mir die Fahrt ersparen können. „Im Kombinat können sie uns auch nicht helfen", informiere ich am Freitag meinen Grundfondsleiter, „sie haben selbst keine Anteile bekommen. Nur weil ihre eigene Bauabteilung größer und komplexer ist, können sie einen Teil ihres Bedarfs selbst decken. Für uns bleibt nichts. Wir sollen den weiteren Verfall aufmerksam beobachten und auf die Zuweisung im nächsten Jahr hoffen."

Es geht um unseren Schornstein. Den ersten Antrag auf Spezialbau-Anteile hat mein Vorgänger vor sieben Jahren gestellt. Damals zeigte die Krone in sechzig Metern Höhe erste Risse. Der Reparaturwert wurde auf 7,5 Tausend Mark geschätzt. Aber eben Spezialbauleistungen einer Firma aus Magdeburg. Inzwischen sind die nächsten Meter Ring für Ring porös geworden und unser aktuell abgelehnter Antrag beläuft sich nunmehr auf 45 Tausend Mark.

Ich hätte nicht geglaubt, wie demoralisierend solche Situation sein kann. Wie Kinder finden wir uns bockig ab. Soll doch werden, was will.

Wochen später meldet sich unser Schornstein mit einem späten Frühlingsgruß zurück. Drei Ringe unterhalb der Krone sprießt ein kleines Bäumchen. Die Erfahrung sagt uns, es wird eine Birke sein. Eine zweite Erfahrung, sie hat dort nichts zu suchen. Und eine dritte, wenn es so weit ist, braucht es nicht mehr lange bis der erste Stein fällt. Wir überlegen, welche Schritte wir gehen können, auch unkonventionelle. So kann es nicht bleiben.

„Ich werde jetzt alle greifbaren Institutionen aktivieren, beginnend im Kreis", erteile ich mir einen Eigenauftrag, „irgendjemand von denen muss doch eingreifen können."

„Gib Gott", verabschieden wir uns.

Von nun an bin ich einmal wöchentlich mit unseren Skoda in die Kreisstadt unterwegs. Die Kosten trage ich selbst. Die Busfahrt würde zu viel Zeit beanspruchen und die Zugfahrt ist zu umständlich.

Ich beginne mit dem Vorsitzenden des Rates des Kreises, der sich mit Terminüberschneidungen entschuldigt und von der Leiterin seines Baureferates vertreten lässt. Sie hört sich mein Anliegen geduldig an. Allein der Verlauf ihres Gesichtsausdrucks sagt mir ihre Antwort voraus: „Ich verstehe Ihre Sorgen. Leider kann ich aber nichts für Sie tun. Auf Spezialbaugewerke haben wir seitens des Kreises überhaupt keinen Zugriff. Und regionale Baufirmen werden das nicht leisten können."

„Nein, können sie nicht", bestätige ich ihr, „loses Mauerwerk ist in sechzig Meter Höhe schon recht anspruchsvoll."

„Vielleicht versuchen Sie es beim Rat des Bezirkes. Die Kollegen dort haben schon noch andere Möglichkeiten." Ich bedanke mich und fahre zurück.

Nächste Station ist die SED-Kreisleitung. Auch dort ist der Empfang unter Genossen freundlich. Fast fürchte ich einen Bruderkuss. Zwei Stunden später beendet der Wirtschaftssekretär unser Gespräch aus Termingründen. Nachdem auch er mir sein Verständnis für unsere missliche Lage versichert hat, wollte er nicht noch einmal darauf zurückkommen, sondern erfragte das sonstige Geschehen in unserem Betrieb, stellte alles in den gesamtgesellschaftlichen Zusammenhang und leitete von da aus zum Sozialistischen Wettbewerb über, der im Vorjahr des

35. Republikgeburtstages bereits in dessen Erwartung zu sehen ist und alle Initiativen der Werktätigen unseres Landes wecken soll. Er ist ein kluger eloquenter Mann, aber eben ein Funktionär.

In irgendeinem Zusammenhang hat er die ABI erwähnt, die Arbeiter- und Bauern-Inspektion, Kontrollorgan der Werktätigen. Einen Termin beim hauptamtlichen Kreisvorsitzenden bekomme ich rasch, er scheint erfreut über eine Abwechslung zu sein. Bevor ich zum Thema komme, rückt er seine Bedeutung ins rechte Licht. Die Arbeiter-und-Bauern-Inspektion sei eine wichtige Kontrollinstitution der DDR, nur dem Zentralkomitee der SED und dem Ministerrat unterstellt. Sie solle nicht nur die unbedingte Erfüllung der Partei- und Regierungsbeschlüsse sichern. Nein, sie soll selbständig und unabhängig von Partei-, Staats- und Wirtschaftsorganen arbeiten, um mit Unterstützung der Öffentlichkeit und ohne Ansehen der Person Hemmnisse aufzudecken und zu beseitigen. Dazu verfügt sie über rund 280.000 ehrenamtliche ‚Volkskontrolleure'. Sicherlich hätte ich bereits oft im Fernsehen der DDR und in Zeitungen von deren erfolgreicher Arbeit vernommen.

Dieser Text entfließt ihm derart geschmeidig, dass ich überzeugt bin, er übt ihn einmal wöchentlich vor dem Spiegel. Darauf deutet auch das abrupte Ende hin, das gleichsam mir Gelegenheit zu meinem Anliegen gibt.

Kurz sammele ich mich noch: Starker Spruch, Genosse Volkskontrolleur, denke ich, gleich kannst Du Dich beweisen. Am Schluss schlage ich ihm vor: „Sie können doch einige Ihrer Kontrolleure zu uns entsenden. Sollen sie sich ein Bild vom Schaden machen, den die Verweigerung von Bauanteilen jährlich schlimmer macht. Wie gesagt, fast vierzig Tausend Mark sind jetzt gegenüber der Erstanmeldung zusätzlich angefallen. Ich denke, das Versagen notwendiger Bauleistungen ist doch ein gravierendes Hemmnis. Ebenso wie der Bauverfall von Kontrollinstitutionen wie der ABI bestimmt nicht hinzunehmen ist.

Am besten, Sie beauftragen Kontrolleure mit Baukenntnissen."

„Sie haben mich da falsch verstanden", erwidert er verwundert ob meines Trugschlusses. „Ich kann im beschriebenen Fall kein Rechtvergehen sehen. Damit gibt es keine Grundlage für ein Handeln unsererseits."

„Bei Rechtsvergehen wäre ich auch zur Polizei gegangen oder zum Amtsgericht, nicht zu Ihnen. Vielleicht lerne ich bei anderer Gelegenheit, wofür Sie tatsächlich zuständig sind. Vielen Dank. Ich finde hinaus."

Bin ich denn von Irrsinn umgeben oder sind Bedarf so riesig und Deckung so lückenhaft, dass überall etwas verfällt. Ich habe es bei den Organen der Wirtschaft, des Staates, der Partei versucht und am Schluss bei deren Kontrollinstanz.

So wird das nichts.

Bevor ich den Termin beim Rat des Bezirkes erhalte, kommt uns ein Zufall zu Hilfe. Unser Investitionsleiter traf beim Seminargruppenjubiläum einen ehemaligen Kommilitonen, der jetzt als Baugutachter bezirksweit Havariegefahren bewertet. Rasch fanden sie sich bei unseren Sorgen und meinem Behördentanz der letzten Wochen. Dem folgte der Expertenhinweis auf das sogenannte Havarie-Gesetz der DDR und die Bereitschaft zur Begutachtung unseres Schornsteins.

Vier Wochen später ist er da. Er stellt die Gefährdung durch abstürzende Kronenteile fest und erteilt uns Hinweise zu allen notwendigen Schutzmaßnahmen, einzuleiten sofort. Am gleichen Tag erstellen wir das Konzept dafür und beginnen sofort mit dessen Umsetzung.

Wir sperren den Bereich um den Schornstein weiträumig ab. Da die Heizperiode vorüber ist, genügt technischer Dampf vom vorderen Kessel. Der Rest des Heizhauses darf nicht mehr betreten werden, selbst zum Duschen müssen die Heizer ins Hauptgebäude gehen. Dach und Schornsteinfuchs decken wir in fünf Kreuzlagen mit

Holzflachpaletten ab. Lange Förderbänder transportieren die Kohle zum Speicher. Die angrenzende Werksstraße wird gesperrt und für den Zugang zum hinteren Bereich ein alter Eingang zweitweise besetzt. Alles erledigt, wir können ins Wochenende gehen.

Zwölf Tage danach setze ich die ‚Meldung einer Havariegefahr' per Fernschreiben an unseren Stammbetrieb ab. Ein wenig hämisch freue ich mich auf die kommenden Tage. Mal sehen, wie lange es dauert, bis uns die Spezialbauleistungen zugeordnet werden. Leid tun mir eigentlich nur diejenigen, die sie wahrscheinlich an uns verlieren werden.

Davon lasse ich mir die Vorfreude auf den Kinoabend nicht verderben. Obwohl mitten in der Woche, hat sich Sonny das gleich für den ersten Spieltag gewünscht: „Du, morgen ist Start des amerikanischen Films ‚Fleisch'". Der soll gut sein und total aufregend. Es geht um Organraub. Utopie zwar noch, aber nicht ganz unwahrscheinlich, dass es irgendwann tatsächlich so kommt. Bitte lass uns am Mittwoch ins Kino gehen."

Meinen Einspruch, samstags wäre mir lieber, behebt sie mit dem Hinweis, „Das Kino ist doch gleich gegenüber, beginnt halb acht und um zehn sind wir spätestens im Bett. Zeitiger gehen wir auch sonst nicht."

Damit hat sie rein physisch betrachtet natürlich recht, blendet jedoch aus, dass zwischen ‚total aufregend' und in Ruhe einschlafen oftmals Stunden vergehen können. Vertrauend in die beruhigende Wirkung eines zwischenzuschaltenden Flaschenbiers willige ich ein.

Der Film ist fesselnd. Organtransplantationen sind eine relativ neue operative Behandlungsform und Spenderorgane rar. Kaum überraschend, dass Kriminelle diese Deckungslücke als lukrative Einkommensquelle erkannt haben. Im Film soll ein junges Liebespaar dafür sterben. Typisch Kapitalismus, denke ich, als mir ein oft zitiertes Marx-Zitat dazu einfällt: „Das Kapital hat einen

Horror vor Abwesenheit von Profit oder sehr kleinem Profit, wie die Natur vor der Leere. Mit entsprechendem Profit wird Kapital kühn. Zehn Prozent sicher, und man kann es überall anwenden; 20 Prozent, es wird lebhaft; 50 Prozent, positiv waghalsig; für 100 Prozent stampft es alle menschlichen Gesetze unter seinen Fuß; 300 Prozent, und es existiert kein Verbrechen, das es nicht riskiert, selbst auf Gefahr des Galgens." Freilich muss es auch einen Markt geben, doch der lässt sich entwickeln. Noch ist der Film Utopie, aber in zehn, zwanzig Jahren kann sie schon von der Wirklichkeit überholt sein. Gut, dass wir im Sozialismus leben. Niemand hat hier so viel überschüssiges Geld, um sich neue Organe frisch aus dem Spender bestellen zu können. Das relativiert zwar meine Lebenschancen im Bedarfsfall, erhöht sie aber als potenzieller Spender. Oder wird hier dereinst nur der Preis auf Naturalbasis verhandelt werden: gut erhaltene Leber gegen drei Kubikmeter beidseitig gehobelter Buchenbretter. Nein, lass diesen Zynismus!

Die Filmhandlung nimmt mich mit. Im Publikum herrscht angespannte Stille, nicht wie sonst, wenn irgendjemand immer quatscht oder kichert. Als sich die ausgesuchten Opfer, um ihr Leben bangend, ausgerechnet in das Motel der Verbrecher flüchten, erstarren wir Zuschauer. Und als ihre Flucht zum vorderen Ausgang versperrt ist und sich von der Hinterseite der imitierte Krankenwagen mit den Tätern rasend nähert........wird der Film unterbrochen, das Licht geht an und die Vorführerin ruft: „Ein Herr Beyer möchte bitte in den Betrieb kommen!" Kein Zweifel, Herr Beyer bin ich. Wir verlassen das Kino, Sonny geht heim, ich in die Firma.

Zwei neutrale Männer, an der Pforte wartend, weisen sich als Mitarbeiter der Kreisdienststelle des Ministeriums für Staatssicherheit aus und bitten mich um die Klärung eines Sachverhaltes. Meine Verwunderung ist echt. Sonderbarerweise erhöht sich zwar sofort mein Puls, ich spüre jedoch keine Angst. Wir gehen in mein Büro und sitzen uns am Besprechungstisch gegenüber.

„Genosse Beyer, wir sind beauftragt einen Sachverhalt mit Ihnen zu klären. Sie haben eine Havariegefahr gemeldet?!"

„Ja, klar, es besteht ja eine. Unsere Schornsteinkrone bricht auf."

„Das ist uns bekannt. Was wir nicht verstehen: das Gutachten wurde am 29. April erstellt, heute ist der 11.Mai. Was hat Sie veranlasst zwölf Tage damit zu warten?!" Jede Frage beenden Sie mit Frage- und Ausrufezeichen.

Ich fühle mich in Vorhand gebracht, als ich die Antwort beginne: „Weil es noch mehr zu tun gab. Wir haben sofort alles abgesichert, um Schaden auszuschließen, falls wirklich ein Abbruch erfolgen sollte. Sie können sich das nachher ansehen. Oder Sie kommen morgen wieder, dann ist es heller Tag. Wissen Sie was, seit sieben Jahren – s-i-e-b-e-n-! – interessiert sich keine Sau für unsere Sorge mit dem Schornstein. Und Sie reisen hier an und holen mich aus dem Kino, um mir zwölf Tage vorzuwerfen. Haben Sie eine Ahnung, wie das auf die anderen Zuschauer wirkt, wie schnell das die Runde macht, im Ort und im Betrieb? Sieben Jahre! Soll ich Ihnen mal schnell ausrechnen, wie viele Tage das sind."

„Bleiben Sie sachlich. Es gab noch mehr zu tun, sagen Sie, was war das?" Kein Ausrufezeichen mehr am Schluss.

„Nochmal vorab, wir haben sofort alles notwendige unternommen, unverzüglich. Nichts und niemand ist gefährdet, außer dem Schornstein. Und in den zwölf Tagen bis heute haben wir in den Bereichen Entwicklung und Haupttechnologie ein Staatsplanthema Wissenschaft und Technik abgeschlossen, das ich übermorgen vor dem Generaldirektor zu verteidigen habe. Wir haben ein Wohnraumleuchten-Sortiment produktionsreif gemacht, ausschließlich für Bevölkerungsbedarf, preisgekrönt gestaltet von einer jungen Absolventin der Kunsthochschule Burg Giebichenstein. Es gab noch Zulieferprobleme zu beheben und das Amt für Preise hat den Termin dreimal verschoben. Gestern waren die beiden Mitarbeiter – es sind stets zwei, keine Ahnung warum - endlich da und haben den Endverbraucherpreis gegenüber unserer Kalkulation nahezu verdoppelt. Sie merken daran, es sind wirklich schöne Leuchten, für die die Kunden ordentlich löhnen sollen. ‚Schirmchen-Sortiment' nennen wir es. Der Bedarf ist riesig."

„Und das hat Sie von der sofortigen Meldung abgehalten?"

„Ja, das hat mich abgehalten. Das darf ich nach dem Gesetz nur selbst tun, mein Bereichsleiter nicht. Ich war sehr eingespannt und viel unterwegs. Und noch eins, glauben Sie, sonst wäre der Schornstein heute schon repariert? Ich konnte mir allerdings nicht vorstellen, was die Meldung auslöst. Wir haben damit auf die Zuweisung von Spezialbauleistung gehofft, vielleicht sogar noch dieses Jahr, spätestens nächstes. Mit Ihnen haben wir nicht gerechnet, schon gar nicht so schnell."

In diesem Moment wurde mir der Weg bewusst, den meine Meldung in den vergangenen elf Stunden gegangen sein musste: Ich → Kombinat → Industrieministerium → Ministerium für Staatssicherheit → Bezirksdienststelle des MfS → Kreisdienststelle des MfS → Ich. Recht ordentlich im Vergleich zu unserem vergeblichen Bemühen bisher. Jetzt werden wir das mal umdrehen, denke ich mir und schildere meinen Gegenübern alles Vorausgegangene. Angekommen bei der ABI, blicken sie schon fast betroffen. Vielleicht hatten sie heute Abend auf Beute gehofft und spürten nun, dass sie gleich zu Beteiligten würden.

„Gut, wir wissen jetzt Bescheid. Wenn wir noch Fragen haben, kommen wir erneut auf Sie zu. Ansehen müssen wir Ihre Maßnahmen nicht, das liegt allein in Ihrer Verantwortung. Wir verabschieden uns jetzt. Gute Nacht."

„Wenigsten entschuldigen hätten sie sich können",
schließe ich meinen Bericht an Sonny. „Geh Du jetzt
schlafen, ich bin noch zu aufgeregt. Ins Kino gehen wir
morgen noch einmal, den Rest ansehen." Bis ich endlich bettfähig bin, bedarf es zweier Flaschen
Bier und eines langen Kapitels in Joseph Hellers ‚IKS-Ha-
ken', aus dem amerikanischen Original ‚Catch 22' ins
deutsche übersetzt. Wieder scheitere ich daran zu verstehen, wie es möglich war, teuer eingekaufte Eier mit Gewinn billiger weiterzuverkaufen. Diese Passage zwingt
meine Gedanken zu unserer NSW-Rentabilität. Auch das
verstehe ich nicht. Dennoch schlafe ich ein.

Die neue Woche beginnt am Dienstag, der Pfingstmon-
tag blieb als Feiertag erhalten. Und wer Gäste hatte, ver-
längert gern noch mit ein, zwei Tagen Urlaub. Umso über-
raschter bin ich, als meine Sekretärin bereits um 8.30
Uhr einen ersten Besucher ankündigt. Aus Magdeburg!
Nicht einmal volle zwei Wochen sind seit dem Zwölf-Tage-
Verschleierungs-Verdacht vergangen, da stellt er sich als
Vorarbeiter aus dem VEB Spezialbau Magdeburg vor.

„Fein, es geht ja jetzt richtig schnell", freue ich mich
aufrichtig, „und wo sind Sie so früh hergekommen?" Vielleicht hat er Verwandte in der Nähe und Pfingsten hier
verbracht.

„Aus Magdeburg. Mit meinem Multicar. Steht dort vorn
auf der Betriebsstraße, falls ich ihn gleich nochmal brauche. Ein M24, der fährt schneller als die früheren Modelle. Gerade einmal fünf Stunden." Mein Blick aus dem
Fenster bestätigt: Ein Multicar mit flacher Plane über der
Ladefläche. Die sind für alles geeignet, deshalb ja ‚Multi',
aber bestimmt nicht für weite Strecken.

„Doch", bestätigt er, „den nehme ich immer. Dann habe
ich alles dabei. Wir verabreden uns am Schornstein, er
fährt, und obwohl das Fahrzeug zwei Sitzplätze hat, gehe
ich zu Fuß. Den zweiten Platz belegt seine Ausrüstung.

Bereichs- und Bauleiter warten bereits, als ich ankomme. Der Magdeburger ist beim Umziehen: feste Schuhe, Helm, Gurt, große Karabinerhaken, Werkzeugtasche, Fotoapparat. So gerüstet steigt er hoch, etwa aller zehn Meter kurz pausierend. Wir sehen von unten zu, wie er Bügel für Bügel die Außenmauer erklimmt. Nun verstehe ich den Zweck der regelmäßig zusätzlich eingelassenen bauchweiten Bügel, die er erst durchsteigt und dann während seiner Pausen zum Anlehnen nutzt. Unwohl wird uns, als er nicht aufhört.

„Steigt er jetzt in den brüchigen Bereich?", zweifelt der Bauleiter.

Ja, das macht er, bis fast zur Krone. Der Mann kennt nicht nur beim Fahren kein Erbarmen mit sich, der sieht auch dort oben keinen Grund dafür. Auf dem Boden zurück: „Ich habe mir jetzt alles angesehen und werde meinen Bericht schreiben. Wie wir weiter verfahren, teilen wir Ihnen dann mit. Mehr kann ich heute nicht dazu sagen, das liegt nicht in meiner Zuständigkeit. Wir melden uns. Machen Sie's gut." So plötzlich, wie er erschien, ist er wieder weg.

Bis zum Reparaturbeginn dauert es lediglich noch einmal vier Wochen. Wir erfahren zehn Tage vorher davon und treffen die notwendigen Vorbereitungen. Transportweg gewährleisten, Bauschuttplatz schaffen, Arbeitsregime an Heizunterbrechung anpassen, Hubschrauberlandeplatz einrichten. „Hubschrauberlandeplatz?"

„Ja, das obere Mauerwerk ist zu brüchig geworden, es trägt kein Gerüst mehr."

Nichts davon werde ich miterleben. In diesen Tagen ist unser Umzug geplant. Wir ziehen in eine schöne helle Betriebswohnung mit einem zusätzlichen Zimmer und Zentralheizung. Kurz überlegen wir es zu verschieben, aber unser Nachmieter drängt und Sonny auch. Seit Tagen leben wir zwischen gepackten Sachen und sie möchte gern wieder wohnen.

Das Ende der Maßnahme verpasse ich dennoch nicht. Einschließlich des Hubschraubereinsatzes kostet die Reparatur mit einhundertvierundfünfzigtausend Mark das reichlich zwanzigfache unserer ersten Anmeldung vor sieben Jahren. Ich denke deshalb über ein nochmaliges Gespräch mit meinen Befragern der Kreisdienststelle nach, vielleicht kann ich sie jetzt auf die ABI hetzen. Ich lasse es, niemand sollte dort von sich aus vorstellig werden. Rudolf Baumgarten hat sie wahrscheinlich ohnehin auf dem Laufenden gehalten. Genau weiß ich aber auch das nicht.

Zuzugestehen ist ihm in jedem Fall sein Einsatz bis zur Inbetriebnahme unseres neuen Galvanikautomaten. Keine Frage, die vier vorfristigen Wochen sind im Wesentlichen ihm zu verdanken. Eigentlich gut der Mann. Das bestätigt auch sein Chef, indem er ihn schon mal für die nächste Auszeichnung als Aktivist der Sozialistischen Arbeit vorschlägt. Die wird stets im Rahmen der Veranstaltungen zum Tag des Metallarbeiters vorgenommen, ist also in diesem Jahr schon vorüber. Mit der frühen Anmeldung belegt er aber Platz eins auf der Liste. Und ja, er hat es verdient.

*

Neben Schornsteinsanierung und Galvanikautomat endet das zweite Quartal mit einem weiteren Höhepunkt. Der bayrische Ministerpräsident, nicht bekannt für sonderliche Zuneigung zum sozialistischen Nachbarn im Norden, hat der DDR einen Milliardenkredit vermittelt. Was mag das bedeuten? Unsere Interpretationen können kaum unterschiedlicher sein.

Gleich nach Bekanntwerden im Betrieb:

„Meilenstein der Anerkennung unserer Republik durch die BRD."

„Vielleicht wird uns jetzt die Nichterfüllung NSW nachgesehen."

„Nonsens, der Kredit ist nötig, weil auch andere nicht erfüllen."

„Für die Tilgung brauchen wir eher noch mehr Geld. Wartet mal das nächste Jahr ab."

„Aber ausgerechnet Strauß!"

Am Freitagabend wieder einmal im Klubhaus, auch Rudi Baumgarten und Franz Noth sind da:

„Der will vor allem den Kanzler ärgern. Strauß und Kohl können sich nicht ausstehen."

„Vielleicht will er sich auch schon mal bei uns einkaufen."

„Mal sehen, was wir dafür tun müssen. Strauß ist gerissen, der macht nichts umsonst."

Zuhause trifft es Sonny recht gut:

„Weil wir mehr Westgeld brauchen."

Alle haben wahrscheinlich irgendwie recht. Ohne Annäherung hätte es den Kredit nicht gegeben. Bayern betreibt hier Bundespolitik gegen Kohl. Ein Kredit ist immer teurer als eigenes Kapital. Das werden wir noch spüren. Wir brauchen mehr frei konvertierbares Geld als wir mit Export erzielen. Ohne Gegenleistung wird es nicht gehen.

Geht es auch nicht. Für Zins und Tilgung seien günstige Konditionen vereinbart worden, sagen unsere Medien. Großzügigere Reise- und Umsiedlungsvereinbarungen, halten die Westsender dagegen. Die Rückzahlungsbedingungen werden geheim bleiben. Von den ergänzenden Vereinbarungen bekommen wir bald eine Ahnung.

Pünktlich um 06.45 Uhr ist am 25. Juli eine junge Konstrukteurin unserer Entwicklungsabteilung aus dem Urlaub zurück. Brigitte, mittelgroß, blondes Haar, großes Talent. Vor drei Jahren hat sie ihre Lehre bei uns beendet und bereits mehrfach mit guten Lösungen ihre Begabung bewiesen. Wir wollen sie für ein Ingenieurs-

Abendstudium im kommenden Jahr gewinnen. Wegen der Urlaubszeit sind wir mit neuen Leuchten-Modellen ein wenig im Rückstand und deshalb froh über ihre Rückkehr. Um 09.15 Uhr steht der Entwicklungsleiter in meinem Büro: „Brigitte verlässt uns."

„Sie ist doch gerade erst zurück. Versuche ihr das auszureden."

„Es ist noch schlimmer, sie verlässt uns ganz. Sie hat mich eben informiert und wartet auf unsere Antwort. Im Urlaub war sie am Balaton. Dort hat sie einen jungen Mann kennengelernt. Aus Wiesbaden. Sie will zu ihm ziehen."

„Wieso wartet sie dann auf uns, sollen wir mitkommen", klingt mein flacher Scherz, bevor mir das richtig klar wird. „Ach Du Scheiße", trifft es schon eher. „Und auf was wartet sie jetzt? Das kann doch ewig dauern, am Ende wird es meist abgelehnt. Dann hat sie ein paar schlechte Jahre hinter sich, die Beziehung ist pfutsch, die Qualifikation versagt und sie angefressen von dem ganzen Stress."

„Genau darum geht es ihr. Sie sagt, seit unserer Unterzeichnung der KSZE-Schlussakte, kann das die DDR nicht mehr so einfach verhindern und mit dem Strauß-Kredit seien Ausreiseerleichterungen verbunden. Die will sie so schnell wie möglich nutzen. Unsere Produktentwicklung unterliegt aber oftmals Geheimhaltungsstufen. Wenn sie also weiterhin in unserer Konstruktionsabteilung arbeitet, hat der Staat die Möglichkeit, ihre Ausreise zu verzögern. Mindestens um ein Jahr ab dem Zeitpunkt, ab dem sie keinen Vertraulichkeitszugang mehr hat. Deshalb hat sie unsere Abteilung heute früh gar nicht erst betreten, sondern gewartet, bis ich Zeit für sie hatte. Auf diese Weise hat ihr Wartejahr bereits vor drei Wochen begonnen, vorausgesetzt, sie wird in eine andere Abteilung im Betrieb versetzt. Oder wir verkürzen ihre Kündigungsfrist, dann geht sie irgendwo anders hin. Und deshalb wartet sie auf unsere Entscheidung."

„Pass auf, wir schlagen ihr vor, zwei drei Wochen in der Produktion zu arbeiten. Wir müssen sowieso wieder Leute abstellen. In dieser Zeit finden wir eine Lösung. Ändern können wir es ohnehin nicht, da müssen wir ihr auch nicht unnützen Stress machen."

Genauso handhaben wir es. Sie wird in die Abteilung ÖV wechseln, die ‚Bockwurstabteilung' wie wir sie nennen, und dort für die Verwaltung der Betriebsküche arbeiten. Dass der Klassenfeind schädliche Schlussfolgerungen aus unseren Speiseplänen ziehen kann, halten wir für unwahrscheinlich.

Den Verlust bedauern wir.

*

Am 29. August beginnt der Schulunterricht für unsere Kinder wieder. Lutz ist endlich kein Erstklässler mehr. Die ‚Kleinen' sind jetzt neue. Und Kathrin lässt die Grundschule hinter sich. Sie besucht nun zwei Straßen weiter die Polytechnische Oberschule ‚John Scher'. Ab fünftem Schuljahr lernt sie dort gemeinsam mit allen Mädchen und Jungen ihrer bisherigen Grundschulklasse. Bis zum zehnten Schuljahr werden sie zusammenbleiben. Dann steht den Besten der Weg in die Erweiterte Oberschule und zum Abitur offen. Wer das nicht möchte oder nicht leistungsstark genug ist, erwirbt mit bestandener Abschlussprüfung der zehnten Klasse die ‚Mittlere Reife'. Noch eine Einschränkung gibt es für den Weg zur EOS. Das Primat für Kinder aus Arbeiterfamilien sowie ab und an die Verweigerung für Kinder aus ‚unzuverlässigen' oder hochreligiösen Elternhäusern. Bekannt ist mir niemand, diskutiert wird es oft. Dass damit der Gesellschaft manch kluger oder hochbegabter Kopf vorenthalten bleibt, wird in Kauf genommen. Gotthold Rümmler hält das für richtig und weiß es linientreu zu begründen: „Wir leben in einem sozialistischen Land. Die künftige Intelligenz muss gewillt und geeignet sein, den

233

Klassenauftrag der Arbeiter und Bauern zur Entwicklung unserer sozialistischen Heimat zu erfüllen. So hat es unsere Partei beschlossen. Im Kapitalismus ist Bildung den Kindern der Reichen und Kapitalisten vorbehalten. Wir wollen das besser und gerechter machen. Und kein Staat der Welt erzieht seine Totengräber." Woraus er seine Kenntnis bezieht, von welchen Zehntklässlern das Schlimmste zu erwarten ist, behält er für sich. Die Intelligenten sollte man sich nicht zum Feind machen, denke ich, dafür genügen die Dummen. Ich sage es ihm nicht. Es würde nichts bringen.

Kathrin fällt es bisher leicht. Auch ihre Kopfnoten für Betragen, Fleiß, Mitarbeit und Ordnung lauten ‚sehr gut'. Ich finde das schön, wenn auch nicht notwendig, vor allem nicht in Betragen. Im neuen Schuljahr hoffe ich auf ein bisschen Aufmüpfig- und Flapsigkeit. Zuviel gutes Betragen führt irgendwann zur Unterordnung. Man darf das nicht mit gutem Benehmen verwechseln, das ebenso erlernbar wie abschaltbar ist. Gutes Benehmen unterliegt dem freien Willen, gutes Betragen ist zwanghaft und fremdgesteuert. „Kathrin," gebe ich ihr für den ersten Schultag also mit auf den Weg, „bisher hast Du alles prima gemacht. Wir freuen uns über Deine guten Noten. Im neuen Schuljahr kommen einige Fächer hinzu. Ich bin gespannt welche das werden sein. Vielleicht gibt es auch mal eine schlechtere Note. Dann musst Du nicht traurig sein, solange es nicht wegen Faulheit geschieht. Glaube ich aber von Dir nicht. Gehe es wie bisher mit Freude an. Wir wünschen Dir viel Erfolg dabei."

Sonny steht mit feuchten Augen daneben. Unser erstes Kind ist bereits so groß und die Zeit so rasch vergangen. Sie nimmt Kathrin in die Arme und drückt sie ganz fest an sich: „Viel Freude, Kathrin. Du machst das schon."

Etwas muss ich noch ergänzen: „In Betragen möchte ich aber keine eins mehr sehen, maximal eine zwei. Gib Dir Mühe."

Am Abend sehen wir mit ihr gemeinsam den neuen Stundenplan an. Ein oder zwei Stunden sind jeden Tag dazugekommen, nur mittwochs ist es bei fünf geblieben. Und neue Fächer: Erdkunde, Geschichte, Biologie, Russisch. „Wie bei uns", stellt Sonny fest.

„Ja, und im sechsten Schuljahr kommen Geometrie und Physik hinzu und im siebten dann Chemie, Technisches Zeichnen und fakultativ Englisch. Wenn sie zur EOS gehen möchte, ist es aber Voraussetzung."

„Kamen UTP und ESP nicht auch mit siebtem Schuljahr?"

„Dafür mussten wir groß genug sein. Ich glaube, das war erst ab dem achten. Immer im wöchentlichen Wechsel."

„UTP hatte ich gern. Die meisten sind dazu in unseren Betrieb gegangen, hier gibt es großartige Ausbildungsräume dafür und prima Lehrer. Ich wollte aber nichts mit Metall machen und war bei der LPG im Aufzuchtstall."

„Ja, beides war gut: Industrie und Landwirtschaft. Man hat etwas vom künftigen Leben kennengelernt und die naturwissenschaftlichen Fächer fanden Praxisbezug. Viele entschlossen sich in diesen Jahren bereits für ihren späteren Beruf."

„Man kann über vieles in unserem Land schimpfen, das Schulsystem ist gut."

„Also auf Staatsbürgerkunde ab neuntem Schuljahr hätte ich verzichten können und jetzt gibt es wohl sogar noch Wehrerziehung. Aber der Rest, ja das stimmt, der ist gut."

„Weißt Du noch, wie man uns mit Rechtschreibung gequält hat. Grausam. Aber heute weiß ich fast alles richtig zu schreiben. Ganz selten schaue ich in den Duden und meist war es vorher schon richtig geschrieben."

„Ich brauche keinen Duden, ich frage einfach Dich", entgegne ich Sonny. „Mit den Grundrechenarten war es aber genauso. Üben, bis es sitzt. Wir können nicht nur vieles im Kopf ausrechnen, wir haben auch ein Gefühl für

Größenordnungen, für Relationen. Die zehn Regeln zur Teilbarkeit der Zahlen kenne ich heute noch. Die haben wir nach meiner Erinnerung in der fünften oder sechsten Klasse erlernt. Zu Beispiel Regel vier: eine Zahl ist durch drei teilbar, wenn ihre Quersumme durch drei teilbar ist."

„Die Naturwissenschaften waren nicht so meine Stärke."

„Das ist oftmals so, dem einen liegt es, dem anderen nicht. Ich war gut darin. Allerdings hatte ich auch in allen drei Fächern tolle Lehrer. Die konnten den Stoff wirklich gut vermitteln. Wahrscheinlich haben sie die Grundlagen für mein technisches Studium gelegt, ohne dass ich es gemerkt habe. Es war einfach interessant, manchmal sogar spannend. Ich bin nie gern zur Schule gegangen, aber das habe ich geliebt."

„Richtig finde ich auch, dass bis zur zehnten Klasse alle gemeinsam das gleiche lernen. Das hilft fürs ganze Leben und lässt viele Wege zu. Spezialisieren kann man sich später."

„Es schafft und festigt auch die sozialen Beziehungen unter den Kindern. Gemeinschaft ist in diesem Alter ganz wichtig."

„Das stimmt. In manchen Ländern gibt es Schuluniformen, um Gleichheit zu suggerieren. Wenn es nicht nur die Verpackung ist, die den gesellschaftlichen Unterschied verbirgt, ist das in Ordnung."

„Uniformen haben wir nicht, aber unsere Kinder lernen alle das Gleiche, bekommen die gleichen Wissensgrundlagen. Haben sie dann noch die gleichen Chancen, dann sind sie gleich. Das ist gerecht."

„Dir macht es doch hoffentlich auch Spaß?", kommen wir aus unseren Erinnerungen zurück und beziehen Kathrin wieder mit ein.

„Das weiß ich doch noch nicht. Wir hatten heute den ersten Schultag. Schon vergessen?"

„Okay", denke ich, „mit der Betragensnote kann es etwas werden."

Bei Lutz haben wir eher die entgegengesetzte Sorge. Bisher gab es noch keine Kopfnoten für ihn. Wird er in Betragen überhaupt erst mit ‚eins' starten oder weiß er bereits, dass die ‚drei' als ‚ausreichend' gilt. Seine Klassenlehrerein kann uns beruhigen, als sie zum ersten Elternbesuch eintrifft. „Lutz gehört zu den guten Schülern. Was ihm noch schwerfällt, ist das Ruhigsitzen während einer ganzen Unterrichtsstunde. Er ist sehr aufgeweckt und ein großer Erzähler. Fünfundvierzig lange Minuten den Mund zu halten, fällt ihm noch schwer. Das muss ich nun im zweiten Schuljahr aber erwarten. Und manchmal stört er mit seinen kleinen Scherzen, die nicht warten können. Ich sage mal: Betragen zwei, also noch."

Sie weiß auch, dass Lutz Linkshänder ist.

„Das kann gern so bleiben", bestätigt Sonny, „wir wollen, dass er Rechtschreiben lernt, rechts schreiben muss er dafür nicht."

Wir finden es gut, dass zumindest die Lehrer der unteren Klassen regelmäßig die Eltern besuchen. Dieser Austausch ist wichtig und kann durch die allgemeininformierenden Elternabende nicht ersetzt werden. Zudem ist die Atmosphäre zu Hause entspannter und die Lehrer lernen das häusliche Umfeld ihrer Schüler kennen. Aus unserer Schulzeit erinnern wir uns nicht an solch engen Bezug.

„Wenn meine Lehrer zum Elternbesuch kamen, endete das im besten Fall mit zwei Wochen Hausarrest", wusste ich nur noch.

Anfang Oktober fliege ich wieder nach Tallinn. Meine Begleiterin ist mir nun schon vertraut. Im Vorjahr war sie gemeinsam mit den estnischen Gästen in unserem Betrieb zu Gast. Die Kabelautomaten haben ihr Interesse geweckt, die Konstruktionsunterlagen sind aufbereitet. Wir können in Tallinn über den Lizenzkauf verhandeln.

Eines Abends lädt die Dolmetscherin uns in ihre Wohnung ein und ich lerne ihre Tochter Irma kennen. Sie ist in Kathrins Alter und kommt gerade vom Unterricht zurück. Ich bin verwundert: „Unterricht bis 19.00 Uhr?" „Ja", wird mir ihre selbstverständliche Antwort übersetzt, „ich habe in dieser Woche Spätschicht." Die Mutter erklärt es mir. Es gibt zu viele Schüler in zu wenigen Schulen. Damit der Unterricht nicht eingeschränkt werden muss, lernen die Kinder in zwei ‚Schichten'. Die Stundenpläne sind so gelegt, dass vor allem die Fachkabinette in den Kunst- und Naturwissenschaften mehrfach genutzt werden können. So gibt es keine Einschränkungen im Lehrplan, niemand ist benachteiligt, alle lernen das gleiche.

„Die Kinder finden es sogar gut", schließt sie, „so können sie in der Spätschichtwoche länger schlafen."

Wir tauschen uns über die Schulsysteme unserer beider Länder aus und finden viel Gemeinsames. Es sind das lange gemeinsame Lernen. Es sind das konsequente Vermitteln von Schreiben, Lesen, Rechnen ebenso, wie die Unterrichtung in den naturwissenschaftlichen Fächern und die Förderung der Alltagstauglichkeit im polytechnischen Unterricht. Alle Schüler der oberen Klassen gehen mit guten Basiskenntnissen und breitem Allgemeinwissen in die Abschlussprüfungen. Danach sind sie fit für eine freie Berufswahl. Den besten steht der Weg zum Abitur offen.

„Interessant ist es bei uns mit dem Sprachunterricht", erfahre ich als nächstes, „Estnisch wollen wir, Russisch müssen wir, Englisch oder Deutsch dürfen wir. Manche lernen auch Finnisch, ist ja nicht weit weg von hier. Sprachen sind gut für unser kleines Land, das nimmt ein wenig die Enge."

„Es gibt nur dieses eine Schulsystem in Estland?", frage ich.

„Ja, alle lernen zusammen. Das verbindet auch für später. Das ist wichtig für die soziale Gesellschaft", antwortet mir auf Deutsch eine Nachbarin, die sich uns angeschlossen hat. „Das verdanken wir der französischen Revolution: Gleichheit und Brüderlichkeit!"

„Und Freiheit?", kann ich es nicht lassen.

„Freiheit? Nun ja, das ist ein weiter Begriff. Sie haben unser Land erlebt, Ihres kennen Sie selbst. Geben Sie sich diese Antwort bitte allein."

Und tatsächlich werde ich diese flapsig gestellte Frage nicht los. Ich soll sie mir bitte selbst beantworten. Nein, ‚allein' hat sie gesagt, d.h. in eigenem Denken. „Liberté, Égalité, Fraternité" Freiheit, Gleichheit, Brüderlichkeit, skandierten die Franzosen 1789. Drei Forderungen vor fast 200 Jahren zu begrifflicher Einheit verbunden. Ich projiziere sie in die Echtzeit, am besten getrennt voneinander. DDR und sowjetische Teilrepublik ESSR: Gleichheit? Es geht allen Menschen im Wesentlichen gleich. Gleich gut oder gleich schlecht, entspringt dem persönlichen Empfinden und ändert nichts am gleich. Und gleich wert? Nun ja, ein bisschen mehr oder weniger schon. Realer Sozialismus halt. Im Wesentlichen aber schon.

Brüderlichkeit? Ja, der soziale Zusammenhalt ist ausgeprägt. Sehr wahrscheinlich, weil Neid und Missgunst keine Basis haben, wenn alle gleich sind. Gleichheit und Brüderlichkeit bestimmen sich also gegenseitig. Und Freiheit? Wir sind frei von Sorgen um den Arbeitsplatz, um die Entwicklung und Bildung unserer Kinder, um die Ernährung (auch wenn es mal nur Spiegelei statt Bockwurst gibt), um die Mietkosten, um die Gleichberechtigung der Frauen, um die sozialen Fragen des **Sozial**ismus. Warum empfinden wir das oft als unfrei und viele von uns als noch viel unfreier? Weil wir nicht reden dürfen, wie wir möchten, nicht sagen dürfen, was uns bewegt, nicht fordern dürfen, was wir wollen. Ein paranoid um seine Sicherheit besorgter Staat und seine willigen Vasallen überwachen, bespitzeln, bestrafen uns für jeden Verstoß. Und reisen lassen sie uns schon gar nicht, wohin wir wollen. Schon sind Brüderlichkeit gestört und Gleichheit beschnitten.

Aber Freiheit als Anarchie, wie strenggläubige Genossen sofort dagegenhalten? Natürlich nicht, auch das kann nicht funktionieren. Der Verzicht auf allgemeine Regeln würde das Gleichgewicht der drei Forderungen stören.

Und im Westen? Klassen- und schichtengeprägter **Kapital**ismus. Seit Bundeskanzler Erhardt zur sozialen Marktwirtschaft mutiert. Dennoch Kapital vor Sozial. Und gleich? Milliardär und Arbeitsloser. Beamter und Bittsteller. Privat und gesetzlich Versicherter. Demonstrant und Adressat (und kümmert ihn das Demonstrierte überhaupt?). Vermieter und Mieter, Werber und Beworbener, die Kette endlos lang und ungleich. Viel Raum für wenig brüderlich. Aber frei zu tun, frei zu reden, zu schimpfen, zu demonstrieren. Zu reisen! Zu reisen, wohin man will! Dazu noch überall selbstwertsteigernd willkommen als Überträger westlicher Dinge, westlicher Düfte und vor allem westlicher D-Mark. Je mehr, desto ungleich lieber.

Wertet schlechte Verpackung guten Inhalt ab und gute schlechten auf? Was davon wird lieber gekauft und wer profitiert als Verkäufer?

„Ihr seid alle gleich vor dem Gesetz": tönen beide. Wie fein ist das aber, wenn uns das Gesetz im Zweifel an der Grenze erschießen lässt oder nur exponentiell zum Anwaltshonorar gilt?

Wir sind gleich und brüderlich und unzufrieden. Sie sind frei, mäßig brüderlich aber ungleich und zufrieden? Die Franzosen hatten recht. Es funktioniert nur in der Einheit der Begriffe. Und die gibt es seit der Urgemeinschaft nirgendwo. Weil dann Staat, Macht, Hierarchie nicht funktionieren würden. Man bekommt maximal zwei so einigermaßen und ein bisschen vom Dritten. Verbunden mit dem kategorischen Hinweis, dass man damit gefälligst sehr zufrieden ist.

Ich gebe es zu, meine Weltsicht ist geprägt vom Weltanschauungsunterricht im Fach Staatsbürgerkunde, neun Jahre pflichtgemäß unter verschiedener Überschrift bis zum Studienabschluss besucht. Kann Bildung Erfahrung ersetzen? Erziehung Bildung? 1983 erweist sich für mich offenbar als das Jahr des Nachdenkens.

Beide Kinder kommen gut in der Schule zurecht. Wenn wir ihre Hausaufgaben oder Klassenarbeiten ansehen, müssen wir uns keine Sorgen machen. Ich hatte den Vergleich mit einem ausländischen Schulsystem. Und nun trifft es mich noch von anderer Seite. Kathrins Schule sucht einen neuen Elternbeiratsvorsitzenden. Am besten einen Kandidaten aus der Leitungsebene eines örtlichen Betriebes mit mindestens einem Kind an der Schule. Gern in den unteren Klassen der Schule, damit er länger erhalten bleibt. Der Schuldirektor findet, dass diese Stellenbeschreibung ideal auf mich passt. Er findet das so oft, bis ich nachgebe. Frisch zurück vom bildungspolitischen Erfahrungsaustausch in Tallinn, komme ich gerade rechtzeitig, um zunächst als Elternbeirat der Klasse fünf und gleich darauf von allen Beiräten zum vorbestimmten Vorsitzenden gewählt zu werden.

Als Vater zweier schulpflichtiger Kinder bin ich nun auch noch qua Amt angehalten, mich mit dem Zusammenhang von Bildung, Erfahrung und Erziehung zu befassen. Keine Frage, den gibt es. Und denke ich an meine Kindheit, erschließen sich auch ein historischer Zusammenhang und eine evolutionäre Weiterentwicklung. Nur wenn Erziehung abrupt revolutioniert wurde, ging es jeweils schief. Trennt man Erziehung von Erfahrung, ergibt sich auf lange Sicht ebenfalls nichts Gutes. Und wird beides nicht von Bildung begleitet, führt das noch schneller ins Dilemma. Zudem ist diese Dreieinigkeit ein Dauerprozess, frühesten beendet durch Altersstarrsinn oder Demenz. Diese Gedanken führen mich in meine Kindheit zurück.

Meine erste Erfahrung ging auf den unbewusst erkannten Zusammenhang von nasser Windel und wundem Hintern zurück. Ich machte nicht mehr ein. Da ich dafür gelobt wurde, ergab sich Erfahrung eins, Buchstabe B. ,B' wie Bildung: ich hatte etwas gelernt. Und mit dem Lob begann meine Erziehung. So einfach würde es nie mehr sein. Aus dem Nichts fällt mir unser Nachbarhund ein. Er hatte als Rüde sein Zeichen schmerzhaft an den gerade eingeführten elektrischen Weidedraht gepinkelt und hielt seitdem Kühe für gefährlich. Er ordnete seine Erfahrung falsch ein, weil ihm Bildung fehlte. Noch schlimmer erging es Obstfliegen. Meine Mutter stelle stets eine kleine Schale zurecht, gefüllt mit einer Wasser-Zucker-Essig-Mischung und einem Tropfen Spülmittel, um die Oberflächenspannung aufzubrechen. Unwiderstehlich angelockt und ohne jede Bildung überlebten sie nicht einmal lang genug, um daraus eine Erfahrung zu generieren.

Je höher der Entwicklungsgrad, desto stärker ist der Einfluss von Erziehung, Erfahrung und - im Falle der Menschen - Bildung. Der Fliege fehlte alles davon, sie bezahlte mit ihrem Leben. Der Hund war nach Maßstab seines Besitzers lediglich zur Folgsamkeit erzogen. Aber ohne Bildung zog er aus richtiger Erfahrung den falschen Schluss. Alles Gute, Kluge, Richtige ist uns als Krone der Schöpfung vorbehalten. Wobei ,vorbehalten' oftmals ,unter Vorbehalt' bedeuten kann.

Kurz nach meiner Nachttopf-Erfahrung, begannen alle potenziell Erziehungsberechtigten sich an mir auszuleben. Schnell lernte ich, dass Erziehung ganz unterschiedliche Methoden beinhaltet und im schlimmsten Fall zur gewaltsamen Weitergabe eigener Erfahrungen missbraucht wird. Und auch Gewalt hat zwei grundsätzliche Ebenen, die physische und die psychische. Die erste führt zu Wehgeschrei, die zweite zu stillen Tränen. Ich durfte beide kennenlernen.

Mein Vater bevorzugte die körperliche Form bereits bei meiner frühen Erziehung. Kaum um meine Verfehlung wissend, wurde ich zur Oma geschickt, um den Rohrstock zu erbitten. Den hatte ich ihm zu reichen, damit er mich damit züchtigen konnte. Das war effektiv: feststellen – zugeschlagen – Erziehungserfolg. Oma und Mutter litten jedes Mal mit, wagten aber keinen Widerspruch. Oma lebte allein in zwei kleinen Zimmern unserer Wohnung. Opa habe ich nie kennengelernt, er war deutlich älter gewesen als Oma und schon Anfang der dreißiger Jahre gestorben. Vorher war er Lehrer im kaiserlichen Schulsystem gewesen, hatte sich frühpensionieren lassen und im Nachbardorf die Sommerfrische aufgebaut. Seinen Rohrstock hat er über all die Jahre aufbewahrt. Und Oma behielt ihn aus der kleinen Insolvenzmasse zur Erinnerung an ihn. Jetzt leistete er generationsübergreifende Dienste an mir und meinem Bruder. Nie komme ich in den Erinnerungen an dieser Stelle um eigenes Versagen herum. Ein einziges Mal habe ich Kathrin zwei schallenden Ohrfeigen verpasst. Danach war ich erschrockener als sie. Es bedurfte nicht Sonnys ernster Warnung, um das nie wieder zu tun.

Der Reim zum Erlernen der Donau-Nebenflüsse endet: „...Altmühl, Naab und Regen fließen ihr links entgegen“. Ich nahm das im Wortsinn und stellte kindlich-ernsthaft die Frage, wie das sein kann. Ein Fluss, der einem anderen im gleichen Bett entgegenfließt. Anstatt einer Antwort nutze mein Vater das lange Zeit, um unter dem Gelächter seiner Zuhörer von meiner Blödheit zu berichten. So lernte ich etwas und erwarb die Erfahrung, Gesprächspartner und Inhalte vorsichtiger abzuwägen.

Ebenso prägend war ein weiteres Kindheitserlebnis. Familiäre Sonntagsausflüge mochte ich schon lange nicht mehr. Vorzeigefähig gestriegelt und vorbeugend diszipliniert, machten sie wenig Freude. Zuviel HJ und Wehrmacht noch in der Vätergeneration. An diesem Tag freute ich mich jedoch auf das benachbarte Schwimmbadfest. Allerdings wurde ich im Wesentlichen in die Sonne gestellt, während Ex-Landser Kurt mit einem alten Kameraden den Verlauf des Zweiten Weltkrieges korrigierte. Währenddessen schaute ich zu, wie Kinder vom Turm, vom Startblock, vom Beckenrand sprangen. Ich konnte noch nicht schwimmen, mir blieb der Sonnenplatz am Beckengeländer, viel Sonne, wenig Schutz, kein Schatten. Endlich auf dem Heimweg, führte unser Weg an einer Baugrube vorbei. Und wieder stand dort ein Gesprächspartner früherer Zeit bereit. In der Grube spielten Kinder. Ich wollte auch hinein. Mein sonnenweiches Hirn reproduzierte die fatale Sprungtechnik der letzten Stunden: Kopf voraus. Nachdem meine Wunden an Körper und Gesicht versorgt waren, eilten wir nach Hause. Ich hatte Erfahrungen gemacht und mein Wissen erweitert: Schatten suchen, ins Wasser springen gegebenenfalls mit dem Kopf voran, in die Grube stets mit den Füßen. Und nicht weniger wichtig, Gesprächsdauer begrenzen. Vielleicht war das der Auslöser meiner Unfähigkeit zu Small Talk.

Meine Erziehung abzurunden, dienten Sätze wie: „Das weiß man doch", „Das macht man nicht", „Was sollen denn die Leute denken". Inzwischen habe ich meine Neigungen zu absolutistischen Schlussfolgerungen abgelegt. Damals besagte mir das verallgemeinernde ‚man' als Plural der ‚Leute', dass Erwachsensein dann beginnt, wenn dieses einheitliche Verhalten perfekt ausgeprägt ist, ‚man' synchron denkt und handelt. Ich begann Leute zu beobachten und kam zu anderer Erkenntnis. Das war schön, ich würde groß werden können und dennoch ich bleiben. Erziehung führte zu Erfahrung und Erfahrung zu Bildung. Und dieses neue Wissen führte umgehend zur Verschlechterung meiner Betragensnote und damit einhergehend zu unliebsamen Einträgen ins ‚Betragensheft'. Mit elterlicher Unterschrift am nächsten Tag dem beschwerdeführenden Lehrer vorzulegen. Es ist mir nie gelungen, die Unterschrift meines Vaters überzeugend zu fälschen. So musste meine Mutter helfen, oder der Verlust des Heftes, oder ein großer

Tintenklecks des gezielt ausgelaufenen Füllers. Ich hatte mich durch Erfahrungen weiterentwickelt. Schlimmer als Einträge waren schlechte Noten, beginnend ab drei. Allgemein war ich gut, nur Rechtschreiben fiel mir schwer. Auch hier hielt mein Vater Prügel für die geeignete Hilfe. Unterstützt von dem zwingenden Ratschlag, beim Diktat des Lehrers genauer hinzuhören. Von da ab lief meine Erziehungsbereitschaft ebenso schleichend aus, wie mein kindlicher Respekt vor ihm. Noch blöder ging es nicht. Wir lebten in einer Region, wo der Dialekt die Vokale verschob und mit viel weniger Konsonanten sehr gut zurechtkam. Diese Schreibweise würde mit Versetzungsgefahr enden.

Eine neue Erfahrung kam bei einer Kindererholungskur dazu. Während der drei Wochen in Kölpinsee auf Usedom suchten wir am Strand nach Bernsteinen. Ich war gut fündig geworden, als mir ein Junge der älteren Gruppe traurig berichtet, dass er erfolglos geblieben sei. Ich teilte meinen Fund mit ihm, worauf er mir den Inhalt seiner Hosentasche zeigte. Eine ganze Hand voller Steine. In gleicher Weise zusammengelogen von den anderen Jungs. Von nun an war auch mein Misstrauen geschärft.

Hilfreich waren all diese Erziehungsfrakturen dennoch, dankbar bin ich nicht dafür.

Ich begann selbst zu denken, suchte eigene Schlussfolgerungen, stellte Zusammenhänge her, fragte gezielt, vermied väterlichen Rat oder schlug ihn sogar dann aus, wenn ich ihn als richtig erkannte. Meine Betragensnote pendelte sich auf drei ein. Mein Widerspruchsgeist war geweckt. Ich würde selbst Erfahrungen machen, auch schlechte. Ich würde aber nie an den Weidedraht pinkeln und die Kühe verantwortlich machen. Ich erwarb Wissen, ich konnte allein denken. Das half mir in Geschichte und Staatsbürgerkunde, wenn vorgekauten Schlüssen zu entgegnen war. Es half im Literaturunterricht mit eigenen Interpretationen festen Vorgabe zu begegnen. Ich würde mein Denken nicht durch Erlernen ersetzten lassen. Nur in

Prüfungen wäre von mir Gewünschtes zu hören. Hier sa-
ßen sie am längeren Hebel.
Je älter ich wurde, umso bewusster war mir, warum
auch unser Staat so viel Wert auf die Erziehung im Kindes-
und Jugendalter legt. Sie ist in dieser Phase am leichtesten
und effektivsten. Wir sind leichter steuer- und manipulier-
bar. Erziehung muss noch keinem Wahrheitstest durch Bil-
dung und Erfahrung bestehen. Und vieles bleibt selbst
dann haften, wenn uns das Gegenteil längst überzeugt
hat.

Früher war man mit einundzwanzig Jahren volljährig
und im Westen ist es wohl noch immer so. Wir schaffen
das heute bereits mit achtzehn. Ich weiß noch, wie froh
wir darüber waren, endlich volljährig zu sein, wenn auch
nicht wirklich erwachsen. Wir durften jetzt handeln, entscheiden, straffällig werden, heiraten, wählen. All das,
bevor wir bei klarem Verstand sind. Wir erweiterten
schlagartig die wichtige Bevölkerungsgruppe der jungen
Erwachsenen und waren mühsam erzogen und wenig erfahren darauf vorbereitet.

Das früh implantierte Verhalten wird uns fortan helfen,
bei der nächsten Wahl mit nahezu 100 Prozent die Kandidaten der Nationalen Front zu wählen, obwohl wir nicht
einen davon kennen oder vier Jahre lang unzufrieden mit
ihnen waren.

Auf den Prüfstand gestellt, werden wir die erwarteten
Antworten geben und so werden sie dann in der Zeitung
stehen.

Die Geburtstagskarte meines Bruders werde ich
pflichtgemäß in der Personalabteilung anmelden. Die Erfahrung besagt, dass ich ansonsten den Job verliere. Sie
wissen ohnehin früher davon als ich.

Brüchig erweist sich die Erziehung, als sich die Entscheidung des westdeutschen Bundestags zum Nato-
Doppelbeschluss abzeichnet. In der Bundesrepublik

sollen atomar bestückte Mittelstreckenraketen stationiert werden. Ausgerechnet der SPD-Kanzler Helmut Schmidt hatte diesen Nato-Beschluss in Reaktion auf sowjetische Raketen auf DDR-Territorium schon 1979 angeschoben. Und nun steht die Bestätigung durch den Bundestag unmittelbar bevor. Kurz zusammengefasst beinhaltet die Dopplung des Beschlusses die Verhandlungsbereitschaft des Warschauer Paktes zur Reduzierung der sowjetischen SS-20-Raketen in der DDR herbeizuführen oder andernfalls die angedrohte Stationierung der US-Raketen in der BRD. (Sie nennen den ‚Warschauer Vertrag' stets ‚**Pakt**', weil das mehr nach Schurken klingt, anders als das liebreizende ‚Verteidigungs**bündnis**' der NATO). Zum ersten ist die Sowjetunion nicht bereit, zum zweiten würde es deshalb absehbar kommen. Die damit ausgelöste Friedensbewegung in der BRD begrüßen wir politisch sehr. Jetzt zeichnet sich so etwas ähnliches im eigenen Land ab. Das ist so nicht gewollt. Der beauftragte Protest der Werktätigen der DDR gegen die westliche Stationierung kommt in unserem Betrieb nicht richtig in Fahrt. Gotthold Rümmler ist entsetzt, als man ihm mit einem Wilhelm-Busch-Zitat entgegnet, dass dort ausgerechnet dem griechischem Philosophen Diogenes - seiner Lehren wegen ohnehin unbeliebt im Land - in den Mund gelegt ist: „Diogenes der Weise aber kroch ins Fass und sprach: ‚Ja, ja, das kommt von das!' "

Und noch etwas kommt ausgerechnet in dieser Phase auf uns zu. Mit der Post, nicht aus dem Fass. Mein Einberufungsbefehl zu zwölf Wochen Reservistenausbildung Anfang kommenden Jahres in der Nationalen Volksarmee. Mein Exkurs in Erziehung, Erfahrung, Bildung ist also noch nicht abgeschlossen und soll ab Februar um eine weitere Komponente bereichert werden.

1984

Zuerst halte ich es für eine Irrtum. Ich bin Fachdirektor in einem mittelgroßen Industriebetrieb und seit zwei Jahren Stabschef der Zivilverteidigung des Betriebes. Die jährliche Abschlussübung endet zwar jedes Mal in einem grandiosen Besäufnis. Aber dennoch ist ZV ein wichtiger Bereich im Alltag der Zivilbevölkerung. Umso mehr, wenn jetzt auch im Westen atomar bestückte Raketen stationiert werden. Obwohl wahrscheinlich niemand glaubt, dass auch nur ein deutscher Zivilist einen gegenseitigen Atomschlag der Militärblöcke länger als vierundzwanzig Stunden überlebt, bereiten wir uns fleißig darauf vor. Angeleitet von höchster Stelle strukturiert sich das durchs ganze Land. Eine Beauftragte der Kreisverwaltung kontrollierte schon vor einigen Jahren, dass alle Spitzböden der Häuser frei von Gerümpel und brennbarem Material sind. Wohnhäuser, Öffentliche Gebäude, Industriebauten, Krankenhäuser, Kirchen, alles fit für den Ernstfall. Und Schutzbunker tief eingegraben und betonbewehrt, warten komplett ausgestattet auf die Führer unseres Landes. Ob sie gar nicht wissen, dass es sehr einsam um sie sein wird, wenn sie nach der Wartefrist wieder herauskriechen und nichts mehr zu regieren ist. Alles sehr beunruhigend.

Aktuell beunruhigt mich aber vorrangig der Einberufungsbefehl. Er ist genau das, was mir gerade noch gefehlt hat. Ich gehe zum Personaldirektor: „Schau mal, Karl-Hermann, was ich gestern erhalten habe."

Er blickt kurz auf und erkennt das Dokument sofort aus seiner früheren Tätigkeit: „Ja, und?"

„Ich bin Stabschef der ZV, muss also, wenn wir angegriffen werden, hier die Zivilverteidigung organisieren. Da kann ich nicht gleichzeitig bei der NVA sein. Warum wollen die mich dann jetzt zur Reservistenausbildung einziehen? Du kennst die doch alle, ruf doch mal an."

„Kann ich nicht, gleich wenn ich wollte. Die gesetzliche Regelung ist eindeutig. Nicht einberufen werden nur Ausgemusterte, Angehörige anderer bewaffneter Organe und Angehörige der Kampfgruppen der Arbeiterklasse. Angehörige der Zivilverteidigung müssen ihren Ehrendienst in der Nationalen Volksarmee antreten."

Mistkerl, denke ich, hat man Dich gefeuert und Du hast Frust, weil Du nicht mehr selbst einziehen darfst oder ärgerst Du Dich immer noch über meinen Tripp in Deinen Kompetenzbereich beim Arbeitsamt? Wenn Du wolltest, könnest Du. Nach den drei Monaten bin ich wieder da und Du wirst keine Freude an mir haben. Auch Martin Gottschalk zeigt keine Neigung mir das zu ersparen. Wieso auch, ein Front- und ein Etappenoffizier quittieren jedes Armeehandeln mit der antrainierten Soldatenphrase: „Ich diene der Deutschen Demokratischen Republik."

Jetzt darf also auch ich ihr bald dienen. Sportlich war ich immer eine Niete. Bock, Barren, Klettern und Springen gingen ganz gut, aber Reck, Boden und Ringe. Es war nicht anzusehen und verdarb mir regelmäßig den Notendurchschnitt. Ich werde in die Kaserne unserer Kreisstadt eingezogen. Die Fröste dringen früh im Winter in den Boden ein, Schützenlöcher werde ich also vermutlich nicht graben müssen. Die Eskaladierwand war mir in den GST-Lagern kein Problem. Nur Laufen bleibt mir bestimmt nicht erspart. Sprinten kann ich, doch alles über zweihundert Meter geht schief. Dafür muss ich vorher noch etwas tun. Ich nutze die offenen Tage zu abendlichem Lauftraining im nahen Wald.

Auf diese Weise vergeht die verbleibende Zeit schneller als gedacht. Und pünktlich Null-Sechs-Null-Null setzt mich Sonny am 02. Februar 1984 am Tor der Kaserne ab. Wir werden registriert, eingekleidet, eingewiesen, einquartiert. Wir beziehen unsere Zimmer und unsere

Betten. Wir räumen unseren Spind ein und hängen die drei Uniformen (schwarz für die Arbeit, ‚Ein Streifen/Kein Streifen'-Felddienst für den Krieg und feldgrün-grob für den Ausgang) korrekt ausgerichtet auf die Stange und unsere ‚Hundemarke' um den Hals. Auf dieses billige Stück ovales Blech mit ausgestanzter Bruchlinie, eingeschlagenem ‚DDR', persönlicher Kennnummer und rückseitigem ‚Rh" (was immer das heißt) soll sich unsere Existenz für Partei und Vaterland reduzieren. Oma blieb von ihrem Mann der Rohrstock. Sonnys Erinnerung an mich würde eine Blechhälfte sein. Wir verabschieden uns von unserer Freiheit, unserem Willen und unserer Würde. Wir entwickeln neuen Ordnungssinn und empfangen unsere Waffen. Ich bin doppelt angeschmiert. Zur Kalaschnikow schleppe ich künftig auch noch ein Panzerfaust-Geschoss. Ansonsten sehen wir alle gleich beschissen aus, als wir in Felddienstuniform im Korridor zum Verpass-Appell antreten. Der dient zum Kennenlernen unserer Ausrüstung und unserer Vorgesetzten. Jetzt sehe ich erstmals auch die gesamte Kompanie unserer Motorisierten Schützeneinheit. Alle Soldaten zwischen dreißig und sechsunddreißig Jahre alt. Alle Unteroffiziere sind junge ‚Rotzlöffel', alle Offiziere altersmäßig dazwischen. Eine Kompanie pro Etage, gegliedert in drei Züge mit jeweils drei Gruppen. Dass ich zum zweiten Zug, erste Gruppe gehörte, habe ich schnell gelernt. Jetzt lerne ich noch, wie das Zeug heißt, womit man mich behängt hat oder das im Haufen vor mir liegt. Der Hauptfeldwebel hält Stück für Stück hoch und bellt dessen Namen. Wir tun es ihm rhythmisch nach: „Stahlhelm" – „Stahlhelm". „Schutzmaske" – „Schutzmaske". „Tragegurt" – „Tragegurt". „Schiffchen" (Meine Fresse, die sehen noch immer genau so beschissen aus wie bei der GST).

Zurück im Zimmer ordnen wir alles wieder auf Kante, Bruch und Reihenfolge.

Wir machen uns miteinander bekannt: Lehrer, Lokführer, Forscher, Ingenieur, Fleischermeister, noch ein

Lehrer, Rechtsanwalt, Musiker, Krankenpfleger, Verwaltungsangestellter. Alle zum ersten Mal eingezogen. Keiner von uns weiß, wieso das Schicksal ihn bisher davor bewahrt hat. In der DDR herrscht Wehrpflicht und die meisten trifft es wenige Zeit nach ihrem achtzehnten Geburtstag. Gut, als Studenten meiner Jahrgänge waren wir während des Studiums für sechs Wochen in einem Ausbildungslager in Beichlingen. Das lag im Anspruch irgendwo zwischen den GST-Lagern und der richtigen Armee. Unsere direkten Vorgesetzten waren Kommilitonen, die bereits gedient hatten. Meist dreijährig-freiwillige Unteroffiziere, mit Abitur und Verstand. Trotzdem war es schon irrsinnig. Jetzt konfrontiert uns das Leben aber mit einer neuen Wirklichkeit.

„Wir sind zum Glück alle etwa gleichalt", findet der erste seine Sprache zurück, zivilberuflich promovierter Assistent an der Akademie der Wissenschaften der DDR, „alles Leute aus dem Berufsleben gerissen. Viel zu alt für das hier. Warum machen die so etwas?"

„Weil die hohl sind, wie ein Knochen.", flucht der Fleischermeister, der gerade erst die private Metzgerei seines Vaters übernommen hat.

„Und weil sie keinen Plan mehr haben", stimmt der Lokführer zu. Mit Plan kenne auch ich mich aus. Ebenso mit dem ihn bestimmenden Mangel: „Vor allem, weil der Nachwuchs fehlt. Es gibt zu wenige Junge. Uns gehen die Leute aus." Ich denke an Franz Noth und seine Sorgen wegen abnehmender Geburtenraten, 1976 bei der Wohnungsübergabe geäußert. Das erhoffte abkindern der Ehekredite würde – wenn es überhaupt wirkt – noch sechs Jahre brauchen, bevor es erstmals wehrdiensttaugliche Resultate zeigt.

„An unserer Schule unterrichtet eine Lehrerin für Deutsch und Staatsbürgerkunde auch das Fach Wehrerziehung", nimmt Lehrer eins den Faden auf, „ständig faselt sie von Wehrfähigkeit, Wehrwürdigkeit, Wehrbereitschaft. Lauter solche Sprüche, mit denen sie die Schüler quält. Als Frau ist sie von dem ganzen Quatsch ja nicht betroffen. Ansonsten ist sie ganz in Ordnung und die Schüler mögen sie."

„Ich bin gespannt, was sie hier mit uns machen. Wenn sie mich zu etwas zwingen, bei dem ich mir die Finger verletze, verliere ich meinen Beruf", seufzt der Musiker.

„Das wird sicherlich nicht passieren", hofft der Verwaltungsangestellte, „solcher Zwang verstieße gegen die Vorschriften."

„Armee ist ein rechtsfreier Raum", erklärt der Rechtsanwalt.

„Und nicht mal ich könnte Dir helfen", schließt der Krankenpfleger ironisch ab, „ich bediene hier qualifikationsgemäß nur die Panzerfaust."

Wir sind in Gedanken versunken, als der Metzgersohn noch einmal anhebt: „Und wisst ihr was? Würde es tatsächlich mal ernst werden, ständen sich ganz vorn Deutsche gegen Deutsche gegenüber und würden sich abschlachten. Die haben drüben zwar eine Menge Fremdarbeiter. Deren Söhne werden aber nicht dabei sein. Nein, an der Front wären wir wieder ein Land. Ganz reinrassig würden wir gemeinsam ins Gras beißen."

„Wehrbereitschaft? Ich bin froh, wenn sich meine Zwölftklässler erfolgreich gegen ihre Testosteronschübe wehren", schränkt Lehrer zwei ein.

„Meine ganze Verwandtschaft wohnt im Westen, meine Cousins dienen gerade auch. Einen Teufel werde ich tun", wieder der Fleischermeister.

„Der Schritt vom Eid zum Meineid ist ganz kurz", belehrt der Rechtsanwalt, „erschieße Deinen Bruder oder werde wegen Befehlsverweigerung selbst erschossen. Juristisch klar, menschlich schwierig"

„Wir alle müssen tun, was unser Land von uns erwartet", hält uns der Angestellte vor. Das klingt fast, als verwaltet er im Zivilberuf nicht nur.

„Warte mal ab, bis Du hier gründlich wehrerzogen wirst", entgegnet der Lokführer, „dann stellst Du Deine Weichen neu."

Weiter kommen wir nicht, weil der Forscher den Kompaniechef an der Tür entdeckt hat und mit behutsamer Wissenschaftlerstimme „ACHTUNG!" sagt. Wir springen auf, stehen steif da und starren Major Hofmann an. Dr. rer. nat. meldet ihm, wer wir sind, keiner fehlt und was wir machen. Genosse Major lässt uns im Gegenzug „rühren", also die Erstarrung lösen, und stochert daraufhin mit einem Zeigestock auf Hocker, Betten und Spinde, die sein Missfallen erregen. Also auf alles. Wir dürfen das innerhalb der nächsten zehn Minuten verbessern und den Vollzug zur Nachkontrolle melden. Meine Fresse, denke ich, noch fünfundachtzig Tage, nein sogar sechsundachtzig, wir haben ein Schaltjahr.

Mit dem Heulen der Wecksirene und gebrülltem „Aufstehen und raustreten zum Frühsport" beginnt um sechs Uhr unser neuer Tag. Fünf Minuten danach stolpern wir von nun an täglich schlaftrunken ums Karree'. Wenig später sitzen wir im Schulungsraum und werden eingewiesen.

Wir lernen unsere Vorgesetzten kennen. Unsere Gruppenführer haben uns zwar gestern schon übernommen, aber alles war zu viel und ging zu schnell. Dem ersten Eindruck soll man üblicherweise nicht nachgeben, in dieser Nebenwelt ist aber nichts üblich und er wird sich über die Zeit bestätigen und festigen. Das weiß ich selbstverständlich noch nicht, als wir uns erstmals gegenüberstehen. Alle Gruppenführer sind Unteroffiziersdienstgrate, die Mehrzahl „Tausendtagediener", also Dreijahresfreiwillige. Ihre Beweggründe unterscheiden sich gravierend. Erstaunlicherweise sind sie in unserer Kompanie sogar entsprechend sortiert:

Den ersten Zug führt ein Hauptmann, gleichzeitig stellvertretender Kompaniechef. Seine drei Unteroffiziere sind

Abiturienten, die ihre Chancen für einen angestrebten Studienplatz durch den Dreijahresdienst heben wollen.

Zug zwei, kommandiert von einem jungen Leutnant hat drei Volldeppen mit niederträchtiger Charakterstörung. Einer will unbedingt vor seiner Entlassung noch Unterfeldwebel werden und hält die Melange aus Intrige, Schikane, Unterwürfigkeit und Egozentrik für optimale Voraussetzung. Ein zweiter ist es bereits geworden und blickt aus tumber Erhabenheit auf alles mit höherem Bildungsabschluss. Unseren Akademiker werden wir ihm verschweigen müssen. Der Dritte ist überraschend in unserem Alter. Stolz berichtet er von seiner eigentlichen Arbeit als Gefängniswärter. In langen Dienstjahren ist er zum Polizeifeldwebel aufgestiegen und selbst damit überbewertet. Er weiß nicht, was ihn für diese Wochen hierher verschlagen hat und will vor allem nichts falsch machen.

Wir sind zweiter Zug, erste Gruppe und haben die Arschkarte, den intriganten Schikanen. Bald merken wir, dass er gern schleimt, und können ihn ein wenig einhegen.

Zugführer drei ist ein Unterleutnant. Etwas älter als wir, kommt er aus einer Studentengeneration, die in zwölfwöchiger Wehrausbildung während des Studiums geschult wurde und nach bestandenem Diplom mit diesem Dienstgrat abschloss. Zum Nachbessern werden sie regelmäßig zum Reservistendienst einberufen. Die Berufsoffiziere nehmen ihn dünkelhaft nicht ernst, die Unteroffiziere wegen seiner zwangsläufigen Defizite und die Soldaten, weil sie beide Gruppen verachten. Seine Gruppenführer entstammen linientreuen Elternhäusern. Sie sind aufrichtig und humorlos. Vor allem aber sind sie klassenbewusst und unfassbar korrekt.

In Ordnung ist der Hauptfeldwebel. Er hat seine Dienstzeit bald hinter sich, alles schon einmal erlebt und will keinen Stress mehr haben. Wenn wir ihm keine Probleme bereiten, macht er uns erkennbar auch keine.

Befehligt wird die Kompanie von Major Hofmann. Ihm zur Seite steht der Politoffizier, ein Hauptmann. Aus meiner Studentenzeit erinnere ich mich, dass wir nur die Kommilitonen dreier Fachrichtungen nicht übermäßig schätzten, meist im Wissen, dass ihre Studienwahl durch ein zuvor gefährdetes Abitur bestimmt war. Vor den NVA-Offizieren rangierten nur noch die Polytechnik-Lehrer und ganz am Ende fanden sich die Politoffiziere, im Soldatenjargon „Rotkehlchen". Wobei für die Polytechniker durchaus die praktische Begabung entscheidend gewesen sein konnte, gepaart mit pädagogischer Neigung (und vielleicht dem Wissen, dass dieses Fach politisch unbedarft bleiben wird), für die Offiziere das kluge militärische Talent und der absolute Wille dem Land zu dienen. Tatsächlich lernten wir zumindest zwei davon rasch kennen, den jungen Leutnant unseres Zuges und den wenig älteren Stabschef des Bataillons. Für Politoffiziere fiel uns nichts entlastendes ein. Ich dachte an Stalin als Initiator dieses Berufes und meinen Reichsbahnlehrer, der jeden mit dieser Absicht durch die Abitur-Prüfung gebracht hätte.

Ob mit oder ohne zweifelhaften Hintergrund, sie werden je rund achtzig gestandene Ehemänner und Familienväter in drei benachbarten Kompanien die nächsten Wochen drangsalieren. Sie werden uns neue Einblicke in das unendliche Feld der Erziehung, Bildung und Erfahrung vermitteln. Sie werden uns in zwölf endlosen Wochen mit Nützlichem und Nutzlosem, Wertigem und Wertlosem, Gescheitem und Saudummem, Bestürzendem und Kuriosem konfrontieren. In einer beängstigenden Phase des Kalten Krieges, in der zwei Blöcke Kopf an Kopf atomar aufrüsten, werden sie bestrebt sein, uns zu willenlosem Futter eines nicht gewollten und unkalkulierbaren Konfliktes aufzubereiten. Wie dicht wir davorstehen, ahnen wir zu dieser Zeit nicht. Erst ein halbes Jahr später, am 26. August wird der Oberstleutnant

Stanislaw Jewgrafowitsch Petrow in der sowjetischen Kommandozentrale der Satellitenüberwachung vielleicht die Welt, bestimmt Europa und ganz sicher Deutschland besonnen vor dem Untergang bewahren. Als leitender Offizier wird er einen vom System gemeldeten Angriff der USA mit nuklearen Interkontinentalraketen korrekt als Fehlalarm einstufen. In nüchternem Handeln beeindruckt er nervenstark mit sachlich kritischer Bewertung und richtiger Schlussfolgerung. Arrogant voreingenommen haben wir bis dahin ,die Russen' nur selten mit ,nüchtern' verbunden, vielleicht mit leerem Magen, keinesfalls aber ohne Wodka. Die verdiente öffentliche Würdigung wird ihm ebenso wie die mediale Verbreitung seiner klugen Tat ein Leben lang vorenthalten bleiben. Wäre doch stets die Botschaft damit verbunden, wie stör- und fehlerhaft die Systeme und wie situations- und charakterabhängig die menschlichen Entscheidungen sind, die über unser aller Weiterleben bestimmen. Eine beängstigende Vorstellung!

Bevor unsere Vorgesetzten mit der Ausbildung beginnen, lassen sie uns an einer Groteske militärischer Ordnung teilhaben. Schnell spricht sich herum, dass unser Kompaniechef und sein Stellvertreter verschwägert sind. Und zum ersten Appell stehen sich die beiden vor uns gegenüber, mit zwei Schwestern verheiratet und nebeneinander wohnend. Nachdem sie gerade gemeinsam sein Dienstzimmer verlassen haben, schlägt Schwager zwei vor Schwager eins die Hacken zusammen, grüßt militärisch, erklärt dem, der unser Hiersein soeben befohlen hat, wer wir sind und was wir hier machen. Abschließend stellt er sich ihm mit Dienstgrad, Namen und Dienststellung vor.

Sie tun es in völligem Ernst, weil es für sie anders gar nicht mehr geht. Das ist beeindruckend.

Gleich danach endet die heitere Phase. Wir lernen erstechen, erschießen, verbinden, vernebeln. Wir ziehen uns nach Stoppuhr das „Ganzkörperkondom" über, den gummidichten Schutzanzug gegen ABC-Angriffe, stülpen die Maske übers Gesicht und den Stahlhelm auf den Kopf, schlüpfen in die schweißwabernden Handschuhe, schnappen die MPI und brüllen: „Fertig!" Wir rennen damit los und fallen blind auf die Fresse, weil die Maskengläser längs angelaufen sind. Wir marschieren singend zum Frühstück, ausschreitend zum Mittagessen und schlurfend zum Abendessen, der Tee angeblich mit „Hängolin" versetzt. Manchmal müde, manchmal zornig, manchmal frustriert, meist fassungslos. Wir robben durch Hindernisse, übersteigen Mauern, überwinden Wände. Wir bürsten getrocknetem Schlamm von unseren Uniformen und übercremen ihn auf unseren Stiefeln. Wir übernehmen für vierundzwanzig Stunden die Objektwache, finden schlecht in den Zweistunden-Wache-Bereitschaft-Schlafen-Rhythmus und fühlen uns am Folgetag scheintot. Wir reinigen Toiletten, Treppenhäuser und Korridore sowie die Dienstzimmer unserer Vorgesetzten. Wir ziehen als diensthabende Gruppe dreißig Minuten vor der Wecksirene ums Gebäude, um all das aufzulesen, was unsere Leidensgefährden nachts aus den Fenstern warfen. Wir werden das auch nach der Sommerzeitumstellung tun, obwohl es plötzlich wieder stockdunkel ist und alles ungesehen liegenbleibt. Wir üben uns in Verschleiern, Verbergen, Verstellen, Verdrücken.

Jeweils am Samstagvormittag unterbrechen wir das, um unser eigenes Zimmer zu reinigen, mit Zeitungspapier die Fenster zu putzen und den Fußboden zu bohnern und polieren. Danach ist Freizeit bis Montag 06.00 Uhr. Und manchmal darf der eine und andere am Wochenende in den Ausgang gehen oder Standortnahe sogar nach Hause fahren. Ich bin standortnah und erhalte Anfang März den ersten ‚Heimaturlaub'. Sonny holt mich ab und die Sache mit dem Tee erweist sich rasch als Gerücht. Wir sind beide recht froh darüber.

Noch größer ist die Freude, als Sonny bei meiner Rückkehr weiß, dass zum Jahresende ein bedeutsames Ereignis bevorsteht, errechnet ab erstem Heimaturlaub. Momentan verdürbt es ihr als früher Embryo den Morgenappetit. Sie hat es sich schon lange Zeit gewünscht, ich war bisher zögerlich. Nun waren die irren Wochen mit ihrem Rückstau doch zu etwas gut und der Tee endgültig rehabilitiert.

Unsere Zweisamkeit währt nur neun Tage, dann reist Sonny für mehrere Wochen zur Kur. Schon vorher durch Vollbeschäftigung und die ungleiche Teilung der häuslichen Aufgaben grenzbelastet, haben sie die zwölf Wochen komplett verschlissen. Die Emanzipation der sozialistischen Frau funktioniert am besten, wenn sich das Umfeld im Gleichgewicht befindet. Das ist durch meine langen Arbeitstage und häufigen Abwesenheiten gestört. Sonny wiederum liebt ihren Beruf zu sehr, um ihre Arbeitszeit zu reduzieren. Und die Kinder sollen unter diesem Dilemma nicht leiden.

Der Kurort ist nicht weit, ich bringe sie mit dem Skoda hin.

„Ich weiß nicht, wie lange ich bleiben werde", flüstert sie, „eben, bis es mir wieder gut geht."

„Ja, mach das", blicke ich ihr nach.

Rasch fahre ich zurück. Die Arbeit wartet und der Tag muss neu strukturiert werden. Von nun an pünktlich Feierabend. Kathrin und Lutz verbringen den Tag selbständig, wobei sich Kathrin als große Schwester selbstbewusst bewährt. Aber früh muss ich sie wecken, anspornen, durchs Bad schleusen. Dann frühstücken wir gemeinsam. Danach alle anziehen und ab in den Tag. Mittags essen sie in der Schulspeisung, danach geht Kathrin heim und Lutz bleibt im Hort seiner Grundschule. Nach den Hausaufgaben treffen sie sich mit ihren

Freunden und manchmal in den Arbeitsgemeinschaften der Schulen. Lutz spielt gern Fußball und am liebsten steht er im Tor. So sieht er dann abends auch aus. Also erst in die Wanne, während ich Kathrins Schulsachen ansehe. Dann sind seine dran. Beide machen das eigenständig recht gut. Wir essen gemeinsam, dann spielen sie noch und machen sich bald fürs Bett fertig. Ich räume auf und bereite den nächsten Tag vor. Ich bringe sie ins Zimmer, decke sie zu und streichle über ihren Kopf. Ein bisschen quatschen wir noch.

„Einer von Euch ist immer weg", klagt Lutz. „Warum ist das so?"

Ich versuche es zu erklären und bin froh, dass er darüber einschläft.

Nur Kathrin seufzt noch: „Das ist nicht schön."

Nach Aktueller Kamera und Tagesschau gehe ich ins Arbeitszimmer und hole Teile des Tages nach. Kathrin hat recht: Das ist nicht schön!

Wieder ist Freitag. Gleich nach Arbeitsschluss werde ich beide zu meinen Eltern bringen und erst am Sonntagabend zurückholen. Sie freuen sich auf die Großeltern, die sich ihrerseits auf die Enkel und ich mich auf das Wochenende. Für Samstag habe ich Arbeit mit nach Hause genommen, aber am Sonntag mache ich nichts, gar nichts. Kurz vor Feierabend klopft noch Janette Brückner. Sie ist ein leichtmolliger Kumpeltyp, unkompliziert, kontaktfreudig, beruflich und gesellschaftlich aktiv. Neben ihrer Arbeit ist sie in der FDJ-GO für die Betriebs-MMM zuständig. Und die steht jetzt bevor, ausgerichtet von der FDJ und staatlich begleitet durch die Betriebsleitung. Zuständiger Fachdirektor bin ich. Eigentlich steht Dampf, Wasser, Scheiße als Synonym für den breiten Zuständigkeitsbereich der Sanitärklempner, aber manchmal assoziiere ich das auch mit meinem Ressort. Wenn ich am Tag nicht dazukomme, sind mir für MMM-Fragen auch die letzten Minuten zum Arbeitsende recht. Sie weiß das und zeigt sich enttäuscht, als ich ablehne: „Tut mir leid, heute geht das nicht. Sonny ist zur Kur und ich bringe nachher unsere Kinder zu den Großeltern. Ich bin jetzt schon in Eile. Zwanzig Uhr will ich wieder zuhause sein und dann ist Schluss für heute!"

„Wir wollen uns aber nachher im Klubhaus treffen. Es gibt noch Fragen zur Vorbereitung, die nur Du beantworten kannst."

„Dann trefft Euch zuerst und wenn es etwas ganz Wichtiges gibt, rufs du mich danach an. Alles andere muss bis Montag warten."

Ich eile nachhause, packe die Rucksäcke, sammle alle Dinge ein, ohne die Reiseverweigerung droht: Teddy, gemaltes Bild für Opa, aus Trinkhalmschnipseln gebackener Untersetzer für Oma, rasch zusammengepflückte Wiesenblumen, Feuerwehrauto, Federballspiel (obwohl auch Opa eins hat), Fußball (den hat Opa nicht), Kinder-K-Wagen mit Kettenantrieb (Nun ist's aber gut! Den bringen wir nicht ins Auto rein). Schnell nochmal die Hände waschen.

„Lutz, Du auch Dein Gesicht!" Rundumblick durch die Wohnung.

„Los jetzt, sonst kommen wir zu Abendbrot zu spät und Oma schimpft."

Ich werde es nicht bis zwanzig Uhr zurückschaffen. Mein Vater ist gedanklich mitunter noch immer bei meiner Armeezeit. Als ehemals Obergefreiter der Wehrmacht hat er zwar eine natürliche Abneigung gegen die NVA, ist aber von der Ähnlichkeit der Uniformen immer wieder fasziniert und hat Gesprächsbedarf.

Um meiner üblichen Abwehr vorzubeugen, legt er ein schmales Buch auf den Tisch, für mich erworben. K.-P. Hertzsch, ‚Wie schön war die Stadt Ninive'. Was bleibt mir übrig. Ich schlage auf: ‚Biblische Balladen zum Vorlesen'.

„Was hat das mit der NVA zu tun?", bin ich ehrlich verwundert.

„Nichts, aber sieh mal rein. Ein paar Verse haben mich daran erinnert."

Papiereinleger leiten mich an die Stellen, mit dünnem weichem Bleistift radierbar markiert: „Sie hatten Durst, die Mägen knurrten. Die Leute klagten oder murrten."…. „Der Hauptmann sprach: ‚was Du verlangst. Ich tät es gern. Doch hab‘ ich Angst"…. „Danach bekommst Du einen Orden, der ist erst heut erfunden worden"…. „Die Späher saßen gut verborgen, und spähten eifrig in den Morgen".

Die gezielt verkürzte Auswahl lässt zwar nur einen sehr losen Bezug zum Soldatenalltag zu, jedoch das Buch scheint gut zu sein.

„Ich würde es gern mitnehmen. Am Sonntag komme ich schon am frühen Nachmittag die Kinder abholen, dann lass uns quatschen."

Beim Abschied höre ich Lutz nach dem Programm fürs Wochenende fragen. Und wieder zitiert mein Vater das schmale Buch: „Es ist schon wieder Schlafenszeit. Ich sag Euch morgen früh Bescheid."

Es ist fast einundzwanzig Uhr, als ich wieder zuhause bin und fünf Minuten später klingelt es. Janette Brückner.

„Du?", bin ich überrascht.

„Ja, ich sah noch Licht in Eurer Wohnung, dachte mir, probieren kann ich es mal. Wir sind im Klubhaus fertig und auf dem Heimweg. Um zehn fahre ich mit dem Spätschicht-Bus nach Hause. Vielleicht können wir die paar Fragen schnell noch klären. Darf ich reinkommen?"

„Na gut, ja, na klar. Ich bin eben erst zurückgekommen. Lass uns ins Wohnzimmer gehen."

Der Weg dahin führt durch den langen Korridor. Rechts vorbei an Bad, Küche und Kinderzimmer, links vom Schlafzimmer endet er stirnseitig an der Wohnzimmertür. Von dort geht das Arbeitszimmer ab. Die Küchentür haben wir ausgehängt, sie schlägt nach außen auf und unerwartet lief immer jemand gegen das Blatt. Janette nimmt sich Zeit für den Blick hinein. Dann bittet sie, die Toilette benutzen zu dürfen. Die Tür zum Kinderzimmer haben meine Guten nur halb geschlossen. Auch davor bleibt sie einen Moment länger als notwendig stehen. Im Wohnzimmer angekommen wendet sie den Kopf zur hinteren Tür: „Dein Arbeitszimmer?"

„Ja, das Arbeitszimmer."

„Ich habe gehört, Du spielst manchmal auf dem Harmonium, steht das da drin."

„Stimmt. Ich spiele aber nur selten, wusste gar nicht, dass man es nach außen hört."

„Doch, hört man, sagt jedenfalls Rolf. Der wohnt doch gleich gegenüber. Darf ich mal reinschauen?"

„Ja. Ich spiele Dir aber um diese Zeit nichts mehr vor."

Zurück im Wohnzimmer, blickt sie mich fragend an und ich bitte sie zu setzen. Sie wählt die Sofakante und beginnt vom Klubhausabend zu berichten. Die offenen Fragen seien eigentlich gar nicht so dringend, können wir auch am Montag klären.

„Vielleicht kann ich trotzdem bis zum Bus hier warten, sind ja noch fast fünfzig Minuten."

Die Haltestelle am Werktor ist nur hundert Meter entfernt. ‚Mein Gott Mädchen, was willst Du hier?‘, denke ich.

„Du weißt, dass Sonny nicht da ist und die Kinder bei den Großeltern sind. Schlecht für einen längeren Abendbesuch. Irgendjemand hat Dich bestimmt kommen sehen und spinnt schon an der Nachricht für die nächste Frühstückspause."

„Ja, weiß ich alles. Wir haben nur bisschen was getrunken, die anderen sind nach Hause gegangen, allein wollte ich nicht bleiben und draußen nieselt es."

„Komm, ich fahr Dich heim."

Zwei Kilometer vor unserer Wohnung kommt mir auf der Rückfahrt der Schichtbus entgegen. Halb elf liege ich endlich im Bett und greife nach dem schmalen Buch. Als erstes lese ich die markierten Verse noch einmal. Die sind wirklich gut. Und wieder bin ich in Erinnerung bei den Wehrpflichtwochen. Nein, es war nicht lustig, ganz im Gegenteil. Aber mit ein wenig Abstand kann man über manches lachen und Bedrohliches wird jämmerlich, so wie Erhabenes erbärmlich wird. Nachdem ich allein im Bett liegend lauthals über Bileam und seine Eselin gelacht habe, will ich noch die Titelgeschichte von Jona und der Stadt Ninive erfahren. Im Einschlafen begriffen plagen mich Zweifel, ob auch die Mächtigen heutiger Welt die Größe des alttestamentarischen Königs haben würden. Sie beten mit Mammon oder Manifest ihre neuen Götter an. Und Mancher erhebt sich auf Lebenszeit zu deren Stellvertreter. Die sozialistischen Führer haben zudem - wie 1968 in der CSSR - verpasst, sich in einer allmählichen Auslese durch Bessere zu unterwerfen. Weil sie sich auf ewig für die Besten halten. Wären nicht begrenzte Legislaturperioden besser, wie hier und da im Westen? Wahrscheinlich ließen sie hier wie dort Ninive untergehen. Das träume ich aber alles bereits.

Ich wache spät auf. Die Semmeln hängen bereits an der Tür. Unser frühaktiver Wohnungsnachbar versorgt samstags alle Mieter im Haus mit den Dauerbestellungen vom Lieblingsbäcker. Bevor ich zur Zeitung greife, denke ich kurz noch einmal über Janette Brückners Abendbesuch nach. Vielleicht hat sie das ‚bisschen was getrunken' dazu ermutigt. Unser Verhältnis ist freundschaftlich kollegial, mehr wollen wir beide nicht, nicht einmal betrunken. Und ihre sonderbare Neugier an allen Zimmern. Nein, nach dem Schlafzimmer hat sie nicht einmal gefragt. Komisch, einfach abhaken.

Wäsche muss ich nachher waschen, meine Fresse, das macht sonst alles Sonny.

Der Montag beginnt wie jede Woche, müde, lustlos, verpeilt. Ich starte ihn mit schwachem Schwung und strenger Taktfolge. Die Kinder und mich rechtzeitig und vollständig in den Tag zu schicken, erlaubt keine Abweichung, weder in Inhalt noch in Abfolge. Sonny fehlt uns bereits die vierte Woche. Lutz und Kathrin schlurfen wie fremdgesteuert durch die Wohnung und irgendwie schaffen wir es alle drei, pünktlich 06.30 Uhr tagfertig im Treppenhaus zu stehen. Diese Woche wird nicht einfach werden: Dienstreisen an drei Tagen. Wieder fehlt Sonny. Um am Abend rechtzeitig für die Kinder zurück zu sein, werde ich mit unserem Skoda fahren. Für zwei Fahrten gehen die Kosten komplett zu meinen Lasten, nur für eine kann ich die Tankbelege abrechnen. Neben der eingeschränkten Verfügbarkeit der Betriebs-PKW ist nun auch die alternative Nutzung von Privatfahrzeugen streng limitiert. Das ist ohnehin nicht ohne Risiko, selbst bei genehmigter Nutzung. Gerade erst bin ich mit dem Versuch gescheitert, einem jungen Kollegen zu helfen. Er hat während einer solch genehmigten Fahrt – ebenfalls mit einem Skoda aus zweiter oder dritter Hand – einen Unfall erlitten. Nur kleine Verletzungen, aber wirtschaftlicher Totalschaden am Auto. Die Versicherung bewilligte unkompliziert den Schadensausgleich zum Zeitwert. Wenn aber der Gebrauchtwagenpreis nahe Neupreis liegt und bei jungen Gebrauchten sogar darüber, liegen zwischen Zeitwert und Nachkauf viele Tausend nicht vorhandene Mark. Bankkredite sind für Fahrzeugkäufe ausgeschlossen. Das ist auch zu verstehen, wenn es das Begehrte sowieso nicht gibt. Schließlich war ihm familiäre Hilfe zu kleinen Raten zugesagt, jedoch unter der Bedingung eines Neuwagenkaufs, nicht wieder so einer ‚alte Mühle'. Doch Neuwagen gibt es nur auf Bestellung, etwa nach zwölf bis fünfzehn Wartejahren. Nach seinen zahlreichen Anträgen, Begründungen, Befürwortungen habe ich zu helfen versucht. Erst bei den staatlichen Stellen im Bezirk, dann bei den dortigen Parteileitungen. Ein letztes Aufbäumen galt der sogenannten Minister-Reserve, das ist die geringe Anzahl PKW, über deren Vergabe der jeweilige Fachminister freihändig entscheiden darf. Für das laufende Jahr seien es drei, wurde mir beschieden, zu reservieren für allerhöchste Fälle im eigenen Resort.

Der Geschädigte reist jetzt wieder sommers, wie winters mit dem Moped zur Arbeit an und hat bereits einige Wochen seines Neuwagenantrages absolviert.

Ziel der heutigen Reise ist der VEB Dampfkesselbau Köthen. Wir müssen in diesem Jahr die Feuerung der drei Heizkessel von Braunkohlen-Briketts auf Rohbraunkohle umrüsten. Seit dem Kälteeinbruch 1978/79 hat sich die Versorgung mit Briketts nicht wieder stabilisiert. Unsere Abhängigkeit von technischem Dampf ist enorm und im Gebirge sind zudem die Heizperioden lang. Wir können uns die stete Unsicherheit rechtzeitigen Nachschubs nicht mehr leisten. Die Zeit ist wegen des Primats meines Wehrdienstes schon weit fortgeschritten. Meine Kollegen wollen das Vorhaben deshalb gern um ein weiteres Jahr verschieben, und es ist nicht leicht sie umzustimmen. Erst als zweifelsfrei feststeht, dass mein Kopf fällig ist, wenn es daneben geht, können wir uns einigen. Wie so etwas aussehen kann, weiß ich seit der verspäteten Havarie-Meldung. Und eigentlich ist es auch egal, denn wenn es zu Produktionsunterbrechungen wegen unterlassener Umstellung käme, hätte das für mich den gleichen Effekt. Jetzt müssen wir sehen, dass alles für das zügige Umrüsten bereit ist. Erfolg oder Misserfolg beim VEB Dampfkesselbau entscheiden über das gesamte Vorhaben.

Wir fahren zu dritt. Meine beiden Begleiter sind der Grundfondschef, weil es seinen Verantwortungsbereich betrifft und der Hauptenergetiker, weil nur er genau weiß, was wir alles brauchen. Ich werde zwar Verhandlungsführer sein, aber vor allem, um unserem Begehr qua Amt die notwendige Bedeutung zuzuweisen. Schließlich benötigen wir alle Ausrüstung nicht nur komplett, sondern auch recht bald. Wir können den Betrieb des Heizhauses nicht unterbrechen, sondern nur reduzieren. Das wiederum geht nur außerhalb der Heizperiode, längsten also von Mitte Mai bis Mitte September. Und Anfang Mai ist es bereits.

Wir fahren froh gestimmt nach Hause, die Zusagen in der Tasche. Nun liegt es bei uns, die Abläufe so zu organisieren, dass Kessel für Kessel umgestellt werden kann und der Schornstein rechtzeitig wieder komplett raucht. Ich werde das Projekt in den Wochen dahin zu meiner wichtigsten Aufgabe machen, denn wie gesagt, es geht um meinen Hals.

Heute Abend telefoniere ich wieder mit Sonny. Wir beschränken uns während ihres Kuraufenthaltes auf die positiven Seiten des Lebens und seine dringendsten Notwendigkeiten: wie sie sich erholt, was die Kinder machen, wie es in der Schule läuft, wie wir ohne sie zurechtkommen und ob sie nach ihr fragen, welche Waschtemperatur für Socken gilt und wie man die einstellt, ob Quarkkeulchen auch mit rohen Kartoffelraspeln möglich sind, von welcher Seite man den Kragen bügelt, ob sie sich erinnert, wohin ich die Beatles-Kassette gelegt habe, dass schon bald wieder Freitag ist. Und ja, es ist alles in Ordnung, es geht uns gut, wir kommen klar, Du bleibst bitte wirklich so lange wie nötig. Heute aber berichte ich ihr zuerst vom Erfolg in Köthen und dem Beginn unseres Heizhausprojektes. Und als ich endlich fertig bin, sagt sie mir, dass heute ihre letzte Kurwoche beginnt und ich sie doch bitte am Freitag abholen soll. Unfassbar, was geschieht, wenn ein ganzer Tag nur Freude macht. Eben noch reisemüde, fühle ich mich wach und leistungsfroh.

Lutz umschlingt spontan meine Beine und Kathrin hat Tränen in den Augen: „Das war nicht schön, dass Mutti so lange weg war."

Gleich danach machen sie Pläne, was sie ihr alles zu berichten haben und welche Geschenke für Mamas Willkommen zu bereiten sind. Dann befällt uns eine tiefe Ruhe und Müdigkeit. Wir gehen zeitig schlafen und haben eine gute Nacht.

Das Projekt Rohbraunkohle läuft besser als erwartet. Wir haben fast alle notwendigen Gewerke im eigenen Haus, beim Rest helfen Handwerksfirmen, die wir unsererseits mit Innenaufträgen im Winter auslasten und die nun uns im Gegenzug auf Abruf unterstützen. Ich bewundere ihrer aller Kompetenz und Leistungswillen. Bei der Umrüstung des Zugs, des Feuerraumes, der Rauchkanäle, der Kohlezufuhr und des Aschebandes unterstützen uns Mitarbeiter aus dem Dampfkesselbau. Es sind arbeitsreiche Wochen, die aber Freude machen, weil es läuft.

Insofern stört es mich auch nicht, dass mir wenig Zeit bleibt, die Olympischen Spiele zu verfolgen. Unsere Programme halten sich mit der Berichterstattung ohnehin ein wenig zurück, aber ich könnte sie schließlich im Westfernsehen verfolgen. Auch wenn das wegen der Zeitverschiebung kaum in Echtzeit möglich wäre. Einerseits sind Sonny und ich nicht übermäßig sportbegeistert, zum anderen nehmen die Länder des ‚Ostblocks' gar nicht teil. Wie schon vor vier Jahren, sind es wieder nur halbe Spiele. Wir verweigern uns den Spielen in Los Angeles, weil die USA mit vierzig Verbündeten und Abhängigen wegen des sowjetischen Einmarschs in Afghanistan die Spiele 1980 in Moskau boykottierten. Es war vorhersehbar. Ein Grund findet sich immer, um Gleiches ist mit Gleichem zu vergelten, wie im Alten Testament. Der olympische Gedanke und das Leid der verhinderten Athleten müssen da zurückstehen. „Wie mögen die sich fühlen", fragt sich Sonny. „Das betrifft nicht nur die Daheimgebliebenen", überlege ich, „den Siegern wird der Makel anhaften, nur gegen die Hälfte gewonnen zu haben. Vor allen, wenn in ihren Disziplinen die Favoriten fehlten."

Ab und an höre ich während der Dienstreisen im Autoradio einen Bericht. So auch bei der späten Heimfahrt aus Berlin. Wir sind zu dritt im Auto. Wegen der Dringlichkeit der Kesselumrüstung dürfen wir einen ‚Wartburg' unseres Fuhrparks nutzen. Es ist bereits stockdunkel und regnet wie aus Kannen, als kurz vor dem Rasthof Freienhufen ein Zylinder ausfällt. Bei schlechter Sicht fahren wir nun mit zwei Drittel der Leistung beängstigend gemächlich über die Autobahn. Beim Tankstopp in der Raststätte lesen wir den Hinweis auf einen brandneuen Service: „24 Stunden Pannenhilfe." Unserem Wunsch kann der Tankwart jedoch nicht entsprechen: „Tut mir leid, der Kollege hat in dieser Woche Frühschicht."

Ja, es klemmt an vielen Stellen. Daran wird vermutlich auch der zweite DM-Kredit nichts ändern, für den die Bundesrepublik jetzt die Bürgschaft über 950 Millionen übernommen hat.

Der Sommer ist vorüber. Der Schornstein raucht und wir benötigen ein Vielfaches an Rohbraunkohle als an bisherigen Briketts. Da nicht nur der Heizwert um fast zwei Drittel gesunken ist, sondern die unregelmäßigen groben Brocken ein höheres Volumen ergeben, sind die Transport-LKW fast im Dauereinsatz. Läge der Bahnhof nicht gut einhundert Meter tiefer, wäre ein Anschlussgleis sinnvoll. Auch unser Ascheaufkommen ist gestiegen, der Weg zur Deponie aber kurz.

Wir haben schöne neue Sortimente auf den Markt gebracht, liegen mit unseren Ergebnissen ganz gut im Plan, sind parallel mit dem Fortschritt einer großen Investitionsmaßnahme mit geplanter Aktivierung im Folgejahr vorangekommen, bewerben das öffentlich alles als Wettbewerbsbeitrag zu Ehren des 35. Geburtstages unserer

Republik und müssen uns somit vor nichts und niemandem wegen eventueller Rückstände fürchten.

Das einzig Bittere, der Geburtstag fällt auf einen Sonntag, ist also nicht mit einem freien Zusatztag verbunden. Den Freitagabend-Klubhaus-Besuch gönne ich mir aber wieder einmal. Franz Noth und Rudi Baumgarten sind auch da. Nur Falk Steinert fehlt und auch sonst sehe ich keine bekannten Gesichter. Ich war zu lange schon nicht mehr dagewesen. Ich bleibe nur kurz.

Dafür bin ich heute Morgen schon früh auf, freue mich über die Semmeln an der Tür und die Sonne vorm Fenster, decke leise den Tisch und denke über Vorschläge fürs familiäre Wochenendprogramm nach. Viel werden wir uns nicht vornehmen können.

Das bestätigt auch Sonny gleich, als sie gähnend im Türbogen steht: „Viel geht heute bei mir nicht. Der Bauch zu dick, die Beine schwer und auch mein Kreislauf spielt verrückt. Planmäßig sind es noch acht Wochen, maximal neun. Zwei davon müsste ich noch arbeiten. Der Gynäkologe hat schon lange empfohlen, mich arbeitsunfähig zu schreiben. Ich werde das wahrnehmen müssen, die Schwangerschaft mit Lutz war einfacher."

„Auch gut. Dann gehen wir in unseren Garten oder Du bleibts zuhause und nur die Kinder kommen mit. Lutz auf alle Fälle, der zieht Dir sonst den letzten Nerv."

Schließlich kommt Sonny doch mit. Die alte Laube des Vorpächters haben wir durch eine größere ersetzt und wohnlich eingerichtet. Man kann sogar mal eine Nacht hier schlafen, für länger fehlen aber Strom- und Wasser-Anschluss. Die Lage vorn am Weg ist schön, vor uns Felder, ganztags Sonne. Auf der Koppel rechts stehen drei Pferde, kräftige Kaltblüter, die werktags gefällte Stämme aus dem Wald ziehen. Den Leichenwagen nicht mehr, das übernimmt jetzt ein traurig-schick designter B1000-Kleintransporter. Für die Spaghetti mit Jagdwurst in Tomatensoße als Mittagessen genügt unser zweiflammiger

Propangaskocher. Wenn das Wetter anhält, werden wir beide Tage hier verbringen. Ab und an kommen Spaziergänger vorbei und wir grüßen zurück. Nicht lang, und Franz Noth mit seiner Frau wünschen einen Guten Tag, den wir dankend erwidern. „Er ist abgemagert", stellt Sonny fest. „Hast Du gesehen, wie die Hose schlottert." „Auch sein Schritt wirkt müde, nicht mehr kraftvoll, wie vor acht Jahren. Nur seine Beine sind immer noch zu kurz", habe auch ich bemerkt. Gegen Mittag Rudi Baumgarten mit Familie. Am Nachmittag Janette Brückner allein auf dem Moped. Sie merkt spät, dass der Weg am Feld endet und kehrt um. Am Abend wird es kühl und wir gehen heim. Kurz vorm Haus begegnen wir Rudolf Baumgarten erneut. „Hallo Rudi, vorm Abendbrot nochmal allein unterwegs?"

„Ja, ist ja noch schön haußen und morgen soll es eintrüben."

„Ach ja? Das ist schade. Aber im Herbst muss man damit rechnen."

„Schönen Abend noch."

Schade, das Wetter. Wir werden morgen in der Wohnung bleiben müssen.

Ich bin zwar wach, bleibe aber noch im Bett liegen. Schlechtes Wetter kann ich auch von hier aus ansehen. Endlich im Bad, blicke ich erst in den verhangenen Himmel, danach auf die feuchte Straße und schließlich auf Franz Noth, der sich lange die Auslagen im benachbarten Heimelektrik-Geschäft ansieht. Als dann am Mittag Janette Brückner am Haus vorbeiläuft und sich abends Rudi Baumgarten ebenfalls für die Auslagen interessiert, denke ich an ein weiteres Ereignis, das sich heute jährt.

In der Nacht vom sechsten auf den siebten Oktober 1964 hat mein Bruder erstmals die Staatsgrenze zur Bundesrepublik überwunden. Was an sich schon eine Frechheit

270

war, entweihte damit faktisch auch den fünfzehnten Jahrestag unserer Republik. Er hatte die Minensperre unverletzt überqueren können, weil er Jahre vor mir im vormilitärischen GST-Lager Breege im Auffinden und Entschärfen geschult wurde. Kein Wunder, dass dies zu unserem Lehrprogramm nicht mehr gehört hat.

Die Wochen davor waren für uns alle nicht leicht gewesen. Über mehrere Tage standen abwechselnd je zwei Männer unauffällig an den Bushaltestellen gegenüber unserem Haus, wartend, mal rauchend, sich unterhaltend, abschreitend, den Fahrplan studierend. Aber jedes Mal, wenn ein Bus kam, entschieden sie sich zum Bleiben. Und immer blickten sie in unsere Richtung. Mutter und Bruder waren hochnervös, Vater auf Arbeit und mir blieb ihr albernes Tun unerklärt.

Er ist fast vier Jahre älter als ich und war zu dieser Zeit 17 Jahre alt. Er besuchte die Erweiterte Oberschule zu Beginn der zwölften Klasse. Im Sommer des Folgejahres hätte er dort sein Abitur gemacht. Dass es anders kam, hat sich Schritt für Schritt ergeben und am Ende Auswirkungen auf die ganze Familie gehabt.

Das Schlimmste, was einem Jugendlichen in der Pubertät passieren kann, ist unkritische Anpassung. Und angepasst war er nicht. Eher ein Individualist mit Abenteuerlust, freiem Geist, eigenem Blick auf die Welt und der Unfähigkeit nachzugeben. Kein Staatsgegner oder Oppositioneller. Ein Provokateur, der seine Grenzen auslotet, unbewusst und unbedarft. Wie Elfklässler eben manchmal sind. Vielleicht wäre das mit einem anderen Klassenlehrer und in einem anderen Umfeld gar nicht so außer Kontrolle geraten. Die Umstände waren aber so. Eine falsche Antwort im Stabü-Unterricht, ein frecher Spruch im Frühzug, in dem auch die Mitarbeiter der MfS-Dienststelle zur Kreisstadt fuhren, ein verbotener Blick in geschützte Bereiche, ein widerspenstiger Auftritt gegenüber dem linientreuen Lehrer, ein Bericht von der RIAS-Sendung vom Vortag. Irgendwann wurden die Stasi-Leute seine Beobachter und vielleicht der eine oder andere Lehrer zum Berichterstatter. Aktive Zuträger gibt es immer.

Das Land war nach den Massenfluchten bis zum Mauerbau wirtschaftlich geschwächt und litt politisch zudem noch schwer unter den Nachwirkungen des Volksaufstandes vom 17. Juni 1953. Da konnten auch aufmüpfige Schüler sehr schnell zu Staatsfeinden werden. Aus dieser Spirale gab es für ihn kein Entkommen mehr. Er wurde zum dauerhaften Überwachungsobjekt und soeben standen sie wieder gegenüber auf der Straße. Er kannte sie ja aus dem Frühzug. Es wurde immer klarer, dass er bis zum Abitur nicht in Freiheit bleiben wird. So entschloss er sich zur Flucht in den Westen.

In den Wochen danach waren Angst und Ungewissheit riesig und belasteten unsere ganze Familie. Der Brief, in dem er seine unversehrte Ankunft in der Bundesrepublik mitteilte, wurde abgefangen und wochenlang zurückgehalten. Dafür fanden zweimal Haussuchungen statt, in denen jeder Raum, jedes Fach, jeder Gegenstand und jedes Buch gründlich durchsucht wurden. Das betraf auch meine Schulsachen und ich musste die Stasi-Leute um die Rückgabe meiner Hefte bitten, um die Hausaufgaben zu erledigen. Ich ging damals in die achte Klasse. Weiterführend zum Abitur hätte ich in die gleiche EOS zu den gleichen Lehren gemusst, denen mein Bruder gerade erst weggelaufen war. Zum Glück war ich ohnehin zu faul dazu.

Sonny kennt meinen Bruder inzwischen. Weihnachten 1972 durfte er erstmals wieder einreisen und hat uns in unserer Zwei-Winzige-Zimmer-Wohnung besucht. Bis 1979 war er jedes Jahr einmal in der DDR zu Besuch. Seit 1980 werden meiner Eltern Anträge auf Besuchserlaubnis für ihn stets abgelehnt.

„Denkst Du, das hängt mit Deinem Job zusammen?" überlegt Sonny.

„Ich kann es jedenfalls nicht ausschließen", stimme ich zu, „nur könnte ich es auch nicht ändern. Und weißt Du, wir leben hier. Das wird so bleiben. Seit zwanzig Jahren lastet sein Weggang auf mir. Klar spinnen die, aber so ist es nun mal. Ich kann machen, was ich will, er ist mein Schatten. Damit ich jetzt in der Sonne bleiben darf, ersparen sie mir pflichtbewusst den Schattenwurf. Arschlöcher. Ja, sie werden ihn wohl wegen mir nicht mehr einreisen lassen. Paranoid ist das alles."

Lutz unterbricht uns kurz.

„Das hatte seinerzeit nicht nur Auswirkungen auf unsere Familie. Zwei befreundeten Mitschülern meines Bruders unterstellten die Stasi-Leute Mitwisserschaft. Tatsächlich konnte die nie nachgewiesen werden. Allein der Verdacht genügte. Einer wurde gedrängt Offizier der Volkspolizist zu werden. Schon damals gab es dort große Personalsorgen. Der zweite kam trotz gutem Abitur nicht zum Studium, sondern leitete eine Jugendeinrichtung. Dort bin ich ihm später begegnete. Wir haben lange zusammengesessen. Bei einer halben Flasche Weinbrand ‚Urahn' stellte er so viele Fragen, dass ich stutzig wurde. Eine Zuträgerschaft zum MfS verneinte er zwar, aber ich wich ihm danach lieber aus. Vielleicht war das ungerecht. Was ich ihm allerdings verdankte, war eine Fotoserie ‚Aktfotos aus Schweden'. Die habe ich mit meiner Fotoausrüstung kopiert und zusammen mit meinen Freunden vervielfältigt. Das hat uns einiges Geld eingebracht - mehr als die vorherigen Bravo-Kopien von Beatgruppen - und manchen Tanzabend finanziert. In dieser Zeit habe ich auch Dich kennengelernt. Er hat uns danach nochmal in unserem ‚Labor' aufgesucht. Aber das war es dann. Ich weiß nicht, was er jetzt macht, habe ihn lange Zeit nicht gesehen."

„Warum ist Dein Bruder aber dann noch einmal zurückgekommen, nachdem ihm die Flucht gelungen war? Und wieder illegal über die Grenze. Klar, dass die sich verscheißert vorkamen. Das macht doch kein normaler Mensch!"

„Das weiß ich nicht. Nur dass er gefasst wurde und ins Zuchthaus nach Torgau kam, verurteil zu fünf Jahren Zuchthaus und anderthalb Jahren Freiheitsentzug. 1967 wurde er für uns alle überraschend nach Karl-Marx-Stadt ins Kaßberg-Gefängnis verlegt und wenig später in die Bundesrepublik entlassen. Das ist gut für mich, deshalb kann ich immer angeben, er sei 1967 legal in die Bundesrepublik übersiedelt. Auch wenn es nicht ganz die Wahrheit ist, muss ich nicht lügen. Mit einem illegalen Landesflüchtling an der Backe könnte ich mir das hier bestimmt alles abschminken."

Noch einmal Lutz. Das macht er gern, wenn er fühlt, dass wir kurz allein sein möchten.

„Was kurios ist: Wegen seiner verlorenen Haftjahre studierten wir dann zeitgleich, er Medizin in Heidelberg und ich Werkstoffkunde in Karl-Marx-Stadt."

„Irre Zeiten manchmal"

„Ja, irre Zeiten und irre Menschen. Dabei denke ich, so richtig irre sind die Lattenlauscher erst 1953 geworden. Sie hatten versagt und den heraufziehenden Aufstand nicht bemerkt. Danach drehten sie durch und schufen dieses alles beherrschende Monstrum. Vielleicht sind viele Schnüffler genau wie alle anderen Menschen. Fanatisch bis kämpferisch, engagiert bis lustlos, rachsüchtig bis mitfühlend, selbstlos bis niederträchtig, empathisch bis gemein, hochintelligent bis strohdumm, freiwillig bis erpresst, ideologisch geschult bis religiös verblendet. Wahrscheinlich repräsentieren sie charakterlich aber eher den unteren Durchschnitt, eher rachsüchtig als mitfühlend, eher niederträchtig als selbstlos und vor allem die Intelligenten ohne Empathie. Was sie auf keinen Fall sind, ist beliebt. Sie wollen ihr Land vor allen Feinden schützen oder persönliche Vorteile generieren. Sie schaffen Leid und leiden. Mephisto antwortet im ‚Faust' auf die Frage, wer er sei: „...ein Teil von jener Kraft, die stets das Böse will und stets das Gute schafft.' Bei ihnen ist es umgekehrt, aber sie wissen das nicht oder nehmen es in Kauf. Auch wenn man persönlich gar nicht betroffen ist, geht allein vom Wissen ihrer Anwesenheit eine diffuse Bedrohung aus und legt sich wie ein dünner Schleier auf das, was hell und klar sein könnte. Diese verunsichernde Dauerpräsenz macht Leute zu Gegnern, die gar nicht dagegen sind. Diogenes eben: ‚Das kommt von Das'."

Erst am Abendbrottisch kommen wir noch einmal auf den Tag zurück. Auch Sonny ist aufgefallen: „Wir haben heute mehrfach Noth und Baumgarten gesehen. Ungewöhnlich."

„Und Janette Brückner auch. Wer weiß, was die alle getrieben hat. Vielleicht wollten sie die beiden Jubiläen mit uns feiern und wir haben es nicht bemerkt."

Kathrin ist verwundert: „Welche zwei Jubiläen denn? In der Schule sprachen wir nur von unserem Republikgeburtstag."

Sonny hebt die Brauen.

„Nein, ich meinte das Jubiläum mit uns beiden feiern. Den 35. Jahrestag, genau wie Du sagst", behelfe ich mir.

Die letzten Wochen waren schön. Bei den Kindern läuft es in der Schule. Beide haben passende Freunde, mit denen man sie sorglos auch allein lassen kann. Sie übernehmen kleine Aufgaben im Haushalt, Kathrin sogar manche Einkäufe. Ich erledige noch immer einen Teil der häuslichen Arbeiten, perfekt erlernt während Sonnys Abwesenheit im Frühjahr. Auf Arbeit funktioniert es im Wesentlichen. Alles prima, uns geht's gut.

„Den Gitterwagen musst Du neu streichen und das Kinderbett auch. Warte bitte nicht so lange damit. Ich möchte nicht, dass der Lackgeruch noch anhaftet."

Sonnys Gedanken gelten mehr und mehr dem erwarteten Zuwachs.

„Nein, mache ich kommende Woche. Die Farbe habe ich schon gekauft. Und zwei Latten am Bett muss ich noch verleimen." Kathrin und Lutz haben auch schon darin gelegen. Dass Sonny sich danach nicht davon trennen wollte, hängt wohl mit ihrem Wusch auf Kind drei zusammen.

„Und um den Kinderwagen müssen wir uns noch einmal intensiv kümmern. Du weißt, welchen ich mir wünsche. Nicht wieder so ein billiges Ding aus zweiter Hand, wie bei Kathrin."

„Ja, ich weiß. Auch das mache ich noch einmal. Die sind aber tatsächlich sehr schwer zu bekommen."

Wirklich Sorgen macht mir das nicht mehr. Schon vor zwei Wochen habe ich während einer Dienstfahrt solch ein Wunschexemplar entdeckt. Es war bereits anderweitig versprochen. Ich konnte mit Übergabe eines kleineren Betrages an die Verkäuferin ebenfalls eine Reservierung vereinbaren. Und in kommender Woche steht er zur Abholung bereit: hohes, klappbares Fahrgestell, große Räder, Korbgeflechtwanne und tintenblauer Cordbezug. Ich werde Sonny damit überraschen. Vieles andere hat sie sorgsam aufbewahrt, den Rest wird sie zukaufen. Mit diesen Nebentätigkeiten vergehen die Wochen recht schnell. Und sechs Tage vor dem ersten Advent weckt mich Sonny mitten in der Nacht und verlangt die unverzügliche Fahrt in die Geburtsklinik. Schon am frühen Vormittag meldet sie ein „süßes kleines Mädchen." Meike ist da.

Sie macht von Beginn an kein großes Aufheben um ihre Existenz. Dennoch habe ich vorbeugend eine Schlafcouch ins Arbeitszimmer gestellt.

Für Sonny werden die nächsten Monate hoffentlich entspannt verlaufen. Die staatliche Grundlage ist gelegt. Für die Betreuung des dritten Kindes stehen ihr achtzehn Monate bezahlte Freistellung von der Arbeit zu sowie die anschließende Rückkehr an ihren Arbeitsplatz. Bei

Kathrin waren das 1972 nur zwölf Wochen und bei Lutz 1976 ein Jahr.

1985

Wenn man zur Einschätzung seines Landes nur auf die Medien angewiesen ist und auf die beschränkte Sicht von innen, dann ist es sehr wichtig zu beobachten, wie das Ausland dies sieht. Der eigene Blick auf die Welt ist uns verwehrt und den Medien vertrauen wir oft nicht, besonders den inländischen. Es ist nicht gut, wenn sich das eigene Erleben gravierend von der öffentlichen Berichterstattung unterscheidet. Und fühlt man sich erst einmal belogen, ist man gegenüber dem Rest auch misstrauisch. Besonders betrifft das mein Berufsleben, in dem ich immer wieder mit Mangel und unnötigen Problemen konfrontiert werde und abends in Zeitung und Fernsehen erfahre, dass alles prima läuft, die Steigerungsraten gewaltig sind und die Menschen nichts anderes anstreben als die Wettbewerbs-Übererfüllung zu Ehren von irgendetwas. Dann kann das schlimmstenfalls irritierend und mit Selbstzweifeln verbunden sein. Meist hilft, wenn es Anderen im Gespräch auch nicht besser geht. Weil sie die gleichen Probleme haben, und ebenso erstaunt von den allgemeinen Erfolgen sind. Die Westprogramme berichten gern das Gegenteil, was in dieser Weise sehr wahrscheinlich auch nicht wahr ist.

Es ist wohl so, dass wir das RGW-Land mit dem höchsten Lebensstandard und der höchsten Produktivität sind. Gehören wir aber wirklich zu den zehn führenden Industrienationen? Finden wir tatsächlich international immer mehr Anerkennung? Interessanterweise heben zu dessen Nachweis auch unsere Medien ganz besonders hervor, wenn westliche Politiker unser Land mit Staatsbesuchen beehren oder unsere Repräsentanten empfangen. Das scheint als Kriterium der Wahrheit mehr zu taugen als die Bruderkussbegegnungen im eigenen Lager.

Auch ich habe mir angewöhnt, solche Ereignisse besonders zu gewichten. Es ist unbedingt schöner, mit erhobenem Kopf durch den Tag gehen zu können, als mit Verliermiene. Wenn uns diejenigen, die uns am wenigsten mögen, die Ehre erweisen, kann das nur Gutes bedeuten. Also aller Grund, den Kopf zu heben. Man schätzt uns mehr als wir mitunter denken.

Seitdem Ende 1983 klar wurde, dass die NATO amerikanische Atomraketen auf bundesdeutschem Territorium stationiert, besuchten gleich im Jahr darauf mehrere führende westliche Politiker unser Land. Mit dem kanadischen Premierminister Pierre Trudeau begann dieser Reigen 1984 bereits im Februar. Es folgten die Regierungschefs mit Schwedens Olof Palme im Juni, Griechenlands Andreas Papandreou Anfang und Italiens Bettino Craxi Mitte Juli (Bettino, nicht Benito! Nur die Älteren sprechen das oft noch falsch aus.) sowie Österreichs Fred Sinowatz im November. Alle blieben zwei Tage lang, der Grieche sogar drei. Und Kanada sowie Italien waren zudem am 04. April 1949 Gründungsmitglieder der NATO gewesen. Sonny, ich und viele unserer Kolleginnen und Kollegen finden die Treffen gut und richtig, meine Genossen ohnehin. Nur ihr aufgesetzter Begeisterungstaumel stößt mir auf. Recht haben sie aber bestimmt damit, dass unser Land nach den Anfängen der siebziger Jahre nun endgültig auf der diplomatischen Bühne angekommen ist und bald auf weitere Anerkennung zu hoffen sei. Vielleicht sogar durch die Bundesrepublik, die das Quasi-Pendant ihrer Botschaft noch immer Ständige Vertretung nennt.

Dass Erich Honecker im Oktober 1984 Finnland und Algerien besucht hatte, war auch schön. Als aber Anfang April dieses Jahres der britische Außenminister Geoffrey Howe zu uns kommt und möglicherweise sogar bald mit dem französischen Ministerpräsidenten Laurent Fabius zu rechnen ist, freue auch ich mich aufrichtig. Beide Länder sind nicht nur Gründungsmitglieder der NATO, sondern repräsentieren zudem zwei alliierte Besatzungsmächte. Ihr Besuch in Ostberlin - sozialistisch-korrekt in ‚Berlin, Hauptstadt der DDR' - (und nicht zu verwechseln mit ‚Westberlin, das nicht zur Bundesrepublik gehört und nicht von ihr regiert werden darf'), gleicht faktisch einer Anerkennung unseres berliner Teils als Hauptstadt unseres Teils Deutschlands. Das klingt nach den Atomraketenstreitigkeiten schon sehr entspannend.

„Ich muss dabei immer an unsere Kinder denken", sage ich zu Sonny: „Haben sie sich richtig gezankt, sind sie anschließend besonders nett zueinander. Haben sie uns geärgert, zeigten sie sich danach von ihrer besten Seite. Habe ich als Kind auch so gemacht. Besonders, wenn ich vorher Prügel bekam."

Dann breche ich lieber ab, denn wenn ich recht nachdenke, handhabe ich das noch immer so. Gibt es Streit mit Sonny, brauche ich zwar jedes Mal eine Nacht dazwischen, aber gleich am Morgen beginne meist ich verhalten und schuldbewusst um freundliche Nachsicht zu werben. Das ist auch notwendig, weil ich unsere Auseinandersetzungen oft niederträchtiger führe und schnell unsachlich gemein werde. Sie hingegen benötigt mehr Zeit, um diese Kränkungen zu verdauen.

Schließlich greife ich wieder auf: „Und jetzt haben wir uns zwar gegenseitig Raketen vor die Tür gesetzt, wollen uns nun aber wieder vertragen."

Wird Politik immer so gehen?

Nicht weniger wichtig für unser Land ist ein Ereignis, dass bereits am 11. März eingetreten ist. Die KPdSU hat einen neuen Generalsekretär gewählt und die UdSSR bekam damit quasi ein neues Staatsoberhaupt. Und damit wird auch das künftige Handeln des sowjetischen Regierungschefs neu vorbestimmt. Das würde schon wieder Auswirkungen auf unser Land und alle sowjetisch dominierten sozialistischen Bruderländer haben.

Michael Gorbatschow ist deutlich jünger als seine drei letzten Vorgänger. „Das muss zunächst erstmal gar nichts bedeuten, sieht aber hübscher aus. Agiler allemal", ist mein erstes Urteil. „Zudem ist er mit seinem Feuermal auf dem Kopf nicht zu verwechseln. Die beiden Letzten konnte ich mir gar nicht erst einprägen", meint Sonny. „Das sieht aus wie bei meinem Wellensittich", ergänzt Lutz. Und ja, auch der hat eine dunkle Feder zwischen dem helleren Kopfgefieder.

„Es wird ein Geheimnis bleiben, warum sozialistische Staatsführer papstgleich bis zum Tod herrschen wollen, wenn sie nicht vorher ,aus gesundheitlichen Gründen' aus dem Amt gejagt werden", sinniere ich noch einmal. „Kein Mensch wird auf ewig Höchstleitungen erbringen können und niemand die Beweglichkeit und Erfahrung der mittleren Jahre mit ins Grab nehmen. Es ist immer traurig anzusehen, wenn mit ihnen ihr Land altert und verfällt."

In der Sowjetunion hatte das zuletzt sonderbare Blüten getrieben. Nach dem altersstarren kranken Leonid Breschnew waren zwei Nachfolger Zug um Zug weggestorben. Dabei ist uns Breschnews Staatsbegräbnis noch gut in Erinnerung. Millionen Zuschauer konnten am Fernsehgerät verfolgen, wie sein Sarg ins Grab krachte. Ich war verwundert, dass sich der Deckel nicht noch einmal oben zeigte. Keine Ahnung was die Choreographen geritten hat, die Sarggurte nur zwei Männern in die Hand zu geben. Üblicherweise sind dazu vier Träger notwendig, die paarweise seitlich des Grabes stehen und den Sarg mittels untergezogener Gurte gleichmäßig langsam hinabgleiten lassen. Jetzt standen sich erstmals nur zwei kräftige Rotarmisten stirnseitig gegenüber, je einen Gurt in ausgestreckten Armen haltend. Zum Absenken mussten sie sich leicht nach vorn zum Grab beugen. Und an der Stelle wirkte das Hebelgesetz. Um ihren ehemaligen

Generalsekretär nicht auf seinen letzten zwei Metern zu begleiten, half nur Loslassen. Seine Nachfolger wurden wieder traditionell beerdigt. Als erster folgte Juri Andropow. Er übernahm die Ämter kurz nach Leonid Breschnews Tod am 10. November 1982. Vorher war er fünfzehn Jahre lang Leiter des KGB. Uns wurde himmelangst. Der langjährige Chef der Staatssicherheit als oberster Herrscher unserer Führungsmacht. Kann der überhaupt noch anders? Welche Auswirkungen würde das auf uns haben? Bekäme auch Erich Mielke bald ähnliche Ambitionen? Gruselig. Die Angst war unbegründet. Er starb am 09. Februar 1984.

Ihm folgte Konstantin Tschernenko. Er erinnerte mich ein wenig an eine schlechtgelaunte Version von Väterchen Oberst aus 1981. Nur dass er krank aussah und oft wie ein LPG-Vorsitzender blickte, dem gerade die Hühner gestorben waren. Man sagte ihm treufolgende Nähe zu Breschnew nach, weshalb wir auch mit ihm wenig Hoffnung verbanden. Er starb ein Jahr später vierundsiebzigjährig am 10. März dieses Jahres.

„Wenn die jetzt alle alten Männer des Politbüros nacheinander durchschleifen, kann das noch einige Jahre so weitergehen", sorgte ich mich während der Aktuellen Kamera.

Umso überraschender war die jetzige Wahl eines Mannes Mitte fünfzig. Noch dazu wirkte er eloquent und kein bisschen wie die Inkarnation Lenins gesammelter Werke. Früh hatten wir es gelernt: ‚Von der Sowjetunion lernen, heißt siegen lernen!' Na fein, der Mann wirkt, als würde es vorwärts gehen.

Im Moment hilft mir diese Erwartung bei meiner aktuellen Zusatzaufgabe. Jedes Jahr findet auf dem städtischen Marktplatz am 08. Mai eine Kundgebung vor dem ‚Ehrenmal der Opfer des Faschismus und Militarismus' statt. Das ist eine Steinplatte in der vierfachen Größe eines Grabsteins, davor eine schmale Blumenrabatte. Der Weg über den Platz erweitert sich an dieser Stelle und gibt so rund fünfzig Teilnehmern Platz. In diesem Jahr bin ich als Redner beauftragt. Ich habe keine Ahnung, was man dabei sagt und keine Lust mich übermäßig darauf vorzubereiten. Also frage bei der SED-Kreisleitung an. Wer sonst soll das am besten wissen. Was ich davon nutze, kann ich immer noch entscheiden. Es dauert lange und mehrmaliges Weiterverbinden, bis ich Antwort erhalte: „Wir greifen immer auf das ‚Neues Deutschland' des Vorjahres zurück."

Ach Du Scheiße, denke ich, wenn das jeder so macht, weiß ich jetzt auch, warum alles immer und überall gleich klingt. Ich muss mir selbst etwas einfallen lassen. Dabei komme ich zwangsläufig auf unsere wichtigste Sieger- und Besatzungsmacht, die nun einen neuen Anführer hat und mit ihm endlich neue Hoffnung weckt.

Am Nachmittag stehen mir zirka dreißig Leute gegenüber: Mehrere OdF-Rentner, der ABV, Franz Noth und Rudi Baumgarten, ein paar, die ich nur vom Ansehen her kenne und andere, die mir unbekannt sind.

„Herzlich Willkommen zu unserer kleinen Gedenkfeier aus Anlass des vierzigsten Jahrestages des Endes des Zweiten Weltkrieges. Ich danke Ihnen, dass Sie den Weg hierhergefunden haben, um gemeinsam daran zu erinnern und derer zu gedenken, die heute nicht bei uns sein können. Sie haben das Kriegsende nicht mehr erleben dürfen...."

Danach spreche über diejenigen, die dieser Zeit zum Opfer fielen und nenne die unterschiedlichen Gründe. Selbstverständlich hebe ich die Rolle der Verfolgten des Naziregimes und der Opfer des Faschismus hervor. Nicht nur, weil mir einige soeben gegenüberstehen, sondern, weil ich ihren Mut zum aktiven Widerstand und dafür in Lagern und Gefängnissen ungebrochen auszuharren, ehrlich bewundere.

Ich bleibe auf der Ebene meines persönlichen Empfindens: „Es ist schmerzlich, dass Deutschland den Krieg verloren hat, viel schmerzlicher aber das Bewusstsein, dass es ihn begann. Und noch viel schmerzlicher ist das Wissen um die Millionen Opfer und das unendliche Leid, dass damit über die Menschen gebracht wurde."

Ich rede darüber, wie verbrecherisch Kriege generell sind und wie verachtenswert es ist, in ihnen den Ausweg aus Konflikten zu suchen. Ich teile meine Ansicht, dass keine Strafe zu hart für diejenigen ist, die Konflikte bewusst schüren, befeuern oder verlängern, anstatt friedliche Lösungen zu suchen und bekomme ersten Applaus.

Ich komme auf meine Freude zu sprechen, in Frieden zu leben und auf meine Sorge, dass die Aufrüstungsspirale außer Kontrolle geraten könnte.

Ich wünsche meinen Kindern, dass ihnen bei alldem der Frieden erhalten bleibt und sehe Kathrin, die sich mit ein paar Freudinnen dazugestellt hat. Kurz macht mich das unsicher.

Aber nach erneutem Klatschen bemerke ich auch weitere Erwachsene, die auf dem Weg nach Hause stehen geblieben sind. Das lässt mich meinen Faden wiederfinden: „Die Sowjetunion hat die Hauptlast des Krieges getragen und hier im östlichen Teil Deutschlands, der heute unser Land ist, verdanken wir ihr die Befreiung von Willkür und Leid. Im anderen Teil Deutschlands waren es die Alliierten Westmächte. Es zählt zum traurigsten Ergebnis, dass die vier alliierten Siegermächte danach zu massiven Gegnern wurden. Die westliche Führungsmacht USA steht mit der Nato den Staaten des Warschauer Vertrages gegenüber. Hier endet ihre Macht, hier ist sie nicht der Weltpolizist. Dabei ist es keine Frage: Um Recht, Gesetzt und Gerechtigkeit zu wahren, braucht es die Polizei. Wir haben unseren ABV hier neben uns stehen. Ein netter Kerl, der auch mal was durchgehen lässt, wenn wir es nicht übertreiben. Wir achten ihn, weil er es verdient. Woher die USA dieses Recht ableiten, bleibt mir unklar. Sie haben bisher jeden ihrer eigenen Kriege verloren: 1953 in Korea, 1961 in der Schweinebucht in Kuba, 1975 in Vietnam. Siegreich waren sie eigentlich nur in den beiden Weltkriegen und auch da nur, weil sie mit ihrem Eintritt abgewartet haben, bis der Verlierer feststand. Ihr eigenes Land war nie betroffen, nie zerstört. Kein Wunder ihre Stärke. Nach dem Zweiten Weltkrieg haben sie mit dem Marshall-Plan ihre Einflusssphäre in Westeuropa gesichert. Ganz einfach das Prinzip: Wir belassen Euch die Industrie, geben Euch unser Geld, dafür übernehmt ihr unsere Ordnung, akzeptiert unsere Führung und kauft bei uns ein.

Wir hatten es nicht so leicht, die Sowjetunion hat viele deutsche Güter als Reparationen in ihr Land verbracht. Das spüren wir noch immer. Und schimpfen darüber.

Heute begehen wir nicht nur den Vierzigsten Jahrestag des Kriegsendes. Wir erinnern auch an den ersten Tag von vierzig Jahren Frieden. Wir haben mit Schlesien und Pommern vor vierzig Jahren die industriell erschlossenen deutschen Ostgebiete an das weiter östlich landwirtschaftlich geprägte Polen verloren. Auch das kann man als Reparationen und Wiedergutmachung für unermessliches Leid betrachten. Die DDR hat auch deshalb schon 1950 die Oder-Neiße-Linie als Friedensgrenze anerkannt. Der Kniefall Willy Brandts 1970 in Polen wäre billige Symbolik gewesen, hätte die Bundesrepublik das nicht ebenfalls mit dem Verzicht von Gebietsansprüchen verbunden.

Vierzig Jahre Frieden sind in unserem Land mit vierzig Jahren Aufbau verbunden. Fertig sind wir damit noch lange nicht, das spüren wir jeden Tag. Freuen wir uns öfter über das Geschaffene. Heute freue ich mich vermelden zu können, dass wir in wenigen Wochen ein neues Produktionsgebäude in Betrieb nehmen werden, in dessen Untergeschoss eine neue Betriebsküche und ein moderner Speisesaal integriert sind. Wenn wir anpacken, wird's auch was.

Ich denke, der neue Generalsekretär der KPdSU wird neuen Schwung nicht nur in sein Land bringen. Greifen wir diesen Schwung auf. Dafür wünsche ich uns Allen Zuversicht, Ideen, Gesundheit und Schaffenskraft."

„Und ihr dahinten", wende ich mich an Kathrin und ihre Begleiterinnen, „lernt ordentlich, ihr müsst das Geschaffene aufgreifen und weiterführen."

„Danke, dass Sie dagewesen sind und danke für Ihre Aufmerksamkeit. Kommen Sie gut nach Hause. Ich wünsche Ihnen einen schönen Feierabend."

Über das Lob einiger Zuhören freue ich mich beim Abschied, auch Franz Noth, Rudi Baumgarten und der ABV sprachen es mir aus.

Mit dem neuen Produktionsgebäude wollen wir eine Aufkommenssteigerung an Zweckleuchten erreichen. Der Bedarf in Gewerbe, Kultureinrichtungen und Industrie an Leuchten mit Stablampen ist gestiegen und durch unsere landwirtschaftlichen Kooperationspartner weder in Menge noch in Kontinuität zu decken. Vor drei Jahren begonnen und durch den VEB IBK Karl-Marx-Stadt gemeinsam mit Fremdfirmen realisiert, wird es bald startbereit sein.

Es ist nicht unser einziges aktuelles Bauvorhaben. Die eigene Bauabteilung errichtet im hinteren Gelände eine zweigeschossige Wohnunterkunft für vierzig ausländische Arbeitskräfte. Auch den Innenausbau werden unsere Handwerksbrigaden ausführen. Im September soll es bezugsfertig sein. Und dieses Objekt macht mir Sorge. Nicht, dass wir das nicht leisten können, sondern dass ich den Baufortschritt nicht einzuschätzen vermag. Ich bin handwerklich nicht ungeschickt und habe mir auf Grundlage meines Studiums viel praktisches Anwendungswissen erarbeitet. Nur für Bauleistungen fehlt mir jegliches Gefühl. Umso lieber überlasse ich das dem Grundfondsbereich, dem ich nur regelmäßig mit unnötigem Ansporn auf die Nerven gehe.

Mit mehr Freude begleite ich die Einführung eines neuen Deckenleuchten-Sortimentes mit mundgeblasenen großvolumigen Gläsern. Für Steh- und Ständerleuchten ist bei dieser Glasgröße die Standfestigkeit nicht zu erreichen und für Wandleuchten sind sie mehrheitlich zu groß. Wir haben sie mit ein bis drei inneren Brennstellen konstruiert, jeweils umgeben von einem einzigen Glas. In vielen Ausführungen und Unterarten erinnert ihr Design an den Bauhausstil. Endlich mal wieder etwas Neues, Modernes, Schlichtes, Funktionelles. Sie gefallen mir richtig gut. Diese Begeisterung teilen nicht alle. Es wäre auch schlimm. Sie sind für den Binnenmarkt bestimmt und werden trotz des hohen Preises der mundgeblasenen Gläser ihre Käufer finden, bin ich überzeugt. Unsere Zustimmung für Sortimente, deren Design im kombinatseigenen Gestaltungszentrum entworfen wurde, ist nicht immer gleich hoch. Es ist schon irre. Mode- und trendbestimmend ist der Westen, für uns vornehmlich die Bundesrepublik. Das ist auch zu verstehen, dort muss ständig neuer Bedarf geschaffen werden und das geht am besten über die Mode. Bei uns kann etwas, das hübsch aussieht und funktioniert, gemeinsam mit seinem Käufer in Rente gehen. Aber, wie gesagt, diese Trends schwappen unkontrolliert über alle Grenzen. Außerdem wollen wir unsererseits über alle Grenzen hinweg verkaufen. Dumm nur, unsere betrieblichen Designer dürfen genauso wenig ins NSW reisen, wie der Kaufmännische Direktor und seine Mitarbeiter. Ich sowieso nicht. Unsere Marktkenntnis resultiert im Wesentlichen aus privatversandten Westkatalogen und solchen, die uns der AHB zustellt. Unsere Analyse kommt daher meist erst zum Tragen, wenn der Trend bereits wieder schnelllebig überholt ist. Der Chefgestalter des Kombinates darf reisen und gibt sein Wissen im Gestaltungszentrum an Designerinnen weiter, die ebenfalls nicht reisen dürfen. Dieses Mal ist etwas Gutes daraus hervorgegangen. Dass es gar nicht so neu ist, erkennen wir erst, als der Entwicklungsleiter ein Innenfoto vom Palast der Republik hervorholt: „Seht Euch mal die Foyer-Beleuchtung an. Großvolumige mundgeblasene Gläser im riesigen Gitterverbund von der Decke hängend."

„Klar, jetzt weiß ich es auch wieder. Ich erinnerte mich, so etwas bereits gesehen, nur wo fiel mir nicht ein. In ‚Erichs Lampenladen'. Wie viele Jahre ist die Eröffnung schon her? Zehn?"

„Nein, neun. Im April nächsten Jahres werden es zehn. Schlau, jetzt mit diesem Sortiment auf den Markt zu kommen. Bald werden Bilder vom Palast in allen Medien sein. Das ist gute Werbung für uns. Und dazu noch kostenlos. Vielleicht können wir ein paar sogar ins NSW verkaufen."

Das wäre gut, denn der Druck zur Erfüllung unseres NSW-Exportplanes nimmt ständig zu. Die zwei Strauß-Milliarden müssen zurückgezahlt werden und auch für vieles andere braucht unser Land Devisen. Und wenn es für seltene Bananen ist - ein Stück pro Person - oder richtige Orangen, auch davon je eine. Mit dem Kuba-Handel: ‚Orangen gegen LKW' haben wir ein schlechtes Geschäft gemacht. Es waren Saftorangen, die Schale unkaputtbar. Das hat ein weiteres Mal die ostdeutsche Begabung fürs Improvisieren geweckt: Orangen-Juice selbst gemacht.

(6 bis 8 Kuba-Orangen mit Schale, abschrubben, würfeln und mit 50 g Zitronensäure in 2 l Wasser kurz aufkochen, dann 45 Minuten köcheln. Leicht abkühlen lassen und mit Mixstab pürieren. 24 Stunden stehen lassen. 1 kg Zucker und 4 bis 5 l Wasser dazugeben. Aufkochen, durchsieben und heiß in Flaschen füllen).

Martin Gottschalk reist inzwischen häufiger in die Bundesrepublik und hat dort gemeinsam mit den AHB-Begleitern neue Kontakte geknüpft. Ab nächstes Jahr werden die bestimmt wirksam. Bisher haben wir meist nachträglich auf dortige Entwicklung reagiert. Nun ergibt sich die Möglichkeit, bereits mit eigenen Produkten in den Katalogen großer Händler vertreten zu sein. Das macht uns Hoffnung. Kritisch bleibt die Situation mit der IWP-Erfüllung. Nicht nur die störbehaftete Materialversorgung macht uns Sorgen. Auch Arbeitskräfte fehlen weiterhin. Von unseren eintausend Beschäftigten sind gut 450 Produktionsarbeiter, 200 gehören zu meinem Verantwortungsbereich, zirka 150 zu Einkauf, Verkauf, Fuhrpark, Lager und Versand, die restlichen knapp zweihundert teilen sich auf Personalwesen, Buchhaltung, EDV, Arbeitssicherheit, Ökonomie, Betriebsküche, Ferienheim, Kultur- und Gasteinrichtungen und sonstige Verwaltung auf. Der Plan Wissenschaft und Technik sieht zwar die Vorgaben zur Arbeitskräfte- und Arbeitszeiteinsparung unspezifisch vor, bei gleichzeitig zunehmendem Verwaltungsaufwand orientieren sie aber auf die produzierenden Bereiche. Die relative Einsparung durch Steigerung des Volumens mit konstanter Beschäftigtenzahl deckt unser Problem fehlender Produktionsarbeiter nicht. Deshalb arbeiten wir mit ganzer Kraft an der Fertigstellung unserer Arbeiterwohnunterkunft, kurz AWU.

Martin Gottschalk ist es gelungen, für unseren Betrieb die Zuweisung von vierzig jungen Männern und Frauen aus Mosambik zu erreichen. Bereits im Februar 1979 hatte die DDR mit diesem Land einen Staatsvertrag geschlossen, der den Einsatz mosambikanischer Arbeitskräfte in unserer Industrie regelt. Welche weiteren Vereinbarungen getroffen wurden, ist uns nicht bekannt und interessiert uns auch nicht übermäßig. Wichtig ist die ordentliche Unterbringung in standardmäßig eingerichteten Mehrbettzimmern, Gemeinschaftsküchen und gemeinschaftlichen Sanitäreinrichtungen. Gleichermaßen wichtig ist ihr freier Zugang zur Unterkunft und die Möglichkeit zu unbeschränkten Kontakten zur einheimischen Bevölkerung. Wir rechnen spätestens zu Herbstbeginn mit ihrer Ankunft. Ihren Nationalfeiertag zur Unabhängigkeit von portugiesischer Kolonialherrschaft am 25. Juni 1975 werden wir erst im kommenden Jahr gemeinsam feiern können. Das wäre als Zehnter Jahrestag in diesem Jahr sicherlich ein Höhepunkt geworden, unser Kulturleiter wird aber bestimmt auch für dessen elfte Wiederkehr im nächsten Jahr ein würdiges Programm zusammenstellen. Jetzt übernimmt er große Teile der Vorbereitung, künftig wird er für die organisatorische und kulturelle Betreuung verantwortlich sein.

Wir stellen uns parallel zum Baufortschritt auf ihre Ankunft ein. Inzwischen ist klar, dass ein erster Teilnehmer bereits vorab unser Handeln begleitet und uns auf die spezifischen Gegebenheiten mosambikanischer Kultur und Lebensweise verweist. Er spricht recht gut deutsch mit einem interessanten Akzent und wird auch später als Dolmetscher fungieren. Aus unserem Gebäudeschnitt ergeben sich zwei unverplante Zimmer. Das erweist sich als nützlich, weil nicht nur er, sondern auch der künftige Chef zusätzlich zu den vierzig Arbeitskräften anreisen werden und eigene Zimmer beanspruchen dürfen. Eigentlich hatten wir sie als Reserve vorgesehen, falls der Anteil von Frauen und Männern am Ende nicht mit dem Belegungsplan korrespondiert und für die Geschlechtertrennung zusätzliche Räume erforderlich werden. Jetzt heißt es hoffen, dass wir mit den Quartieren auskommen.

Im Ort hat sich längst herumgesprochen, dass die neuen Arbeitskräfte schwarz aussehen werden. Die Diskussion ist in vollem Gange und nicht alle sind begeistert über die neuen Mitbürger: „Der einzige Schwarze, den ich bisher gesehen habe, war Sidney Poitier im Kino. ‚In der Hitze der Nacht‘, hieß der Film, ist schon einige Zeit her"
„Weiß jemand, wo Muggambieg liegt?"
„Mosambik, heißt das, M-o-s-a-m-b-i-k. Liegt irgendwo in Afrika. Die haben dort so komische Ländernamen."

„Ich habe mal im Atlas nachgesehen. Es liegt südlich des Äquators im Osten Afrikas. Langgestreckt am Indischen Ozean, genau gegenüber von Madagaskar."

„Was weiß ich, wo Madagaskar liegt! Ich kenne nur das Lied dazu: ‚Wir lagen vor Madagaskar und hatten die Pest an Bord'. Wer weiß, welche Krankheiten die uns einschleppen!"

„So weit im Süden? Die müssen ja richtig schwarz aussehen. Das ist mir unheimlich."

„Das muss dir auch unheimlich sein. Deine Tochter ist doch gerade siebzehn geworden. Und Schwarze ficken unheimlich gut, sagt man."

„Schwarze sagt man, glaube ich, nicht mehr. Aber ficken tun sie gern. Man sieht doch im Fernsehen immer in solchen Sendungen, wie viele Kinder in deren Dörfern rumwuseln."

„Die brauchen so viele Kinder, weil nicht alle groß werden."

„Weil alle schlimme Krankheiten haben, sag ich doch! Und die bringen sie uns jetzt mit."

„Alles nur wegen der Scheiß Planerfüllung. Als wäre die so wichtig. Wenn wir nicht das letzte Hemd in den Westen verkaufen würden, brauchten wir jetzt die Schwarzen nicht."

„Du sollst nicht immer Schwarze sagen. Mosambikaner heißen die! Wir heißen doch auch nicht Weiße, sondern deutsch."

„Lasst sie doch erstmal da sein, dann werden wir klarer sehen."

„Ich will gar nicht klarer sehen. Ich will sie nicht hierhaben."

„Du willst immer alles nicht."

„Vielleicht sind auch Mädchen dabei. Die sollen mitunter recht hübsch sein."

„Ja, Torsten Rehfeld sagt, es kommen auch Mädchen. Wie viele weiß er aber noch nicht."

„Ob die auch so gerne..., Du weißt schon was."

„Weiß ich nicht. Sollte Dich auch nicht interessieren. Deine Simone schneidet Dir den Schwanz ab, wenn Du die anmachst."

„Ob die deutsch verstehen? Der eine Dolmetscher kann doch nicht überall dabei sein."

„Müssen die gar nicht verstehen. Es reicht, wenn sie ordentlich arbeiten."

„Das kann ich mir nicht vorstellen. Die sitzen zuhause doch den ganzen Tag in der Sonne und kratzen sich die Eier."

„Ihr seid richtige Arschlöcher. Es dauert ja noch ein paar Wochen. Und wenn sie da sind, werden wir weitersehen."

Die Begeisterung hält sich in Grenzen, Vorfreude ist kaum erkennbar. Klar hoffen wir auf mehr Stabilität im Betrieb. Auch das ist aber schon wieder fraglich, weil wegen der zusätzlichen Arbeitskräfte für das nächste Jahr bereits eine höhere Steigerungsvorgabe avisiert ist.

In unserer Familie ist das Thema selbstverständlich ebenfalls präsent. Bei mir sowieso, wegen des Fertigstellungstermins der Unterkunft. Mit Sonny bin ich mir einig, dass wir neutral auf das Kommende blicken und das Beste hoffen. Und unsere Kinder fragen vor allem nach Sachen, die wir nicht beantworten können: wie es in Mosambik ist, in welche Schule sie gegangen sind, wie lang sie zu uns unterwegs sein werden, wie sie heißen.

„Wie genau sie heißen, weiß ich natürlich nicht", antwortet Sonny, „ich denke aber, das werden wir schnell erfahren."

„Das Land war jahrelang portugiesische Kolonie. Wahrscheinlich haben sie portugiesische Vornamen und mosambikanische Familiennamen. Wir werden uns auf die Vornamen beschränken müssen und machen es wie bei den Krankenschwestern: sprechen sie mit Vornamen an und siezen sie. Ich weiß nicht, welche Religionen es in Mosambik gibt. Aber Portugal ist mehrheitlich katholisch und wird bestimmt gründlich missioniert haben. Der

Rest sind Seefahrer. Also Namen zwischen Gott und weiter Welt. Ich denke, die Mehrzahl heißt Maria, Anna, Magdalena und die Jungs Alfonso, Jesu, Santiago, Gabriel. Vielleicht noch bisschen was aus dem Alten Testament und ein Vokal hinten angefügt. Wir werden bald wissen, ob das stimmt."

Mehr Sorgen macht mir, ob sie einen Beruf erlernt haben und vor allem, ob sie mit unserem Arbeitsregime zurechtkommen. Ich glaube nicht, dass es weltweit üblich ist, Punkt 06.00 Uhr zur Arbeit anzutreten. Und dazu noch fünfmal in der Woche. Afrika betreffend habe ich da Zweifel. Das kann Ärger bringen. Der Dolmetscher sagt zwar es kämen nur die Guten, ausgewählt vom Jugendverband, aber wissen wir, wofür ‚die Guten' steht, südlich des Äquators, weit unten in Afrika?

„Diese Sorgen habe ich in den letzten Tagen auch schon oft gehört. Viele hätten lieber Vietnamesen gehabt", sagt Sonny.

Das stimmt. Auch ich habe das gehört. Und ja, auch mir wäre das lieber. Ich habe mich für Freitag mal wieder mit Falk Steinert im Klubhaus verabredet. Mal sehen, was es dort Neues zum Thema gibt.

Zunächst ist es der gleiche Text, wie seit Wochen, nur dass sich pro Bier der Themenschwerpunkt mehr zu den erwarteten Mädchen verlagert. Und nach umfassender Diskussion deren vermuteter sexuellen Vorlieben kommt die Rede wieder auf die Bevorzugung von Vietnamesen zurück. Beim Thema bleibend, zunächst ebenfalls auf die Mädchen. Erstaunlich schnell versachlicht sich das dann aber wieder: „Die sind fleißig und geschickt. Bekannte haben erzählt, die Vietnamesinnen in Rostock würden in ihrer Freizeit Klamotten nähen, besonders Bluejeans. Sie meinten in jeder zweiten Wohnung im Vietnamesen-Quartier rattern elektrische Nähmaschinen", höre ich vom Nachbartisch.

Und gleich wird bestätigt: „Fleißig sind auch die Männer. Sie kennen das wahrscheinlich von zuhause nicht anders. Sie wollen hier alle möglichst viel verdienen. Sie dürfen schließlich nicht bleiben, also kaufen sie all das, was sie heimschicken oder am Ende mitnehmen. Wahrscheinlich können sie so auch ihre Familien zu Hause unterstützen, die das dann weiterverkaufen."

„Meine Bekannten sagen auch, es gäbe überhaupt keine Probleme mit denen. Sie wohnen alle zusammen in Plattenbau-Häusern, die ausschließlich für sie bestimmt sind. Mit der einheimischen Bevölkerung gibt es wenig Kontakt, nur auf Arbeit und beim Klamottenverkauf. Ansonsten sind sie unter sich und machen keinen Ärger."

„Ganz anders als die Algerier", erschallt es von einem Tisch weiter, „die machen nur Stunk."

„Habe ich auch gehört, ständig sind die in irgendetwas verwickelt oder gehen unsere Mädels an oder provozieren Streit und Prügeleien. Die sind total schwanzgesteuert. Mein Cousin arbeitet im Blechwalzwerk, die erleben das laufend. Sie haben bestenfalls geradeso Grundschulwissen, machen aber auf dickem Macker. Dafür ist nie ganz sicher, ob und wann sie zur Arbeit kommen. Ich glaube, die müssen deshalb jetzt alle wieder nach Hause. Gott sei Dank."

Franz Noth betritt den Gastraum. Sofort fällt mir ein, was er 1976 über die Gastarbeiter in der Bundesrepublik sagte. Ihm waren schon die Türken unheimlich, weil kulturfremd und anders religiös. Italiener und Griechen hielt er noch für akzeptabel. Was mag er über die Algerier bei uns denken, noch weiter weg, noch fremder, noch weniger hierher passend. Oder die Kubaner? Von denen wissen wir nur vom Hörensagen. Wie die so sind, weiß hier niemand. „Wahrscheinlich mehr Rumba als Rabota."

Falk Steinert hat sich verspätet und kommt kurz nach Franz Noth. Er nimmt sich einen Stuhl vom Nachbartisch und setzt sich zu uns.

„Und", beginnt er, „gibt's neue Erkenntnisse?"
Ich informiere ihn kurz über die kritische Tiefe des bisher Gehörten und füge hinzu, dass es gut wäre, kämen sie bald, um die Spekulationen zu beenden. Dann wenden wir uns kurz anderen Themen zu. Als ein Platz am Tisch frei wird, setzt sich überraschend Franz Noth zu uns und wir finden schnell wieder zurück.

„Erinnern Sie sich an unser Gespräch über die Gastarbeiter in der Bundesrepublik?", wendet er sich an mich.

„Ja, auch ich habe gerade daran gedacht, als Sie den Raum betraten. Wir hätten damals wohl beide nicht geglaubt, dass wir neun Jahre später selbst darauf angewiesen sind. Dabei ist das gar nicht ganz so, wie Sie damals meinten. Bereits zum Ende der sechziger Jahre kamen Ungarn zu uns. Das weiß ich sicher, weil zu meiner Studentenzeit bereits welche in Karl-Marx-Stadt waren. Dafür wurde sogar ein Hochhaus gebaut: der ‚Paprika-Turm‘."

„Davon habe ich seinerzeit auch gehört. Diese Ungarn kamen aber nicht nur zur Arbeit, sondern wurden parallel in Berufen ausgebildet. Sie machten bei uns nicht die Drecksarbeit wie im Westen. Die, zu der ansonsten niemand mehr bereit war."

„Ja, ich weiß. Das fanden wir gut. Mit denen gab es wohl auch nie Probleme. Manchmal hatten wir Kontakt zu ihnen. Keine Ahnung, ob noch welche da sind. Man sagt, es wäre deutlich zurückgegangen."

„Und jetzt bekommt ihr Mosambikaner. Hoffentlich geht das gut."

„Ja, hoffentlich."

„Euer Parteifuzzi nennt das ‚Proletarischen Internationalismus‘", beteiligt sich jemand von der Seite. „Der kann aber zu allem nur solche Floskeln kacken. Ich denke, die machen einfach die gleiche Arbeit wie wir. An Stellen, wo uns Leute fehlen. Wann kommen die eigentlich?"

„Im September. Der Tag ist noch unklar. Schön wäre gleich zu Beginn."

„In zwei Wochen werden wir eine Zusammenkunft im Klubhaus-Saal haben, bei der wir die künftige Verfahrensweise erläutern und alle Interessierten Fragen stellen können. Dann kennen wir auch den genauen Termin", beteiligt sich Torsten Rehfeld schräg durch den Gastraum.

Gut, wäre das auch geklärt. Selbstverständlich kennt die Betriebsleitung die genauen Termine, wollte aber vor Bekanntgabe wegen eventueller Verschiebungen noch auf die endgültige Bestätigung der mosambikanischen Vertretung warten.

Es ist dann auch so, dass am zweiten September zunächst nur der künftige Delegationsleiter und zwei Vertreterinnen der Botschaft kommen, um unsere Vorbereitungen zu bewerten und die Wohnunterkunft abzunehmen. Die eigentlichen Arbeitskräfte werden am elften September erwartet und ab darauffolgendem Montag in der Produktion einsetzbar sein. Schaffen wir es, sie rechtzeitig anzuleiten, können wir mit ihnen noch sechs Arbeitstage bis Quartalsende planen.

Wir werden noch einmal darauf verwiesen, jederzeit sicherzustellen, dass sie freien Ausgang haben, im Quartier jedoch keine Besucher empfangen dürfen. Alle grundsätzliche betriebliche Kommunikation ist unter Hinzuziehen des Delegationsleiters zu führen, der weniger deutsch spricht als versteht. Wenn notwendig hilft der Dolmetscher.

„Dass er deutsch versteht, bedeutet in unserem Sprachraum nicht viel", fasst Sonny am Abend zusammen, als ich ihr berichte. Sie wird noch gut neun Monate mit Meike zuhause sein und möchte dennoch Bescheid wissen. Zwar bekomme ich nach Feierabend eine kleine Abkühlphase eingeräumt, dann aber ist der Bericht zum Tagesgeschehen fällig.

Es geht alles recht schnell. Pünktlich zum Schichtbeginn stehen die eingeteilten Frauen und Männer in den

Produktionshallen. Die Einweisung haben wir 1981 ausreichend bei den Rotarmisten geübt. Die Mosambikaner erweisen sich in Mehrheit als nicht weniger geschickt. Zögerlich geht es nur dort vorwärts, wo der Dolmetscher viel erklären und belehren muss. Aber auch das ist kein wirkliches Problem. Sie werden von Anbeginn in drei Schichtsystemen arbeiten, je nach Einsatzbereich in Normalschicht, im Zwei- oder im Dreischichtrhythmus. Das streckt auch die Einweisung über den Tag und verschleißt erstmal nur den Dolmetscher. Was noch schöner ist, allen Zweiflern zum Trotz sind sie pünktlich, zuverlässig und arbeitsam. Ihr Einsatz ist auf drei Jahre befristet, in denen sie möglichst viel verdienen wollen. Für das Vertragsende sind ihnen bereits heute große Seekisten und deren kostenloser Transfer ins Heimatland versprochen.

Die ersten Wochen sind gut gelaufen. Inzwischen blicken sie nicht mehr scheu von der Arbeit hoch, wenn ihre inländischen Kolleginnen und Kollegen bei ihnen stehen. Nur den Vorgesetzten begegnen sie noch zurückhaltend. Auch im Ort finden sie sich gut zurecht und erste Kontakte zur Bevölkerung bahnen sich an. Das Klubhaus ist dafür der ideale Ort, abends im Restaurant und an manchen Samstagabenden zur Disco. Ihr Delegationsleiter hat sie gut im Griff und lässt ihnen nichts durchgehen. Das merken wir besonders spätabends. Werktags ist zweiundzwanzig Uhr Ausgangsschluss, so dass sie kurz vorher an unserem Haus vorbeikommen. Dass man sie bei der spärlichen Straßenbeleuchtung erst spät sieht, gleichen sie aus, indem sie im Pulk laufend gleichzeitig fremd und laut mit- und durcheinander reden. Einundzwanzig Uhr fünfzig Minuten. Mal sehen, wie lang das so bleibt. So viele junge Leute und so viel Disziplin passen nicht zusammen, bestimmt auch nicht in Afrika.

Die Veränderung tritt langsam ein. Hin und wieder trifft sich einer mit seinen deutschen Kollegen auf ein Feierabendbier. Aber auch dann halten sie sich an die Zeit und gehen gemeinsam ins Wohnheim zurück. Die neun Mädchen (das passt zu unserer Zimmerplanung) sind im Ort nur beim Einkauf zu sehen. An den Diskoabenden nehmen sie aber teil. Weil sich afrikanischer Tanzrhythmus von deutschem massiv unterscheidet, bevorzugen sie ihre Landsleute. Die Männer hingegen favorisieren einheimische Mädchen, was den einen oder anderen Konflikt vorausahnen lässt. Ansonsten hat sich die Aufregung im Ort weitgehend gelegt.

Der erste Advent fällt auf den ersten Dezember. Schon vor zwei Wochen begannen Torsten Rehfeld und Gotthold Rümmler intensiv im Betrieb um Familien zu werben, die unsere neuen Kollegen zu den kommenden Advents- und Weihnachtstagen sowie zum Jahreswechsel zu sich bitten.

Ich spreche mit Sonny darüber: „Meinst Du, wir sollten für Weihnachten einen Mosambikaner einladen?"

Es dauert eine ganze Weile, bis sie antwortet: „Besonders gern nicht. Sie tun mir aber auch irgendwie leid. Ewig weit von der Heimat sitzen sie tagelang in ihrem Wohnheim, während alle im Ort die Festtage feiern. Vielleicht einen, nicht mehr. Und auch nur an einem Tag. Um ihn kümmern musst aber Du Dich. Ich bin mit Meike beschäftigt. Sie krabbelt jetzt immer zu Stellen, an denen sie sich aufzurichten versucht. Bis dahin wird sie laufen können und nicht zu bremsen sein. Frag vorher auch Lutz und Kathrin, was die beiden davon halten."

Sie halten etwas davon, genauso, wie man es ihnen in der Schule empfohlen hat. Und in dreißig Minuten wird er läuten. Er heißt Roberto und ist ebenso nervös wie wir. Eine Stunde später sind wir sicher, es wird keine Wiederholung geben. Von nun an tun wir alles, um ein Fiasko zu vermeiden. Das alles beginnt mit der gegenseitigen

Unfähigkeit, die Sprache des anderen zu verstehen. Meine mangelnde Begabung für Small Talk kommt hinzu. Mir fällt einfach nichts ein, über das ich mich mit Wortbrocken und Gesten über Stunden hinweg unterhalten könnte. Wir haben keine Ahnung, ob er unser Essen mag. Vermutlich ja, denn er akzeptiert auch den zweiten Nachschlag. Lutz und Kathrin sind gefragt und vor allem Lutz macht das sehr gut. Sie unterhalten sich, ohne ein Wort zu verstehen und schließlich sitzen sie gemeinsam auf dem Teppich und spielen mit Lutz' Weihnachtsgeschenken. Kathrin pendelt zwischen freundlich reserviert und verschämt distanziert. Sie ist inzwischen dreizehn Jahre alt und hat mit ihrer beginnenden Pubertät ausreichend zu tun. Und Meike bricht panisch in Tränen aus, wenn er sich ihr zuwendet. Dann sind jeweils beide furchtbar erschrocken. Meike rennt in Sonnys Arme und er wendet sich traurig zu Lutz zurück. Bedeppert sitzen sie sich dann auf dem Teppich gegenüber, bis es auch Lutz zu viel wird. Es entspannt sich etwas, als es zum Abendessen Bier gibt. Der Wein zum Mittagstisch konnte das nicht schaffen. Gegen zweiundzwanzig Uhr verabschiedet er sich endlich. Gleich darauf fallen wir alle fünf todmüde ins Bett.

Freundschaft kann man nicht erzwingen.

1986

Neujahr fiel auf Mittwoch und die meisten haben die beiden folgenden Tage mit aufgespartem Urlaub aus dem Vorjahr freigenommen. Mit nur fünf Urlaubstagen ergeben sich fast zwei volle arbeitsfreie Wochen. Obwohl das neue Jahr also erst am vierten Januar richtig beginnt, eilen ihm die wichtigsten Nachrichten bereits allseits voraus. Die familiären Einladungen unserer neuen Kollegen über die Weihnachtstage, besonders aber die gemeinsamen Silvesterfeiern auf allen vier Sälen der Stadt hatten zu Kontakten geführt, die weit über die ursprüngliche Absicht hinausgingen.

Neben guten Neujahrswünschen ist es somit heute kaum noch notwendig, die neusten Erkenntnisse zum Zusammenleben auszutauschen. Trotzdem beherrscht dieses Thema alle Gesprächsrunden während der Arbeitspausen. Die schwarzen Jungs sind sexuell ungewöhnlich leistungsfähig. Unter Mitwirkung einer stattlichen Menge Alkohol ist in der Silvesternacht die schlummernde Bereitschaft einiger Gastgeberinnen ebenso entflammt, wie die von ein paar Mädchen auf den Tanzsälen. Im Ergebnis steht eine Ehe definitiv vor der Scheidung, zwei weitere sind akut gefährdet, drei Jugendlieben sind zerbrochen und fünf Eltern fürchten um die Unversehrtheit ihrer Töchter, drei davon fiebern der nächsten Menstruation entgegen und ein Vater denkt über eine Anzeige nach, weil die Tochter erst vierzehn ist. Er verzichtet schließlich darauf, weil er sie minderjährig zum Tanz gehen ließ, was einen Verstoß gegen das Jugendschutzgesetz darstellt.

In den letzten Wochen des Vorjahres waren innerhalb der Fertigungsbereiche mehrere Umsetzungen jener Mosambikaner erfolgt, die mit ihrem Arbeitsplatz nicht zurechtkamen. Jetzt kommen noch weitere Wechsel hinzu, um sie möglichst weit von ihren sexuellen Kontrahenten der Stammbelegschaft zu trennen. Noch wissen wir nicht, dass zum Ende ihrer Vertragszeit fünf Ehen geschieden sein werden, ein betroffener Ehemann Selbstmord begangen hat, sich einige Liebespaare getrennt haben und zehn schokobraune Kinder die Krippe besuchen werden. Dennoch haben sich bereits einige Vorbehalte ausgeprägt, die Bereitschaft zu gemeinsamer Freizeit ist gesunken und manch einer blickt mit Sehnsucht auf das Ende der drei Jahre.

Die Sorgen mit den Mosambikanern liegen damit allerdings nur unterhalb des Nabels und außerhalb der betrieblichen Zuständigkeit. Ihre Ursachen sind hormonell, die Wirkung freiwillig. Rein betriebswirtschaftlich wird das durch eine konstantere Produktion sehr gut ausgeglichen. Unsere Dauersorgen wegen störbehafteter Planerfüllung rücken in den Hintergrund.

Weniger erfreulich ist der ausbleibende Erfolg des großvolumigen Sortiments. Dem stehen vor allem zwei Gründe entgegen. Einerseits finden sie durchaus das Interesse der Kunden und könnten in wesentlich höheren Stückzahlen abgesetzt werden, wenn der vergleichsweise hohe Preis nicht wäre. Das lässt nicht nur manchen Interessierten im letzten Moment abwinken, es schärft auch deren Blick für kleine Mängel. Das wiederum verursacht Ärger beim Einzelhandel, der die ewigen Preisnachlässe oder Rückgaben satthat. Und das wiederum hängt mit Ursache zwei zusammen. Sie liegt in der Qualität der Gläser. Sie sind mundgeblasen, zwar in Formen, aber dennoch Unikate mir leichten Unterschieden. Das wäre akzeptabel ohne den hohen Anteil sonstiger Mängel. Hauptsächlich sind das Blasen und Lunker aus unreiner Schmelze. Die drei Kolleginnen, die seit Wochen ganztags jedes Glas kontrollieren und Mängel aussortieren, sind in unserer Kalkulation nicht vorgesehen und die Retoure- und Ersatzlieferungen ebenso wenig im Glaswerk. Wir kommen überein, uns schleichend davon zu verabschieden. Das ist besonders auch deshalb schade, weil mit diesem Sortiment ein hoher Produktionswert mit recht geringem Eigenanteil zu erzielen war.

Dagegen kann auch der Jubel um das Jubiläum des Palastes der Republik nicht ankommen. Am 23. April 1976 war er nach 32 Monaten Bauzeit eröffnet wurden. Zum Richtfest am 18. November 1974 hatte Erich Honecker in hochstimmig genuscheltem Parteisprech verkündet: „Der Palast der Republik wird ein Haus des Volkes sein, eine Stätte regen politischen und geistig-kulturellen Lebens."

Jetzt steht ‚Erichs Lampenladen' aber ebenso wenig für den Vergleich zum Einzelhandel, wie der Palast als Ganzes für die Situation im Land. Da hilft auch nicht, dass er Veranstaltungsort zahlreicher hochkarätiger Kultur- und Unterhaltungsveranstaltungen ist, deren Karten nie für alle Interessenten ausreichen. Oder dass er Austragungsort von ‚Ein Kessel Bundes' ist, unserer wichtigsten Unterhaltungssendung im Ersten Fernsehprogramm, als Höhepunkt immer mit mindestens einem West-Star angereichert. Oder dass er unser Parlament, die Volkskammer, beherbergt und Republikgeburtstage sowie SED-Parteitage ausrichtet. Berliner Glanz strahlt nur ungeliebt ins Land aus.

„Und vielleicht will man mit unseren Leuchten nicht auch noch zuhause daran erinnert werden", mutmaßt der Haupttechnologe.

Ohnehin ist er bereits mit der Vorbereitung auf ein neues Sortiment beschäftigt und seine Werkzeugbauer liegen gut in der Zeit. Angeregt vom Erfolg das Schirmchen-Sortimentes, wollen wir das möglichst wiederholen. „Schade, dass die Großvolumigen nichts Richtiges geworden sind", bedauert der Entwicklungsleiter, „für die neuen Leuchten habe ich diese Sorge auf keinen Fall."

Damit hat er zweifellos recht. Sie werden den Mehrheitsgeschmack treffen. „Es ist schon seit geraumer Zeit zu beobachten, dass die Leute verstärkt auf Franzen, Borten, Paspeln und Schleifen setzten, gern auch mit ein wenig Holzverzierung an den Armaturen. Das Schirmchen-Sortiment war ein Vorbote. Es zeigt sich aktuell eine verstärkte Renaissance der heimeligen Familie. Die Leute ziehen sich zurück in ihr Nest und dort soll es hübsch aussehen. Wenn wir das hinbekommen, läuft der Laden."

Die neuen Leuchten werden zur Zierde unterhalb der Brennstelle mit Natursteinelementen bestückt sein. Das sind rotationssymmetrische, doppelwülstige Serpentinit-Elemente, gedrechselt und poliert, rund fünf Zentimeter hoch und rund acht Zentimeter Durchmesser oberhalb der Taille. Ihre Färbung in weiß, rot oder schwarz, kombinieren wir mit den galvanischen Metalloberflächen Messing, Kupfer und Nickel sowie Gläsern in honiggelb, rauchtransparent und opalweiß. Dabei beachten wir die zunehmend strengen Vorgaben für eine effiziente Lichtausbeute. Das Sortiment deckt die gesamte Breite von Deckenkronen bis Stehleuchten ab. Gestaltet hat es ein Designer unseres Hauses. Produziert werden die Steinelemente in einem Werk nur wenige Kilometer entfernt. Der ehemals zugehörige Steinbruch ist kaum mehr in Betrieb. Die Rohsteinblöcke werden vom Balkan und aus Kuba kommen. Obwohl die Zierteile maschinell hergestellt werden, sind es wegen natürlicher Farbnuancen und Maserungen alles Unikate. Die neuen Erfahrungen beachtend, sehen wir kalkulatorisch das notwendige Sortieren je Brennstelle bereits vor. Sorgen haben wir, ob der kleine Lieferbetrieb mit dem geplanten Aufkommen Schritt halten kann. Es wäre schade, wenn das unser Volumen limitieren würde.

„Hast Du bemerkt, dass Entwicklung und Einführung von Sortimenten schneller gehen, wenn sie auch unseren Mitarbeitern mehrheitlich gefallen?", fragt der Haupttechnologe.

„Nein, habe ich nicht", muss ich bekennen, „aber es stimmt, was Du jetzt sagst. Wir werden das Sortiment rasch zum Wettbewerbsbeitrag erklären. Zu wessen Ehren läuft der dieses Jahr?"

„Keine Ahnung."

Auch der Entwicklungsleiter weiß es nicht. Die philosophische Erkenntnis jedoch prägen wir uns ein: „Was man gern macht, erledigt man auch schneller, besser und gründlicher."

Das soll wohl auch das Prinzip jedes Wettbewerbs sein, nur haben wir zu viele davon, zu vorbestimmt, zu planmäßig, zu inflationär, zu sozialistisch.

Wir haben alle Positionen zur Preisbildung kalkuliert. Der Eigenanteil ist höher als bei den großen Gläsern, aber wegen der teuren Steine und hochwertigen Maschinengläser recht akzeptabel. Nachdem der IAP feststeht, beantragen wir für den Bevölkerungsbedarf den Einzelhandelspreis EVP. Dieser Endverbraucherpreis wird von uns bereits mit dem Artikeletikett an die Leuchten gehängt und gilt einheitlich in allen Geschäften des inländischen Einzelhandels. Beantragt wird er vom Direktorat Ökonomie beim Amt für Preise. Das ist ein Organ des DDR- Ministerrates zur Gewährleistung der staatlichen Preispolitik und auch dafür zuständig, die EVP für Konsumgüter zu bestimmen. Wiederum dauert es eine Weile, bis zwei Mitarbeiter ihr Kommen avisieren. Das verheißt nichts Gutes. Im einfachen Fall, also bei Entwicklungen auf Basis eines vereinfachten Pflichtenheftes, geht das schneller und aus der Ferne. Jetzt liegt ein erweitertes Pflichtenheft und sogar mit Kombinatsbedeutung vor, und das macht hungrig. Es kommt wie erwartet. Der Preisaufschlag zum EVP fällt so hoch aus, dass wir erneut um die Kundenakzeptanz fürchten. Das würde uns nur helfen, wenn der IAP gleichermaßen steigt. So ist es aber nicht. Und selbst, wenn, was nützte dies, wenn sie überteuert keinen

Absatz finden. Die beiden Preis-Genossen hören sich unsere Argumente an und bleiben bei ihrer Entscheidung.

Unter den Beteiligten unseres Betriebes führt das gleich im Nachgang zu heftigen Diskussionen: „Ich fasse es nicht", beschwert sich der Konstruktionsleiter, „die legen willkürlich irgendwelche Traumpreise fest, die wahrscheinlich kein Schwein bezahlen wird. Dann war unsere ganze Arbeit für den Schornstein. Das machen die doch bei allem so und Konsumgüter sind sauteuer." Wir sitzen noch zu viert in meinem Büro, Konstruktionsleiter, Haupttechnologe, Leiter der Fertigungstechnologie und ich. Eigentlich wollen wir jetzt unsere Arbeit abschließen. Der letzte Akt gilt den Artikel-Etiketten mit den EVP, dem finalen Konstruktionsteil einer umfangreichen Stückliste. Jetzt beginnen wir stattdessen die Preispolitik der DDR zu diskutieren:

„Der Ansatz liegt, glaube ich, sehr früh, gleich nach der Republikgründung, spätestens nach den Revolten 1953. Alle sollten satt werden und wohnen. Zwei Grundbedürfnisse. Alles andere war nachrangig. Das wusste schon Brecht: ‚Erst kommt das Fressen, dann die Moral.' Und dieses Fressen wurde von Anbeginn bezuschusst und gestützt."

„Du meinst, einmal subventioniert, immer subventioniert?"

„Ja, denke ich. Und irgendwo muss das Geld dafür ja herkommen. Die Steuern werden das nicht decken. Wir zahlen geringe Lohnsteuer. Die Bundesrepublik zieht Mehrwertsteuer ein. Das machen wir nicht."

„Industrie, Landwirtschaft, Handel, Gastronomie, die gesamte Volkswirtschaft, zahlen aber doch ausreichend Steuern. Unser Betrieb auch, ist im IAP enthalten."

„Klar könnte man die Steuern erhöhen. Fällt aber auf. Man könnte auch die Preise für den täglichen Bedarf erhöhen. Ginge aber schief. Was denkst Du, was passiert, wenn zum Beispiel die Brötchen plötzlich nicht mehr fünf oder sechs Pfennige kosten würden, sondern kostendeckend, vielleicht zwanzig Pfennige. Es ist doch international alles teurer geworden, auch unsere Löhne sind gestiegen. Nur unsere Brötchen kosten immer noch genau so viel, wie nach dem Krieg."

„Wahrscheinlich würde es ausgehen wie 1953 oder jetzt im Polen. Die soziale Rechtfertigung für unser Land, den Sozialismus und die SED wäre verloren. Das traut sich niemand."

„So wird es wohl sein. Und zu den Brötchen kommen das gesamte Essen, die Miete, der Urlaub, die Ferienlager."

„Gesundheit, Schule, Bildung."

„Trinkwasser, Nah- und Fernverkehr."

„Alles staatliche Zuschüsse, also Subventionen."

„Sie könnten die doch einfach kürzen oder streichen und uns dafür höhere Löhne zahlen."

„Glaube ich nicht. Am Anfang ging das nicht wegen der Instabilität im Land und jetzt ist der Abstand viel zu groß geworden. Zudem wird eine Lohnerhöhung, die nur ausgleicht, eher als Minderung empfunden, denn sie wäre nur zu spüren, wenn man weniger isst. Das wäre sehr gefährlich fürs Land. Also müsste die Erhöhung kräftiger ausfallen, was wiederum noch teurer für den Staat würde."

„Außerdem, wie soll man das berechnen. Die Auswirkungen sind doch für jeden anders. Und selbst wenn, würde die Grundlage im nächsten Jahr schon veraltet sein, falls die Kosten weiter steigen. Also Preise und Einkommen erhöhen oder neu mit Subventionen beginnen. Eine Endlosspirale mit hohem Inflationsrisiko."

„Inflation ist aber nicht sozialistisch, erfahren wir täglich in den Nachrichten."

„Es käme noch etwas anderes hinzu, nicht weniger problematisch: macht man es pauschal, wird es nicht jedem gerecht. Macht man es relativ je Familiengröße, genauso wenig. Macht man es prozentual würden die

Einkommensunterschiede größer und der Neid. Mehr Unterschied, mehr Missgunst, weniger Gleichheit, weniger Gemeinschaft."

„Schöner Scheiß. Und deshalb zahlen wir für Konsumgüter so hohe Preise? Wie viele Waschautomaten muss ich denn kaufen, um mein verbilligtes Essen auszugleichen, oder wie viele Leuchten?"

„Das kann man so nicht rechnen. Der Waschautomat hält weit länger als zehn Jahre. Die Leuchte musst Du im Grunde nie austauschen. Und deren erhöhte Preise decken sicherlich nur einen kleinen Teil der Stützungen."

„Irres Konzept: damit wir täglich satt und zufrieden sind, müssen wir uns bei jeder Anschaffung unzufrieden ärgern."

„Genauso ist es. Satt und zufrieden ist doch schön. Schlecht ist dabei nur, dass dies kaum Jemand als indirektes Einkommen auffasst, wir doch auch nicht. Wir haben schließlich den Anspruch satt und zufrieden zu sein. Das ist doch das Mindeste, deshalb gehen wir doch zur Arbeit!"

Wir halten das für einen guten Schlusssatz und verabschieden uns in den Feierabend.

Mein Bericht an Sonny enthält die Tageszusammenfassung. „Mir ist es eigentlich egal, wie sich mein Einkommen zusammensetzt", befindet sie. „Ich muss damit gut über die Runden kommen. Essen muss ich jeden Tag, wohnen auch. Unser Waschautomat ist sehr teuer aber kreditfinanziert und hält wahrscheinlich ewig. Falls nicht, sind die Reparaturen bezahlbar. Mit dem Fernseher ist's genauso."

„Kann man vereinfacht so sehen, muss man aber nicht. Und ganz anders sieht es bei der Miete aus. Für unsere Betriebshäuser mag das vielleicht zutreffen, für kommunalen Wohnhäuser nur eingeschränkt. Beides betrifft dann jeweils institutionelle Dritte, die die Kosten tragen. Meine Eltern aber bekommen für die knapp 120

Quadratmeter bewirtschaftet vermieteter Wohnfläche sowie die 45 Quadratmeter städtischer Bibliothek im Erdgeschoss ihres alten Hauses monatlich insgesamt zirka 110 Mark Miete. Und darin sind Wasserkosten und Müllentsorgung schon enthalten. Das ist doch ein Witz. Ursprünglich wollte man damit den Mietwucher verhindern und Wohnungslosigkeit vermeiden. Jetzt ist aber nicht mehr ursprünglich, jetzt zerfallen alle alten Häuser, weil niemand Geld für die Sanierung hat. Das sind Stellen, an denen das Subventionskonzept komplett scheitert. Meine Eltern subventionieren wie Tausende andere private Vermieter, indirekt die Brötchen ihrer Mieter und sehen, wie ihr Eigentum verfällt. So ein Irrsinn. Glaubst Du, der Staat will die Hütten dann alle aufkaufen? Er hat doch selbst kein Geld für die Erhaltung. Nein, wir sehen fröhlich zu wie unsere Städte zerbröseln. Die Plattenbauten an den Rändern können das nie ersetzen." Ich bin kurz still, um mich ein wenig zu beruhigen. „Ich rechne das jetzt mal aus!"

Schon bin ich zum Arbeitszimmer unterwegs, als ich Kathrin höre: „Was macht Vati jetzt?" Sonny antwortet für mich: „Er rechnet aus, wieviel wir für die Brötchen bezahlen müssen, wenn unser Waschautomat kaputt ist."

Ich ignoriere es und drehe mich zu Kathrin um: „Warum fragst Du?"

„Ich brauche Dich mal zu meiner Mathe-Hausaufgabe."

„Trifft sich gut. Ich muss auch etwas rechnen. Kannst Du gleich dazukommen"

„Ich warte lieber, bis Du fertig bist. Brauchst Du lang dafür?"

Ich sage ihr, dass ich mit zwanzig Minuten rechne, maximal einer halben Stunde und erkundige mich um was es ihr denn geht „Textaufgaben mit Multiplikation und Division. Ich kann das rechnen, verstehe aber die Aufgabe nicht: ‚Wieviel würde Euer Aufenthalt im Kinderferienlager kosten, wenn die Kosten 14,32 Mark pro Tag betragen und ihr a) 14 Tage und b) 21 Tage bleiben dürft. Errechne zudem, wieviel Geld Eure Familie spart, wenn der Betrieb Eurer Eltern 66,6 Prozent davon trägt usw. .....' Das ist doch albern: entweder der Aufenthalt kostet es oder nicht. Da ist es doch egal, wer das bezahlt. Verstehe ich das falsch?" Wir werden uns nachher dazu unterhalten müssen. Zunächst ist das auch mein Ansatz: Was würde es kosten, wenn... Und dann trage ich Preise und vermutete tatsächliche Kosten für Brot und Brötchen, sonstige Ernährung, unsere Verpflegung in Krippen-, Schul- und Betriebsküche und unsere Miete in eine handschriftliche Tabelle ein, dazu unseren Monatsverbrauch. Ich multipliziere es, summiere die Vergleichswerte und komme auf einen Differenzbetrag von 572,59 Mark. Den teile ich durch fünf Personen mit je 114,52 Mark, runde auf 115 Mark auf und multipliziere mit 16 Millionen Einwohnern zu fast zwei Milliarden Mark. Das sind über zwanzig Milliarden im Jahr. Und dabei ist vieles noch gar nicht berücksichtigt.

„Wir müssten beide zirka dreihundert Mark mehr im Monat verdienen, also jeder von uns und netto, wenn wir all das voll bezahlen würden, was momentan im Preis gestützt ist", fasse ich gegenüber Sonny zusammen, „dabei habe ich sicherlich nicht alles erfasst und meine realen Kosten sind ahnungslos geschätzt."

„Ahnungslos? Kann ich mir vorstellen. Warum machst Du es dann."

Sie kann mit wenigen Worten banalisieren, was mir gerade wichtig ist. Und wieder ignoriere ich ihre Ironie:

„Das geht mir zunehmend oft so über den Tag. Ich mache Dinge und habe keine Ahnung warum ich sie tun muss und zu was die gut sind", erwidere ich.

*

„Marlene hatte gestern einen Quelle-Katalog mit zur Arbeit gebracht. Den habe ich mir in der Pause mal angesehen", greift Sonny das Thema nach dem Abendessen noch einmal auf. „Ich hätte ihn gern mal mitgebracht. Sie wollte ihn aber nicht verleihen. Die Preise für Haushaltsgeräte sind so viel niedriger als bei uns. Das glaubts Du gar nicht. Auch für Elektronik und Leuchten."

So banal war es also doch nicht für sie.

„Klar, sie kaufen viel davon bei uns ein und zahlen wenig dafür. Die Kunden bestimmen unseren Preis. Überall gibt es das nicht. Sie wissen aber um unsere Not und unsere Zwänge und nutzen das aus."

Selbstverständlich kenne ich die Kataloge auch. Im Tiefdruckverfahren millionenfach gedruckt und kostenlos an alle bundesdeutschen Haushalte verteilt, wäre es ein Wunder, wenn nicht Tausende davon die östliche Verwandtschaft erreichten, die sie dann stolz den weniger begünstigten präsentiert. Sie ergänzen unser Marktwissen, das wir ansonsten aus den Firmen- und Versandhauskatalogen beziehen, die unsere Reisekader mitbringen oder der AHB zustellt. Allerdings hat Martin Gottschalk in letzter Zeit auch zahlreiche körperliche Muster von seinen Reisen mitgebracht und die Mehrzahl unserer West-Kunden versorgt uns ebenfalls damit. Sie wollen schließlich günstig bei uns einkaufen und das geht am besten, wenn wir wissen, was gefragt wird.

Heute steht wieder ein solcher Besuch an. Die Firma Engel-Leuchten beginnt meist den jährlichen Reigen. Die Herren kommen von der französischen Grenze zu uns. Wie alle unsere Stammkunden aus dem NSW bevorzugen sie die Treffen in unserem Haus, anstatt zur Leipziger Frühjahrsmesse unseren Stand zu besuchen. Das ist auch für uns besser, weil dann notwenige technische Mitarbeiter teilnehmen können, konstruktive Wünsche rascher umsetzbar sind und mitunter zeitgleich erste Grobmuster gefertigt sind. Im ‚guten' Anzug und blauer

Krawatte nehme ich an der Verhandlung teil. Übermäßig begeistert sind wir von diesem Kunden nicht. Sein Schwerpunkt liegt auf Mengenartikeln zu billigen Preisen. Um dennoch möglichst viel damit zu verdienen, sind wir für ihn ein idealer Lieferbetrieb. Die Verhandlungen dauern meist ewig, weil um jeden Pfennig gefeilscht wird. Unsere Begleiter vom AHB sind früher zur Zustimmung bereit als wir. Das verwundert nicht wirklich. Unsere Basis unterscheidet sich. Sie müssen ihrer Vorgabe im Exportgeschäft nachkommen. Möglicherweise denken sie zudem an ihren weiten Heimweg, der sich mit jedem Verhandlungspfennig verzögert. Wir hingegen müssen mindestens ein Jahr lang mit dem Ergebnis leben und wissen vorab schon, dass die Rentabilität bei maximal 0,25 liegen wird, wenn überhaupt.

So geht es auch dieses Mal schleppend voran, bis wir zu den Außenleuchten kommen. Die sind ständiger Anteil unseres Vertragspaketes und werden deshalb gegen Ende besprochen. Danach ist die beiderseitige Stimmung regelmäßig im Keller. Es handelt sich um aufwendige Ampel-Konstruktionen. Viele verschiedene Blechstanzteile für Wandschilder, Arme, Ampelkörper, Dach und Zierteile müssen im Punktschweißverfahren zu Baugruppen zusammengefügt werden, sind anschließend sauber vorzubehandeln und mehrschichtig zu lackieren. Als Außenleuchten sollen sie schließlich auf lange Zeit wetterbeständig sein. Die Montage ist dann relativ einfach, weil die Armaturenteile in fast fertigen Baugruppen aus der Vorfertigung kommen. Metallisch blanke Verbindungsstellen, Zahnscheiben und Messingschrauben gewährleisten Schutzklasse I. Mit aufgesetztem Dach und eingesetzten Glasscheiben ist auch Schutzgrat IP44 erreicht. Unser Problem liegt im hohen manuellen Aufwand der Vorfertigung, also dem hohen Eigenanteil mit entsprechenden Lohnkosten. Jedes zusätzliche Zierelement an Armen und Ampel, jeder gebogene Zierdraht vor den Glasscheiben erhöht diesen Aufwand zusätzlich. Und jedes Jahr will der Kunde daran Änderungen und Ergänzungen, um sie als ‚NEU' in seinem Katalog zu präsentieren. Da spielt es schon fast keine Rolle mehr, dass er auch jedes Jahr weniger zu zahlen versucht.

Wir sind an einem Totpunkt angelangt, als ich schlechtlaunig einfüge: „Die einzige Lösung unseres Dissenses sehe ich in einer Reduzierung der Lackierung auf nur eine Schicht, anstatt bisheriger drei." Unsere ASMW-Prüfstelle würde uns allein für diesen Gedanken den Skalp abziehen.

Umso überraschter bin ich über die sofortige Zustimmung unseres Kunden, der dies auch ganz offen begründet: „Das machen wir so. Da haben wir beide etwas davon. Sie können den Preis bestätigen und wir generieren rascher Umsatz, weil die Ampeln nach spätestens zwei Jahren komplett verrostet sind."

Wie immer berichte ich Sonny am Abend. „Damit habe ich nicht nur eine irre Lösung gefunden, sondern etwas Interessantes hinzugelernt. Du erinnerst Dich sicherlich an unsere Unterhaltung über die Preise unserer Waschautomaten und der im Quelle-Katalog. Mir ist heute noch ein wesentlicher Unterschied bewusst geworden. Bei all den Produktprüfungen, zu denen der Mann vom TÜV immer vor der Importfreigabe in die BRD zu uns kommt, fiel mir das bisher nicht auf. Er prüft die Leuchten nur auf technische Sicherheit sowie VDE- und DIN-gerechte Ausführung. Wenn wir sie im ASMW zur Freigabe für den Binnenmarkt vorstellen, wird jedes Mal auch die Lebensdauer bewertet. Ungenügender Oberflächenschutz hätte keine Chance. Das heißt, unsere Produkte müssen ewig halten. Das hast Du auch von unserem Waschautomaten als gegeben vorausgesetzt. Dass sie in der Anschaffung sehr teuer sind, relativiert sich über die lange Lebensdauer einigermaßen wieder. Das spart sogar Ressourcen und Material, beides bei uns sehr knapp. Im Westen sorgt nicht nur die beschleunigte Mode für dauernden

Neuabsatz, sondern auch ein früh herbeigeführter Tod. Die konstruktive ‚Sollbruchstelle' bekommt damit zusätzlich eine kommerzielle Ebene. Unser Ziel ist die Versorgung, ihres der Verkauf, unseres das Bedürfnis, ihres der Bedarf."

„Ist das nicht Dasselbe: Bedarf und Bedürfnis?", klingt sich Kathrin ein, die bisher still zugehört hat.

Kurz denke ich zur Erklärung an meinen Besuch beim Arbeitsamt zurück. Auch die Arbeit soll uns ein Bedürfnis sein, weil sonst nie etwas aus dem Kommunismus wird. Sagt man jedenfalls Marx nach. Und wem das nicht so recht zu eigen ist, dem macht unser Arbeitsgesetz einen unbedingten Bedarf daraus.

„Nein, das ist es nicht", erkläre ich ihr schließlich kindgerechter, „Bedürfnisse hat man, von Bedarf glaubt man das meist nur. Ich will Dir mal ein Beispiel nennen: Stell Dir vor, Du musst aufs Klo. Das ist ein Bedürfnis. Deshalb nannte man öffentliche Toiletten früher auch Bedürfnisanstalten. Du musst also aufs Klo, und um dieses Bedürfnis zu stillen, könntest Du genauso wie die Hunde auf den Fußweg kacken." (Jetzt wirkt auch Lutz am Thema interessiert) „Das machst du aber nicht, weil Dein Bedarf eine Toilette ist. Einige Bedürfnisse sind ewig: wie essen, schlafen, wohnen. Die definieren wir heute als Grundbedürfnisse. Andere sind später nach und nach dazugekommen, aus dem Bedarf entstanden. Der Bedarf lässt sich steuern und herbeiführen. Er lässt sich manipulativ zum Bedürfnis umformen. Ich will am Beispiel bleiben: Deine Toilette ist ein Brett mit einem Loch, darunter eine Grube. Alles vollgekackt. Du möchtest es gern sauberer. Das ändert nichts an deinem Grundbedürfnis, aber an Deinem Bedarf eines Plumpsklos, später eines Spülklosetts. Ein neues Bedürfnis ist entstanden. Kein Grundbedürfnis mehr, aber Du fühlst es ganz zwingend. Das lässt sich steigern: Schließlich verlangt es Dich nach Marmorwänden neben einer goldenen Kloschüssel und nach Jemanden, der Dir untertan den Hintern abwischt und die Spülung für Dich zieht."

Sonny wirkt unzufrieden mit meiner Argumentationslinie, Kathrin kommentiert mit „Iiihhh" und Lutz beginnt nach weiteren Varianten zu suchen.

Ich lenke ein: „Anderes Beispiel: Es ist kalt, Du bist nackt und frierst. Dein Bedürfnis nach Wärme verlangt einen Umhang. Jetzt zieht es nur noch von unten: Also eine Hose. Bedürfnis und Bedarf befinden sich nun im Gleichgewicht. Deine Mitschüler besitzen aber drei, vier verschiedene Hosen und dazu jedes Jahr in anderen Farben und Formen. Obwohl Dein Bedarf real gedeckt ist, spürst auch Du gleich das Bedürfnis nach weiteren Klamotten. Irgendwann kannst Du nicht mehr zwischen Bedürfnis und Bedarf unterscheiden. Oder ein Gruppenzwang hebt den Unterschied auf. Das ist das Ziel von Werbung und Politik."

Lutz hat sich nach dem Toilettenexkurs aus dem Thema verabschiedet und Kathrin denkt über das Modebeispiel nach. So wende ich mich nur noch an Sonny: „Nichts anderem dienen Marlenes Quelle-Katalog oder die Rost-Leuchten für Firma Engel. Und wenn politische Argumentation jeden Unterschied zwischen Bedürfnis und Bedarf verwischt, ist jede Sauerei möglich. So gibt es zum Beispiel das Bedürfnis Frieden nur über den Bedarf an mehr Waffen. Und schon verlangen wir gläubig danach."

Aktuelle Kamera und anschließende Tagesschau treten den Beweis meiner These sogleich an.

*

Wir erreichen mit dem aktuellen Abschluss eine Exportrentabilität von 0,238. Meine Fähigkeit zum schnellen Rechnen geht auf ein Gastgeschenk des Inhabers einer großen bayrischen Leuchtenbaufirma zurück. Schon beim subventionierten Brötchenvergleich war es hilfreich gewesen. Zu seinem Erstbesuch vor einigen Jahren übergab er uns fünf kleine flache Päckchen. Erst nach seiner Abreise stellten wir fest, es waren Taschenrechner, etwas schmaler als DIN A6 und zirka 12 mm dick, ähnlich Zigarillos-Schachteln. Energieversorgt werden sie von einer 1,5 Volt- Batterie. Sie beherrschen die Grundrechenarten und die Prozentrechnung, haben eine Speicherfunktion, mit der sich Zwischenergebnisse addieren und subtrahieren lassen und können Falscheingaben tilgen, ohne die Gesamtoperation zu löschen.

Es ist nicht der einzige Grund, weshalb wir uns auf Besucher seines Hauses besonders freuen. Sie sind deutlich anspruchsvoller als unsere letzten Kunden, zahlen besser, wenn auch nicht gut, und tauschen sich mit uns über Technologien aus. Herr Stengl ist mein direkter Partner. Nachdem er viel aus seiner Firma erzählt hat, bin ich mit ihm verbotenerweise die Runde durch unsere Produktionsbereiche gegangen. Uns unterscheitet der Anteil im eigenen Haus. Er selbst betreibt zum Beispiel keine eigene elektrostatische Lackieranlage, sondern kauft diese Leistung beim Nachbarunternehmen ein, er besitzt auch keine Galvanik unserer Größe und für Messingoberflächen nutzte er Messingblech. Erstaunt ist er vom geringen Plastikanteil. Er nennt das Plastik, was bei uns Plaste hieß. Mein Gott, denke ich, selbst die Sprache unterscheidet unsere Länder inzwischen.

Regelrecht verwundert zeigt er sich von der Anzahl und Größe unserer Reparatur- und Hilfsabteilungen sowie unserer Handwerksstätten. Alles Leistungen, die er im unmittelbaren Umfeld jederzeit zukaufen kann. Zwar haben wir die nicht aufgesucht, sie liegen aber beim Rundgang sichtbar am Weg oder sind aus den Fenstern erkennbar. Dabei habe ich seine überraschten Fragen zu beantworten. Da zwischen uns nur gestalterische, konstruktive und technische Fragen zu klären sind, bleiben wir unbeaufsichtigt. Vertragsverhandlungen werden später mit Teilnahme des AHB am fertigen Produkt folgen.

Wir kennen uns schon einige Zeit und ich finde den Austausch mit ihm jedes Mal bereichernd.

Als unsere Zulieferer immer unverlässlicher Installationsmaterial mit TÜV- und VdE-Prägung bereitstellen können, schlägt er als Erster die Beistellung vor. Vor allem bei Schnurzwischenschaltern und Druckschaltern müssen wir in den folgenden Jahren auch bei anderen NSW-Kunden immer öfter auf diese Lösung zurückgreifen. Herr Stegl bleibt der Einzige, der das unverärgert und unkommentiert akzeptiert.

Heute halte ich für ihn eine besondere Überraschung bereit. In den vergangenen Wochen wurde ich mehrfach und gegen zahlreiche Unterschriften belehrt, dass keine Fremdfahrzeuge auf das Betriebsgelände zu lassen sind. Auf keinen Fall aus dem NSW! Mein Hinweis, dies sei doch extrem unhöflich, wurde ebenso abgewiesen wie das Argument wir würden Leuchten bauen, genau wie Hunderte andere Firmen auf der Welt, jeder könnte sie kaufen, auseinanderschrauben und erkennen, wie wir das machen. Dem Klassenfeind wäre keine Möglichkeit zu geben, unbeaufsichtigt Ware in oder aus dem Betrieb zu transportieren. Dümmer geht's nimmer, dachte ich. Diese Sicherheits-Paranoia war nicht mehr zum Aushalten.

Die letzte Belehrung war gestern und heute steht Herrn Stengls erneuter Besuch bevor. Ich entschließe mich zu einem Exempel dieses Irrsinns. Er soll auch etwas zu erzählen haben, wenn er wieder zuhause ist. Als er bei mir anklopft, empfange ich ihn freundlich und bitte ihn als erstes, sein Auto wieder vom Betriebsgelände auf den gegenüberliegenden Parkplatz zu fahren. Ich erkläre ihm, dass er ansonsten ein nicht zu verantwortendes Sicherheitsrisiko darstellt. Dieses Niveau haben unsere gegenseitigen Scherze bisher nicht erreicht. Er vermutet zunächst einen groben Aussetzer oder eine unerwartete Taktlosigkeit. Ich überzeuge ihn vom Gegenteil und hoffe, dass er nicht sofort zurückreist. Erst beim Mittagessen kann ich ihn von der Wahrhaftigkeit meiner Vorgaben überzeugen und am Nachmittag finden wir zum Konsens zurück. Ich sage ihm nicht, dass er für andere leiden muss, denen ich damit gleiches ersparen will.

Der Tagesverlauf blieb nicht unbeobachtet im Betrieb und die Erkenntnis eigener Blödheit folgt prompt. Martin Gottschalk bekommt zwar zunächst einen seiner groben Wutausbrüche ob meines ungehörigen Verhaltens, beschränkt sich dann aber auf nicht zu verallgemeinerte Anwendungspflicht, als ich ihn auffordere solche idiotischen Regeln für uns einzukassieren.

Zum nächsten gemeinsamen Termin meldet sich auch der bayrische Inhaber wieder mit an. Martin Gottschalk entschuldigt sich wortreich und schlägt zur Läuterung eine Betriebsbesichtigung vor. Den Besuchern fehlt die Zeit dafür, weil sie bei der Einreise ewig lang an der Grenze aufgehalten wurden und Herr Stengl erklärt, dies gemeinsam mit mir bereits gesehen zu haben. Ich ahne, was kommt, und gleich nach ihrer Abreise werde ich erneut zusammengeschissen, weil ich damit gegen ein weiteres striktes Verbot verstoßen habe.

Wenn mich an manchen Tagen alles ankotzt, brauche ich nach Feierabend lange einsame Wanderungen im nahen Wald. Bei einem anschließenden Besuch in meinem Heimatort erfahre ich aus einem dortigen Betrieb, dass mit seinen technischen Produkten durchaus positive Ergebnisse auch im NSW-Export erzielt werden, mit Rentabilitäten deutlich über eins. Ich bin zuerst ein wenig neidisch, frage mich aber, warum wir dann überhaupt zu solch erbärmlichen Bedingungen verkaufen müssen. Die Antwort ist rasch klar: unser Land braucht alles West-Geld, das wie auch immer zu bekommen ist.

Keine schöne Erkenntnis.

Egal. Wir machen genauso weiter. Auch die nächsten Verhandlungen mit NSW-Kunden erreichen nie die

Rentabilitätsvorgabe. Wir verkaufen trotzdem. Zu schlechten Preisen eben mehr. Exportvolumen kann man auch nach Stück bewerten. Schließlich wollen wir mit guten Aussichten auf die Wahl zugehen. Es lebe der Wettbewerb!

*

Am 08. Juni wird Volkskammerwahl sein. Die Vorbereitungen laufen auf Hochtouren. Und also zielt der Sozialistische Wettbewerb darauf ab. Plötzlich wird mir Kathrins sonderbare Rechenaufgabe klar. Unsere Tochter errechnet die staatliche Preisstützung fürs Kinderferienlager und lernt dabei ganz unbemerkt und nebenbei, wie fein es im Land ist. Das wird ihr helfen, wenn sie selbst das Wahlalter erreicht hat und aktuell bereitet es ihre Eltern darauf vor.

Ich werde ebenfalls vorbereitet. Es gehört zum gesellschaftlichen Teil meiner betrieblichen Funktion, auch bei politischen Ereignissen im Ort präsent zu sein. Mein belobigter Auftritt am vorjährigen Tag der Befreiung hat mich offenbar für weiteres qualifiziert. Nun werde ich Leiter in einem unserer drei städtischen Wahllokale sein.

Bis zur 6. Wahlperiode 1971 fanden die Volkskammerwahlen alle vier Jahre statt, seitdem alle fünf. In diesem Jahr am achten Juni. Meine ungewollte Qualifikation verlang nun von mir, mich mit der Wahl unseres Parlamentes näher vertraut zu machen. Also mache ich das.

Es gilt ein Verhältniswahlrecht. Dieser Begriff irritiert mich, weil das Verhältnis doch bereits auf dem Wahlzettel berücksichtigt ist. Auch wenn die Kandidaten regional sind, entspricht ihr Anteil auf der Einheitsliste der festliegenden Sitzverteilung innerhalb der Volkskammer. Die unveränderlich führende Rolle der SED war bereits vor Jahren verfassungsrechtlich festgeschrieben worden. Für die anstehende Legislaturperiode sind zehn Fraktionen vorgesehen, mit – falls ich das richtig verstanden habe –

insgesamt 500 Abgeordneten. Alle zusammen sind sie die Kandidaten der Nationalen Front. Die vier Blockparteien CDU, LDPD, NDPD und DBD vereinigen auf sich zusammen rund 200 Stimmen, mehr als die SED mit knapp 130. Das wird jedoch dadurch behoben, dass die Kandidaten der ebenfalls im Parlament vertretenen Massenorganisationen, wie FDGB, FDJ, Demokratischer Frauenbund Deutschlands (DFD), Kulturbund der DDR (KB), usw., fast ausschließlich Genossinnen und Genossen der SED sind. Unabhängig ihres bereitwillig prinzipiellen Abnickens, sind die Blockpartei-Abgeordneten somit grundsätzlich in der Minderheit. Eine Oppositionsrolle ist für sie nicht vorgesehen und liegt wohl auch nicht in ihrer Absicht. Dennoch wurde das abschlägige Votum der CDU zum Schwangerschaftsparagrafen im Jahr 1972 in den Medien bereits wieder zum Gegenbeweis zitiert.

Die Anleitung als Leiter eines Wahllokals macht mich nun mit weiteren Kriterien vertraut. Dreimal hatte ich seit meinem achtzehnten Geburtstag bereits selbst gewählt und kannte das Procedere von dieser Seite. Nun wird das vertieft und mit den Regeln für das Wahllokal ergänzt. Auf dem Wahlzettel sind die Kandidaten der Nationalen Front in einer Einheitsliste zusammengefasst. Die Wähler können der Liste unverändert zustimmen oder einzelne Kandidaten streichen. Ein Strich über die gesamte Liste macht ihre Stimme ungültig. Die Wahl ist allgemein, weil jeder Wahlberechtigte über achtzehn Jahre wählen und - falls er es auf die Liste geschafft hat - gewählt werden darf. Und sie ist gleich, denn jede Stimme zählt gleich viel. (Spötter behaupten immer wieder gern, sie sei gleich, weil es fürs Ergebnis vollkommen gleich ist, ob man wählt oder nicht.)

Die Wahl ist frei und geheim. Soweit die Grundsätze.

Das Wahllokal bauen wir, meine sechs Wahlhelfer und ich, am Vortag auf. Drei lange Tische werden gegenüber dem Eingang in Reihe gestellt. Jeweils ein Stuhl dahinter, besetzt mit einem Wahlhelfer. Die Wähler werden von links herantreten und ihren Personalausweis und ihre Wahlbenachrichtigung vorlegen. Nach Prüfung wird ihre Teilnahme im Wählerverzeichnis abgehakt. Daraufhin wird ihnen der Wahlschein ausgehändigt, den sie ansehen werden und feststellen, keinen der Kandidaten zu kennen. Sie falten ihn und stecken ihn in die Wahlurne. Selbstverständlich können sie auch die Wahlkabine benutzen, die als dreiseitig aufgeklappte, kopfhohe Sichtblende abseits auf einem vierten Tisch steht. Mit einem langen blauen Tischtuch, fünf Zimmerpflanzen und einer DDR-Fahne verpassen wir dem Lokal das notwendige Flair. Nun warten wir auf die Vertreter der Kreiswahlkommission zur Begutachtung, zur Abnahme und zur Versiegelung der beiden Urnen.

In der Zwischenzeit bestimmen wir die drei Helfer der Erstbesetzung, zwei Frauen und ein Mann. Mann zwei fungiert als Springer während notwendiger Pausen und Toilettenbesuche. Ein Verlassen des Wahllokals ist nicht erlaubt. Die beiden restlichen Helfer, auch paritätisch mit Mann und Frau besetzt, werden am morgigen Wahltag mit der mobilen Urne unterwegs sein. Während das Lokal von sieben bis achtzehn Uhr geöffnet sein wird, beginnt ihr Einsatz erst um neun.

Bis zirka vierzehn Uhr werden sie Wahlberechtigte zu Hause aufsuchen, die zu alt oder anderweit außerstande sind, ins Lokal zu kommen. Sie selbst oder ihre Angehörigen haben das nach Eingang der Wahlbenachrichtigung im zentralen städtischen Wahlbüro gemeldet.

Spätestens ab vierzehn Uhr ändert sich ihre Aufgabe. Jetzt besuchen sie potenzielle Wahlverweigerer aufmunternd an deren Wohnungstür. Diese setzen sich aus zwei Personengruppen zusammen. Die erste ist bereits als solche bekannt und in einer separaten Liste vermerkt. Die zweite stellt sich über den Tag heraus und wird permanent präzisiert. Dazu gehörten Sonny und ich auch schon einmal. Sonntags frühstücken wir gern spät. 1971 und

1976 sind wir deshalb um die Mittagszeit zur Wahl gegangen und stellten das als günstigste Stunde mit kurzer Wartezeit fest. 1981 waren wir aber am Vortag bei herrlichem Frühsommerwetter mit den Fahrrädern zu meinen Eltern gefahren, Kathrin mit ihrem Kinderrad, Lutz vor mir auf dem Kindersitz. Über Nacht hatte das Wetter umgeschlagen und es goss in Strömen. Wir hofften auf Besserung am Nachmittag. Als die auch bis 16.00 Uhr nicht eintrat, bestellten wir ein Taxi.

Es gibt zwei Varianten des Stimmverhaltens, die reale und subtile. Bei der realen stimmt man mit ‚Ja' oder ‚Nein'. Wobei ‚Nein' der zwangsweisen Beobachtung unterliegt, entweder offen vor den Wahlhelfern mittels Durchstreichens oder optional durch Aufsuchen der entfernt stehenden Wahlkabine. Ebenfalls real ist die Wahlverweigerung. Beides fließt in die Statistik der Wahlbeteiligung und der Zustimmungsquote ein.

Anders verhält es sich mit der zweiten Version, die wesentlich aussagekräftiger ist und nirgends erfasst wird, jedenfalls nicht statistisch. Dabei wäre das interessant und würde vielleicht sogar die tatsächliche Zustimmung in Näherung anzeigen. Ganz früh am Tag kommen diejenigen, die noch Wichtigeres vorhaben. Als Erstes möglicherweise jemand, der den Begrüßungs-Blumenstrauß für die nachmittägliche Familienfeier benötigt. Den Vormittag füllen jene, die das gern auch zuverlässig zeigen wollen. Mittags flaut es ab, da wird gegessen. Wer aber bis vierzehn Uhr nicht da ist, dokumentiert sanften Widerspruch und der potenziert sich je näher der Wahlabend rückt. Würde man also den Stimmenanteil ab 14.00 Uhr halbieren und ab 16.00 Uhr exponentiell abziehen, käme das der Wahrheit bestimmt näher.

Genau diesem Schema folgt auch unser Tag. Im Wahllokal sind wir zu viert. Meine Aufgabe besteht im Wesentlichen darin, den ordnungsgemäßen Ablauf zu gewährleisten, den Deckel vom Einwurfschlitz zu heben und „Vielen Dank" zu sagen. Den Strauß überreiche ich einem strenggläubigen Katholiken, der gleich danach als Kirchner seiner kleinen Gemeinde in die Kreisstadt eilt und den Altar damit schmückt. Die zwei Mobilen machen ihre Tour. Es läuft zügig und störungsfrei. Kurz nach dreizehn Uhr fragt der Bürgermeister, zugleich Leiter des zentralen städtischen Wahlbüros, erstmals nach Säumigen. Punkt vierzehn Uhr startet die mobile Überzeugungstour. Dann legt eine junge Frau ihre Wahlbenachrichtigung vor, gültig für unser Lokal. Sie fehlt jedoch in unserem Wählerverzeichnis, ebenso wie ihre Eltern und die drei erwachsenen Brüder. Zum Glück herrscht gerade Leere. Ich entscheide rasch, ihr den Wahlschein auszuhändigen. Das Verzeichnis ergänzen wir handschriftlich.

Am Abend werde ich Sonny davon berichten: „Andrea Bauer ist heute zur Wahl gekommen, war in der Liste aber nicht enthalten. Inzwischen weiß ich wahrscheinlich, warum das so war. Ihre gesamte Familie ist als ‚Nichtwähler' bekannt und fehlte komplett in unserem Verzeichnis. Wenn sie aber nicht auf der Liste stehen, fehlen sie auch nicht bei der Wahlbeteiligung. Es fällt gar nicht auf, dass sie nicht da waren. So geht Statistik."

„Vielleicht gehört sie gar nicht zu Eurem Lokal."

„Dachte ich auch kurz. Die Benachrichtigung war aber zu uns ausgestellt. Alle umliegenden Bewohner waren ebenfalls bei uns registriert. Jedenfalls alle, von denen ich weiß. Die Grenze liegt gut zweihundert Meter entfernt. Selbstverständlich weiß ich nicht wirklich, wie das zusammenhängt. Vergessen wurden? Vielleicht. Ich werde nicht fragen, macht nur Ärger. Und was kommt es auf ein, zwei Stimmen an. Das Ergebnis wird genauso ‚überwältigend' sein, wie bei allen Wahlen zuvor."

Jetzt muss ich aber erstmal einem Wähler einen Stift reichen, mit dem er zur Kabine geht. Ich bin sicher, dass dort zur gestrigen Abnahme einer lag, und er ist heute erster Nutzer. Einer meiner Helfer braucht wohl die hervorgerufene Aufmerksamkeit, um das Zusatzhäkchen im Verzeichnis nicht zu verpassen. Ich sorge dafür, dass der Stift nun dortbleibt. Das ist gut, als eine weitere Wählerin ebenfalls die Kabine nutzt. Bei der Auszählung am Abend – begleitet von mehreren Wahlbeobachtern - werden wir feststellen, dass beide es nur symbolisch taten, kein einziger Wahlschein hatte einen Eintrag. Zwei Wähler vom Nachmittag halten einen längeren Monolog über die Unsinnigkeit ihres Wählens. Und als in den langen Pausen gegen Tagesende nur noch wenige eintreffen, kann ich die aufkommende Diskussion mit meinem Erleben aus 1981 besänftigen. Ob meine Helfer es dennoch zur Auswertung bringen, kann ich nicht ausschließen.

Die fünf folgenden Wochen bis zu den Schulferien verlaufen wie üblich. Der Jubel über die Wahlbeteiligung von 99,21 Prozent (einschließlich Andrea Bauer) und 99,86 Prozent Ja-Stimmen hat sich allmählich gelegt. Ich habe meine Überlegung, wie das wohl ausgesehen hätte, wäre der Gang in die Kabine allgemein vorgesehen, inzwischen wieder beendet.

*

Heute nun beginnen die Ferien. In diesen Wochen werden die Plätze in den Kindereinrichtungen neu vergeben. Die Schulanfänger verlassen den Kindergarten und die Großen aus der Krippe rücken nach, um Platz für neue Kleine zu schaffen. Meike ist achtzehn Monate alt und wird bald in die Krippe aufgenommen. Sonny freut sich darauf, wieder an ihren Arbeitsplatz zu können. Dennoch wird das für uns eine gravierende Umstellung sein. Spätestens mit Schuljahresbeginn werden wir alle fünf schon den morgendlichen Ablauf streng takten müssen. Sonny wird damit beschäftigt sein, Meike den langen Tag in der Krippe schönzureden. Kathrin und Lutz werden sich ihre Brötchen selbst bestreichen müssen. Und mir obliegt es, sie pünktlich in die Schule zu treiben, anstatt noch fünf letzte Minuten in den Tag zu träumen.

Jetzt sind wir aber erst noch einmal aus Kolberg zurück. Zwei schöne Wochen im Betriebsferienheim liegen hinter uns. Am Montag wird das Leben auf Sonny, Meike und mich dann wieder ungeschönt einwirken. Kathrin und Lutz haben noch drei Wochen Sommerferien. Auch wenn sie das Gegenteil behaupten, scheinen sie sich auf die täglichen elternfreien Stunden zu freuen. Vorher fahren wir über das Wochenende noch einmal zu meinen Eltern. Der nahe Wald tut uns immer gut. Nur wenige Laubbäume unterbrechen den durchgehenden Fichtenbestand. Sonny findet das oft dunkel und gruselig. Ich hingegen genieße die schwere Stille, die davon ausgeht. Auf den Lichtungen, an den Teichen und Wasserläufen, auf den Felsenkuppen mit dem weiten Blicken ins zerklüftete Tal sind wir uns wieder einig: hier ist es einfach nur schön. Unsere Wahrnehmung trennt sich wieder, wenn wir an Felshöhlen kommen oder an frühere Bergwerksstollen. Aufgegeben vor mehr als hundert Jahren, das Mundloch hinter losen Steinen behelfsmäßig verborgen. Davon kenne ich einige aus eigener Kindheit. Viele verbotene Stunden habe ich darin mit meinen Freunden zugebracht. Sonny mag es nicht, dass ich sie unseren Kindern zeige. Meine fadenscheinige Begründung, es sei für Kinder im Erzgebirge unverzichtbares Heimatwissen, vor allem auch das mystische Innere der Stollen, dringen nicht durch.

Heute kommen wir harmonisch durch den Wald und finden einen schönen lichten Rastplatz. Nach der Mahlzeit legen wir uns ins Gras, den Blick zum Himmel. Und dabei erkenne ich, dass auch hier das Nadelgrün der Fichten dünner geworden ist und zum bräunlichen neigt.

„Scheiße, auch hier sind die Bäume nicht mehr gesund", mache ich aufmerksam. Wir blicken gemeinsam in die Kronen und auch die Kinder spüren unseren Kummer. Außer Meike, der das noch egal und ein dicker Käfer wichtiger ist.

Seit Jahren schon sterben auf dem Gebirgskamm die Fichten ab. Die toten Bäume stehen dort wie gespensterhafte Skelette am Horizont. Wir machen allgemein die Braunkohlentagebaue auf tschechischer Seite dafür verantwortlich. Ganz besonders aber das Chemiekombinat im nahen Litvinov, dem früheren Leutensdorf. Dort vermuten wir auch die Quelle des Katzendreck-Gestankes, der bei ungünstigen Wetterlagen kilometerweit zu uns dringt. Als sicher hingegen gilt ein hoher Schwefelgehalt der böhmischen Braunkohle, die in riesigen Fabriken zu Briketts verpresst und in gewaltigen Kraftwerken zur Stromerzeugung verbrannt wird. An manchen Tagen können wir vom Kamm aus sehen, wie der Smog als gelbgrauer Nebel darüber liegt. Nicht gut für die Tschechen, nicht gut für uns und ganz schlecht für den Wald. Jetzt hat es wohl auch tiefere Lagen erreicht.

Die stärker werdende Umweltbewegung in der Bundesrepublik kennen wir aus dem Fernsehen, die im eigenen Land aus einzelnen mündlichen Berichten. Dass System- und Landesgrenzen für Umweltbelastungen keine Barriere bilden, erkennen wir zuverlässig an unseren Kammwald-Schäden. Dass sozialistische Chemieprozesse und ihre biologischen Auswirkungen nicht harmloser verlaufen, lehrt uns das Schulwissen und belegt der widerliche Gestank an manchen Tagen.

Ich blicke zu Kathrin und Lutz, dann zu Meike und ihrem Käfer. Werden sie diesen Wald, der mir so wertvoll ist, mit ihren Kindern noch ebenso erleben?

Im Grunde bin ich optimistisch und als ausgebildeter Ingenieur technikgläubig. Das Problem wird gelöst werden. Wahrscheinlich nicht zuerst bei uns. Oft hatten technischen Entwicklungen ihre Wiege im Westen und brauchten ein paar Jahre, um bei uns Einzug zu halten. So wird es auch bei der Behebung der Umweltprobleme sein. Das zeigt sich sogar gesellschaftspolitisch. Die Bewegung ist im Westen entstanden und hat ein wenig gebraucht, um uns zu erreichen. Die massive physische Grenze zwischen den Blöcken trennt ohnehin nur alles, was zu Fuß unterwegs ist. Nicht Mode, nicht Trend, nicht Wissen und Erkenntnis, nicht Last und Belastung und nur teils Wort und Empfindung.

Gleich in der ersten Arbeitswoche werde ich endlich die neue Struktureinheit Umweltschutz in mein Direktorat gliedern. Der Stammbetrieb drängt schon seit einiger Zeit darauf und ist mit seinem Beispiel vorangegangen. Gleichzeitig weiß man hier wie dort, dass gar keine Ressourcen dafür verfügbar sind. Wir kämpfen zunehmend mit Mann und Maus um den wirtschaftlichen Bestand im gnadenlosen Systemwettbewerb. Wir leiden noch immer unter dem Kältewinter 1978/79 und heizen in unserem Betrieb wieder wie nach dem Krieg mit Kohlebrocken. Unsere Abwässer aus der Galvanik und den Vorbehandlungsprozessen sammeln und neutralisieren wir. Dann ruhen sie lange Zeit in Absetzbecken, bevor sie über die letzte Kaskade ins Abwasser fließen. Die Fragen, ob und wann sie sich in den eingeleiteten Flüssen so stark verdünnt haben, dass wieder Leben darin möglich ist, stellen wir uns lieber nicht. Wir könnten an der Antwort nichts ändern. Der Klärschlamm wird zur fernen Schadstoffdeponie gebracht.

Aus unserer Führungsmacht tönen Gorbatschows ‚Glasnost‘ und ‚Perestroika‘ noch weitgehend ungehört zu uns. Offenheit und Umbau? Hoffen wir, dass unser wirtschaftliches Fundament dies trägt. Das ökologische wird sich noch ein bisschen gedulden müssen. Was mache ich also mit meiner neuen Struktureinheit? Als erstes besetze ich sie mit einem einzelnen Mitarbeiter. Danach nehme ich das Thema in die wöchentliche Arbeitsbesprechung auf. Man kann es feig nennen, dass ich es stets als letzten Tagesordnungspunkt setze, wissend, dass uns die anderen Themen nie bis dahin kommen lassen. Man kann es auch nachsichtig unter Selbstschutz verbuchen.

*

Bisher sind Glasnost und Perestroika für uns leere Worthülsen geblieben. Unsere Medien erwähnen sie in den Meldungen, ohne sie weiter zu kommentieren. Allmählich beginne ich sie für ein sowjetisches Phänomen zu halten. Ähnlich der sowjetischen Neuerermethoden, die uns seit einiger Zeit als dünne Broschüre zur Nachahmung vorliegen. Was er mit Glasnost und Perestroika bezweckt und warum das notwendig scheint, bleibt uns zunächst weitgehend verborgen, führt aber zunehmend zur klangnah sarkastischen Umdeutung der alten Losung: „Von der Sowjetunion lernen, heißt siegen lernen!" in „...heißt siechen lernen!" Und auch diese sarkastische Version birgt sinnbildliche Brücken zu den Neuerermethoden, deren bekannteste „Bassow-Methode" heißt, eigentlich eine grundsätzliche Arbeitsmethode ist und nicht neu sein sollte. Ihr Kern ist die Einhaltung von Ordnung und Sicherheit am Arbeitsplatz und wird gern sprachlich in „Pass auf!" gewandelt. Weitere Methoden, jeweils nach ihrem Initiator genannt, empfehlen die Maschinen nach Schichtschluss zu putzen, möglichst pünktlich zu erscheinen und bis zum Schluss zu bleiben, nüchtern zur Arbeit zu kommen und das bis zum Schichtende durchzuhalten, usw. Wenn dies das Neue ist, mögen wir uns das Herkömmliche gar nicht vorstellen. Es sieht wohl nicht gut aus im Sowjetland.

Gorbatschow hat sich aber nicht nur der Probleme im Inland mit ungewohnter Kraft angenommen, sondern spielt auf der internationalen Bühne ebenso initiativ eine neue Rolle. Und so schafft er es, den amerikanischen Präsidenten Ronald Reagan für Verhandlungen über atomare Abrüstung und gegenseitige Rüstungskontrolle zu gewinnen. Dazu treffen sie sich in Begleitung beider Außenminister zu ihrem zweiten Treffen am 11. und 12. Oktober auf neutralem Boden, in der isländischen Hauptstadt Reykjavik.

Am Abend des 12. berichtet Gorbatschow vor internationalen TV-Stationen über dieses Treffen. Weltweit sehen Millionen Menschen zu, auch Sonny und ich. Meike schläft und die Großen haben sich in ihr Zimmer verabschiedet und unterliegen einem Störverbot. Sein Bericht wird simultan übersetzt. Fasziniert sind wir allein schon von seiner Fähigkeit zur freien Rede und der Eloquenz, mit der er es tut. Er widergibt den Verlauf mit allen Ebenen der Erwartung und Enttäuschung, der Forderungen und Gegenangebote, der Annäherung und Abkehr. Er erklärt sein Angebot, die Menge der strategischen Atomwaffen beidseitig zu halbieren und alle Mittelstreckenraketen abzubauen. Er verweist auf die amerikanische Ablehnung, weil dies mit deren Verzicht auf ihre weltraumgestützte Raketenabwehr SDI verbunden sein soll. Er lässt unsere Hoffnung steigen und baut einen Spannungsbogen auf, wie wir ihn nur aus ganz wenigen Filmen kennen. Und am Schluss erklärt er, dass das Treffen ohne endgültige Einigung geblieben ist.

Tief enttäuscht gehen wir schlafen.

„Was meinst Du, wie das jetzt weitergeht?", fragt Sonny noch kurz vorn einschlafen.

„Ich weiß es nicht. Es wird aber Fortschritte geben. Der Mann ist nicht mehr zu ignorieren. Es wird im Nachgang zu Vereinbarungen kommen. Reagan wird Kompromisse in seinem Ziel machen müssen, die UdSSR bankrott zu rüsten."

Gespannt sind wir beide, welche Auswirkungen Gorbatschows Politik auf uns und unsere Bruderstaaten im Ostblock haben wird. Die Polen militärverwaltet, die Tschechen und Slowaken gedemütigt besetzt, die Bulgaren und Rumänen diktatorisch beherrscht, Ungarn aufmüpfig diszipliniert. Die meisten von alten Männern stagniert. Und die Führungsmacht von einem agilen Neudenker in Schwung gebracht.

Auch meine Kollegen verbinden das mit Hoffnung und neuer Energie. Es ist erstaunlich, zwei ferne Präsidenten verhandeln über Atomwaffen, einer macht uns Mut und schon geraten wir zu neuem Schwung im Alltag.

Unser Selbstbewusstsein steigt auch, als wir von der Insolvenz der Doria-Werk Walter Donner GmbH & Co. KG in Fürth hören. Zwar haben wir vorher nur wenig von diesem bundesdeutschen Hersteller gewusst, seine Pleite zeigt uns aber, dass wir nicht die einzigen mit Problemen auf dem westlichen Markt sind. Auch den Firmennamen finde ich lustig: Doria und Donner kenne ich seit meiner Kindheit in umgekehrter Folge als ‚Donner und Doria', ein Ausruf, den mein Vater bei Verwunderung gebrauchte. Je nach Betonung erkannte ich, ob am positiven Erlebnis teilzuhaben war oder ich mich besser verdrücken sollte. Walter Donner muss ein Spaßvogel sein, oder, nachdem ich mich mit der Herkunft des Ausrufs beschäftigt habe, ein Fan von Friedrich Schiller. Beides konnte ihn und seine ehemals dreihundert Mitarbeiter nicht vorm Bankrott bewahren. Plötzlich bin ich wieder ganz froh über unser Wirtschaftssystem. Unser Betrieb beschäftigt tausend Menschen und keiner muss um seinen Arbeitsplatz fürchten.

Erfahren habe ich von Herrn Donners Unglück aus einem Schreiben des AHB mit beigefügtem

Beleuchtungsgläser-Katalogen seiner Firma, deren Glasformen zur Insolvenzmasse gehören. Die AHB-Kolleginnen fragen nach den Aussichten, diese Formen zu ersteigern und Gläser daraus mit neu gestalteten Armaturen wieder auf den westlichen Markt zu bringen. Heilige Einfalt, denke ich mir, als ich das durchgesehen habe, es hat gute Gründe, dass damit nichts mehr zu verdienen war. Der Entwicklungsleiter bestätigt es: „Unsere Designer haben abgewunken. Das sind wahrscheinlich auch nur alte Kataloge. Davon ist nichts zu gebrauchen. Und seit Gorbatschow, sagen sie, würden das nicht mal mehr die Russen kaufen."

Zurzeit entwickeln wir neben üblichen Wohnraumleuchten auch wieder etwas Besonderes. Letztes Jahr haben wir „Stabrohr-Leuchten" für die Arbeitsplatzbeleuchtung auf den Markt gebracht. Sie werden ebenso an Schreibtischen wie an sauberen Maschinen- und Kontrollarbeitsplätzen verwendet und in großen Stückzahlen gekauft, selbst privat im Einzelhandel. Eine 20 Watt Leuchtstoff-Stablampe wird von einem halbrund gebogenen Blech knapp 180 Grad blendfrei umschlossen. Sie streckt sich waagerecht über die Arbeitsfläche, ist nach unten offen und lässt sich horizontal dahin drehen, wo das Licht gebraucht wird. Getragen wird das von einem doppelt gekröpftem Metallarm, mit einer kräftig dimensionierten Tischklemme am Arbeitsplatz verspannt. Das Vorschaltgerät lädt als Gegengewicht am Ende des Halbrohres aus und hält alles weitgehend im Gleichgewicht, die Reststabilität besorgt eine Winkelverschraubung. Wir bieten diese Leuchten in zehn verschiedenen Farblackierungen an und können die unbegrenzt erweitern.

Inzwischen ist die Entwicklung bei Leuchtstofflampen weiter vorangeschritten. In beiden deutschen Staaten fast gleichzeitig. Die kurzen Stablampen sind durch viel kleinere Doppelrohlampen ergänzt. Zwei schmale Glasrohre ragen parallel aus einem G23- Stiftsockel und sind im vorderen Bereich mit einer Rohrbrücke verbunden. Sie benötigen deutlich weniger Energie und ihr Vorschaltgerät ist im wuchtigen Netzstecker verbaut. Mit ihrem Doppelrohr und der geringeren Leistung sind sie wesentlich baukleiner als die 20 Watt-Stablampen mit vergleichbarer Lichtleistung. Sie werden in unserem Stammwerk produziert. Wir werden sie erstmals einsetzen und erhalten dazu das Design aus dem Zentralen Gestaltungsbüro. Befestigung und Ausleger sind ein verschlankter Rückgriff auf die Konstruktion der „Stabrohr-Leuchten". Die Reflektor-Baugruppe erinnert in ihrer Form an eine Herrenschiebermütze, nur dass sie breiter ist und mit kleinem Kantenradius in leicht aufwölbende Seitenflächen übergeht. Sie lässt sich am Gelenk horizontal drehen und schwenken. Das alles sieht gut aus, ist gleichzeitig schlicht und futuristisch, passt ergänzend zu nahezu jedem Einrichtungsstil und kommt mit wenig Material aus.

Damit enden ihre positiven Merkmale. Nicht nur für die isolierende Einhausung der Installationsteile ist nämlich Plaste vorgesehen, sondern auch für die Reflektorhaube. Und das ist unter keinen Umständen zu bekommen. Eigentlich war es ein genialer Einfall des Chefgestalters, einer kombinatswichtigen Entwicklung diesen Werkstoff zuzuordnen. Dort werden schließlich die knappen Bilanzen verteilt. Nur hilft auch das nicht. Wir müssen eine Alternative aus Stahlblech finden.

Einteilig im Umformverfahren ist dieser Körper nicht herzustellen. Es ist ein längerer Konstruktionsprozess, bis wir schließlich eine Lösung finden, die technologisch elegant ist und optisch noch eben erträglich. Dafür jedoch statisch zu schwer und betriebswirtschaftlich ein Fiasko. Zwei vorgeformte Seitenteile und das Reflektordach fügen wir hydraulisch mit Bördelkanten zu einem Körper zusammen. Am Ende sind neun teure Arbeitsschritte notwendig, um ein farbiges Bauteil zu generieren, das im Plastspritzwerkzeug innerhalb weniger Sekunden in einem Schritt vorgelegen hätte, mit putzen des Angusses in zwei. Die schlichte Eleganz des ursprünglichen Designentwurf ist verloren. Der Konstruktionsleiter fasst seine Enttäuschung grob zusammen: „Sieht aus wie eine umgestürzte Kehrschaufel." Und diesen Namen wird es intern künftig tragen: Das „Kehrschaufel-Sortiment."

1987

Gleich in der ersten Woche beginnen wir mit dem Werkzeugbau für diese Leuchten. Zudem stellen wir erneut viele Mitarbeiter in die Produktion ab. Die Mosambikaner allein können die Steigerungsraten des neuen Planjahres nicht sichern. Ich bin frustriert von diesem Start. Gorbatschow wird sicherlich noch für manches gut sein, mehr Erdöl bekommen wir auch von ihm nicht. Deshalb ersetzen wir die ursprüngliche Plastehaube durch neun Blechbearbeitungsgänge. Und weil das in zahlreichen anderen Positionen genauso ist, benötigen wir unsinnig viele Arbeitskräfte. Die fehlen uns ebenso und deshalb stanzen, lochen, biegen, schleifen, veredeln und montieren unsere Konstrukteure und Technologen vier Jahreswochen lang Teile, die es so gar nicht geben sollte.

Besonders schlimm empfinde ich das mit diesem Sortiment. Das Leuchtmittel „Doppelrohrlampe" ist eine technische Neuentwicklung auf hohem Niveau. Die Einführung erfolgte in Ost und West beinahe gleichzeitig. Aber schon mit unserem ersten Einsatz hängen wir wieder entscheidend hinterher.

Ich habe meinen Job nicht euphorisch angetreten, aber im guten Glauben, irgendwann genau das vermeiden zu können. Inzwischen hat der Glaube daran arg gelitten und ich frage mich mitunter, ob meine Entscheidung 1980 richtig war.

Ich hake es als mögliche Winter-Psychose ab. Das kenne ich von meiner Mutter im Frühjahr. Ich selbst mag nur den Herbst nicht und folge ihm gelegentlich in seine graue Stimmung.

Die ersten Leuchten aus den Serienwerkzeugen bereiten wir für die Leipziger Frühjahrs-Messe vor. Sie werden einen besonderen Platz an der vorderen Ecke unseres Messestandes bekommen, von allen Seiten am Gang gut einsehbar. Wir haben sie in sechs verschiedenen Farben lackiert. Auf zwei weitere wurde verzichtet, weil der Lieferant die Pigmente nicht garantiert kann.

Gleich zu Beginn der Leipziger Frühjahrsmesse schreibt das ‚Neues Deutschland' von 9000 Ausstellern, die aus über 100 Ländern aller Kontinente dazu angereist sind, darunter 4200 Kombinate und Betriebe unseres Landes. Im Verlauf der folgenden Woche hat US-Präsident Ronald Reagan eine Grußbotschaft gesendet, in der er sie als eine der größten und ältesten Handelsmessen Europas würdigt. Erich Honecker wird zahlreiche ausländische Repräsentanten empfangen haben sowie den Bundeswirtschaftsminister Martin Bangemann und den bayrischen Ministerpräsidenten Franz-Joseph Strauß, dessen neu entflammter Liebe zu unserem Land ich nicht traue. Ich nutze meinen ersten Besuchstag auf dem weitläufigen Gelände der Technischen Messe, um mich zum neuen Stand der Umform- und Schleiftechnik zu informieren. Besonders interessiert bin ich an Automatisierungslösungen für das Schleifen von Kleinteilen, mit denen der Eintrag eines bundesdeutschen Unternehmens im Messekatalog wirbt. Auf eine schriftlich genehmigte Direktive als Voraussetzung für solch direkte Gespräche, habe ich verzichtet und am Ende unseres Austauschs stelle ich fest, dass sie es auch nicht besser können.

Am Abend tröste ich Sonny, die gern wieder auf unserem Stand dabei gewesen wäre und am heutigen zweiten Tag besuche ich unsere Präsentation im zentralgelegenen Handelshof. Wir rechnen erfahrungsgemäß in den laufenden drei Tagen mit Interessenten aus dem NSW. Ich bin auf die Resonanz zu unserem „Kehrschaufel-Sortiment" gespannt und freue mich zunächst über die vielen Besucher, die extra herbeikommen und interessiert stehenbleiben.

Mit dem ersten westlichen Handelspartner schwindet meine Hoffnung und am Nachmittag reise ich vor Messeschluss desillusioniert ab. Als erstes erfahre ich, dass diesen Leuchten die gestalterische Leichtigkeit fehlt (Scheiße, das weiß ich selbst!) und dass man es doch viel besser mit einem schicken Plastikteil hätte lösen können. Soll ich die Frage, warum wir es anders gemacht haben, tatsächlich beantworten? Die nächsten beiden Interessenten weisen unsere Preisvorstellungen als viel zu hoch zurück. Unsere Kalkulation des aufwändigen Reflektors liegt allein dreißig Prozent über ihrem Angebot für die gesamte Leuchte.

Den zweifelhaften Vorschlag zur Preisminderung ohne Lampe, lehnen wiederum sie ab, weil sie einerseits dazugehört und andererseits auch bei ihnen noch einem höheren Erstserienpreis unterliegt. Wir werden keine Exportverträge abschließen. In das NSW nicht wegen der miserablen Rentabilität und in das SW nicht, weil dort die Lampen noch fehlen.

Zu zehntausenden werden wir sie zur nachfolgenden Binnenhandelsmesse verkaufen, für den Bevölkerungsbedarf ebenso wie für Industrie- und Gewerbekunden.

„Zur Herbstmesse haben wir hoffentlich bessere Chancen mit dem ‚Linearen Lichtsystem'", meint der Entwicklungsleiter. Es basiert wieder auf Stablampen, allerdings mit einer schicken schlanken Armatur aus metalleffektlackiertem Aluminium-Strangguss. Die Einzelleuchten lassen sich an schwarzen Knotenpunkten zu endlosen Linien verbinden. An jedem Knoten können sie die Richtung ändern. Es sieht sehr elegant aus und bietet zahlreiche Optionen der Lichtgestaltung an der Decke. Trotz der Ähnlichkeit mit dem Konzept eines bundesdeutschen Lichtausstatters ist es unsere Eigenentwicklung, sieht besser aus und ist intelligenter gelöst. Im NSW werden wir es vorzugsweise über Martin Gottschalks liebgewonnenen Geschäftspartner vertreiben. Er verspricht sich daraus noch weitreichendere Möglichkeiten und hat schon jetzt insofern recht, dass wir mit diesem Lichtsystem voraussichtlich erstmals Rentabilitäten nahe der

Planvorgabe erreichen werden. Für SW-Export und Binnenmarkt werden keine Einschränkungen gelten.

*

Bis dahin dauert es aber noch. Jetzt starte ich noch immer ausgestattet mit dem Messefrust erst einmal in einen neuen Erfahrungsabschnitt. Bis in die ersten Julitage hinein bin ich für drei Monate als Student an die Bezirksparteischule der SED delegiert. Unsere Seminargruppe ist repräsentativ durchmischt. Neben Leitungskräften aus Industrie, Forschung und Verwaltung sind Arbeiter und Angestellte darunter, die sich für neue Aufgaben qualifizieren wollen, wie auch niedere Funktionäre, die nach höherem streben. Wir sind nicht viele, die Mehrheit am Campus stellen Studentinnen und Studenten, die ein ganzes Jahr dort lernen. Ich bin sehr sicher, dass auch so mancher darunter für Erich Mielkes Ministerium arbeiten, im Haupt-, wie auch im Nebenerwerb.

Für Sonny beginnt damit schon wieder eine harte Zeit. Von Montagfrüh bis Freitagabend wird sie neben ihrer 40-Stunden-Vollbeschäftigung allein für Kinder und Haushalt zuständig sein. Den Großen ist es weitgehend egal, Meike aber ist erst zweieinhalb Jahre alt und braucht ihre Mama sehr, wenn sie endlich aus der Krippe abgeholt wird. Eigentlich braucht sie auch mich. Sie kann nicht wissen, dass es durchaus auch noch schlimmer geht. Das erkenne ich in den ersten Tagen an der Schule, wenn mir bei der Anreise Mütter mit ihren Kindern begegnen, die dann aber für eine ganze Woche in die Sammelbetreuung verschwinden, während Mutti auf dem gleichen Gelände getrennt im Internat wohnt. Mein Gott, denke ich, die werden früh im Klassenkampf geschult. Das hat noch einen Hauch der Großen Sozialistischen Oktoberrevolution. Mir fällt Wolfgang Leonhardts

Buch „Die Revolution entlässt ihre Kinder" ein, nicht wissend, ob ich es überhaupt besitzen dürfte.

Wir werden in vier Themenkomplexen geschult: Geschichte der Arbeiterbewegung, Marxistische Philosophie, Politische Ökonomie und Parteiarbeit/Parteileben. Ich habe nicht erwartet, dass das interessant werden kann und werde bald eines Besseren belehrt. Wie bei meinem technischen Studium wechseln Vorlesungen mit Seminaren. Nur wenige Vorlesungen sind dogmatisch und in den Seminaren herrscht eine offene Diskussion vor.

Die Geschichte der Arbeiterbewegung findet verkürzt und tendenziell statt, aber gestreift im historischen Kontext. Wir erfahren, dass die UdSSR unser naturbestimmtes Vorbild ist, jedoch nicht ohne Fehl und Tadel. Der Sozialismus und die führende Rolle der Arbeiterklasse sind die logische und richtige Lehre aus dem historischen Lauf der Zeit in Richtung Kommunismus. Der ‚Real existierende Sozialismus' ist eine Zwischenphase, die noch deutlichen Gestaltungsspielraum lässt und real heißt, weil sie fern der reinen Lehre nicht so richtig ideal ist.

Dann wird es erst einmal dünn im Geiste. Referent eins erklärt uns, wie man Flugblätter richtig gestaltet. Er hat es wohl noch nie selbst gemacht und weiß auch nicht, wozu und wann wir sie brauchen könnten. Es erinnert mich an meine Funde und Herbergs-Max' Unglück in den sechziger Jahren. Er ist älter als ich. Wahrscheinlich hat auch er welche gefunden und nimmt sie als altes Muster mit neuem Text. Niemand würde sie lesen.

Referent zwei begründet uns, warum es eine deutsche Nationalität nicht mehr gibt, sondern nur eine sozialistische und eine kapitalistische. Seine Argumentation ist etwas kompliziert, ihr Widerspruch nicht.

Sie dehnen ihr schwaches Thema maßlos aus, um geistige Tiefe vorzutäuschen.

Referent drei meint, der tägliche Versorgungsmangel sei nur eine verbreitete Wahrnehmungsstörung.

Wenigstens fasst er sich kurz und verschwindet, bevor sich unsere Überraschung gelegt hat.

Danach wird es wieder besser. Ich kann mich für marxsche Erkenntnisse eher begeistern als für deren leninsche Weiterführung, die so manches Mal als Umdeutung daherkommt. Die philosophische Erkenntnis: ‚die Materie bestimmt das Bewusstsein‘ hat wohl auch Berthold Brecht zu seinem Ausspruch inspiriert, dass das Fressen vor der Moral kommt. Oder auch Goethe. Er lässt seinen Doktor Faust philosophieren, dass nicht das Wort, nicht der Sinn, eher die Kraft, ganz sicher die Tat im Anfang stand.

Ich muss mir das abrufbereit für den nächsten Dissens mit Gotthold Rümmler merken, der gern das Bewusstsein als heiligen Gral verehrt und sich dann wundert, sein soeben erzeugtes Argumentations-Vakuum nicht füllen zu können.

Spannend finde ich Marx‘ Akkumulationskreislauf, rechtsdrehend wie die Uhr, von Produktion über Distribution und Konsumtion zur Akkumulation und gleich wieder von vorn. Wie eine Zentrifuge beim Umlauf Mehrwert, Profit, Steuern (also Politik) und Investitionen abwerfend. Sich dabei stets erneuernd und weiterentwickelnd. Je schneller, desto mehr. Als Antrieb eine Masse aus Millionen abhängiger Arbeitskräfte. Ihre Arbeitskraft als Ware verkaufend und dabei als Nanoteilchen in ebensolchem Kreislauf um sich selbst drehend verschleißen.

Dreht sie zu schnell oder gerät aus dem Gleichgewicht, führt das zu Unwucht und Krise. Dann bremst sie abrupt, bis sich der Lauf beruhigt, dann wieder Fahrt aufnimmt, bis sich die nächste Unwucht einstellt.

Unsere läuft langsamer und würde in ruhiger Gleichmäßigkeit drehen, wenn das der Wettbewerb der Systeme nur zuließe. So jedoch versuchen wir synchron zu laufen, kommen dabei aber oft ins Stottern. Führt das bei negativen Betriebsergebnissen wie in unserem Werk zu Torsionsbruch im Getriebe? Oder wie nennt man das?

Was den nächsten Referenten reitet, uns Honeckers Vorjahresrede vom XI. Parteitag der SED im Wortlaut vorzulesen, erschließt sich mir nicht. Ebenso, dass Honecker damals erneut zum Generalsekretär gewählt wurde. Klar, die Delegierten waren vorsortiert einstimmig. Aber gab es denn wirklich niemand Jüngeres, vielleicht sogar mit neuen Ideen, wie in der Sowjetunion. Warum ums Verrecken müssen wir immer zusehen, wie unsere Führer erstarren, erkranken, erliegen, erbleichen. Traut denn hier keiner dem anderen? Zwei Legislaturen wären doch ausreichend. Wenigstens unter den Vollmitgliedern im Politbüro haben sich Änderungen ergeben. Nicht gerade mit Armeegeneral Heinz Kessler, der mit 67 Jahren auch schon recht alt ist und noch dazu vorher oberster Polit-General der NVA war. Hoffnung könnte vielleicht von Werner Eberlein ausgehen- zwar auch schon 68, aber damit immerhin sieben Jahre jünger als der 75-jährige Honecker – oder von Hans-Joachim Böhme (58), den beiden Ersten Sekretären der Bezirksleitungen Magdeburg und Halle. Von ihnen lässt sich vermuten, dass sie dichter im Leben stehen als die Lebenszeit-Funktionäre in Berlin. Ebenso der vierte Neuzugang, der Erste Sekretär meiner Bezirksleitung Karl-Marx-Stadt und mit 57 Jahren fast ein Jugendlicher im höchsten Parteigremium. Seine Kariere begann über die FDJ und ganz in unserer Nähe, in Annaberg. Seit 1976 ist er unser Bezirks-Parteichef. Für mich verkörpert er die Hoffnung auf neuen Schwung und Realismus. Ich bin gespannt auf seinen avisierten Besuch an unserer Schule in der kommenden Woche.

„Siegfried Lorenz war am Mittwoch tatsächlich bei uns", berichte ich Sonny am Freitagabend.

„Fein. Und was hat er gesagt?", reagiert sie müde von der langen Woche.

„Ich war erstaunt", ignoriere ich das, „er war recht offen. Der Mann hat Ahnung von der Wirtschaft. Vielleicht folgt er Honecker irgendwann mal, oder wenigstens Günter Mittag. Es wäre nicht die schlechteste Lösung."

Nebenbei decke ich den Abendbrottisch und wir setzen uns zu fünft zusammen. Kathrin will sich danach noch mit Freunden treffen und Lutz hat sich zum Fußballspiel verabredet. Meike ist froh, dass ich wieder da bin, und verlangt nach Aufmerksamkeit und Spielgesellschaft. Ich verschiebe meinen Bericht auf Samstagvormittag.

„Ganz wichtig, er sprach kein Zeitungsdeutsch und ohne Phrasen. Am beeindruckendsten fand ich seine Ausführungen über den Fahrzeug- und Maschinenbau sowie die Computerindustrie. Die DDR hat doch eine Vereinbarung mit VW getroffen. Wenn ich es richtig weiß, bauen wir in Karl-Marx-Stadt in Lizenz 4-Takt-Motoren des Golfs für den neuen Wartburg und wohl auch des Polos für den Trabant. Da bin ich aber nicht sicher. Es können auch nur zwei Leistungsklassen der Golf-Varianten sein. Ist auch egal. Wir dürfen diese Motoren also künftig in unseren PKWs einsetzen und bezahlen in Naturalien mit der Lieferung fertiger Motoren an VW. Interessant sind zwei Dinge, die er beschrieben hat. Erstens, wir hatten keine Ahnung von der notwendigen Präzision im modernen Motorenbau und verfügen im Land auch nicht über entsprechende Maschinen. Ich glaubte immer, wir sind im Werkzeugmaschinenbau auf Weltniveau. Sind wir wohl nicht. Jedenfalls mussten wir auch Teile des notwendigen Maschinenparks im Westen kaufen, was die Erstattung für uns teurer macht als vorgesehen."

Jetzt hat erst einmal ein zweites Brötchen Vorrang und Meike kleckst gelangweilt mit der Konfitüre.

„Das andere ist die Karosserie. Viele Änderungen zu den bisherigen Zweitaktmodellen dürfen wir nicht erwarten. Der Wartburg heißt dann 1.3, nicht mehr 353, sieht aber fast genauso aus. Und Lorenz sprach von seiner Verwunderung, als die eisenacher Ingenieure dafür Konstruktionscomputer verlangten. Er meinte, sie würden alle zwanzig Jahre mal ein neues Modell konstruieren. Das könnten sie dann wohl mal mit Hand zeichnen. – Der erste Wartburg 353 kam tatsächlich schon 1966 auf den Markt. Damals entsprach das Design dem Zeitgeschmack. Und ohne die zentimeterbreiten Karosseriespalten, wäre das in Ansätzen vielleicht auch heute noch so. – ‚Könnten wir‘, haben sie ihm geantwortet, ‚nur sind von Handzeichnungen keine Werkzeuge mehr zu bekommen. Deren Konstruktion und Bau muss im CAD CAM-Prinzip auf Basis unserer Konstruktionsdateien erfolgen.‘

Niemanden in Berlin schien das klar gewesen zu sein.

Klingt zunächst ganz amüsant, macht mir aber Angst. Wir hängen schon wieder hinterher. Und das geht immer schneller.“

Mein Monolog endet, als Kathrin aus dem Bett kommt und mit schläfrigen Augen gegen die Türzarge läuft. Lutz ist bereits zum Skisprungtraining unterwegs. Meike wirkt weiterhin wenig an meinen Ausführungen interessiert und verrührt die Konfitüre auf ihrem Teller zu kleinen Spiralen. Sonny denkt still darüber nach.

Das Frühstück hat sich hingezogen, wir werden für einen Nachmittagsimbiss auf die Mittagsmahlzeit verzichten. Sonny hat für die Zwischenzeit eine Überraschung für mich: „Schau mal, was ich hier habe!“

Es ist ein Satz Sonderbriefmarken. Dieses Hobby habe ich aus meiner Kindheit beibehalten. Mein Vater sammelte mit Ausweis, so dass er auch die Sperrwerte bekam. Oft kaufte er einen zweiten Satz, den mein Bruder oder ich zu Festtagen als Geschenk erhielten. Seit ich ein eigenes Einkommen habe, kaufe ich sie selbst. Allmählich hat sich mein Interesse jedoch abgeflacht. Inflationär gehäufte Neuauflagen umfangreicher Serien zu immer höheren Werten sollen wohl vor allem Geld abschöpfen. Und dafür weiß ich Besseres.

Sonny kümmert sich dennoch darum, weil sie weiß, dass ich mich dann doch jedes Mal darüber freue.

„Danke, das ist lieb von Dir", bestätige ich auch sogleich. Es ist ein Satz aus vier Marken zu ‚750 Jahre Berlin'. Das trübt meine Freude sofort wieder. Dieses Jubiläum wird medial seit Monaten gefeiert. Für die vorzugsversorgte Hauptstadt mag es vielleicht sogar schön sein. Die Begeisterung in der benachteiligten Restrepublik hält sich jedoch in Grenzen und bei Vielen reduziert sie sich auf das baldig erhoffte Ende. Der große Festumzug wird am vierten Juli als abschließender Höhepunkt stattfinden und danach kümmert sich hoffentlich auch mal wieder jemand um das Land.

„Noch ein Markensatz zu dem beschissenen Thema, und überteuert dazu. Ich freue mich, dass Du daran gedacht hast, Sonny, aber ich werde wirklich aufhören zu sammeln. Kleine gezackte Bilder und jedes Mal nur Ärger darüber sind kein gutes Hobby mehr."

„Ich habe gar nicht nachgesehen, was stellen sie denn diesmal dar?"

„Zunächst einmal zusammen vier Mark fünfzig, so viel wie das Porto für zweiundzwanzig Inlandbriefe und eine Postkarte oder so viel wie neunzig Brötchen. Dabei sind die Grafiken der Einzelmarken nicht einmal besonders gut gemacht und die zugehörigen Vierfach-Blöcke wiederholen mit kleineren Werten ideenlos diese vier Motive, nur um den Gesamtpreis zu steigern."

Mit der Pinzette lege ich sie einzeln auf den Tisch, das Bild Sonny zugewandt: „Schau mal hier: 35 Pfennige für Berlin Marzahn. Das ist der Stadtteil dessentwegen ich gefühlt fast zwanzig volle Lebenstage in überfüllten Zügen stehend verbracht habe. Und sogar das ganze Unheil des neuen Stadtbezirks ist dargestellt. Rechts die riesigen Plattenbau-Blöcke und links das alte Dorf Marzahn. Die Wohnungen sind bestimmt begehrt und modern. Das Umfeld wird alles Notwendige bieten: Einkaufszentren, Schulen, Kindereinrichtungen, Versorgung, Ärzte, Krankenhäuser, Verwaltung, Kultur, Sportanlagen, Bäder und so weiter. Aber wahrscheinlich ebenso anonym und steril wie alle diese riesengroßen Neubauviertel. Die Kinder werden ihre Häuser nur anhand der Farbe an den Eingängen wiederfinden, weil alles andere gleich aussieht. Und was mögen die Ureinwohner des umschlossenen Dorfes jetzt dort empfinden?"

Nächste Marke: „Dann für siebzig Pfennige das Denkmal im Marx-Engels-Forum. Erinnerst Du Dich? Wir haben es beim letzten Mal im Park hinter dem Palast der Republik gesehen, an der Spree, unweit vom Roten Rathaus. Marx sitzt erschöpft da, wie mein Opa in den letzten Lebensjahren auf seiner Gartenbank. Daneben steht Engels, steif mit müdem Blick."

„Ach, die beiden, die wirken, als ob sie auf den Zug warten, um so schnell wie möglich von hier wegzukommen."

„Ja, wahrscheinlich haben sie sich den Lauf der Dinge seinerzeit ganz anders vorgestellt. Von Weitem scheint es, als haben sie ihre Koffer dabei."

Ich betrachte mit der Lupe die 20-Pfennig-Marke. ,Berlin Palais Ephraim' steht am unteren Rand. Dann drehe ich sie zu Sonny: „Ich habe keine Ahnung, wo das ist. Ich glaube, wir haben es schon einmal gesehen, in der Nähe dieser alten Männer auf der Flucht. Ich muss mal rasch nachsehen, vielleicht im Berlin-Bildband, den ich letztens geschenkt bekam. Den wollte ich eigentlich gleich weitergeben. Machst Du bitte inzwischen Kaffee?"

Ich beeile mich, Meike schläft noch, die Zeit gilt es zu nutzen.

„Ich weiß jetzt, wo das Haus steht", verkünde ich nach dem ersten Schluck, „hinter der Nikolai-Kirche. Die haben wir auch auf einem Dia fotografiert. Das Palais gehörte Veitel Heine Ephraim, einem jüdischen Bankier, der kräftig an der Finanzierung der Feldzügen König Friedrich II verdient hat. Krieg ist für einige immer ein gutes Geschäft. Es gibt zum Beispiel auch einen bekannten neuzeitlichen Weg des Kapitals von kriegswichtigen Batterien im Zweiten Weltkrieg hin zu modernen Oberklasse-PKW im Jetzt."

„Wieso denn dann aber dieses Motiv auf aktuellen DDR-Marken?

„Ephraim hat seinerzeit auf Friedrichs Geheiß die Qualität der Silbermünzen verringert, ist also quasi der Schöpfer geringwertiger Münzen. Ich lege nachher mal unser Alugeld auf die Briefwaage. Vielleicht geht auch das auf ihn zurück und zum Dank ist ihm diese Briefmarke gewidmet."

Ich teste das. Bei der 1-Pfennig-Münze zeigt die Waage nicht an. Erst drei Münzen zusammen ergeben zwei Gramm. Rasch wiege ich noch die anderen Münzen aus meinem Portemonnaie: 5 Pfennige: 1 Gramm, 10 Pfennige: 1,5 Gramm, 50 Pfennige: 2 Gramm, 1 Mark: 2,5 Gramm, 2 Mark: 3 Gramm. Abweichend ist nur die neuere 20 Pfennig-Münze mit 5,5 Gramm.

„Ja", kann ich Sonny meine Theorie bestätigen, „irgendein Ephraim hatte wohl auch bei unserem Geld die Hand im Spiel. Das verdient allemal eine Sondermarke, und sachgerecht die mit dem niedrigsten Wert."

Meike hat ausgeschlafen und betritt den Raum. Gleich wiederholt sie Sonnys eben aufgeschnappten Kommentar an mich: „Spinner".

Schon hat sie ihren Wortschatz erweitert. Kinder lernen schnell.

Zur 85-Pfennig-Marke kommen wir erst am Abend, nachdem wir den Nachmittag mit Meike in unserem Schrebergarten verbrachten. Sie hat mit mir im nassen Sand gebaut. Ihre Kinderschaufel, fünf Glaskugeln aus Sonnys und zwei Blechformen aus meiner Kindheit, ein Holzauto mit Kipppritsche von Lutz und eine Menge neue Sandformen sind unsere Ausstattung. Sonny fand in unserer Laube endlich drei ruhige Stunden und war nach wenigen Minuten eingeschlafen.

Die 85-Pfennig-Marke und ihr Viermal-20-Pfennige-Block sind dem neuen Friedrichstadtpalast gewidmet. Der Vorgänger wurde 1980 als Spielstätte geschlossen. Seine wechselvolle Geschichte begann als Berlins erste Markthalle, beherbergte danach einen Zirkus und wurde darauffolgend zum ‚Großen Schauspielhaus', später als ‚Theater des Volkes' vom KdF mit einer Führerloge ergänzt und schließlich nach 1945 als Varieté -Theater ‚Friedrichstadtpalast' betrieben. 1980 endete alles abrupt wegen gravierender Fundamentschäden. Die heftigsten Umbrüche seiner 115-jährigen Geschichte fanden in der Folge dreier Kriege statt: dem Deutsch/Französischem Krieg 1870/71, dem Erstem und dem Zweiten Weltkrieg. Bereits am 27. April 1984 eröffnete schräg gegenüber das beeindruckende Nachfolge-Gebäude unter gleichem Namen. Inzwischen hat es sich zu einem weltweit bekannten Revue-Theater mit spektakulären Programmen entwickelt. Irgendwann möchten auch wir es einmal besuchen. Bisher kennen wir es nur aus Fernsehübertragungen.

„Erinnerst Du Dich an die Eröffnungsgala?", fragt mich Sonny.

„Na klar, die moderierte O.F. Weidling. Weißt Du noch, wie er uns Jahre vorher im Klubhaus zum Tag des Metallarbeiters begeistert hat. Wir haben uns fast krankgelacht. Tolle Spitzen zur Situation im Land. Das Programm

hatte Torsten Rehfeld bei der Gastspieldirektion einge-
kauft."

„Ich war überrascht, dass man ihn die Palasteröffnung
moderieren ließ."

„War ich auch. Aber dann dachte ich, er darf nur Vor-
zensiertes sagen. Dass es anders kam, konnte ich mir
nicht vorstellen und wie es dann kam, wahrscheinlich er
sich nicht."

„Du meintest doch damals schon während seines Auf-
tritts, das würde für ihn bös enden."

„Denk mal zum Beispiel an diesen Satz: ,auf der Liste
unserer Produkte, die ich nicht nach dem Westen senden
darf, stehen Sachen, von denen ich noch gar nicht
wusste, dass es sie gibt', oder so ähnlich.
Und die Parteifürsten sitzen in der ersten Reihe. Günter Mittag sah man auf dem Bildschirm seine Wut an.
Und Weidling sieht das auch und spricht ihn von der
Bühne aus direkt darauf an, vor Publikum, im Fernsehen. Bissige Satire kontra renitenten Starrsinn. Mittag
ließ ihm das nicht durchgehen. Es war sein letzter Auftritt. Knapp neun Monate später ist er gestorben. Ich
denke schon, eines natürlichen Todes. Vielleicht war das
gleich gut für ihn. Er hätte keinen Fuß mehr auf die Büh-
nen unseres Landes bekommen. Vielleicht hat er es auch
geahnt und daraus seinen Mut geschöpft."

„Du übertreibst mal wieder."

„Glaube ich nicht. Mittag ist mir unheimlich. Starrköp-
fig und rechthaberisch. Im Politbüro ist er für die Wirtschaftspolitik zuständig und die Auswirkungen spüre ich
täglich. Und immer mehr kotzen sie mich an."

Mit Beginn der Aktuellen Kamera genehmige ich mir
ein Bier. Meike schläft bereits, Lutz ist in seinem Zimmer
und übt Schachzüge und Kathrin verbringt die Abende
seit ihrer Jugendweihe im Vorjahr meist mit ihren Freunden. Am Wochenende wird das manchmal spät. Wir akzeptieren es. Am Jugendweiheabend hatte sie sich mit

anderen Weihlingen heimlich und gründlich betrunken und geht das seitdem sehr behutsam an. Irgendwann werden sie gemeinsam das Rauchen probieren, dann wird ihr wieder schlecht werden und auch das enden. Außerdem spart sie alles erlangbare Geld für ihr erstes Moped, ein ‚Simson S 51‘, das sie ab nächstem Jahr sechzehnjährig fahren darf. Den guten Grundstock haben die Geldgeschenke zur Jugendweihe gelegt. Den Rest verdient sie sich mit Ferienarbeit und angespartem Taschengeld. Und gelegentlich gibt sie auch den Großeltern umfassend Auskunft zum unvollständigen Haben. Die verstehen das jeweils richtig und stocken etwas auf.

Sonny setzt sich mit einem Glas Wein zu mir. Wir sehen gemeinsam die Nachrichten. Als Aufmacher wiederum: „Erich Honecker, Generalsekretär des ZK der SED und Vorsitzender des Staatsrates der DDR hat…"

„Halten die uns alle für blöd? Jeden Abend wird uns erklärt, wer er ist, als ob wir uns das nicht bis zum nächsten Tag merken können. Und kein Tag vergeht, ohne dass Honecker irgendetwas Tolles vollbracht hat."

Sonny sieht auch das gelassener: „Ist halt so. Hör einfach nicht hin."

„Kann ich nicht. Es regt mich auf! Genau wie diese aufgesetzte Fröhlichkeit. Heiterkeit auf Parteibeschluss, weil es hier so fein ist. Steht auch immer in Klammern in der Zeitung, wenn sie etwas ‚Erheiterndes‘ gesagt haben. Fröhlich nach geleisteter Sonderschicht, heiter nach der Planerfüllung, strahlend bei Fahnenschwenken im FDJ-Hemd. Dieses Klassenkampfgelächter kann ich nicht mehr sehen. Darf denn Sozialismus nicht einfach nur mal wirklich Spaß machen. Ich will lachen, wenn ich Freude habe, wenn etwas lustig ist oder komisch, satirisch, ironisch. Vor allem auch selbstironisch. Oder kabarettistisch, klug und bissig, wie bei Weidling. Und diese Arschgeigen verbieten ihn."

Ich brauche dringend ein zweites Bier.

Schon Wochen vorher kulminieren unsere Nachrichten ein erst noch bevorstehendes Ereignis: Honeckers Staatsbesuch in der Bundesrepublik. Das macht Zuversicht und stärkt unser geschwächtes Selbstvertrauen. Es gibt eine friedliche Koexistenz beider Länder. Ob sie uns in Westdeutschland offiziell anerkennen oder nicht, spielt schon fast keine Rolle mehr. Bundeskanzler Kohl empfängt Honecker mit allen Ehren als Staatsoberhaupt der DDR, was für uns faktisch einer Anerkennung gleichkommt. Beider Fahnen werden gehisst, beider Nationalhymnen gespielt. (Gespielt geht in Ordnung. Gesungen darf unsere Hymne nicht mehr werden, seit ihre Liedzeile „...Deutschland einig Vaterland", nur noch dem bundesdeutschen Staatsziel entspricht, unser Land jedoch die Eigenständigkeit sogar in der geänderten Verfassung festgeschrieben hat.) Die früheren zwei Treffen von Willi Stoph und Willi Brandt waren zwar auch schon wichtig und insbesondere die ‚Willi-Brandt-ans-Fenster!'-Rufe von Erfurt in Erinnerung. Das jetzt hat aber eine weitaus höhere Bedeutung. Wir sind wichtig, wir sind geachtet. Wir hoffen auf weitere Annäherung.

„Es ist doch klar, dass so ein Treffen nicht ohne positive Ergebnisse für beide Seiten bleiben wird", sage ich zu Sonny, die das genauso sieht.

Honecker bleibt vom 07. bis 11. September ganze fünf Tage in der Bundesrepublik, fast so lang wie ein Kurzurlaub und länger als anderswo.

Fasziniert bin ich von einem Foto in der NBI, der Neuen Berliner Illustrierten. Erich Honecker und der weltweit – und besonders auch in unserem Land - verehrte Bundespräsident Richard von Weizäcker. Von hinten abgebildet durch den Park des Präsidialamtes schreitend, der bonner Villa Hammerschmidt. Zwei weißhaarige deutsche Staatsmänner, gleichwertig und gleichberechtigt. „Schau mal, das Foto sagt mehr als zehn Seiten Zeitungstext. Von vorn aufgenommen, hätte es vielleicht diese Wirkung gar nicht. Dem Fotografen gebührt ein Sonderorden, vielleicht einer aus unserem breiten Sortiment oder endlich ein ‚Erich-von-hinten-Orden'!", zeige ich es Sonny und sie mir einen Vogel.

Auch Kathrin, die sich meinem Hobby für fotografieren und selbst entwickeln gelegentlich anschließt, kann die Wirkung erkennen. Irritiert bin ich davon, dass er während seines Aufenthaltes auch seine alte Heimat und seine Schwester im Saarland besucht. Ich darf das nicht. Nicht einmal Kontakt zu meinem Bruder darf ich haben. Damit ich ihm nicht verraten kann, wie geheimnisumwittert wir hier Leuchten bauen. Das wird auch so bleiben, obwohl sie Erleichterungen im Besuchs- und Reiseverkehr vereinbart haben.

„Gut, bei Honecker ist auch nicht zu fürchten, dass er flieht. Dabei wäre es lustig, bäte er in der Bundesrepublik um politisches Asyl. Da würde ich eine in Klammern gesetzte ‚Heiterkeit' bei den Nachrichten verstehen."

*

Wenige Tage sind seitdem vergangen, als etwas auf mich zukommt, an dessen Ende feststeht, welche Reiseerleichterungen sie auch vereinbart haben, ich werde davon nicht betroffen sein und nie nach dem Westen reisen dürfen. Ebenso wird meinem Bruder wahrscheinlich auf ewig die Einreise verwehrt bleiben.

Es beginnt ganz harmlos mit einem eingehenden Vertragsentwurf, den die Kollegen im kaufmännischen Direktorat nicht verstehen und deshalb erst einmal zur Seite legen. Die Erfahrung lehrt, dass sich vieles, was man lang genug ignoriert, von selbst erübrigt. Irgendwann nimmt ihn dann doch jemand zur Hand und befindet, er sei bei mir gut aufgehoben. Die Betriebspost stellt ihn mir zwei Tage später zu. Die beiden beigelegten Anlagen habe ich auf dem Besprechungstisch ausgebreitet.

349

Sie verheißen nichts Gutes. Absender ist ein VEB Instandsetzungswerk in Pinnow, ganz im Osten, nahe der polnischen Grenze zwischen Angermünde und Schwedt gelegen. Das sagt mir nichts. Ich widerstehe der gleichen Versuchung wie meine kaufmännischen Kolleginnen und lese den Text. Unter Verweis auf Gesetz und Paragrafen der Landesverteidigungsordnung LVO werden wir zur Herstellung und Lieferung zweier Bauteile gemäß beiliegenden Zeichnungen aufgefordert. Ich lese weiter und komme schließlich zu den Schlussbemerkungen, die uns das Recht einräumen, den Vertragsentwurf innerhalb von vier Wochen ab Zustellung unter Nachweis sachlicher Gründe zurückzuweisen. Andernfalls erwirbt er Rechtskraft. Mein Blick zum Kalender zeigt mir Woche fünf.

„Ach Du Scheiße", entfährt es mir, „was haben wir denn jetzt wieder am Bein?!".

Dann sehe ich mir die technischen Zeichnungen genauer an. Es sind Lichtpausen im Format DIN A2. Sie stellen je ein Bauteil dar und sind mit kyrillischen Buchstaben beschriftet. Mein Russisch ist schlecht, reicht aber aus, um diese Sprache zu erkennen. Deutsch wurde lediglich ein Hinweis ergänzt, der die Weitergabe oder Vorlage an Dritte unter hohe Strafandrohung stellt. Wie üblich zeigt die Darstellung Vorder-, und Seitenansicht sowie Draufsicht. Dargestellt im Maßstab 1:1. Beides sind kreisrunde Kappen in der ungefähren Größe einer 1-Liter-Konservendose. Die Wände zylindrisch, zur Kuppe in eine Halbkugel übergehend. Man könnte sie für Leuchtenteile halten, jeweils eine Brennstelle aufnehmend. Vermutlich ist dies der Grund, uns den Vertragsentwurf zuzusenden. Dass die vermeintlichen Auftraggeber humorig an unsere Kriegsproduktion unter Schmittig & Wabe in den Jahren 1935 bis 1945 anknüpfen wollen, glaube ich eher nicht.

Zuerst nehme ich mir die etwas größere vor. Die Wanddicke nimmt innen zur Kuppel hin kontinuierlich zu und erreicht ihren höchsten Wert an deren Zenit. Das ist kein

Umformteil. Die endlos vielen Maße bestätigen es sogleich. Auch was wie eine kontinuierlich zunehmende Wanddicke aussieht, folgt in Wirklichkeit einer Parabel. Alle Maße - Durchmesser und Radien, Konturen und Dicken - sind mit Toleranzangaben von wenigen Tausendstel Millimetern angegeben. Das zweite Teil ähnelt dem ersten, ist aber etwas kleiner. Offensichtlich ist es im Inneren des ersten zu verbauen. Wenn man einen umlaufenden Abstand von sechs Millimetern zugrunde legt, passt sein Lochbild nahe der Unterkante genau zum Größeren. Die Maßangaben sind mit einigen Hundertstel Toleranz weniger genau einzuhalten. Nur ist es viel dünnwandiger und thermisch zu vergüten, also zu härten und anzulassen. Material Vergütungsstahl. Die vorbestimmte Stahllegierung der größeren ist mir im Einzelnen unbekannt, deutet aber auf ein Drehteil hin.

Ich rufe den Haupttechnologen: „Herbert, komm mal bitte rüber." Wir teilen uns ein Sekretariat, so dass unsere Büros davon abgehend gegenüberliegen. Es ist kurz nach Feierabend und insofern ideal für ungestörte Diskussionen. Wir nutzen diese Uhrzeit oft für knifflige Themen.

„Oh", reagiert er, nachdem er sich die Zeichnungen sehr genau angesehen hat, „das werden wir nicht leisten können. Wofür ist das?"

„Für ein Instandsetzungswerk an der Ostgrenze. Ich weiß nicht, was die dort Instand setzen. Die Bezeichnung kenne ich aber von einem früheren West-Onkel, der in Friedrichshafen in einem Instandsetzungswerk arbeitete. Die haben dort Panzer repariert. Das wird hier vielleicht ähnlich sein. Kannst Du das in Deinem Werkzeugbau realisieren?"

„Nein, die große Kappe ist offensichtlich ein dünnwandiges Drehteil. Dafür haben wir weder die Maschinenaufnahme noch die Toleranzgenauigkeit. Wir arbeiten mit Zehnteln, höchstens mit Hundertstel Millimetern. Wie das dünnwandige Teil herzustellen ist, weiß ich nicht. Als

Tiefziehteil ist es zu dünn." Wir stimmen darin überein, keine Voraussetzungen für diese Teile zu haben, Vertragspflicht hin oder her. Dann kommt uns der Gedanke, diesen LVO-Auftrag für den Erhalt einer Präzisionsdrehmaschine zu nutzen, für die wir bisher keine Chance hatten.

„Wenn wir den Vertrag auf das Drehteil reduzieren können, wäre das eine Möglichkeit. Wie viel sollen wir denn davon liefern?"

„Ungefähr einhundert Stück im Monat, also von beiden die gleiche Anzahl von rund einhundert."

„Dann würde sich eine solche Maschine frühestens in zweihundert Jahren amortisieren."

„Lass gut sein, Herbert", beende ich unsere Spekulation, „ich lehne den Vertrag trotz Fristüberschreitung morgen ab. Was wollen sie schon dagegen tun, wenn wir das gar nicht können."

Ich diktiere das entsprechende Schreiben an die ‚Werten Genossen', entschuldige uns für die Fristüberschreitung und begründe ausführlich mit fehlenden technologischen Voraussetzungen, bitte um Verständnis und Bestätigung und unterschreibe mit sozialistischem Gruß. Es vergehen nur wenige Tage bis zur Antwort, die uns unter Verweis auf die Rechtslage erneut zur Lieferung auffordert, andernfalls Klage gegen uns beim Zentralen Vertragsgericht der DDR eingereicht wird. „Na gut", denke ich, „dann machen wir das so. Soll eben das Gericht entscheiden, dass wir der falsche Partner sind." Entsprechendes schreibe ich in meine erneute Ablehnung, nur eben höflich.

Es vergehen wiederum nur Tage, bis mich die Vorladung an das Gericht für den 21. Oktober, 13.00 Uhr in Berlin erreicht. Ich halte die Sache nun nicht mehr für abgeschlossen und informiere meinen Betriebsdirektor.

Martin Gottschalk denkt erstaunlich lange nach, bevor er antwortet: „Mit Landesverteidigung kenne ich mich

352

aus, schließlich war ich selbst Offizier. Einfach wird das nicht. Da versteht niemand Spaß. Da kümmern sich ganz schnell mal Leute um Dich, mit denen Du lieber nichts zu tun haben möchtest. Du musst sowieso zu dem Gerichtstermin erscheinen, vielleicht haben wir Glück. Nimm Peter Marquardt mit, der muss Dir helfen." Zu mehr Engagement in dieser Sache ist er offenbar nicht bereit. IWP und NSW-Export verlangten seine ganze Aufmerksamkeit und das NSW beginnt ihm zunehmend Spaß zu machen.

Wenn ich etwas sofort weiß: Peter Marquardt werde ich nicht mitnehmen. Er ist seit einigen Wochen bei uns als Justiziar beschäftigt. Sein Vorgänger – ein Jurist – hatte kurzfristig gekündigt und Marquardt suchte gerade einen neuen Job. Bisher war er Offizier der Grenzpolizei an einem Übergang zu Polen. Er ist klein und übergewichtig mit einem Umfang, der am höchsten Punkt knapp seiner Körpergröße entspricht. Groß an ihm ist ansonsten nur noch sein Geltungsbedürfnis. Ich weiß nicht, ob er eine juristische Ausbildung hat.

Nach welchen Kriterien die Genossen der Grenzkontrollen ausgesucht werden - jedenfalls die nach Osten, nach dem Westen hin kann ich das nicht beurteilen – ist mir ein Geheimnis. Sonny gegenüber habe ich das einmal beim endlosen Warten am Grenzübergang in die Tschechoslowakei so definiert: „Unterdurchschnittliche Intelligenz, gepaart mit überdurchschnittlicher Niedertracht." Sie spielen ihre kleine Macht aus, indem sie möglichst viele Reisende schikanieren. Ewige Wartezeiten. Unbegründetes Herauswinken: „Fahren Sie mal rechts raus!" Ewiglanges Einbehalten des Personalausweises, vorzugsweise nur eines der Insassen. Und gern auch: „Steigen Sie mal aus". Alle meine Bekannten können von den unterschiedlichsten Handhabungen berichten und niemand weiß ein positives Beispiel beizutragen.

Ich erinnere mich an eine Urlaubsreise mit zwei Freunden 1970 nach Ungarn. Wir fuhren für drei Wochen nach Siofok an den Balaton. Platzkarten für den Zug von Dresden Hauptbahnhof nach Budapest hatten wir nicht bekommen und auf dem Bahnsteig wartend begriffen wir, dass es mehreren hundert Anderen ebenso ergangen war. Bei Einfahrt standen wir günstig, um rasch einzusteigen. Bis zur Abfahrt vergingen noch fünfzehn Minuten. Die ,Grenzer' rempelten sich durch die Gänge, in denen auch wir standen, und sonderten zwei von uns aus. Ohne Begründung, einfach so. Der Dritte kam freiwillig mit, weil er nicht allein reisen wollte. Damit hatten wir nicht gerechnet. Nachdem unsere Visa-Anträge vom VPKA nach wochenlangem Warten genehmigt worden waren, glaubten wir an eine reibungslose Reise. Wir hatten unsere Personalien, Reisegrund, Zeitraum ordnungsgemäß eingetragen. Das Papiervisa enthielt die gleichen Daten über deutschen und ungarischen Unterzeilen. In der Wartefrist wäre es problemlos möglich gewesen, vor der Ausreiseerlaubnis auch per Postbrief in Ungarn anzufragen, ob sie uns reinlassen. Vor allem ich hatte wegen meines weggelaufenen Bruders starke Bedenken, ob ich reisen darf.

Wir mussten über drei Stunden auf den nächsten Zug warten und fuhren diesmal mit. Kurz vor Bad Schandau erfasste die Waggons eine unheimliche Stille und ängstlich flüsternd teilte man sich gegenseitig mit, dass bald mit der deutschen Grenzpolizei zur Ausreisekontrolle am Übergang zu rechnen ist. Die Tschechen, Slowaken und Ungarn sahen sich dann im weiteren Reiseverlauf unsere Ausweise an und wünschten eine gute Fahrt und schönen Urlaub.

Es waren drei herrliche Wochen. Wir hatten mehr Forint dabei, als Urlaubern aus der DDR legal für Ungarnaufenthalte umgetauscht wurden. Das verdankten wir dem vorherigen Wechsel mit ungarischen Austausch-Arbeitern aus dem ,Paprikaturm' in Karl-Marx-Stadt. Jene, von denen

Franz Noth 1976 noch nichts wusste. Der Kurs ging ein wenig zu unseren Ungunsten. Die erlangte Barschaft war jedoch viel höher als der erlaubte Höchstbetrag. Der offizielle Wechselkurs war mit 1:4 gar nicht so schlecht. Die knapp gedeckelte Summe begrenzte das aber gleich wieder. (Mehr gab die Handelsbilanz zwischen beiden im RGW verbundenen Bruderstaaten nicht her.) Und davon war auch das Quartier zu bezahlen. Für zwei Wochen mit weitgehender Selbstversorgung reichte es aus und am Urlaubsort gab es zudem ein Restaurant mit angepasstem Billigessen, von Einheimischen und DDR-Urlaubern meist hoffnungslos überlaufen. Wir wollten aber erst drei Tage in Budapest bleiben und danach drei Wochen am Balaton Spaß haben. Und dafür brauchten wir das schwarz getauschte Zusatzgeld. Trotzdem genügte es nur für zwei richtige Mahlzeiten am Tag. Was nicht schlimm war, weil wir stets erst gegen Mittag wieder zu uns kamen. Dafür reichte es jede Nacht in die Tanzklubs unter freiem Himmel und einmal sogar in den Eton-Nightclub zum Striptease-Programm. Viele unserer Landleute sahen oft nur von außen zu. Gäste aus der Bundesrepublik durften unbegrenzt wechseln und mit 1:8 auch noch zum doppelten Kurs. Sie waren überall gern gesehene Gäste, lebten von wenig Geld wie ,Gott in Frankreich' und spielten sich manchmal auch so auf. Wir klauten ihnen dafür den Stern vom Mercedes und schmückten damit unser Hippie-Outfit.

Endlos hörten wir die Lieder unserer westlichen Lieblingsgruppen, gut, weniger gut oder grottenschlecht von jungen Bands nachgespielt. Kein Ulbricht verbot ihnen das yeah-yeah-yeah und kein Honecker flüsterte es ihm ein. Es war die Musik, die wir aus den Rias-Programmen auf Tonband mitschnitten, immer dann, wenn der Sender störungsfrei anlag und die Titel vollständig ausgespielt wurden.

Beinahe war es so schön, dass wir nicht wahrnahmen, wie ländlich arm das Umland wirkte und wie wenige Einheimische unsere gute Laune teilten. Streiften wir auf der

Suche nach billigem Essbaren an die Peripherie, trafen wir auf viel kleine Landwirtschaft und viel Balkan. Niemand mehr verstand dort deutsch, wie in der Touristenstadt. Wir behalfen uns mit Gesten und wurden verstanden. Mit der ungarischen Sprache klarzukommen, hatten wir frühzeitig aufgegeben: zu viele Vokale, Ü und Ö. Oft standen wir wartend an der Schranke vor der mehrgleisigen Bahnhofseinfahrt. Gleich dahinter begann das Strand- und Partyviertel. Neben uns verwies ein Schild auf: „Üdülöterület". Wir wussten weder, was das bedeutet, noch gelang es uns jemals, es in der richtigen Reihenfolge auszusprechen.

Auf der Anreise hatten wir sechszehn lange Stunden stehend in überfüllten, mit Reisegepäck zugestellten Gängen verbracht. Bei dunkler Nacht haben wir die CSSR durchfahren und sind am Vormittag übermüdet in Budapest ausgestiegen. Für die Rückfahrt bekamen wir Platzkarten. Wir sahen Ungarn an den Fenstern vorbeirauschen. Viel Felder, wenig Industrie. Größere Fabrikhallen nahmen wir nur bei Szekesfehervar, Budapest und Györ wahr. Wir kannten den Omnibusbau, dafür war Ungarn im Rahmen des RGW prädestiniert. Zu Hause fuhren die Ikarus-Modelle in unterschiedlichsten Varianten. Im Linienverkehr mit robusten Sitzbänken, im Großstadtverkehr inzwischen mit Gelenk, langen Haltestangen und drei Falttüren, im Reiseverkehr mit bequemen Kunstledersitzen und sonnenschutzfarbigem Oberlicht an den Seitenfenstern. Die langjährigen bautypischen Modelle des Ikarus 66 mit angesetztem Heckmotor wurden allmählich abgelöst. Aber sonst? Sicherlich gab es da noch mehr, aber uns fiel nichts ein. Doch, kam uns der Gedanke an die allradgetriebenen Traktoren ,Dutra D4K'. Hin und wieder sahen wir sie im Einsatz der LPG auf unseren Feldern. Auffallend waren ihre vier gleichgroßen Räder, die mittelblaue Lackierung und der weit nach vorn ragendem Motorblock. Nicht viele davon gab es bei uns im Gebirge, meist waren es die modernen einheimischen ZT 300 aus dem VEB

Traktorenwerk Schönebeck oder die blutroten Belarus-Modelle aus der UdSSR.

Ein richtiges Industrieland schien Ungarn nicht zu sein.

Die Heimreise verlief fröhlich und entspannt, bis sich kurz vor der Grenze zur Deutschen Demokratischen Republik wieder diese unheilvolle Stille im Zug ausbreitete und wir erneut den kleinen boshaften Marquardts ausgesetzt waren.

Ich habe nicht verstanden, warum Martin Gottschalk bereit war, einen ehemaligen Offizier als Justiziar einzustellen. Ja, wahrscheinlich bin ich voreingenommen gegenüber diesem Berufstand und zweifle an seiner Eignung für diesen Job. Mit meinem Urteil bin ich aber scheinbar nicht allein. Gleich nach Eingang der gerichtlichen Vorladung habe ich mit der Rechtsabteilung unseres Kombinats-Stammwerkes telefoniert, wo man von dieser Personalie ebenso überrascht ist. Sie sagen sofort ihre Unterstützung und Teilnahme am Gerichtstermin zu. Eine Erfolgsaussicht verbinden sie jedoch am ehesten mit Marquardts Fernbleiben.

Das Zentrale Vertragsgericht in Berlin befindet sich in einem endlos langen vielstöckigem Plattenbau in der Leipziger Straße. Es ist Teil eines von mehreren zusammenhängenden Gebäuden, die unweit von Friedrichstraße und Checkpoint Charlie groß und wuchtig den Blick zur Mauer verhindern und vom nahen Springer-Hochhaus ablenken sollen. Es ist die Ironie des Augenblicks, dass ich auf der Etage vor dem Gerichtssaal auf ein Verfahren zur Landesverteidigung wartend über die Mauer direkt nach Westberlin blicke.

Das Verfahren selbst ist kurz und sachlich. Unsere Gegenseite verkörpern zwei hohe NVA-Offiziere, klug und vernünftig, aber sachzwanggetrieben. Ich trage unsere technischen Argumente vor und unser Kombinats-

Justiziar müht sich um einen juristischen Ausweg. Die Richterin braucht nicht lange, um ihr Urteil gegen uns zu fällen. Wir konnten eindeutig nachweisen, der falsche Partner für die strittige Leistung zu sein, hält sie in ihrem Urteil fest, begründet unsere unabweisbare Pflicht aber damit, dass wir dies hätten fristgerecht erklären müssen.

Es ist die vorrangige Arbeit der nächsten Wochen und Monate. Der Haupttechnologe, ein extra dafür eingesetzter Fertigungs-Ingenieur und ich versuchen auf allen Ebenen eine Lösung zu finden. Um kommunikationsfähig zu sein, lassen wir im Haus Konstruktionszeichnungen erstellen, die annähernd mit den Originalen übereinstimmen, abweichende Maße tragen, die Toleranzgrenzen jedoch ebenso beibehalten, wie die Werkstoffbezeichnungen und die thermischen Behandlungsvorgaben.

Danach wenden wir uns an alle Betriebe, von denen wir bessere technologische Voraussetzungen vermuten und bitten um einen Gesprächstermin. Unsere Falsifikate zuzusenden trauen wir uns dann doch nicht, sie sollen nur der persönlichen Beratung zugrunde liegen. Wir finden keinen Leistungspartner.

Wir wenden uns an das VEB Kombinat Werkzeugmaschinenbau Fritz Heckert in Karl-Marx-Stadt mit der Bitte, uns geeignete Maschinen aus dem Portfolio zu benennen. Die Antwort besagt, dass wir zunächst die notwendige Bilanzzuweisung vorlegen müssen. Unserer zweiten Bitte, der Benennung von Betrieben, die im Inland darüber verfügen, kann aus Gründen der Vertraulichkeit nicht entsprochen werden.

Wir wenden uns an die Technische Hochschule, Sektion Maschinenbau und bekommen einen Termin im Bereich Verfahrenstechnik, wo uns bestätigt wird, dass unsere Überlegungen zur Fertigungstechnologie richtig sind.

Inzwischen ist viel Zeit vergangen und unser Vertragspartner fragt nach dem Termin der Lieferbereitschaft. Wir setzen ihn in Kenntnis unserer Bemühungen und finden Verständnis.

Ich informiere den Wirtschaftssekretär der SED-Kreisleitung und werde in meiner Erwartung bestätigt, dass er nichts für uns tun kann.

Kurz vor Jahresende fahre ich in unseren Stammbetrieb, um die Sorgen mit dem Technischen Direktor und dem Stellvertretenden Generaldirektor zu teilen. Sie waren beide bereits durch ihren Justitiar informiert, können nicht helfen und sehen keine Chance zur Investition in dafür notwendige Maschinen.

Meine Hoffnungen waren ohnehin gering. Wichtiger ist mir der Besuch in der ,Abteilung eins' der Generaldirektion. Ich weiß nicht, ob sie wirklich so heißt oder dies nur im allgemeinen Sprachgebrauch so genannt wird. Worüber ich sicher bin, ist, dass die beiden Genossen hauptamtliche Mitarbeiter des Ministeriums für Staatssicherheit sind. Es dient ganz einfach meiner Beruhigung, sie rechtzeitig, eigenständig und umfassend von unserem aufgezwungenen Schattenboxen informiert zu haben. Die Schornsteinhavarie ist mir noch gut in Erinnerung.

Wieder zuhause entscheide ich die Herstellung von Umformwerkzeugen, Bohr- und Prüflehren entsprechend unseren technischen Möglichkeiten. Die große Kappe werden wir mehrstufig tiefziehen, was den Verzicht auf den vorgesehenen Wanddickenverlauf bedeutet, ebenso wie den der Toleranzvorgaben. Den Ziehrand werden wir auf unseren Drehmaschinen abstechen. Die kleinere Kappe lässt sich nur mittels Fließdrücken herstellen und wird damit noch ungenauer. Die Matrize liefert ein Werk im Nachbarort, das dies etwas genauer kann als wir. Auch die Prüflehren werden dort gefertigt.

*

Viel Erwartung legen wir in diese Verfahrensweise nicht. Mielkes Leuten vorgebeugt und eine vage Ersatztechnologie kreiert zu haben, lässt uns aber ruhiger auf den Jahreswechsel blicken. Bis Weihnachten sind es nur noch wenige Tage. Hätte ich das nicht vorher aus dem Kopf bekommen, würde das auch für meine Familie nicht schön werden.

So gehe ich einigermaßen erleichtert am letzten Freitag vor den Feiertagen noch einmal zum Feierabendbier ins Klubhaus.

Sogleich bereue ich meine Tischwahl, weil dort nicht über lustige Belanglosigkeiten geredet wird, sondern wie aus dem Nichts heraus die berliner Umweltbibliothek im Gesprächsmittelpunkt steht. Damit habe ich auch deshalb nicht gerechnet, weil die Stasi doch schon kurz vor dem ersten Advent das Objekt durchsucht hat. Die Westmedien haben umfassend darüber berichtet und dank unserer Antennengemeinschaft waren wir gut davon informiert. Inzwischen hat sich das Thema in unserer Wahrnehmung aber wieder beruhigt.

Was diese Bibliothek so richtig ist und macht, weiß hier am Tisch niemand. Vielleicht wird die Diskussion von der kühn erwachten Revolutionsbereitschaft nach dem dritten Bier initiiert. Erstaunlich ist nicht nur, dass sich das Thema so lange hält, sondern dass es Mielkes Truppen scheinbar nicht gelungen ist, es einschließlich der Akteure nach bewährtem Muster abzuräumen.

Noch erstaunlicher wäre, es fehlte der politische Mut, brachial wie bisher vorzugehen. Ich denke kurz an den Honecker-Besuch in Bonn zurück. Im Ergebnis wurde damals auch von erhöhten beiderseitigen Anstrengungen für besseren Umweltschutz gesprochen. Warum dann aber dieser Auflauf wegen ein paar Büchern. Oder ist da mehr? Ist der Zulauf tatsächlich so groß, wie die Westmedien verlautbaren. Und traut sich Honecker nicht?

„Dem geht der Arsch auf Grundeis", tönt es vom Nachbartisch.

„Ich glaube eher die SED handelt besonnen", hält Franz Noth schräg hinter meinem Rücken entgegen. „Die Stasi würde schon gern aufräumen, der Westen passt aber auf. Seit der KSZE können die Arschlöcher nicht mehr einfach machen, was sie wollen." Der nachfolgende Rülpser lässt auf ein zusätzliches Revoluzzerbier des unbekannten Redners hinter uns schließen. „Ich sage nur: Gorbatschow! Gorbatschow wird es richten!"

Dafür spricht im Moment jedoch wenig. Unsere Führung hält sich ihm gegenüber sehr zurück.

„Ich denke, es sind inzwischen zu viele, die sich der Umweltbibliothek angeschlossen haben. Das ist bestimmt nicht nur ein Leserkreis, da steckt mehr dahinter." Auch das ist möglich. Aber wie viele mögen das sein. Wir haben keine Ahnung davon und Berlin ist weit. Wir reden es klein, der Westen bauscht es auf. Die Provinz bleibt doof.

Mir gegenüber sitzt ein Physiklehrer unserer Schule. Er blickt versonnen vor sich hin, bis er anhebt: „In der Kernphysik spricht man von einer ,kritische Masse'. Sie bezeichnet die Mindestmasse an spaltbarem Material, ab der eine Kettenreaktion der Kernspaltung aufrechterhalten bleibt."

Er merkt, dass diese Überlegung ein wenig über die Aufnahmebereitschaft am Biertisch hinausgeht: „Ich weiß nicht, ob ihr versteht, was ich meine?"

Er überhört geflissentlich: „Nee, Du? Kritische Masse ist bei mir, wenn die Bonzen wieder Mist bauen, und die Masse der Bevölkerung findet das Scheiße. Das nenne ich kritische Masse."

Ganz der Lehrer, greift er korrigierend ein: „Ich bin nicht sicher, ob das jetzt korrekt war. Aber ja, auf solche Masse will ich hinweisen. Möglicherweise gibt es sie auch im gesellschaftlichen, will sagen, politischen Bereich. Wenn genug Menschen etwas aktiv herbeizwingen, kann auch das eine schwer aufzuhaltende Kettenreaktion auslösen."

„Und Du meinst, die Umweltbüchler sind so viele?"

„Nein, ich glaube, sie sollen nicht so viele werden. Hält man sie zu rigoros auf, kann es sein, sie vermehren sich unkontrolliert. Wie der Besen von Goethes Zauberlehrling."

„He Wirt, zaubere uns mal ‚ne Runde Wernesgrüner an den Tisch", kommt die Diskussion wieder in der simplen Realität des Kneipenabends an.

Des Lehrers Gedanken erfassen mich. Wie groß würde solche Masse sein müssen, um ein Gesellschaftssystem zu destabilisieren oder gar zu zerstören? Dreißig Prozent, oder zwanzig? Mehr als ein Drittel? Noch mehr? Oder vielleicht nur zehn? Ja, vielleicht reichen zehn oder weniger aus, deshalb die Aufregung. Und Mielke, und die Polizei? Ich bleibe nicht mehr lang. Mich wird keine kritische Masse schützen, wenn ich nicht bald ein paar brauchbare Teile für die Landesverteidigung zustande bringe. Schluss jetzt mit diesen Gedanken!

Wir verbringen schöne Weihnachtstage. Meine Acht-Kerzen-Pyramide dreht sich noch immer zentral auf unserem Wohnzimmertisch und steht noch genauso oft im Weg wie jedes Jahr. Silvester feiern wir zu dritt. Nur Lutz leistet uns bis Mitternacht Gesellschaft. Meike verschläft den Eintritt ins Neujahr und Kathrin zieht mit ihren Freunden durch den Ort. Sie haben sich mit Knallern und Raketen bevorratet und werden genau das tun, von dem wir ihnen abgeraten haben. Sollen sie. In vier Tagen hat uns der Alltag zurück.

1988

Bevor das neue Jahr richtig Fahrt aufnimmt, kommt es zu einem Schockmoment. Jedes Jahr wird an der berliner Gedenkstätte der Sozialisten auf dem Zentralfriedhof Friedrichsfelde um das Datum ihres Todestages herum mit einer Großdemonstration der am 15. Januar 1919 ermordeten revolutionären Sozialisten Karl Liebknecht und Rosa Luxemburg gedacht. Dieses Jahr ist es der 17. Januar. Angeführt wird sie vom Generalsekretär und dem Politbüro der SED. In flammendem Zorn finster blickend, als hätte sie O.F. Weidling soeben wieder verspottet. Bei den Ausschnitten ihrer Gedächtnisrede in den Abendnachrichten bin ich jedes Mal an die Empfehlung meiner Kreisleitung zum Rückgriff auf das ‚Neues Deutschland' des Vorjahres erinnert. In diesem Jahr wird die starre Tradition jedoch erheblich gestört. Das macht die umfassende Berichterstattung der Tagesschau gleich nach den vorausgegangen vagen Hinweisen der Aktuellen Kamera deutlich. Vor ihren laufenden Kameras kommt es zu zahlreichen Verhaftungen von Gegendemonstranten, deren wichtigste Botschaft auf Rosa Luxemburgs Ausspruch „Freiheit ist immer die Freiheit des Andersdenkenden" beruht. Es geht recht ruppig zu. Uniformierte Polizisten und Mielkes zivile Truppen greifen vor weltweitem Publikum ungehemmt zu. Das ist überraschend. Bei der Umweltbibliothek haben sie noch weitgehend die stille Verborgenheit gesucht.

„Entweder haben sich jetzt die radikalen Kräfte des Politbüros durchgesetzt, oder die Bewegung hat sich so stark verbreitet, dass kein anderer Weg der Eindämmung mehr gesehen wird. Wahrscheinlich ist es beides", überlege ich besorgt.

Danach kommt es nicht nur in der Bundesrepublik zu Solidaritätskundgebungen (was ohne persönliches Risiko

eher billig ist und mehr dem eigenen Ego dient), sondern laut West-TV auch in mehreren Städten unseres Landes (was von tatsächlichem Mut zeugt). Das alles hält bis Anfang Februar an und endet mit der erzwungenen Umsiedlung mehrerer Aktivisten in die BRD.
Mir fällt die Metapher des Physiklehrers ein. Ins Klubhaus gehe ich dennoch nicht.

*

Wenige Tage später sind unsere Werkzeuge und Prüflehren für die Landesverteidigungskappen fertig und wir beginnen mit einer Vorserie von je einhundert Stück.

„Den Preis kalkulieren wir erst, wenn wir die Ausschussquote kennen", habe ich entschieden und Haupttechnologe Herbert Schultheiß gibt mir recht: „Weniger als fünfundsiebzig Prozent werden das nicht sein, ich rechne mit nahe einhundert."

Auf dieser Grundlage haben wir uns mit Material für eine Quartalsmenge bevorratet. Das größere Tiefziehteil erfüllt knapp unsere Prognose, wenn man zugrunde legt, dass weder die Erwartungen noch die Prüflehren in guter Nähe zu den Zeichnungsmaßen liegen. Die kleinere Kappe hat bei gleichen Kriterien die Wärmebehandlung nur zu knapp zehn Prozent überstanden. Das ist kein Wunder, wenn man bedenkt, welch große Spannungen beim vorausgehenden Fließdrücken in das Material eingetragen werden. Und auch hier kommen die „Gutteile" den Zeichnungsmaßen nur näher als der Ausschuss. Auf dieser Grundlage vervierfachen wir den Preis. Unsere Verteidigung muss uns das schließlich wert sein.

Für den guten Ersteindruck haben wir eine Umlaufverpackung aus Holzsteigen mit filzausgeschlagenen Einzelfächern geschaffen.

Wir produzieren die Erstserie und reduzieren die Wärmebehandlungsvorgaben. Damit schaffen wir geradeso eine Teillieferung von je achtzig Teilen. Dann warten wir ab.

Es dauert nicht lang, bis uns die Reklamation des größten Teiles der Lieferung erreicht. Das Begleitschreiben besagt, dass auch die akzeptierten Teile nur deshalb unter Vorbehalt abgenommen wurden, weil sie nicht vollständig außerhalb der Toleranzvorgaben liegen. Der Termin für die geforderte Ersatzlieferung wird dringend erbeten. Ich bin weniger vom Inhalt als vom Stil der Kommunikation überrascht. Schon während der Gerichtsverhandlung beeindruckten unsere Kontrahenten mit ihrer Sachlichkeit. Obwohl sie die gleichen Uniformen tragen wie die Frontoffiziere meiner Reservistenausbildung, sind sie vollkommen andere Typen. Ihr Abitur hätte wahrscheinlich auch für jedes andere Studium genügt, würden sie nicht so heftig für unser Land oder für Uniformen brennen.

Auf die Waffenfarbe an ihren Kragenspiegeln und Schulterstücken habe ich nicht geachtet. Weiß, wie bei meiner Motschützen-Uniform, war es nicht.

Nun beginnt eine Endlosschleife. Wir produzieren, kontrollieren, wählen aus, packen ein und liefern. Sie packen aus, prüfen, verwerfen, packen ein und retournieren. Um den Umlauf kapazitiv abzusichern, haben wir die Anzahl der Holzsteigen mehr als verdreifacht. Schließlich produzieren wir nur noch einen Teil der Reklamationen neu, den Rest fügen wir aus den Rücksendungen wieder hinzu.

„Ich frage mich, wie lange das gut geht", sage ich im Betrieb zu Herbert Schultheiß und zuhause zu Sonny. Zu Martin Gottschalk sage ich es nicht. Sein Interesse hat sich zunehmend auf den NSW-Export konzentriert.

Noch immer suchen wir nach Lösungen für qualitätsgerechte Kappen. Wir fragen uns, wie die Russen das gemacht haben. Die Zeichnungskopien tragen ein altes Datum. Irgendjemand muss sie schon hergestellt haben und macht das wahrscheinlich noch immer. Daher die anhaltend sachliche Atmosphäre unserer Vertragspartner? Gut möglich. Die Russen fliegen ins Weltall, sie sind Atommacht, sie verkaufen riesige Mengen Erdöl – nur nicht an uns – und erwirtschaften damit Devisen ohne Ende. Da wird auch Geld für Präzisionsmaschinen dabei gewesen sein. Mir fällt wieder Siegfried Lorenz ein, wie er erstaunt über die Fertigungsgenauigkeit der VW-Motoren berichtete und unseren dafür fehlenden Maschinenpark.

Ich werde es vielleicht bald wissen. Anfang April erreicht mich eine Einladung des VEB Instandsetzungswerk Pinnow in eine Nebenstelle mit Anschrift Felchower Straße in Crussow. Der Blick zur DDR-Karte zeigt dieses kleine Dorf östlich von Angermünde, ganz dicht zu Polen unweit der Oder gelegen. Das erlaubt mir die Fahrt mit einem Firmen-PKW. Es sind rund dreihundertfünfzig Kilometer. Wir haben den östlichen Berliner Ring verlassen und fahren auf der Autobahn Richtung Pasewalk / Szczecin, als uns nach der Abfahrt Bernau auf der Gegenfahrbahn keine Fahrzeuge mehr entgegenkommen. „Gleich kommen die Bonzen", sagt mein Fahrer, der das nicht zum ersten Mal erlebt. Und richtig, wenig später fährt ein Konvoi aus dem Wald kommend auf die Fahrbahn auf. Voran und hinterher zwei Polizei-Lada mit Blaulicht, dazwischen mehrere schwarze Volvo- und Citroen-Limousinen, die sofort beide Fahrspuren nutzen.

„Das ist die Auffahrt Wandlitz", klärt mich der Fahrer auf. „Die Bonzen wohnen alle dort. Fern vom Volk, damit ihnen nichts passieren kann. Alle, weißt Du, Honecker, Mielke und so weiter. Die als Nachbarn zu haben, das muss furchtbar sein."

Es dauert nicht lange, dann setzt auch der Nachfolgeverkehr wieder ein. Ich schaue auf die Uhr. Kurz nach zehn. Um sechs sind wir gestartet.

„Im Alter schläft man gern ein bisschen länger", vermerke ich.

In Angermünde erfragen wir die Straße nach Crussow und erhalten verhalten Auskunft. Im Dorf angekommen, suchen wir den Abzweig nach Felchow und sind bald wieder aus dem kleinen Ort hinaus. „Die Straße heißt so. Wir müssen richtig sein", setzt der Fahrer unsere Reise auf der schmalen Verbindungsstraße beider Dörfer fort. Dann sehen wir auf der rechten Seite ein Objekt abseits im Wald liegen und steuern es an. Vor dem Gittertor parkt er den Wagen. Ich gehe ans Tor und klingele. Dreißig Meter entfernt kommt ein Posten aus dem kleinen hellen Wachgebäude, ähnlich unserem Pförtnerhäuschen am Betriebseingang. Ich nenne ihm meinen Namen und den Grund meines Kommens. Er kennt ihn, also bin ich hier richtig. Er bringt mich in den Nebenraum seiner Loge und pünktlich um 11.00 Uhr holt mich ein Major dort ab. Wir gehen gemeinsam ein paar Schritte in gleicher Richtung weiter und biegen dann nach rechts zu einem nüchternen dreigeschossigen Neubau mit Flachdach ab. Sofort fällt mir die korrekte Eingliederung von Portal und Treppenaufgang gemäß dem goldenen Schnitt der Fassade auf. Ansonsten wirkt er wie eine Schule in Berlin Marzahn. Fertigarchitektur nutzen wir nicht nur beim Wohnungstyp WBS 70.

Links gegenüber bemerke ich eine rund fünfzig Meter lange Fahrzeughalle mit mehreren LKW-hohen Stahltoren. Dahinter scheint ein zweiter Flachbau zu stehen. Ich kann nicht sofort sagen, was mich irritiert. Dann fällt es mir ein. Der lange dreigeschossige Verwaltungsbau steht in keinem erwartbaren Verhältnis zu den zwei sichtbaren Flachbauten.

Im Augenblick ist mir das auch egal. Wir erreichen das Besprechungszimmer und ein Oberst kommt hinzu. Die beiden Genossen erläutern mir abwechselnd ihre Probleme mit unseren Lieferungen. Sie erklären, dass es sich um zwei Teile für Panzerlenkraketen handelt, zu deren künftiger Selbstversorgung die DDR im Rahmen des

Verteidigungsbündnisses Warschauer Vertrag verpflichtet wurde. Hier am Standort werden die Raketen kalibriert und justiert. Und das scheitert jedes Mal an unserer Zulieferung. Ich wiederhole meinerseits unsere Probleme mit der Herstellung, verweise auf die vergebliche Suche nach einem gangbaren Weg und die schließlich entschiedene Notlösung. Sie legen mir Messprotokolle der Eingangskontrolle vor und ich antworte ihnen, dass wir es nicht besser können. Noch immer bin ich erstaunt von ihrer Sachlichkeit, erkenne dabei aber auch, dass mir zwei Militärs ohne besondere technische Begabung gegenübersitzen. Wir trennen uns nach einer guten Stunde mit ihrer Bitte um weiteres Bemühen und meiner Zusage, die Ausschlusskriterien bei der Ausgangskontrolle weiter zu verschärfen.

Der Major bringt mich zur Wache zurück. Inzwischen wurde festgestellt, dass ich gar keine Berechtigung zum Betreten des Objektes hatte und der Posten ist angewiesen, mich nicht wieder hinauszulassen. Der Major ist ebenso verwirrt wie ich und sagt rasche Klärung zu. Die Zeit bis dahin muss ich wartend im Nebenraum der Wache verbringen. Es werden fast zwei Stunden, dann ist eine Lösung gefunden. Ich werde in die nächsthohe Geheimhaltungsstufe VVS verpflichtet und unterschreibe eine Verschwiegenheitserklärung. Ich denke an mein flapsiges Gespräch mit Erich Hartmann im Jahr 1979 und hätte jetzt gern auf diese neue Ehre verzichtet.

*

Außer dem Linearen Lichtsystem haben wir im Vorjahr Deckeneinbauleuchten ins Portfolio aufgenommen. Auch sie gingen auf eine westdeutsche Entwicklung zurück, die Martin Gottschalks liebgewonnener Geschäftspartner uns angeraten hat. Sie bestehen im Wesentlichen aus Aluminium-Druckguss-Gehäusen, eloxierten Alu-Reflektoren und E27- Porzellanfassungen. Eingebaut werden sie in abgehangene Decken von Industriebauten, Verwaltungsobjekten, Gastronomie- und Kultureinrichtungen oder Museen und Ausstellungen. Unterarten mit angeschnittenem Hauptreflektor und hinterbauter Lichtumlenkung lassen sogar die Wandanstrahlung aus versenkt eingebauten Deckenleuchten zu. Wir gaben ihnen die weltoffene Serienbezeichnung „down light".

Ende des Jahres meldeten sich zwei Genossen aus einer unbekannten Institution, um kurzfristigen Bedarf an beiden Lichtsystemen zu bekunden. Sie baten um ein Gespräch dazu in Berlin, luden in ein Restaurant ein und übernahmen die Fahr- und Tankkosten für unsere Anreise. Das hatten wir so noch nicht. Ebenso ungewöhnlich war ihr Wunsch, das Anliegen nicht über unser zuständiges kaufmännisches Direktorat abzuwickeln, sondern mit mir und meinem Entwicklungsbereich. Inzwischen waren wir Sonderbares gewohnt, also akzeptierte ich ihre Bitte und wir trafen uns in einem Lokal an der Karl-Marx-Allee. Beim Austausch der Visitenkarten, sah ich auf ihren nur den Namen und die Kontaktdaten, eine Firmenbezeichnung fehlte. Sie erklärten es kurz mit Sonderaufgaben und Sonderbefugnissen zu deren Umsetzung ihnen Sonderrechte und Sonderkonten zur Verfügung stünden, ebenso wie ihre Aufträge in der Bedarfsträgerstruktur als „Sonderbedarf" einzuordnen wären. Damit war auch geklärt, dass keine weiteren Fragen vorgesehen sind. Im Rahmen des nachfolgenden Austauschs bei gutem Essen wurde deutlich, dass sie außerhalb staatlicher Bilanzen agieren und über nennenswerte Valuta-Mittel verfügen. Ihre vordringlichste Aufgabe sei die republikweite Versorgung von Sonderobjekten. Unser künftiger Partner in allen technischen und kommerziellen Fragen sei Herr Starke, der mir gegenübersitzt und zur Bestätigung freundlich lächelnd nickt. In seinem Milieu heißen Genossen wieder geschäftsmäßig Herr.

In den zurückliegenden Monaten haben sie einige hundert Stück beider Serien mit verschiedenen Sonderwünschen geordert. Ein voranstehendes „Sonder…" scheint sie in allen Lebensbereichen zu begleiten.

Zur Frühjahresmesse traf ich in einer Halle der Technischen Messe zufällig eine Kollegin des Grundfondsbereichs unseres Kombinats-Stammbetriebes in dem Moment, als ich vor einem Verhandlungspavillon stand, der schräg über mir als Zwischenetage verbaut ist. Er war dezent verkleidet und trug eine Standnummer und Firmenbezeichnung, die ich im Katalog nicht finden konnte. „Kennen Sie diese Firma?", fragte ich. Ein wenig zögerte sie mit der Antwort. Dann ließ sie erkennen, dass es sich um ein ähnliches Konstrukt handelt, wie bei Herrn Starke, nur eben im Bereich Maschinenbau. „Das ist gut", beschied ich, „ich gehe da jetzt hin und sehe zu, ob die mir die Präzisionsmaschinen für die Scheiß-LVO-Teile besorgen können." Sie weiß um unsere Sorgen mit dem Zwangsvertrag. „Tun Sie das bloß nicht. Niemand darf dort ungefragt hinein. Das kann schlimm für Sie enden." Bisher kannte ich sie als ruhig im Wesen und zurückhaltend in der Wortwahl. Ihr aktueller Tonfall war von echter Sorge geprägt. Ich verzichtete auf meinen Gang dahin.

Auf der Rückfahrt aus Crussow denke ich wieder daran zurück. Ich werde den nächsten Kontakt mit Herrn Genossen Starke für ein ergänzendes Gespräch zu unserem Maschinenbedarf nutzen. Vielleicht kann er eine indirekte Naturalvereinbarung zustande bringen: Lichtsysteme gegen Irgendetwas und Irgendetwas gegen Westgeld und Westgeld gegen Präzisionsmaschinen. Von mir aus auch direkt, wie auch immer. Er kann nicht. Könnte nur, wenn die Order von weit oben kommt, von sehr weit oben. Und auch dann nicht selbst.

Ich informiere mal wieder unseren Betriebsdirektor zum Stand der Landesverteidigung und stoße wie bisher auf wenig Interesse. Aber dieses Mal langt es mir. Ich ignoriere seinen zunehmend cholerischen Charakter, als ich ihm zornig entgegne: „Ich habe keine Lust für diese Scheiße meinen Arsch hinzuhalten, während Du Dich nur noch für den NSW-Export interessierst. Du bist der Chef und ich habe mich festgefahren. Wir brauchen eine Lösung, die im Land nicht zu haben ist. Und wenn die in Schweden liegt, kannst Du sie vielleicht beim nächsten Mal mitbringen. Du bist ja zunehmend gern und oft dort."

Basis meines Ausbruchs ist ein Dissens, der unser Verhältnis schon seit einigen Monaten belastet. Martin Gottschalk hat einen neuen Kunden im NSW gefunden. Eine Werft in Malmö baut Kreuzfahrtschiffe und sucht preiswerte Lieferanten für die Innenausstattung. Dazu fallen hunderte Leuchten an, Sondermodelle in Einzelstücken, Kleinst- und Kleinserien. Das erfordert häufige Abstimmung und ich unterstelle ihm im Stillen, dass er sich häufiger abstimmt, als es die Sache erfordert. Die Rentabilität jedoch ist gut, nicht positiv, aber weit über unserer Vorgabe und unendlich weit über dem Standardsortiment. Bis dahin also alles fein. Die Minderstückzahlen erfordern jedoch einen unverhältnismäßig hohen Konstruktionsaufwand und belasten unseren Musterbau. Unsere Designer greifen für diese Kreuzfahrt-Leuchten zwar häufig auf Serienbauteile vorhandener Modelle zurück. Das mildert es etwas ab. Zusammen mit den permanenten Produktionsabstellungen zur IWP-Erfüllung belastet es unsere Entwicklungskapazität aber enorm.

In meiner Wahrnehmung sind wir ein Konsumgüterproduzent, der mit seiner Produktvielfalt rasch der Einrichtungs-Mode folgen muss, um gute Umsätze und Betriebsergebnisse im Inland und Export zu erzielen. Um das zu gewährleisten, bedarfs es eines hohen Sortimentsumschlags und dafür der Konzentration unserer Entwicklungsabteilungen auf diese Aufgabe. In das NSW verramschen wir unsere Ware zu unerträglichen Preisen und jetzt verramschen wir zusätzlich unsere technische Kapazität für besser bezahlte Einzelanfertigungen. Von den unverkäuflichen Kehrschaufel-Leuchten gar nicht zu reden. Wir beschäftigen eintausend Mitarbeiter und wollen das auch künftig tun. Da können wir nicht das letzte Hemd in den Westen verscherbeln.

All das halte ich ihm vor. Nicht sehr sachlich, gar nicht ruhig, gut verständlich. Kochend vor Wut brüllt er zurück: „Wenn Du den NSW-Export auch nur in Ansätzen gefährdest, findest Du Dich schneller in der Kreisdienststelle wieder, als Du LVO sagen kannst. Hast Du mich verstanden. Und jetzt raus hier."
Das ist eine klare Ansage. Und ich traue ihm das zu.

Gemeint ist die Kreisdienststelle des MfS und eine ansatzweise Gefährdung nachzuweisen ist kein Problem. Wenn nicht für den NSW-Export, dann für die Landesverteidigung, deren zwei Bauteilen er selbst keine weitere Aufmerksamkeit widmen will. Bisher haben sich die Aufwallungen der Wortgefechte nach kurzer Zeit wieder beruhigt. Dieses Mal glaube ich nicht, dass sich unser Verhältnis normalisieren wird.
Die beiden Teile liefern wir weiter wie bisher und ab und zu bleibt eines als ‚ausreichend' bewertet beim Kunden.

*

Es geht auf den Sommer zu. Kathrin wird in diesem Jahr mit der Prüfung zur Mittleren Reife die zehnte Klasse an unserer Schule verlassen und die beiden folgenden Schuljahre bis zum Abitur die Erweiterte Oberschule in der Kreisstadt besuchen. Inzwischen hat sich dieser Ablauf bewährt und der Wechsel erfolgt zwei Jahre später als zu meiner Zeit nach Schuljahr acht. Obwohl mit Lutz ein weiteres unserer Kinder an der Einrichtung verbleibt, werde ich nicht noch einmal als Elternbeirat zur Verfügung stehen, schon gar nicht als Vorsitzender. Kurz vor Schuljahresende kommt es noch einmal zu einem interessanten Treffen zwischen Vertretern der Schule, der Stadt, des Elternbeirates und der SED-Kreisleitung. Das simple Thema scheint sonderbarerweise kompliziert zu sein. Es geht um ein Jubiläum, dass im nächsten Jahr ansteht und würdig gefeiert werden soll. Die Schule erhielt 1949 ihren Ehrennamen „John Schehr", eines führenden Genossen der KPD aus dem direkten Umfeld Ernst Thälmanns und nach dessen Verhaftung für kurze Zeit sein Nachfolger im Parteivorsitz. Später ebenfalls verhaftet, wurde er in der Nacht zum zweiten Februar 1934 ermordet. Neben dem vierzigsten Namensgebungsjahrestag jährt sich 1989 jedoch noch ein weiteres Ereignis, die Einweihung der Schule, deren Bau 1933 begann. Und das fällt in die Zeit des Nationalsozialismus, der für John Schehrs Tod verantwortlich ist. Das Jahr der Einweihung ist im Ort weitgehend bekannt, das Jahr der Namensgebung nicht. Wie, mit Gottes Hilfe, lässt sich aus dieser Kalamität herausfinden? Die gute Idee, einfach beide zu feiern, findet keine Mehrheit und nachdem sich der Vertreter der SED-Kreisleitung als nicht entscheidungsbefugt erklärt hat, beenden wir die Diskussion ohne Ergebnis und verschieben an den Beginn des nächsten Schuljahres. Dann wird es mich nicht mehr betreffen.

Zu Hause berichte ich über Erlebtes und Erlittenes nur noch selten und mein Humor verkommt zunehmend zum bissigen Sarkasmus. Es wird Zeit, dass die wenigen Tage bis zu unserer Urlaubsreise vergehen.

Gleich mit Ferienbeginn treten wir endlich unsere zweiwöchige Reise an. Sie führt uns in diesem Jahr nach Wladyslawowo, reichlich neunhundert Kilometer entfernt an der polnische Ostseeküste gelegen. Im Rahmen von

Urlauberaustausch ist die Einreise ins Nachbarland wieder möglich. Unser Betrieb hat im Zuge eines Quartiertauschs dort einen Bungalow in einer umzäunten, bewachten Ferienanlage gemietet. Wir fahren mit unserem Skoda. Zum Glück ist der bescheidene Kofferraum unter der Vorderklappe um ein Staufach hinter den Lehnen der Fondsitze ergänzt. Zudem sind Meikes dreijährige Beine noch so kurz, dass Gepäckteile darunter Platz finden. Am Abend kommen wir an. Es hat etwas gedauert, bis ich mich an die wechselseitige Nutzung der dritten Fahrspur auf den polnischen Fernstraßen gewöhnt habe. Sonny hatte noch vor Fahrtantritt festgelegt: „Im Ausland fahre ich nicht!"

Nach einem ausgiebigen Frühstück, beginnend mit einer kräftigen Milchsuppe, fahren wir erstmals zum Strand und stellen fest, dass er gar nicht so nahe liegt, wie erwartet. Dafür erweist sich der Sandstreifen als herrlich breit, endlos lang und wenig besucht. Kein Vergleich mit dem nervigen Gewimmel am Strand von Boltenhagen.

„Ich kann da aber trotzdem nicht jeden Tag stundenlang liegen", beuge ich vor und ernte umgehend Sonnys verärgertes: „Jetzt sind wir erst mal hier. Gibt Ruhe und komme erst einmal runter!"

Lutz und Meike tollen über den Strand und Kathrin hat sich etwas abseits von uns gelegt. In ihrem Alter macht man das so.

Ich gebe Sonny in Gedanken recht, sage es ihr aber besser nicht, und überlege mir, was in den kommenden Tagen zu unternehmen lohnt. Gastort und Umfeld zu erkunden, wird auf keinen Widerspruch stoßen. Gdansk, das frühere Danzig und die vorgelagerte Westernplatte sind rund sechzig Kilometer entfernt. Das scheint mir durchsetzbar, zumal Sonny das auch aus TV-Sendungen im historischen Kontext kennt. Aber das ehemalige Rastenburg und die Wolfsschanze? Die Weichsel mit der Fähre queren und eine Strecke von über zweihundert

Kilometern in Kauf nehmen? Für einen ganzen Tag zwischen Ruinen? Meike ist zu klein dafür. Ich muss Lutz begeistern und mit Kathrin verhandeln, ob sie mit ihr für einen Tag allein im Objekt bleibt. Ich weiß, wie geschafft Sonny von dem vergangenen Jahr ist. Ich bin immer länger beruflich eingespannt und unterwegs. Zu vieles lastet allein auf ihr. Sie sehnt sich nach Ruhe.

Tag zwei beginnt bewölkt, aber warm. Meike spielt in unserer Nähe im Freien. Obwohl sich Wortschatz und Grammatik in der Muttersprache erst entwickeln, bereitet ihr die Unterhaltung mit den polnischen Kindern der Nachbarbungalows kein Problem. Sie quasseln den ganzen Tag mit- und durcheinander, ohne auch nur ein Wort zu verstehen. Gern teilt sie mit ihnen auch die mitgebrachten ‚Schlager-Süßtafeln‘, deren versorgungspolitische Aufgabe es ist, Schokolade zu ersetzen. Sonny bleibt auf unserer Terrasse, während ich kurz ins Innere gehe, um uns vom mitgereisten ‚Kaffee Mix‘ aufzubrühen, einem valutasparenden Substitut aus einundfünfzig Prozent gemahlenem Bohnenkaffee und neunundvierzig Prozent gerösteten Etwas. In Anlehnung an die westliche Jacobs-Marke im allgemeinen Sprachgebrauch spöttisch „Erichs Krönung" genannt, kosten 125 Gramm dieses schwergenießbaren Röstfein-Gemisches vier Mark. Das Kilogramm reinen Kaffees käme somit auf 62,75 Mark, zeigt mein bundesdeutscher Werbungs-Taschenrechner an. Ein ungestützter Hyperpreis, den wohl das gleiche Amt erzeugt hat, wie den unseres überteuerten Natursteinsortimentes.

„Auch unter Beachtung des stark gestiegenen Weltmarktpreises für Kaffeebohnen ist darin mindestens die Subventionierung des Monatsverbrauchs unserer Familie an Fünf-Pfennig-Brötchen enthalten", spekuliere ich laut.

Anders als diese Ersatzprodukte sind meine mitgebrachten Sorgen echt. Erst als wir nach Meikes und Sonnys Mittagsschlaf zur Besichtigungstour ins Umfeld aufbrechen, spüre ich sie allmählich nachlassen. Dazu trägt sicherlich auch Meikes gute Laune bei. Fröhlich rennt und springt sie um uns herum, hat jeden lieb und ist mit allem befreundet: dem ‚Bus-Freund‘, der neben uns ins nächste Dorf fährt, dem ‚Traktor-Freund‘, der über das Feld zieht, dem summenden ‚Biene-Freund‘, dem sie zuhause ängstlich ausweicht und dem ‚Stink-Paul-Freund,‘ unseren, mysteriöses Kraut rauchendem Bungalow-Nachbarn Pawlik.

Tag drei verbringen wir wieder am Strand und ich beginne mit Lutz das Gespräch über Rastenburg. Und siehe, nicht nur er ist sofort begeistert, sondern auch Sonny räumt ein: „Sehen würde ich das schon gern. Nur, was machen wir mit Meike. Für sie ist das zu viel." Da setzt Kathrin ein: „Ich habe auch keine Lust. Lasst mich mit Meike hierbleiben."

„Meinst Du wirklich?", zweifelt Sonny.

„Warum denn nicht? Ihr habt mich mit Lutz 1982 in Leipzig im Hotel zwei Nächte lang allein gelassen und seid in Theater und Nachtbar gegangen. Dann geht das mit Meike am Tag auch hier."

„Das waren nicht zwei Nächte lang, sondern jeweils nur ein paar Stunden."

„Aber allein in einem eigenen Zimmer. Und Lutz ist stundenlang über die Etage getobt."

Dagegen gab es wenig zu sagen. Also abgemacht: Übermorgen Rastenburg.

Unsere Straßenkarte weist neben dem polnischen Ortsnamen Kętrzyn auch den früheren deutschen auf. „Näher am Ziel dürfen wir zahlreiche Hinweisschilder erwarten. Das Objekt wird aus aller Welt aufgesucht und bringt nur Einnahmen, wenn man es auch findet", bin ich zuversichtlich.

Genauso ist es.

Von der Größe der Gesamtanlage hatten wir keine Vorstellung. Eigentlich wussten wir nur drei Dinge: dass der Name auf Hilters selbstgewähltes Pseudonym ‚Wolf‘ oder ‚Herr Wolf‘ zurückgeht, welches er um die Zeit des missglückten Münchner Putsches herum benutzte, dass es sein Hauptquartier als Oberkommandierender der Wehrmacht während Russlandfeldzuges war und dass dort Graf von Stauffenbergs Attentatsversuch auf ihn am 20. Juli 1944 scheiterte. Jetzt stehen wir in der weitläufigen Anlage und orientieren uns am großen Lageplan. Wir stoßen auf viele Namen, die ich aus dem Geschichtsunterricht, zahlreichen Filmen und meinem nachfolgenden Literatur-Interesse kenne: Bormann, Keitel, Jodl, Speer, Todt, Göring, von Ribbentrop. Und sogar auf Hitlers späten Schwager Fegelein, den er noch wenige Tage vor dem Zusammenbruch wegen Fluchtverdachts hinrichten ließ. Für alles wird unsere Zeit nicht ausreichen. Wir konzentrieren uns auf den Sperrkreis eins, die großen Bunker und den ehemaligen Standort der Attentatsbaracke. Außerhalb der gut befestigten Wege wirkt das Gelände verwildert. Die massiven oberirdischen Betonbunker mit ihren meterdicken Decken sind beschädigt, haben allen Sprengversuchen aber widerstanden. Einige schwächer befestigte zeigen Zerfall oder stehen schief. Sonny weigert sich: „Ich geh da nicht rein!“ Lutz und ich nutzen jedoch jede Möglichkeit, das Innere zu sehen. Hitlers Bunker hatten wir größer erwartet. Viel reden wir nicht. Die Atmosphäre ist bedrückend unheimlich.

Das Erleben während des Besuchs der KZ-Gedenkstätte Buchenwald im Rahmen einer Vorbereitungsreise auf meine Jugendweihe hat mich seinerzeit entsetzt, vierzehnjährig aber nicht anhaltend erreicht. In Gerhard Boldts „Die letzten Tage der Reichskanzlei“ bekam ich einen Eindruck vom verderblichen Schlusspunkt zwölf unheimlicher Jahre, in die meine Großeltern 1933 so hoffnungsvoll gegangen waren und die mit fünfzig Millionen

Toden endeten. Jetzt und hier beginne ich das Monströse dieser Zeit fassbar zu begreifen.

Denke ich an Kriegsbeginn und Schuleinweihung im gleichen Jahr 1939, kann ich sogar den mentalen Konflikt der Organisatoren wegen des zweifachen Jubiläums an Kathrins Schule ein wenig verstehen.

Zurück im Quartier gehen wir alle bald schlafen. Am nächsten Morgen sitzen wir frühzeitig zusammen und berichten uns gegenseitig vom Erlebten des Vortages. Und auch in den darauffolgenden Tagen fällt mir auf, wir reden wieder richtig miteinander, unterhalten uns. Einfach so. Erst jetzt wird mir bewusst, wie lange das nicht der Fall war. Ich hatte kein Verlangen danach, weil ich so grundhaft unzufrieden mit meinen Tagen war und sie nicht, weil ich oft so grundhaft unzufrieden reagierte. Ein Paradox, das enden muss!

Tage später fahren wir gemeinsam nach Danzig, erleben die Stadt und besuchen die Westerplatte, eine flache bewaldete Halbinsel am Hafenrand, deren seeseitig deutscher Beschuss um 04.47 Uhr des 01. September 1939 als Beginn des Zweiten Weltkrieges gilt.

Wir verbringen wunderschöne Tage und treten schließlich die Heimfahrt mit einem kurzen Abstecher nach Gdingen, dem jetzigen Gdynia, an.

*

Während der ruhigen Stunden am Strand oder auf der Terrasse habe ich darüber nachgedacht, meinen stressigen und unbefriedigenden Job aufzugeben. Und mit jedem erholsamen Tag habe ich diesen Gedanken nach und nach wieder verworfen.

So kommt es auch gelegen, dass ich wenige Wochen nach Wiederbeginn einen Arbeitsplatzcomputer ‚robotron A 5120' in mein Büro erhalte, sowie zwei Dutzend Disketten zur Dateispeicherung. Diese Rechner sind rar und werden innerhalb des Kombinates sehr zurückhaltend verteilt. Es geht sogar so weit, dass eine dreischichtige Nutzung in den begünstigten Abteilungen angestrebt wird, was sich sehr schnell als Illusion erweist. Ganz allmählich gelingt es mir, einfache organisatorische Operationen darauf zu vollziehen, wegen deren alkoholverursachter Unfähigkeit ich kürzlich meinen Assistenten fristlos entlassen habe. Mein Computer spart damit im PWT fast eine Arbeitskraft. Um ihn stärker zu nutzen, müsste ich mich intensiv mit der Programmierung befassen und dafür fehlt mir die Zeit. Nutzbare Fertigprogramme gibt es nicht.

Zu meinen regelmäßigen Westbesuchern aus Bayern und vom TÜV kommt seit dem Frühjahr ein österreichischer Gast hinzu, der sich für unsere Leuchten mit Stablampen interessiert. Sie alle sehen meinen Computer und teilen meine Freude darüber nur zurückhaltend. Sie wissen um seine Leitungsfähigkeit und darum, wie viel weiter sie selbst mit solcher Technik sind. Und schließlich lassen sie es mich wissen.

Sie berichten von einem US-Betriebssystem ‚Windows‘, dass es bereits seit einem Jahr mit verbesserter Funktionalität in der zweiten Version gibt. Von MS-DOS sprechen auch wir, und von RAM zur Leistungsdefinition des Arbeitsspeichers. Von Windows habe ich noch nicht gehört, von Anwenderprogrammen ganz zu schweigen. Eine Grafikfähigkeit besitzt mein Rechner nicht. Ich frage mich, welche Computertypen ihnen verfügbar sind, wenn sie damit tatsächlich, wie stolz berichtet, Konstruktionsleistungen ausführen. In simplen Leutenbau-Unternehmen, nicht in der Hochtechnologie.

Wieder denke ich an Siegfried Lorenz' Ausführungen an der Parteischule zurück, und weiß, dass sie wohl recht haben. Von nun an höre ich auch aufmerksamer auf Berichte über eine sogenannte ‚CoCom-Liste‘. Sie wurde von einer Gruppe westlicher Länder initiiert und beinhaltet die umfassende Exportbeschränkung von High-Tech-Produkten in den Ostblock, also auch in unser Land. Dies gilt insbesondere für Mikroelektronik und bedeutet, dass wir weder Fertigungsanlagen noch Chips oder komplette Rechner importieren können. Das japanische Unternehmen Toshiba hatte schon 1986 mit der Massenproduktion von Chips begonnen, in den USA legte Microsoft mit dem Windows-Betriebssystem die allmählichen Grundlagen für eine breite Anwendung, in Österreich nutzen sie diese für die Konstruktion von Leuchtenteilen. Und wir? Ich denke an ein früheres Embargo zurück.

Es muss etwa im fünften oder sechsten Schuljahr gewesen sein. Mein rotes Halstuch der Thälmann-Pioniere trug ich wohl schon, meine Freundin aus dem ersten Kinderferienlager war nicht mehr da, mein Buder hingegen wohnte noch bei uns. Und ich fuhr mein erstes Fahrrad.

Ein alter Bekannter meines Vaters hat ihm den schrottreifen Rahmen eines 28-Zoll-Herrenfahrrades überlassen. Er hat ihn abgeschliffen und neu lackiert. Ein Tretwerk war noch vorhanden, nur die Pedalarme fehlten. Stück für Stück und Teil für Teil hat Vater hinzugekauft und organisiert, bis es wieder fahrbereit an meinem Geburtstagstisch stand. Eine komplette Werkzeugtasche mit Flickzeug stellte mein Opa bei. Meine Freude war riesig. Es gab nur ein Problem: ich war zu klein. Obwohl statt eines richtigen Sattels mit zugehöriger Stange nur ein Kindersattel direkt auf dem Rahmen montiert war, konnte ich auch von da aus die Pedale nicht erreichen. Ich folgte also dem Beispiel anderer Kinder, indem ich das Rad leicht ankippte und mein rechtes Bein durch den Rahmen steckte. So ging es, jedenfalls auf weitgehend ebenen Stecken. Im Jahr darauf war ich so weit gewachsen, dass der Kindersattel erreichbar wurde und irgendwann in den Folgejahren konnte auch der richtige Herrensattel montiert werden. Mir ist der zeitliche Zusammenhang deshalb noch bewusst, weil ich die

Rahmenrohre damals gleich nach dem Unterricht auf Schweißbahnen abgesucht habe.

Unser Unterrichtsthema war das verbrecherisch verhängte ‚Rohr-Embargo' gegen unser Land und seine Bruderstaaten, ganz besonders gegen die befreundete Sowjetunion. Rohre brauchte es überall, das war mir klar. Verursacher war der NATO-Rat, das Böse an sich. Dass es die Entwicklung unserer friedliebenden Länder behindern sollte, war mir auch klar. Dass es speziell Großröhren betraf, um insbesondere den Bau der Erdölleitung Freundschaft zu verhindern, durch die unser Land mit Rohöl aus der Sowjetunion beliefert werden sollte, hatte ich so nicht verstanden. Vielleicht auch unser Lehrer nicht, der uns im gleichen Zusammenhang stolz erklärte, wie die Werktätigen unseres Landes dem mit verstärkten Anstrengungen bei der Herstellung geschweißter Stahlrohre in Rohrwalzwerken begegnen würden. Auch für mich war Rohr gleich Rohr, und so suchte ich meinen Rahmen nach Schweißnähten ab. Nein, stellte ich fest, mein Fahrrad hatte keinem Embargo unterlegen.

Tatsächlich konnte der Bau der Pipeline damals verzögert werden, verhindert werden konnte er nicht. Und noch eine Erkenntnis stellte sich ein. Nicht nur die Boykottierten erlitten Schaden daraus, sondern auch die vorherigen Lieferanten wie Mannesmann, Phoenix und Hoesch, deren Geschäft dadurch bis zur Aufhebung Ende der 60er Jahre wegen der Vertragsbrüche unter Umsatz- und Vertrauenseinbußen litt.

Zu Hause erzähle ich Sonny von meiner Fahrrad-Schlussfolgerung und sie macht sich verdientermaßen über mich lustig. Das geschieht mir oft, wenn ich von solch schwerwiegenden Kindheitserlebnissen berichte.

Dann schließe ich aber sofort aktuell an: „Es hat uns damals zweifellos geschadet. Wir haben es aber überstanden. Jetzt ist das anders. Weil wir seit dem Kälteeinbruch

1978/79 noch immer Probleme mit der Kohleversorgung haben und die Russen uns seit Beginn der 80er Jahre den Erdölimport kürzen, sind wir heute faktisch ein Industrieland ohne Rohstoffe. Die Auswirkungen erlebe ich jeden Tag. Die Salzvorkommen im Vorharz kannst Du vergessen, da lässt sich nichts draus bauen. Und ob vom Uranerz noch etwas übrig ist, nachdem es die SDAG Wismut abgebaut und die Russen in ihre Atombomben verarbeitet haben, weiß ich nicht."

„Und was hat das mit den Rohren zu tun?"

„Nichts, außer dass es ebenfalls ein Embargo war. Der wichtigste Unterschied ist, dass es sich damals um eine etablierte Industrie handelte, deren Zugang uns erschwert wurde, ohne unmöglich zu sein. Die Mikroelektronik entwickelt sich aber gerade erst, und im Westen offenbar sehr schnell. Wir stehen ganz am Anfang und unterliegen bereits einem Embargo. Das kann uns das Genick brechen."

„Damals haben wir es doch auch geschafft."

„Ja, mit ein paar Jahren Zeitverzug. Die Basis war aber schon vorhanden, ein wenig bei uns, vor allem in der SU."

„Jetzt doch auch. Du hast selbst einen Computer in Deinem Büro stehen."

„Von dem ich inzwischen weiß, dass er längst überaltert ist. Ich habe keine Ahnung, was diese Technik in Zukunft alles bewirken wird. Vielleicht kommt auch nicht mehr viel hinzu. Das denke ich aber nicht. Ich kann auch nicht beurteilen, wie leistungsfähig unsere Kombinate sind. Bisher weiß ich von Robotron und Carl Zeiss Jena, ach, und Mikroelektronik Dresden, die sich darum kümmern. Ich bin jedoch sicher, ein Embargo verhängten die nicht so früh gegen uns, wenn es nicht um etwas ganz Bedeutsames gehen würde. Und wenn sie nicht glaubten, wir schaffen es dieses Mal nicht."

Umso überraschter bin ich, als Wolfgang Biermann, der Generaldirektor des VEB Carl Zeiss Jena, Erich

Honecker, am 12. September den ersten serienmäßig hergestellten 1 Megabit-Chip aus unserer Produktion übergibt. Ich frage mich, wie das trotz des Embargos so schnell möglich wurde und mir fällt wieder Herr Starke ein. Unsere Medien feiern es als gigantisches Ergebnis, und das ist es wohl auch. Der Westen hält zwar dagegen, dass er bereits über einen 4-Megabit-Chip verfügt. Wir scheinen aber trotz des Embargos den Abstand verkürzt zu haben.

Das meistverbreitete Foto zeigt Honecker und Mittag rechts im Bild zentral gegenüber Biermann sitzend, als sie sich die Entwicklung des Chips erklären lassen. Im Hintergrund ein Gemälde des kraftvoll agitierenden Lenins auf einer Tribüne. Die gewollte Assoziation zu dessen berühmten Ausspruch: „Kommunismus ist Sowjetmacht plus Elektrifizierung des ganzen Landes", ist nicht zu übersehen.

Mit dieser neuvermittelten Zuversicht gehe ich ins Bett.

Dennoch verlässt mich das Thema nicht wirklich. Wir sind ein Industrieland ohne Rohstoffe, es würde uns gut anstehen, im Rahmen des RGW führender Hersteller im Bereich Mikroelektronik zu werden. Nur sind wir im Weltmaßstab sehr klein und wohl auch recht arm. Warum sollten wir sonst alles Absetzbare nach dem Westen verschleudern? Ob das zur Versorgung der RGW-Staaten mit dieser anspruchsvollen neuen Technik ausreicht?

Die UdSSR, die diese Führerschaft übernehmen müsste, kann es scheinbar nicht. Dort kommen eher die robusten Sachen her. Zum Beispiel Traktoren, die selbst in Afrika überlebensfähig sind, weil zu deren Reparatur ein Hammer und drei Schraubenschlüssel genügen. Zudem sprechen Gorbatschows dringliche Maßnahmen und die skurrilen sowjetischen Neuerer-Methoden nicht für ein aufstrebendes Hochtechnologieland. Estland könnte es vielleicht, ist aber viel zu klein und gehört zur Sowjetunion. Ungarn habe ich vorrangig agrar erlebt, wenn auch bald zwanzig Jahre zurück. Bulgarien habe ich touristisch bereist, dort wird es erst recht nichts. In Rumänien war ich vor drei Jahren geschäftlich und da sieht es noch schlimmer aus. Bleiben die CSSR mit dem industriell stärker entwickelten tschechischem Teil und Polen mit den Industrien im Westen und Süden. Im Norden und Osten sind mir Pferdegespanne und uralte Traktoren begegnet.

Wir kleines boykottiertes Land als östliche Führungsmacht gegen die westlichen Vorreiter aus Japan, USA und Westeuropa. Schwer vorstellbar.

*

Viel Zeit bleibt mir nicht für diese Überlegungen. Auf meinen Alltag hat der 1-MB-Chip keinen Einfluss. Gleich stehen die Planerfüllung und allem voran der NSW-Export wieder im Mittelpunkt allen Handelns. Und je schwerer es fällt, die vorgegebenen Steigerungsraten aus dem zunehmenden Nichts zu generieren, um so aggressiver wird der Ton. Betriebsdirektor Gottschalk agiert intern fast nur noch brüllend und beschimpfend. Nicht nur unser Verhältnis ist unerträglich schlecht geworden, sondern fast alle, die in Produktion und Technik in vorderer Linie agieren, sind dem ausgesetzt. Der stellvertretende Produktionsdirektor hat den Betrieb bereits frustriert verlassen, ein Bereichsleiter ebenso. Andere denken ernsthaft darüber nach.

Und als unsere Lieferprobleme der LVO-Teile zunehmend kritisch werden und gleichzeitig meine Auseinandersetzung mit ihm eskaliert, reicht es mir. Durch die anhaltende Belastung der Entwicklungsabteilungen mit seinen NSW-Ideen und die laufenden Personalabstellungen sind Rückstände bei der Einführung neuer Produktserien eingetreten. Nicht große und nicht viele, aber ausreichend für seine Wutausbrüche. Gleichzeitig denke ich an seine Drohung. Meine Stimmung ist so kurz nach unserem Urlaub ohnehin schon oft wieder dicht am Boden. Das alles fällt zusammen mit einem interessanten Stelleninserat, vor wenigen Tagen durch Sonny in der Freie Presse entdeckt, und dem Freiwerden der Erdgeschosswohnung im Haus meiner Eltern. Die Bibliothek ist schon vorher ausgezogen.

Ich denke nicht wirklich noch einmal darüber nach, als ich ihn anfauche: „Weißt Du was, ich habe die Schnauze so voll von dieser ganzen Scheiße hier. Mach Deinen Dreck alleine!"

„Du kannst gar nicht kündigen. Du bist Berufungskader!"

„Und Du wirst sehen, wie ich das kann!", ziehe ich die Tür hinter mir zu, noch immer überrascht von meinem Entschluss.

Dabei weiß ich, es wird nicht einfach sein. Kündigen kann ich rechtlich gar nicht, nur abberufen werden. Und noch immer bin ich mir nicht sicher, ob ich es wirklich will. Bis Anfang Dezember bleibt mir die Möglichkeit meinen Antrag zurückzuziehen, dann wird auch noch der Generaldirektor seine Zustimmung erteilen müssen.

*

Am achtzehnten November vermeldet der Allgemeine deutsche Nachrichtendienst ADN lapidar die Streichung der sowjetischen Jugendzeitschrift ‚Sputnik' von der Postzeitungsliste, weil sie nicht mehr der Festigung der deutsch-sowjetischen Freundschaft diene, sondern stattdessen verzerrende Beiträge zur Geschichte publiziere. Bereits zu Jahresbeginn waren drei Ausgaben wegen zu viel Glasnost darin nicht ausgeliefert worden. Und dank Christian Morgensterns ‚Die unmögliche Tatsache' wissen wir seit 1910, dass nicht sein kann, was nicht sein darf.

Am zweiten Dezember bekräftigt Erich Honecker auf der 7.Tagung des ZK der SED für die DDR die Ablehnung etwas ähnlichen wie Gorbatschows Reformpolitik. Mit finsterem Gesicht kündigt er eigene Wege für unser zunehmend unzufriedenes Land an. Es klingt wie eine Drohung. Ich habe mich in den vergangenen zehn Jahren mehr verschlissen, als es meinem Alter angemessen wäre. Mir fehlt die Lust, unser Land wie die starrsinnigen alten Männer allmählich sterben zu sehen. Irgendetwas schwelt spürbar im Untergrund. Dem Bestand des Landes wird das nicht schaden, aber der Qualität hier zu leben.

1973 untertitelte das ‚Neues Deutschland' eine Überschrift zum Tod Walter Ulbrichts während der Internationalen Weltfestspiele der Jugend und Studenten in der DDR mit der bizarren Zeile: „Stellungnahme des Vorbereitungskomitees zum Ableben Walter Ulbrichts."

Profiteur Honecker verhalf mir mit seinem Zentralkomitee meinen Entschluss zu einem neuen Leben zu besiegeln.

Zwischenjahre

1988 plus eins

Am 02. Januar trete ich meine neue Arbeit an. Die Herberge liegt nahe der ehemaligen Sommerfrische meiner Oma und des kleinen Quartiers, in dem Max uns Kinder Mitte der 60er Jahre illegal aufnahm. Vom Wohnhaus meiner Eltern ist sie gut erreichbar. Ansonsten aber liegt sie weit hinter dem Berg. Von der volkseigenen Industrie habe ich die Nase voll. Die frühere Lagerleitung des Kinderferienlagers gibt mir Zuversicht für die neue Aufgabe als Leiter der Einrichtung. Und wenn es sich im Land doch bessern sollte, kann ich in zwei, drei Jahren in meinen Beruf zurückkehren. Jetzt brauchen wir erst einmal eine Pause. Auch Sonny wird hier bald eine neue Arbeit finden, auch wenn sie dafür ihre geliebte Stelle aufgeben muss. Bis zu den Sommerferien wird sie noch in Breitenwalde bleiben, so ist es leichter für unsere Kinder. Dann wechselt Kathrin ohnehin zur EOS in die Kreisstadt und Lutz wird mit seiner Kontaktfreudigkeit rasch neuen Anschluss in der Polytechnischen Oberschule finden, in der auch ich schon gelernt habe. Meike allerdings wird nicht begeistert sein, sie mag den Kindergarten nicht, egal wo.

Umziehen müssen wir aber auf jeden Fall. Unsere derzeitige Wohnung gehört dem Betrieb und ist mit meinem Job verbunden. Der zufällige Leerstand in meinem Elternhaus kommt uns deshalb gelegen. Auch wenn ich es dafür übernehmen muss. Das war nie meine Absicht, wer möchte schon ein zu großes altes Haus im Bauzustand ‚Siechtum'. Ein Renovierungskredit wird jedoch nur an den Eigentümer ausgereicht und mein siebzigjähriger Vater möchte auf keinen Fall noch einmal Schuldner sein. Das verstehe ich augenblicklich, als ich mir unsere künftigen Wohnräume ansehe. Mit Sonny war ich mir einig, noch ein drittes Mal eine Wohnung grundhaft auszubauen. Keine Vorstellung hatten wir, was dieses Mal darunter zu verstehen sein wird. Nicht nur die Materialbeschaffung ist insgesamt schwieriger geworden als wir sie aus 1976 kennen, wir benötigen jetzt zudem noch neue Holzdielung. Das wissen wir in dem Moment, als Sonny aus dem leeren Wohnzimmer nach mir ruft: „Ralf, komm mal schnell her. Hier stimmt etwas mit dem Fußboden nicht."

Anstatt einige locker spleißende Fasern abzuschaben, ist sie durch das Brett gebrochen. Minuten später haben wir mehrere verrottete Bretter gelöst und blicken auf verfaulte Balken. Wir wissen, dass man Dielung nicht einfach kaufen kann. Das Procedere kennen wir von Leidensgefährten. Und je weniger Beziehungen man in die beteiligte Branche hat, umso schwieriger und langwieriger gestaltet sich der Weg zum neuen Brett.

Schritt eins führt mich als Antragsteller zum Rathaus, in dessen zuständiger Bauabteilung ich meinen Bedarf geltend mache. In den folgenden Wochen wird mein Antrag bearbeitet, bewertet, gekürzt und bestätigt. All das gilt notwendigen Festmetern, nicht dringlichen Brettern.

Zum Glück sind wir für Schritt zwei mit dem Revierförster bekannt, der uns Bäume zuweist, die die gekürzte Menge wohl wieder auszugleichen.

In den Schritten drei und vier suchen wir nach Forstarbeitern, die uns diese Bäume fällen und nach einem Fuhrbetrieb, der sie aus dem Wald holt.

Das wird er jedoch erst dann machen, wenn für Schritt fünf ein Sägewerk gefunden ist, dass sie in seinem Gatter schneiden wird. Und daran scheitern wir seit langen Wochen.

Nach einem Bearbeitungsbetrieb, zum Hobeln, Fugen und Spunden für Schritt sechs suchen wir gar nicht mehr. Inzwischen ist der ursprünglich beabsichtigte Umzugstermin nicht mehr weit und das zweite Quartal schreitet voran.

„Selbst wenn wir irgendwann die Bretter haben, fehlen uns die Balken", fasse ich unsere Situation zusammen. „Und sollte uns auch das gelingen, dann ist das Zeug nass und kann so nicht verbaut werden. Wir brauchten noch ein Trockenwerk. Das alles nimmt kein greifbares Ende. Lass uns Beton eintragen, den bekommen wir vielleicht."

In der Zwischenzeit habe ich die Wand zur früheren Bibliothek durchbrochen und mit der Wohnung verbunden, den Fußboden abgegraben, Fundamente aus Schwerbetonsteinen gesetzt und Wände aus Ziegeln gemauert. „Du musst mit dem Ort beginnen", haben Bauarbeiter geraten und mir erklärt, was der ‚Ort' ist. Ich habe Türzargen aufgestellt und mit Mauerwerk umbaut. Sie kommen wieder, um sich das anzusehen. Diese Reihenfolge ist ihnen neu. Mir hilft sie, das Maß zu halten.

Ich habe Schotter aufgefüllt und eine Isolierschicht auf den Unterbeton verlegt, bevor der Estrich aufgestrichen wurde.

Nur für Arbeiten weit außerhalb meiner Fähigkeiten finden wir professionelle Unterstützung. Viele Bauarbeiter arbeiten nach Feierabend auf privaten Baustellen. Uns Auftraggebern (die wir genaugenommen Bittsteller sind) ist für ihre Feierabendarbeit aus Bankkrediten ein nachweispflichtiger Stundenlohn verfügbar, den wir aus privatem Haben werbewirksam verdoppeln müssen. Dennoch sind wir ihnen unendlich dankbar.

Ich verbringe jede freie Stunde auf der Baustelle und Sonny ist wieder allein für Haushalt und Kinder zuständig. Abends fallen wir todmüde ins Bett. Mitunter sogar, bevor wir die konkurrierenden Nachrichtensendungen aus Ost und West verfolgt haben.

Seit dem rabiaten Vorgehen im Januar vorigen Jahres ist das Land nicht wieder zur Ruhe gekommen, es schwelt und manchmal flammt es auf. Anfang Dezember hat

Honeckers Verweigerung dem nochmals Schwung verliehen. Viel merke ich auf meiner Arbeitsstelle hinter dem Berg nicht davon. Umso wichtiger ist die Information aus den geteilten Medien.

Am sechsten Mai schufte ich am Bau und am siebten Mai gehen Sonny und ich zur Kommunalwahl, erst früh am Nachmittag, weil noch viel zu erledigen war. Sollen sie ihr Häkchen hinter unsere Namen setzen, auf den Ausgang wird es keine Auswirkungen haben. Hat es auch nicht. Wahlbeteiligung und Zustimmungsrate sind so hoch wie eh und je, gibt Egon Krenz als Leiter der Zentralen Wahlkommission bekannt. Die Gegenstimmen liegen bei rund einem Prozent.

Am achten beginnt unser Tagesablauf wie zuvor. An den Folgetagen kommt es zu massiven Protesten wegen vermuteter Wahlfälschung.

„Ich kann das in dem Umfang kaum glauben, aber mehr als bei den kleinen Tricks bisher, wird es wohl gewesen sein. Nur warum sind die so blöd und machen das in dieser aufgeheizten Stimmung", sage ich zu Sonny und sie nickt nachdenklich.

Dann stemme ich weiter in die Außenwand. Durch sechzig Zentimeter Natursteinmauerwerk sind zwei Lüftungslöcher für Gas Außenwandheizer ‚Gamat' zu brechen. Die Frage, ob ich glücklicherweise eine Stelle mit kleinen Steinen und wenig Verbund im Mauerwerk angezeichnet habe, beschäftigt mich mehr als die paar vermuteten Wahlprozente. Das habe ich nicht, die Löcher werden am Ende mehr als das Dreifache größer sein als erforderlich.

Die Proteste wollen nicht schweigen, während gleichzeitig immer mehr Menschen in die Botschaft der Bundesrepublik in Prag flüchten, um ihre Ausreise zu erzwingen. Das gab es 1984 schon einmal, auch in Warschau,

Budapest und Bukarest, nur mit viel weniger Leuten. Jetzt werden es immer mehr, unheimlich viele sogar.

Wir verbringen unsere Tage bei Arbeit und Umbau, während die Ständige Vertretung der BRD in unserer Hauptstadt am 08. August wegen Überfüllung für den Publikumsverkehr schließt und am 22. August die Botschaft in Prag. Wir sehen unsere Mitbürger ihre Kinder verzweifelt über Zaun und Tore reichen und ihnen nachklettern, bis ihre Zahl auf über viertausend gestiegen und kein freier Platz mehr verfügbar ist.

Im ‚Neues Deutschland' lesen wir in wenig hinteren Zeilen von einem Antrag zur Gründung des ‚Neuen Forum', der von den zuständigen Organen der DDR geprüft und abgelehnt wurde. Und kurze Zeit später erfahren wir ebendort von der überraschenden Genehmigung.

Wir sehen in den Abendnachrichten des 30. Septembers Hans-Dietrich Genschers begonnenen Halbsatz vom Balkon der prager Botschaft in Jubelschreien untergeht: „Wir sind zu Ihnen gekommen, um Ihnen mitzuteilen, dass heute Ihre Ausreise.." Dann Lärm. „Scheiße!", ärgere ich mich vom Sofa aus, „wir werden nie erfahren, was er noch sagen wollte."

„Das spielt auch keine Rolle", hält Sonny entgegen, „Du siehst doch, wie es weitergehen wird."

Wir hören fassungslos Honeckers Worte: „.. Das Volk der DDR wird ihnen keine Träne nachweinen.", und denken: Doch, das werden wir. Und die Demonstranten werden in Leipzig skandierend erwidern: „**Wir** sind das Volk!" Er lässt uns seinen Willen verkünden, dass die Ausreise aus Prag über das Territorium unserer Republik erfolgen muss und glauben, er hat den Verstand verloren.

Wir sehen die verschlossenen Züge im Hauptbahnhof Dresden stehen, von Hunderten Menschen umzingelt, die aufspringen wollen. Wir sehen, wie sie von vielen

Polizisten gewaltsam abgedrängt werden und die Züge endlich auf ihre letzte Etappe über Gutenfürst nach Hof starten.

Zwei Wochen später werden ein paar beteiligte Polizisten mit ihrem Gruppenführer in unserer Herberge zu Gast sein, um sich von ihrem Trauma zu erholen. „Was hätten wir denn tun sollen?", fragen sie verstört. Wegen ihrer Beteiligung werden sie inzwischen überall beschimpft und bedroht. Und sie haben recht mit ihrer Fragestellung: Was hätten sie denn tun sollen, wenn ihr oberster Befehlshaber diesen Irrsinn herbeiführt.

Am Samstag davor waren wir im Nachbardorf zum Tanzabend, froh eine Abwechslung zu finden. Wir haben uns seinerzeit beim Tanz kennengelernt und lieben diese Veranstaltungen noch immer. Da spielt es keine Rolle, dass sie auf den 07. Oktober fällt, den 40. Jahrestag der DDR.

Gorbatschows Worte, am Vortag ‚spontan' an westliche Journalisten gerichtet, werden später lose übersetzt in die Geschichte eingehen: „Wer zu spät kommt, den bestraft das Leben." Wir haben sie noch in den Ohren.

„Ja", bestätigen wir uns, „es sieht ganz danach aus."

Der Chefideologe des Politbüros, Prof. Albert Norden, hatte mit seiner missglückten Metapher zum Tapetenwechsel den versteinerten Unwillen zu jeglichen Reformen im Land deutlich gemacht.

Der kranke Honecker wird in der Aktuellen Kamera gezeigt, wie er mit Ehefrau Margot trotzig den Palast der Republik zum Jubiläumsfestakt betritt, als sei alles prima.

In den Abendnachrichten verfolgen wir seit Wochen die wachsenden Demonstrationen in Leipzig und Berlin.

„Hoffentlich geht das gut aus", sagen wir uns gegenseitig und sind froh, weit abgelegen und mit Arbeit überhäuft zu sein.

Es ist uns endlich gelungen, ein Sägewerk für das Schneiden unserer Baumstämme zu gewinnen. Jetzt sind Holzfäller und Transport zu organisieren, bevor diese Bereitschaft wieder erlischt. Für unseren Fußboden kommt es zu spät, aber für irgendetwas werden wir die Bretter später einmal nutzen können, und wenn es zum Tauschen ist. Wir werden sie erst einmal zum Trocknen stapeln.

Es wird Honeckers letzte große Feier gewesen sein. Am 18. Oktober tritt er als SED-Generalsekretär in einer Groteske des Politbüros zurück. Um anerzogene Einstimmigkeit zu erzielen, stimmt er selbst für seine unerwartete Absetzung aus ,gesundheitlichen Gründen'.

Sie verspielen auch diese Chance das Land wenigstens zeitweilig zu befrieden, als sie Egon Krenz zu seinem Nachfolger wählen.

„Sind die denn von allen guten Geistern verlassen?", fragen sich vermutlich nicht nur wir uns. Dass die anhaltende Gewaltlosigkeit des Staats gegen die Demonstranten möglicherweise ihm zu verdanken ist, weiß in der Öffentlichkeit niemand. Ebenso, dass das Land wohl so klamm ist, dass seine Existenz auch ökonomisch bedroht scheint. Dass die ,Russen' dieses Mal nicht helfen werden, hat Gorbatschow verdeutlicht.

Nein, Egon Krenz ist für etwas anderes bekannt: Im Mai war er oberster Wahlfälscher der DDR und Anfang Juni hat er das Massaker gegen die Demonstranten auf dem Tian'anmen-Platz in Peking öffentlich verteidigt. Ausgerechnet ihm sollen wir jetzt vertrauen. Ebenso trägt sein mangelndes Charisma, gepaart mit dem FDJ-Dauergrinsen, wenig zu seiner Akzeptanz bei. Den Rest verspielt er auch gleich komplett mit seiner ersten Ansprache an die Menschen im Land, als er sich darin ausdrücklich an die ,lieben Genossinnen und Genossen' wendet.

Während der größten Demonstration in der Geschichte der DDR am 04. November in Berlin mit geschätzten fünfhunderttausend Teilnehmern spitze ich mit Hammer und Meißel Kabelkanäle in das Steinmauerwerk unserer künftigen Wohnung. Ich erfahre erst am Abend in den Nachrichten davon. Nebenbei massiert Sonny meine schmerzenden Schultern und ich reibe mir beruhigend über die aufgeschürften Fingerknöchel. Spätestens morgen muss ich soweit fertig sein, dass der Elektriker am Montag mit seiner ‚schwarz' zugesagten Installation beginnen kann.

Es hilft nichts, uns den Vorsitzenden des Gewerkschaftsbundes FDGB, Harry Tisch, zum Fraß vorzuwerfen. Gemeinsam mit allen vormaligen Mitgliedern des Politbüros der SED ist er Anfang November zurückgetreten. Er verkörpert somit nur noch die Gewerkschaft, nicht mehr Staat und Partei. Und „die Partei, die Partei, die hat immer recht!", ist für unsere Führung noch immer Orientierung, wenn auch nicht mehr starre Glaubenslinie.

Ohnehin beendet Günter Schabowski am 09. November mit einem irrtümlich zu früh gesagten Satz jede Chance für einen ewigwährenden Bestand unseres Landes. In den Wochen und Monaten vorher war er das einzige Mitglied des Politbüros, das sich öffentlichen Debatten stellte, Beschimpfungen während der Demonstrationen für Reformen und gegen Staat und Partei ertrug und Journalisten aus aller Welt in freier Rede Antwort gab. So auch an diesem Abend, als er bei einer Pressekonferenz zur x-ten neuen Ausreiseregelung auf die Frage eines Journalisten auf einen zugereichten Handzettel blickend in etwa antwortete: "Privatreisen nach dem Ausland können ohne Vorliegen von Voraussetzungen beantragt werden. Die Genehmigungen werden kurzfristig erteilt." Und auf erneute Nachfrage ergänzt: "Das tritt nach meiner Kenntnis ... ist das sofort, unverzüglich."

An diesem Abend bleiben wir lange wach. Bis in die Nacht sehen wir fern. Niemals hätten wir für möglich gehalten, dass die massivste Grenze Europas, eine der sichersten der Welt, durch einen zu früh gesprochenen Satz innerhalb weniger Stunden offen klafft, porös wie unsere morsche Dielung. Ohne Gewalt! Wir sprechen lang darüber und ganz am Schluss mutmaßen wir, dass dies nicht lang Bestand haben wird.

„Wenn wir uns den Westen ansehen wollen, müssen wir das bald tun," bestimmen wir, „die Wohnung muss warten."

„Ich möchte aber, dass wir Mutti mitnehmen. Sie hat als Oma so viel für uns getan. Lass uns zuerst zu meinen Verwandten in Hessen fahren," bittet Sonny.

Wir lassen die Baustelle ruhen, ohne zu wissen, wo und wie wir zu Weihnachten wohnen werden. Unser Skoda ist auf vier Plätzen mit sechs Personen besetzt, ohne dass es irgendjemanden stört. Auch der Elektriker ist erst einmal in die Bundesrepublik gefahren, zumindest das Begrüßungsgeld abzuholen. Zwei Wochen danach fahren wir noch einmal nach Rheinland-Pfalz zu meinem Bruder und lernen meine Nichten kennen. Es ist die Adventszeit und wir vermissen die heimische Atmosphäre dieser Wochen. Das würde uns ein wenig über das Ausmaß unserer ungefilterten Eindrücke helfen, geblendet von Farbe, Licht und Masse, dominiert von Übermaß, Überschwang und Überangebot.

Vom Begrüßungsgeld kaufen wir für alle Winterjacken bei C&A, Kathrin ein Deodorantspray bei SCHLECKER (das duftet zwar nicht besser als ihr einheimisches AC-TION, ist aber schöner verpackt) und Lutz kauft sich Kassetten für den Walkman, den er ebenso wie Meike ihre Barby-Puppe von den Besuchten geschenkt bekam. Das Restgeld wird von ihnen aufgestockt und dient

Badarmaturen aus dem PRAKTIKER-Baumarkt. Schließlich muss es mit unserer Wohnung weitergehen.

Am 19. Dezember hält Bundeskanzler Helmut Kohl vor den Trümmern der Frauenkirche in Dresden eine Rede. Die anhaltende Rochade in der politischen Führung unseres Landes hat den populären bisherigen Ersten Sekretär der SED-Bezirksleitung Dresden, Hans Modrow, zum DDR-Ministerpräsidenten gemacht und er Kohls Auftritt zugestimmt. Offizieller Anlass ist eine Kranzniederlegung zum Gedenken an die Opfer der Luftangriffe im Zweiten Weltkrieg, auch wenn sich dies erst im Februar jährt.

Unser ganzes Land ist auch davor schon in Aufruhr. Aus ‚**Wir** sind das Volk' ist schleichend ‚Wir sind **ein** Volk' geworden. So trifft Kohls Satz: "Mein Ziel bleibt, wenn die geschichtliche Stunde es zulässt, die Einheit unserer Nation", genau den Nerv der Menschen.

Von nun an erleben wir eine erstaunliche Metamorphose. Die Zahl derer, die schon immer dagegen waren, potenziert sich rasant. Weit genug weg vom persönlichen Risiko der kritischen Protestphase, aber noch dicht genug dran, um sich als von Anbeginn zugehörig zu deklarieren, lärmt sich manch Zauderer in die erste Reihe. Die ‚Freie Presse' fasst es sinngemäß so: „Jetzt, wo kein besonderer Mut mehr dazugehört, sondern nur noch Helmut,..." Gleichzeitig wird es stiller um die Aktivisten der ursprünglichen Bewegung, die das Land reformiert erhalten wollen und einige ziehen sich desillusioniert zurück.

„Es ist so ärgerlich", denke ich laut, „ein Gemisch wie vor zehn Jahren, als ich über meinen Parteieitritt nachdachte, nur anders zusammengesetzt. Und auch jetzt beginnen sich die Krassen durchzusetzen, manchmal die Späten, oftmals gegen die Besten."

„Die Menschen sind so, werden immer so sein", entgegnet Sonny.

„Ich werde mich nicht beteiligen", bestärke ich meinen Entschluss, „in ihrer Wahrnehmung bin ich ein bisheriger Protagonist. Ich will nicht auch mutieren. Mein Parteibuch werde ich zurückgeben. Die SED hat ihre Chancen verspielt und dem Land mehr geschadet, als ich es je für möglich hielt."

„Du musst Dich nicht verkriechen. Du hast getan, was Dir möglich war."

„Habe ich das?"

Die geschnittenen Bretter sind jetzt eingetroffen. Sie zu besäumen war niemand bereit. Der erste Schnee wird sie bald bedecken. Als ich sie ordentlich staple, stellt sich mein Vater zu mir. Er berichtet, wie er jedes Jahr seinem Protest Ausdruck verlieh, indem er am Nachmittag des 1. Mai die Schleuße auf dem Grundstück reinigte, um den Staatsfeiertag damit massiv zu entweihen. Ich belasse ihm den Glauben an sein Revoluzzertum. Es wird noch Tausende geben, die es ihm gleichtun und es sich selbst glauben.

„Er ist wie viele. Es wird auch die geben, die später behaupten, es immer schon gewusst zu haben. Die sagen Ostern auch das Wetter an Weihnachten voraus", berichte ich Sonny davon.

In diesem Jahr gibt es wieder kein weißes Weihnachten. Wir feiern es zwischen halb gepackter Einrichtung ein letztes Mal in unserer bisherigen Wohnung. Auf dem Tisch dreht sich die Acht-Kerzen-Pyramide. Ich folge in stiller Beobachtung ihren Runden und meine Gedanken gleiten zu Marx' Akkumulationskreislauf ab.

„Genau so geht es im Moment im Land zu, nur schafft es nicht jeder zu akkumulieren", sage ich in den Raum. „Jede Umdrehung bringt ein neues Polit-Produkt hervor, das verteilt und begehrlich konsumiert wird, förmlich gefressen. Rasend schnell Akteure davonschleudernd, während andere aufspringen und sich festkrallen." Sonny, weiß nichts von meinen Gedanken und quittiert die Sätze entsprechend: „Hä?! Was schleudert? Und wer krallt? Ich glaube, über Weihnachten brauchst Du mal Ruhe. Du wirkst überdreht."

1988 plus zwei

Ende Februar 1990 sind wir umgezogen. Noch ist nicht alles fertig, aber die vorderen sind Zimmer nutzbar. Bis zu Lutz' Konfirmation werden wir dann so weit fertig sein, dass die Familie in unserer Wohnung feiern kann. Obwohl er Kirche und Christentum nur aus unserer jährlichen Teilnahme an den Weihnachtsmetten kennt - seit 1980 immer außerhalb von Breitenwalde, um Parteikritik zu entgehen – hat er sich für die Konfirmation entschieden. Vielleicht meint er mich damit zu ärgern, wie ich seinerzeit meinen Vater als Jugendweihling. Nein, es ist uns egal, er soll es für sich entscheiden.

Ohnehin wird alles im Land von viel weitreichenderen Fragen bestimmt. Die erste freie Volkskammerwahl ist für den 18. März angesetzt. Der Wahlkampf tobt ungestüm.

„Wir werden vermutlich eine Rekordbeteiligung erreichen, fast wie unter Krenz' statistischen Tricks, nur diesmal eben freiwillig", mutmaße ich.

„Wie viele Parteien treten denn an? Ich habe den Überblick verloren", entgegnet Sonny.

„Ich weiß es nicht. Neue Parteien, neue Bündnisse, neue Namen, alles im Dutzend. Die SED heißt jetzt PDS und ich glaube, sie wird doch einige Prozent erzielen. Zum Regieren wird es sicherlich nicht reichen. Der kleine Rechtsanwalt, der sie jetzt führt, ist aber populär und unglaublich eloquent. Gysi, den Namen kenne ich, das war mal der Kulturchef der DDR, vielleicht sein Vater."

„Das geht jetzt zu wie in den Westgeschäften. Von allem zu viel für uns, um die Übersicht zu wahren."
„Und alles neu verpackt und beworben. Kaum jemand weiß, was drinsteckt. Das war doch viel schöner mit Einheitsliste und Einheitspartei."
„Spinnst Du, willst Du das zurückhaben?"
„Quatsch, das war ein Scherz."

93,38 Prozent der 12,43 Millionen stimmberechtigten DDR-Bürger haben unter 24 Listen-Optionen mit mehrheitlich unbekannten Kandidatinnen und Kandidaten gewählt. Voller Spannung warten wir auf den Ausgang, bei dem es nicht sicher scheint, ob die Mehrheit eine Reform unseres Landes in seinem Bestand favorisiert oder sein baldiges Ende herbeisehnt. Die CDU wird mit 40,8 Prozent und einem sichtbar überraschten und erschrockenen Spitzenkandidaten Lothar de Maiziere stärkste Kraft, gefolgt von der SPD mit 21,9 und der PDS mit 16,4 Prozent. Nur in der Hauptstadt sowie in den Bezirken Potsdam und Frankfurt/Oder dominiert die SPD vor der CDU, in Berlin kommt sogar die PDS auf Platz zwei. Anders als in der Bundesrepublik gilt keine Sperrklausel, so dass sich die insgesamt 400 Abgeordneten aus zwölf Parteien, Bündnissen und Listenvereinigungen zusammensetzen, 163 davon aus der CDU.

Von der Wiedervereinigung trennen uns nunmehr nur noch die vier Alliierten Besatzungsmächte und die Zeit.

Ich möchte gern, dass unser Land erhalten bleibt, nur anders, neuer, reformierter, demokratischer, lebendiger, freier, schöner, offener, gesunder, fröhlicher, lebenswerter. Liebenswert. Und ich weiß nun auch, dass das nicht sein wird. Wir driften auf die schnelle Einheit zu. Ich übe auf dem Harmonium schon einmal das Deutschlandlied, finde aber die Melodie der DDR-Hymne schöner, den Text sowieso. „Es ist paradox, wir tauschen eine Hymne, deren Text nicht mehr gesungen werden darf, gegen eine, von der nur noch die dritte Strophe erlaubt ist. Reklamation gegen UE. Anstatt gemeinsam etwas Fertiges neu zu schaffen."

Nun geht es ganz schnell. Kohl und Genscher wollen es richten. Die Franzosen sind nicht begeistert von dieser Absicht, die Briten klar dagegen, die Amerikaner dafür und die Russen froh, uns loszuwerden.

Milka entscheidet den Wettbewerb gegen die Süßtafel für sich. Allen anderen zärtlichen Versuchungen erliegen wir ebenso und der Beitritt unseres Landes zum Grundgesetz der Bundesrepublik Deutschland wird vorbereitet. Am 01. Juli wird die Währungsunion vollzogen. Der skandierten Drohung: „Kommt die D-Mark bleiben wir, kommt sie nicht, geh'n wir zu ihr!", war nicht mehr auszuweichen. In Chemnitz, wie Karl-Marx-Stadt seit kurzem wieder heißt, siedelt sich als erstes Lidl an. In einem riesigen Zelt auf einer Kriegsbrache mitten in der Stadt.

Auch alles andere werden wir jetzt kaufen können, stets erschlagen von der ungewohnten Sortimentsvielfalt.

Unseren Skoda verabschieden wir in den Ruhestand und ersetzen ihn durch einen gebrauchten VW-Passat mit Fließheck. Er wird ein Achsproblem haben, das aus einem Unfallschaden resultiert, den der Westverkäufer uns verschwiegen hat.

Wir sind rauschhaft begeistert vom neuen Land, bis wir seine Kehrseiten kennenlernen. Wir tauschen unser altes Leben freudig gegen ein unbekanntes neues ein und willig unser gutes Bildungssystem gegen eins mit dem wir bald gemeinsam mit unseren Kindern und später mit den Enkeln hadern werden.

Allmählich entlässt auch diese Revolution ihre Kinder und unter den neuen Bestimmern sind so manche, die zu Beginn noch abwartend abseitsstanden.

Am 03. Oktober tritt die DDR der BRD bei. Ihre Existenz endet 40 Jahre, 11 Monate und 27 Tage nach ihrer Geburt. Wir verfolgen die Jubelfeiern im Fernsehen.

„Es ist eigenartig", ziehe ich mein Fazit, „ich empfinde Erleichterung und Befreiung wie beim erhofften Tod eines lästigen Angehörigen und ein wenig die leere Wehmut, die sein Verlust in der Familie verursacht. Ich war als kleiner Junge traurig, nicht genau so alt zu sein, wie mein Land. Jetzt bin ich froh weiterzuleben und es hinter mir zu lassen." Es ist Mumm-Sekt, mit dem wir darauf anstoßen. Die zweite Flasche jedoch ‚Rotkäppchen' aus der DDR-Sektkelterei in Freyburg an der Unstrut.

„Nur wer seine Vergangenheit kennt, kann seine Zukunft gestalten", habe ich irgendwo gelesen.

1988 plus x

Die BRD, der wir beigetreten sind, werden wir so nie erleben, weil auch sie sich sofort zu ändern beginnt. Auch das gesellschaftspolitische Regulativ des sozialistischen Nachbarn ist erloschen.

Wir sind mit Menschen konfrontiert, die es aus ganz verschiedenen Motiven nach dem Osten zieht: Zur Hilfe. Für die bisher verhinderte Karriere. Um Geschäfte zu machen. Uns unser bislang nutzloses Leben zu erklären. Unsere Länder, Verwaltungen und Justiz anzupassen. An unser Geld zu kommen.

Mit anerlernter Ehrlichkeit ist Manchem von ihnen wenig entgegenzusetzen. Dafür sind wir gut ausgebildete Praktiker mit oft erprobtem Lebenswillen. Und lernfähig.

Wir sind jetzt alle richtige Deutsche. Nicht mehr die einen, die von den anderen getrennt, sehnsüchtig auf diese blicken. Diese Sehnsucht hat für viele ihren Charme im gleichen Tempo verloren, wie die DDR-Betriebe ihre Kunden im absatzwichtigen Osten. Die DM wiegt zu schwer.

Nicht nur die kleinere 1-DM-Münze zeigt das mit fast sechs Gramm deutlich an, sondern auch der Preis unserer bisherigen Produkte. Mit einer Rentabilität unter 1,0 ist nichts mehr zu machen. Der Export nach den westlichen Ländern scheitert am Bedarf, der nach dem traditionellen östlichen am unbezahlbaren Preis und der Verkauf im Inland an der Schwemme westlicher Produkte, nach denen wir uns so lange schon gesehnt haben.

Auch an unserer Leuchtenfabrik geht das nicht vorbei. Sie hat ihre Belegschaft drastisch reduziert und wird das noch weiter tun. Es hilft zunächst, dass Martin Gottschalk gute Kontakte in die Bundesrepublik und nach Skandinavien geknüpft hat. Das Geschäft läuft weiter. Selbstverständlich nicht für tausend Mitarbeiter, wie vorher. Gemeinsam mit westlichen Partnern bereitet Martin Gottschalk nun die Privatisierung des Betriebes vor. Es geht nur kurze Zeit gut. Immer mehr unserer früheren Kolleginnen und Kollegen sind arbeitslos. Andere Firmen haben bereits aufgegeben. Besonders schlimm ist es für die im Dritten Reich Geborenen, zu jung für die Rente und zu alt für einen neuen Job.

Auch Franz Noth hat es getroffen. Sein bisheriges Leben stets aktiv gewesen, weiß er nicht damit klarzukommen. Still abgewandt sitzt er stundenlang im Klubhaus und geht abends schwankend heim. Nur an den Ruhetagen wechselt er das Lokal. Oft bleibt er lange allein am Tisch. Viele kommen ohnehin nicht mehr und er wird gemieden.

„Ich verdanke Ihnen unsere Wohnung, Auf Ihr Wohl!", lud ich ihn vor zwei Jahren mal auf ein Bier ein. Seine Antwort: „Wissen Sie, nicht nur die Wohnung!", habe ich bis heute nicht verstanden.

Erich Hartmann und Herbert Schultheis sind alt genug zur Frühverrentung.

Der Entwicklungsleiter hat den Betrieb kurz nach mir verlassen. Ich weiß nicht, wohin er gezogen ist und was er jetzt macht.

Rudolf Baumgarten wurde während der Arbeitssuche in Bayern bei einer Fahrt mit seinem ‚Trabant' in einen Verkehrsunfall verwickelt und wird so bald nicht wieder arbeiten können.

Wir sind froh, nicht mehr direkt daran teilhaben zu müssen. Unsere Herberge hat Bestand und wird bald russlanddeutschen Spätaussiedlern ein Zwischenquartier bieten. Aus geringer Ferne sehen wir dem schleichenden Niedergang der Leuchtenfabrik traurig zu. „Donner und Doria", fluche ich darüber, die kürzliche Pleite dieses großen Parallelbetriebes noch vor Augen. Irgendwann ziehen sich die neuen Chefs zurück. Auch Martin Gottschalk hat den Betrieb verlassen. Die nächsten Leitungs-Crews wechseln fast so schnell, wie die schönen neuen Sortimente. Das Siechtum wird bis in die Mitte der 90er Jahre reichen. Dann ist Schluss, die Gebäude verfallen und werden bald für Neues, Anderes abgerissen.

Wir bekommen eine Treuhandanstalt, die die überlebensfähigen DDR-Unternehmen privatisieren soll und die vielen anderen abwickeln. Damit bekommen wir Arbeitslosenzahlen, die jede böse Vorstellung sprengen. Am 01. April 1991 sehen wir in den Abendnachrichten der gesamtdeutschen Tagesschau vom Mord der dritten Generation der RAF an Treuhandchef Detlev Karsten Rohwedder. Und wieder erleben wir ein Paradox. Die linksextreme Terrororganisation macht mit dieser Tat den Weg frei für eine rigorose Nachfolgerin und viel mehr sozialistische Arbeitslose im bekämpften Kapitalismus.

Uns bleibt kaum Zeit. Vieles rauscht an uns vorbei. Unsere Wohnung ist fertig, aber dem Haus geht es noch immer schlecht. Das wird uns noch lang beschäftigen. Die Bretter haben jetzt viel Zeit zu trocknen. Sie erinnern uns noch ein paar Jahre an die grotesk überraschende Kurzweil, die unser bisheriges Land jederzeit für uns bereithielt.

Um uns herum erleben wir zunehmend Menschen in ABM, darunter viele frühere Kolleginnen und Kollegen. Darunter auch der Polizeioffizier aus der Abiturklasse meines Bruders. Gleich neben unserem Grundstück baut er mit an der neuen Kirchhofmauer.

Andere haben es besser getroffen. Viele Junge suchen ihre Zukunft im Westen. Auch Janette Brückner ist in die Nähe von Stuttgart gezogen und hat dort einen Job gefunden. Es wird noch ein paar Jahre dauern, bis sie heiratet und mit Ehemann und Kindern nach Breitenwalde zurückkehrt.

So mancher überlegt, ob er glücklich über die neue Gesellschaftsordnung sein soll, wenn doch auch die alte erträgliche Seiten hatte, bescheidener, aber mit weniger Sorgen um den nächsten Tag.

Ich denke an meine Großeltern: „Sie lebten in vier Staatsformen und Systemen", sage ich zu Sonny, „Kaiserreich, Weimarer Republik, Drittes Reich, DDR."

Dann fallen mir unsere Eltern ein: „Auch sie jetzt in vier: Weimarer Republik, Drittes Reich, DDR, BRD."

„Da sind wir mit zwei doch recht gut bedient", entgegnet sie mir.

„Ja", gebe ich ihr recht, „wenn es dabei bleibt."

Im Sommer 1991, zweieinhalb turbulente Jahre nach unserem Weggang aus Breitenwalde, werde ich wieder einen Job im produzierenden Gewerbe antreten. In einer anderen Branche, aber nicht weniger interessant. Meine DDR-Ausbildung wird mir eine gute Grundlage sein.

Sonny hat ihre Berufserfahrung bei einer Qualifizierungsmaßnahme für den baldigen neuen Job ergänzt.

Wir sind knapp vierzigjährig in der Mitte unseres Lebens angekommen und obwohl wir mit dem neuen Land noch fremdeln, gehen wir unsere zweite Hälfte einigermaßen zuversichtlich an.

Glossar

ABI   **Arbeiter- und Bauern-Inspektion.** Kontrollinstitution des ZK der SED und des Ministerrats der DDR zur unbedingten Erfüllung von Partei- und Regierungsbeschlüssen. Willige Amateure führten diese Kontrollen mitunter recht dilettantisch durch.

ABM   **Arbeitsbeschaffungsmaßnahme.** Das waren vor allem im Osten der BRD nach dem Zusammenbruch der früheren DDR-Wirtschaft und damit verbundener massiver Arbeitslosigkeit vom Arbeitsamt bezuschusste Tätigkeiten auf dem sogenannten zweiten Arbeitsmarkt.

ABV   **Abschnittsbevollmächtigter** der Volkspolizei. In kleineren Orten war der ABV zugleich der ‚Orts- oder Dorfpolizist'. Er war Ansprechpartner und zuständig für die Ordnung und Sicherheit in seinem Abschnitt und bearbeitete auch Fälle der Kleinkriminalität. Unterstützt wurde er von ehrenamtlichen Polizeihelfern.

AHB   **Außenhandelsbetrieb.** In der DDR betrieben die Firmen ihren Außenhandel nicht selbst, sondern immer über ein Handelsorgan ihres Industrieministerium. Sie waren deshalb auch nicht in der Lage das volkswirtschaftliche Ergebnis ihrer Exporttätigkeit zu beurteilen. Die AHB waren volkseigene Betriebe (VEB). Um Konkurrenz zu vermeiden, waren sie jeweils für fest umrissene Bereiche zuständig. Der im Text erwähnte **AHB E/E** steht für Elektrotechnik / Elektronik.

AKA elektric   Dachmarke und Markenzeichen innerhalb der VVB Elektrische Konsumgüter (Vereinigung Volkseigener Betriebe für Elektroartikel und elektrische Haushaltsgeräte). Im Slogan des DDR-Werbefernsehens mit „AKA electric – in jedem Haus zu Hause" einprägsam vertont. Vermutlich ist **AKA** aus der Abkürzung von ‚**A**ktiv auf dem Markt – **K**onzentriert in der Handelstätigkeit – **A**ktuell im Angebot' hervorgegangen.

ASMW Amt für Standardisierung Messwesen und Warenprüfung. Bevor Produkte die Marktzulassung erhielten, wurden sie in Außenstellen des ASMW auf standardgerechte, sicherheitsrelevante und qualitative Konstruktion und Ausführung geprüft. Ab Beginn der 1980er Jahre kamen zunehmend energieeffiziente Merkmale hinzu. Ferner gehörte eine lange Lebensdauer zu den zwingenden Prüfkriterien.

AWU Arbeiter-Wohnunterkunft.

Bedarfsträgerstruktur Statistische Kategorie im **Versorgungs-, Verkaufs- oder Exportbereich.** Anteilige Kennziffer im Rahmen des Staatsplanes IWP sowie des Absatzplanes. Im Text bezogen auf BV, NSW, SW, IB, LV, Sonderbedarf, Kooperationsleistungen.

Blockparteien Blockparteien der DDR waren DBD, LDPD, NDPD und CDU. Dem 1945 gegründeten Antifaschistisch-Demokratischen Block aus LDPD und CDU traten 1948 auch die DBD und die NDPD bei. Ab Anfang der 1950er Jahre akzeptierten sie als ‚Blockparteien' fortan den Führungsanspruch der SED. In den späteren Jahren wurden sie im Sprachgebrauch oft abwertend "Blockflöten" genannt, weil sie nach der Flöte der SED tanzten.

BP Betriebspreis. Der BP eines Erzeugnisses errechnete sich als Summe aller dafür aufgewandten Einzelkosten und anteiligen Gemeinkosten-Positionen zu den Gesamtselbstkosten, saldiert um eine Produktionsfondsabgabe, zuzüglich eines Gewinnaufschlags. Er bildete die Basis für den Industrieabgabepreis IAP.

BPO Betriebsparteiorganisation. siehe ‚Grundorganisation'.

BV Bevölkerungsversorgung. Position der Bedarfsträgerstruktur im Staatsplan IWP

CDU Christlich Demokratische Union. In der DDR war die CDU eine Blockpartei. Sie wurde im Juni 1945 in der SBZ gegründet. Am 1.10.1990 trat die CDU der DDR der CDU der Bundesrepublik bei.

DBD   Demokratische Bauernpartei Deutschlands. Auf Weisung der Sowjetischen Militär-Administration in Deutschland (SMAD) gegründet, sollte sie die Landwirte für den Aufbau des Sozialismus gewinnen. Sie war eine Blockpartei der DDR und ging nach der politischen Wende in der West-CDU auf.

DDR   Deutsche Demokratische Republik. Am 07. Oktober 1949 gegründeter sozialistischer Staat auf dem Territorium der vorherigen SBZ. Die DDR wurde nach dem Prinzip des Demokratischen Zentralismus regiert, d.h. von zentralen staatlichen Organen, deren Gesetze und Anordnungen für das gesamte Land einheitlich galten und durch die nachgeordneten Strukturen regional einheitlich umzusetzen waren. Die DDR erlosch mit dem Beitritt zum Grundgesetz der Bundesrepublik Deutschland am 03. Oktober 1990.

DFD   Demokratischer Frauenbund Deutschlands. Der am 8. März 1947 in Ost-Berlin gegründete DFD war keine politische Partei, sondern eine Massenorganisation der Frauen in der DDR. Er war somit keine Blockpartei, jedoch Teil der sogenannten Nationalen Front, in deren Rahmen sie Volkskammerabgeordnete stellte. Der DFD zerfiel zum Ende der DDR.

DFF   Deutscher Fernsehfunk der DDR. Ab 1972 kam das zweite Programm als DFF 2 hinzu.

DFS   Gesellschaft für **Deutsch-Sowjetische Freundschaft**.

DIN   Deutsches Instituts für Normung. (oder umgangssprachlich auch Deutsche Industrie-Norm.

Diogenes   Diogenes von Sinope. (Geburtsstadt am Schwarzen Meer) lebte gegen Ende des 5.Jahrhunderts v. Chr. als Philosoph im griechischen Athen. Sein Leben ist nur in Anekdoten übermittelt, in denen er konsequent gegen gesellschaftliche und sexuelle Konventionen verstieß und maximale Beschäftigungsverweigerung und Bedürfnislosigkeit vorlebte.

DRK **Deutsches Rotes Kreuz.**

EDV **Elektronische Datenverarbeitung.** Im Handlungsrahmen erfolgte sie auf Basis von Lochkarten und Lochbändern. Die digitale Basis unterschied EINS und NULL durch Lochstanzung. In der Leuchtenfabrik diente sie auf Grundlage technischer Dokumente sowie von Arbeitszeit-, Maschinen- und Materialbilanzen in komplexer Form der Produktions-, Maschinen-, Durchlauf-, Material- und Absatzplanung sowie der Abrechnung. Zunehmende Defizite und Störungen innerhalb des Gesamtprozesses konnte sie zwangsläufig nicht abbilden.

ESG **Evangelische Studentengemeinde.**

ESP **Einführung** in die **Sozialistische Produktion.** Das war der theoretische Unterrichtsteil zum **UTP,** in dem neben industrie- und agrarpolitischen Erklärungen wichtige fachliche Grundlagen gelehrt wurden, wie z.b. Technisches Zeichnen, Schaltpläne oder für Schüler der landwirtschaftlichen Abschlussklassen der Führerschein für Traktoren.

ESSR **Estnische Sozialistische Sowjetrepublik.** Teilrepublik der UdSSR.

EVP **Endverbraucherpreis.** Der im gesamten Gebiet der DDR einheitliche und dauerhaft gültige Einzelhandelspreis wurde von den Herstellerbetrieben auf Basis des IAP bei Amt für Preise beantragt und von dort festgelegt.

EWG **Europäische Wirtschaftsgemeinschaft.** Am 25. Mai 1957 gegründeter Zusammenschluss (west)europäischer Staaten mit dem Ziel einer europäischen Integration durch eine gemeinsame Wirtschaftspolitik. Vorläufer der EU. Gründungsmitglieder waren Belgien, Frankreich, Italien, Luxemburg, die Niederlande und die Bundesrepublik Deutschland.

FB **Fertigungsbereich** der Produktion. Im Text mit Bezug auf die FB1 (Metallverarbeitung), FB2 (Oberflächenbearbeitung) und FB3 (Montage), jeweils untergliedert in mehrere Meisterbereiche.

FDGB **Freier Deutscher Gewerkschaftsbund.** Einheitsge-
werkschaft der DDR. Auch zuständig für die Vergabe von Ur-
laubsplätzen.

FDJ **Freie Deutsche Jugend.** 1946 in der SBZ gegründeter
Jugendverband, der sich später zunehmend zur Jugendorgani-
sation und ‚Kampfreserve' der Partei entwickelte. Viele der Mitglieder sahen das nicht so, sondern nahmen die FDJ weiterhin
als Freizeitorganisation der Jugendlichen, die auch Jugend-
klubs sowie Jugendklubhäuser und Arbeitsgemeinschaften betrieb. Es war z.b. möglich, gleichzeitig Mitglied der FDJ und der
christlichen Jungen Gemeinde zu sein. Geleitet wurde die FDJ
vom Zentralrat, deren bekannteste Vorsitzende Erich Honecker
und Egon Krenz waren. Sie unterhielt Grundorganisationen in
Bezirken, Kreisen, Betrieben, Verwaltungen, Institutionen und
Schulen. Ihre Kinderorganisation mit Jungpionieren und Thäl-
mann-Pionieren war die Pionierorganisation Ernst Thälmann,
deren bekannteste Vorsitzende Margot Kleist war, die spätere
Volksbildungsministerin der DDR, Margot Honecker.
Der FDJ wurden staatlicherseits oft anspruchsvolle komplexe
Aufgaben als „Zentrale Jugendobjekte" übertragen. Z.B der Bau
eines Teils der Erdgasleitung ‚Drushba' in der Ukraine, der Tal-
sperre Sosa im Erzgebirge, der Ausbau des Zentralflughafens
Berlin-Schönefeld u.a. Dazu wurden landesweit Jugendliche
auf freiwilliger Basis gewonnen und durch die Betriebe zeitweilig freigestellt. Das im Text genannte Objekt „Leuchten für die
Jugend" gehörte zu vielen bedeutungsärmeren zentralen Aufgaben.

FE **Fertigerzeugnis.** Verkaufsfähig fertiggestelltes Produkt.

Fibonacci-Folge Die Fibonacci-Folge ist eine unendliche
Folge von natürlichen Zahlen, die mit zweimal der Zahl 1 beginnt, und bei der jede Zahl die Summe der beiden ihr vorangehenden Zahlen ist (1-1-2-3-5-8-13...). Sie wurde im 13. Jahr-
hundert von Leonardo Fibonacci als Wachstumsmodell einer
Kaninchenpopulation beschrieben. Breite Anwendungen findet
sie seitdem in der Mathematik, der Natur (z.b. beim Samen-
stand in Sonnenblumen), der Kunst und der Philosophie. Und
eben auch im Design.

GMS **Gesellschaftlicher Mitarbeiter** des Ministeriums für Staatssicherheit (MfS), umgangssprachlich ‚Stasi‘.

GO **Grundorganisation.** Nicht nur die DDR als Staat, sondern auch die SED und alle staatlichen Massenorganisationen waren nach dem Prinzip des Demokratischen Zentralismus strukturiert und organisiert. Die jeweils unterste regionale oder strukturelle Einheit war die Grundorganisation, z.B. die FDJ-GO eines Betriebes oder die Abteilungsparteiorganisation (APO) der SED.

GST **Gesellschaft für Sport und Technik.** Massenorganisation zur vormilitärischen Ausbildung mit zahlreichen Sparten.

GVS **Geheime Verschlusssache.** Vierter Vertraulichkeitsgrad von Dokumenten (und Informationen).

HO **Handelsorganisation.** 1948 als das staatliche Pendant zu den Konsumgenossenschaften (Konsum) und zum privaten Einzelhandel gegründetes volkseigenes Einzelhandelsunternehmen in der DDR, das auch Gaststätten und Hotels betrieb.

IAP **Industrieabgabepreis.** Der Preis, zu dem Industrie-Betriebe ihre Produkte abgaben. Der IPA errechnete sich als Summe des BP sowie einer staatlich vorgegebenen Produktionsdienstleistungsabgabe. Für Konsumgüter war der IAP die Grundlage für den EVP, den das Amt für Preise beim Ministerrat der DDR durch Auf- oder Abschläge bestimmte.
Für den Export war er der Abgabepreis an den jeweiligen Außenhandelsbetrieb.

IB **Industriebedarf.** Position der Bedarfsträgerstruktur im Staatsplan der IWP.

IMS **Informeller Mitarbeiter** des Ministeriums für Staatssicherheit (MfS), umgangssprachlich ‚Stasi‘.

ISB **Internationaler Studentenbund.** Von der DDR-Führung ungeliebte internationale Studentenvereinigung. Sie hatte keine staatliche Struktur im Land und war so schwer zu kontrollieren und zu beeinflussen.

IWP Industrielle Warenproduktion. Die Gesamtmenge an industriellen Fertigprodukten, Dienstleistungen und Halbzeugen errechnet auf Basis des IAP und ausgewiesen in Tausend Mark. Als reine Mengenkennziffer die wichtigste Staatsplanposition ohne direkten Bezug zum ökonomischen Betriebsergebnis.

KdF Kraft durch Freude. Von 1933 bis 1945 bestehende nationalsozialistische Erholungs- und Freizeit-Organisation.

KK-Gewehr Kleinkalibergewehr. Oft im Rahmen der vormilitärischen Ausbildung bei der GST für das Schießtraining genutzte Waffe mit Kaliber unter sieben Millimetern.

KSZE Konferenz für Sicherheit und Zusammenarbeit in Europa.

KW Kurzwelle. Übertragungsfrequenz im Radio. Im beschriebenen Empfangsbereich vor allem von Radio Luxemburg und dem Soldatensender 904.

LDPD Liberal-Demokratische Partei Deutschlands. Die LDPD wurde am 05. Juli 1945 in der SBZ als ursprünglich liberale Partei gegründet und ging am 11. August 1990 in der bundesdeutschen FDP auf. Als Blockpartei akzeptierte sie den Führungsanspruch der SED.

Lied der Partei Hymne der SED mit der irrwitzigen Zeile: „Die Partei, die Partei, die hat immer recht".... *(„Die Partei, die Partei, die hat immer recht. Und, Genossen, es bleibe dabei. Denn wer kämpft für das Recht, der hat immer recht gegen Lüge und Ausbeuterei. Wer das Leben beleidigt, ist dumm oder schlecht. Wer die Menschheit verteidigt, hat immer recht.")*

LPG Landwirtschaftliche Produktionsgenossenschaft. In staatlicher Genossenschaftsstruktur (in der Gründungsphase oft zwangsweise) verbundene Bauern- und Landwirtschaftsbetriebe. Zunächst agierten sie wie ein großer klassischer Bauernhof, später industrieähnlich und geteilt in die Sparten Tierproduktion und Pflanzenproduktion.

LV **Landesverteidigung.** Im Text bezogen auf eine Position der Bedarfsträgerstruktur im Staatsplan IWP.

LVO **Landesverteidigungsordnung.** Im Sprachgebrauch benutzte Kurzfassung für ein DDR-Gesetz zur Sicherstellung der Landesverteidigung.

LW **Langwelle.** Übertragungsfrequenz im Radio. Im beschriebenen Empfangsbereich vor allem vom Deutschlandfunk.

MfS **Ministerium für Staatssicherheit.** Regierungsorgan der DDR für den Inlands- und Auslandsgeheimdienst. Nach innen operierte es als Geheimdienst und Geheimpolizei mit eigenen Haftanstalten. Ende 1988 arbeiteten über 91.000 hauptamtliche und zwischen 110.000 und 189.000 inoffizielle Mitarbeiter für das MfS. Es wurde zentral gelenkt und verfügte mit Bezirks- und Kreisdienststellen sowie hauptamtlichen Mitarbeitern in Industriekombinaten sowie großen Verwaltungen und Institutionen über ein dichtes Überwachungsnetz im Land. Geführt wurde es von November 1957 bis November 1989 von Erich Mielke, zuletzt mit dem Dienstgrad Armeegeneral.

MMM **Messe der Meister von Morgen.** Jährliche Messe, die auf unterschiedlichen Ebenen besondere wissenschaftliche und technische Leistungen von Jugendlichen zeigte.

Nationale Front der DDR. Zusammenschluss der Parteien und Massenorganisationen in der DDR, um allen Gruppen die Einflussnahme auf gesellschaftspolitische Prozesse zu ermöglichen. Faktisch war sie zunehmend ein Mittel, um die Vormachtstellung der SED gegenüber Blockparteien und Massenorganisationen zu festigen.

NATO **North Atlantic Treaty Organization** (franz. OTAN). Am 04. April 1949 gegründetes Verteidigungsbündnis von (west)europäischen und nordamerikanischen Mitgliedstaaten unter Führung der USA, das dem gemeinsamen Schutz der eigenen Territorien dient. Die Bundesrepublik trat am 06. Mai 1955 bei.

NAW **Nationales Aufbauwerk** der DDR. Von der ‚Nationalen Front' ab Ende 1951 getragene Aktion zur freiwilligen, gemeinnützigen und unentgeltlichen Arbeit. Ursprünglich für Bauvorhaben in Ost-Berlin gedacht, weitete sie sich bald auf die gesamte DDR aus.

NDPD **National-Demokratische Partei Deutschlands.** Die NDPD wurde 1948 auf Geheiß der Sowjetischen Militär-Administration in Deutschland (SMAD) gegründet, um vor allem „nichtbelastete" frühere NSDAP-Mitglieder, ehemalige Offiziere und Vertriebene in der SBZ politisch aufzufangen. Als spätere Blockpartei akzeptierte sie den Führungsanspruch der SED. 1990 ging sie in der bundesdeutschen FDP auf.

NfD **Nur für den Dienstgebrauch.** Erster Vertraulichkeitsgrad von Dokumenten (und Informationen).

NSW **Nichtsozialistisches Wirtschaftsgebiet.** Politische Strukturierung und Position der Bedarfsträger- und Exportstruktur im Staatsplan IWP.

NVA **Nationale Volksarmee** der DDR.

OdF **Opfer des Faschismus.** Als Opfer des Faschismus wurden in der DDR nicht nur die Ermordeten und Toten bezeichnet, sondern auch die Überlebenden der Zuchthäuser, Konzentrationslager, Vernichtungslager sowie die Widerstandskämpfer.

Politbüro **Politisches Büro des Zentralkomitees.** Siehe Zentralkomitee.

PVAP **Polnische Vereinigte Arbeiterpartei.** Marxistisch-leninistische Führungspartei, vergleichbar der SED in der DDR.

PWT **Plan Wissenschaft und Technik.** Eng verbunden mit dem Entwicklungsplan und dem Investitionsplan enthielt der PWT die staatlichen Vorgaben zur Effektivitätssteigerung bei Arbeitszeit, Material, Kosten und Energie.

RGW **Rat für Gegenseitige Wirtschaftshilfe.** In Anlehnung an die im Rahmen des Marshallplans gegründete westliche OEEC (Organisation für europäische wirtschaftliche

Zusammenarbeit) 1949 geschaffene Wirtschafts- und Handelsstruktur der sozialistischen osteuropäischen Länder unter Führung der UdSSR.

RIAS **Rundfunk im amerikanischen Sektor** (Westberlins).

SDI **Strategic Defense Initiative.** (deutsch: Strategische Verteidigungsinitiative). Eine von US-Präsident Ronald Reagan gegen die Sowjetunion ins Leben gerufene Initiative zum Aufbau eines weltraumgestützten Abwehrschirms vor sowjetischen Interkontinentalraketen.

SBWL **Sozialistische Betriebswirtschaftslehre** wurde an den Universitäten und Hochschulen auch im Rahmen der Ingenieursausbildung mindestens ein Semester lang als Nebenfach gelehrt.

SBZ **Sowjetische Besatzungszone.** Das spätere Gebiet der DDR sowie der Ostsektor Berlins wurden nach dem zweiten Weltkrieg unter sowjetische Besatzung gestellt. Zwischen 1952 und 1990 wurde das Verwaltungsterritorium anstatt der fünf Länder in 14 Bezirke gegliedert, das Land Sachsen z.b. in die Bezirke Dresden, Leipzig und Karl-Marx-Stadt.

SED **Sozialistische Einheitspartei Deutschland.** Marxistisch-leninistische Staatspartei der DDR. Ihre Gründung erfolgte am 21./22. April 1946 als Zusammenschluss von KPD und SPD in der Sowjetischen Besatzungszone (SBZ). Der Führungsanspruch der SED wurde in der Verfassungsänderung vom 06. April 1968 verankert. Die SED finanzierte auch ihren kleinen westberliner Ableger **SEW.**

SFB **Sender Freies Berlin.** In Teilen der DDR empfangbares Radio- und Fernsehprogramm aus Westberlin.

SMAD Sowjetischen Militär-Administration in Deutschland. Nach dem Zweiten Weltkrieg installierte Militärverwaltung.

STAL **Staatliche Auflage** (auch ,Staatsplanauflage'). Vorgegebene Plankennziffer für den Folgezeitraum in zahlreichen

Rubriken und Einzelpositionen des volkswirtschaftlichen Handelns. Im Text, wie im täglichen Sprachgebrauch meist ‚Plan' oder ‚Plankennziffer' genannt und je ein Kalenderjahr betreffend.

Stasi Staatssicherheit. Umgangssprachliches Kurzwort für das **MfS** und dessen Mitarbeiter.

SU Sowjetunion. Im allgemeinen Sprachgebrauch benutzte Abkürzung.

SW Sozialistisches Wirtschaftsgebiet. Politische Strukturierung und Position der Bedarfsträger- und Exportstruktur im Staatsplan IWP.

Transfer-Rubel Verrechnungswährung für den Handel innerhalb der RGW-Staaten.

TÜV Technischer Überwachungsverein.

UdSSR Union der Sozialistischen Sowjetrepubliken. (kurz: Sowjetunion oder SU)

UE Unfertiges Erzeugnis. Aus unterschiedlichen Gründen nicht fertiggestelltes Produkt, im buchmäßigen Bestand als UE erfasst.

UKW Ultrakurzwelle. Übertragungsfrequenz im Radio. Im beschriebenen Empfangsbereich neben den DDR-Sendern vor allem durch RIAS Berlin und Bayrischem Rundfunk.

UTP Unterrichtstag in der Produktion. Für Schüler der Polytechnischen Oberschulen ab Schuljahr sieben/acht im meist zweiwöchentlichen Rhythmus erfolgter praktischer Unterrichtstag in Ausbildungseinrichtungen der Betriebe oder LPG, um einen Praxisbezug des naturwissenschaftlichen Unterrichts herzustellen und die spätere Berufswahl zu erleichtern. Theoretisch ergänzt wurde der UTP durch die **ESP.**

VD Vertrauliche Dienstsache. Zweiter Vertraulichkeitsgrad von Dokumenten (und Informationen).

VDE   Als **Verband Deutscher Elektrotechniker.** 1893 gegründet, steht VDE heute für den Verband der Elektrotechnik Elektronik Informationstechnik e. V.. Wichtige Themen sind Prüfung, Standardisierung, Zertifizierung und Anwendungsberatung im Fachbereich Elektrotechnik.

VE   **Voraussichtliche Erfüllung.** Im Rahmen der Hauptkennziffern des Staatsplanes abzugebende Prognosemeldung zur erwarteten Erfüllung per jeweiligen Stichtag.

VEB   **Volkseigener Betrieb.** (Im Westen auch spöttisch als ‚Vaters ehemaliger Betrieb‘ missdeutet).

VSKE   Verband der Kleingärtner, Siedler und Kleintierzüchter.

VVS   **Vertrauliche Verschlusssache.** Dritter Vertraulichkeitsgrad von Dokumenten (und Informationen).

Warschauer Vertrag   Warschauer Vertrag über Freundschaft, Zusammenarbeit und gegenseitigen Beistand (kurz ‚Warschauer Vertrag‘, im Westen ‚**Warschauer Pakt**‘ genannt). Am 14. Mai 1955 gegründetes Militärbündnis der ‚Ostblock‘-Staaten unter Führung der Sowjetunion. Die Auflösung erfolgte am 01. Juli 1991.

ZK   **Zentralkomitee.** Ständige administrative und ausführende Einrichtung der SED zwischen zwei Parteitagen, die nominell die höchste Parteiinstanz waren. Das **Politbüro** leitet die Arbeit der Partei zwischen den Plenartagungen des ZK. Es war das eigentliche politische Machtzentrum der Partei.